國家出版基金項目

# 明清戲曲序跋纂箋

四

郭英德　李志遠　纂箋

人民文学出版社

# 卷六　戲曲劇本

明清雜劇傳奇四（清康熙）

## 香草吟（徐沁）

徐沁（一六二六—一六八三），字埜公，一作冶公，或名煉，號水浣，別署野老、若耶野老、鏡曲化農、委羽山人，會稽（今浙江紹興）人。明末太學生。入清未仕，先後入朱之錫（一六二三—一六六六）、蔡毓榮（？—一六九九）、李之芳（一六二二—一六九四）幕。後居若耶溪，著書秋水堂。博通經史，工詩文，善考證。編《謝翱年譜》，撰《金華遊錄注》，輯《晞髮集》、《徐文長佚草》等。著有《秋水堂稿》、《春草詞》、《越書小纂》、《三晉紀行》、《楚遊錄》、《墨苑志》、《明畫錄》等。撰傳奇七種，僅存《香草吟》、《載花舲》，合稱《曲波園傳奇二種》。參見鄧長風《〈香草吟〉和〈載花舲〉的作者之再探索》（《明清戲曲家考略》）。

《香草吟》，《笠翁批評舊戲目》、《曲海目》著錄，現存康熙間曲波園合刻《曲波園傳奇二種》本。

# 香草吟題詞

徐　沁

世傳藥名詩者，惟宋陳郎中亞爲著，如『風雨前湖夜，軒窗半夏涼』，及『棋怕臘寒呵子下，衣嫌春暖宿紗裁』，俱不失風人之體。又有【生查子】《閨情》三闋，亦婉麗可誦。第未免字多假借，少乖音義耳。

劉貢父謂：『是格不始於亞。張籍《答鄱陽客》，有「黄葉霜中半夏枝」之句，業已見於唐人。』殊不知王融、沈約、庾肩吾輩之作，尚在六朝也。迨蘇仇仙游戲翰墨，因有《杜處士傳》，於是藥物爲詩、爲詞、爲文，一聽人之取裁陶冶，各極其變，安在不可被之管絃，以資悦生乎？

夫藥爲卻病延年之具，人盡知也。其術之神者，至於洞垣起死；而下者，窒方畔理，馴至於殺人。今儒之逃於醫者比比，吾見其殺人矣，而未見其神於術也，是豈藥之罪哉？

偶取《本草》一編，暇輒披閲，久而有概於心，所謂『多識於鳥獸草木之名』，誠莫備於此。取精造物，顧用之者何如，藥豈能自神耶？况醫者，意也。詩文皆以命意爲主。彼陳郎中特善通其意以合於旨，與窒方畔理者大相逕庭。余師其意，得虞山蕭觀瀾《桑寄生傳》，更而演之。詞成奏闋，不覺羈愁客疢，霍然而起，始悟藥物之爲效，一至於此。

嗟乎！今人投劑，由口而入五臟，其效與勿效，未之或驗。余之攻疾，自聰及視，神情大暢，且能使物我相感，人己兩忘，而同歸於至樂，較之窒方畔理者，果孰多耶？故不敢自祕其方，使覽者知余意之所存，庶幾於悅生之道，不無小補云。

若耶野老題於柯山客館〔一〕。

【箋】

〔一〕題署之後有陽文方章二枚：『野老』，『鏡曲化農』。

## 香草吟傳奇序〔一〕

李漁

歲丁巳〔二〕，自春徂冬，湖上翁善病不起，刀圭罔效，人冥界①而復出者三。因索驗方於古人，取枚乘《七發》暨陳琳《檄②》，輾轉讀之，疾且愈甚，古語眞欺人哉！

迨戊午春〔三〕，朱子修齡持若耶野老③雙鯉〔四〕，並所撰《香草吟④塡詞》，索予言弁首以問世。予病中得故人書，甚喜。然操觚染翰，豈病者事乎？剖緘讀之，則非書非詞，乃方與藥也。合《本草》一部⑤，鎔⑥煉成書，欲起死人而活之，先以金石草木之腐且朽者，幻之使活⑦，盡著⑧優孟衣冠，歌舞笑啼於紙上，以活藥藥垂死之人⑨，未有不霍然起者。讀未竟，而病退十舍。因歎若耶野老爲異人，豈知湖上翁有塡詞癖，故用以酒解酲之法，仍以塡詞藥之乎⑩？抑無意爲之，而我適逢其會，若世俗所謂『病退遇良醫』者乎⑪？若是則折肱知醫，操觚染翰，誠予病者事也。

從來游戲神通，盡出文人之手。或寄情於草木，或託興於昆蟲，無口而使之言，無知識情誼⑫

而使之悲歡離合，總以極文情之變，而使我胷中磊塊，唾出殆盡而後已。然卜其可傳與否，則在三事：曰情，曰文，曰有裨風教。情事不奇不傳；文詞不警拔不傳；情文俱備，而不軌於正道，無益於勸懲，使觀者聽者啞然一笑而遂已者，亦終不傳。

是詞，幻無情爲有情，既出尋常視聽之外，又在人情物理之中，奇莫奇於此矣。而詞章之盡善⑬，音節之允⑭諧，與予昔著《閒情偶寄》一書所論塡詞意義，鮮不合轍，有非『警拔』二字足以概其能⑮者。至於自巔至末，無一語一字不以棒喝爲心，即其由豎起見，借藥命名，大旨若斯，其餘皆可不言而喻⑯。三美克⑰擅，詞家之能事畢矣。繼元明諸大劇而傳，奚俟被管絃、授梨棗以後而知之哉⑱！

湖上笠翁題於也宜樓〔五〕。

【校】

①界，《笠翁一家言全集》卷一《香草亭傳奇序》作『疆』。

②檄，《香草亭傳奇序》作『愈頭風檄』。

③若耶野老，《香草亭傳奇序》作『鏡曲化農』。下同。

④吟，《香草亭傳奇序》作『亭』。

⑤『部』字前，《香草亭傳奇序》有『大』字。

⑥鎔，《香草亭傳奇序》作『煅』。

⑦『先以金石』二句，《香草亭傳奇序》作『先活草木金石之腐且朽者如劉寄奴桑寄生之屬』。

⑧『著』字前，《香草亭傳奇序》有『使』字。

⑨垂死之人，《香草亭傳奇序》作『死人』。

⑩『之法仍以塡詞藥之乎』九字，《香草亭傳奇序》無。

⑪『若世俗』句，《香草亭傳奇序》作『耶』。

⑫誼，《香草亭傳奇序》作『慾』。

⑬詞章之盡善，《香草亭傳奇序》作『詞華之美』。

⑭允，《香草亭傳奇序》無。

⑮能，《香草亭傳奇序》作『長』。

⑯『至於自巔至末』六句，《香草亭傳奇序》無。

⑰克，《香草亭傳奇序》作『俱』。

⑱『繼元明』二句，《香草亭傳奇序》作：『《香草亭》一出，《拜月》、《牡丹》二亭，不憂鼎之缺一足矣。序成而寄語化農，予病則賴子以瘳，然病根則尚未拔也。病根由貧，子能再以鍾離一指，善其後乎？吾知鏡曲化農之術，不能仁乎此矣。』

【箋】

〔一〕《清代詩文集彙編》第三〇冊影印清雍正八年芥子園刻本《笠翁一家言全集·笠翁文集》卷一有此文，題《香草亭傳奇序》。

〔二〕丁巳：康熙十六年（一六七七）。

〔三〕戊午：康熙十七年（一六七八）。

〔四〕朱子修齡：字號、籍里、生平均未詳。李漁《一家言文集》卷一有《贈朱修齡典籍》，或即其人。

〔五〕題署之後有印章二枚：陽文方章『笠翁名漁』，陰文方章『可與言志』。

## 香草吟序〔一〕

醉　侯〔二〕

天地之間接於吾前者，日新而不窮，而才人必盡力以取之。甚矣！其貪而不知止也。然感物造端，窮極變化，不過自言其情而已。今夫鳥獸之飛鳴，草木之榮落，此亦何與於人？而達士以抒其曠懷，勞人以寄其感慨者，情爲之耶？境爲之耶？

瓊花久絕於世，或以瑒花爲唐昌遺種，褐父睨之曰：『是可以爲米囊。』往有游於①粵西者，問：『此地固多白鷴乎？』對以『味如公雞』。天下之境，可觀可樂，所遇皆是，苟非有情，孰視之若無覩也。凡爲世俗所掩抑，如瑒花、白鷴者，不少矣。造物者顧不甚惜，才人之雕飾萬彙，宜若有功於亭育者，而往往忌之。夫文生於情，情固其所自有，非才不足以發之，才則天之所與也。幸而與之，因以用其所自有，亦未嘗奢取於造物，而必憔悴而困抑之乃已，其故何也？然惟〔後闕〕

**【校】**

①『天地之間』至『於』字前，底本闕，據蔡毅《中國古典戲曲序跋彙編》卷一二《香草吟序》補錄。蔡書此序署『苧城醉侯撰』。

【箋】

〔一〕底本此文，僅存頁二a、二b，前後皆闕。版心題『醉侯序』。

〔二〕醉侯：或作苧城醉侯，姓名、籍里、生平均未詳。

## 香草吟自序〔一〕

徐沁

〔前闕〕贊歎之不置。設當日關漢卿、馬東籬諸人，塡詞演唱，其情事必大有可觀，惜其未之聞也。嗟乎！紅顔滯人，賢者不免，惟鍾情者可與言情，亦惟解情者始堪紀情耳。《載花舲》，亦言情之作也。往游渚宫，偶爲捉筆，旬有五日而畢。讀者當自知之，世有不近人情者，得無掩卷棄諸〔二〕。

（以上均康熙間曲波園合刻本《曲波園傳奇二種》所收《香草吟》卷首）

【箋】

〔一〕底本此文前闕二葉，僅存頁三a、三b。版心題『自序』，或爲《載花舲》之序殘文。

〔二〕後有陽文方章二枚：『野老』、『可賴絲竹陶寫』。

# 三奇記（許纘曾）

許纘曾（一六二七—一七〇〇），原名纘宗，字孝修，號鶴沙，一號悟西，别署環溪老人，華亭（今上海松江）人。其母徐氏（一六〇七—一六八〇），爲徐光啓（一五二六—一六三三）次孫女，教名甘第大，乃著名天主教徒。順治五年戊子（一六四八）舉人，六年己丑（一六四九）進士，選庶吉士。八年，授翰林院檢討，遷編修。十四年，陞右春坊右中允。官至雲南按察使。康熙十一年（一六七二），辭官返里，力行善舉。著有《寶綸堂稿》、《滇行雜詠》、《滇行紀程》等。傳見葉夢珠《閱世編》卷五、《明遺民錄》卷三五、姜兆翀《松江詩鈔》卷一、乾隆《江南通志》卷一四一、乾隆《婁縣志》卷二五、嘉慶《松江府志》卷五六等。參見延經華《清初天主教文人許纘曾研究》（上海師範大學碩士學位論文，二〇〇九）、徐俠《清代松江府文學世家述考》卷一《華亭縣文學世家·許纘曾家族》（上海三聯書店，二〇一三）。與同人合撰傳奇《三奇記》，未見著録，已佚。

## 三奇記前序

許纘曾

環溪老人病起齋居，肝不得其養，觸物善怒。會辽市繪胠篋，生計蕭然，年飢感寒，書空咄咄。思所以懲忿寫憂，計無所出。偶涉稗乘，見《春宵小傳》，又《王翹兒傳》，皆嘉靖中逸事，欣然曰：

『是足以消磨貧病矣。』遂書其日月，並參倭亂始末，合兩傳而編次焉，得二十六則，彷彿如《雙紅記》中崑崙、紅線及東中女子合傳蹊徑。遂分題授簡，□諸同人，各填詞以相怡悅。余亦戲成三四首，以備續貂之選。除夕詞成。

甲戌春首〔二〕，余年六十有八。家有童子六七人，飽食終日，計所以約束其放心，乃教以聲歌，畀以釵弁，儼然優孟矣。諸同人朝斯夕斯，各聽其所製新詞，並討論家門，推敲律呂，移晷忘倦。余婆娑其間，不懲忿而忿自蠲，不寫憂而憂自遣矣。

抑余迺觀傳奇中，有借古人姓氏以諷刺今人者。如《琵琶》一劇，世稱作者詆毀王四，乃令中郎之母使派淨婆，中郎之婦抱琵琶、賣頭髮，重繭長途，望門投止，風斯下矣。此一可笑也。有直指所恨之人而描寫之，致是非顛倒，貞淫失實者。如《西廂》一劇，元稹啣怨於雙文，遂醜詆其門庭桑濮，聞言欲嘔。然《志》稱崔氏適鄭恆，恆爲唐室大臣，並蒙波累。近見馮元成《稗談》所載，成化間滎陽耕者，掘地得廢冢石碣，乃唐李給事撰《滎陽鄭府君夫人博陵崔氏墓志銘》也。其略曰：夫人四德兼備，六親雍和。母儀內則，動靜可師；禮行詩諷，進止成法。以大中九年終於淇澳，第年七十有六。子六人，□珮瑾，比璿琬，皆有名位。耕者鬻之鄭氏，爲亭中香案石；而魏縣令愛其迹，置之邑治署間。陳繼儒又以其文選入《古文品外錄四》。崔氏一辱於《會眞記》，再辱於伶工，褻侮越千百載，而後爲崔氏一洗冰玉。又《三水續志》云：崔雙文美麗絕世，才德踰人，元稹以中表親相遇逆旅，挑之，固拒不從；稹啣之，僞爲《會眞記》，自撰往來問答，以辱崔氏。稹雖與樂天齊名，世稱『元白』，而元稹附離權勢，排陷裴度諸君子，阻撓蔡功，其雌黄臧否，不辨可知。今觀墓碣如此，載乘如此，以視元劇所稱月下琴聲、牆頭花影，不大相剌謬乎？此一可笑也。有敘述古人而畫蛇添足者。如《金印記》之蘇大郎，烏有先生也。然記稱季子下第，嫂不爲炊，夫有嫂則必有兄，有兄則爲蘇大無疑矣。有嫂如此，蘇大可知。文人思路綿邈，尋蹤覓迹，□其理之所慮，有而點綴之，似矣。若《香囊記》之張九成，擢第之日，嚴君無恙，後以刑部侍郎忤秦檜，謫郡州，乃終父喪，且未嘗有弟張九思也。推原作者之意，必有一人焉，有弟無父，借名臣以擬之，坐使子韶無弟而有弟，有親而無親矣。此一可笑也。凡此彰彰在人耳目者，荒謬至此，其他呂文穆、王龜齡、薛平陽諸品傳奇，以及戰國之都丞相，西漢之招討使，與正史多矛盾者，指不勝屈。至若近代才人，每借子虛無是以自抒其窮愁怨讟，考古既無此人，筆之所至，憑空結撰，適覩而已矣。

是編也，盡去悲歡離合之窠臼，不用恩仇毁譽之機心。不知我者，謂笑世無男子，借蛾眉以調侃世人，此並非作者之初心也。作者偶見《春宵》、《翠翹》二傳，同時更有瓦氏東征，躬擐甲胄，合之梨園三旦，人數相當，因就其時之可生可外可淨可丑之人物而鋪敘之。愧余十年坊局，旋掌外臺，《明史》、《寔錄》，未窺全豹，祇據野史所書，及學使者谷霖蒼《倭亂始末》，節取成文。登場搬演，欲使觀者動魄淒脾，而不失其寔，聊當稗官演義云爾。

客曰：『是編也，春宵以雙髻青衣，乃鷙如秋隼，捷若狡兔，手刃倭魁，出萬死一生之中，仍能托身英俊，運籌帷幄，以成大功，眞奇女子也；瓦氏以蠻方巾幗，掌兵符，涉萬里，鯨鯢築觀，全師而還，又一奇女子也；　翠翹以青樓紅袖，憑依尺木，横行五省，及帥府寒盟，渠魁授首，誓不肯再抱琵琶，從容部署，捨身怒濤，又一奇女子也。今諸君子伸繭素，抽兔毫，出其錦心繡口，以成狐腋之裘，直謂之《三奇記》可矣。』余口唯唯。

（《續修四庫全書》第一四〇九册影印稿本許纘曾《寶綸堂稿》卷五）

【箋】

〔一〕甲戌：康熙三十三年（一六九四）。

# 三奇記後序

許纘曾

余與客觀演《三奇記》，至東洋入犯一事，客謂余曰：『嗟夫，有國家者籌海，可不慎歟？夫東南之海，民生之大利大害存焉。波可煮，罟可漁，潮汐可以灌溉，帆檣可以服賈，生財成賦，所謂利也。迨嘉靖中，承平日久，武備不修，海外狂瀾，狡馬以逞，坐使花臺月榭，轉眼劫灰，子女金錢，盡飽鯨腹。戶口既罹□□，貢賦因而缺額。封疆大吏，屢奉嚴譴，去來如傳舍，轉戰十年，蹂躪五省；　勞師饋餉者，數千里而遙，元氣竭矣，非所謂害乎？　距今百餘載，高曾見之，父老聞之，子若孫者，皆不見不聞也。　夫大海茫茫，一望千里，籌邊之策，非有斥堠可稽，烽燧可見。　數百里之地，一帆而去，一潮而返，保無有如汪直輩，勾連姦宄，弄兵潢池者乎？』

余應之曰：『否否。　治國如治身，身之元氣固，則寒暑不能入，災沴不能侵矣。　我國家定鼎以來，寰海内外，來享來王。又念民力告匱，特弛海市之禁，更還瀕海之田。邇年以來，人樂其業，民恬於野。江浙閩粤，海濱要害之處，各設重兵以彈壓之，呼吸相通，首尾相應。廟謨南顧，亦既詳且密矣。何亂之敢生，何釁之可窺耶？客之所言，居安思危之意也；余之所言，建威消萌之圖也。百爾君子，長爲國家培養元氣，則可矣。」

（同上《寶綸堂稿》卷五）

## 情文種（謝士鶚）

謝士鶚（一六二七—一七〇六），字一臣，號翕潭，撫州金溪（今屬江西）人。明諸生。入清不仕，隨父隱居寶塘山，以教授生徒爲生。晚年僑寓樂安（今屬江西），二十餘年。著有《翕潭集》。撰雜劇《憤商山》、《快目前》、《情文種》，傳奇《玉蝴蝶》等，均佚。傳見詹賢《詹鐵牛詩文集》文集卷四《處士謝翕潭先生傳》。參見劉水雲《明清曲家新考·謝士鶚》（《温州師範學院學報》二〇〇三年第四期）、陸勇强《清代曲家湯寅、趙瑜、謝士鶚生平史料鈎沉》（《學術研究》二〇〇七年第十一期）、王旲《清初戲曲家謝士鶚及其劇作闕目考略》（《戲曲藝術》二〇一一年第一期）。《情文種》雜劇，未見著録，已佚。

# 情文種雜劇序

詹　賢〔一〕

讀是劇，而竊嘆天地間之最不可少者，情也，文也。然是二者，其遂有定論乎？夫文如蘇文忠，可云無憾矣，乃憂讒畏譏，徒以不合時宜之肚，供一時之喜怒愛憎，而愀然爲東西南北之人。雖所遇頗奇，如溫女自媒一事，其於情也，可不謂至焉？究之，略其勢分，忘其年齒，備極委曲綢繆，而竟不獲抱衾裯、奉箕箒，終日憂憤無聊，卒以身殉。合而觀之，情耶？文耶？其無用也實甚。迨夫相思地就，離恨天完，花容獨騁於雲路，傷心共訴於明湖，爲知己死而還爲知己生，則無用者不又轉而爲有用乎？

翕潭謝君，韻士也，亦予畏友也。胷有萬卷，筆無點塵。其著作汗牛充棟，余固不能評，然亦不俟余評也。卽其搦三寸之管，點綴塡詞，往往彩毫入指，奇句紛飛，奈何賞之者一二而笑之者百千？嗟乎！顧曲周郎，值今有幾？宜其知希自貴，聽浮沉於悠悠之口也。然而，文生於情，情生於文，一種勃然鬱然之氣，可以耀日星，淩嶽麓，塞江河。後有知者，猶於山高水長間，穆然想見其爲人。則是劇之傳，無疑也。有用無用之間，翕潭其亦可以自信乎！余存此意，以律翕潭久矣。今秋，出其新劇以相質，顔曰《情文種》，恰與余意吻合，於是乎書。

（《四庫禁燬書叢刊·集部》第一六七冊影印）

乾隆間活字本《詹鐵牛文集》卷二)



【箋】

〔一〕詹賢(一六六四或一六六三—一七二七後):字左臣,號鐵牛,一號耐莊,樂安(今屬江西)人。康熙二十四年乙丑(一六八五)拔貢,歷任溢城、潯陽、饒州、德化等地學官。雍正二年(一七二四),任中子監學録,轉光禄寺署正。三年後歸里,卒於家。著有《詹鐵牛集》(含文集、詩集、續集)。撰雜劇《一線春》、《畫中緣》、《同林鳥》、《女鍾期》,均佚。傳見同治《樂安縣志》卷八。

## 玉蝴蝶(謝士鶚)

《玉蝴蝶》傳奇,未見著録,已佚。

### 玉蝴蝶傳奇序

詹賢

謝翕潭,千古不平士。其一生飢驅愁迫,身外之物,蕩然一切,故往往呼三寸管,握之以自鳴。其詩古文詞,大都得之霜凄露冷、月慘風愁者居多。所著《憤商山》,繕本遺落,以未得披覽,爲吾生一恨事。他如《快目前》全本、《情文種》雜劇,姦雄墮獄,怨女生天,種種巧弄於舌,靈動乎腕。兩年來,旅食無聊,又出所得,編爲《玉蝴蝶傳奇》,豔影香胎、愁城怨海,又從湯、徐、吳、李以後，別開生面。至其『怒殺月老』一段，俠留粉靨，烈遜蛾眉，不惟將自古及今鬚眉男子一概抹殺，即頭上此公，赫赫皇皇，亦有不能不委曲因循，聽人轉移之勢。異哉此書！夫寧使《四夢》、《四聲》、《五種》、《十種》獨霸騷壇耶？

余又思湯、徐、吳、李諸先輩，皆爲詞曲飛將，而時地不同，境界各別。如臨川、石渠，並得從八股場中，改換頭面。至於湖上笠翁，以布衣寒士，傾動一時之名卿鉅公，擔簦攜豔，恣目舒心，爲自古騷客遊人另闢一格，迹其所爲，又似有過於湯、吳者。其間之悠悠鬱鬱，百結千噓，戛然孤鳴，賦士不遇者，獨山陰田水月而已矣。然予又烏知夫百年以後之文長，尚有蹤爲之追武、爲之步，如翕潭其人者，不亦大可怪歟？所以袁中郎序其集云：『無之而不奇。』斯無之而不奇，亦猶余千古不平之意也。

翕潭蕭然宦裔，泛宅浮居，兩口以外，無他長物。故大書其門，有『北阮應難及，東陵定不憎』之句。然天以下之憎翕潭者，不可謂無人也。況其所作，寶光燭天，敝廬莫蔽脱或有人焉，從夜黯更殘、星朦燈落之候，挺然而入其室，將一生僅有不再之慧腑靈心，攫之而去，可奈何？

（同上《詹鐵牛文集》卷二）

## 緣外緣（何聖符）

何聖符，字號、生平均未詳，樂安（今屬江西）人。撰傳奇《緣外緣》，未見著錄，已佚。參見江巨榮《新見劇目十五種補·十、何聖符的〈緣外緣〉》(《明清戲曲：劇目、文本與演出研究》)。

# 緣外緣填詞序

詹　賢

宇宙一大情區也。情之所至，雖子虛烏有，亦能變幻者爲眞；雖四海九州，亦能使遠者爲近。甚且至於仇怨相攻，冰炭相隔，忽焉紐合於邈不相屬之中，而使人不解其所以然。可知奇緣幻相，種種出人意外，復入人意中。其胎孕長養，委折纏綿，固無一非情之爲之也。然情而不本之以理，必將毁防滅檢，而蕩然於綱常名教之外。有心世道者，其能不爲天下之用情者惄焉心憂乎？

客自巴丘來，傳吳侯判合僧尼事，聞者豔之。及讀其《琴堂笑柄》一書，不惟嚴、楊兩氏之肝膈鬚眉呼之欲出，即侯清淨和平之心、忠信明決之才，靡不躍然紙上。宜乎一時之學士大夫，搦管摛辭，歌咏之不置也。

吾邑何子聖符，讀書不得志，間嘗留意聲韻之學。偶拈不律，編成《緣外緣傳奇》。就中曲白介諢，分合悲愉，未敢自云有當。今持以謁侯，侯必進而教之，使其有所折衷而得了然於心口手之間。周郎一顧，動中準繩。今而後，喜可知矣。

合而觀之，侯不欲使天下之有情者盡入於無情，卒能使天下之無情者胥化爲有情。而何子抽思研慮，因其所從生推之，至於其所終極。且舉侯平情之政，譜爲多情之曲。笑即有聲，啼即有淚，琴臺竺國，生面重開，其庶幾『發乎情，止乎禮義』者歟？

雖然，侯之偉績循聲，膾炙人口者，指不勝屈。此其措置，不過鼎之一臠、狐之一腋而已。然以王道治一邑而一邑已治，必將以王道治天下而天下大治。他日入居清要，俾侯所歷之地，清歌妙舞，傳播無窮，急管繁絃，流連不置，推而至於幽遐僻陋之區，雖市叟村童、野人遊女輩，亦能洞悉其源流，導揚其美善。即以是劇爲寇公之竹、召伯之棠可也。爰擊節而爲之序。

（同上《詹鐵牛文集》卷二）

## 清風劍（冷士嵋）

冷士嵋（一六二七——一七一一），一作士湄，字又湄，一作又嵋，號秋江，別署秋江埜史、秋江散人，丹徒（今江蘇鎮江）人。明諸生。入清，絕意仕進，終身不入城市。以圖書史詩自娛，建『江泠閣』，藏書達三萬餘卷。多次主修《冷氏京口宗譜》。著有《江泠閣集》、《緒風吟》。傳見黄中堅《蓄齋集》卷九《秋江散人小傳》、《國朝耆獻類徵初編》卷四八〇、《明代千遺民詩咏二編》卷一、《國朝詩人徵略初編》卷三、光緒《丹徒縣志》卷三三、民國《丹徒縣志摭餘》卷八等。參見鄧長風《十九位明清戲曲家的生平材料·冷士嵋》（《明清戲曲家考略三編》）。撰傳奇《清風劍》，未見著錄，已佚。

# 清風劍題辭

冷士嵋

余讀史至唐哀五季間，謂天地晦蝕，陰陽盭錯，古今忠義之脈，幾乎□矣。及棲□□，得劍孃之奇。當綱維崩解，名分蔑如，士大夫毁節喪氣、辱名污行時，而以雙鬟奮一劍，縱横其下，卒能入危出險，致忠其主而畢所欲爲以去。傑哉！而後乃知寰間剛正之氣，自毅然而不可泯。雖運數屯厄，一脈隱隱，終有所托，不存於上，即存於下；不出於彼，即出於此。蓋當是時，鬚眉軒組之輩，莫能效一節於其君，僅下操於婢妾，使之植大義、維名分於千秋。是古今忠義之局，一大變也。君子曰：『禮失而求諸野。』洵哉！余之譜此，亦略存兹意云爾。

嗟乎！蓋劍孃即此劍而有功謀，有氣分，余復得；即劍孃之劍而有寄托，有文章。行將懸此劍於國門，爲之掃欃槍、抉氛祲，抒從來憤懣不平之氣，以獨立於清風之世也。倘能知清風之用之爲劍，則劍售；知清風之劍之爲劍孃用，則劍孃之劍售；知清風之劍之爲劍孃用，而劍孃復爲吾用也，吾劍亦售矣。至丹卿阮尹，節俠廉義，又各標一行，咸足觀感。讀記者，用能通此意，則善矣。

高麓隱曰〔一〕：文亦幾於駡世矣！然作傳奇題引，正不得不爾，一欲令人驚心清夜，讀者審之。

（《四庫全書存目叢書》集部第二三六册影印清康熙刻本《江泠閣文集》）

【箋】

〔一〕高麓隱：字號、籍里、生平均未詳。

## 神仙棗（安⿱竹眞）

安⿱竹眞（？—一七六五前），字青士，壽光（今屬山東）人。安致遠（一六二八—一七〇一）次子。康熙三十七年戊寅（一六九八）拔貢，遂棄舉子業，專攻古文詞。著有《約廬詩稿》、《綺樹閣賦稿》、《綺樹閣詩稿》。乾隆三十年（一七六五），同邑李作哲爲撰墓表文，收入民國《壽光縣志》。傳見咸豐《青州府志》卷四六、民國《壽光縣志》卷一二、《清詩紀事初編》卷六等。參見王漢民《清代戲曲劇目探佚三題》（《文獻》二〇〇八年第二期）。撰雜劇《神仙棗》，未見著錄，已佚。

### 神仙棗題詞

安致遠〔一〕

予齊人也，世家海上，譜牒遙遙，尚祖安期，理或非誣。按劉向《神仙傳》，期生爲琅邪阜鄉亭人，秦皇東巡，與之語三日夜，留赤玉舄以報。又以策干項羽不用，時人謂之『千歲公』。壬申春暮〔二〕，予遊九仙，登望海臺，於烟波沒滅間，髣髴遇之。今年丁丑〔三〕，齒屆七袞，擬欲倩人貌安期生食巨棗圖以自壽，以時無善手，點染難工。兒簀因作小賦以獻，予賞之。又以其餘材，演爲雜劇四折，名曰《神仙棗》。夫元人十二科，以『神仙道化』爲第一，茲或其不戾於作者之旨歟？

邑有訾瞻崔子者〔四〕，家畜雛伎，雅善新聲，令其按譜而調之，既以自娱，亦以娱人。歌成，客有過而謂予者曰：『子以歲儉苦飢，乞米有帖，指困無人，而乃流連於歌場酒社、紅牙紫拍之間，無乃爲陶胡奴輩所笑？』予應之曰：『西山蕨薇，同谷橡栗，何以樂飢？纂纂之實，吾自有吾家之巨棗在。』

丁丑重五日，拙石老人題於自鉏園之青裳花下。

（《四庫全書存目叢書·集部》第二一一冊影印清康熙間刻本安致遠《玉磑集》卷一）

【箋】

〔一〕安致遠（一六二八—一七〇一）：字靜子，一字如磐，號拙石，又號緘庵，別署拙石老人，壽光（今屬山東）人。私謚文介。順治十一年甲午（一六五四），貢入太學。屢試不第，偃蹇以沒。家辟自鉏園、晚讀堂，讀書著作其中。康熙三十七年（一六九八），與其子安簀編纂《壽光縣志》。著有《紀城文稿》、《紀城詩稿》、《玉磑集》、《吳江旅嘯》、《柳村雜詠》等，合集爲《安靜子集》。另有筆記《青社遺聞》。傳見張貞《渠亭山人半部稿·潛州集·墓志銘》、《國朝詩人徵略初編》卷五、《今世說》卷三、咸豐《青州府志》卷四六、宣統《山東通志》卷一七五、民國《壽光縣志》卷一二等。

〔二〕壬申：康熙三十一年（一六九二）。
〔三〕丁丑：康熙三十六年（一六九七）。
〔四〕崔創瞻：壽光（今屬山東）人。生平待考。

## 巢松樂府（王抃）

王抃（一六二八—一七〇二），字清尹，入清改字懌民，又字鶴尹，號巢松，太倉（今屬江蘇）人。王時敏（一五九二—一六八〇）五子。明諸生。入清屢試不第，好爲山水游。爲『婁東十子』之一。善樂府。著有《健庵集》、《巢松集》。傳見盛敬《太學巢松王君傳》（載《王巢松年譜》卷首）、《國朝耆獻類徵初編》卷四二五、《國朝先正事略》卷三八。參見自撰《王巢松年譜》（民國二十八年排印《吴中文獻小叢書》本）。撰雜劇《玉階怨》、《戴花劉》，傳奇《舜華莊》、《籌邊樓》、《鷲峯緣》、《浩氣吟》，合稱《巢松樂府》，僅存《籌邊樓》。

### 巢松樂府序並跋附刻

黄與堅〔一〕

《書》云：『詩言志，歌永言。』歌與詩，固相爲本末者也。樂府之名，始於漢武帝時，其時《房中》諸歌類以詩。迨魏，曹子建怨歌以七解。迄晉，用七解以譜樂，歌漸廣，猶不踰乎詩也。至唐、宋以屬詞，元、明以製曲，而歌與詩寖離矣。數百年間，詩變而爲詞，詞變而爲曲，曲又以北判而南。舉聲音之道，收之南北部，而始窮於無可變。此樂府者，詩之極而歌之究也。

班孟堅謂漢上林樂府，皆以鄭聲。歷後世，而五音六舞，日以流蕩，至於不復反，勢也。君子知其然，亦以爲其變不可已，因勢而用之。古者孫叔敖死，優孟能以衣冠彷彿其似，惑於楚人，況舉古今絕奇尤異之事，形摹規仿，極妍盡態，以致之當場，使謦欬猶生，鬚眉欲活，有不聳觀聽而動瞀魄者乎？此從來有志之士，其或抑鬱無所發抒，輒以學海餘波，洄漩於樂府，蓋其中之寄託，未始不深且至也。

巢松王子，生長華胄，有軼羣之才，所如不偶，將悒鬱以終老。其牢落之概，具見於詩，而又措思於樂府。所著《舜華莊》諸本，靚深妍婉，則麗人之含情也；激卬慷慨，則老臣之挾策也；蕭散超脱，則異僧之説法也；悲憤淒涼，則義士之捐軀也；困窮錯愕，則薄夫之蹇遭也。才情所至，波詭雲譎，烏能規規墨墨以測之？顧其載事也，直而不肆，怨而不傷，溫柔敦厚，有詩教焉。此以樂府合於詩，巢松之所以特勝也。

夫今所謂傳奇者，不知其幾千百矣。匏絃土鼓，不施於今，而但出其靡靡，欲以姦色煩聲，爚亂天下之耳目，其害於世也滋甚。蓋俳優故習，其不足以列於風雅之林也久矣。若巢松諸樂府，標舉一切，以之醒頑覺迷，殆無不具歌耶！其詞場之舞綴、騷壇之鼓吹耶！余故於茲樂府，知其必單行，仍欲以附巢松詩稿後。

康熙庚午仲春既望〔二〕，同邑黃與堅忍庵撰。

王子鶴尹，與余少同學，今並垂白矣，知鶴尹莫若余。庚午春，以巢松諸稿屬余序，余序其樂府，不及詩。以鶴尹詩之工，人盡稔知，若其樂府，抽祕騁妍，窮極窈眇，躐於古而人或未之知，以故爲之序。且爲言樂府與詩，古今離合之故，則序其樂府，猶詩也。今以樂府卷繁重，猝未付刻，余序乃先出，使人知鶴尹之才，鋒穎交發，所長者不獨詩。如夫神弓勁弩，既已挾其具，隨所遇而皆能以此勝於人，何一端之見殊特乎？則余樂府序，即以爲斯集之嚆矢，亦可耳。

丙子二月朔五日〔三〕，弟與堅跋。

（《四庫未收書輯刊》第八輯第二二册影印清鈔本王抃《巢松集》卷首）

**【箋】**

〔一〕黃與堅（一六二〇—一七〇一）：字庭表，一作廷表，號忍庵，太倉（今江蘇蘇州）人。明諸生。清順治十一年甲午（一六五四），貢入太學。十四年（一六五七）丁酉舉人，十六年己亥（一六五九）進士，授推官。旋因『奏銷案』落職。康熙十八年己未（一六七九），召試博學鴻詞，授翰林院編修，與修《明史》。官至詹事府贊善大夫。嘗輯《太倉州志》，著有《願學齋文集》、《忍庵集文稿》、《論學三說》等。傳見《清史稿》卷四八四、《清史列傳》卷七〇、《國朝耆獻類徵初編》卷一二〇、《國朝先正事略》卷三八、《國朝詩人徵略初編》卷六、《漁洋山人感舊集》卷七、《昭代名人尺牘小傳》卷九、《國朝書畫家小傳》卷三等。

〔二〕康熙庚午：康熙三十九年（一七〇〇）。

〔三〕丙子：康熙三十五年（一六九六）。

# 巢松樂府序

葉燮

士束髮讀書，其性情志慮，必有所期：上之期立『三不朽』業，比迹皋、夔；次則顯榮名，享厚禄，以耀妻子鄉黨，爲人所羡慕；又次之則才效一官，智效一得，以稍自愉快。若此數者，不能酬其所期則遇窮，遇窮則志窮而不能自得。於是無聊感慨之概，任志之所往，假言語爲發洩，以曲盡其致。於是天地萬物，無不可供其陶鑄，極其性情念慮之所之。太史公歷敍古聖賢之述作，盡出於憂患之所爲，而終之曰：『《詩三百篇》，大抵皆發憤之所作也。』

吾嘗謂，人之生惟憂樂二端。子輿氏謂『生於憂患，死於安樂』，亦泛論其恆理耳。若夫人之生始乎憂、卒乎憂者，嘗什之九；始乎樂、卒乎樂者，僅什之一；其他則皆始乎憂而卒乎樂與始乎樂而卒乎憂者，憂樂循環，比比是也。夫先憂後樂，則人必喜；先樂後憂，則人必憤。憤則思發，不能發於作爲，則必發於言語。吾讀王子懌民《巢松樂府》，嘗不禁流連三嘆也。

懌民家世公卿，業勒旗常，言在編簡。懌民與其同産昆弟八九人，皆以少年才名，照爍海内。其志慮性情，欲率乃祖之攸行，且將跨而上之者。懌民之志與所處，可謂甚樂矣。乃時不我與，自少而壯，壯而老，而今且已暮矣。懌民歷思其少壯之所志，以較其目前之所遇，不得不發而爲言。正言之不得而旁引曲喻之，甚且托之於嬉笑怒罵、詼諧雜遝之言。其爲言也，至於樂府，莊生之所謂『小言詹詹也』。今之樂府，卽俗之劇本傳奇，其事甚末，然有風人之遺意，大概托始於夫婦，此《關雎》之所以作也。今觀其所述之人與事，必始歷盡艱危，瀕九死而一生，而卒之以富貴榮顯。懌民蓋借先憂後樂之境，以較量其先樂後憂之情，其志亦可悲矣！昔三閭大夫不得於君，其憂愁之思，托之美人香草，思蹇修而不可得，無不藉夫婦以明志。懌民其亦此物此志也夫？

（《四庫全書存目叢書》集部第二四四冊影印康熙間葉氏二棄草堂刻本《已畦集》卷九）

## 浩氣吟（王抃）

《浩氣吟》，王國維《曲錄》據《漁洋詩話》著錄，已佚。

### 題樂府浩氣吟後

王抃

夜夜含毫對短檠，經營累月苦心成。有關世道惟忠孝，眞見交情在死生。漫托優伶傳往事，聊將絃管播新聲。寶常已沒龜年少，那許時人浪得名。

（《四庫未收書輯刊》第八輯第二二冊影印清鈔本王抃《巢松集》卷三）

## 經鋤堂樂府（葉奕苞）

葉奕苞（一六二九—一六八六或一六八七），字九來，一字鳳雛，號二泉，又號半園，別署羣玉山樵，崑山（今屬江蘇）人。監生。康熙十八年己未（一六七九），薦博學鴻詞，罷歸。築半繭園，觴咏其間，以度歲月。著有《金石録補》、《金石小箋》、《經鋤堂文稿》、《經鋤堂詩稿》、《續花間集》、《醉鄉約法》、《賓告》等。傳見《清史列傳》卷七二、《國朝耆獻類徵初編》卷四二五、《昭代名人尺牘小傳》卷一〇、《清代樸學大師列傳》卷一八、《皇清書史》卷三一、光緒《崑新兩縣續修合志》卷三一等。參見陸林《清初戲曲家葉奕苞生平新考》（《文學遺產》二〇〇七年第三期）。

撰雜劇四種：《奇男子》（詭名《盧從史》）、《老客婦》（詭名《老客歸》）、《長門宮》（詭名《長門賦》）、《燕子樓》，總稱《經鋤堂樂府》，《重訂曲海目》、《曲考》、《曲目表》、《今樂考證》、《曲録》、《清人雜劇全目》並著録，總稱均誤作《鋤經堂樂府》。現存康熙間刻《經鋤堂集》所收本，乾隆七年（一七四二）葉氏家刻本。

### 葉九來樂府序〔一〕

尤侗

古之人不得志於時，往往發爲詩歌，以鳴其不平。顧詩人之旨，怨而不怒，哀而不傷，抑揚含吐，言不盡意，則憂愁抑鬱之思，終無自而申焉。既又變爲詞曲，假託故事，翻弄新聲，奪人酒杯，澆己塊壘。於是嘻笑怒罵，縱横肆出，淋漓極致而後已。《小序》所云：『言之不足，故嗟嘆之；嗟嘆之不足，故永歌之；永歌之不足，不知手之舞之，足之蹈之也。』至於手舞足蹈，則秦聲趙瑟，鄭衛遞代，觀者目搖神愕，而作者幽愁抑鬱之思爲之一快。然千載而下，讀其書，想其無聊寄寓之懷，愾然有餘悲焉。而一二俗人，乃以俳優小技目之，不亦異乎？

予生世不諧，索居多恨，灌園餘暇，間作彈詞，辟如學畫不成，去而學塑，固無足比數矣。然當酒酣耳熱，仰天嗚嗚，旁若無人者，其類放言自廢者與？若吾友葉子九來，門地人材，並居最勝。方以文筆掉鞅名場，夫何不樂，而潦倒於商黄絲竹之間？或者①游戲及之耳。雖然，以葉子之才，荏苒中年，風塵未偶，豈無邑邑於中者？忽然感觸，或借此爲陶寫之具，未可知也。是則予所引爲同調者也。

嗟乎！歌苦知希，曲高和寡，安得徐文長撾鼓，康對山彈琵琶，楊升庵傅粉，挽雙丫髻，來演吾劇者，雖爲之執爪，所欣②慕焉。彼世間院本，滿紙村沙，眞趙承旨所謂『戾家把戲』耳，何足道哉，何足道哉！

（《四庫禁燬書叢刊·集部》第一二九冊影印清康熙間刻本《尤太史西堂全集·西堂雜俎二集》卷三）

【校】

①或者，清康熙間刻本《鋤經堂集》卷首《序》作『疑其』。

②欣，清康熙間刻本《鋤經堂集》卷首《序》作『忻』。

【箋】

〔一〕此文又見於葉奕苞《鋤經堂集》卷首，僅題《序》，無落款，版心題『尤序』，現存清康熙間刻本（華東師範大學圖書館藏）。尤侗《西堂雜組二集》所收文字『自丁酉至辛亥止』（見卷首目錄），即順治十四年（一六五七）至康熙十年（一六七一），序當作於此十數年間。

## 芙蓉樓（汪光被）

汪光被（一六二九—一六八五後），字幼闇，一作幼安，乳名遵崇，別署雙溪厲山，休寧（今屬安徽）人。由增生中康熙甲子浙江副榜教習，候選知縣。博極羣書，文名籍甚，領袖西陵垂三十年。著有《叩鉢齋集》。撰傳奇《芙蓉樓》、《易水歌》二種。傳見《休寧雙溪汪氏宗譜·貴德門仲房支》。

《芙蓉樓》，《傳奇彙考標目》著錄，作『雙溪厲山』作，邵茗生補注云：『厲山係清汪光被，字幼闇，徽州人。』《曲海目》著錄，題『雙溪厲山』作。《曲海總目提要》卷二六有此本，謂：『近時人作，其自號曰雙溪厲山，不知姓氏。』現存康熙間叩鉢齋原刻初印本，中國國家圖書館藏，《古本戲曲叢刊五集》據以影印。

# 芙蓉樓序〔一〕

闕名

〔前闕〕有一種可驚可愕之事，隱現於心目之間，躍躍欲出。淵明有云：『稱心而言，人亦易足。』何必詫憒憒天公，徒使我憂憂相接續乎？

鹰山天才雄放，博學周知，而滯於葭葦，不可一世。其所著《芙蓉樓傳奇》，信彼美必合，而機緣倏至，往往發於不意，俾閲之者蕩心溢目，輒悱然爭朵頤焉。倘所謂稱心易足者，是歟非歟？

吾聞佳人難得，窮達天爲。臥念今古，得意恆少，失意常多，所以夢裏猶啼，感至便哭；雖復長歌自慰，竊恐長恨之端，由之彌起耳。譬若啖柏脂者，聊以遏飢，謂卽長飽，或未盡然也。然而權之所閉，意或辟焉；勢之所隔，理可通焉。當其適我皆新，引人入勝，一洩夫中存鬱鬱纍纍之氣，快然於心，得所喜，有不破涕爲歡、掀髯獨笑者哉？今夫道消而憤懣結，運開則悲涼申，知鹰山寄託遠矣，豈僅爲世人鼓掌之資乎？

若夫塡詞度曲，刻羽引宮，屯田祕監，罔儷名言，致遠、實甫，積薪以歎，斯固異耳同聆，請勿言矣〔二〕。

（《古本戲曲叢刊五集》影印《芙蓉樓傳奇》卷首）

**【箋】**

〔一〕底本前闕，版心題『序』。

〔二〕題署之後有方章二枚：　陽文『蕚斷（？）』，陰文『漁丈人』。

## 易水歌（汪光被）

《易水歌》傳奇，《曲考》著錄。《曲海總目提要》卷二九有此本，據南陽遠峯氏序，作豸山撰。按，『豸』與『廌』通。《古典戲曲存目彙考》卷一一云有雙溪原刻本，署雙溪廌山。然今未見。

### 易水歌序

南陽遠峯氏〔一〕

余嘗讀史遷《荊卿列傳》，至請樊於期之首以獻秦，於期偏袒搤腕，進而自剄。笑謂豸山：『將軍之頭，不及劍客之一言，何輕重不等如是？』豸山謂余，燕丹結客，微獨荊卿爲丹被創而殞，田先生激卿而伏劍，高漸離交卿而被誅，無他，爲客故也，於期又何足論？至扶蘇以子殉父，蒙恬以臣殉君，君子痛之，而且愚之，此又不可與荊卿同日而語者。豸山因繫之以歌，編爲傳奇，托之以女媧補恨，爲扶蘇補之，而荊卿付之無可如何而已，大率寓言也。

（一九五九年人民文學出版社影印本《曲海總目提要》卷二九）

【箋】

〔一〕南陽遠峯氏：姓名、籍里、生平均未詳。

## 風流棒（萬樹）

萬樹（一六三〇—一六八八），字紅友，一字花農，號山翁，又號山農，別署三野先生、岦豆村山人，宜興（今屬江蘇）人。清太學生，屢試不第。生活貧困，遊歷燕、晉、楚等地。後歸鄉，購吳氏鸚鵡園舊址，更名『堆絮園』，安居讀書。康熙二十年（一六八一），入兩廣總督吳興祚（一六三二—一六九八）幕中。編纂《詞律》。著有《堆絮園集》、《花農集》、《左傳論文》、《香膽詞選》、《璇璣碎錦》等。所撰戲曲，嘉慶《增修宜興縣舊志》卷八謂有二十餘種。現僅存《風流棒》、《空青石》、《念八翻》，合刻爲《擁雙豔三種》，有清康熙二十五年（一六八六）粲花別墅刻本。傳見嘉慶《增修宜興縣舊志》卷八。參見嚴迪昌《萬樹三考》（《嚴迪昌自選論文集》，中國書店，二〇〇五）、鄭志良《〈萬氏宗譜〉與萬樹的家世情況》（《明清戲曲文學與文獻探考》）。

《風流棒》傳奇，《曲海目》著錄，現存康熙二十五年粲花別墅刻本《擁雙豔三種》本。

### （風流棒）序

吳秉鈞〔一〕

余幼居江南，得熟聞吳歈曲。自僦舍二泉，迄歸遊故隴鏡湖之上，多閱吳越間老伶師奏伎，洋洋盈耳，知爲風雅之遺。間自持樂句按之，頗喜中拍。然能聆其音，未能察其故也。及從紅友山翁遊，由閩而粵，耳其緒論久，於中若有所得。因與家小阮雪舫〔二〕，共以學塡詞請。山翁謂：『非爛熟元人書，不得其門。』余遂購茗水臧氏本讀之。初如啖蔗尾，嚼蜜房，了無可悅。既而漸入，乃覺其腴且甘焉。

山翁曰：『是可以論曲矣。夫曲有音、有情、有理。不通乎音，弗能歌；不通乎情，弗能作；理則貫乎音與情之間，可以意領，不可以言宣。悟此，則如破竹建瓴，否則終隔一膜也。』於是探其篋，得觀所譜諸劇，無不推陳標新，另辟生面，不襲元人之貌，而實徹元人之髓。字義精粲，宮律諧婉，極眞樸而不腐，極傀幻而不詭，極喬豔而不餖飣，極旖旎而不淫靡，極淘寫冷笑而不傷刻虐，所謂風流蘊藉，談言微中者歟！

山翁撰著最富，而稿多散逸。卽余所見者，幽秀若《空青石》，俊爽若《錦塵帆》，奇橫若《念八翻》，新穎若《十串珠》，剪裁點綴若《黃金甕》、《金神鳳》，皆陳言務去，巧法兼備，而恢諧滑稽，其風肆好。最後讀《資齊鑒》一書，則一筆白描，抽絲獨繭。忽而螿啼猿叫，忽而鼉嘯鼇呿。其言則疏布菜羹，其色則商璉夏鼎，其旨則晨鐘春鐸。浩浩乎十餘萬言，如挾天風海濤而砰礴澎湃者。但以卷帙太重，急難開演，已請山翁節而傳之。其他小劇，若《珊瑚毬》、《舞霓裳》、《藐姑仙》、《青錢賺》、《焚書鬧》、《罵東風》、《三茅宴》、《玉山庵》等，幾於盈箱充棟，陸離杳渺，不可方物。俱令家優，試之氍毹上，觀者神撼色飛，相與叫絕。始知理貫而後情超，情超而後音協。

余之所得於山翁者，由是更進。因操觚而學爲《電目書》一種，雪舫亦試作《赤豆軍》、《美人丹》，山翁皆爲印可焉。惟時藥庵呂君〔三〕，亦有《回頭寶》、《狀元符》、《雙猿幻》、《寶硯緣》諸撰。藥庵令叔守齋〔四〕，亦攜《金馬門》曲出示。燒燈踏月之次，家大人卽命拍新詞侑觴〔五〕。三載於茲，忘其爲瘴鄉旅客也。

丙寅春〔六〕，飲紅蕉花下。客有言某閨詞之僞者，余謂此可入劇，作筵前一粲，索山翁塡之。不半月，而《風流棒》曲成，則遊思運腕，出奇無窮，徑愈折而愈幽，蕊愈吐而愈豔。茶郎之顛，林風之韻，菊人之摯，以及連、霍之周圓，童、賴之醜報，刻畫畢肖。本言情之書，而不落冷淡生活，引人入勝，雅俗共賞，可稱觀止矣。以視夫世之打油釘鉸者流，其眞僞醇疵，固有相去河漢者。雪舫云：『山翁之曲，當爲六十年來第一手。』知言哉！

康熙丙寅重九，山陰琰青子吳秉鈞題〔七〕。

【箋】

〔一〕吳秉鈞： 一名秉權，字琰青，號子魚，別署琰青子，山陰（今浙江紹興）人。兩廣總督吳興祚（一六三二—一六九八）三子。工詞，著有《課鵡詞》。撰傳奇《電目書》，《今樂考證》著錄，已佚。傳見《歷代兩浙詞人小傳》卷六。

〔二〕雪舫： 卽吳棠禎（一六四四—一六九二），生平詳見下文吳棠禎《〈風流棒〉序》條箋證。

〔三〕藥庵呂君： 卽呂洪烈（約一六二三—一七〇二），生平詳見本卷《〈念八翻〉序》條箋證。

〔四〕藥庵令叔守齋： 卽呂師濂，字黍宇，號守齋，書齋名何山草堂，山陰（今浙江紹興）人。呂洪烈叔。

遭甲申之變，毀家紓難，浪迹江湖。曾游滇南，爲幕府上客。康熙間，入吴興祚兩廣總督幕府。工詩文，善書法。著有《何山草堂詩稿》、《守齋詞》。撰傳奇《金馬門》，《今樂考證》著録，已佚。傳見《歷代兩浙詞人小傳》卷六、《皇清書史》卷二四。參見張萍《明代餘姚吕氏家族研究》（浙江大學出版社，二〇一二，頁一二一—一二六）。

〔五〕家大人：即吴興祚（一六三二—一六九八），字伯成，號留村，原籍山陰（今浙江紹興），後移籍鐵嶺（今屬遼寧），隸漢軍正紅旗。清順治七年庚寅（一六五〇）貢生，授江西萍鄉知縣。康熙二年（一六六三），任無錫知縣，在任十三年，擢福建按察使、福建巡撫。二十一年（一六八二）（一説二十年），擢兩廣總督，在任八年。歷官至漢軍副都統。著有《留村詩鈔》、《留村詞》、《宋元詩聲律選》、《史遷句解》、《粤東輿圖》等。傳見秦松齡《蒼峴山人文録·留村吴公行狀》、《清史稿》卷二六〇、《清史列傳》卷九、《碑傳集》卷六四、《國朝耆獻類徵初編》卷一五三等。

〔六〕丙寅：康熙二十五年（一六八六）。前文云『三載於兹』，則萬樹入粤，當在康熙二十二年（一六八三）。

〔七〕題署之後有印章二枚：陰文方章『吴秉鈞印』，陽文方章『子魚』。

## （風流棒）序

吴棠禎〔一〕

季子難逢，誰是審音之客？周郎不作，疇爲顧曲之人。總復綺繡盈篇，但有覆來醬甕；宫商合調，弗能譜向旗亭。常見名流，碎琴恨晚；曾傳雅士，焚硯嫌遲。棠禎蘸墨書牀，頗知詩格；埋毫筆冢，薄有文心。既刻鵠而未成，亦造鳶以不就。所賴鵝州前輩，訓以塡詞；蛟水先生，命之度曲。詎識侯芭揚管，終不及夫子雲；袁準調絃，究莫傳於叔夜。西家之顰難效，北面之禮空虔。

蓋緣玉女潭邊，專產才人之地；銅官山下，慣生文士之鄉。羊曇爲太傅之賢甥，爰因宅相；何劭乃潁昌之令子，綽有家風。是以弱冠知音，勝衣協律，巘建騷壇之上，名蜚樂府之中。紅杏橋頭，都唱謝郎蝴蝶；白蘋溪畔，齊歌庾信鴛鴦。近貯吟囊，尤多院本，《風流棒》一編，則其新作也。言乎才藻，不妨屈闞、鄭爲衙官；論厥編排，幾欲喚高、施爲小友。南音杳麗，珠圓玉潤之輝；北調砰訇，裂石崩雲之響。冷豔則湘娥倚竹，幽奇則山鬼吹燈。悲來覺楊柳之含啼，歡處恍芙蓉之索笑。而且文情曲折，格局迴環。如入桃花流水之村，過客競迷南北；似遊桂樹亂山之路，居人不辨東西。雲錦月鉤，工緣天造；棘猴木凰，巧實人成。況乎百種名花，開於頃刻；千卮美酒，釀出逡巡。總屬仙才，非關人力。

特恐世有盲夫，時多笨伯，未涉詞場之堂奧，罔知匠石之經營。乃謂座內歌來，殊乏劍拔弩張之勢；燈前演出，絕無蛇神牛鬼之奇。文非巷語街談，聽時欲睡；事不驚魂蕩魄，觀者多逃。斯固俗士之難醫，益信郢人之寡和。然而荊山良璧，自遇卞和；渥水神駒，定遭伯樂。如斯偉製，固當藏以帳中；若此高文，何用懸諸市上？揚雄之經必顯，左思之賦終傳。休防郭氏之偷，稍辟羽陵之蠹。月明烟淡之候，待通人盥手而吟；花飛葉落之時，俟騷客焚香以讀。料知尊意，肯教吳邁遠之嗤人；一任狂奴，聊學禰正平之罵座。

康熙二十五年丙寅清和月上浣，山陰後學吳棠禎伯憩氏戲題於端州之文來閣〔二〕。

（以上均清康熙二十五年粲花別墅刻本《擁雙豔三種》所收《風流棒傳奇》卷首）

【箋】

〔一〕吳棠禎（一六四四—一六九二）：字伯憩，號雪舫、舫叟，山陰（今浙江紹興）人。吳秉鈞姪。由邑庠補太學生。著有《雪舫詩集》、《鳳車詞》、《吹香詞》等。撰傳奇《赤豆軍》、《美人丹》，《今樂考證》著錄；另有《樊川譜》傳奇，未見著錄，均佚。傳見阮元《兩浙輶軒錄》卷九。

〔二〕題署之後有印章二枚：陰文方章『棠禎之印』，陽文方章『雪舫』。

## 風流棒跋〔一〕

吳秉鈞

琰青子曰：向聞香令先生《鴛鴦棒》劇，詑爲傳奇變格。先輩云：此曲固有所感而作，但劇本須扭合團圓，故以淨丑心胷，而借正生面孔，其場終，聊借雙棒以爲解嘲耳。余謂此事令人髮指，入劇殊傷風雅。且推溺之仇，非一棒可釋，於人情曲理，實爲不諧。豈若茲編一棒，調侃詼諧，斯不忝『風流』二字。言理則隨端合節，言情則曲折入微，可云騷壇獨步也。人謂其風致之美，酷類粲花，余謂其律度之工，且過玉茗矣。

（同上《風流棒傳奇》卷末）

【箋】

〔一〕底本無題名。

## 空青石（萬樹）

《空青石》傳奇，《曲海目》著録，現存康熙二十五年（一六八六）粲花别墅刻《擁雙豔三種》本。

### （空青石）序

吴棠禎

泰伯城邊，縹碧綴山光之一笏；梁鴻溪畔，飛青織水色之千螺。偶因放艇之遊，恰值燒燈之節。覩蜀中之吐鳳，識是才人；遇洛下之騎羊，猜爲名輩。問其姓氏，則大名盈數之家；詢厥郊圻，則射虎斬蛟之里。任彦升釣臺之側，累産詞流；杜樊川水樹之旁，每生騷客。是故河北風華，子昇第一；江東品藻，文度無雙。

既親炙夫光儀，復求觀乎著述。且以邇來賦手，俱誇謝月宋風；近代詩翁，競詡潘江陸海。流傳頗廣，篇帙逾繁，總屬殺青，無殊曳白。不若高、施雅調，乃足怡心，關、鄭清歌，差堪快意。爰入張氏徙餘之屋，略搜李家吟剩之囊。授此一編，命爲三復。

於斯時也，銅蠡晝靜，坐滿榭之梅花；銀鴨香溫，瀹半壺之茗葉。總使修琴客至，何妨拍掌而吟；假令蠟屐人來，亦且掉頭不顧。初窺半卷，便驚裁剪之工；及覩全文，益見編排之巧。要其注意，大抵言情。紫薑書中，淑女之原篇風雅；紅鵝字裏，狂奴之和韻清新。纔拾殘箋，早隕斷腸之淚；未逢嬌面，思聯鍥臂之盟。螭舫雀爐，助其清怨；絨窗鍼榻，鬱是牢愁。加以沁水雛姬，平陽少女。會製鴛鴦之曲，誨才士以相思；追賡鸚鵡之章，惹名姝以長恨。亦復釁眉損黛，糶曉天於鳷鵲樓頭；破粉成痕，泣夜夢於鳳凰臺畔。愛文人而欲嫁，不難抱處如烟；有才女以交歡，並可攜之行雨。貞偏工媚，豔不傷淫。並非題扇而惱王郎，安用投梭以嘗謝掾？

若夫饞虎橫戈，毒虺弄戟。金髯俘掠，屋中賸瓦無多；銅脛燒焚，江上殘城不少。元戎作鎮之地，血裹游魂；將軍坐嘯之樓，燐啼戰鬼。誰家花鳥，酸風纏十院琵琶；何處樓臺，苦霧埋一軍觱篥。於是據鞍大帥，草檄參軍。借謝太傅賭墅風流，列陣而殲强賊；假羊開府輕裘氣概，飛書而款降生。具見韜鈐，足徵經濟。惟其胷藏武庫，斯能斗避文星。倘徒襲故紙以譚兵，豈異向癡人而說夢？

至夫靈心不測，依稀宋玉微詞；慧舌無涯，宛轉東方恢語。欲使解頤而去，只須匡鼎之一言；初非談道而來，已覺王戎之三倒。如入玉津之內，堪誇者有玳瑇千枝；似游金谷之中，最賤者亦珊瑚七尺。由來院本，鮮此雕華；自昔傳奇，讓茲清豔。棄諸笥篋，儘堪佐一斗觥船；

演出氍毹，不覺費千行燭樹。試問舞態歌聲之外，何從得冰雪文心？謂言搊箏撾鼓之餘，別自具綺羅香骨。蓋緣鯉庭趨處，曾傳遺草一囊；羊墅乞時，更授《粲花五種》。孕向仙人之圃，藥必延年；巢於佛氏之龕，鳥皆並命。誠淵源之有自，洵才地之無⿱九凵。

昔叨半面之交，已欲拜康成弟子；今托同心之契，尤當呼玄晏先生。良以共入竹林，偕棲蓮幕。百蠻瘴雨，把臂而聽；五管火雲，拍肩以看。椰漿乍白，雙尋犇鴿之亭；荔子剛紅，俱泛潛牛之水。追陪云久，教賤子以倚聲；宮調非難，促狂生而譜曲。粗諧競病，亟揮雲母而塡；偶和車叉，速授雪兒以唱。凡屬鄙文之四部，實資大喝之三通。矧夫暢捧雄文，飽觀傑構。綺言迭出，謝康樂之錯彩鏤金；麗句横開，徐孝穆之魚油龍罽。不同俗子，僅說當行；肯學鄙君，專誇本色。料知舊劇，都可炬以秦灰；祇恐新編，未得貴夫洛紙。

然而世乏菁英之侶，時多庸妄之夫。或單重文章，致訶茲爲小道；或高談名理，竟叱此爲外篇。遂將繪風斲月之弘裁，直作地老天荒之剩技。則是陸機誚左思爲傖父，可隸名言；鍾嶸譏沈約爲中材，爰成篤論。不知有裨政教，卽號奇書；無戾風騷，自稱雅作。探其微旨，不過白鳩黃鵠之變聲；律以佳辭，卻合聖女小姑之創調。茫茫宇宙，寧無識曲之人？落落乾坤，詎少知音之客？相如作賦，一時爲之爭誇；揚子摛經，數世知其必顯。果可登諸虎觀，奚難播在雞林？此家大司馬，壽諸梨棗以傳；而余老雕蟲，序爲荃蘭之繼者也。

嗚呼！天上有無愁之曲，人間寡蠲忿之方。孰能邀玉女以投壺？疇慣喚井公而對博。爲歡有具，除是殘編斷楮之生涯；行樂何年，捨此黃卷青燈之歲月。任諸子盡跋扈於丹鉛之囿，吾兩人且跳蕩於粉墨之場。舞鸜鵒而何辭，按鷓鴣以不吝。君將妙曲，閒吟十里茶山；余把長歌，歸唱半城菱艓。

時康熙二十五年歲在丙寅仲春花朝，山陰後學吳棠禎伯憩氏題於端州之文來閣〔一〕。

（同上《空青石傳奇》卷首）

【箋】

〔一〕題署之後有印章二枚：陰文方章『棠禎之印』，陽文方章『雪舫』。

## 念八翻（萬樹）

《念八翻》傳奇，全稱《玉壺樂府念八翻傳奇》，《曲海目》著錄，現存康熙二十五年（一六八六）粲花別墅刻《擁雙豔三種》本。

### （念八翻）序

呂洪烈〔一〕

世有入神之藝，見者無不歎爲不可及。惟愚妄之人歎之不已而思效之，以爲我既已心知其妙，或亦力所能及。遂有終其身疲精勞神，殫思畢慮以幾之，而卒無能及之者，才限之也。嗟乎！

世未嘗無才，使非有大小分限其際，則夫司馬、班、楊之文，曹、劉、顏、謝之詩，後世當必重見疊出。何自此千百年間，著述如林，謂各極其致則有之，必欲以此方彼，謂銖兩悉稱，而無毫髮之憾者，余實未之見，即世亦不之許也。故余嘗臨文自咎，彼古人絕作，其字余無不識也，其義余無不解也，在彼何次第安貼，無善不臻，余乃不能以所識所解之字之義，采集成章，每每得之心而失之手，豈非恨事！

此意殆自知有文字以來，蓋鬱鬱以至於今矣。然或理道高深者，非淺學可幾，猶得自恕。若詞曲一途，緣情結境，按譜填辭，似非浩無津涯者比。余又少嗜音聲，時時得竊聞先人緒論，遂謂激徵流商，當必可學而至。不意泛觀古今傳奇，類多不足學。因思非得絕妙好辭，我不以爲矜式。歲在壬午〔二〕，乃獲見吴石渠先生《粲花五種》，始躍然大快，以爲傳奇之觀，止於是矣。然自是遂不敢妄有所作，而往者效法之思，又成虛願，特日置几案，曼聲吟唱而已。

至辛酉、壬戌間〔三〕，與吴子雪舫，同研席於三山幕府。雪舫喜有同嗜，顧亦未輒撰作。未幾而陽羡紅友萬先生至。於是三人則時倡和，短章小詞，先生許可。因出其向所編傳奇三種相視，余不覺驚起曰：『何其酷似我私淑之粲花也？』訊之，則粲花實先生之舅氏。余蓋踴躍自喜，雖不幸不見石渠，猶幸得見紅友，因日夕得聞所未聞。偕至粵中，先生卽令雪舫與余，亦效之而作。雪舫遂成四種。余不自量，强顏勉作三種。先生則又得五種，並散劇數曲。余又不覺失聲而嘆：『土牛何鈍！才分之限，不信然耶？』

先生每脱一稿，則大司馬留村先生〔四〕，必令家伶，演之登場，授之梓人。蓋不欲僅播之管絃，而傳之名山也。此《念八翻》一部，先生不以余不敏，而命之題評，余得附名以傳，抑何幸焉！噫！先生於詞曲一道，詣已入神。不謂强作以效之者，乃及於余，余其愚妄之人乎哉！前有石渠，後有紅友，世人苟欲軒輊其間，是又妄之妄矣。凡其結構之新巧，文采之香豔，音律之精嚴，先生諸作皆然。余於部中，既逐節闡明其上，庶觀者信余心知其妙之言，爲不誣爾。

時康熙丙寅秋月〔五〕，山陰弟呂洪烈題於文來閣下〔六〕。

（同上《念八翻傳奇》卷首）

**【箋】**

〔一〕呂洪烈（約一六二二—一七〇二）：字清卿，號藥庵、弦績，別署藥庵居士，山陰（今浙江紹興）人。呂天成（一五八〇—一六一八）孫，呂師著（一五九九—一六六四）三子，呂師濂族姪。一生游幕。著有《藥庵詞》。撰傳奇《回頭寶》、《狀元符》、《雙猿幻》、《寶硯緣》，《今樂考證》著錄，均佚。傳見《歷代兩浙詞人小傳》卷六。參見張萍《明代餘姚呂氏家族研究》（浙江大學出版社，二〇一二，頁一二六—一三一）。

〔二〕壬午：崇禎十五年（一六四二）。

〔三〕辛酉、壬戌間：康熙二十年（一六八一）、二十一年（一六八二）。

〔四〕大司馬留村先生：即吳興祚（一六三二—一六九八）。

〔五〕丙寅：康熙二十五年（一六八六）。

〔六〕題署之後有印章二枚：陰文方章「呂洪烈印」，陽文方章「藥庵」。

## 銅虎媒（董元愷）

董元愷（約一六三〇—一六八七），字舜民，號子康，别署蒼梧生，室名一草堂，武進（今江蘇常州）人。順治十七年庚子（一六六〇）舉人，次年罹『奏銷案』被黜，遍歷南北，放浪江湖。著有《蒼梧詞》。傳見《清代毗陵名人小傳稿》卷一、陳乃乾《清名家詞》卷三。參見劉夕媛《董元愷蒼梧詞研究》（西南大學碩士學位論文，二〇〇八）。撰傳奇《銅虎媒》，葉德均《戲曲小說叢考》卷上《曲目鈎沉録》著録，已佚。

### 銅虎媒傳奇序

沈受宏〔一〕

嗟乎！吾讀《銅虎媒》而有感也。天下之風俗，有大悖於古者三：其公卿甘卑辱而無名節，其士好徼逐而無品行，其胥吏爭侈大而求上人。此三者，世運之所以升降，陰陽、君子小人之所以消長也。而《銅虎媒》以傳奇能言之，所謂『言之者無罪，而聞者足以戒』歟？

嘗聞諸父老，言疇昔盛時，舉甲科者皆有自尊重之心，以體貌相接，以門地相上。非衣冠之類，不通問，不列坐，不與爲婚姻。非有公事，不干州郡。偶一至焉，州郡之吏役，卻立左辟，奉言語，候色笑，如事其主。今則不然。公卿居鄉，既失勢，視勢之所在，降而與交。不問僕隸卑賤，同姓者序宗族、稱兄弟，異姓者結爲姻婭友朋，往來接杯酒爲歡。有事則身爲捍蔽，書簡交於公庭，雖抗鄉里清論不顧。

又聞昔者，士既入鄉校，閉門誦讀，以功名自勵。月有會，日有課，推文章爲甲乙。出則峨冠舄履，高視闊步，道路人爲辟易。鄉里有大利害，則相約肅衣冠，謁有司於庭，有司降座以迎。秉義持法，抗直言之，有司俯首聽，則揖而退。今則不然。士之知讀書爲文章者，十不得二三。其餘强預戶外事，競錐刀之末利。遇人鬬爭獄訟，委身爲謀主，弄筆墨，倚口舌，以干官府，俯伏跪階下，代人質辨。或爲有司嫚罵，不以爲恥。

又聞昔之胥吏，衣服有制，不敢以紈綺爲飾。有事達鄉縉紳，叩首旁立庭階下，與僕輩爲伍。主人立堂上與語，唯諾惟謹。語畢，叩首以出。入諸生家，不敢升堂，垂兩手，不敢爲拱揖禮。道遇衣冠人，趨走屏息道畔，視其過乃行。其名列優娼隸卒，中人且羞與之齒。今則不然。胥吏用事於官，操擅威柄，張皇聲勢。居巨室大廈，壯麗如官府。子弟僕從，車馬服飾，炫熿赫奕於道。四方珍美技巧之物，歸於其家。一筵之饌，破中人十家之産。召致優伶妓女，冠蓋滿座，皆其親暱，頌大名，譽盛德不衰。

嗟乎！今天下風俗蓋如此。《銅虎媒》者，蒼梧生爲桂、季而作也，然於三者之情狀，道之盡矣。蒼梧生以孝廉負憂世之心，托於傳奇而發之。因桂、季而傳柏之爲吏者，因柏而傳蒲戎之爲縉紳者，又因柏因桂而傳戎方之爲諸生者。聲音笑貌，無一不畢具焉。吾謂桂、季之事小，而三者之俗大。雖謂《銅虎媒》之專爲此三者之人而作，何不可也？

昔祝欽明爲八風之舞，摇頭轉目，備諸醜態，而盧藏用曰：『祝公五經掃地矣。』夫祝欽明之爲此者，以自爲之而不覺耳。使其見人爲之，則亦當面熱内慚，怵惕而不敢寧矣。今《銅虎媒》之劇，較八風之舞爲尤甚。而天下爲此三者之人衆矣，亦猶祝欽明之自爲之而不覺也。使其得《銅虎媒》而觀之，將必指之曰：『某人何人也，而如此爲也！』不惟指之，且相與罵之。既而自思之，又必曰：『吾亦無乃類於此也。』則庶幾面熱内慚，怵惕而不敢寧焉，其所爲不少瘳乎？

蒼梧生自毗陵移書來，曰：『子爲我序。』遂書此以問蒼梧生。〔二〕

（《四庫全書存目叢書》集部第二三八册影印清乾隆三年沈起元學易堂刻本《白漊先生文集》卷一）

**【箋】**

〔一〕沈受宏（一六四五—一七二二）：生平詳見本卷《海烈婦》條解題。

〔二〕沈受宏《答董舜民書》云：『僕今年二十有五……若足下所著傳奇，豈待僕序，僕即序之何加焉？足下豈欲得其文，觀其可教否邪？書至奉命，書一言直道所見，其詞過激，足下觀之何如也。』（《白漊先生文集》卷二，頁五一）沈受宏二十五歲，時在康熙八年（一六六九），《銅虎媒傳奇序》當作於是年。

## 雙南記（周金然）

周金然（一六三二—一七〇三），榜姓金，名然，字礪巖，一字廣居，號廣庵，又號越雪，別署九峯山人、瀛洲愚公、蓬山迂叟、止足居士、越雪山人，晚號瓠叟、大瓠老人、七十二峯主人等，上海人，一作華亭（今屬上海）人。康熙十一年壬子（一六七二）舉人，二十一年壬戌進士，選庶吉士，散館授編修。官至詹事府司經局洗馬。曾參修《國史一統志》，並奉旨校輯《古文戴記》。二十九年，任湖廣鄉試主考官；三十八年，典山西鄉試。著有《南華經傳釋》、《周氏族譜》、《飲醇堂文集》、《礪巖續文部》、《周廣庵全集》等。傳見《國朝耆獻類徵初編》卷一二一、《國朝詩人徵略初編》卷一五、《昭代名人尺牘小傳》卷二三、《皇清書史》卷二一、《國朝書人輯略》卷二、嘉慶《松江府志》卷五七、同治《上海縣志》卷二〇等。參見徐俠《清代松江府文學世家述考》卷二《上海縣、青浦縣文學世家·周金然世家》（上海三聯書店，二〇一三）。

撰傳奇《雙南記》，《古典戲曲存目彙考》著錄，題『越雪山人』撰，現存康熙三十二年癸酉序飲醇堂刻本（《古本戲曲叢刊五集》據以影印）。參見吳書蔭《越雪山人及其〈雙南記〉考——兼談寫實劇中爲何出現神道》（《文學遺產》二〇一二年第五期）。

## 《雙南記》小引

周金然〔一〕

『積善有餘慶，積不善有餘殃。』疇不知誦之；桴鼓之答，豆瓜之因，疇不能言之。辭慶召殃，夫豈人情哉？其如習爲常談，信之不篤何也？水火自然不蹈，信之篤耳。經虎傷者，談虎色變，不以常談視之也。程伯子自言：『吾學雖有所受，「天理」二字，卻是自家體貼出來。』今㜸媪村童，悉能言『天理』、『天理』，此與體貼出來者，有異乎？無異乎？

越雪山人，一生閲歷，情僞險阻，視重耳有倍焉。由後而觀，福善禍淫之理，曾無纖毫爽者？既息機摧幢，霜降水涸，不復爲腐儒之講道學，又不爲婆舌之説因果。編成新樂府，付之碧簫紅牙隊間，令觀者如清夜聞鐘，如冷水澆背，非復常談眎之，幾見紅氍毹側，亦如法堂前草深一丈哉？

雖然，君子與小人，殃慶共而善惡分，惟君子被殃爲不幸，小人被殃爲恆。前之姬生，後之禹莊是也；君子集慶爲恆，小人集慶爲幸，後之姬生、前之禹莊是也。其前爲未定之天，其後則天之已定也。君子訓世則兼言殃慶，自脩則專别善惡。蓋正誼明道，本無所爲而爲。是編特爲訓世設耳，自好脩者眎之，將毋曰了不異人意乎？

康熙壬申冬日，書於濟河舟中〔一〕。

【箋】

〔一〕題署之後有印章二枚：陽文方章『大瓠老人』，陰文方章『礪巖』。

## （雙南記）序〔一〕

尤侗

昔王渼陂作《杜甫遊春》，馬東田作《中山狼》，徐文長作《漁陽三弄》，三子者，皆心有怨毒，鬱結而莫申，故借填詞發不平之鳴，所謂奪他人酒杯，澆自己磈壘，亦才人狡獪之常態也。若越雪山人，始於困阨，終於榮貴，志已得矣，冤已消矣，而復屑屑焉筆之墨之，歌之舞之，不已甚乎？

解之者曰：『凡山人爲此者，非以自快，蓋警世也。』吾觀二十一史，大抵恩怨之事，十居八九，而記載者不遺焉。故齊襄復九世之讎，《春秋》大之；句踐洗會稽①之恥，《越絕》韙之。至於伍胥鞭平王之尸，范雎剄魏齊之首，疑乎倒行逆施，矯枉過正，而太史公立爲列傳，摹寫情狀，悲壯淋漓，使千載之下，讀者慷慨感激而不能已。方其危機交急，雖操刀必割，烈丈夫不憚爲之。而山人未嘗出此，祇以福善禍淫，時乃天道，故假手於造物，得以推蕩險阻，開拓功名。今痛定之後，現身說法，留此一宗公案，寄托於琵琶綽板間，雖游戲三昧，要有深意存焉。蓋言之者無罪，聞之者足以戒也。若其音律之協，賓白之工，上掩東籬，下方海若，則周郎之顧，爲江東擅場久矣，予又何以贊之？

康熙癸酉二月花朝，西堂老人題於萬峯山舍〔二〕。

【校】

①稽，底本作『嵇』，據地名改。

【箋】

〔一〕此序又見清康熙間刻本尤侗《西堂全集·西堂餘集·艮齋倦稿文集》卷一〇，題作《詒燕堂樂府序》。

〔二〕題署之後有印章二枚：『西堂老人』、『吳下阿侗』。

# （雙南記）題詞

王　灝〔一〕

越雪詞人，淩雲賦手。揚芬振藻，翱翔金馬之廬；含英咀華，照耀石渠之閣。有眞才子之譽，著行祕書之稱。間以休沐餘閒，偶展《宣和遺事》。憤獍梟之肆虐，傷蘭芷之被鋤。問天如醒，修德者懼。未幾狺音慴息，毒焰銷沉；已而市耀臍燈，戶傳飲器。撥雲見日，已明公冶之冤；赤地飛霜，遂暴鄒陽之案。神龍失水，終奮天池；威鳳在笯，還巢阿閣。因嘆福善禍淫之理，不啻挹水於源；惠迪從逆之徵，譬諸召聲於鐸。雖因果報應，儒家罕播其文；然修吉悖凶，往聖屢伸厥旨。爰稽始末，用協宮商。藉曲白以傳神，借優伶而說法。以鏡善敗，庶警愚蒙。試看排場，生旦爭如淨丑；若觀至竟，鴟鴞枉噬鸞凰。隊散歌停，人人慰願；街傳巷說，處處騰歡。僉實獲於我心，信好還之天道。非同玉茗，僅譜柔情；直擬金篦，足開瞶眼。何止百一諷勸，豈徒十九寓言。

康熙三十一年歲次壬申長至月，默存學人敬題〔二〕。

（以上均《古本戲曲叢刊五集》影印清康熙三十二年序飲醇堂刻本《新編雙南記》卷首）

【箋】

〔一〕王灝：字西原，別署默存學人，上海人。生平未詳。

〔二〕題署之後有印章二枚：陽文方章『王灝之印』，陰文方章『西園』。

## 一線天（陳見智）

陳見智（一六三一——一七一五），字體元，號力庵，別署漫翁，曲阜（今屬山東）人。康熙八年己酉（一六六九）舉人，次年庚戌（一六七〇）進士，歷任山西萬泉知縣、河南陳留知縣、刑部江西清吏司郎中、浙江金華知府等。以論事忤上官，罷歸，家居教授。著有《哂園吟草》、《一線天》傳奇。傳見孔憲彝《曲阜詩鈔》卷一、盧見曾《國朝山左詩鈔》卷三二、乾隆《曲阜縣志》卷八六、乾隆《萬泉縣志》卷四、康熙《陳留縣志》卷二一、光緒《山東通志》卷一四四。參見劉世德《陳見智和〈一線天〉傳奇——清代戲曲家考略之一》（《學林漫錄》六集）。江巨榮《稀見劇目十五種考釋·漫翁〈一線天〉傳奇》（《明清戲曲：劇目、文本與演出研究》）。

《一線天》傳奇，孔憲彝《曲阜詩鈔》卷一著録，今佚。

### 一線天演文序

孔貞瑄〔一〕

聖夫子刪定六經，三代禮樂之遺，盡在東魯學士家。業《易》、《詩》者有之，至《尚書》昌明，《春秋》微隱，從事者蓋寡。《書》之體博大詳核，事摭其實，文踵其舊，無所避忌，雲亭山人之《桃花扇》似之。《春秋》則異是，深其文詞矣用筆曲，廣其義類矣寄旨遠，衮鉞不形於腕底，褒譏但存於言外，一字爲經，片言成訓。自游、夏之徒不能贊，况晚近淺陋經生、猥矜著作者，能妄窺其藩籬乎？乃吾於《一線天》遇之。

漫翁之爲是編也，蓋身歷乎窮達順逆之境，目擊乎炎涼喧寂之變。意有所畜，書不忍盡言；事有所觸，言不忍盡意。淡淡白描，而仕途之正奇，官場之好醜，俱躍躍紙上，使人服其忠厚，忘其淋漓。蓋名高而成黨禍，才盛而起詩獄，雅人智士，臨文若斯之難且慎也。至其寫閨情，則香豔流於悽惋；狀義俠，則悲壯出以沉雄。是以搏象之全力制鼠，屠龍之剩技調猿，筆挾風雲，思入幻杳。

世謂《史記》足繼麟經，何其許腐遷之過也？予謂《一線天》堪追《史記》，庶幾可謂知言乎？大抵吾魯著作淵藪，不獨經學、理學、史學具有源流，即稗官、傳奇、詞曲之小道，亦各有所本，非《四聲猿》、《十種》新書之類，悦人耳目，漫要才子浮名者，可同年而並傳之也。

**又總評**

大才人作尋常事，必異尋常；大文人爲游戲筆，定非游戲。是編點染，純用間色，構結皆成幻彩。悽惋時，則哀絲怨笛之嗚咽；沉雄處，則殷雷暴霆之迅厲。諧不傷雅，直不戾時。曲高和寡，寧使《廣陵散》失傳；調絕知稀，不必開元部浪演。

（《清代詩文集彙編》第一三一册影印清康熙間刻本孔貞瑄《聊園文集》）

【箋】

〔一〕孔貞瑄（一六三四—一七一六）：字璧六，號歷洲，晚號聊叟，曲阜（今屬山東）人。順治十七年庚子（一六六〇）舉人，次年辛丑（一六六一）會試副榜，官雲南大姚知縣。著有《大成樂律全書》、《聊園詩略前後集》、《聊園詩略續集》、《聊園文集》等。傳見《國朝耆獻類徵初編》卷二一九、《顔氏家藏尺牘姓氏考》、《清代疇人傳四編》卷一、光緒《山東通志》卷一七二等。《聊園詩略續集》有《題一線天傳奇》詩四首，云：『迂闊違時魯二生，叔孫强拉不同行。何當勉慰蒼生望，再起東山一論兵。』『一劍飄零迴出塵，臨邛壚畔乍相親。誰知釁沐登牀者，猶是犢裩滌器人。』『奩藏寸鐵逼霜寒，賃舍香魂認主難。不有赤繩生死繫，幾令鳴劍向新官。』『仕途由來有正奇，任將粉墨染鬚眉。趁他鑼鼓轟天響，最苦收場人散時。』

# 漱玉堂三種傳奇（孫郁）

孫郁（？—一六七五後），字天雄，一字右漢，號雪崖，别署雪厓主人、雪崖嘯侶、蘇門嘯侶，元城（今河北大名）人。康熙三年甲辰（一六六四）進士。十二年（一六七三），任浙江桐鄉知縣。傳見嘉慶《桐鄉縣志》卷五、咸豐《大名府志》卷一一等。清魏憲《百名家詩選》卷七四收孫郁詩（清康熙魏氏枕江堂刻本），前有《小引》評其詩。撰傳奇《繡幃燈》、《雙魚佩》、《天寶曲史》，合稱《漱玉堂三種傳奇》，現存康熙十四年己卯（一六七五）序稿本。

# 漱玉堂三種傳奇序〔一〕

汪　森〔二〕

聲歌之道，感乎性情，達乎天地。舉天下古今之故，可傳可詠、可悲可泣者，無一不可寄之於歌。宇宙之文章，莫大於是矣。説者乃謂詩餘而爲詞，詞餘而爲曲，里巷巴人，雜沓唱和者能爲之，於是曲之道亡，而《風》《雅》不可問矣。漢魏以來，清廟明堂之奏，登之於府，被之於音，足以和神人，格上下，寧謂非曲之祖虖？《麥秀》以歌名，《五子》以歌傳，宣尼以歌善。後世識此意者鮮，而乃云曲始於隋有唐間，則亦失其所旨矣。

天雄孫雪崖先生，國僑之匹也。胷中武庫，不啻五車，不特爲冀北一空，竟可單行世界。出其穎間毫末，爲傳奇種種，而於天寶事爲尤奇。何奇乎爾？先生以洞古觀今之識，發寄情流俗之思，令千載以下，或鑒或懲，或賞觀或痛哭。若僅以如華似火之詞，繡虎雕龍之筆等，爲一戲場把玩之具，尚未窺其全豹也。

余僑寓於桐，先生官於桐。甫半載，奪之使去，而桐之民之心，無不具有先生。先生曰：『世事一大排場也，可聚可散，何意必爲？』而桐民猶蔽道不去。先生於袖中出所爲傳奇者以示余，曰：『子試爲我言之。』余之志，不在褦襶折腰也久矣。一官匏繫，何莫非戲哉？』余故樂其志，而爲之詠味乎其詞。陳。

時康熙旃蒙單閼之歲如月之望〔三〕，夾谷汪森拜題〔四〕。

（《古本戲曲叢刊三集》影印清康熙十四年己卯序稿本《潄玉堂三種傳奇》所收《繡幃燈傳奇》卷首）

【箋】

〔一〕版心題『繡幃燈序』。《不登大雅文庫珍本戲曲叢刊》第一五冊影印不登大雅堂鈔本《繡幃燈》卷首有此序，亦題《潄玉堂三種傳奇序》。

〔二〕汪森（一六五三—一七二六）：原名文梓，字晉賢，一字玉峯，號碧巢，一號碧溪，休寧（今屬安徽）人，徙居桐鄉（今屬浙江）。清康熙十一年壬子（一六七二）恩貢生，官至戶部郎中。著有《浮溪館吟稿》、《裘杼樓詩稿》、《梅雪堂詩稿》、《桐扣詞》等，詩詞合集爲《小方壺存稿》，又有《小方壺文鈔》。傳見《清史列傳》卷七一、《國朝耆獻類徵初編》卷一四二、《碑傳集》卷五九、《歷代兩浙詞人小傳》卷六、道光《徽州府志》卷一一、光緒《桐鄉縣志》卷一五等。

〔三〕康熙旃蒙單閼之歲：康熙己卯年（十四年，一六七五）。

〔四〕題署之後有印章二枚：陰文方章『汪森私印』，陽文方章『玉峯』。

## 雙魚珮（孫郁）

《雙魚珮》傳奇，《古典戲曲存目彙考》著錄，現存康熙十四年（一六七五）序稿本《潄玉堂三種傳奇》本，《古本戲曲叢刊三集》據以影印。

## （雙魚珮）凡例記略

孫　郁

一、填詞遵譜，尚矣。自詞隱作之於前，鞠通生復述之於後，足稱大備。兹編雖未能神明其意，然尊奉之嚴，如金科玉律，一字不敢擅爲那移也。

一、德清《中原音韻》，元爲北曲設，非以律南詞也。近讀方諸生《曲律》，乃知有《南詞正韻》一選。向曾於金陵坊間、都門河下遍求之，竟不可得。乃近代作者多用周韻，兹仍舊。

一、古曲多借韻，又每家麻、歌戈、車遮三韻互用，順口讀來，未免拗人嗓子。兹編自引至尾，止用一韻，本韻外不敢濫借一字，本韻内不敢重押一字。識者鑒之。

一、兹編惟十三折，間有重押一二字者，以用唐句也。

一、近作如齊微之於支思，庚清之於眞文，先天之於廉纖，沿習已久，往往借用。兹編惟寒山、桓歡並用，他不敢旁溢一字，致混魚目。

一、古曲如《殺狗》、《白兔》、《陳巡檢》等，雖云本色，難免太俚。近若湯臨川、盧次楩、范香令、王伯良、吳石渠諸君子，林立飆起，夭矯百變，自是後來者居上。兹編於本色之中，稍施文彩，亦猶陶匏瓦缶，不可行於輓近也。

一、兹編詩餘，俱係照依本折情事，按譜新填，並不敢套用前人。

一、兹編始於己酉初秋〔一〕，僅得六折而止。越明年，庚戌二月朔〔二〕，乃重握管，至三月望前而成。經營之苦，或廢寢食，不自知其過計也。

一、扮演梨園，須從崑調，弋陽、海鹽等，不得過問也。

時康熙九年庚戌三月十二日，天雄孫郁雪厓父凌晨自識於潄玉堂之東軒。

【箋】

〔一〕己酉：康熙八年（一六六九）。

〔二〕庚戌：康熙九年（一六七〇）。

## 雙魚佩傳奇敍

袁佑〔一〕

雪崖編《繡幃燈》傳奇，既燃慧炬，放大光明，照十千世界，俾如獅子吼，百獸聞之腦裂，乃柔馴帖服，皈依琉璃塵珠下，率恆河億萬沙男子，同躋光明灑落、無恐怖極樂國，可稱最上乘，奇矣。近又爲《雙魚佩》，較《繡幃燈》公案，則更奇。夫大眾因緣，歷千萬劫，不過婚宧兩種，舍是則大地無傀儡也。雪厓談空説有，如左右手放光，令渠不可思議。此中機緣，孰爲轉輪法王，使婚者宧者，不令貪癡嗔漢，希求如意，而顧種於獉獉狉狉之福田眞操，冰雪沃臂，劃然震醒，無著雙腳處。是雨花點名，無量大普提也。余獨怪其望樓而癡，得無陷淫室不可脱。而雙魚一夢，以得因緣而得此報。個中三昧，尚屬累劫修行，故能立地證果耳。

雪厓詩文，如撞黄鐘伐鼓，而又間以此種色香穠纖飛動，似作繁絃嘈管。余則諦眎妙義，不翅松林梵籟，空山中之泠泠木魚響也。雪厓不喜談禪，而與禪合，拈出一相印印證，吾知其投鉢大笑矣。

時康熙辛亥暑月，東明臥雪弟佑頓首拜題。

（以上均《古本戲曲叢刊三集》影印清康熙十四年己卯序稿本《漱玉堂三種傳奇》所收《新編雙魚珮傳奇》卷首）

【箋】

〔一〕袁佑（一六三四—一六九九）：字杜少，號霽軒、隨園，別署東明臥雪，東明（今屬山東）人。康熙十一年壬子（一六七二）拔貢，十五年丙辰（一六七六）授内閣中書。十八年己未（一六七九），召試博學鴻詞，授翰林院編修。後乞養歸。三十一年（一六九二）起原官，累遷至詹事府中允。著有《詩禮疑義》、《左史後議》、《史約集》、《老子別注》、《莊子注論》、《雪軒集》、《霽軒詩鈔》等。傳見乾隆《東明縣志》卷八下徐秉義《宫允袁公傳》、《清史列傳》卷七〇、《國朝耆獻類徵初編》卷一一八、《國朝先正事略》卷三九、《大清畿輔先哲傳》卷二〇、《國朝詩人徵略初編》卷一二、《昭代名人尺牘小傳》卷九、《己未詞科錄》卷二、《皇清書史》卷九等。

## 天寶曲史（孫郁）

《天寶曲史》傳奇，《古典戲曲存目彙考》著錄，現存康熙十四年己卯（一六七五）序稿本《漱玉堂三種傳奇》本，《古本戲曲叢刊三集》據以影印。

# 天寶曲史凡例

孫郁

一、塡詞之貴遵譜也，夫人而知之矣。但陽舒陰斂不叶，則音節乖和；上去去上不明，遂並至於失調。求其依聲協律，誠戛戛乎難之。茲作矩矱先民，不敢旁溢一字，冀存古典型萬一也。

一、塡詞之必守韻也，亦夫人而知之矣。及觀古曲，每多借韻，甚有一曲雜用數韻者，殊失前人編緝本意。茲作自引至尾，止用一韻，不輕借韻，不重押韻，蓋凜凜乎三尺之是守矣。

一、先天、寒山、桓歡三韻，借用相沿已久。茲作惟寒山、桓歡並用，卽先天韻，亦不借一字，致混魚目也。

一、每折之末，俱選唐七絕，直書之，以當時人道當時事，自不至痛痒不著，故不煩更集唐也。

一、每折承接處，俱選用唐句。若詩餘，則依事新撰，不襲用舊本也。

一、是集俱遵正史，稍參外傳，編次成帙，並不敢竊附臆見，期存曲史本意云爾。

一、是曲用脚色既多，粧點復難。弋陽子弟不能演，亦不敢演，不待言矣。卽吳下諸善歌者，亦必須冠裳委珮，后服宮妝，錦瑟瑤箏，翠旗步輦，以至盔甲戈戟，妝飾諸神將之物，俱色色出奇，方能稱意。不然，恐郊寒島瘦，失卻皇家富貴也。請笑而商之。

一、是編自五月朔捉管，至中秋望日而成。天寳諸君子坐喉間不去者，幾過百日。措思之苦，雖汗流浹背，未嘗輟也。

一、予性懶拙，不慣起草，又不可假之他手。每成一曲，即書之簡端，嘗有得一二句旋書者。以故考證雖嚴，舛訛實多。倘知音君子，不棄愚昧，校而正之，竊有厚望焉。

大清康熙十年歲次辛亥八月十八日，魏博孫郁雪厓主人自識於桂軒之西閣。

# 天寳曲史序

賓遴奇〔一〕

傳奇，古樂府之遺也。近世作者，其弊有二：非椎鄙不文，爲里談穢語，以取悅閭巷；則塡綴古今文賦，以矜博雅，顧其語多癡笨，使人聽之，悶悶欲卧。二者交病，求其盡態極妍，語語當家，如關、馬諸君子，誠戛戛難之。

吾友孫子雪崖，河朔奇士也。所爲詩若文，業已樹幟中原，聲名藉甚。間以緒餘，發爲詞曲，有《繡幃燈》、《雙魚佩》二種，流傳江左，吳兒競歌之。茲復成《天寳曲史》。如談詩必本漢魏，論文必本龍門也，詞曲則唐之梨園子弟，實其鼻祖。雪崖茲作，可謂窮其本矣。一再讀之，有聲有色，有情有態。歡則豔骨，悲則銷魂，揚則色飛，怖則神奪。極才致則賞激名流，通俗情則娱快婦豎。技至此乎！

昔王建作《宮詞》百首，其族人守澄曰：『禁掖深邃，吾弟何以知之？』天寶至今千年矣，其帝妃祕戲，宮寺微言，雪崖皆以三寸不律，一一拈出。然則有《曲史》可以補正史，補正史之未備矣。獨不觀之畫乎？柳城秀才觀寧寀《竹林圖》，曰：『吾當入畫中治之。』即騰身赴圖而滅，彷彿聞畫中聲音。俄而自圖上墜下，指阮步兵像曰：『工夫及此。』衆視之，覺阮籍像獨異，脣若方嘯者。柳生尚能於假山水作狡獪，豈雪崖不能於眞史傳開生面乎？

或曰：『他人之爲傳奇者，大約先悲後歡，初離終合耳。茲以五十年太平天子，一朝犯霜霧，崎嶇劍門道上，鳥啼花落，無非悲悼。且玉妃偶謫人間，一旦山下逢鬼，環繫羅衣。將無使讀之者不快，觀之者不樂乎？』

予謂不然。夫人論情耳，情可以歡，亦可以悲；可以生，亦可以死。金釵鈿合之贈，自同是耶非耶之李夫人恍惚一遇；而靈武返旆，南内稱尊，較之神堯禪祚，置酒未央宮，前後相似。其悲歡離合，有出常情之外者。然則讀《天寶曲史》，可以不歌樂天《長恨》矣。試以此言質之雪崖，其亦笑而頷之否？

時康熙辛亥中秋後三日，同社松濤氏書於隱柳齋。

**【箋】**

〔一〕竇遴奇（一六二二—一六七一）：字德邁，號松濤，元城（今河北大名）人。順治四年丁亥（一六四七）（《大清畿輔先哲傳》卷二〇誤爲三年）進士，授戶部主事。官至徽寧廣德道、僉都御史。孫奇逢（一五八五—一六七五）弟子，曾在蘇門山求學。博覽羣書，人稱『五車先生』。著有《倚雉堂集》。傳見《清史列傳》卷七〇、《大清畿輔先哲傳》卷二〇等。

## 天寶曲史敍〔一〕

袁佑

秋風被草，夜月窺林。託莊夢於三更，寄陶情於一賦。燈花落蕊，讀雪厓嘯侶之編；書葉浮芸，翻天寶梨①園之史。色香宛在，繪棠睡於春圖；聲態儼然，奪梅精於笑譜。怪珠履潛脫，蠢哉洛浦懷甄；驚翠鬟續盟，迂爾長門市馬。珍七夕之嘉遘，銀漢金鍼；幻中秋之盛遊，霓裳羽帶。飛雪圍爐，酒肆畫添頰毛；平明上馬，宮門神傳阿堵。沈香亭下，供奉不媚於閹奴；凝碧池頭，右丞有慚於瞽吏。鳥啼華落，何傾城傾國之不辭？粉斷香零，竟胡帝胡天之難再。興亡懸於兒女，太上豈能忘情？勢利起於家庭，元子固當嗣位。凡兹悲歡千狀，悉被商羽五音。趙飛燕仙乎，感留裙而去故；李夫人逝矣，痛隔帳以來遲。調逐雲飛，翰隨雨下。鍾情在我，固知見面猶憐；造化憑君，宜許坐喉不去。追隨湯玉茗，《三種》擅《四夢》之奇；伯仲盧浮丘，兩才當一郡之盛。寧云小技，庶幾可觀以可風；勿謂綺詞，俾令是做而是戒。

東明臥雪弟佑謹題。

【校】

①梨，底本作『黎』，據戲史改。下同。

【箋】
〔一〕版心題『天寶曲史序』。

# （天寶曲史）題詞〔一〕

沈　珩〔二〕

古今稱少陵詩史，前此未有也。少陵生其時，目見貞觀、開元之盛，天下已臻太平矣。一旦政衰人愁，戎馬縱横，秋原野哭，哀江頭而憙武功，傷亂願治之懷，皆於詩乎見之，猶夫史公之感激悱刺，見之乎序事間。然自古治亂有由。龍漦壓弧，實以亡周，《詩》稱『亂之又生』，『信讒』、『信盜』。石鯨、花萼之悲涼，豈待漁陽鼙鼓而後知耶？雪厓《天寶曲史》一書，在少陵當日，猶有所諱而不敢盡者，雪厓直譜其事，以爲人主色荒昵惡者戒。前此未有《曲史》，則讀詩史者，亦未盡錯綜而得其解也，有詩史，《曲史》其可少乎？

雪厓古近詩，横厲蒼涼，揮綽合今古，虎視河朔間，一時操觚家，共相推轂。其爲傳奇，則溫嚴淒婉，感人頑豔，而夭矯之骨自存。昔人論樂府貴皦潔逕厲，詩餘貴含蓄穠纖，此集兼工併優。使起少陵爲之，以詩史爲曲史，其與雪厓詞壇相雄長，又未知何如也。

時康熙癸丑首秋中浣，西泠年弟沈珩書於慈仁蘭若。

【箋】
〔一〕版心題『天寶曲史題詞』。

〔二〕沈珩（一六一九—一六九五）：　字昭子，號耿巖，一號稼村，室名古慧居，海寧（今屬浙江）人。康熙三年甲辰（一六六四）進士。十八年己未（一六七九），召試博學鴻詞，授編修，與修《明史》，充順天鄉試副考官。二十一年（一六八二），以病乞休。著有《耿巖文選》。傳見趙士麟《讀書堂綵衣全集》卷一七《傳》及卷二一《墓志銘》、《清史列傳》卷七〇、《碑傳集》卷四四、《國朝耆獻類徵初編》卷一二〇、《昭代名人尺牘小傳》卷九、《鶴徵前錄》、《己未詞科錄》卷三等。

## 天寶曲史序

趙　澐〔一〕

壬子初冬〔二〕，來五鹿，晤雪厓先生，出《曲史》見示，云：『夏口避暑，不三月而成。』予讀之竟，慨然歎曰：『此風人之遺意也，不當作傳奇觀。』

蓋《三百篇》降而漢魏、三唐，三唐降而爲宋詞、元曲，此世數之變也。乃曲之自北而南，則有明爲獨擅。《九宮譜》一書，敝邑先達實有功焉。然律日諧而風日靡，求其情文兼備，聲與氣俱工者，亦何可多得耶？若夫托事命名，《元人百種》亦眞假參半。《琵琶》、《西廂》，世之所膾炙也，而中郎與雙文，果爲傳信乎？玉茗堂『三夢』，皆本於外紀，而《牡丹亭》則全乎虛摹矣。

獨雪厓此編，以實錄作填詞。明皇創始梨園，而采蘋樓東之賦，玉環長恨之歌，天生兩旦始末也。外、末、淨、丑，莫不極一時之選，人人本色，事事天然。即起此數人於九原，亦無不心服於其位置者，酌斟可云盡善矣。

乃予細按其關目，則雪厓更有深旨焉。唐詩曰：『薛王沉醉壽王醒。』《移宮》之後，不將壽王情緒細寫數闋，非爲瀆倫者諱乎？《暗締》之後，不入洗兒狂蕩之態，非爲宮闈存大體乎？『凝碧池頭奏管絃』，但寫雷海青之激烈，不入王摩詰，非爲才人惜名節乎？華萼之宴，則備其友愛。倉皇幸蜀，□□安父老之詞，纏綿愷惻，如見其悔悟罪己之心。昔人論唐人詩曰：『「未聞殷夏衰，中自誅褒妲。」少陵可謂有體。若「宛轉蛾眉馬前死」，則傷於薄矣。』雪厓殆所謂『善善長、惡惡短』者乎？予故曰：『此風人之遺也。』

至於《私媾》、《遭譴》二折，直從家常事中，揣摩擬議而出，情景逼真，神色俱見。賜珠怨卻，寄髮回嗔，千古陳事，一經拈出，新旨燦然，眞化工之筆矣，豈僅填詞云爾哉？

吳江趙澐題於天雄書院之東寮。

**【箋】**

〔一〕趙澐（一六二二—一六七六）：字山子，吳江（今屬江蘇）人。順治六年己丑（一六四九），入慎交社。八年辛卯（一六五一）舉人。後屢上公車不第，就選江陰教諭。康熙六年（一六六七），與顧有孝（一六一九—一六八九）選輯《江左三大家詩鈔》（現存康熙七年綠蔭堂刻本）。著有《雅言堂詩稿》。傳見乾隆《震澤志》卷一九、《吳郡名賢圖傳贊》等。

〔二〕壬子：康熙十一年（一六七二）。

# （天寶曲史）題詞〔一〕

朱□□

蓋聞《三百》之風雖邈，餘響常留；短長之句猶傳，知音未遠。睍遊魚於澗底，頻思伯牙之琴；仰秣馬於槽中，每憶瓠巴之瑟。鸞迴彩袖，翩躚柳拂金堤；鳳寫新聲，彷彿泉飛玉竇。望遏雲於郊外，激晨露於林中。猗矣元音，恍然盈耳。

兹惟孫老夫子，玉堂世胄，石室通儒。質比王維，寄歌思於花月；文誇宋玉，發慷慨於風騷。名擅詞場，素叶生花之夢；聲蜚藝苑，便高題柱之才。情傷天寶之朝，詞成倒峽；興極梨園之事，墨潑生濤。碧沼香亭，唐風宛在；霓裳羽帶，勝會依然。貴妃笑語花前，一時佳話；學士醉吟月下，千載芳名。《後庭玉樹》之悲，寄懷宮闕；九鼎龍髯之慕，托傲蓬瀛。竭涪水之螺香，鼠鬚漸潤；貴椒潭□□網，鳩眼增輝。遂令淇上佳人，扇底新聲爭度；庶使渭城年少，樽前雅調長歌。

賤子健學非張籍，才愧李膺。乞食吹簫，望漁人而欲渡；長鳴伏櫪，遇伯樂而增悲。既哀甚於雍門，復曲慚乎郢下。但引商之調，固以寡和爲高；而流水之絃，又貴同聲相應。中心願學，乞雲錦於天孫；拜手題詞，問天香於月姊云爾。

桐水治下門人朱□□百拜題〔二〕。

（以上均《古本戲曲叢刊三集》影印清康熙十四年己

卯序稿本《漱玉堂三種傳奇》所收《天寶曲史》卷首）

【箋】

〔一〕版心題『天寶曲史題詞』。

〔二〕題署原闕二字，《題詞》自稱『賤子健』，或爲朱健，桐鄉（今屬浙江）人。字號、生平均未詳。

# 平津閣（汪士鋐）

汪士鋐（一六三二——一七〇四），原名遠徵，字扶晨，一字栗亭，號梅旅，別署蕊棲居士，歙縣（今屬安徽）人。工詩古文辭。康熙二十三年（一六八四），召對行在。生平喜交游，篤風誼。著有《栗亭詩集》（清康熙轂玉堂刻本）、《四顧山房集》、《谷玉堂詩》、《黄山志續集》。撰雜劇四種：《平津閣》、《十錦堤》、《鐵漢樓》、《滄浪亭》。傳見乾隆《歙縣志》卷一四、道光《徽州府志》卷一一、民國《歙縣志》卷一〇、民國《安徽通志稿》等。參見汪效倚《蕊棲居士是誰？——〈滄浪亭〉雜劇作者考》（《戲曲研究》第八輯，文化藝術出版社，一九八三）。

《平津閣》，《曲海總目提要》卷二六著錄，云：『作者不知何人，署名曰蕊棲居士。有雜劇四種。楔子云：「飾詐的難逃冷眼，平津閣也；任運者時遇賞心，十錦堤也；做硬漢高樓獨據，鐵漢樓也；讀奇書美酒長斟，滄浪亭也。」此劇演汲黯罵公孫弘事，蓋借以詆呵時相。』今未見流傳。

# 平津閣劇題詞

王　煒〔一〕

法語、巽語，聖人之訓也，此爲人言之也。直言、詭言，明哲之指也，此自處言之也。言語文章，至於遊戲，其意不鄰於誕乎？神仙遊戲，才子亦遊戲。遊戲必有其説，如鏡花水月，可喻難傳，故不謂誕而謂之詭。神仙寄托於事，才子寄托於言。意在言中，一覽而可得，此才者之爲。意不盡於言中，慧心者目擊神契，不與衆觀齊賞，則非小才之可爲也。

栗亭以雕龍繡虎，親承顧問，同太白之詔而非摩詰之引，久爲海内才士願欲莫企。栗亭顧不以留之意中，恬然溪山梅竹間，日與予輩數人唱和自適，此其中豈有他慕哉？

辛未夏五〔二〕，偶然伸紙遊戲，借檀板以代唾壺。老驥伏櫪，不獨吾家處仲。予不禁爲之起舞題語，願呈海内，與同志賞之。神仙乎？遊戲乎？王子誕詭乎？一斗耳熱，有志者正堪自問，不當於七尺氍上拭目喧逐也。

（清刻本《鴻逸堂稿》〔三〕）

【箋】

〔一〕王煒（一六二六—一六八五後）：順治十五年改名艮，字無悶，號不庵，一號鹿田，歙縣（今屬安徽）人。其先居太原（今屬山西），故自署太原人。後常居太倉（今屬江蘇）。入清不事舉業。精理學，喜遠遊，三十以後以病廢。所學博洽，與顧炎武、黄宗羲、顧祖禹等相交極深。著有《易贅》、《鴻逸堂稿》（康熙間刻本）、《葛巾子内外集》、《漢皋小草》等。傳見黃宗羲《思舊錄》、《皇明遺民傳》卷五、黃容《明遺民錄》卷八、乾隆《歙縣志》卷一二等。

〔二〕辛未：康熙三十年（一六九一）。

〔三〕此文迻錄自吳毓華《中國古代戲曲序跋集》（頁三三五—三三六）。已查《四庫全書存目叢書·集部》第二三三冊影印浙江圖書館藏清初刻本《鴻逸堂稿》、《清代詩文集彙編》第一〇〇冊影印中國國家圖書館藏清初呂士駿呂士鶴刻本《鴻逸堂稿》，二書均無此文。

## 迎天榜（黃祖顓）

黃祖顓（一六三三—一六七二），原名遷，改名祖顓，字頊傳，別署愈園主人，曾祖卜居太倉（今江蘇蘇州），籍隸長洲（今屬江蘇蘇州）。清諸生，蹭蹬場屋。弱冠學詩吳偉業（一六〇九—一六七二）之門，才名噪一時。康熙十一年壬子（一六七二），赴順天鄉試，試後病卒。著有《詠物三百律》。傳見黃侃《墓志銘》（王寶仁《婁水文徵》卷六〇）、嘉慶《直隸太倉州志》卷三六等。參見陸萼庭《〈迎天榜〉傳奇作者考》（《清代戲曲家叢考》）、鄧長風《五位清代江蘇戲曲家生平考略·黃祖顓》（《明清戲曲家考略續編》）。

撰傳奇《迎天榜》，《古典戲曲存目彙考》著錄，現存康熙間刻本，《古本戲曲叢刊五集》據以影印。

# （迎天榜）自序

黃祖顥

予嘗以五言古詩、七言絕句注《感應篇》，名之曰《鐸》，蓋以有韻之言，詠歌嗟嘆，入人深也。居恆，每讀袁了凡《立命說》及俞淨意《感神記》，輒悚息終日。客歲病中，無以自娛，因合而傳之，復緯以王、冒二子。此四子者，坐不必同時，產不必同方，發不必同榜，而其科名同，其科名之出於鬼神因果又同。雖强而謂之生同時，產同方，發同榜可也。

客戲謂予曰：『子匏落矣，猶蠱心科名耶？』予告之曰：『我輩鈍根人，一日不念功名，則一日悠忽；一日不畏鬼神，則一日縱弛；一日不信因果，則一日墮落。予惟恐悠忽之不已而縱弛，縱弛之不已而墮落耳，不知其他也。』

客曰：『善哉！世有甘於悠忽而藉口科名之不足重，甘於縱弛、墮落而倡言鬼神之不足畏，因果之不足信者，自誤多矣。』嗟乎！知此意者，當亦知是編之作，無異於《感應鐸》之詠歌嗟嘆，而其現身說法，當場果報，自警警人，更爲勝之。卽音律之未精，才情之未妙，其亦不必深論也已。

愈園主人題。

# 《迎天榜》序

陸世儀〔一〕

項傳少奇穎，年數歲，能作詩歌古文辭，即席命題，輒傾座客。十六七，聞予講學，來謁，呈《闕里賦》，浩衍弘博，宿學見之皆斂手。時座中有賦《庭梅八詠》者，索和章，項傳援筆立就。其《題梅葉》，有『謙讓居花後，威儀壯樹聲』之句，舉座稱賞。爲時藝，試輒冠軍，時輩皆推服，以爲取青紫特餘技也，顧往往蹭蹬場屋。詩文之餘，間爲新聲，强自排遣。其所著《迎天榜》者，述袁了凡冒嵩少陰德諸事，以勸誡當世。太常王烟客見而奇之〔二〕，命名優譜其聲詞，招項傳，並集諸名人雅流，共爲欣賞。每一升歌，輒舉座起舞，目項傳。項傳岸幘踞上座，引滿而酌，一時人以爲榮。顧項傳性謙謹，雖才傾一世，而被服言動，造次不離儒者。昔王昌齡一絶句入樂府，輒揶揄同輩爲『田舍奴』，而項傳氣益下人，以是益推重焉。

辛、壬、癸、甲〔三〕，吳中連祲，項傳益奇窘。或謂之曰：『以子之才，何不攜百軸，走京都？』項傳曰：『吾聞太史公登龍門，窺禹穴，爲文章乃益奇。微子言，吾固當往。』乃決策北上，梓《百聲詩》以自隨，曰：『吾以當羔雁也。』請序於予。予曰：『此子之剩技，奈何以此問世耶？雖然，繪明繪聲，昔人之所難也，繪聲而且百焉，他可知矣。然則，世豈無有觀一節而知全體者乎？項傳其亟往。』昔人云：『莫愁前路無知己』，吾將以此言爲券矣。

康熙乙巳仲春，友生桴亭陸世儀題〔四〕。

（以上均《古本戲曲叢刊五集》影印清康熙間刻本《迎天榜傳奇》卷首）

【箋】

〔一〕陸世儀（一六一一—一六七二）：字道威，號剛齋，又號桴亭，太倉（今屬江蘇）人。明季諸生。入清不仕，隱居講學，與陸隴其並稱『二陸』。卒後初謚文潛，改謚尊道。著有《思辨錄》、《陸桴亭文集》、《陸桴亭詩集》等。光緒二十六年（一九〇〇），唐受祺輯刻《陸桴亭先生遺書》二十二種。傳見全祖望《鮚埼亭集》卷二八《傳》、姚椿《晚學齋文集》卷六《傳》、《清史稿》卷四八〇、《清史列傳》卷六六、《國史文苑傳稿》卷一、《碑傳集》卷一二七、《國朝耆獻類徵初編》卷三九八、《國朝先正事略》卷二七、《皇明遺民傳》卷五、《明遺民錄》卷三三、《小腆紀傳》卷五三、《文獻徵存錄》卷六、《國朝學案小識》卷二、《顔李師承記》卷二、《清儒學案小傳》卷一、《清代七百名人傳》等。參見淩錫祺《尊道先生年譜》（《陸桴亭先生遺書》本）。

〔二〕太常王烟客：即王時敏（一五九二—一六八〇），初名贊虞，字遜之，號烟客，別署偶諧道人、西廬老人等，太倉（今屬江蘇）人。王衡（一五六一—一六〇九）子。明末，以蔭仕，官至太常寺少卿。入清，家居不出。親炙明季畫家董其昌，得其眞傳，爲一代畫苑領袖。著有《偶諧舊草》、《西廬詩草》、《王烟客尺牘》、《王奉常書畫題跋》等。傳見《清史稿》卷五〇四、《國朝耆獻類徵初編》卷四二八、黄容《明遺民錄》卷三、《皇明遺民傳》卷一、《昭代名人尺牘小傳》卷一、《國朝書畫家小傳》卷一等。參見王寶仁《奉常公年譜》（道光刻本）、徐澄《王烟客年譜》（民國三十一年排印本）等。

〔三〕辛壬癸甲：指辛丑、壬寅、癸卯、甲辰，即順治十八年至康熙三年（一六六一—一六六四）。

〔四〕題署之後有印章二枚：陰文『陸世儀印』，陽文『道威』。

## 掖生符（李文驥）

李文驥（一六三五—一七〇四後），字茂先，嵊縣（今屬浙江）人。清歲貢生。有聲藝林，山陰王雨謙（一五九九—一六八八）奇其才，爲序其集。著有《漁溪集》。傳見潘衍桐《兩浙輶軒續録》卷四、俞公穀《李文驥文集序》（見《嵊縣志》卷二五《藝文志》）。

### 李文驥掖生符傳奇序

俞公穀〔一〕

自河洛啓圖書之瑞，包犧氏制網罟衛之，以佃以漁，去爪角鱗甲之害，而文字遂開。迨至後世，專事網罟，其爲法也，遂與文字鼎盛。漁泣人歌，萬水爲殘，安得一不取不放之世，與之樂江湖之大哉？乃聽其生之不得而取，求其生之不得而放。夫至於放，其爲生日難，則其望生也日急。古人遇死魚，猶且買放，以爲尚猶脱刀劍火熬兩地獄也，況生乎？世固有生之以意，生之以言，生之以錢，甚則生之以詩文，而李子文驥則生之以傳奇。

蓋風雲月露之詞，寄嬉笑怒駡之意，杯酒流行，發言可嘉，斯已豪矣。進而牢騷蕭激，生人感慨，忠孝節廉，作我興觀，則又極傳奇之才。顧乃驅役神鬼，悲嘯魚龍，出好生願力，超萬劫而空之。吴道子畫地獄變相，兩市屠沽爲之不售。今試取是編，弦歌水次，不獨江上魚翁收竿裂網，直使游魚出聽，歡飛水底，復過太古之天，則包犧氏制網罟以衛圖書，文驥即用圖書之力以脱網罟，《掖生符》是亦用行包犧氏之意也夫？

（南京圖書館藏清鈔本《俞鞠陵先生詩文稿》）

【箋】

〔一〕俞公穀（約一六三五—約一七〇四）：生平詳見本卷《桃花飯》條解題。

## 桃花飯（俞公穀）

俞公穀（約一六三五—約一七〇四），字康先，號鞠陵，别署小灌者，會稽（今浙江紹興）人。明户部郎中俞邁生子。未仕。與同邑陳曾穀、胡兆鳳、史許、王岵等爲詩友。康熙十七年（一六七八）薦博學鴻詞，辭不就。卒年七十。與婦翁王雨謙（一五九九—一六八八），閉户三十年，合輯《廉書》（已佚）。著有《俞鞠陵先生詩文稿》（南京圖書館藏清鈔本）、《耐園詩寄》、《耐園詞寄》（收入《全清詞·順康卷》）、《東甌紀游》（收入清王協和編《冰玉集》），浙江圖書館藏清鈔本）等。傳見《會稽縣志稿》卷一九、《兩浙輶軒録》卷一二、民國《紹興縣志資料》第一輯《人物列傳》。

# 桃花飯自序

俞公穀

人到不得意時，骨肉漸疏，親友漸寡，罪戾漸多，飢寒漸重，途徑漸窮，而筆墨亦漸怪。《桃花飯》者，俞子救死之書也。

俞子性迂拙好古，讀書種花外，無他技能，一二性命友，皆落拓可喜，雅不與世接。五歲受句讀，十二歲遭國變，從家大人隱山林、耕田野，五年有奇。歲辛卯〔一〕，歸讀耐園，父子兄弟自相師友。爾時入世未深，憂樂都無。丙申〔二〕，受知丈人延密王先生〔三〕，次年從游古秋廬。先生居斗室中，日執筆作千古事，每成一文，得一詩，輒拍几狂叫，立呼俞子，撫鬚快讀乃已。俞子大樂忘機，不復有所著述。

己亥冬〔四〕，復耐園，室人名士安〔五〕，知書，紡織佐讀。友人史二名許〔六〕，抱卷相就，風雨連牀，窄窄環堵。奇花異竹，紛披左右，坐石攜書，聽枝頭小鳥，促花開花落。惜花謝花開，間叩室人，出簪珥沽酒醉之。一巾一袍，便忘春冬；一飯一蔬，便忘朝夕。興至，少則集掌錄一二事，多則取古今奇女子潤色成傳，作祕書自怡樂而已。越二年，辛丑三月〔七〕，室人陡得奇疾，俞子憔悴無理，灶烟屢斷，而草木乘春偏芳豔。故人分袂時，白髮老親方謀自炘炊。四顧蕭蕭，不敢慟哭，乃笑貧窮、責我無禮者，又正刺刺不休。若復不目識奇字，胷吐奇句，手畫奇書，與千愁萬恨分霸爭豪，咄咄！余不幾血碎心枯，形消骨化耶？

余《耐園詩寄》，始辛丑七月六日，余甚悲此七月六日也，記其時，尚有先生許可秋廬唱和。九月十二日，復縱筆爲詞，余又甚悲此九月十二也，記其時，尚有室人呻吟，幼兒啼哭。至壬寅〔八〕，先生束裝北上，而室人竟臥病不起，側轉需人。俞子日則皇皇，夜則寂寂，乃復憶九月十二日。時冬十月，遂作《桃花飯》傳奇。每燈上時，先安頓幼女誂誂，次安頓藥食，次安頓紙筆書硯，次安頓不解事婢子，使室內無聲，記韻記譜，箕踞牀上，心有傳奇，手顧病者，一字一句，都從恨血中染淚而出。長更點點，爲我擊節。身不復知佝僂，手不復知勞瘁，目不復知荒涼，耳不復知愁嘆，足不復知跼曲。吟成便錄，錄成便吟，其中成不及錄，錄不及收者，不知凡幾。得十八齣，而室人化去。

乃太息走錢塘，嘔血幾死，廢筆墨者四月餘。上仰青天，下看人世，欲穿肋剖胸，放出一腔愁氣，然後黄冠革履，浪迹天涯。又以親老女小，不可如此，仍讀書自解，遇會心處，往往投卷，卻坐癡立，終日閲古秋廬墨迹，及唱和詩諸詞，反覆念丈人王先生不能已。天空月冷，三春九秋，有身無主，狼藉異土，一花一鳥，一人一物，略備故鄉顔色，作故鄉聲音，便黯然神傷。

柯隱、百穀恨之〔九〕，勸俞子成是書。俞子則淚痕研墨，坐霜天風雪中，作消愁恨離愁句。雖有志不伸，有憂莫告，而一種無可如何之苦，已化白雲片片，從肝膈飛舞紙上。書成投筆，忽不識如何忽作此想，如何忽有此書。第覺吳山越水，烟波通活，而闌珊病骨，得不與草木同腐。《桃花飯》之於俞子何如哉！

甲辰三月十八日，鞠陵公穀識於西陵舟中〔一〇〕。

（南京圖書館藏清鈔本《俞鞠陵先生詩文稿》）

【箋】

〔一〕歲辛卯：　順治八年（一六五一）。

〔二〕丙申：　順治十三年（一六五六）。

〔三〕延密王先生：　卽王雨謙（一五九九—一六八八），初名佐，字延密，號田夫，別署白嶽山人、五潞溪識字田夫、勿軒老子，山陰（今浙江紹興）人。俞公穀岳父。明崇禎六年癸酉（一六三三）舉人。南京失陷，入閩中。後潛身歸家，隱居不仕，與俞公穀共輯《廉書》。年九十卒。工詩文，與蔡子佩諸人爲詩友，結同秋社。善畫，清初與祁豸佳、陳洪綬、王作霖等稱『雲門十子』。勇武有膂力。曾爲張岱《張子文秕》、《張子詩秕》撰序評點。著有《白嶽山人詩文集》、《碩薖集》。傳見乾隆《紹興府志·隱逸》、嘉慶《山陰縣志》卷一四、《越畫見聞》等。

〔四〕己亥：　順治十六年（一六五九）。

〔五〕士安：　卽王士安（？—一六六二），王雨謙女，俞公穀妻。

〔六〕史許：　山陰（今浙江紹興）人。《全清詞·順康卷》收錄其詞作。

〔七〕辛丑：　順治十八年（一六六一）。

〔八〕壬寅：　康熙元年（一六六二）。《桃花飯》傳奇動筆於是年十月。

〔九〕柯隱百穀：　當爲二友人字號，生平未詳。

〔一〇〕甲辰：　康熙三年（一六六四）。

# 桃花飯傳奇序

陸繁弨〔一〕

金刀玉案，張衡寫其牢愁；　瑤草瓊枝，屈子排其幽憤。古人寓意，每有借辭。事或未然，情所必至。然後知馮虛公子，詎是妄談；　烏有先生，無非實錄。余讀俞子《桃花飯》一書，聲情激楚，擬遏行雲；　曲調悠揚，如賡《白雪》。塡辭之工，殆難方駕。

至其所稱賈生者，家在金陵，人如玉樹。當筵攬筆，題鸚鵡而即成；　入座驚人，碎珊瑚而不惜。可謂漢中國士，羣號無雙；　江左名流，推爲第一。而且聘南國之佳人，娶有娀之佚女。攜來蜀郡，擬卓氏而無慚；　若到扶風，較孟光而兼麗。斯已暢文苑之勝情，極璇閨之雅事。況乃場中結客，盡吹簫屠狗之奇；　朝裏驅車，皆竹箭南金之賞。何來愛妾，又似秦休；　借得蒼頭，居然郗僕。雁塔題名之後，忽到三山；　虎頭拜爵之餘，同遊五嶽。此眞逢年之希覯，得志之絕奇者也。

然而鋪張已甚，固三樂所難兼；　揚厲過情，即五福其未備。揆之鄙意，竊有疑焉。蓋以文同繡虎，每遘窮途；　才本人龍，多遭涸轍。故夫董相史公，盡消魂於不遇；　孝標公叔，均發憤於絕交。碧雞道上，便了爲煩；　金谷園中，綠珠安在？以至馮敬通之家道坎坷，賈長沙之降年不永。鍛鸞翮於層雲，困龍鱗於枯旱。責頭何益，接踵皆然。飄零夜月，怨生世之非辰；　搖落霜風，悵遭逢之不偶。此乃王粲所以興哀，江淹爲之賦恨。豈有珠鬟金雀，挽車而前；　加之祕省蘭臺，跬步而得。翰墨之林，直接神仙之島；將軍之樹，即是夫人之城。溫柔爲白雲之鄉，遊俠兼儒林之傳。而又婢不怨乎康成，奴亦憐夫穎士。自古文人，從無斯比。定屬劉季之大言，不則淳于之奢望。

然而坐觀海市，豈必皆眞；行過屠門，貴且快意。巫山雲雨，飛來宋玉之文；上苑膏腴，割入文園之賦。雖或近於虛設，差足抒其壯心。若其題曰《桃花飯》何也？意者煮來白石，迥異人間；餐得青精，自然仙去。既爲處士問津之所，又即功臣放牛之區。命以是名，要兼斯義云爾。

（《四庫全書存目叢書·集部》第二五七冊影印清乾隆三十五年陳明善亦園刻本《善卷堂四六》卷二）

【箋】

〔一〕陸繁弨（一六三五—一六八四）：字拒石，號儇湖，錢塘（今浙江杭州）人。陸培子。布衣。著有《善卷堂集》、《善卷堂集外文》、《善卷堂四六》。傳見陸宗楷《傳》（乾隆三十五年陳明善亦園刻本陸繁弨《善卷堂四六》卷首）、《清史列傳》卷七〇、《兩浙輶軒錄》卷五二、《昭代名人尺牘小傳》卷一二等。

## 揚州夢（嵇永仁）

嵇永仁（一六三七—一六七六），初字匡侯，一字爾諧，成年後字留山，號東田，別署東田子、抱犢山農，祖籍常熟（今屬江蘇），遷居無錫（今屬江蘇）。順治十四年丁酉（一六五七），爲蘇州府學諸生。後以課徒、入幕爲生。康熙十二年（一六七三），入福建總督范承謨（一六三五—一六七六）幕。次年（一六七四）耿精忠（一六四四—一六八二）反，執范承謨、嵇永仁等，囚禁三年，承謨被害，永仁自縊死。著有《抱犢山房集》、《東田醫補》、《集政備考》等。傳見張伯行《正誼堂文集》卷一一《傳》、《清史稿》卷四九三、《清史列傳》卷六五、《國朝耆獻類徵初編》卷三四二、《碑傳集》卷一一九等。參見胡萍《有關嵇永仁研究存疑考述》（《長春大學學報》二〇一一年第一期）、陸林《清初戲曲家嵇永仁事迹探微》（《戲曲藝術》二〇一五年第二期）。

所撰雜劇《劉國師教習扯淡歌》、《杜秀才痛哭泥神廟》、《癡和尚街頭笑布袋》、《憤司馬夢裏罵閻羅》四種，總稱《續離騷》，爲獄中所作；傳奇《揚州夢》、《雙報應》二種，皆存。另有《游戲三昧》、《珊瑚鞭》、《布袋禪》等，已佚。《揚州夢》，《曲海目》著錄，誤列入雜劇，現存康熙間葭秋堂刻本，《奢摩他室曲叢一集》、《古本戲曲叢刊五集》皆據以影印。

## （揚州夢）自題

嵇永仁

傳稱杜牧剛直，有奇節，不爲齪齪小謹，可知耽紅昵綠，未必非英雄本色。牛僧孺相業，史所不滿，余獨愛其待杜一段。杜參軍淮南時，牛廉知狹邪事，情條滿巨篋，於杜入朝，畀篋贈之。其成就人如此，杜寧不心感乎？虞仲翔云：『得一人知己，可以無恨。』若牛可謂知杜矣。紫雲一事，狂吟驚座而後，別無後緣。湖州垂鬟，亦僅見『尋春較遲』一詩。今皆闌入閨閣，應無不可。杜曾謁城南寺長老，長老意中不知有京兆狀頭，杜亦翻然而悟，底事皆空，則凡有色相，便作眷屬，正復平常耳。

吴湖州擬作《揚州夢》〔一〕，廣霞君述余捉管〔二〕，遂寢閣。數年來餬口幕府，未曾脱稿。庚戌殘冬〔三〕，廣霞君客余留山堂中，索讀此本，因云：『湖州願見久矣。』雪花如掌，呵凍口授，命童子寫成。湖州單舸梁谿，見此本歎賞。嗟呼！嗟呼！士學爲有用，而徒露穎鍔於聲音之道，亦淺矣夫。

東田抱犢山農偶筆。

**【箋】**

〔一〕吴湖州：即吴綺（一六一九—一六九四）。吴綺有《鵲橋仙·題嵇留山抱犢圖》（《林蕙堂全集》卷二三《藝香詞》，《景印文淵閣四庫全書》本）。康熙八年（一六六九），從湖州知府任上罷官，次年暫居杭州。參見汪超宏《吴綺年譜》『康熙九年』條（浙江大學出版社，二〇一一，頁一一二）。

〔二〕廣霞君：即余懷（一六一六—一六九六）。永仁字留山，即爲余懷所定，見嵇永仁《抱犢山房集》卷五《上嚴灝亭先生書》（清雍正間刻本）。

〔三〕庚戌：康熙九年（一六七〇）。

## （揚州夢）引言

李　琯〔一〕

京兆杜舍人，才情爛熳，往籍豔稱。然余每覽其《罪言雜著》，於兵制藩鎮，洞悉源委，慨然有經世之志，蓋非僅佚宕詩酒，斤斤以文藝表見者也。若其感恩知己，夢落揚州，疎放半生，名贏薄倖，或亦有感於世之不竟其用，故濡迹於此，要不失爲才人本色。惜千年來無有譜其事者，卽有之，不過雜劇短曲已耳。嵇子東田，以繪風繪月之手，含宫嚼徵，備極經營，淋漓盡致，一段風流佳話，爲千古才人樹幟。特爲樊川況歟，抑亦自況，而爲它日左券也？乃若言語之妙，音調之精，則又神明變化，於元明諸名人而自成一家，當令古人有不見我之恨矣。

高陽同學弟李琯拜題於梁溪旅次。

**【箋】**

〔一〕李琯：高陽（今屬河北）人，字號、生平均未詳。

## 揚州夢傳奇引

周亮工〔一〕

傳奇家淩虚易，摭實難。世人勉短其易者，不知事幻①渺，則語多夢囈。石巢數種，惟《忠孝環》事小實，乃無一語足上人吻，則知此老一生，惟工走幻渺耳。數十年，惟吾門士漢恭王子《想當然》〔二〕，一依本事，不復借色，世豔稱之，實心折，非爲蠛蠓名奪也。

留山譜樊川事，本前聞而略示裁翦，遂如入山陰道，處處引人勝地。至其塡詞規橅元人處，在神采而不在形迹，尤非香令、石渠所能擬議〔三〕。香令主於砌麗，而以滯筆運之，石渠主於蕩動，而以輕心出之，固無當。至專論務頭樂句者，合則合矣，如諺何？今皓首梨園，無所事事，聚三數人，不三數日，輒成數十折，奏紅氍毹上，宮商合拍，無出其右者，及索其副墨，如鬼匿畫，此所謂合者也。何怪乎玉茗有『拗折嗓子』之語哉！留山此劇，麗復不滯，動復不輕，入元室矣，當自必傳。

余與留山交二十年，知留山以古今文字馳聘當世，而尤留心經世有用之學。乃鬱不得志，至止酒罷劍，降筆爲此等，以宣洩其無端之悲。夫孰使留山而爲此也？嗟夫！留山降筆而爲此，筆與人咸足悲矣！

康熙十年辛亥陽月至日，雲林老農題於湖上就園〔四〕。

（以上均《古本戲曲叢刊五集》影印康熙間葭秋堂刻本《揚州夢》卷首）

**【校】**

①幻，底本作『幼』，據文義改。下同。

**【箋】**

〔一〕日本東北大學藏清同治十一年壬申（一八七二）永州刻本《揚州夢》，此文後有朱筆題識：『按，周亮工《因樹屋書影》云「余邗江門人王漢恭光魯作《想當然傳奇》」云云，今本書序中亦云「數十年，惟吾門士漢恭王子《想當然》一依本事」云云。據之，雲林老農殆即周亮工也。亮工，康熙十一年（一六七二）卒。』王龍光《次和淚譜》云：『惟《揚州夢》，頗自謂略窺臨川堂奧，櫟園周先生擊節其妙，云與王漢恭《想當然》並傳，以序以弁之。』（《抱犢山房集》附錄）參見黃仕忠《日藏中國戲曲文獻綜錄》。周亮工（一六一二—一六七二），原名亮，易名亮工，字元亮，號櫟園，又號減齋，別署緘齋、陶庵、適園、櫟下生、笠僧、雪舫先生、雲林老農、因樹屋主人等，學者稱櫟園先生、櫟下先生，祖籍金溪（今屬江西），其父遷居祥符（今河南開封），生於南京（今屬江蘇）。明崇禎十三年庚辰（一六四〇）進士，官至浙江道監察御史。入清，歷仕至户部右侍郎。博極羣書，工詩文、篆刻、繪畫。編選《尺牘新鈔》、《藏弆集》、《結鄰集》。著有《賴古堂集》、《同書》、《閩小紀》、《書影》、《字觸》、《讀畫録》、《印人傳》等。傳見林佶《樸學齋文稿·傳》、魯曾煜《秋塍文鈔》卷三《傳略》、姜宸英《湛園未定稿》卷六《墓志銘》、《清史列傳》卷七九、《碑傳集》卷一〇、《文獻徵存録》卷二、《漁洋山人感舊集》卷五、《昭代名人尺牘小傳》卷二、《貳臣傳》卷一〇、《皇清書史》卷二一、《國朝書人輯略》卷五、《清代七百名人傳》等。參見周以濬《周櫟園先生年譜》（清康熙十四年刻本《賴古堂集》附）、孟晗《周亮工年譜》（廣西師範大學碩士學位論文，二〇〇四）。

〔二〕吾門士漢恭王子：即王光魯（約一六〇五—一六五六），字漢恭。揚州人。《想當然》傳奇，現存明崇禎間刻本，《古本戲曲叢刊初集》據以影印。

〔三〕香令：即范文若（一五九〇？—一六三七）。石渠：即吴炳（一五九五—一六四八）。

〔四〕就園：周亮工畫舫名，亦用爲別署。周氏編選《尺牘新鈔》，卷五有范驤《與就園》書，卷一二有彭而述《與就園》書。

## 附　揚州夢跋〔一〕

吴　梅

《揚州夢》二卷，清嵇永仁譔。永仁字留山，無錫人，抱犢山農其別字也。與范文貞公承謨同死耿精忠之亂。著有《葭秋堂集》，末附曲三種：曰《續離騷》，曰《揚州夢》，皆爲少作；曰《雙報應》，則難中遺稿也。留山以諸生應制府之聘，同被拘囚，三年犴狴，又死國難，固不失爲義士。

而其侍姬青霞，亦自經殉節，一門忠烈，光昭日星。區區傳奇，何足爲先生增重。然而原本風雅，陶寫性情，亦可見志士之襟抱焉。

小杜事見諸歌場者，有喬孟符《詩酒夢》，見雕蟲館《元曲選》。留山此作，雖根據喬氏，而兼采紫雲一節，並附淮東節幕時事。通本異常飽滿，較諸黄石牧《四才子》〔二〕、陳浦雲《維揚夢》〔三〕，有過之無不及矣。

惟留山於聲律之學，未能深造，舛律脱譌，往往有之。如《乞守》折【耍孩兒】，本【般涉調】北曲，而誤認南詞，於是諸煞皆作前腔，且又多用疊句，不知何所本也。《郵會》折【二郎神】一套，句法平仄，頗多不合，而慢詞與過曲，又不分析，此蓋承《幽閨》之訛。《局賣》折【卜算子引】，誤犯他調。《青樓》折【普天樂】、【雁過聲】諸曲，時有不合譜格處。他若【惜奴嬌】、【祝英臺】等調，語句亦多寡不等。而《殲敵》折【二犯沽美酒】一曲，爲北詞所未有者，更難是正。凡此皆留山失檢處也。

至結構勻稱，靜喧得宜，詞藻復都雅可誦。同時作家，獨徐又陵、尤西堂差足頡頏，餘子碌碌，當作三舍之避矣。

霜厓。

（《奢摩他室曲叢一集》影印清康熙間葭秋堂刻本《揚州夢》卷末）

【箋】

〔一〕底本無題名。此文又見上海中華書局民國二十九年（一九四〇）鉛印本《新曲苑》所收《霜厓曲跋》。

〔二〕黄石牧：即黄之雋（一六六八—一七四八），字石牧，生平詳見本卷《四才子》條解題。《四才子》：黄之雋撰雜劇《鬱輪袍》、《夢揚州》、《飲中仙》、《藍橋驛》，合刻爲《四才子奇書》。

〔三〕陳浦雲：即陳棟（一七六四—一八〇二）。

# 雙報應（嵇永仁）

《雙報應》傳奇，《曲海目》著録，現存康熙間原刻本（上海圖書館藏），《奢摩他室曲叢一集》、《古本戲曲叢刊五集》皆據以影印；舊鈔本，中國藝術研究院圖書館藏。

## （雙報應）序

沈上章〔一〕

余友抱犢山農，與醉白主人林子、若耶小史王子〔二〕，共事圜扉，相看朝夕。心傷《黄鳥》之篇，志薄楚囚之泣。遥遥苦海，都忘鶴唳風聲；疊疊愁城，已悟死歸生寄。詠詩而消白晝，幸有同人；話古以度清宵，惜無旨酒。春秋兩易，書生氣骨猶存；河海中分，遊子家鄉何處？而嵇子抱匡世濟民之才，點鐵成金之手。下筆千言，詞驚風雨；厄兹陽九，益勵堅貞。乃賦《續離騷》四折以鳴志。林翁因述建寧錢、張二生，一爲糧累分釵，一爲孌童殞命，賴良守孫公昭雪。余戲言曰：『忠孝節義，奸盜邪淫，合而可以勸世。』山農復搦管填詞，不旬日而成全闋，目之爲《雙報應》。

余閱未竟，掩卷歎曰：滄桑變革以來，地北天南，蕩産傾家、鬻妻賣子者，不知幾千萬户。錢生甕牖繩樞之士，始也遇孫公之明察，得以鏡合珠還；終也遭山農之默契，被此《陽春》、《白雪》，天耶？人耶？是編一出，足以不朽。洵曠代之奇逢，骨肉之知己也。錢生眞厚幸也哉！

余憶髫年讀史，至『士爲知己者死』，頗小其言。意謂俯仰宇宙之間，潔己修身，操縱在我，何用汲汲人知？迨鼎逐時移，家困兵燹，業儒不售，學劍徒勞。每持直道以示人，屢爲熱衷而忤世。送窮而窮不我去，遣愁而愁不我降。投袂自奮曰：『大丈夫不能談笑功名，亦當徜徉山水，何棲遲陋巷，與草木俱朽？』乃漫然就道，覽姑蘇幽徑，弔白下荒烟，過齊魯之墟，走燕趙之市，長歌易水，浪迹金臺。既恥景監之通，每抱仲翔之慨。會因知遇，一見刮目，於是感激，遂許驅馳。詎忌五嶺之高，情障三山之險。席未及暖，罹此鞫凶。雖有昧於明哲，實無忝乎名義。命之不猶，夫復何憾？第今日之事，與他年之筆，又未識能有如錢生之遇山農，不謀半面，慨然爲之表揚否？嗟乎！鍾期不作，伯牙之絶調奚傳？鮑叔難期，夷吾之羈囚誰脱？知己之難，直等明珠十斛，信不誣也。讀是編者，可以見山農之風世矣，余輩之立身矣。誠有望於知音者。

沈上章天成氏識。

（《古本戲曲叢刊五集》影印康熙間原刻本《雙報應》卷首據中國藝術研究院藏舊鈔本景印）

【箋】

〔一〕沈上章（？—一六七六）：字天成，華亭（今屬上海）人。福建總督范承謨幕僚。康熙十三年（一六七四），被耿精忠逮捕，囚獄數年，死於難。獄中著詩一卷，名《聽鵑》，纂《花譜》一卷。傳見《清史稿》卷四八八、《碑傳集》卷一一九。

〔二〕醉白主人林子：即林可棟，字能任，別署醉白主人，榕城（今福建福州）人。福建總督范承謨幕僚。清康熙十三年（一六七四），被耿精忠逮捕，囚獄數年，以母老未從死。後收藏嵇永仁詩文，貽其子曾筠（一六七一—一七三九）。若耶小史王子：蓋即王龍光，見下條箋證。

## 雙報應跋

王龍光〔一〕

吾友抱犢山農，（抱犢山農，無錫嵇留山也，名永仁，從范忠貞公死於難。詳見余《道聽錄》中。）著作甚富，尤留心經濟。與余同罹於難，㦗㦗犴狴之中，豪氣未除，文采散於筆墨。嘗作《續離騷》四折，以破千古未破之牢騷。同難林翁，因備述建寧城隍揭公、建寧郡守孫公，判斷貧生錢可貴、奸淫王文用二案，『陰陽互理，靈爽顯赫，此殆得之目覩，不可不爲表彰之。』山農曰：『此固余之素志也。吾聞揭公節義昭著，英英千古。亡友袁參嵐受其國士之遇，曾托吾表著其事，而碌碌未能。今藉此以畢其素志，可乎？』乃援筆而敷陳其大概，曰《雙報應》。

（焦循《劇說》卷四引，《中國古典戲曲論著集成》第八冊）

【箋】

〔一〕王龍光（？—一六七六）：字幼譽，別署若耶小史，會稽（今浙江紹興）人。清諸生。范承謨（一六三五—一六七六）撫浙時，延課其子。范擢福建總督，隨往。清康熙十三年（一六七四），被耿精忠逮捕，獄囚數年，死於難。著有《次和淚譜》、《養花說》及詩五十餘首。傳見錢儀吉《衎石齋記事稿》卷八《王龍光事狀》、《清史稿》卷四八八。

## 附　雙報應跋〔一〕

吳梅

此記爲留山獄中所作。焦里堂《劇說》卷四引王龍光跋此劇云：『吾友抱犢山農，著作甚富，尤留心經濟。與余同罹於難，慨慨犴狴之中，豪氣未除，文采散於筆墨。嘗作《續離騷》四折，以破千古未破之牢騷。同難林翁，因備述建寧城隍揭公、郡守孫公，判斷貧生錢可貴、奸淫王文用二案，「陰陽互理，靈爽顯赫，此殆得之目覩，不可不爲表彰之。」山農曰：「此固余之素志也。吾聞揭公節義昭著，英英千古，亡友袁參嵐受其國士之遇，曾託吾表著其事，而碌碌未能。今藉此以畢其素志，可乎？」』（此跋全文未見）據此，則山農此作，非憑空結撰也。記中錢、張二生事，絕不相同，一則得賢婦而琴瑟重御，一則狎淫朋而身家兩敗，足爲世人勸戒，非尋常傳奇以采蘭贈芍爲美談者可比。

惟曲中失律，亦有數處，與《揚州夢》同病。如《拈酸》折之【榴花泣】犯調，不合譜式。《褫士》

折【繞紅樓】引子，既犯【齊天樂】、【緜山月】，應作【繞天山】（此名爲《九宮譜》中所未有，集牌不妨也），而僅云犯正宮，亦未允協。《全節》折首曲句法是【醉扶歸】，而誤作【普天樂】。《憶夫》折【小桃紅】二曲，開端四語，皆作四字，於律亦未安。《購毒》折【羽仙歌】一調，爲南曲所未有，不知何本。《陰斷》折【寄生草】四曲，首二句字格不符。此皆舛誤者也。

顧居鋃鐺請室之中，猶能褒揚節義，扶植倫紀，雖非《正氣歌》，亦浩然可塞蒼冥矣。古今傳奇以折獄著者，若《雙釘案》、《釵釧記》、《雙熊案》等，流傳歌場，膾炙萬口。此記情節，亦足駿靳。聰明正直之謂神，揭公有焉。至獄中作曲，實所少見。惟萊陽宋玉叔，中年爲怨家告訐，遂下於理，曾作《祭皋陶》四折，可與山農媲美。此外恐無鼎足之人矣。

霜厓。

（《奢摩他室曲叢一集》影印清康熙間刻本《雙報應》卷末）

【箋】

〔一〕此文又見上海中華書局民國二十九年（一九四〇）鉛印本《新曲苑》所收《霜厓曲跋》。

## 續離騷（嵇永仁）

《續離騷》雜劇，《重訂曲海目》著錄，現存康熙間抱犢山房原刻《嵇留山殉難遺稿》卷四本、雍正間刻本（《清人雜劇初集》據以影印）、同治間長沙刻《抱犢山房集》本、光緒三十二年（一九〇六）蘇州《雁來紅》叢報周刊本、舊鈔本。

## （續離騷）引

闕　名〔一〕

填詞者，文之餘也；歌哭笑駡者，情所鍾也。文生於情，始爲眞文；情生於文，始爲眞情。《離騷》洒千古繪情之書，故其文一唱三嘆，往復流連，纏綿而不可解。所以『飲酒讀《離騷》，便成名士』，『緣情之所鍾，正在我輩』，忠孝節義，非情深者莫能解耳。屈大夫行吟澤畔，憂愁幽思而《騷》作。《語》曰：『歌哭笑駡，皆是文章。』僕輩遘此陸沈，天昏日慘，性命既輕，眞情於是乎發，眞文於是乎生。雖塡詞不可抗《騷》，而續其牢騷之遺意，未始非楚些别調云。

（《清人雜劇初集》本影印清雍正間刻本《續離騷》卷首）

【箋】

〔一〕此文當爲嵇永仁撰。

## 書續離騷後

范承謨〔一〕

慷慨激烈，氣暢理該，眞是元曲。而其毁譽含蓄，又與《四聲猿》爭雄矣。捧讀之際，具感友誼忠懷，不禁涕泗滂沱，一見不忍再見，想伯約、信國，覩此必有餘哀也。意謂猩猩、鸚鵡、梟獍、獅蟲等類，雖屬怪種，亦當痛快一擊，使後世知有底止畏懼，少存人性，所廣功德，不可稱、不可量，非特爲麟鳳龜龍吐氣生色已也。東田先生以爲然否？

瀋陽范承謨炭筆識。

### 又口拈一絶

業鏡塵蒙業海遙，勞人空染泣鮫綃。卻聽三棒漁陽鼓，勝似焚香讀楚《騷》。

【箋】

〔一〕范承謨（一六二四—一六七六）：字覲公，號螺山，一號蒙谷，遼陽（今屬遼寧）人，漢軍鑲黃旗籍。順治九年壬辰（一六五二）進士，授翰林院編修，官至福建總督。康熙十三年（一六七四），被耿精忠逮捕。十五年，被逼自縊。追贈兵部尚書、太子少保，謚忠貞。著有《范忠貞公集》、《撫浙奏議》、《督閩奏議》。傳見錢儀吉《衎石齋記事稿·事狀》、戴震《東原集》卷一二《傳》、李果《在亭叢稿》卷六、袁翼《邃懷堂文集》卷三《紀略》、《清史稿》卷二五二、《清史列傳》卷六、《碑傳集》卷一一九、《國朝耆獻類徵初編》卷五三、《國朝詩人徵略初編》卷一三、《國朝先正事略》卷一、《漢名臣傳》卷三〇、《皇清書史》卷二六等。參見柯汝霖《范忠貞年譜》（咸豐三年涵碧舫刻本）。

## 讀續離騷

王龍光　等

緣情舒憤道心生，舌底青蓮金石鳴。鬼佛仙儒渾作戲，哭歌笑罵漫成聲。騷壇卽席逢中散，警世當場快屈平。此去吳門紙價重，周郎不數舊聞名。會稽王龍光往事關情豪氣生，懸崖激水自爲鳴。歌來喧寂皆空相，哭到淒涼總失聲。古佛拈花惟有笑，書生憤世意難平。流傳詞話描摹筆，杯酒消磨千載名。（次韻）榕城林可棟

未盡顛危已達生，午鐘晨角夜猿鳴。牢騷不灑黄金淚，慷慨猶歌《白雪》聲。賦比《三都》才獨重，詞雄《七發》病堪平。憐君夙有如椽筆，浪擲旗亭酒社名。（次韻）雲間沈上章

（以上均《清人雜劇初集》本影印清雍正間刻本《續離騷》卷末）

## （續離騷）序

竹崖樵叟[一]

天高地迴，無處可寄愁埋憂；古往今來，何日能焚書廢筆？弔沉石之屈子，祇宜飲酒讀《騷》；念顧曲之周郎，亦可逢場作戲。茲《續離騷》一集者，歌同郢里，哭比長沙，笑固似稷下滑稽，罵亦類漁陽悲壯。濡毫遣興，何殊七澤之行吟？感事鳴憂，奚啻三閭之獨醒？無語不入情，眞使人笑啼俱至；有言皆寓意，頓令我塊磊能消。斯可謂歷憂患而盱衡千古，因發憤而遊戲三味者也。噫！在獄才子，再傳四聲之猿；搦管文人，已窺一斑之豹。所當亟懸國門，廣布海內，庶知有江左新音，何必非楚詞別調。在作者不妨託諸意中，在讀者尤當索之言外云爾。

竹崖樵叟謹識。

（清康熙間抱犢山房原刻本《續離騷》卷首）

【箋】

〔一〕竹崖樵叟：姓名、籍里、生平均未詳。

## 附　續離騷跋

鄭振鐸

右《續離騷》雜劇四種，嵇永仁撰。永仁，字留山，别號抱犢山農，無錫人。吴縣生員。范承謨總督福建，延入幕中。耿精忠叛清，繫承謨於獄，並執永仁等。在獄凡三年，與承謨同時被害。永仁在獄中，嘗與同繫諸人唱和爲樂，無從得紙筆，則以炭屑書於紙背，或四壁皆滿。亂平後，閩人録而傳之。《續離騷》即其獄中作之一。所撰尚有《抱犢山房集》六卷，及《揚州夢》、《雙報應》二種傳奇。永仁善詩文，尤喜作劇。許旭《閩中紀略》謂：『留山才最敏速，性又機警，在幕中輒唱和爲樂。所著醫書，盈尺積几。尤善音律，製小劇，引喉作聲，字字圓潤。逆旅之中，藉以遣懷導鬱，雖骨肉兄弟，無以過也。』

《續離騷》有范承謨《書後》，及同難會稽王龍光、榕城林可棟、雲間沈上章諸人題詩。承謨謂：『《續離騷》慨慷激烈，氣暢理該，眞是元曲。而其毁譽含蓄，又與《四聲猿》爭雄矣。』永仁《自序》曰：『屈大夫行吟澤畔，憂愁幽思而《騷》作。《語》曰：「歌哭笑駡，皆是文章。」僕輩遘此陸沈，天昏日慘，性命既輕，眞情於是乎發，眞文於是乎生。雖塡詞不可抗《騷》，而續其牢騷之遺意，未始非楚些别調云。』永仁之以《離騷》名劇，其意蓋在於此。故《續離騷》胥爲憤激不平之作，悲世憫人之什。蓋永仁遭難囚居，不知命在何時。情緒由憤鬱之極而變爲平淡，思想由沈悶之極而變爲高超，而語調則由罵世而變爲嘲世，由積極之痛哭而變爲消極之浩歌。蓋不知生之可樂，又何有乎死之可怖？《扯淡歌》、《笑布袋》諸作，胥爲斯意也。

《續離騷》第一種爲《劉國師教習扯淡歌》，寫劉基與張三豐對酌，命子弟歌其所作《扯淡歌》以侑觴事。以極冷淡之劇情，布置成如此頗熱鬧之排場，作者手腕不可謂不高。曲白全襲劉基《扯淡歌》本文，組織殊見匠心。《扯淡歌》歷敘三王五帝以來大事件、大人物，而結之以『算來都是精扯淡』一語，憤世之極，遁於玩世。『遇著作樂且作樂，得高歌處且高歌』，永仁之意，殆在於此。

第二種爲《杜秀才痛哭泥神①廟》，按此事本末，見《山堂肆考》。明清之交，寫杜默哭廟事爲雜劇者凡三見：一爲沈自徵君庸之《霸亭秋》，一爲張韜權六之《霸亭廟》，一卽永仁此劇。而永仁之著此劇，意或別有所在，並不專著眼於秀才落第，傷心自哭也。其措語全若憑弔項王，惜其不能成大事。《曲海總目提要》謂：『永仁或有籌策，傷承謨不能用，借此寓意，未可知也。』理或然歟？

第三種爲《癡和尚街頭笑布袋》，寫癡和尚捐布袋，鎮日在十字街頭，呵呵的笑个不住，在笑聲裏卻罵倒一切營營碌碌之世人。彼視世事胥爲空虛，歷史上之人物，以及天上玉皇、地下閻王，悉皆忙得可笑，忙得無謂。歌曲原本《布袋和尚歌》意，永仁之有取於此，其意正與《扯淡歌》同。

第四種爲《憤司馬夢裏罵閻羅》，寫西川司馬貌，夢中至陰曹罵閻王事。司馬貌斷獄之傳説，流行已久。元建安虞氏刊行之《三國志平話》，已取此作爲入話。《古今小説》中，亦有《鬧陰司司馬貌斷獄》一回。以此爲劇者，則有徐石麟〔一〕之《大轉輪》，及永仁此劇。然他作皆著重於斷獄，永仁則獨著重於謾罵閻羅一節。彼欲閻羅令善人現世受報，化凶爲吉，轉難成祥，『便有那天堂身後過，爭似這生受用白雲窩』。永仁於此，蓋不無深意存。其或於獄底刀光之下，尚有一线之冀望在歟？

中華民國二十年正月二十日，鄭振鐸。

（《清人雜劇初集》本影印清雍正間刻本《續離騷》卷末）

【校】

①神，底本闕，據文義補。

【箋】

〔一〕徐石麟：當爲徐石麒（約一六一二—一六七〇後）。

## 萬全記（范希哲）

范希哲，名不詳，字希哲，别署四願居士、西湖素泯主人。小齋主人、不可解人、秋堂和尚、燕客退拙子、看松主人、魚籃道人等。當爲北京或河北人，寓居杭州（今屬浙江）。生平未詳。今存

《繡刻傳奇八種》一書，裏封題『湖上李笠翁先生閱定』，《萬全記》題『四願居士』撰，《十醋記》題『西湖素泯主人』撰，《補天記》題『小齋主人』撰，《雙瑞記》題『不可解人』撰，《偷甲記》題『秋堂和尚』撰，《四元記》題『燕客退拙子』撰，《雙錘記》題『看松主人』撰，《魚籃記》題『魚籃道人』撰。觀此八種傳奇文筆，殆出一手，而與李漁之《笠翁十種曲》迥乎有別，恐爲當時書賈以李漁極負盛名，故假托其名閱定，藉以射利。《曲海目》、《曲考》、《曲錄》等，誤爲李漁撰。按，《笠閣批評舊戲目》著錄《十醋記》、《萬全記》、《補天記》三種，均題『范希哲作』。《今樂考證》著錄《偷甲記》、《魚籃記》、《雙錘記》、《萬全記》、《十醋記》、《四元記》六種，俱題『四願居士』撰，並謂：『或云係范希哲作。或又以《萬全》一種爲范氏作。近得五種合刻本，署曰「四願居士」，笠翁無此號，殆爲希哲無疑耶？然讀其詞，則斷非笠翁手筆也。』又按：『四願居士五種，有《十醋記》，無《萬全記》，聊類錄之。』同書又著錄《補天記》，則題爲范希哲撰。又姚燮《大梅山館藏書目》載其所藏《五種合刻本》，即《萬全記》、《十醋記》、《雙錘記》、《偷甲記》、《魚籃記》，亦題爲『四願居士』撰。據此可知，四願居士等號，均當爲范希哲別署。《曲考》謂《十醋記》爲『合肥龔司寇門客作』，則范氏或爲龔鼎孳門客。

《萬全記》傳奇，一名《富貴仙》，《傳奇彙考標目》著錄，入清無名氏傳奇目。《笠閣批評舊戲目》著錄，題『范希哲作』。《曲海目》、《曲考》、《曲錄》，均誤爲李漁撰。《今樂考證》著錄，題『四願居士』撰。《曲海總目提要》卷二六有此本，謂：『刊本自序曰四願居士，不標姓氏，未知誰筆。』現存清初刻本、康熙間刻《繡刻傳奇八種》本（《古本戲曲叢刊五集》據以影印）、清初刻《傳奇十一種》本、清金陵書肆刻《笠翁傳奇五種》本。

## 富貴仙自序

范希哲

紀事著書，原欲垂諸不朽；徵歌度曲，止期暢快一時。奚徒練句敲辭，以相誇示？況氍毹之上，杯酒之間，寄聲色人情者，如夏之雲、冬之日，山嵐水濺，朝槿晨霜，倏忽變幻，過耳觸目，曾不少留，何必確然於《廿一史》、《十三經》中追往迹耳。此《富貴仙》之劇所由出也。句不練，詞不敲，惟取洽情須臾，變幻頃刻，匪敢類於考鐘伐鼓，覩指畫褒貶。計富也、貴也、仙也，人所欲而不可得也。於是乎立名，於是乎取義，於是乎寄迹於三千大千，空空色色，耳目因緣中之知識也。

其間鋪敍繁文，悉行除抹正定，實切關目三十齣。與其待教梨園刪削改抹，莫若自省筆墨，各從實用。如開場前之引子，原不用者，竟去矣。下場詩之有無，隨酌應否而取舍矣。內惟合古腔、闡全本之大套曲白，不得不然。其餘一切無關涉之品題，極力省節。總望敷演之時，照此片言不缺，則厚幸矣。若責余以文理麤率，宮商俚鄙，不能練句敲辭，則此三家村中語，不過少求剎那歡喜，解頤幻態已也，勿以出入怪誕罪我，更爲慶幸。

四願居士自題。

（《古本戲曲叢刊五集》影印清康熙間刻《繡刻傳奇八種》所收《萬全記》卷首）

# 十醋記（范希哲）

《十醋記》傳奇，一名《滿牀笏》，《傳奇彙考標目》著錄，入清無名氏目。《笠閣批評舊戲目》著錄，謂：『即范希哲《滿牀笏》。』《曲海目》、《曲考》、《曲錄》，均誤爲李漁撰。《今樂考證》著錄，題『四願居士』撰。《曲海總目提要》卷四十著錄《滿牀笏》，謂：『近時人所作。』現存清初刻本、康熙間刻《繡刻傳奇八種》本（《古本戲曲叢刊五集》據以影印）、清初刻《傳奇十一種》本、清金陵書肆刻《笠翁傳奇五種》本、嘉慶十一年（一八〇六）舊大班殘鈔本（《不登大雅文庫珍本戲曲叢刊》第一四册據以影印）。

## 滿牀笏弁言

范希哲

大凡人之富貴勢祿，以迄嗜好，皆愛河欲海中等等相耳。括是相者，無不始生於愛，愛極則畏隨之。非愛不能成畏，非畏無以固愛，是畏與愛不一設、不二觀也。若夫於所愛，苟能輕之，凡形骸之中，利害之頃，終身終世之得失臧否，皆可膜視之矣，畏何有焉？要之，愛之至者，即畏之至者也。能愛而畏之至者，即誠之至者也，即眞實無妄之謂者也。

眞實無妄之中，人各具一愛之畏之之最切者，又惟俗之所謂婆者是也。吾於是有慨焉。婆者，一物也，亦終身終世之一物也，亦若或得失之，若或不可得失之之一物也。若或得之，則張碩之蘭香，于生之紅葉，不一而匹；若或失之，則洛浦之珠飛，高唐之雲散，誰曰永存？餘香在臂，零鈿空塵，至於愛之無所施，畏之無所就，亦已晚矣。顧孜孜於愛之畏之之中，寧容一日自已。

此龔節度爲有之畏愛，所以因緣而生也。知之者爲節度之順情惜物，不知者爲師氏之踰閾擅權。蛾眉稱屈，《白頭吟》自可以服文園之慧腸，曾不聞人以妒指之也。吾惟願舉世之畏夫婆者，能如龔節度，一畏而獲美姬，再畏而彌禍患、成殊勳，三畏而遠奇兇、拒鴆毒，人亦何尤夫節度之所愛所畏之爲多事也耶？卽曰夫人之妒，妒而感神慈，妒而安壼侶，妒而拔豪傑，妒而生子女，功垂麟閣，慶集螽斯，豈果妒女子之所能哉？

眞實無妄，愛畏之及於至也者，吾於龔節度知兼備之矣。有師氏女之全才，方可當龔節度之畏愛；有龔節度之畏愛，方能成師氏女之全才。欲不布之聲歌，以公天下，使舉世之娥眉，不徒工於長袖，從今後之藜杖毋輕弄於深閨，爲龔節度羞，爲師氏女笑，不可得也。若夫汾陽之正正無奇，青蓮之落落多致，一代偉人，其於愛河慾海涉乎否乎？然則，知如是之涉乎愛河慾海者，將奚從乎？請具隻眼醒之。

西湖素泯主人書於畏愛軒。

（同上《十醋記》卷首）

## 補天記(范希哲)

《補天記》傳奇，一名《小江東》，《傳奇彙考標目》著錄，入清無名氏目。《笠閣批評舊戲目》著錄，注云：『即希哲《小江東》。』《曲海目》、《曲考》、《曲錄》，俱著錄於清無名氏。《今樂考證》著錄，題『四願居士』撰。《曲海總目提要》卷四二著錄《小江東》，謂：『一名《補天記》，刊本云小齋主人作，不著姓名。』現存康熙刻本、康熙間刻《繡刻傳奇八種》本(《古本戲曲叢刊五集》據以影印)、清初刻《傳奇十一種》本、清初刻《笠翁三種傳奇》本。

### (小江東)小説

范希哲

《小江東》之作，何所取義？因見舊有《單刀會傳奇》一劇，首句辭曰：『大江東巨浪千疊』，蓋言江水之大也。今則改而爲小者，乃以當日江東君臣，局量狹隘，志氣卑藐而說也。夫荊州雖寸土，實用武之地，誠得雄謀蓋世，四海歸心，如壽亭侯者主之，劉氏之存亡，操賊之成敗，未可卜也。無奈仲謀之流，計不出此，朝夕構釁，惟一荊州是問，漢遂以亡，操因以立。卒之樓船一下，銜璧稱藩，西蜀、東吳，同歸於滅，悲哉！此江東君臣之所以爲小也，江東君臣之所以因小而得罪劉氏，更不小也。

然吳既小矣，又能坐踞東南數十年，兵不血刃，而屹然成鼎峙，此則伊誰之力也？皆大夫子敬彌縫之力也。當赤壁之役，脫非大夫善計，視孫、劉爲一家，延孔明於上座，指揮三軍，運籌制勝，則小周郎之策，未必遂成磐石之安，又奚暇問荊州，形鼎足乎？大夫乃心王室，一秉至公，期去君側之惡，定撥亂之勳，與方叔、召虎，並爭光烈，較之關夫子心膂，無二轍也。不然，白衣搖櫓之舉，寧俟大夫身後而始行也。議者不察，顧以桓文霸佐之流置之，各立門戶，亦惟荊州是圖，遂將臨江一會，演出關夫子之披堅執銳，詭備百端，又奮酒力之餘，拳臂張弛，效鄙夫之排擊。嗟嗟！以是而污人耳目，眞可謂癡人說夢矣，眞可謂唐突聖賢矣。

予以感慨之餘，成此不經之說，不過欲洗《單刀會》一番小氣，以開聖賢眞境耳。補天之荒誕，巾幗之喬奇，亦無非破涕爲笑，作戲逢場，如是觀也。辭調之欠工，宮商之不叶，節奏之差池，事實之舛錯，此又望寓目者斧之、鑿之，庶幾乎汗顏少釋。

小齋主人戲言〔一〕。

（同上《補天記》卷首）

**【箋】**

〔一〕題署之後有陽文方章「小齋」。

## 雙瑞記(范希哲)

《雙瑞記》傳奇，一名《中庸解》，《傳奇彙考標目》著錄，入清無名氏目。《曲海目》、《曲考》、《今樂考證》、《曲錄》等著錄，亦同。《曲海總目提要》卷三三著錄《雙瑞記》，謂：『一名《中庸解》。不知何人作。』現存清初刻本、康熙間刻《繡刻傳奇八種》本(《古本戲曲叢刊五集》據以影印)、清初刻《傳奇十一種》本、清初刻《笠翁三種傳奇》本、清康熙間刻《繡刻傳奇十種》本。

### 中庸解序說

范希哲

紫奪朱，《鄭》亂雅，聖人惡其似是而非也，況更非紫非《鄭》乎？村謠里諺，浪入辭場，使氈毹內日事聲容，作驚人傀儡，又美其名曰《中庸解》，儼以朱、雅自居，豈僅奪與亂而已也？得罪聖賢，唐突名教，能不太甚？噫！秉木鐸者，未必卽是聖賢；工優孟者，何嘗迹履忠孝。不過借此醒人，爲愚夫愚婦說法耳，又何求其深解，而必曰：此中庸也，此非中庸也？鳶也，魚也？神也，怪也？性也，道也？修也，教也？聖人且以不解解之，奚用十分穿鑿，探底追源，反進於惑也。傀儡場中，生公石上，不過期一點頭耳。正解邪解，方解圓解，長解短解，又何能探底追源？使人也物也，石也木也，盡點頭也？聖經賢傳，可以成大人，可以愓君子。彼屠狗夫、賣菜傭，日苦米鹽，一菽供妻子之不暇，安從索聖賢之經傳而解之，曰『此中庸也，此非中庸也』？余之中庸，屠狗夫、賣菜傭之中庸也，非大人君子之中庸也。余之解，爲屠狗夫、賣菜傭解也，非敢爲大人君子解也。大人君子自有中庸，自有神解，正不必較屠狗夫、賣菜傭之中庸是與不是、解與不解也，總付之大千世界中，恒河沙之一粟耳。得罪聖賢，唐突名教，罪亦少逭。

長安不解解人自題。

（同上《雙瑞記》卷首）

## 偷甲記（范希哲）

《偷甲記》傳奇，一名《雁翎甲》。《傳奇彙考標目》著録，入清無名氏目，又於明秋堂和尚名下重出《雁翎甲》一本。《傳奇彙考標目》增補本亦同，然於秋堂和尚名下注云：『即范希哲。』《曲海目》、《曲考》、《曲録》著録，均誤爲李漁撰。《今樂考證》著録，題『四願居士』撰。《曲海總目提要》卷一二著録《雁翎甲》，謂：『演徐寧事也，不知誰作。』現存清初棒鼇原刻單行初印本、康熙間刻《繡刻傳奇八種》本（《古本戲曲叢刊五集》據以影印）、清初刻《傳奇十一種》本、清金陵書肆刻《笠翁傳奇五種》本、清康熙間刻《繡刻傳奇十種》本。

## 偷甲記序

范希哲

人讀《水滸傳》，無不曰：『劇盜中能假仁義、仗智數，凡所作爲，每每出人之意表。』故其事雖不經，縱觀全部，或欽其忠義，或壯其英俠，或喜其鴻毛一死，然諸丘山，或怪其詭詐姦欺，贔豪莽烈。吾悉以爲不然。

《水滸傳》之妙，妙在鼠竊狗偷、娼優乞丐，皆不棄絕。所以時遷盜甲，傑士傾心；忠義歸誠，粉脂汲引。如此至微至賤之中，伏此揭地掀天之績，凡於世人之有一技一能者，蓋可忽而置之哉？假如向日梁山不設時遷一席，當呼延灼逼迫之際，欲以口舌勢力誘徐寧，徐寧卽至愚至頑，又焉肯捨功名，捐妻子，破身家，以從羈虎籠鷹於一窪之水窟？惟以失甲而親到梁山，到山而親逢義俠，方始言之可入，類之可親，覺一死之輕，知然諾之重。反姦欺詭詐，爲身外之權宜；借莽烈贔豪，爲英雄之憤激。一違夙念，萬仞不移，熱血立傾，甘心悖逆，豈非盡從偷甲中出種子也？

嗟乎！呼延忠孝，竟入網羅；氣節武師，亦迷本性。要知胷無把握者，皆緣平昔涵養未深，薰陶鮮術之故耳。由此觀之，禮樂詩書之氣，操持堅忍之功，烏容一日已哉！當傀儡棚中，寓棒喝微旨，俾場內觀者作場外想，則余此劇庶乎無罪。

秋堂和尚書於棒龕〔一〕。

【箋】

〔一〕題署之後有印章二枚：陰文方章『秋堂和尚』，陽文方章『棒龕』。

（同上《偷甲記》卷首）

## 四元記（范希哲）

《四元記》傳奇，一名《小萊子》，《傳奇彙考標目》著錄，入清無名氏目。《曲海目》、《曲考》、《曲錄》，均誤爲李漁撰。《今樂考證》著錄，題『四願居士』撰，注云：『四願居士五種，有《十醋記》，無《四元記》，聊類錄之。』《曲海總目提要補編》著錄《四元記》，注云：『一名《小萊子》』，謂：『不知何人作，與《富貴仙》、《滿牀笏》、《小江東》、《中庸解》、《雁翎甲》、《合歡錘》、《雙錯巹》共八種同爲一帙，標云：「湖上李笠翁閱定」，當是近人手筆。閱其辭旨關目，疑出自一手。』現存清初刻本、康熙間刻《繡刻傳奇八種》本（《古本戲曲叢刊五集》據以影印）、康熙間刻《笠翁三種傳奇》本、清金陵書肆刻《笠翁五種傳奇》本、清初刻《傳奇十一種》本、康熙間刻《繡刻傳奇十種》本。

### 四元記序〔一〕

范希哲

猶龍子曰：『亡其身而身存，後其身而身先。』以亡爲存，以後爲先者，皆猶龍子之家法，猶龍子眞千古占便宜人也，千古好打乖人也。惜乎其道彰彰，無人再能踵其故轍，豈不爲世所痛哉？此《小萊子》詞，《四元郎記》，不覺於飲八斗而醉二參，擊唾壺而歌嗚嗚之時之所由興也。

夫宋之仁者，常人也，邨農也，市井也。以常人之情推之，鮮不有置『富貴』二字於胷中，以成患得患失之交横，所以勇①於進而不知退者比比，獨宋之仁則不然。之仁之涉世也見機，之仁之處身也謹約，之仁之遇富貴也不求進，之仁之遭榮寵也急於退，實有得乎猶龍子亡身身存、後身身先之三昧。且之仁以廉作孝，其子再玉以孝承廉。畏顯名而名愈隨，卸榮寵而寵愈切。天地爲之作合，鬼神爲之曲成。既免高明之瞰，又無斗沫之豐。即爲之仁千古占便宜人亦可，千古好打乖人亦可。反復因緣，無非借此以發猶龍子亡身身存、後身身先之大道耳。不羞溲渤，輕付棗梨。吾願天下人無拙焉耳，無愚焉耳。

燕客退拙子自題〔二〕。

（同上《四元記》卷首）

【校】

①勇，底本作『涌』，據文義改。

【箋】

〔一〕序首和版心皆題作『四元記』，據本例補一『序』字。

〔二〕題署之後有陽文方章『退拙』。

# 雙錘記（范希哲）

《雙錘記》傳奇，一名《合歡錘》，《傳奇彙考標目》著錄，入清無名氏目。《曲海目》、《曲考》著錄，均誤作《雙鐘》，與《曲錄》均誤爲李漁撰。《今樂考證》著錄，題『看松老人』撰。《曲海總目提要》卷二六有此本，謂：『一名《合歡錘》。刻本看松主人作，不載姓氏。』現存初刻本、清康熙間刻《繡刻傳奇八種》本（《古本戲曲叢刊五集》據以影印）、清初刻《傳奇十一種》所收本、清金陵書肆刻《笠翁傳奇五種》本、康熙間刻《繡刻傳奇十種》本。

## 雙錘記序〔一〕

范希哲

每讀遷史，至博浪沙椎擊一節，未嘗不掩卷而嘆。何也？惜其將此一種莫大奇功，掀天豪舉，竟失傳操椎壯士之姓名。吁！此一擊也，眞也，假也？有其人也，無其人也？子房力不勝衣，形如處子，安能獨運重椎，擊大君於羽林蜂擁之際，且來似奔雲，去若飛電，十日索之而不得，天下匿之而有餘？則狙①擊者，確乎非子房，而另有其人也。若無其人，焉有其事？抑子房妒功而不傳歟？或老遷忌才而抹殺歟？吾不得而論也。

偶於稗史中，有《逢人笑》小說，內載琉球國力士稱王一段，則云：『操椎之人，爲陳大力。』余見而點首叫快，曰：『我之向來不服肝腸，今日有人道破，何不借此作題，留一擊椎人之面目，爲天下暢？』《雙錘記》之出，蓋爲此也。

更有說者。先於南省見《赤松記》傳奇一冊，内以椎擊之人爲項伯。嗟乎！項伯英雄，或亦想像，況與子房交好，鴻門宴上，常以身翼沛公，揣摹之間，似亦有理。然而既爲楚國之臣，反爲漢家奔走，卽此一點念頭，吾則寧取大力，不取項伯。

所以《雙錘記》中之大力，較《逢人笑》中之大力，意氣更增千倍。擊椎之人，定非凡品，其靈自在紫炁玉樓中，三島九州外。儻一旦神遊至此，見此形容，當必笑而指之曰：『昔日姓名肖貌，出處行藏，全不類。是何物狂夫，唐突前輩英雄若此。』吾則應之曰：『傀儡場中，邯鄲道上，說烏有先生，作蕉鹿大夢者，自古至今，不知幾億萬萬。』

看松主人自題〔二〕。

（同上《雙錘記》卷首）

【校】

①狙，底本作『徂』，據文意改。

【箋】

〔一〕序首和版心皆題作『雙錘記』，據體例補一『序』字。

〔二〕題署之後有陽文方章『看松主人』。

# 魚籃記（范希哲）

《魚籃記》傳奇，一名《雙錯巹》，《傳奇彙考標目》著錄，入清無名氏目。《曲海目》、《曲考》、《曲錄》著錄，均誤爲李漁撰。《今樂考證》著錄，題「四願居士」撰。《曲海總目提要》卷四五著錄《雙錯巹》，謂：「一名《魚籃記》，不知何人作。其自序曰魚籃道人。」現存康熙間刻《繡刻傳奇八種》本（《古本戲曲叢刊五集》據以影印）、清初刻《傳奇十一種》本、清金陵書肆刻《笠翁傳奇五種》本。

## 魚籃記序〔一〕

范希哲

《魚籃記》者，舊有弋陽調所載《普門大士收青魚精》一劇，無論辭旨俚鄙，排套欠工，即餼塊中，業已久棄不錄。今特踵其名而名之，另作崑調《魚籃記》一本，不惟述事不同，而辭旨、排套更未及也。吁！取法乎上，僅得乎中，況法下乎？余則曰：「不然。」取法乎上，必在乎下；取法乎下，同歸於下。或幸冀得其平，是亦蒿中之蔴也。《下里》、《巴人》，和者數千，我求其和而已矣。

況劇中之事，非出杜撰，原有稗史名《載花船》者，壽梓災梨，行之久矣。史中獨有一段武后選陽之事，事涉不經，文殊可取。可取者何？查《唐書》所載，狄梁公卒於天后之聖曆三年，再參《甲子會紀》，梁公實卒於天后之久視元年六月。夫久視元年，即聖曆三年之改元歲也，其年歲值庚子。後柬之輩舉兵討武氏，誅二張，中宗復位，乃在神龍元年，歲值乙巳之正月，武后亦卒於本年之九月。自庚子至乙巳，首尾共踰六載。每弔古今，無不痛惜梁公先武后而死之爲恨，惟此稗史，演以神龍年狄公不死，豈非大快人心一樂事乎？何況又多于粲生、尹若蘭、聞人傑夫妻、甄儀道大俠之許多穿鑿，是亦《翻精忠》之倒跌法也，又《青魚精》躍躍之跳動法也，欲不謳也得乎？取法乎上，不可得也；取法乎下，不得已也。惟求笑和而已矣。

魚籃道人自題〔二〕。

（同上《魚籃記》卷首）

【箋】

〔一〕序首和版心皆題作『魚籃記』，據體例補一『序』字。

〔二〕題署之後有陽文方章『魚籃道人』。

## 拜針樓（王墅）

王墅，字北疇，蕪湖（今屬安徽）人。弱冠補弟子員，寡所投遇，早殞世。傳見乾隆《蕪湖志》卷一三、嘉慶《蕪湖縣志》卷一三。撰傳奇二種：《拜針樓》，今存；《後牡丹亭》，已佚。《拜針樓》傳奇，《曲海目》著錄，現存康熙四十八年（一七〇九）楊氏研露齋刻本、康熙間貴德堂刻本

（《不登大雅文庫珍本戲曲叢刊》第一四册據以影印，光緒五年己卯蕪湖貴德堂據以重刻）。近人吴梅據以改訂爲《針師記傳奇》。

## 拜針樓序

楊天祚〔一〕

仲宣辭賦，代有文人；彝甫清譚，世推名士。辨琅琊之稻，幼即多奇；識蝌蚪之書，長尤博物。年年麗制，函薰豆蔻之香；夜夜新詞，簇燦葡萄之錦。然愁城未破，《送窮文》自古不靈；而傲骨徒撐，《遂初賦》於今有作。騷人運蹇，縉紳罔識陳三；才子情鍾，兒女偏知柳七。每多抑鬱，撫匣劍以悲歌；妙解音聲，顧銀箏而製曲。名齊小宋，曾傳『紅杏枝頭』；句比大蘇，不羨『緑楊影裏』。即斯八折，已見一斑。

豪士呼盧，差擬摴蒱十萬；貧交狎妓，何須粉黛三千？喧簫鼓以逢場，迹疑優孟；藉樽罍而快意，興托高陽。雖喜清狂，終嫌佻達。得邀象服，端賴金鍼。借壺内之磨礱，洩胷中之魁壘。行間芍藥，非同撾鼓之牢騷；字裏琳琅，並異偷香之嫵媚。愚者求之楮葉，達士喻以空花。從此譜付何戡，調翻車子。誰家風月，不歌王建之詞？到處樓臺，盡唱元稹之曲。

研露齋主人楊天祚題。

（《不登大雅文庫珍本戲曲叢刊》第一四册影印清康熙間貴德堂刻本《拜針樓》卷首）

【箋】

〔一〕楊天祚：别署研露齋主人，籍里、生平均未詳。

# 擬元詞兩劇（王叔盧）

王叔盧（？—一六九一前），名、號未詳，蕭山（今屬浙江）人。生平未詳。清康熙間曾譜唐人事，爲雜劇二種，已佚。

## 擬元兩劇序

毛奇齡

蕭山王叔盧曾譜唐人事，擬元詞兩劇，吴江沈長康見之〔一〕，謂不合宫調，令其改作。及改之，而仍不合，乃亟商之予，謀再改，而叔盧死。予時哀其志，私爲更定其詞，藏之城東之草堂，未行世也。會白頭兵起，掠予廬而胠予篋去，遂失稿所在，若干年矣。嘗夜臥嵩山土室，夢叔盧來，曰：『予詞寄君所，藉君竄定，而稿未見還，不能忘。』醒而泫然，謂才人習氣，自愛其所製，雖魂魄猶戀戀。顧無以報之，如之何？

康熙三十年，予歸舊廬，聞鄉人有得其稿者，急遣人購至。故紙儼然，獨闕首二頁。時予痛經學晦蝕，日疏衍不暇，且悔幼嘗爲詞，損正學，思壞所刻。雖亡友叮嚀，擬亟行，而尚有待也。暨四十一年，遘大疾幾死。死時，仍夢叔盧來，相對咨嗟，且曰：『脱不幸，奈何？』一似慮予死，則其詞偕亡，有不及待者。因中夜坐起，重爲檢校，且補綴前頁而梓行之。

予思曲子昉①於金而盛於元，本一代文章，致足嬗世。而明初作《元史》者，竟滅沒其迹，並不載及。祇以仁宗帝改造八比，爲元代取士之法，以爲崇經義而斥詞章，可以維世，而不知記事失實，已非信史。且《經》不嘗錄《國風》乎？男女相悅，或不盡如朱子所云。而懷思贈答，温柔宛孌，以之陳忠信之道，通君父之情，不必『二南』卽是，十五國卽非也。況樂府科例，不盡輕薄，以後人譜前人事，豈皆淫濫？聞叔盧作此，一傷蓮勺之棄故劍，一慨武成主者並不識司空氏族，皆有爲而發，原非泛泛。卽其間優游按演，動中窾會。前儒所云：『言情深而寓旨切』，忠愛悱惻，兩皆有之然。且下筆高卓，摛文浩蕩，於以方前此爲詞，未敢謂龍笛長、鼓子短也。夫文章之事，難言之矣。曩者靈均作《涉江》、《懷沙》，慮其遺亡，乃於晉咸安之季，白晝見形，向吳人顧珏，自爲誦之。夫才人之愛其詞，獨叔盧也與？

（《景印文淵閣四庫全書》第一三二〇冊毛奇齡《西河集》卷五五）

**【校】**

①昉，底本作『仿』，據文義改。

**【箋】**

〔一〕吳江沈長康：　卽沈自晉（一五八三—一六六五），字長康。

## 馮驩市義(周樹)

周樹(約一六三六—一六八〇後),初名之道,字次修,後名樹,字起莘,一字西山,蕭山(今屬浙江)人。明末諸生。清康熙間歲貢。十八年己未(一六七九),薦博學鴻詞,報罷,以明經任處州宣平縣教諭。著《性理日錄》、《載道堂文集》、《倚玉堂詩鈔》、《倚玉堂文鈔》、《壁上詞》。撰雜劇《馮驩市義》。來集之《倘湖遺稿》卷六有《周次修詩敍》。傳見《兩浙輶軒錄》卷三、《己未詞科錄》卷六。參見鄧長風《十四位清代浙江戲曲家生平考略·周樹》(《明清戲曲家考略》)。

《馮驩市義》,《傳奇彙考》著錄,作『蕭山周起編』,《曲錄》從之,並列入傳奇部,誤;《清人雜劇全目》著錄,作『周樹』撰。現存康熙九年(一六七〇)刻《倚玉堂文鈔》附刻本(中國國家圖書館、南京圖書館藏)、乾隆間鈔《倚玉堂文鈔》附鈔本(日本靜嘉堂文庫藏)、朱絲欄舊鈔本(《傳惜華藏古典戲曲珍本叢刊》第二五冊據以影印)。

### 周次修馮驩市義劇序

來集之

塡詞家相率推高元人,非卑今而佞古也。自兩宋諸名公以詩餘擅美,流傳宮禁,分播鄉閭,粗至於鐵綽板之銅將軍,細至於十七八之女郎,無不歎咏抑揚,窮奇盡變,美無可加。勢不得不演爲有元之北劇，其法一事分爲四出，每出則一人暢陳其詞旨，若今制業之『某人意謂』云者，賓白宛轉附麗之，故得罄所欲言，淋漓曲折。而一二英絕之士，如關、鄭諸公，領袖其間，遂成洋洋一代之風。乃予尤所心服者，如吳昌齡編《西遊記》矣，八十一難之中，儘多熱鬧，應接不遑。及讀其曲，一出爲諸將餞行，一出爲村婆稱述餞行之情狀，一出爲胡婆賣餅，抑何其閒冷處反多也？王實甫編《西廂記》矣，使今人爲之，當作飛虎賊兇勇之詞，或白馬將軍激壯之語，而豪邁俊偉，反出自酒肉僧之口中。紅始傳柬回柬，關目所存，而請宴一事，甚無樞紐，顧復揮灑鉅篇，春容和雅。豈非作者胷中，另有結撰，偶借本題，别成奇構，而不爲本題所縛？此元人之所以高於千古也。

予同學周子次修，文壇之飛將軍，海内操觚之士，無不延頸結納①，才情涌溢，筆有餘鋒。近所編《馮驩市義》一劇，殆其寄焉。蓋有以見其胷中所吞，高之在秦漢以上，而下之亦自元人以至於今茲也。

昔儒有言：揚州上當天市垣，故其民計錐刀而逐什一。又下元甲子之人，嗜利忘義。今時正當下元也，予與次修生其時，居其地，目見兼併之家，誅及蠅頭，算窮蚊睫，能不怨憤填膺？安得起彈鋏之士，取其填囊盈篋之券，悉舉而付之祖龍乎？此劇行，冤家債主俱化爲甘露和風矣。

顧其思幽而曲，語駿而雄，迴風生瀾，寸鐵見血，使湯若士、盧次楩見之，亦當噞舌泚顙。然則世之讀雜劇者，正不必卑今而侫古也。英絕領袖，不屬之次修而誰屬哉②？

（清稿本來集之《倘湖遺稿》不分卷）

【校】

①延頸結納，清鈔本《倘湖遺稿》卷六作『延頸企踵，望風結納』。

②此文末，清來汝誠整理鈔本《倘湖遺稿》卷六有題署：『康熙己酉立秋日同學眷弟倘湖樵人來集之題。』康熙己酉，即康熙八年（一六六九）。

## （馮驩市義）自記

周　樹

樹自記曰：元劇賓白，最難摹擬佈置。昔人有謂：『主司所定題目外，止曲名及韻，賓白則演劇時伶人自爲之，故多鄙俚蹈襲之語。』此亦未有確據。賓白爲關目所繫，節奏肯綮，全在賓白傳出。如一調中，多有斷截，佈綴賓白，且有曲文上句此意，下句彼意，絕不相關者，藉非賓白，奚能接續成文？鄙俚固多，而雅鍊諧趣者亦復不少。且即如關漢卿所傳六十劇，馬致遠十三劇，王實甫廿二劇，諸劇豈盡皆主司所定，盡皆闈撰？而賓白則如出一口，又豈必盡藉伶人之口乎？此白當出自作者之意，非伶人佈綴可知也。近人摹仿元劇，於詞調中掇織方言，惟恐不多，惟恐不肖，獨於賓白罕有髣髴者，豈調則必用方言，而白則不須方語乎？終是傖父之見。

# （馮驩市義）總評

闕　名

北曲之難，難於氣勝，以全力舉之。故云詞句軟弱，無大氣象，爲樂府最忌。且詞曲俱尚巧妙，惟元人藏巧於意，而語仍渾質，絕非纖巧一流。此劇以江海之才氣，具全獅之力量，一氣奔放，如天馬行空。且未嘗不巧，而又未嘗不質，於老辣中極自然之致，卽東籬、孟符、小山、德輝諸人，奚以過是？明季諸名家雜劇林立，謂其宫調雖北，實近於南，秀麗巧琢者多有，與元人渾樸流脱、自然巧妙者，大相逕庭。卽吾越徐文長《四聲猿》，爲北曲之傑，惟《禰衡》、《木蘭女》二劇頗似元音，而《禰衡》劇稱最。至如《玉通》、《女狀元》二劇，音調靡雜，自取戾家。讀此，安能不發積薪之嘆？

曲有名家，有行家，然上乘首推當行。若此淹通閎博，文彩爛然，則爲名家。粧演摹擬，宛然身世，曲盡情態，是爲行家。

詞如繁露，氣如良駟。常境中情思絕佳，異想處意味沉雄。樹老爲人，梗概横絕，故指事用物，極任縱誕，而不屑於拘攣補綴。恆憶涵虚子評元人，有以『瑤天笙鶴』、『太華孤峯』稱之者，吾於是曲亦云。

寫意落句處，是金董解元後身，可謂取法最上。他人摹仿元人者，便覺瞠後。

此劇不惟詞妙，而賓白酷似元人，獨絕一時。

（以上均《傅惜華藏古典戲曲珍本叢刊》第二五冊影印朱絲欄舊鈔本《馮驩市義雜劇》卷末）

## 玉馬珮（路衍淳）

路衍淳（？—一六九〇），字子復，一字敦夫，號樗庵，别署展謔齋主人、汶水樗叟、汶上樗叟，汶上（今屬山東）人。明淮安同知路允修次子。順治十五年戊戌（一六五八），以明經貢於廷。康熙二十九年庚午（一六九〇），從江南扶母櫬還，未及襄事而歿。私謚文孝先生。以子貴，誥封登仕郎。通經學，精詩古文辭，亦工書法。著有《展謔齋詩集》。傳見康熙《續修汶上縣志》卷四。參見劉淑麗《玉馬珮版本、作者與情節考》（《烟臺大學學報》二〇一三年第三期）。

撰傳奇《玉馬珮》，一名《銀箏記》，《曲海總目提要》卷二五著錄。現存康熙間展謔齋刻本，凡二卷，南京圖書館藏（有殘闕），中國國家圖書館藏本僅存上卷。

### （玉馬珮）引言

路衍淳

虞翻窮愁著書，自顧學不逮虞，而窮愁過之。書無所著，著愁而已。夫愁有種，隨境而見，若有物憑焉，肓之上，膏之下矣。仆汶水野人，迂拙無似，材艱世用，性不俗偕。薄田敝廬，日就蕪廢。人非聖賢，窮則愁，勢使然也。偶攬小說，得《黄損傳》，曰：『是矣。』擬作傳奇。甫數齣，遂浪遊江南，往回數越月。里之人有持余少年之作誣害者，客歷山二載，事結歸汶，而田廬蕪廢益甚。夏暑善病，不能數武戶外，乃取前傳黄損者而終之。黄損何心哉？人集於菀，己集於枯，有能有不能，賦於天者，弗可强也。古今人情不相遠，然則黄損亦窮愁者與？

丙辰秋〔一〕，汶水樗叟記於展謔齋中〔二〕。

【箋】

〔一〕丙辰：康熙十五年（一六七六）。

〔二〕題署之後有印章二枚：陰文方章『路衍淳印』，陽文方章『子復』。

## 玉馬珮凡例

路衍淳

一、是作情不失正，私不害公，出忠臣之氣，貞女之心，使覽者心收，足斬彼放蕩禮法之外者，皆廢然返矣。如與宣淫導慾之劇，並論軒輊，非知我者。

一、曲本新定《南九宮譜》。高則誠、施君美爲南曲法程，强半遵焉。間於其中有仄當易平，平當易仄，則從於《譜》。觀者不取《譜》對鞫，判以違律，則冤矣。

一、曲中平仄字，有不拗腔而實違《譜》者，向之張伯起、梁少白、陸天池多犯此，蓋彼精於腔，知無奸於調也。其後作者，未質於《譜》，因就時腔以成曲，遂致大舛。余始不知誤蹈，幾爲迷陽罥足。

一、曲歌爲長聲婉轉，與吟詩不同，故爲調有數平數仄字相連，案腔臨板，便知其妙。每見精於詩而未諳於曲者，指責其失，敢爲辨明。

一、傳奇之曲多襯字，是不在本調之内而溢者。今歌唱家口熟板就，若缺襯字，便致齟齬。每有填曲依《譜》而未入襯字處，隨在添出無妨。

一、傳奇每齣數曲，某曲接某曲，皆照前之作者，有一定程式，不可以己意改換。如拙作《春遇》入【香柳娘】，議者以爲非是，不知此齣各色人出入遞唱，若非一樣之曲，便雜亂難收。《明珠·斷橋》，則入【香柳娘】也，前腔或二、或四、或六，皆依前之作者。偶以己意改之者，如《宫怨》之【風雲會】、【四朝元】止二，而《琵琶》則四，蓋因太長，氣竭場冷，故減之。如《眺別》之【漁家傲】等四曲，則本之《幽閨·走雨》，今各有其二，爲兩下別離，内外傷感，互相唱和，實生旦且仍各四曲也。兩爲增減，皆出余臆，似未有錯。

一、音韻遵《中原》，必不可出。元之北曲，未嘗不嚴。東嘉《琵琶》，爲南曲開山，則雜焉，想必有說。後之張伯起等，皆不守《中原》，湯若士文人，未及考訂，因之。其後《九宫譜》定，腔爲水磨，始知有斷斷不可出入者。如『東鐘』之聲收舌中，『庚青』之聲收鼻裏，『支思』之聲收露齒，『齊微』之聲收嘴皮，若一越本韻，猶若詩『東』韻之雜『江』、『支』，判然不叶矣。夫惟審音歌曲之最精者，方知下此皆可混唱，《牡丹亭》正自無妨。雖然，終不免周郎之顧也。余作在定《譜》之後，未敢再違《中原》。

一、韻依《中原》，時或出之者，如【香柳娘】等曲，有不收韻之句，即別韻皆可，實不爲誤。

一、『侵尋』、『監咸』、『廉纖』，皆屬閉音，必不可混在他韻之腳。有三韻字之在曲中者，皆宜點出，博山堂甚著意於此。但精此道者，入口自能分明，外此即點出，亦無用處，無須瑣瑣。

一、曲本《中原》，而入收平上去，若非句尾之字，仍作入聲。至如當平而遇入聲字，則借作平用。幸有此寬典，遇有當平，則書於上頭；仍作入聲者，不書。

一、曲有平仄，人皆知之，而不知仄中上、去二聲，大不相同。如連字，當用去、上而用上、去，當用上、去而用去、上，曰平仄不錯，果不錯乎？請問之登壇者。

一、曲起句首字，當平而仄，則必拗腔，當仄而平，則不發調，皆依於《譜》，不敢違。若【二郎神】等，起字可平可仄，又不具論。

展謔齋主人識。

## （玉馬珮）題辭

闕名

［前闕］損愛耽美豔，如蛲守丸，似可嗤也。乃矢公救世，屢斥姦回，至捐軀割愛而弗顧。夫人

難捐者軀，難割者愛。捐不之難，信乎性不可情移也。若捐者，指未可多屈。因思飲食男女同也，卽獨焉各以類分。男偶不求麗，女配不擇良，與昆蟲類異。倘穢污淫亂，又在昆蟲下矣。人之情本乎性，若草木之〔後闕〕

（以上均中國國家圖書館藏清康熙間展謔齋刻本《玉馬珮銀箏記》卷首）

## （玉馬珮）跋

闕　名〔一〕

《詩》以導性情，又曰『思無邪』。自三百篇之後，流而爲騷賦、樂府、歌行，以及宋詞、元曲，軌合轂同。宋之歐、晏①、秦、黄諸家，爲一代偉儒，皆以詞見長，而不出綺閣香奩□語。蓋婦人女子，其心一而篤也。苟篤焉，豈獨婦人□□哉？貞女列婦與志士仁人，正可並論。

家大人□□□□傳奇，自題詩曰：『貞女無瑕玉，忠臣百煉金。』〔二〕□□□□□□□哉。公焉不可私撓也，正焉不可〔後闕〕

（南京圖書館藏清康熙間展謔齋刻本《玉馬珮銀箏記》卷末）

**【校】**

①晏，底本作『宴』，據人姓名改。

**【箋】**

〔一〕文中云『家大人』，則此文當爲路衍淳之子撰。

〔二〕南京圖書館藏本卷末下場詩云：『貞女無瑕玉，忠臣百煉金。石頑猶可叱，天遠豈難諶。傲出端人骨，癡完赤子心。眞情原有種，著處自能深。』

# 兒孫福（朱雲從）

朱雲從，字際飛，一字雯虬，號雲翁，室名寄嘯廬，吴縣（今屬江蘇蘇州）人。撰傳奇十餘種，僅存《兒孫福》、《龍燈賺》二種。又焦循《劇説》卷三引《酒邊環語》云：『《後西廂》，葉稚斐作八折而病，朱雲從補成。』

《兒孫福》傳奇，全名《寄嘯廬傳奇兒孫福》，《新傳奇品》著録，現存康熙十年辛亥（一六七一）序烏絲欄稿本，《傅惜華藏古典戲曲珍本叢刊》第二二册據以影印。

## 兒孫福傳奇序

孫慧遠〔一〕

思夫天之降大任於是人也，豈偶然矣哉？故孟夫子云：『必先苦其心志，勞其筋骨，餓其體膚，空乏其身，行拂亂其所爲，然後能動乎心，忍乎性，增益其所不能。』究也天道福善而禍淫，雖不得伸夫志於一時，而利益之報，不即其身，卽及其子孫，以爲當世之美談。

如雲翁朱先生所著之傳奇，有所謂徐小樓父子者，庶幾其近之。何以知其然也？當小樓之困阨窘迫也，室則如懸罄矣，甑則又生塵矣，且兒啼飢、妻號寒，勢誠岌岌乎其難之。孰知數奇不偶，欲求生計，而反遇狂且，幾遭禍辱。是時進退兩難，惟一死可以塞責，雖葬於江魚腹中而不顧也。不意天意扶良，墜入舟中。忽得神師指點，遂致入聖而超凡，脱迷津而登彼岸，在小樓可爲了卻一番公案矣。孰知其後又幻出一段絶奇絶異之事，其悲歡離合，足令人稱道而勿絶。甚至妻祀夫，子薦父，而一家骨肉復歡會於齋堂之上。斯時也，妻榮矣，子貴矣，況又聯姻宦室，女貴宫中矣。向也戚戚憂貧，覓衣而尋食，今也哲胤身榮，名揚而親顯，正所謂兒孫有福，箕裘克紹，家聲克振耳。兼之雲從氏者，以才筆濟之，點綴風流，引商刻羽，一字一珠，無非引人入勝，應接不暇，信稱一時詞壇絶唱，千古奇觀，爲案頭之寶玩也。

予也管中窺豹，特見一斑，而遽爾序之者，誠爲唐突西子，實欲拋磚而引玉耳。倘有見而閲之者，希高明垂諒云。

時辛亥歲季春下浣日〔二〕，瞟溪散人孫慧遠聖儀氏題於山塘之翠凝軒〔三〕。

（《傅惜華藏古典戲曲珍本叢刊》第二二冊影印清康熙十年辛亥序烏絲欄稿本《寄嘯廬傳奇兒孫福》卷首）

**【箋】**

〔一〕孫慧遠：　字聖儀，别署瞟溪散人，生平未詳。瞟溪乃嘉定（今屬上海）别稱，當即其籍里。

〔二〕辛亥歲：　康熙十年（一六七一）。

〔三〕題署之後有印章二枚：　陰文方章『聖儀』，陽文方章『屠懋續印』。按，同時浙江嘉興人屠懋昭，好刻書，或爲其族人。

## 范性華雜劇（范性華）

范性華（？—一六八五後），名醇政，錢塘（今浙江杭州）人。康熙五年（一六六六），嘗遊晉中。參見汪超宏《錢塘曲家范性華》（收入《明清浙籍曲家考》，杭州大學出版社，二〇〇九，頁二七六—二八一）。其所撰雜劇四齣，葉德均《戲曲小說叢考》卷上《曲目鉤沉錄》著錄，劇名未詳。

### 范性華雜劇題詞（一）

杜濬

吾友錢塘范性華，自燕邸數千里寓書，屬余題其譜田生、鮑姬事傳奇四齣。並寄示其自爲題詞，盛稱鮑十一娘之俠，爲女中所僅見。

余覽之而歎曰：女子情而已。情至則無所惜，不期俠而俠；人謂之俠，而彼不知也。《詩》不云乎？『以爾車來，以我賄遷。』賄遷近乎俠，而何有於俠？情然則然而已。推而言之，虞卿有情於朋友，則勢必棄相印，與魏齊俱亡；子房有情於君臣，則勢必破產求壯士，爲韓報仇。是俠也，情實使之也。洎乎後世，風俗日偷，至有官至八座，恩寵無比，他日有爲其故君舉不腆之祭，斂其百錢而不可得者。其爲不俠一至於此，是何故哉？惟其無情耳。是可以反觀而得之矣。此情之所以可貴與？故稱鮑姬以俠，不若稱鮑姬以情也。然言情則俠見，言俠則情亦見，互見而雙行焉，往而不千古哉？田游巖何如人，而有此遭際也？

或曰：『自古惟范氏好變姓名，故范睢變姓名爲張祿，范蠡變姓名爲陶朱公，范仲淹亦嘗爲朱能，則安知田游巖非姓名之變而鮑姬亦從而變者？第無以處夫杜工部耳。』余笑曰：工部詩篇狡獪已甚，又安知不尚在天地間？第求之新、舊《唐書》中，吾知決無是人矣。始聞疑焉可也，聊發性華數千里外一噱云。

（《續修四庫全書》第一三九四册影印清光緒二十年黄岡沈氏刻本杜濬《變雅堂遺集·文集》卷三，頁二七—二八）

【箋】

〔一〕此文又見《四庫禁燬書叢刊·集部》第七二册影印康熙間刻本《變雅堂文集》（不分卷），題《雜劇題詞》，頁四〇五。

## 芙蓉城（龍燮）

龍燮（一六四〇—一六九七），字理侯，號石樓，一號改庵，别署雷岸、桂崖、石樓主人、雷岸居士，晚號瓊花主人，望江（今屬安徽）人。明海門縣教諭龍應鼎（一六一四—一六八）次子。順治十年癸巳（一六五三）諸生，屢應鄉試不第。康熙十一年壬子（一六七二）冬，援例入國學，遂棄舉業。十八年，舉博學鴻詞，授翰林院檢討，纂修《明史》。遷詹事府左春坊左中允兼翰林編修，改署大理寺寺正、刑部河南司員外，調工部屯田司郎中，尋以勞瘁得疾終。參修《望江縣志》、《安慶府志》。著有《和蘇詩》三集、《石樓藏稿》、《改庵詩文全稿》、《改庵詞稿》、《晴窗隨筆》等。撰雜劇《芙蓉城》，傳奇《瓊花夢》（後人改題《江花夢》），合稱《龍改庵二種曲》。傳見龍光《燮公傳》、龍垓《燮公年譜》（舊鈔本，陸林《皖人戲曲選刊·龍燮卷》據以排印）。參見陸洪非《龍燮及其〈江花夢〉與〈芙蓉城〉》（載《藝譚》一九八二年第三期）、鄧長風《十位清代戲曲家生平考略·龍燮》（《明清戲曲家考略》）、陸林《清代戲曲家龍燮生平、劇作文獻新考》（《文獻》二〇一〇年第二期）、邵殳墨《清代戲曲家龍燮研究》（南京師範大學碩士學位論文，二〇一三）。

《芙蓉城》雜劇，《曲錄》據《傳奇彙考》著錄，現存乾隆四十二年（一七七七）序重刻《龍改庵二種曲》本、龍雯鈔本（陸林家藏）、民國間鈔《和蘇詩》附鈔本。二〇〇九年黄山書社出版陸林校點《皖人戲曲選刊·龍燮卷》收錄。

## 芙蓉城記引

龍燮

余客蘭水[一]，寓王氏一小樓。曹生、龔生日過寓中，余與兩生約曰：『此中只可飲酒下棋，如白戰故事。有以詩文挑我者，吾將登樓去梯，客豈能飛上耶？』兩生皆笑。

一日寒甚，三人煨芋飲樓上，龔生曰：『昨讀先生《四集》』，語未竟，而余遽起，繞坐大呼曰：

『誰放此癡人來？』童僕皆驚愕相覷。

龔生徐曰：『以詩文挑者，違先生約也。某之所以挑先生者，非詩文也。先生坐。』余因詰之，則曰：『先生之《四集》，詩賦文詞已具，而傳奇獨缺〔二〕。觀先生之才，似不止此。且先生未倦詩文，某不敢以傳奇請也，以其爲游戲也。先生既倦詩文，某敢以傳奇請也，以其爲游戲也。先生何辭焉？』

余啞然笑曰：『子之狡獪也，以筆硯苦我，而佯以游戲挑我。然余嘗擬和坡公游芙蓉城詩，至今尚欠此一債，不若以曲償之。』因謂兩生曰：『斯子以旬日復來。』

隨擁爐呵筆，稍取芙蓉城事，點綴成之。兩生攜酒至，則脱稿久矣。因出視，相與抵掌絕倒。余曰：『此亦飲酒下棋類耳。不暇工，亦不欲工，以其爲游戲也。』兩生睨而笑曰：『先生又得毋如坡公所云「決破藩牆，今後又復滚滚多言」矣，奈何？』

石樓主人龍燮題。

【箋】

〔一〕蘭水：指茹蘭溪，在建德城南，故以指代建德（今安徽東至）。

〔二〕陸林認爲，體味此數句語氣，『似是其詩文集《石樓四集》已經編就而尚未染指戲劇時的口吻。該書現存劉天維所撰《石樓四集序》，當即《石樓藏稿》，年譜云志於康熙十二年。劉氏康熙十年任望江知縣，康熙十四年被瓜代，而龍燮本人康熙十二年底尚在纂修縣志，故雜劇的寫作時間只能是在康熙十三年（一六七四）冬。劉氏已提及「歌詞樂府」，當是稍後所序。』（二〇〇九年黄山書社出版陸林校點《皖人戲曲選刊·龍燮卷·前言》）

## （芙蓉城記）題詞

蔣士銓〔一〕

欲界根塵色界身，思從天上擁靈眞。仙官地美難長據，應有專城受代人。
仕宦難尋春夢婆，前塵追憶託微波。窮官莫羨襄陽估，自是郎君乞相多。
天上人間邂逅重，花前嘲戲逞機鋒。因緣一笑生還滅，聊爲癡人唱《懊儂》。
天曹法吏坐南臺，那借人間判事才。自是慧根男子少，故煩金母掌蓬萊。
死作閻羅寇替韓，生人聲伎鬼吹彈。火城劍樹嘶驢馬，蠟燭成灰淚未乾。
元才子去作闍黎，李十郎猶得悍妻。自古文人苦無行，平反當使墮泥犁。鉛山蔣士銓辛餘

（以上均中國國家圖書館藏清乾隆四十二年序重刻本《龍改庵二種曲》所收《芙蓉城記》卷首）

**【箋】**

〔一〕蔣士銓（一七二五—一七八五）：生平詳見本書卷七《一片石》條解題。

## 題芙蓉城感石樓公作

蓮池漁隱〔一〕

事先已識《江花夢》，又演《芙蓉城》一篇。三百年來都幻見，早知鴻博賦朱箋。

仙鄉一樣有閑花，種得芙蓉滿路賒。莫笑乞人常到此，三千國色也渾家。

鶯啼碧玉空歸國，常恨當初負李元。來到芙蓉仙館里，罰他禪將雪心冤。

曲唱《懲姦》一齣中，分明善惡各西東。明妃金谷財何處？直到森羅心未雄。蓮池漁隱

（龍雯鈔本《芙蓉城記》卷首）

【箋】

〔一〕蓮池漁隱：姓名、籍里、生平均未詳。

## 瓊花夢（龍燮）

《瓊花夢》傳奇，一作《瓊華夢》，《今樂考證》著錄，後人改題《江花夢》，一名《江花樂府》。現存古吳蓮勺廬鈔存本，據李靖國藏鈔本復鈔，題《瓊花夢》；清光、宣之際沈宗畸《晨風閣叢書甲集》本，正文首頁題《瓊花夢》，小字注：『一名《江花夢》』，據李靖國藏鈔本排印，僅排至第九出；清乾隆四十二年（一七七七）序重刻《龍改庵二種曲》本（《古本戲曲叢刊五集》據以影印），題《江花夢》；趙景深舊藏鈔本，題《江花夢》；陸洪非舊藏鈔本，題《江花夢》。二〇〇九年黃山書社出版陸林整理《皖人戲曲選刊·龍燮卷》收錄。

# 詹允龍雷岸瓊花夢劇序〔一〕

趙士麟〔二〕

夢之爲言幻也，劇之爲言戲也，卽幻也，夢與戲有二乎哉？夫至幻莫如天上卿雲，忽變而爲蒼狗之形也，又忽而丹鳳可駕、玉童可飛也；又如石中之火不可捉，電中之光不可留，元夕烟花過眼卽散，春城爆竹入耳旋銷也。古來金、張、許、史，韓、白、衛、霍，五侯七貴，三十六功臣，非幻中人乎？富貴功名，權要勢分，歌館樓臺，羅綺絲竹，非幻中事乎？不止綃烟縠霧，秋籜春花，梁園庭樹，隋苑鴛鴦也。獨有愁雲一片，儘可障日彌天；思海一漚，翻足飛濤鼓浪。是眞者反幻，幻者反眞，此則吾之所不能解者矣。

《南華》一編，最幻之書也；晉人一麈，極①幻之態也。瓊島仙侶，洞簫吹月，朝折扶桑，暮宴瑤池，至②幻之談也；瞿曇優鉢，馴象騎獅，幡蓋飄飖，雨花繽紛，盡幻之象也。其所爲神道而設教者，天龍八部，牛鬼蛇神，油鑊湯鼎，鐵鋸刀山③，墮之則入無間，升之則上九天，羽節導迎，仙眞侍衛。謂幻乎，恐報施之理有之；謂有乎，則又惝恍而不可執也。總之，皆所以示教也。堯、舜、禹、湯、文、武、周、孔之聖人出，憫斯世斯民之愚蒙，舉世盡夢也，故以身立範，而又著爲五經四子之書，以醒世而啓迷焉。故天下羣然而知向也，知綱常名教之爲重，則羣趨於臣忠、子孝、弟悌、友信之一途；知詩書禮樂之可遵，斯共習於仁義道德之一說。世道由此乃有紀綱，政治有④此乃有法度，人性乃有惻隱羞惡、辭讓是非之是務充，人倫乃有大姦大佞、亂臣賊子之是務去⑤。所以兵刑靖而國勢昌和，氣流行而天休滋至也。雖幻也，有不幻者存焉，天下事未可盡以戲觀也，此吾名教之説也。

《瓊花⑥》所譜嬌資玉質，才士佳人，以文章作緣因，用⑦錦衣而團圞，似《南華》之編、晉人之塵、仙侶之簫、瞿曇之鉢，以夢名之而實非夢也。事有不可直致者，不妨旁引曲喻而婉暢⑧之；語有不可顯告者，則貴借鏡罕⑨譬而默曉之。欲教孝教忠，去姦去佞，其入人也倍深，感人也倍切⑩，同一救世之苦衷也，安可曰盡⑪夢耶、夢耶？

吾案頭所列者，五經四子之書，諸子百家之言，及騷人詞客長歌短咏之章，而亦不廢稗官野史、辭曲小説之類，具有妙理存焉⑫。至⑬若詞曲則《西廂》、《百家》、《四夢》，傳則《水滸》，及雷岸所著《瓊花夢》類⑭，又喜⑮時時點次而諷誦之。非昵其事也，愛其文也；非耽其詞也，愛其筆靈而摹擬曲肖，情眞而形容盡變也。

雷岸告我曰：『《瓊花》之梓⑯，自益都相國〔三〕；而亟賞咏以十絶者，新城阮亭少司農並列名公也〔四〕。』嗟嗟！列公不以戲爲戲，而以爲天下事惟戲爲最眞；不以夢爲夢，而以爲天下事惟夢爲至實。故能識夢也、戲也、幻也，能形諸詠歌也。若非識夢、識戲並識幻，其爲詠歌也，不又淺哉？善哉！

太宰素九熊先生〔五〕，同羨門彭少宰〔六〕，與予閒坐銓署藤花下，偶及今昔數事。予嘆曰：

『盡是一場春夢也！』太宰戲而喝我曰：『此夢也要做得完。』予大悟，謝曰：『先生教我矣。』看《瓊花夢》者，常作如是觀⑰。

（《四庫全書存目叢書・集部》第二三九册影印清康熙三十五年刻本趙士麟《讀書堂綵衣全集》卷一三）

## 【校】

①極，《江花樂府序》作『至』。

②至，《江花樂府序》作『極』。

③油鑊湯鼎鐵鋸刀山，《江花樂府序》作『刀山油鑊湯鼎鐵鋸』。

④有，《江花樂府序》作『由』。

⑤『人性』至『務去』，《江花樂府序》作『人性乃有大姦大佞、亂臣賊子之是務去』。

⑥瓊，《江花樂府序》作『江』。下同。

⑦『用』字前，《江花樂府序》有『假癡呆爲笑謔出方略見才智』。

⑧婉暢，《江花樂府序》作『闡揚』。

⑨鏡罕，《江花樂府序》作『境婉』。

⑩『其入人』二句，《江花樂府序》作『入人倍深，感人倍切』。

⑪『盡』字，《江花樂府序》無。

⑫『而亦』至『存焉』，《江花樂府序》作『卽稗官野史、小説家著作，有妙理存焉者，亦不廢棄』。

⑬至，《江花樂府序》無。

⑭『則西廂』至『瓊花夢類』，《江花樂府序》作『曲則琵琶西廂及臨川四夢外惟雷岸所著江花夢』。

⑮喜，《江花樂府序》無。

⑯『梓』字後，《江花樂府序》有『行』字。

⑰文末，《江花樂府序》有題署『仙湖弟趙士麟題』。

【箋】

〔一〕此文又見《古本戲曲叢刊五集》影印乾隆四十二年序重刻《龍改庵二種曲》所收《江花夢》卷首，題《江花樂府序》。按康熙三十五年（一六九六），趙士麟『捐俸重刊』《瓊花夢》（龍垓《燮公年譜》），此序當即作於該年。

〔二〕趙士麟（一六二九—一六九九）：字麟伯，號玉峯，學者稱啓南先生，河陽（今雲南澂江）人。康熙三年甲辰（一六六四）進士，授貴州平遠推官。歷任河北、江蘇、浙江等地，官至吏部右侍郎。著述之暇，兼擅書法繪畫。著有《讀書堂綵衣全集》。傳見徐文駒《師經堂集》卷一二《行狀》、《清史稿》卷二七五、《碑傳集》卷一九、《國朝耆獻類徵初編》卷五二、《國朝詩人類徵初編》卷七、《國朝學案小識》卷八、《道學淵源錄·聖清淵源錄》卷二五、《皇清書史》卷二五等。

〔三〕益都相國：即馮溥（一六〇九—一六九二）。馮溥出資刊刻《瓊花夢》，約在清康熙十八年至二十年間（一六七九—一六八一），時龍燮初舉博學弘詞科。而康熙二十一年（一六八二），馮溥已致仕。

〔四〕新城阮亭少司農：即王士禛（一六三四—一七一一）。按王士禛有《觀演瓊花夢傳奇柬龍石樓宮允八首》，見清康熙間刻本《蠶尾續集》卷一。王項齡《世恩堂詩集》卷一二《廿四日同人集雷岸齋用前韻》詩自注則云：『阮亭司農作絕句十首，贈瓊花主人。』（清康熙刻本）

〔五〕太宰素九熊先生：即熊賜履（一六三五—一七〇九），字清岳，一字敬修，又字敬存，號素九，別署愚齋、樸園、青樵、澴川、敬庵，謚文端，孝感（今屬湖北）人。順治十一年甲午（一六五四）國子監生，十四年丁酉（一六五七）舉人，次年戊戌（一六五八）進士，選庶吉士，授翰林院檢討。歷官至吏部尚書、東閣大學士，贈太子太保。著有《經義齋集》、《學統》、《閑道錄》、《下學堂劄記》、《澡修堂集》、《悔園存稿》等。傳見彭紹昇《二林居集》卷一三《事狀》、《清史稿》卷二六二、《清史列傳》卷七、《漢名臣傳》卷三、《碑傳集》卷一一、《國朝耆獻類徵初編》卷一一、《國朝先正事略》卷六、《國朝學案小識》卷六、《道學淵源錄・聖清淵源錄》卷一二、《清儒學案小傳》卷四、《國朝名臣言行錄》卷六、《清代七百名人傳》、《昭代名人尺牘小傳》卷五等。參見孔繼涵《熊文端公年譜》（《微波榭遺書・雜體文稿》卷七）、彭紹昇《東閣大學士吏部尚書熊文端公年譜》（清刻本）。

〔六〕羨門彭少宰：即彭孫遹（一六三二—一七〇〇）。

## （江花夢）序

蔣士銓

事業不遽見，文其先見者也；功名不可期，文其自操者也。甚矣，士之自寶其文，而重知己之爲貴也。蓋我不見古人，讀其文則知之；後人不見我，讀我之文則知之。苟生同斯世，而人不我知，將何託而紓其感，以發其歡？嗚呼！塵世中衆生所豔羨而不可必得者，爵祿聲色之好而已，苟既得之，則長生沖舉之願起。自達人視之，則一夢境起滅也。夫人既有身，則墮劫而入夢矣，必欲於爵祿聲色外，別求長生沖舉之術，固妄。即學志聖賢，倘七情五欲之不中乎節，轉有累其所學，則亦終無異於衆人也。奈何哉？奈何哉？

石樓先生有聖童之譽，十一齡，學使李石臺先生拔入縣庠〔一〕。久困場屋，於是假填詞之文，一發其鬱懣幽憂之氣，則《江花夢》院本所繇作也。夫江郎，有文之士也，至焚棄儒冠，遠從戎伍，豈不曰斯世之大，終無知我者歟？乃英華未泄①，而袁氏知其文；功名未立，而鮑氏知其略。卒至建樹邊郵，纏綿閨闥，與世之兒女昵於芳豔、溺於淫狎者，大有異焉。蓋入衆生中，能自出其劫與夢者，文之狡獪靈通，沉雄清麗，其次也。

既而先生以鴻博舉制科，洊宮坊，其文則受知天子矣。無何，改水曹，督通倉，不終於子墨客卿之職，莫不疑其文之未足見知於上也。他日鑾迴潞河，見公蒲伏道左，有『汝是好翰林，如何改職』之諭，天語惻然。於是益信其文受知之深，而嘆其官之限於禄籍也。江花夢醒，又何憾焉！

鶴柴廉使〔二〕，爲公從曾孫，以此本舊刻漫漶，將重鍥之，屬予校勘而序之。予不見公，讀公之文，而知公自寶其文，而重知己之心蓋如此，男女才色之借，端不復置論焉。

乾隆丁酉夏，五館後學鉛山蔣士銓拜撰。

【校】

①『乃英華未泄』五字，底本無，據趙景深鈔本補。

【箋】

〔一〕學使李石臺先生：即李來泰（一六三一—一六八四），字仲章，號石臺，別署蓮龕，臨川（今江西撫州）人。順治八年辛卯（一六五一）舉人，次年壬辰（一六五二）進士，授工部虞衡司主事。十二年，提督江南學政。康熙五年（一六六六），任蘇松常鎮督糧道，乞免歸。十八年己未（一六七九），舉博學鴻詞，任翰林院侍講，參修《明史》，遷翰林院侍讀。著有《蓮龕集》（一作《石臺集》）。傳見《清史列傳》卷七〇、《國朝耆獻類徵初編》卷一七、《國朝先正事略》卷三九、《國史文苑傳稿》卷一、同治《臨川縣志》卷四三。《清史稿》卷四八四有傳，誤作「李泰來」。

〔二〕鶴柴廉使：即龍承祖（一七二七—一七八〇），字武昭，號企軒，別署鶴柴，望江（今屬安徽）人。乾隆二十一年丙子（一七五六）舉人。三十三年，捐刑部主事；三十六年，陞員外郎。三十九年（一七七四），任江蘇按察使。乾隆四十四年十二月己巳（公元已入一七八〇）卒於官，誥授奉政大夫，晉授修議大夫。傳見《清代官員履歷檔案全編·乾隆朝》。

# 江花夢詩

高珩等

## 觀演江花夢贈雷岸太史

夢長夢短總堪疑，玉貌金章能幾時？醒後蘧蘧方一笑，神仙未免有情癡。
新聲又見《江花夢》，舊曲還憐玉茗堂。此外騷壇餘子在，天魔小隊夜郎王。
莫道蕃釐觀已荒，聽歌如宴九天堂。瓊花夜入江郎夢，綵筆風來字字香。
屏風仙骨自仙仙，筆亦傾城我亦憐。莫信客兒輕薄語，由來慧業早生天。高珩〔一〕
得官得婦總堪疑，誰道書生是夢時？寶劍香閨緣並合，庸夫原不解情癡。
雙蛾秀映蕃釐觀，一劍雄登射柳堂。牽得紅絲天上種，瓊花原是大花王。

玉茗新聲筆已荒，歌場三夢絕華堂。誰知後起多才思，檀板輕敲滿座香。

生來仙骨本應仙，了得塵緣正可憐。連理枝成花並蒂，卻教點破夢中天。　馮溥

瓊花突出舊傳疑，零落荒臺恨此時。何物蕭郎偏好事，儘教詞客盡成癡。

珥筆舊懷金馬客，緘題曾寄綠筠堂。一編獨譜無雙調，樂府千秋有癖王。

竹西歌吹事全荒，忽有新聲笑滿堂。自是才人具仙骨，臨風咳唾總生香。

蘭閣芸香儼是仙，慧心俠骨我猶憐。書生何福能消受？不羨雲中兜率天。　施閏章〔二〕

瓊花作合信還疑，金馬香閨倚翠時。自是神仙能煉性，貽箋贈劍也非癡。

杖策焚冠成壯志，空驚歲月去堂堂。柔鄉別有丸泥膽，朝雨終教屬楚王。

色界情田遍八荒，莫將杯水視坳堂。恨無浣手薔薇露，讀罷應焚七里香。

由來情種本成仙，義俠風流亦可憐。寄語羅浮休幻夢，空留花影正橫天。　鄭重〔三〕

楚天雲物到今疑，璧合珠聯又一時。何事重煩瑤島客，仙人也肯爲情癡。

神遊漫想朝雲觀，物化閒觀審雨堂。勘取新詩公案在，始知大覺是空王。

玉茗蕭條檀板荒，羨君彩筆更堂堂。美人一去瓊花死，五夜空懷夢草香。

心是菩提骨是仙，人間恩愛上方憐。有情眷屬無生話，蓬島蓉城別有天。　尤侗

咫尺方壺更不疑，合離都在吮毫時。楚天雲雨揚州月，兩地風情一種癡。

閒把君詞吟咏久，夜來涼雨滴秋堂。分明重聽青谿笛，腸斷當年桓野王。

仙境何曾隔大荒，人間眞有紫蘭堂。爲雲爲雨皆空色，非水非烟是異香。
風懷珍重玉堂仙，譜出《金荃》絕自憐。檀板金尊記紅豆，清歌同賞碧雲天。　彭孫遹

蘧蘧蝶夢信還疑，又見瓊花爛熳時。世上盡如泡火影，空教拈散作情癡。
多情舊濕青衫淚，好事今傳白玉堂。譜入新翻神女曲，香魂應得配花王。
舞扇歌裙迹久荒，一編吟諷坐秋堂。每當擊節稱心賞，一盞親浮綠蟻香。
玉署從聞寓散仙，人間肉眼祇堪憐。須知恩怨皆泡影，閑話端應付水天。　彭定求〔四〕

仙子多情我亦疑，有生卻恨不同時。紅絲不隔三千里，待月吟花未是癡。
寶劍蛾眉本自雙，新聲不異鬱金堂。若非天上瓊花合，巫女空勞戲楚王。
廣陵散絕鹿臺荒，一曲《霓裳》譜玉堂。傾國名花雖夢幻，千秋齒頰已生香。
包塵聲界有眞仙，夢幻風流也自憐。但使有情成眷屬，年年碧月照青天。　尹瀾柱〔五〕

飛墮瑤臺特地疑，溟溟薄霧落花時。紅箋寫就傳新譜，天上人間底事癡。
一編郢雪逢青眼，千里烏衣訪畫堂。都向夢中傳綵筆，微波未肯誤陳王。
隋堤曲舍柳全荒，描盡生新四照堂。蟬影乍疑雲作髻，蓮衣猶傍水生香。
飛白堂前地是仙，團香鏤月調堪憐。賞心獨有尚書最，欲比旂亭雪後天。　歸孝儀〔六〕

**觀演江花夢傳奇柬龍改庵中允**十首

歌舞并州暫許窺，心如牆壁阿誰知？　尊前唱徹銷魂曲，不奈橫陳嚼蠟時。

歌似遊絲嫋碧空，舞如洛浦見驚鴻。二鄉陌上聞風水，偷入《霓裳》曲調中。

臨川遺迹草蕭蕭，絕調荊溪又寂寥。自掐檀痕親顧曲，江東惟有阿龍超。

貰酒旗亭風雪顔，《涼州》一曲唱雙鬟。舊傳龍衮江南錄，新譜江郎夢筆山。

掃傖才子鬢堆鴉，脱贈壚頭拂劍花。好補他年遊俠傳，閩中今見魯朱家。

楚雲淮水渺無因，知己誰如粉黛眞？彷佛搴帷呼小宋，第三車裏内家人。

隻手雙提將相權，晚昇碧落珥貂蟬。眞靈位業都如此，那許孤寒到日邊。

漏盡何辭倒玉壺，清歌十斛走明珠。《金荃》曲妙無人解，合付柔奴與態奴。

三年書記揚州夢，一夢揚州三十年。誰識唐昌舊遊侶？白頭猶剩杜樊川。（予去揚州三十有一年矣。）

香山翠色玉泉流，小別俄驚二十秋。不負殘年好風景，千峯霽雪一登樓。王士正〔七〕

樂府風流竟絕倫，譜來宮徵亦清新。神仙婚宦平常事，自是嶔崎磊落人。

疑在旗亭寒火間，拚將新句試雙鬟。停歌更覺登樓好，飽看斜陽雪後山。田雯〔八〕

歲月飆馳剩數君，此時不樂意何云？座無俗客稱同調，酒上衰顔已半醺。舊事如聽談逸史，清樽絕勝醉紅裙。伯高忼爽眞豪士，一曲《瓊花》天下聞。王頊齡〔九〕

虎橋馬市行相訪，燕筑秦箏坐不聞。莫厭新豐常對酒，應憐舊雨幾同羣。驚看玉笋吟春雪，醉聽瓊花繞暮雲。頭白元方閩海上，紫書今已報參軍。袁佑

十載香名繫所思，官齋促膝夜何其。正當竹葉樽闌後，卻憶瓊花夢覺時。小阮我來頻寄宿（是

夕宿芝亭寓中），大巫君在敢論詩。來朝又作東歸別，折取垂楊第一枝。毛際可〔一〇〕

臘月京師賣牡丹，花中富貴信非難。瓊花自是神仙種，不入陽春不許看。

功成姓字勒邊荒，詔許歸休晝錦堂。正是江郎花筆在，鳳衣已惹御爐香。蘇偉〔一一〕

風流應問杜樊川，璧月銀燈記昔年。聽說揚州驚昨夢，瓊花一樹落當筵。

世事紛紛較短長，每從科第論文章。那知草檄江郎筆，清夢曾經到玉堂。

書生勳業竟何如？還恐神仙亦子虛。惟有消魂四聲曲，足傾沈、范兩尚書。

一時爭唱郢中詞，除卻雙鬟更數誰？妙伎自經公瑾顧，從茲聲價重京師。殷譽慶〔一二〕

（以上均《古本戲曲叢刊五集》影印清乾隆四十二年重刻《龍改庵二種曲》所收《江花夢》卷首）

**【箋】**

〔一〕高珩（一六一二—一六九八）：字蔥佩，號念東，別署紫霞道人，淄川（今屬山東）人。明崇禎十六年癸未（一六四三）進士。入清，官至刑部侍郎。著有《棲雲閣詩》、《棲雲閣文集》。傳見王士禛《帶經堂集》卷八三《神道碑銘》、《碑傳集》卷四三、《文獻徵存錄》卷一〇、《漁洋山人感舊集》卷五、《昭代名人尺牘小傳》卷二等。

〔二〕施閏章（一六一九—一六八三）：字尚白，號愚山，別署蠖齋、矩齋，宣城（今屬安徽）人。順治六年己丑（一六四九）進士，曾任江西布政司參議。康熙十八年己未（一六七九），舉博學鴻詞，授翰林院侍講，參修《明史》。著有《愚山先生全集》，包括《施愚山先生學餘文集》、《學餘詩集》、《學餘別集》、《學餘外集》。傳見《清史稿》卷四八四、《清史列傳》卷七〇、《碑傳集》卷四三、《國朝耆獻類徵初編》卷一一八、《國朝先正事略》卷二九、《國史文苑傳稿》卷一、《文獻徵存録》卷二、《清代七百名人傳》、《清儒學案小傳》卷三、《漁洋山人感舊集》卷九、《昭代名人尺牘小傳》卷九、《皇清書史》卷二等。參見孫施琮《施侍讀年譜》(舊鈔本)、施念曾《施愚山先生年譜》(《愚山先生全集》附)等。

〔三〕鄭重(一六三七—一六九四):字威如,號山公,建安(今福建建甌)人。順治十五年戊戌(一六五八)進士,初令靖江。行取行人,考選吏部主事。官至刑部左侍郎,以勤勞卒於官。著有《文選箋注》、《霞園詩集》、《霞園文集》等。傳見民國《建甌縣志》卷二六。

〔四〕彭定求(一六四五—一七一九):字勤止,一字凝止,號訪濂,別署止庵、南畇、復初學人、詠眞山人等,長洲(今江蘇蘇州)人。康熙十一年壬子(一六七二)舉人,十五年丙辰(一六七六)狀元,授翰林院修撰。屢遷至侍講、奉政大夫。辭官歸鄉,潛心理學。著有《周忠介公遺事》、《小學纂注》、《南畇集》、《周易集注》、《孝經纂注》等,主編《全唐詩》、《孝經旁訓》等。傳見《清史稿》卷四八〇、《清史列傳》卷六六、《碑傳集》卷四四、《國朝耆獻類徵初編》卷一一七、《國朝先正事略》卷三〇、《文獻徵存録》卷四、《清儒學案小傳》卷五、《昭代名人尺牘小傳》卷八、《皇清書史》卷一九等。參見彭祖賢編《南畇老人年譜》(光緒六年刻長洲彭氏家集本)。

〔五〕尹瀾柱:即尹源進(一六二八—一六八六),字振民,號瀾柱,東莞(今屬廣東)人。順治十二年乙未(一六五五)進士,授吏部郎中。官至太常寺卿。著有《愛日堂集》、《平南王元功垂範》。傳見民國《東莞縣志》卷六五、《嶺南畫徵略》等。

〔六〕歸孝儀:即歸允肅(一六四二—一六八九),字孝儀,號惺崖,一作星崖,常熟(今屬江蘇)人。康熙十八年己未(一六七九)狀元,授翰林院修撰。官至少詹事。著有《歸宫詹集》。傳見《碑傳集補》卷八、《詞林輯略》卷二、《昭代名人尺牘小傳》卷一二、《皇清書史》卷二等。

〔七〕王士正： 即王士禛（一六三四—一七一一）。雍正間避帝諱改。

〔八〕田雯（一六三五—一七〇四）： 字綸霞，一字子綸，又作紫綸，號漪亭，晚號蒙齋，別署山薑、山薑子，德州（今屬山東）人。 康熙三年甲辰（一六六四）進士，官至戶部左侍郎。 著有《黔書》、《山薑詩選》、《古歡堂全集》等。傳見《清史稿》卷四八九、《漢名臣傳》卷一一、《碑傳集》卷一九、《國朝耆獻類徵初編》卷五二、《國朝先正事略》卷三七、《文獻徵存錄》卷一〇、《國朝詩人徵略初編》卷七、《顏氏家藏尺牘姓氏考》、《昭代名人尺牘小傳》卷五、《皇清書史》卷一一等。 參見田雯編、田肇麗補《蒙齋年譜》（清康熙五十五年刻本）。

〔九〕王頊齡（一六四二—一七二五）： 字顓士，號瑁湖，別署松喬老人，華亭（今屬上海）人。 王廣心（一六一〇—一六九一）子。 康熙十五年丙辰（一六七六）進士，歷官武英殿大學士，謚文恭。 著有《清峙堂詩稿》、《王瑁湖詩》、《畫舫齋詩》、《世恩堂詩集》、《世恩堂詞集》、《世恩堂經進集》等。 傳見《清史稿》卷二六七、《清史列傳》卷一〇、《漢名臣傳》卷一一、《國朝耆獻類徵初編》卷一二、《國朝先正事略》卷一〇、《國朝詩人徵略初編》卷九、《昭代名人尺牘小傳》卷九、《己未詞科錄》卷二等。

〔一〇〕毛際可（一六三三—一七〇八）： 字會侯，號鶴舫，遂安（今屬浙江）人。 順治十四年丁酉（一六五七）舉人，十五年戊戌（一六五八）進士，歷官陝西城固等縣知縣。 康熙十八年己未（一六七九），舉博學鴻詞，罷去。著有《春秋五傳考異》、《霞綺閣文集》、《松皋文集》、《安序堂文鈔》、《會侯文鈔》等。 傳見毛奇齡《西河合集傳》卷七《傳》、朱一新《佩弦齋雜存》卷二《史傳》、《清史列傳》卷七〇、《碑傳集》卷九五、《國朝耆獻類徵初編》卷二一八（呂履恆《墓志銘》，並見《冶古堂文集》卷四）、《國朝先正事略》卷三七、《清代七百名人傳》、《清儒學案小傳》卷三、《國朝詩人徵略初編》卷四、《昭代名人尺牘小傳》卷六、《己未詞科錄》卷七、《國朝畫識》卷二等。

〔一一〕蘇偉： 字茂宏，一字漢聲，號濟夫，別署慎齋、雪堂，武城（今屬山東）人。 康熙三十年辛未（一六九一)進士,三十八年(一六九九)官中書舍人。著有《雪堂遺稿》。傳見王士禛《帶經堂集》卷八六《墓志銘》。

〔一二〕殷譽慶:字彦來,號蘧齋,别署蘧門,華亭(今屬上海)人,占籍江都(今江蘇無錫)。國子監舍人。曾師事王士禛、曹寅。性狂簡,落魄而死。著有《菰蘆集》、《秋堂集》。傳見《清詩别裁集》卷二五、《國朝詩人徵略初編》卷二〇、姜兆翀《松江詩鈔》卷一一。參見徐俠《清代松江府文學世家述考》卷一《華亭縣文學世家·殷譽慶世家》(上海三聯書店,二〇一三)。

## 江花夢跋

許之衡

王國維《曲録》云:『《瓊花夢傳奇》,國朝龍燮撰。燮字改庵,望江人,官至中允。』又焦循《劇説》云〔一〕:『詹允龍雷岸有《瓊花院本》①,河陽趙士遴②爲之序,見《讀書堂文集》。又作《詹允詩序》,云:「雷岸未顯時,著有《瓊花夢院本》③。余早年讀之,訝曰:『此言夢也,而非夢者能言之也。』既而雷岸以博學宏詞④薦,由檢討而宫允,文章⑤詞賦,冠絶一時」』云云。是編板已久佚,偶於沈祠部太侔處〔二〕,得見鈔本,爲之狂喜,爰録而存之。文詞之工美,排場之新穎,固屬有目共賞,而曲律亦復妥協。國初詞人著述,存者益寡,是固可珍已。

庚戌春仲〔三〕,飲流齋主人録竟並志。

(《鄭振鐸藏古吳蓮勺廬鈔本戲曲百種》第二二册影印鈔本《江花夢》卷末)

【校】

①瓊花院本，《劇說》卷四作『瓊花夢雜劇』。

②遴，底本作『粦』，據《劇說》卷四改。

③瓊花夢院本，《劇說》卷四作『瓊花夢傳奇劇本』。

④宏詞，底本作『鴻』，據《劇說》卷四改。

⑤『文章』二字後，底本衍『文章』二字，删。

【箋】

〔一〕見焦循《劇說》卷四（收入《中國古典戲曲論著集成》第八册）。

〔二〕沈祠部太倅：　即沈宗畸（一八六五—一九二六），原名宗疇，字孝耕，改名宗畸，字太倅，號南野，別署鍊庵、繁霜閣主，番禺（今屬廣東）人。沈錫晉（一八三六—一八九二）子。光緒十五年己丑（一八八九）舉人，任禮部祠祭司主事。晚年寓居北京番禺館，賣文自給。民國初年，入南社。編刊《晨風閣叢書》、《國學萃編》、《樸學齋文鈔》、《今詞綜》、《香豔小品》、《鍊庵駢體文選》、《駢花閣文選》等。著有《東華瑣錄》、《便佳簃雜鈔》、《宣南夢憶錄》、《南雅樓詩文》（附《繁霜詞》）、《詩鐘鳴盛集》等。參見鄭逸梅《南社叢談·南社社友事略》。

〔三〕庚戌：　清宣統二年（一九一〇）。

## 壺中蹟（王封濚）

王封濚（一六四一——一七〇三），字玉書，號慎庵，別署蒙春園主人，黃岡（今屬湖北）籍，全州

（今屬廣西）人。順治十五年戊戌（一六五八）進士，選庶吉士，授翰林院檢討。康熙二十七年（一六八八），擢内閣學士。官至禮部左侍郎。居官廉慎，御書『尊德堂』賜之。著有《蒙春園集》（湖北省圖書館藏稿本）。傳見《詞林輯略》卷一、《黄岡志》等。參見柯愈春《清代戲曲家疑年考略（五）》（《文獻》一九九七年第四期）。撰傳奇《壺中蹟》、《立命説》。《壺中蹟》，未見著録，已佚。

## 蒙春園主人壺中蹟傳奇序〔一〕

王封溁

蒙春園之里，有迂生者，過園而問主人曰：『敬聞主人有作，厥書何名？』主人曰：『戲爲傳奇耳，名《壺中蹟》。』

迂生俯首深思，良久，曰：『語云：「中流失船，一壺千金。」兹豈爲出沉淪而濟生死之筏耶？然於其中何與？壺公示人壺矣，而覩其中之蹟者，惟費長房，蹟亦不顯。海外有方壺焉，與蓬萊、員嶠相比峙。其中風景人物，蹟當不一。意在斯乎，意在斯乎？』主人謝不自知，惟迂生命。迂生振衣方步，請受其書去。

居數日乃來，謂主人曰：『主人傳乃奇耶，吾語以正。正者何？道也。道者何？性也。性之動爲情，情之流爲欲。男慕女悦，情也；穴窺野合，則欲矣。好善嫉惡，情也；競名角勝，則欲矣。制欲以節情，忘情以復性。性復則道見，道凝則誠至。此儒者配天配地之功，亦即二氏説神説妙之所托旨哉！《中庸》「至誠無息」一語，實可統夫三教者，主人固卷終及之矣。顧其間諸人，或爲儒，或崇佛，或向仙，趨別途分，非不各自表表。而豈知天人升降，以至冤親離合，皆從欲中來，仍在欲中住。何者？夢醒異見，魄乃制魂；勝負繫懷，氣乃帥志。甚而六賊交横，雌雄變質，三蟲作怒，蠻觸相爭，風動雲浮，山高水險，在在有之，物物遇之。何獨見妄而妄，指魔而魔？總無其誠，於何云道？道人乃出而啓之。道人者，有道人也。所謂呂公，果有道而能合三教以同之者乎？以彼登科筮仕，不知其於儒何如。若其棄正陽之金，可云制欲；悟黄龍之粟，庶及忘情。以其制欲，俾諸人制欲，而妄魔除矣；以其忘情，俾諸人忘情，而性道著矣。一揮麈間，諸人遂立見其本來面目，而猶作兒女子態耶？猶硜硜然必節義稱耶？猶喑啞叱咤而英雄自命耶？舉頭天上，曾未逾夫艮止坎流；把臂高眞，究不待乎龍吟虎嘯。奇耶正耶，主人盍圖之？」

主人肅容而對曰：「吾初不自知，乃迂爲是言也。敢請以迂之言，弁卷之端。」

奇而正，夢澤、伯固二公而後，不得不以此事推公。家璧識〔二〕。

（中國國家圖書館複製湖北圖書館藏稿本《蒙春園集·文集》）

**【箋】**

〔一〕版心題《壺中蹟自序》。

〔二〕家璧：即王家璧（一八一四—一八八三），字孝風，號月卿、連城，武昌（今屬湖北）人。王封溁從玄孫。道光十九年己亥（一八三九）舉人，任覺羅學教習。二十四年甲辰（一八四四）進士，授兵部主事。官至光祿寺少卿。著有《南華經注》、《周易集注》、《洪範通義説》、《老子注》、《奏議雜文詩集》、《秋雲行館詩文集》等。傳見楊琪光《博約堂文鈔》卷四、《碑傳集補》卷七、《湖北人物志略·仕宦·武昌》、《清代科舉人物家傳資料彙編》等。

# 耆英會記（喬萊）

喬萊（一六四二—一六九四），字子靜，號石林，又號石柯，别署畫川逸叟，寶應（今屬江蘇）人。康熙二年癸卯（一六六三）舉人，六年己丑（一六六七）進士，授内閣中書舍人。後以父老，乞歸終養，尋丁憂。十八年己未（一六七九），舉博學鴻詞，授翰林院編修，參修《明史》。累官至翰林院侍講，轉侍讀。二十六年，因言治河，忤當事，遂獲譴。歸築畫川别業，縱情詩酒。二十八年康熙帝南巡，以家伶供奉，蒙賜銀項圈，因名其部曰『賜金班』。三十三年奉召入京，旋卒。著有《喬氏易俟》、《石林賦草》、《應制集》、《南歸集》、《直廬集》、《使粤集》、《歸田集》、《柘溪草堂集》、《西蒙叢話》等，輯《古文分類粹編》。傳見潘耒《遂初堂文集》卷一九《墓志銘》、朱彝尊《曝書亭集》卷七三《墓表》、《清史稿》卷四八四、《清史列傳》卷七〇、《國朝耆獻類徵初編》卷一二〇、《國朝先正事略》卷三九、《清儒學案小識》卷一二、道光《重修寶應縣志》卷一七等。參見王雲松《江淮名臣喬萊生平述略：康熙朝政局變幻的一個個案考察》（《江海學刊》二〇一二年第一期）。

撰《耆英會記》傳奇，全名《香雪亭新編耆英會記》，《古典戲曲存目彙考》著録，現存康熙間喬氏來鶴堂刻光緒間遞修本，《古本戲曲叢刊五集》據以影印。

## 耆英會題詞〔一〕

喬載繇〔二〕

不見當時歌舞場，路人猶指午橋莊。國門款段歸來後，豪竹哀絲送夕陽。（公以言治河，忤當事，獲譴歸。築別業城東隅，縱情詩酒，無出山之志。）新詞譜出遶粱音，消得君王便賜金。（聖祖南巡，公以家伶供奉，蒙賜銀項圈一，因名其部曰『賜金班』。）七載東山閒歲月，無人知道謝公心。（劇中大意，公隱然以溫公自負。王、呂諸姦〔三〕，皆暗指當日一二執政也。）清池四面遶朱闌，（縱棹園歌臺，在竹深荷淨之堂北，池水中央。）人比黄花立翠盤。紅粉白楊俱寂寞，從教詞客弔燕蘭。（部中有管六郎，色藝擅一時。公歿後，入都，公卿爭羅致之。見查夏重先生《敬業堂集》中〔四〕。）殘帙披吟重愴神，故家喬木百年春。尋常燕子茅簷底，幾箇耕田識字人？

道光十年庚寅閏四月，吾園後人載繇止巢敬題。

**【箋】**

〔一〕底本無題名。

〔二〕喬載繇（一七七六—一八四五）：字孚先，號止巢、信齋，別署吾園後人，寶應（今屬江蘇）人。清廩貢生，年三十即棄舉業。家有吾園，富藏書，肆力詩文。著有《妙華仙館詩》、《學讀書齋詩》、《裁雲館詞》，合集爲《止巢詩詞》。傳見《清史列傳》卷七二。

〔三〕王、呂諸姦：指王安石（一〇二一—一〇八六）、呂惠卿（一〇三二—一一一一），皆爲該劇中人物。

〔四〕查夏重先生：即查慎行（一六五〇—一七二七），生平詳見本卷《陰陽判》條解題。管六郎：喬萊家班名伶。查慎行《敬業堂詩集》卷一九有四絶句，序云：『白田喬侍讀有家伶六郎，以姿技稱。己巳（康熙二十八年，一六八九）春，車駕南巡，召至行在，曾蒙天賜。自此益矜寵。庚午（康熙二十九年，一六九〇）四月，余從京師南還，訪侍讀於縱棹園。酒間識之，有「青衫憔悴無如我，酒緑燈紅奈爾何」之句。時東海徐尚書、射陵宋舍人、慈溪姜西溟俱在座，相與流連，彌夕而散去。冬北上，重經寶應，則侍讀下世，旅櫬甫歸。余入而哭之盡哀，何暇問六郎蹤迹矣。及至都下，聞有管郎者，名擅梨園，一時貴公子爭求識面。花朝前八日，翁康飴戶部相招爲歌酒之會，忽於諸伶中見之，私語西厓曰：「此子何其酷似白田家伶。」蓋余向未知六郎之姓也。西厓既爲余道其詳，竟酒，爲之不樂，口占四絶句，以示同席諸君。』其一：『鬢影衣香四座傾，風流爭賞米嘉榮。就中獨有劉賓客，曾聽涼州意外聲。』其二：『鴨桃花外小池臺，瀲灩觥船一棹開。春色滿園人盡妒，君王前歲賜金來。』其三：『一羣穠豔領花曹，頭白尚書興最豪。記得送春筵畔立，酒痕紅到鄭櫻桃。』其四：『茶烟禪榻隔前塵，存殁相關一愴神。自琢新詞自裁扇，教成歌舞爲何人。』（《景印文淵閣四庫全書》本）

## 耆英會跋〔一〕

喬　瑜〔二〕

先侍讀公居京師時，築有一峯草堂，著《喬氏易俟》二十卷，久已風行海内。溯歸里時，退居畫川別業，撰《縣志》二十四卷，尤爲吾邑士大夫所景仰者也。復有《應制集》、《直廬集》、《使粵集》、《歸田集》，並《耆英會記》、《使粵日記》、《西粵贈言》諸集，又公萃數十年之精力而成者矣。迄今已二百餘年，板藏家祠，而邑中好學之士，往往踵門，請以板付工人刷印，益廣流傳。豈非公之精神所憑依，有不可得而泯没者耶？今瑜年逾七十，時以此板或有遺失，不克珍藏爲懼。所願後世子孫，念祖宗著作苦心，永保此板，鄭重而護惜之，俾傳不朽，是則瑜所厚望也夫。

光緒二十七年歲次辛丑二月，六世孫瑜謹識。

（以上均《古本戲曲叢刊五集》影印清康熙間喬氏來鶴堂刻光緒間遞修本《香雪亭新編耆英會記》卷末）

【箋】

〔一〕底本無題名。

〔二〕喬瑜（一八三一？—一九〇一後）：字瑾白，寶應（今屬江蘇）人。著有《奕園吟稿》。

## 天山雪（馬羲瑞）

馬羲瑞（一六四四前—？），字肇易，一作肇一，别署潛齋、知誤道人，書齋名玩易圃，甘州（今甘肅張掖）人，祖籍山西蔚州。明末李自成（一六〇六—一六四五）軍攻占甘州，其父總兵官馬爌守城死節，然則其生必在明末。康熙間貢生。三十二年（一六九三），任中衛縣學訓導，陞安定縣教諭。二十九年，偕歲貢生夏攀龍（？—一七〇九）、段維藻、王迪簡、高誨等，擬修《甘鎮志》，未成而罷。傳見乾隆《甘州府志》卷一一、民國《新修張掖縣志》。參見鄧長風《甘州之役與〈天山雪〉傳奇》（《明清戲曲家考略續編》）、周琪《清代〈天山雪〉傳奇考辨》（高原、朱忠元主編《中國古代小說戲劇研究》第八輯，甘肅人民出版社，二〇一二）。

《天山雪》傳奇，《古典戲曲存目彙考》著録，現存清鈔本（中國藝術研究院圖書館藏）、舊鈔本（《傳惜華古典戲曲珍本叢刊》第二三冊據以影印）。二〇一一年，甘肅文化出版社出版周琪、周松《天山雪傳奇校注》。

## 天山雪自敘

馬義瑞

不佞夙乏片長，善召謗訕。勿論事涉風影，人務捕而捉之，此喝彼和，撰成一段可驚可愕、可笑可啼之奇談佳話，而後言者意快，聽者亦意快； 即如子莫虛有，猶且借端媒孽，縱口譏評。間有代予白其爲誣，則言者必怒，而聽者亦艴然不樂矣。然言者妄言，聽者妄聽，而歸之於吾，如雪點爐，毫不受也。予不受，而人必以嚼碎虛空爲快，誠不知其何心。毋乃貝錦工讒①、蛾眉惹妒乎？ 抑亦不佞之不善養拙也？ 因而遯迹丘園，與木石伍。時或澗泉送響，好鳥流音，憑几而聽之，宛如吹竹彈絲，敲金戛玉也。興會所至，取古人書而點竄之，而評論之，亦不問夫古人之受與不受，聊以適吾意也云爾。

庚午夏〔一〕，當事名公大人延予補修《甘鎮志》，事關盛典，且愜素心，乃不敢以不文辭。旁搜博訪，閱三月而草創告成。不意剞劂中阻。迨明年辛未之秋〔二〕，偶取舊稿，閑相披覽。倏爾風吹敗葉，颯然而至予前。予因之有感於殉難先賢，必有不瞑目於地下者，若不及今表彰，日久年湮，終付於敗葉秋風，飄歸何有而已。惜予力不逮，無由亟登梨棗。欲作傳奇以揚厲美惡，奈又不諳音律，無足以快人意。既而思夫昔人有言曰：『閻浮世界，一大戲場。』夫世界皆可作戲觀，則按音切律戲也，野調油腔亦戲也；知之而作戲也，不知而作尤戲之戲也。

或曰：『子爲戲也，固宜第以人之耳聞目見。而有私議於予，予且不受，今予生於五十年之後，而私議五十年以前之人與事，是真近於捕捉風影者矣。否則，是亦嚼碎虛空者也。彼古人者，肯受之乎？』予曰：『不然。捕捉風影戲也，嚼碎虛空亦戲也。知其爲戲，則予之不知而作，可勿煩毁者嘵嘵與議者呶呶爲也，戲而已。』

康熙壬申歲仲春上吉日，張掖知誤道人題於玩易圃。

【校】

①讒，底本作『纔』，據文義改。

【箋】

〔一〕庚午：康熙二十九年（一六九〇）。

〔二〕辛未：康熙三十年（一六九一）。

## （天山雪）序

古吴三江漁父〔一〕

風雅亡而《春秋》作，騷歌降而填詞興，傳奇乃《春秋》之旨而騷歌之遺也。韋布之儒，讀書懷古，博覽旁搜，有感於中，往往作爲傳奇，以抒洩其善善惡惡、毁譽同民之隱，假生旦淨丑之名色，以發揚忠臣烈士之氣概，節婦貞女之心期。而姦邪讒佞之陰私隱惡爲人所不及窺者，無不刻劃於面目而吐露於口角之間。雖死生禍福，一時之遭際殊途，迨事後論定，不獨斯民好惡之公有不可欺，而歷歷神仙鬼獄之境，又覺獲報之不爽者。此蓋作者勸懲之微意也。究之世上，安得有神仙，安得有鬼獄哉？高風馨百世而人仰之，神仙矣；汙行臭萬年而民唾之，鬼獄矣。又何必實有是境乎？惟是羿、奡慘死，禹、稷代興，福善禍淫之理，明者自識，愚人昧焉，有不設是境而不足以昭其勸戒者。故吴謀羽而尊爲帝，宋殛飛而奉爲神，操、檜之徒唾辱縲絏於幾千百代之下。是即林、馬諸公山佳干有一之前車①，皆竊所書爵書名之餘義，而嬉笑怒駡以成焉者也。讀至廉使設薦，弔奠亡魂，其亦《楚辭》巫陽《大招》之續歟？傳奇云乎哉？騷歌云乎哉？

歲次壬申黄鐘朔後一日〔二〕，古吴三江漁父題於張掖廉使署中。

【校】

①『是即林馬諸公山佳干有一之前車』，底本如此，語義不通，疑有脱誤。

【箋】

〔一〕古吳三江漁父：姓名、籍里、生平均未詳。周琪、周松《天山雪傳奇校注》（甘肅文化出版社，二〇一一）前言，以爲即金秉綸，時任分巡甘山道按察司僉事。按，「金秉綸」當爲金秉倫，字君選，吳江（今屬江蘇）人。康熙十年辛亥（一六七一），由廕生知濱州。遷兵部郎中。傳見咸豐《濱州志》卷八、宣統《山東通志》卷七五。

〔二〕壬申：清康熙三十一年（一六九二）。

## 天山雪序

雍永祚〔一〕

乾坤之所以不敝者，惟此正氣流行布濩於其間。正氣不伸，則三綱絕，五常隳，乾坤亦幾乎息矣。是以君子扶陽抑陰，奬正士，黜小人，爲天地植此正氣也。然而植之之術，亦不一矣。朝廷有權，植以法度；學士秉理，植以文辭。至於運際陽九玄黄交戰之候，權不能行，理不可執，不得已而托於稗官野史，以留是非臧否於後人，此近代傳奇戲譜所由作也。然亦不可概觀矣。故有無是事、無是人，一時感慨於中，幻出一奇，以寓不平之意者；有偶觸他事，不容默默，不忍直言，假天威，托冥譴，以微示勸戒者。不此，則風流遊冶，脂粉妖豔，諸瑣言卽飾以牙籤，束以縹緲，君子以爲無關世道人心，固擯而不錄矣。若夫表忠貞，揚節烈，不貪生以害義，有殺身以成仁，俾之事昭身後，名馨史冊，而又嚴誅姦回之膽，追攝僉壬之魂，使之生抱餘愧，死有餘辜者，此蘊乾坤之正氣，發而爲天地之至文，豈尋常諸作可概觀也哉！

吾於肇一馬寅丈《天山雪》一書，深有感焉。蓋其事則實有其事也，其人則確有其人也。其文則質言無華，作而實述，信而非僞，而又運際陽九玄黄交戰之候，爲千古留一線正氣，一如六陰極盛而一陽來復，俾智愚賢否共見天心之無轉移焉。乃其中如臣死忠、子死孝、婦死貞，小人僥倖、君子罹災，雖陰慘如六花之凝聚，而秉德不回，陽剛不折，如松柏之在歲寒，又可爲萬世之炳鑒焉。於乎，至矣，盡矣！而且情餘於文，韻生於句，意不艱深，詞通俗俚。歌耶泣耶，戲耶謔耶，騷耶雅耶，嬉笑耶怒罵耶？令人一唱而三歎，反復而神益暢，味愈旨，是豈尋常傳奇戲譜可概觀否耶？

又聞之雪者雪也，遇陰則凝，遇陽則消。人有鬱結於中者，必思有以雪之。而文字一道，不惟雪己之憤，且可代人以雪其憤。卷載諸君子，盡心畢命於倫理綱常中，身隕而節全，節全而志攄，固無不平之氣待人之雪之也。獨是最不平者，姦人害正，人人此心，世世此心耳。此書出而忠佞之果報昭然，則天下後世不平之氣，亦可灑然盡雪無餘矣。尚猶托諸傳奇戲譜，不辭爲稗官野史。噫，微矣哉！

昔劉褒畫雲漢圖而熱，畫北風圖而寒，是炎涼造化在筆端也。張藻畫生枝則嫩含春澤，畫枯枝則乾裂秋風，是榮枯消息在胷①中也。《天山雪》一書，區分忠佞，不啻傳神而照膽，非我寅丈筆下胷中正氣凜凜，何以能此？此可作天山一部《春秋》讀可也，傳奇戲譜云乎哉？然惟作一傳奇，演之戲場，更可使智愚並傳，千古不朽矣。

時康熙歲次丁丑仲春朔一日，署寧夏中衛儒學教授乙卯科京闈舉人咸林年家眷寅弟雍永祚頓首拜撰。

【校】

①胷，底本作『胸』，據文義改。

【箋】

〔一〕雍永祚：咸林（今陜西華縣）人。清康熙十四年乙卯（一六七五）舉人。三十五年（一六九六），任寧夏中衛儒學教授（見《西北稀見方志文獻叢刊》影印道光《續修中衛縣志》卷五《官師考·中衛學教授》）。康熙二十二年（一六八三），撰《重修少華廟碑記》（見《三河縣志》卷一二）。

# 天山雪凡例

馬義瑞

一、甘州拒賊七日，火礮擂石，打傷甚多。故城陷之日，賊恨爲仇，屠戮最慘。又兼雪深數尺，被害不下萬餘。其間慷慨就義，表表耳目者，亦不下數百。然記難博收，不能逐一表出。現任而外，姑於文武紳士中，各取其一，以見大概云。

一、傳奇之例，開場而後，必以正生先出。蓋以記中人物雖多，不過爲正生旁襯。事款雖雜，亦皆爲本事周旋。若此記，惟欲表揚忠節，其間生淨外末原無重輕，彼此事情不相連貫，故以外末先出。匪曰貴貴，實以見此記不專爲正生而作。

一、余夙不諳音律，此道原非所長。但因念切表忠，遂蹈不知而作之咎。其中引用牌曲，謹按宫譜。如某調與某齣不宜，某曲與某引不合，尚冀知音者改而正之。

一、記必事正而言文，方可雅俗共賞。此記事關忠烈，非不鄭重，惜予之不文，未足張大其事。此固予才不逮，亦由於音律不精，止拘宫譜，未免不能暢所欲言。

一、記中副淨數齣，似與本傳大旨不甚關合。但以千里而來，殉難異地，夫忠婦烈，情實堪憐，因並及之，以寓不没人善之意。

一、余生也晚，前朝事蹟，多得之於傳聞，非屬衆論符合，不敢妄肆褒譏。如記中尚有書名而不書事者，非僅以存《春秋》諱之之意，亦以惡惡欲短云爾。

一、原本止係三十二齣，脱稿後增十齣，穿插未免錯亂，脈胳亦覺支離。且外末雙出，脚色頗雜。然才子之文，固不容人增删，予文淺陋，不妨任意去留。

一、音律舛謬，文字荒疏，惟俟韻士方家，賜教削正，余不勝傾心受益。間有摭聞當年實事，誚其某事有、某事無，且謂記中有離無合，如此指摘，予不敢爲之置辨也。

張掖知誤道人自識。

## （天山雪）題詞

劉　烒〔一〕

秦關西去盡烽烟，一例降旗到酒泉。天意不教支半壁，六花慘淡遘奇緣。

堂堂節使矢孤忠，誓死還將閫帥同。但使諸公能戮力，殲渠應在允吾東。

防河急著計無成，烽火俄傳過永城。多少材官齊斂手，平戎獻策一書生。

居延雉堞本嵬巍，肘掖翻教黠虜窺。他族薦居心必異，當年失計悔何追。

君能徇國妾從夫，巾幗分明大義扶。更有鄭門三烈在，積薪投焰倩誰摹。

禦寇全憑廟議中，枌榆義氣薄蒼穹。誰憐巷戰三朝後，魂魄猶爲厲鬼雄。

南羌西狄費邊籌，更遣黃巾恣踐蹂。四萬七千同喋血，聲聲哀怨譜《甘州》。

中丞有子擁朱旛，纔起瘡痍未復元。兩世忠貞同一轍，至今遺恨在花門。南豐誠甫劉烒

（以上均《傳惜華古典戲曲珍本叢刊》第二三冊影印舊鈔本《天山雪》卷首）

【箋】

〔一〕劉烒（？—一八〇六）：字誠甫，一作珵圃，一字見南，南豐（今屬江西）人。乾隆三十年乙酉（一七六五）舉人，三十四年己丑（一七六九）進士，分發刑部學習。四十二年補授福建司主事。四十八年擢郎中。旋授甘州知府。五十九年陞浙江溫州兵備道。累官至刑部右侍郎。傳見《國朝耆獻類徵初編》卷九九、《國史列傳》卷七一、同治《南豐縣志》卷二六等。

## 跋天山雪傳奇八首

郭人麟〔一〕

林公勁爽馬公英，千億生靈百二城。夜半天山飛玉滿，血光已映雪光明。

闖王部下左金王(賀錦,又名珍),豈敵金城帝子閶。若使防河埋勁旅,黃巾爭敢渡姑臧。

西涼戰壘最崢嶸,弱水何曾有弱兵。七覆未教藏峽口,黠番潛引暨降旌。

文人獻策武彎弓,婦女知方賦小戎。爭奈歐陽占數定,居延灝氣撼蒼穹。

白眉忠肯慨無聊(馬廣文羲瑞塡譜,即殉節馬總戎令子也),管領千魂控九霄。恰喜中丞有小阮,杏林倩女咏桃夭。

同保危城效匪躬,憫忠祠畔繼孤忠。趙羅怒氣沖井鬼,燬廟偏遺王總戎。(王公汝金,守城自刎。賊焚其祖綱憫忠祠,全家俱燬,傳竟遺之。)

長刀無計砍長鯨,鴆毒還思仿吉平。與犬與臣神自若,攖兇不寫費醫生。(費君國興,毒賊被屠,亦佳劇也。)

《八聲》變徵譜《甘州》,夥涉橫排西水流。四萬七千攢結草,陰風颯颯擁貔貅。(《明史》:『賊屠四萬七千人。』或云七萬,屍與城平。)

(臺北成文出版社《中國方志叢書·華北地方·甘肅省》第五六一冊影印乾隆四十四年刻、清鍾庚起編《甘州府志》卷一五)

【箋】

〔一〕郭人麟:字嘉瑞,福清(今屬福建)人。康熙二十九年庚午(一六九〇)副榜。工詩賦古文,善書畫。著有《藥村外集》、《藥村詞譜》、《藥村留草》、《學語集》、《藥村詩義》等。傳見乾隆《福清縣志》卷一四、《清代畫史增編》卷三五等。

# 繡當壚（裘璉）

裘璉（一六四四—一七二九），字殷玉，又字殷曰、不器，號未亭，晚號蔗村，别署廢莪子、簣山、魚山、菊町，慈谿（今屬浙江）人。世居横山，人稱横山先生。弱冠補弟子員，援例入太學，屢試不第。康熙五十三年甲午（一七一四）舉人，次年乙未（一七一五）成進士，選庶吉士。未幾，致仕歸。雍正六年（一七二八），因事牽及，次年死於獄中。家有玉湖樓，藏書數千卷。著有《復古堂集》、《横山詩文集》、《玉湖詩綜》等。傳見《清史列傳》卷七一。參見裘姚崇《慈谿裘蔗村太史年譜》（道光十九年活字本）、毋丹《裘璉研究》（浙江大學碩士學位論文，二〇一二）。

撰傳奇、雜劇十餘種，總名《廢莪傳奇》，一名《玉湖樓傳奇》。《繡當壚》傳奇，未見著録，已佚。據裘姚崇《慈谿裘蔗村太史年譜》，此劇作於清康熙五年丙午（一六六六）。

## 裘子蔗村繡當壚傳奇序

闕名

蓋聞成學遊藝，聖哲以之怡情；長嘯雅歌，英賢於焉寄志。故颺音金玉，曾子娱貧；而顧曲風流，周郎正誤。蓋雖小技可觀，漫云壯夫不取。

余友裘子，上邑名家。七歲工文，遲陸機之入洛；三都早賦，陋左思之閉門。迹其含英咀華，何止陵顔鑠謝？　而乃鷹揚樂府，虎踞騷壇。曰解曰章，晰聲辭而不溷；　爲趨爲豔，別和送以無乖。

慨自吳謾齊謳，方音各異；　楚些巴孋，體制難窮。雖太白之仙才，莫辨阿鞞回之字曲；　非鄰機之博學，孰知烏鹽角之翻名？　加以南北分鞅，安必宮商叶律？　兹傳奇《繡當爐》者，寓情六合之外，樂而不淫；　寄興五音之中，美而且豔。詞饒風月，亦具悲歡；　體號香奩，卻嫌脂粉。有斥姦罵讒之意，備忠義廉節之觀。考其依永和聲，悉皆自然入妙。

至於夢刀腸縷，繪色夭邪；　賣唾玉啼，遣詞俊雅。洵無慚於開府，允繼美於參軍。曉讀猿號，宵吟驚雁。始之攻心妍耳，既焉成彩騰花。費君之三峽波濤，未堪擬致；　鄭子之九天珠玉，何足方才。展壓羣英，宜推宗匠。

僕八叉乏韻，三影無詞。含筆腐毫，倍文園之思滯；　長吟敝卷，勝元靜之書淫。差解肉言，尤耽頤解。惟時歲居柔兆，龍集敦牂〔一〕。浪迹在蠻烟蜃雨之鄉，幾成雁戶；　論心對夕秀朝華之友，忽入龍門。快覽奇文，妄呈拙序。

嗟乎！　入金、元之堂室，《百種》齊驅；　同游、夏於《春秋》，一詞莫贊。顧伯牙嘗揮弦於鍾子，而孫登終遺響於步兵。知己難逢，賞音斯貴。誦梁園之賦，動愜心期；　披金谷之文，能無神往。世有傖父，妄議《陽春》。夫《感甄》豈累陳思，而《閒情》何妨靖節？　廣平鐵石，爰著《梅花》；　正則牢愁，獨懷芳草。自非知鄭公之嫵媚，安能辨宋玉之幽貞？　譬之雪豔竹香，別饒欣賞；抑亦粃前鑠後，庶表精良云爾。

（寧波檔案館藏清宣統元年重修、敦睦堂刻本《慈谿橫山裘氏宗譜》卷二十）

【箋】

〔一〕歲居柔兆龍集敦牂：丙午歲，康熙五年（一六六六）。

# 醉書箴（裘璉）

《醉書箴》傳奇，未見著録，已佚。

## 醉書箴傳奇自序

裘璉

郡邑之有人品也，鄉國知之；朝廷之有人品也，天下知之；當時之有人品也，千萬世知之。人或不同，知亦各異，而世或爲之不傳，傳之不久，此非前人之事，後世表章稽古者之責也。今或人品之巍然者，姓名著於竹帛，節義播於詩歌，太史書之，天下重之，以傳後世而垂無窮，是亦足矣。然而學士大夫知之，不若愚夫匹婦知之。蘇子瞻、司馬君實之賢，雖婦人小子、農夫野老，無不聞其姓氏，咨嗟歎息，以得一見爲幸，彼豈復知有韓、范、歐陽籍甚於縉紳輩者乎？然而一時之愚夫匹婦知之，不若千萬世之愚夫匹婦知之，此蓋不易得也。學士大夫前言往行，未必皆極覽。

縱有巍然特立者，亦或遺於耳目之外。學士大夫且然，況愚夫匹婦乎？如是而欲求後世無一人不之知，難矣。嗟乎！此《醉書箴》之所由作也。

予鄉先生陳文定公敬宗，明正統時名臣，其文章節義載在國史。余獨感其處王振一事，遂傳之而並名之。嗚呼！三百年來一人而已。余嘗觀天啓中魏璫擅政時事，未嘗不掩卷太息，以爲一時大夫，上之當請於朝，誅其罪；次之則全身遠害，恥爲其用。然而爲此者，什不過二三，乃相率效鷹犬，以掊擊正人爲事。嗟乎！衣冠道喪，鬚眉氣盡。當是時，惜無有以文定之事告之者。彼振也，權侔人主，勢挾公卿久矣，而獨折腰屏息，求學士一字之榮。彼豈眞知顧、王、顔、柳爲可貴哉？意在於得其名、屈其節也。而公傲然不屑，返其禮幣，一見不可得。至其求之甚，乃侃侃然示之箴戒，究不肯書其姓名，使之銜隙。至官祭酒十九年，主眷甚隆，而秩卒不遷，其氣固已蓋天下、震後世矣，豈僅太白之下力士爲足相頡頏哉？若是，則予雖傳之而名之，何益於公？而後之聞公姓氏者，何賴於余乎？

嗟乎！余傳文定，並以傳夫其行其名類文定者也。余傳文定與類文定者於學士大夫，並以傳夫文定與類文定者於愚夫匹婦也。一時之名，無賴於予，而千萬世使愚夫匹婦稱之，不有裨乎？天下之人品，無賴於予，而郡邑之人品，使天下千萬世之愚夫匹婦稱之，不更進乎？嗚呼！是蓋子瞻、君實之所未嘗得者也。茲傳出，而世之所謂愚夫匹婦者，知張文靖之忠而俠也，向惠莊之勇而忠也，與夫次俊公之義，桂、韓二夫人之節也，王、呂之姦而醜也，一切可驚可喜之狀，使俱不減於文定之垂名千萬世，而見稱於學士大夫、愚夫匹婦之口，則余之意而亦使世之立言者知，必如是而可傳於世也。

（同上《慈谿横山裘氏宗譜》卷二〇）

## 明翠湖亭四韻事（裘璉）

《明翠湖亭四韻事》，含《昆明池》、《集翠裘》、《鑒湖隱》、《旗亭館》四種雜劇，《今樂考證》著録。現存康熙間絳雲居原刻本，自題『玉湖樓第三種』，《清人雜劇初集》、《傅惜華藏古典戲曲珍本叢刊》第二五册據以影印。另有清姚燮《今樂府選》稿本第三四册選録本。

### 明翠湖亭四韻事弁言

裘璉

予之欲傳此四韻事，三年於兹，不困於帖括制舉，即輟於衣食奔走。甚矣，閉户著書之難也。閲庚戌臘〔一〕，遂得卒業宜豐，始於除夕前五日，畢於人日後三日。以予在家度之，或薪米逋償之擾，或往來宴賀之煩，皆不能免。今幸問花河陽，登梅尉之遺址，尋淵明之醉石。江淹云：『放浪之餘，頗著文章自娱。』予亦用此自娱耳，遑問工否哉？若傳奇本意，見於小序；宫商高下，不敢從時，所籍世之周郎，顧予誤也。

慈水廢莪子題於瑞芝亭。

【箋】

〔一〕庚戌：康熙九年（一六七〇）。《四韻事》之作，『始於除夕前五日，畢於人日後三日』，則當成於公元一六七一年。

## 四韻事敍〔一〕

馮家楨〔二〕

楊子雲曰：『雕蟲小技，壯夫不爲。』甚矣，莽大夫之言陋也。蓋神龍能伸亦能屈，鵰鳥能高亦能下。靈均以美人比君，不貶《離騷》；淵明著《閑情》，不累靖節；廣平賦《梅花》，不損鐵肝石腸。古來登騷雅之壇者，必多慧業奇性，異節殊勳。公瑾顧曲，風流自喜，銘庸赤壁；安石期功，不廢絲竹，爲晉名臣；令公聲伎滿前，讌必奏樂，出入將相。下而學士大夫，如宋蘇子瞻、秦少游，明唐子畏、康對山，皆耽詞酣曲，望起星雲。嗟乎！聲歌一道，好之爲之，皆出尋常，顧可以小技忽乎哉？

裘子殷玉，詩古文妙天下矣。尤酷好填詞，所著『玉湖』數種，藏之家。今春又讀其《四韻事》，有豪情，有逸致，有奇氣，有濟世心，有出世想。繡口錦心，吐其香豔，有若『大江東去』者，有若『楊柳樓頭』者。昔人稱：『湯若士善南，徐青藤善北。』至於《四韻》，殆已兼之。不寧唯是。太史公詫子房形貌，如婦人好女；唐太宗歎服鄭公，覺其嫵媚。由是言之，婦女之容，嫵媚之態，非智勇環偉者不能具，亦不能言也。余交殷玉十餘年①，今老且憊矣。清尊白社，無不伶歌而已和。故與殷玉，更爲樂府膠漆。余何敢太傅、令公自居？抑公瑾諸人，竊有期於作者也②。

亥春禺月望日〔三〕，八十老人馮家楨退庵漫題。

【校】

①十餘年，《慈谿横山裘氏宗譜》本《裘子蔗村四韻事傳奇序》作「且十年」。

②作者也，《慈谿横山裘氏宗譜》本《裘子蔗村四韻事傳奇序》作「作也者」。

【箋】

〔一〕此序又見清宣統元年（一九〇九）重修、敦睦堂刻本《慈谿横山裘氏宗譜》卷二〇，題《裘子蔗村四韻事傳奇序》，署名作「退庵馮家楨太僕」。

〔二〕馮家楨（一五九六—一六七五）：一作馮家禎，字吉人，一字瑞鯉，號退庵，慈谿（今屬浙江）人。胡亦堂（一六二四—一六八五）岳父。明崇禎四年辛未（一六三一）進士，授中書舍人，遷工部主事。南明魯王監國，擢職方郎中。入清未仕。長於度曲，喪亂之際，結爲歌社。著有《四書稿》等。傳見黃宗羲《思舊錄》（《黃宗羲全集》第一册，浙江古籍出版社，一九九三）、李聿求《魯之春秋》卷一八、尹元煒輯《谿上遺聞輯錄》卷六、《明代千遺民詩詠三編》卷九、光緒《慈谿縣志》卷三〇等。

〔三〕亥春：康熙十年辛亥（一六七一）春。

## （四韻事）序〔一〕

胡亦堂〔二〕

往余同殷玉至清谿，宿家山人樓。時秋雨滿山，紅葉墮空，相與論詩未已也，又相與論辭。殷玉素好填詞，《醉書箴》、《繡當罏》，久嘖嘖人口。自館甥余家〔三〕，鋭意制舉業，三年不顧曲矣。是夜，得詩中韻事四種，讙甚起舞，相謂曰：『此可付傳奇家一大嚼也。』迄三四年，隨余過宜豐，讀書瑞芝亭。閉門《博議》，鬭酒《漢書》，暇則佐以詩歌。余自慚一行作吏，倡和未遑。上元席次，出所編傳奇《四韻事》示余，則前所云梁公、祕監、沈、宋、高、王諸人事也。因慨然思清溪夜雨時，猶忽忽如昨。今欲復如曩時風致，邈不可得。讀殷玉之詞，知其視宜豐猶清谿也。然殷玉出其著述之才，覃思今古，行將有合。幸不劇擾錢穀兵農，則亦筆劄金華白虎。吾知其異日者，雖對清谿猶宜豐矣，迴思瑞芝度曲，且忽忽如前日事。而因思人之著述，遇可爲之時，則當爲之，慎毋淹忽以縻歲月如余也。

南江笠叟漫題於宜豐署閣。

（以上均《清人雜劇初集》影印康熙間絳雲居原刻本《明翠湖亭四韻事》卷首）

【箋】

〔一〕此序又見清宣統元年（一九〇九）重修、敦睦堂刻本《慈谿横山裘氏宗譜》卷二〇，題《館甥裘蔗村四韻事傳奇序》。

〔二〕胡亦堂（一六二四—一六八五）：字賓明，號二齋，別署南江笠叟，慈谿（今屬浙江）人。裘璉岳父。清順治八年辛卯（一六五一）舉人，知新昌縣。康熙十六年（一六七七）至十九年（一六八〇），調知臨川縣，修《臨川縣志》，選刻《臨川文獻》。行取主事，終戶部郎中。著有《二齋文集》、《二齋詩集》、《寓吟》、《夢川亭詩集》等。傳見尹元煒輯《谿上遺聞輯錄》卷八、乾隆《敕修浙江通志》卷一六八、光緒《慈谿縣志》卷三〇等。

〔三〕自館甥余家：清康熙六年（一六六七）四月，裘璉入贅胡亦堂家。

## （四韻事）跋

溪上散人〔一〕

壬子冬〔二〕，予□①宜豐旅夜，獨飲斗酒，悶不孤出一字。抽架上書，無一快意者。忽憶吾友裘子《明翠湖亭四韻》，命童子急挑燈，爲我取是書來。輒大呼曰：『有是哉！』初讀之，予不信天下有是書；細讀之，並不信天下有作是書之人。夙酲頓解，使予老興復豪。

因歎袁中郎先生於石簣齋頭得《徐渭集》，深夜狂呼。叫已復讀，讀已復叫，童子睡者驚起。方信向之作《四聲猿》者，一標『余田水月』，一標『天池山人』，合而即徐文長一人。予謂中郎初未識文長之書，亦初未謀文長之面，至今猶傳爲咄咄怪事。獨予則蚤知天下有是書，蚤知書爲裘子所作，今讀之反不信天下有是書，反不信天下有作是書之人，更爲大怪耳。

溪上散人題。

（《鄭振鐸藏珍本戲曲文獻叢刊》第六冊影印清康熙間絳雲居原刻本《明翠湖亭四韻事》卷末）

【校】

①此字底本漫漶，疑爲『從』字。

【箋】

〔一〕溪上散人：姓名、籍里、生平均未詳。

〔二〕壬子：康熙十一年（一六七二）。

## 附　四韻事跋

鄭振鐸

右《明翠湖亭四韻事》雜劇四種，慈溪裘璉撰。璉，字殷玉，號蔗村，别署廢莪子。生而孤露，天才過人，能爲詩古文及樂府詞。弱冠補弟子員，旋援例入大學。蹭蹬場屋者五十餘年，至康熙甲午，始舉順天鄉試。次年，成進士，選庶常，時璉已七十餘矣。未幾，致仕歸。璉所作傳奇、雜劇不少，《四韻事》之首，自題『玉湖樓第三種傳奇』，則至少尚有第一、第二種。然今僅見《四韻事》一種，他皆不可考知矣。《四韻事》以名不相涉之四短劇組成之，有如汪道昆之《大雅堂》、徐渭之《四聲猿》、葉憲祖之《四豔記》、車任遠之《四夢記》、黄兆森之《四才子》，蓋以四劇爲一集，其習尚從來久矣。璉之四劇，一曰《昆明池》，二曰《集翠裘》，三曰《鑒湖隱》，四曰《旗亭館》，以其皆爲文人之韻事，故總名《四韻事》。《昆明池》寫上官婉容侍唐中宗，於昆明池上評詩事。《集翠裘》寫狄仁傑與張昌宗雙陸，赢得昌宗集翠裘，遂付家奴衣之事。《鑒湖隱》寫賀知章歸隱鑒湖事。《旗亭館》寫王昌齡、高適、王之涣於旗亭聽伶妓歌詩事。四劇中，惟旗亭聽歌詩事譜者最多，明鄭之文有《旗亭記》，清張龍文有《旗亭燕》、盧見曾有《旗亭記》，今惟見曾及璉二作存。其他三劇，則其題材皆爲前人所未嘗經涉①者。諸劇中，惟《集翠裘》較爲激昂奔放，餘皆穩妥而已。璉《自序》曰：『江淹云：「放浪之餘，頗著文章自娱。」予亦用此自娱耳，遑問工否？』明清之際，劇作家類多藉故事以發洩一己之牢愁，若璉之『用以自娱』云云，蓋超於當代風尚之外者。璉於每劇，已各有自序並本事，茲故不贅。

中華民國二十年正月二十五日，鄭振鐸。

（《清人雜劇初集》影印清康熙間絳雲居原刻本《明翠湖亭四韻事》卷末）

【校】

①涉，底本作『踄』，據文義改。

## 昆明池（裘璉）

《昆明池》雜劇，《明翠湖亭四韻事》第一種，現存康熙間絳雲居原刻本，《清人雜劇初集》據以影印。另有清姚燮《今樂府選》稿本第三四册選録本。

### 昆明池小敍

裘璉

閲《唐史》，沈、宋皆坐張易之黨，貶南中，其詩雖佳，宜無足稱者。予之傳此，非慕之，嘆之也。

何嘆乎爾？中宗初立，庶事叢脞，內有宣淫之母后，耽耽其上；外有姦佞之徒，左右其間。正綱繆桑土，勵精圖治之時也，乃不聞有新政可書，親率羣臣，盤游嬉戲不已，甚乎！昭容，婦官也。考之《周禮》，不過九嬪世婦中人耳。雖通詩翰，珥筆內庭已耳。何至結爲綵樓，出游外苑，使之考第羣臣上下，長後宮干政之漸，房州之役，宜其及也。之問、佺期，險惡小人，覽其詩，率侈張諂媚。意其時，曲江、燕國諸臣，必有含規隱諷、情見乎詞者，而昭容不知取也，是皆可嘆已。語云：『唐以詩賦取士。』李、杜何曾作狀元？夫李、杜不第，則謂唐無詩賦也可；之問冠昆明之首，則謂昭容不解詩也可。讀是編，知作者爲嘆，勿爲慕，可與言詩已矣。

（同上《昆明池》卷首）

## 集翠裘（裘璉）

《集翠裘》雜劇，《明翠湖亭四韻事》第二種，現存康熙間絳雲居原刻本，《清人雜劇初集》據以影印。另有清姚燮《今樂府選》稿本第三四冊選錄本。

### 集翠裘小敍

裘　璉

狄梁公，唐之純臣也。讀《虞初》所志『集翠裘』一事，則賢而俠者也。方昌宗供奉雙陸時，一見梁公，固已氣阻。此何待勝負局終，迺褫其衣哉！其付馬奴著之，出光範門，則又以詼諧戲笑之態，寓其悲憤激越之情。目中微獨無昌宗，並無武后，矣。然則敬君之義奈何？梁公之君，中宗也；梁公之心，房州也；梁公之事，業唐也，非周也，即無武后庸何傷？予故於塡詞之末，表而出之，告夫天下之事君以權而不失其純者。

（同上《集翠裘》卷首）

## 鑒湖隱（裘璉）

《鑒湖隱》雜劇，《明翠湖亭四韻事》第三種，現存康熙間絳雲居原刻本，《清人雜劇初集》據以影印。另有清姚燮《今樂府選》稿本第三四冊選錄本。

### 鑒湖隱小敍

裘璉

富貴之迷人，浸淫於不自覺，而其既且至於欲罷不能。《易》曰：『哲人見幾。』夫子曰：『舍之則藏。』蓋難之也。賀知章，可謂有道士矣。迹其本傳，夢游帝居，竇珠易餅，皆不足信，予獨因其未老乞休而傳之。雖然，彼不挂冠於開元之日，而獨拂衣於天寶之初，非有先幾之哲者不能。

玄宗寵之，餞其行邁，贈以詩篇，且賜之鑒湖二頃，廷臣應制百餘篇。嗚呼！可謂盛矣。世之隱者多有，達而隱者難之；達而隱者多有，隱而見榮於君相，見稱於天下後世者難之。知章可謂有道士矣。嗚呼！予亦四明客也，遇與否，各有其時，乃獨覽其軼事，著爲傳奇，倘亦慨然而興起者乎？

（同上《鑒湖隱》卷首）

## 旗亭館（裘璉）

《旗亭館》雜劇，《明翠湖亭四韻事》第四種，現存康熙間絳雲居原刻本，《清人雜劇初集》據以影印。另有清姚燮《今樂府選》稿本第三四册選録本。

### 旗亭館小敍

裘　璉

古今風流韻事，有其人已往，讀其書，如親見其事，且不覺身入其中者，往往而有，未有如三詩人旗亭飲雪之韻之甚者也。夫人之才名，動公卿易，動愚夫匹婦難。今使伶官妓女之輩，乃心嚮往之，歌而見，見而拜，拜而願飲其酒，緇衣之好，不過是已。所可慨者，三人之中，唯達夫官差顯，稱善終；二王者，皆淪落不偶，又何其動優伶反易，而動王侯顧難哉？點綴雙鬟，雖莫須有，亦想當然。覽是編者，誰爲今之雙鬟也哉？

（同上《旗亭館》卷首）

## 女崑崙（裘璉）

《女崑崙》傳奇，一名《畫圖圓》，又名《乾坤鏡》，《今樂考證》著錄，現存是亦軒舊鈔本，題《玉湖樓傳奇第六種女崑崙》，《古本戲曲叢刊五集》據以影印。

### （女崑崙）自敍〔一〕

裘璉

古今賢相之多，無如北宋盛時，自熙豐以至南渡，姦相亦莫夥焉，是豈循環之理然哉？似道以窮奇饕餮之資，當兵尫財罄之候，日蹙百里，以至於亡，無足怪。然其柄也，舉朝縉紳不能言，而太學兩生葉李、蕭規廷劾之；其斥也，拇后、杜君不能戮，而鄭虎臣以一匹夫，爲天下擊死之。是豈非綱淪法斁，而庶人下議，太阿倒持者耶①？乘桴以寓②首陽，勤王以寓信越，梅貞隱義以寓衣冠不若巾幗，信矣！嗟嘆之不足，故詠歌之者也。至若女俠③登仙，流亞紅線；定昏高麗，差勝邯鄲；日本入援，不如諸夏之亡。定、哀之間多微詞，覽者或能得其意旨④之所存。庶以⑤銅將軍鐵綽板按之，勿作十四五女子歌『楊柳樓頭』、『曉風殘月』觀也可。

時康熙丙辰冬十一月，横山廢莪子裘璉書於玉湖樓。

（《古本戲曲叢刊五集》影印是亦軒舊鈔本《玉湖樓第六種傳奇女崑崙》卷首）

【校】

①而庶人下議太阿倒持者耶，《慈谿横山裘氏宗譜》本《女崑崙傳奇自序》作『而太阿倒持庶人横議者乎』。

②以寓，《女崑崙傳奇自序》作『一寓』。

③俠，《女崑崙傳奇自序》作『使』。

④旨，《女崑崙傳奇自序》無。

⑤以，《女崑崙傳奇自序》作『一』。

【箋】

〔一〕此序又見清宣統元年重修、敦睦堂刻本《慈谿横山裘氏宗譜》卷二〇，題《女崑崙傳奇自序》。

## 女崑崙題識〔一〕

裘姚崇〔二〕

家横山太史，工詞曲。生平所著《四韻事》外，無慮十數種。而後嗣式微，散逸者多。《醉書箴》相傳留於杭，余家藏有《萬壽昇平樂府》原稿。其餘若《繡當爐》、《五夜鐘》、《蓬萊夢》、《銀河桌》，久矣爲廣陵散矣。是本爲茂才姚子芝峯（之韶）所購藏。芝峯，余季弟景宗（余兄弟四人，大弟碩宗，二弟行宗，景宗爲最少。）内兄也，余故得借而録焉。嗟乎！珠還合浦，行當待賈而沽，懸之國門可也，敢復祕之枕中乎！

（《北京圖書館藏珍本年譜叢刊》第八六册影印清道光十九年活字本裘姚崇編《慈谿裘蔗村太史年譜》，北京圖書館出版社，一九九九）

【箋】

〔一〕底本無題名。裘姚崇《慈谿裘蔗村太史年譜》『康熙十五年丙辰』條下云：『道光癸未，余得《女崑崙》傳奇，録存於家，志數語於前，附後。』按『道光癸未』，道光三年（一八二三）。

〔二〕裘姚崇（一七八九—一八三九後）：慈谿（今屬浙江）人。編《慈谿裘蔗村太史年譜》、《横山詩文集》，纂修《慈谿横山裘氏宗譜》十三卷。

## 五夜鐘（裘璉）

《五夜鐘》，雜劇集，《慈谿縣志·藝文志》著録，已佚。由五部短劇組成。

### 五夜鐘傳奇序

曹章〔一〕

今世填辭家多矣，予謂事不切於綱常，不可以訓世；語不抒於性靈，不可以垂後。何則？

聲音之道，最易感人，惟能法其善心，懲其逸致，如《詩》三百篇，『無邪』一言可蔽者，斯爲貴耳。唐世梨園樂府、教坊法部，亦云繁矣，然皆承六朝之餘習而過於靡麗。自元及明，雜劇盛行，皆好爲新奇，荒唐不稽。間有一二醒世者，其詞又鄙俚不堪。此曲學之所以不可傳也。

慈水裘殷玉，博學君子也。詩賦文章，夙普海内，與從子可久爲莫逆交。今秋拏舟過廬相訪，出《五夜鐘》一篇示余，發人所未發，言人所不言。事切於綱常而不泛，語抒於性靈而不支，其可以訓世垂後無疑。是故讀《凝碧池》而不憤激者，其人必不忠；誦《廢蓼莪》而不哀惻者，其人必不孝；詠《棠棣之華》而不友愛者，其人必不弟。以至雙持節之束髮廿載，非完貞乎？隱程嬰之藏兒萬里，非全義乎？慨世之人沉酣於閨房之豔曲，蠱惑於傷俗之麗辭，如聚瞶聾懵然，惘覺可悲也。自此編一出，五夜聞鐘，夢者呼之使醒，寐者促之使覺，忠孝節義之正途昭然若揭。吾是以知其必傳也。

想其剪燭西窗，捉管吟詠時，筆能生花，燭亦交輝，豈不大快！所悒悒者，文長《四聲猿》得中郎而傳播於天下，《五夜鐘》之妙不亞文長，尚藏諸笥篋而不得付之棗梨，豈世無中郎其人者乎？胡知音者之寥寥！然其文具在，紙貴洛陽，必有日矣。

（同上《慈谿裘蔗村太史年譜》，北京圖書館出版社，一九九九）

【箋】

〔一〕曹章（一六三四—一六九八）：字雲鵬，號闇齋，室名觀瀾堂，上虞（今屬浙江）人。屢試不第，周遊四方。著有《觀瀾堂文集》、《詩集》。傳見光緒《上虞縣志校續》卷一一。

## 附　索序五夜鐘傳奇啓

裘　璉

傳奇二種，奉上一觀。花底填詞，夙負蘇、黄之癖；樽前度曲，慚非金石之歌。借樂府以明倫，晨鐘醒世；倩梨園而懲惡，俠劍驚人。天池《四聲》罵座，但才人之習；《粲花五種》當筵，徒子夜之歡。自信拙詞，頗關名教。久藏蠹篋，肯失顧於周郎；幸免污醅，益感深於鮑子。並懇鴻章，用光小技。公諸同好，若中郎之表青藤；貽厥後來，羡幼女之高黄絹矣。

（寧波檔案館藏清宣統元年重修、敦睦堂刻版《慈谿横山裘氏宗譜》卷二〇）

## 萬壽無疆昇平樂府（裘璉）

《萬壽無疆昇平樂府》，一名《萬壽昇平樂府》，《慈谿縣志·藝文志》著録。現存舊鈔本，《綏中吴氏藏鈔本稿本戲曲叢刊》第一册據以影印。

### 萬壽無疆昇平樂府序

闕　名

《萬壽昇平樂府》，康熙壬辰歲，先生過當湖，訪高編修巽亭時所作也〔一〕。編修具摺進呈，先生名由是得上達。癸巳〔二〕，聖祖避暑熱河，問編修曰：『汝去年所進樂府，此人在京否？』編修以在浙對，遂令人促先生入都。甲午〔三〕，遂魁北闈。榜進呈，聖祖喜曰：『裘璉中矣。』乙未成進士〔四〕，殿試三甲第一名，欽賜傳臚，授檢討，時年已七十二矣。先生有《恭紀聖恩錄》〔五〕，眞非常異數也。

（《綏中吳氏藏鈔本稿本戲曲叢刊》第一冊據舊鈔本影印）

## 【箋】

〔一〕高巽亭：即高輿，原名元受，字巽亭，號青璧，錢塘（今浙江杭州）人。高士奇（一六四五—一七〇三）長子。清康熙三十九年庚辰（一七〇〇）進士，選庶吉士，散館授編修。奉旨校刊《佩文齋詠物詩選》、《淵鑒類函》。著有《谷蘭齋集》。傳見《詞林輯略》卷五、光緒《平湖縣志》卷一六等。裘姚崇《慈谿裘蔗村太史年譜》『康熙五十一年壬辰』條載：『夏，過當湖，下榻高巽亭公家，序高公詩全集。因明年上六旬萬壽，公命作《萬壽昇平樂府》，二月告竣。冬，高公兩次專摺進呈，上閱之大喜，命近侍記名。』

〔二〕癸巳：康熙五十二年（一七一三）。

〔三〕甲午：康熙五十三年（一七一四）。

〔四〕乙未：康熙五十四年（一七一五）。

〔五〕《恭紀聖恩錄》：見裘姚崇《慈谿裘蔗村太史年譜》『康熙五十四年乙未』條附。中云：『（《萬壽昇平樂府》）事托仙佛之蹤，曲借梨園之口。分齣十有二，其事皆實而不虛，其文皆稱頌天子功德。登三咸五，無非頌禱稱願之辭。當場演者，梵天商釋，仙女神人，以及珍禽異獸，瑤草琪花，幻而不詭，亦豔亦香。』

# 雙叩閽（張蘩）

張蘩（一六四四—一七二二），字采于，號衡棲，別署衡棲老人、衡棲老婦，長洲（今江蘇蘇州）人。諸生吳士安室。著有《衡棲詞》。尤侗（一六一八—一七〇四）《百末詞》有《竹影搖紅·題女士張采于衡棲集，和來韻》詞。胡孝思《本朝名媛詩鈔》卷四錄張蘩《錄詩呈尤悔庵並謝新詞》（乾隆三十一年淩雲閣刻本），當爲回復致謝。參見杜穎陶《記玉霜簃所藏鈔本戲曲》（《劇學月刊》一九三三年第四期）、鄧長風《十位清代蘇州戲曲家生平考略·張蘩》（《明清戲曲家考略續編》）、譚尋《新發現的三位清代戲曲女作家·張蘩》（《戲曲研究》第六五輯，文化藝術出版社，二〇〇四）。

撰戲曲《雙叩閽》、《才星現》、《醒蒲團》等。《雙叩閽》傳奇，《明清傳奇綜錄》著錄，現存程硯秋藏稿本（《程硯秋玉霜簃珍藏稿鈔本戲曲集刊》第三六冊、《古本戲曲叢刊六集》據以影印）、清寧府鈔本。

## 《雙叩閽》小序

張蘩

憶余於丙戌秋應徵北上〔一〕，設帳於王府。館課之暇，奉內主命，草撰雜劇幾種，悉授家優演習。竊念素不解音律，恐終未能合腔叶調耳。

今春，有姻親授余以馮氏伉儷叩閽情節，大聳耳目，屬余爲劇以志之。然當事者則欲述其眞實，以顯厥志；操管者或稍避嫌於涉世，故易其朝代、更其姓氏而隱括焉。其中或前後開合處，較眞事稍有舛錯，一則顧辭理之浹洽，一則祈觀場之悦目，且習演者限於脚色，必花派均匀，庶能各盡其長。噫嘻！戲者，戲而已矣。閱斯劇者，當會斯意，或不罪作者之妄臆也。

辛卯端午月〔二〕，題於錦帆涇書館〔三〕，衡棲老人自序。

（《古本戲曲叢刊六集》影印稿本《雙叩閽》卷首）

【箋】

〔一〕丙戌：康熙四十五年（一七〇六）。

〔二〕辛卯：康熙五十年（一七一一）。

〔三〕程硯秋藏鈔本題署之後有印章三枚：『王宫女傅』、『張藥』、『采于』。（據譚尋《新發現的三位清代戲曲女作家·張蘩》，《戲曲研究》第六五輯。）

## 鬧高唐（洪昇）

洪昇（一六四五—一七〇四），字昉思，號稗畦、稗邨，别署南屏樵者，錢塘（今浙江杭州）人。康熙七年（一六六八），入京爲國子監生。二十八年，因國忌日演《長生殿》傳奇，斥革受辱。晚年居家，愈益潦倒。四十三年，出游江寧，歸途過烏鎮，失足墮水而歿。著有《嘯月樓集》、《稗畦

集》、《稗畦續集》。撰雜劇四種，總名《四嬋娟》。傳奇九種，僅存《長生殿》、《錦繡圖》。傳見《清史列傳》卷七一。參見章培恒《洪昇年譜》（上海古籍出版社，一九七九）、曾永義《清洪昉思先生昇年譜》（臺北商務印書館，一九八一）。

《鬧高唐》傳奇，《曲海總目提要》卷二三、《今樂考證》並見著録，今無傳本。

## （鬧高唐）自序〔一〕

洪　昇

觀柴進，則當思所以擇交；觀李逵，則當思所以懲忿；觀藺仁，則當思所以報恩；觀宋江等，則當思所以反邪歸正。觀殷天錫，而知勢力之不足倚；觀高廉，而知妖術之不可恃；觀高俅，而知權姦之誤人國家；觀羅眞人、公孫勝，而知紛爭擾攘之中，未嘗無遺世獨立之人也……文官如柴進，則不愛金錢；武官如李逵，則不惜死。

（一九五九年人民文學出版社排印本《曲海總目提要》卷二三）

【箋】

〔一〕蔣瑞藻《小説考證》卷六引《見山樓叢録》，亦引此《自序》片段，文字同。

# 長生殿（洪昇）

《長生殿》傳奇，《曲海目》著録，現存康熙間稗畦草堂原刻本（《古本戲曲叢刊五集》據以影印）、清五柳居刻本、乾隆十五年庚午（一七五〇）沈文彩鈔本、乾隆間内府鈔本、乾隆五十四年（一七八九）吟香堂刻本、嘉慶十九年（一八一四）静深書屋重刻本、小鄉嬛仙館校刊巾箱本、道光十五年乙未（一八三五）書有堂重刻袖珍本、文業堂刻袖珍本、同治辛酉（一八六一）羣玉山房重刻巾箱本、同治九年（一八七〇）玉芾齋鈔本、清刻欣賞齋藏板袖珍本、光緒元年（一八七五）滬城李鍾元重刻本、光緒十六年庚寅上海文瑞樓刻本、清同人堂刻本、光緒三十四年（一九〇八）上海羣益社鉛印本、民國八年（一九一九）貴池劉世珩《暖紅室彙刻傳劇》本、民國八年上海掃葉山房石印本等。

## （長生殿傳奇）自序〔一〕

洪　昇

余覽白樂天《長恨歌》及元人《秋雨梧桐》劇，輒作數日惡。南曲《驚鴻》一記，未免涉穢。從來傳奇家，非言情之文，不能擅場。而近乃子虚烏有，動寫情詞贈答，數見不鮮，兼乖典則。因斷章取義，借天寶遺事，綴成此劇。凡史家穢語，概削不書，非曰匿瑕，亦要諸詩人忠厚之旨云爾。

然而樂極哀來，垂戒來世，意即寓焉。且古今來逞侈心而窮人欲，禍敗隨之，未有不悔者也。玉環傾國，卒至隕身，死而有知，情悔何極！苟非怨艾之深，尚何證仙之與有？孔子删書而録《秦誓》，嘉其敗而能悔，殆若是歟？第曲終難於奏雅，稍借月宫足成之。要之廣寒聽曲之時，即遊仙上升之日。雙星作合，生忉利天，情緣總歸虚幻。清夜聞鐘，夫亦可以蘧然夢覺矣。

康熙己未仲秋，稗畦洪昇題於孤嶼草堂。

【箋】

〔一〕此文或原爲《舞霓裳序》。章培恒《洪昇年譜》「康熙十八年己未」條注〔二〇〕云：「考《沉香亭》作於癸丑，改《舞霓裳》爲《長生殿》在康熙二十七年戊辰……則己未所作序，蓋爲序《舞霓裳》者；後改爲《長生殿》，序仍沿用未改。」

## （長生殿傳奇）例言

洪昇

憶與嚴十定隅坐皋園〔一〕，談及開元天寶間事。偶感李白之遇，作《沉香亭》傳奇。尋客燕臺，亡友毛玉斯謂排場近熟〔二〕，因去李白，入李泌輔肅宗中興，更名《舞霓裳》，優伶皆久習之。後又念情之所鍾，在帝王家罕有，馬嵬之變，已違夙誓；而唐人有玉妃歸蓬萊仙院、明皇遊月宫之説，因合用之，專寫釵合情緣，以《長生殿》題名。諸同人頗賞之，樂人請是本演習，遂傳於時。蓋經十餘年，三易稿而始成，予可謂樂此不疲矣。

史載楊妃多汙亂事。予撰此劇，止按白居易《長恨歌》、陳鴻《長恨歌傳》爲之。而中間點染處，多采《天寶遺事》、《楊妃全傳》。若一涉穢迹，恐妨風教，絶不闌入，覽者有以知予之志也。今載《長恨歌傳》，以表所由。其《楊妃本傳》、《外傳》及《天寶遺事》諸書，既不便删削，故概置不錄焉。

棠村相國嘗稱予是劇乃『一部鬧熱《牡丹亭》』〔三〕，世以爲知言。予自惟文采不逮臨川，而恪守韻調，罔敢少有踰越。蓋姑蘇徐靈昭氏〔四〕，爲今之周郎，嘗論撰《九宫新譜》，予與之審音協律，無一字不慎也。

曩作《鬧高唐》、《孝節坊》諸劇，皆友人吴子舒鳧爲予評點〔五〕。今《長生殿》行世，伶人苦於繁長難演，竟爲傖輩妄加節改，關目都廢。吴子憤之，效《墨憨十四種》，更定二十八折，而以虢國、梅妃别爲饒戲兩劇，確當不易。且全本得其論文，發予意所涵藴者實多。分兩日唱演，殊快。取簡便，當覓吴本教習，勿爲傖誤可耳。

是書義取崇雅，情在寫眞。近唱演家改换，有必不可從者。如增虢國承寵、楊妃忿爭一段，作三家村婦醜態，既失藴藉，尤不耐觀。其《哭像》折，以『哭』題名，如禮之凶奠，非吉祭也。今滿場皆用紅衣，則情事乖違，不但明皇鍾情不能寫出，而阿監、宫娥泣涕，皆不稱矣。至於《舞盤》及末折演舞，原名《霓裳羽衣》，只須白襖紅裙，便自當行本色。細繹曲中舞節，當一二自具。今有《貴妃舞盤》，學《浣紗》舞，而末折仙女或舞燈、舞汗巾者，俱屬荒唐，全無是處。

洪昇昉思父識。

（以上均《古本戲曲叢刊五集》影印康熙間稗畦草堂原刻本《長生殿傳奇》卷首）

【箋】

〔一〕嚴十定隅：　即嚴曾榘（一六五七—？），字定隅，餘杭（今屬浙江）人。清戶部侍郎嚴沆（一六一七—一六七八）五子，兵部右侍郎嚴曾榘（一六三九—一七〇〇）弟。入太學，考授州同，以父喪返故居。屢試不利，遂絕意仕進。工詩，著有《雨堂詩集》等。傳見嘉慶《餘杭縣志》卷二七。皋園：　嚴沆家園林。《東城雜記》卷上：『皋園在城東隅清泰門稍北，少司農嚴灝亭（沆）所築。』《洪昇年譜》記此事於清康熙十二年癸丑（一六七三）。

〔二〕毛玉斯（？—一六八八前）：　字號、籍里、生平均未詳。工詞曲，淪落不偶。洪昇《嘯月樓集》卷二有《與毛玉斯》詩，作於康熙七年（一六六八）。沈謙《東江集鈔》卷三有《贈毛玉斯》詩、《念奴嬌·用彭羨門韻留別毛玉斯》，卷四有《那吒令·讀昉思贈毛玉斯曲戲作》。參見章培恒《洪昇年譜》頁八三。

〔三〕棠村相國：　即梁清標（一六二二—一六九一），字玉立，一字蒼巖，號蕉林、棠村，別署蕉林居士、冶溪漁隱、蒼巖子、蒼樵子，室名悠然齋、蕉林書屋、秋碧堂，直隸眞定（今河北正定）人。明崇禎十六年癸未（一六四三）進士，官庶吉士。清順治元年（一六四四）降清，仍原官，尋授編修。累遷至禮、兵、刑、戶各部尚書。康熙二十七年（一六八八），擢保和殿大學士。著有《蕉林文集》、《蕉林詩集》、《棠村詞》、《棠村隨筆》等。傳見李澄中《白雲村文集》卷三《墓志銘》、《清史列傳》卷七九、《大清畿輔先哲傳》卷一、《貳臣傳》卷一一、《顏氏家藏尺牘姓氏考》、《昭代名人尺牘小傳》卷二、《皇清書史》卷一七等。

〔四〕姑蘇徐靈昭氏：　即徐麟，字靈昭，長洲（今江蘇蘇州）人。旅居北京。曾論撰《九宮新譜》，爲《長生殿傳奇》審音協律及批點。

〔五〕吴子舒鳧：即吴人（一六四七—？），一名儀一，字舒鳧。

## 長生殿序〔一〕

吴人

南北曲之工者，莫如《西廂》、《琵琶》矣。世既目《西廂》爲淫書，而《堯山堂雜紀》又謂《琵琶》寓刺王四，不花，重誣蔡氏，此皆忮刻之論。夫則誠感劉後村詩『死後是非誰管得，滿村爭唱蔡中郎』而作，牛、趙名氏，自宋人彈詞已然，豈高臆造哉！

予友洪子昉思工詩，以其餘波填南北曲詞，樂人爭唱之。近客長安，采摭《天寶遺事》，編《長生殿》戲本，芟其穢嫚，增益仙緣，亦本白居易、陳鴻《長恨歌傳》，非臆爲之也。元劇如《漢宫秋》、《梧桐雨》，多寫天子鍾情，而南曲絕少，每以閨秀秀才，剿説不已。閒及宫闈，類如韓夫人、小宋事。數百年來，歌筵舞席間，戴冕披衮，風流歇絕。伶玄序《飛燕外傳》云：『淫於色，非慧男子不至也。』漢以後，竹葉羊車，帝非才子；《後庭》、《玉樹》，美人不專。兩擅者，其惟明皇、貴妃乎？傾國而復平，尤非晉、陳可比。稗畦取而演之，爲詞場一新耳目。其詞之工，與《西廂》、《琵琶》相掩映矣。

昔則誠居櫟社沈氏樓，清夜按歌，几上蠟炬二枝，光忽交合，因名樓曰『瑞光』。明太祖嘗稱《琵琶記》『如珍玉百味，富貴家不可闕』。然則誠以『不尋宫數調』自解，韻每混通，遺誤來學。昉思句精字研，罔不諧叶。愛文者喜其詞，知音者賞其律，以是傳聞益遠。畜家樂者，攢筆競寫，轉相教習，優伶能是，升價什伯。他友遊西川，數見演此，北邊南越可知已。是劇雖傳情豔，而其間本之溫厚，不忘勸懲。或未深窺厥旨，疑其誨淫，忌口騰説，余故於暇日評論之，並爲之序。

同里弟吳人舒鳧題。

【箋】

〔一〕此文較早見於清康熙間稗畦草堂刻本《長生殿》卷首（日本東京大學東洋文化研究所等藏）。《古本戲曲叢刊五集》影印本無此文。

## 長生殿序〔一〕

徐麟

元人多詠馬嵬事，自丹丘先生《開元遺事》外，其餘編入院本者，毋慮十數家，而白仁甫《梧桐雨》劇最著。迄明，則有《驚鴻》、《綵毫》二記。《驚鴻》，不知何人所作，詞不雅馴，僅足供優孟衣冠耳。《綵毫》乃屠赤水筆，其詞塗金繢碧，求一眞語、雋語、快語、本色語，終卷不可得也。

稗畦洪先生，以詩鳴長安，交遊燕集，每白眼踞坐，指古摘今，無不心折。又好爲金元人曲子，嘗作《舞霓裳》傳奇，盡删太眞穢事，余愛其深得風人之旨。歲戊辰〔二〕，先生重取而更定之，或用虛筆，或用反筆，或用側筆、閒筆，錯落出之，以寫兩人生死深情，各極其致，易名曰《長生殿》。一時朱門綺席，酒社歌樓，非此曲不奏，纏頭爲之增價。若夫措詞協律，精嚴變化，有未易窺測者。

自古作者大難，賞音亦復不易。試雜此劇於元人之間，眞可並駕仁甫，俯視赤水，彼《驚鴻》者流，又烏足云。

長洲同學弟徐麟靈昭題。

（以上均民國八年貴池劉世珩《暖紅室彙刻傳劇》第二十八種《長生殿》卷首）

【箋】

〔一〕此文較早見於清康熙間稗畦草堂刻本《長生殿》卷首（日本東京大學東洋文化研究所等藏）。《古本戲曲叢刊五集》無此文。

〔二〕歲戊辰：清康熙二十七年（一六八八）。

## 長生殿序〔一〕

汪　熷〔二〕

曾聞秋士最易興悲，況說傾城由來多怨。青天恨滿，已無尋樂之區；碧海淚深，孰是寄愁之所？所以鄭生馬上，詩紀津陽；白傅筵中，歌傳《長恨》。踵爲塡詞，良有以也。逮余泛覽天寶之事，流連祕殿之盟。見夫元人雜劇，多演太眞；明代傳奇，亦登阿犖。而或緣情之作，聊資子野清歌；累德之辭，間雜溫公穢語。春華秋實，未可相兼；樂旨潘辭，尤難互濟。

今讀稗畦先生《長生殿》院本，事與曩符，意隨義異。聲傳水際，淵魚聽而聳鱗；響遏雲端，皋禽聞而振羽。曲調之工，疇能方駕。至所載釵合定情之後，羽霓奏曲之時。夢雨臺邊，朝朝蔿枕；避風殿上，夜夜留裙。氏妁參媒，笑匏瓜之無匹；可離獨活，羨連理之交榮。今古情緣，非兹誰屬？

或謂虛後宮而故劍是求，得遺世而傾國不惜。豈有他生未上，旋嘆芝焚；此世難期，忍看玉碎？得無小過，取笑雙星。不知塵坌入而時異處堂，宗社危而勢難完璧。徐、溫之刃，已漸及於楊庭；鬻拳之兵，行將淩於楚子。此而隱忍，不幾覆后稷之宗；若更依回，將且致夫差之踣。權衡常變，夫豈渝盟；審察機宜，乃爲善後。推斯意也，知其黄土之封，榮於金屋；白楊之覆，等於碧城。

然吾於此，竊有慨焉。設使包胥告急，依牆之計不行；燭武如秦，圍城之師未解。則是珠襦玉匣，安能對香佩以傷心；碧水青山，何止聽淋鈴而出涕。就令乘輿無恙，南内深居，而天孫無補恨之方，方士乏返魂之術，亦祇弔盛姬於泉下，何由效叔寶於臺邊？千古悲涼，何堪勝道！

即如班姬失寵，感團扇之微風；陳后辭恩，望長門之明月。許婕妤不平之曲，淚澀朱弦；衛莊姜太息之言，心憂黄裏。他若明妃毳帳，侯媛錦囊，或遼落於江南，或飄零乎塞北，啜其泣矣，傷如之何？兹乃補媧皇之石，賴有蜀箋；填精衛之波，幸存江筆。繁絃哀玉，適足寫其綢繆；短拍長歌，亦正形其怨咽。

嗟乎！《鄭》、《衛》豈導淫之作，楚《騷》非變雅之音。是以歸荑贈芍，每托諭於美人；扈茝滋蘭，原寄情於君父。而孔公正樂，不盡刪除；屈子《抽思》，並存比興。猶之子虚烏有，未嘗實有其人；迴雪淩波，要亦絕無是事。於是循環寶帙，似屬寓言；倡歎雕章，無非雅則。馬、鄭、王、白之外，饒有淵源；施、高、湯、沈之間，相推甲乙。使逢季札，定觀止而無譏；若遇周郎，亦低徊而罔顧。故知羣推作者，洵爲唐帝功臣；事竟硜然，恐是玉妃說客。

同里門人汪熷拜識。

（《古本戲曲叢刊五集》影印清康熙間稗畦草堂原刻本《長生殿》卷首）

**【箋】**

〔一〕底本無題名，據版心所題補。

〔二〕汪熷（一六五六—一七一五）：字次顔，錢塘（今屬浙江杭州）人。洪昇門人，好爲移宫刻羽之學。有《倚樓》、《病已》諸集。傳見《國朝杭郡詩續輯》卷七。章培恒《洪昇年譜》認爲此文作於康熙三十四年乙亥（一六九五），《長生殿》授梓於是年。

## 長生殿識語〔一〕

初僧〔二〕

此曲本初演時，關繫康熙中一段文人公案。初刊本尤罕，非他傳奇比也，故亟取之。

初僧。

（同上《長生殿》卷首目錄後）

【箋】

〔一〕底本無題名。

〔二〕初僧：姓名、籍里、生平均未詳。

## 長生殿序〔一〕

尤侗

自唐樂史作《楊貴妃傳》，陳鴻更爲《長恨傳》，香山衍而歌之，從此詩人公然播諸樂府，以視武媚娘、桑條韋，殆有甚焉。金元雜劇，有白仁甫《梧桐雨》、庾吉甫《霓裳怨》、岳百川《夢斷楊貴妃》三種，考其絃索，亦寥寥矣。

錢塘洪子昉思，素以塡詞擅場。流寓青門，嘗取《開元天寶遺事》，譜成院本，名《長生殿》。一時梨園子弟，傳相搬演，關目既巧，裝飾復新，觀者堵牆，莫不俯仰稱善。亡何，以違例宴客，爲臺司所糾。天子薄其罪，僅褫國子生①以去。自後長安道上，遂無唱此齣者②。

洪子既歸，放浪西湖之上。吳越好事，聞而慕之，重合伶倫，醵錢請觀焉。洪子狂態復發，解衣箕踞，縱飲如故。噫嘻！昔康對山罷官泚東，自彈琵琶，令青衣歌小令侑酒，彼曲子相公薄太史不爲，況措大前程，寧足惜乎！

若以本事言之，古來宮闈恩愛，無有過於玉奴者。華清賜浴，廣寒教舞，一騎荔枝香，固爲風流佳話。至七月七夕，感牛女事，私誓『生生世世，願爲夫婦』，則君王臣妾，得未曾有者。既而興慶樓前，秋風飛雁；馬嵬坡下，夜雨淋鈴。宛轉蛾眉，傷心千古。洎夫方士招魂，九華驚夢，金釵鈿盒，重話三生，比翼連枝，天長地久，其與漢家天子，是耶非耶，迥不侔矣。計其離合姻緣，備極人生哀樂之至。今得洪子一筆揮寫，妙絕淋漓。假使妃子有靈，生既遇太白於前，死復逅昉思於後，兩人知己，可不恨矣。安知不酌葡萄，斂繡巾，笑領歌意，爲《清平調》之續乎？

乃洪子持此傳奇，要予題跋。予八十老人③，久不作狡獪伎倆，兼之阿堵昏花，坐難卜夜，雖使䰄④姬踏筵，亦未見其『羅袖動香香不已』也。聊酬數語，以代周郎一顧而已⑤。

（清康熙間刻本《西堂全集·西堂餘集·艮齋倦稿文集》卷一四）

【校】

①國子生，《暖紅室彙刻傳劇》本作『弟子員』。

②『自後長安道上遂無唱此齣者』十二字，《暖紅室彙刻傳劇》本無。

③人，《暖紅室彙刻傳劇》本作『翁』。

④䰄，《暖紅室彙刻傳劇》本作『妖』。

⑤《暖紅室彙刻傳劇》本文末有題署『西堂老人尤侗書於亦園之揖青亭』。

【箋】

〔一〕民國八年（一九一九）貴池劉世珩《暖紅室彙刻傳劇》第二十八種《長生殿》卷首有此文。文中云『予八十老人』，則此文當作於清康熙三十六年（一六九七）。

# 長生殿院本序〔一〕

毛奇齡

才人不得志於時，所至詘抑，往往借鼓子調笑，爲放遣之音。原其初，本不過自攄其性情，並未嘗怨尤於人。而人之嫉之者，目爲不平，或反因其詞而加詘抑焉。然而其詞則往往藉之以傳。洪君昉思好爲詞，以四門弟子，遨遊京師。初爲西蜀吟，既而爲大晟樂府，又既而爲金元間人曲子，自散套、雜劇以至院本，每用之作長安往來歌詠酬贈之具。嘗以不得事父母，作《天涯淚》劇〔二〕，以寓其思親之旨。予方哀其志而爲之序之。

暨予出國門，相傳應莊親王世子之請〔三〕，取唐人《長恨歌》事，作《長生殿》院本，一時勾欄多演之。越一年，有言日下新聞者，謂長安邸第，每以演《長生殿》曲①，爲見者所惡。會國恤止樂，其在京朝官，大紅小紅已浹日，而纖練未除，言官謂遏密讀曲大不敬。賴聖明寬之，第褫其四門之員，而不予以罪。然而京朝諸官，則從此有罷去者。或曰：『牛生《周秦行紀②》，其自取也。』或曰：『滄浪無過，惡子美，意不在子美也。』

今其事又六七年矣。康熙乙亥，余醫痺杭州，遇昉思於錢湖之濱。道無恙外，即出其院本，固請予序。

曰：予敢序哉？雖然，在聖明固宥之矣。予少時選越人詩，而越人惡之，訟予於官。捕者執器就予家，捆予所爲詩，爨毁之。姜黄門贈予序曰〔四〕：『膏以明自煎，所煎者固在膏也；然而象有齒以焚其身，未聞並其齒而盡焚之也。』昉思之齒未焚矣。

唐人好小説，爭爲烏有，而史官無學，率摭而入之正史。獨是詞不然，誣罔穢褻，概屏之而勿之及，與世之所爲淫詞豔曲者，大不相類。惟是世好新聞，因其詞以及其事，亦遂因其事而並求其詞，則其詞③雖幸存，而或妍或否，任人好惡，予又安得而豫爲定之④？

（《清代詩文集彙編》第八七冊影印清康熙間刻書留草堂藏版《西河合集·西河文集·序》卷二四）

【校】

①曲，《暖紅室彙刻傳劇》本無。

②紀，底本無，據《暖紅室彙刻傳劇》本補。

③『則其詞』三字，《暖紅室彙刻傳劇》本無。

④《暖紅室彙刻傳劇》本文末有題署『蕭山毛奇齡題』。

【箋】

〔一〕此文又見民國八年（一九一九）劉世珩《暖紅室彙刻傳劇》第二十八種《長生殿》卷首，題《長生殿序》。

〔二〕《天涯淚》劇：　未見著録，已佚。章培恒《洪昇年譜》『康熙二十四年乙丑（一六八五）』條，認爲此劇當作於此一二年間。

〔三〕莊親王世子：　清順治十二年（一六五五），博果鐸（一六五〇——一七二三）繼承其父和碩莊親王碩塞（一六二八—一六五四）爵位，改封號爲莊，稱莊親王。博果鐸無子嗣，過繼康熙帝十六子允祿（一六九五—一七六七），後襲莊親王爵。此處所稱『莊親王世子』，當非允祿，未詳何人。

〔四〕姜黄門：　即姜埰（一六〇八—一六七三），字如農，別署敬亭山人、宣州老兵、役叟，萊陽（今屬山東）人。明崇禎四年辛未（一六三一）進士，授密雲縣令，官至禮部儀制司主事。以彈劾權貴，被杖下獄，謫戍宣城衛。值甲申之變，不克往戍所。入清後，流寓蘇州，始終不忘戍所，臨終遺囑，命葬於宣城敬亭山麓。私謚貞毅先生。傳見魏禧《魏叔子文集》卷一七《傳》、吳肅公《街南文集》卷一六《墓志銘》、應撝謙《應潛齋集》卷九《傳》、《明史》卷二五八、黄容《明遺民録》卷三、《明遺民録》卷三〇、《明遺民所知録》、《國朝耆獻類徵初編》卷四七一、《小腆紀傳》卷五六、《漁洋山人感舊集》卷二、《前明忠義別傳》卷三〇等。參見姜埰《姜貞毅先生自著年譜》及姜安節、姜實節《府君貞毅先生年譜續編》（清康熙二十一年姜氏念祖堂刻本姜埰《敬亭集》卷首）。

## 長生殿序

朱　襄〔一〕

余於燕會之間，時聽唱《長生殿》樂府，蓋余友洪子昉思之所譜也。往至武林，過昉思，索其稿，僅得下半。後五年，爲康熙庚辰歲，夏六月，復至武林，乃索其上半讀之，而後驚詫其行文之妙。

竊惟黄帝命伶倫作爲律，而樂興焉。下逮春秋時，郊廟燕饗朝會，莫不用樂，其所歌者，類皆《三百篇》之詩。漢興，至孝武帝，始立樂府，采詩夜誦，有越代秦楚之謳，以李延年爲協律都尉，舉司馬相如等數十人，造爲詩篇，論律吕以合八音之調。六代三唐，亦多以樂府題爲詩。唐之末世，遂變爲詞。至金，則以詞編入小説家言。至元而盛，至明而益揚其流。凡燕會間，賓入大門而奏，卒爵而樂闋。奠酬而工升歌，歌者在上，匏竹在下，依然猶有先王之遺風焉。外此而弗用者，第郊廟而已。然論其文之工者，《西廂》、《琵琶》、《牡丹亭》而外，指不多屈。

昉思是編，凡三易稿乃成。故其文，字有意以立句，句有意以連章，章有意以成篇。篇而章，章而句，句而字，纍纍乎端如貫珠。故其音悠揚婉轉，而出於歌者之喉，聽者但知其妙，而不知其所以妙。夫不知其所以妙者，何也？以其不知行文之妙也。余因反之復之，諷詠徘徊，見其後者先者，反者正者，曲者直者，緩者急者，伏者見者，呼者應者，莫不合於先民之矩矱。

昉思懷才，不得志於時，胷中鬱結，不可告語，偶托於樂府，遂極其筆墨之致以自見。其文雖爲昉思之文，而其事實天寶之遺事，非若《西廂》、《琵琶》、《牡丹亭》者，皆子虚無是之流亞也。窺其自命之意，似不在實甫、則誠、臨川之列，當與相如詞賦，上追律吕聲氣之元，而獨樂府云乎哉！

是歲嘉平月，弟無錫朱襄序。

【箋】

〔一〕朱襄：字贊皇，號嘯園，無錫（今屬江蘇）人。諸生，布衣終生。嘗與里中呂莊頤、鮑景先等爲詩會，曰續碧山吟。康熙三十四年（一六九五）客京師，爲岳端（一六七〇—一七〇四）門客，序其《玉池生稿》。與孔尚任（一六四八—一七一八）等交。著有《易章》、《織字軒詩》（一名《一亭雲集》）、《漫與詩稿》等。傳見《國朝耆獻類徵初編》卷四二六、《皇清書史》卷四、乾隆《長洲縣志》卷二七、光緒《無錫金匱縣志》卷二二等。

## 長生殿序

朱彝尊〔一〕

元人雜劇中，輒喜演太真故事，如白仁甫之《幸月宮》、《梧桐雨》，庾吉甫之《華清宮霓裳怨》，關漢卿之《哭香囊》，李直夫之《念奴教樂》，岳百川之《夢斷貴妃》是也。或謂古人有作，當引避之，譬諸登黄鶴樓，豈可和崔顥詩乎？此大不然。善書者必草《蘭亭》，善畫者多仿《清明上河圖》，就其同，而不同乃見也。

錢塘洪子昉思，不得志於時，寄情詞曲。所作《長生殿》傳奇，三易稿而後付梨園演習，匪直曲律之精而已，其用意，一洗太真之穢，俾觀覽者祇信其爲神山仙子焉。方之元人，蓋不啻勝三十籌也。

秀水弟朱彝尊題〔二〕。

【箋】

〔一〕朱彝尊（一六二九—一七〇九）：字錫鬯，號竹垞，别署小長蘆釣魚師、金風亭長，秀水（今浙江嘉興）人。康熙十八年己未（一六七九），舉博學鴻詞，授翰林院檢討，入直南書房充講官。後以病歸里，潛心著述。編纂《明詩綜》、《詞綜》等。著有《經義考》、《日下舊聞》、《曝書亭集》、《曝書亭删餘詞》、《曝書亭詞拾遺》、《曝書亭外集》、《静志居詩話》等。傳見《清史稿》卷四八四、《清史列傳》卷七一、《碑傳集》卷四五、《國朝耆獻類徵初編》卷一一八、《國朝先正事略》卷三九、《文獻徵存録》卷二、《清代七百名人傳》、《南雷學案》卷八、《清儒學案小傳》卷

四、《清代樸學大師列傳》卷一九、《國史文苑傳稿》卷一、《己未詞科錄》卷二、《漁洋山人感舊集》卷一五等。參見楊謙《朱竹垞先生年譜》（木石居石印本《曝書亭集詩注》附）、張宗友《朱彝尊年譜》（鳳凰出版社，二〇一四）等。

〔二〕章培恆《洪昇年譜》「康熙四十一年壬午（一七〇二）」條，引《曝書亭集》卷二〇玄黓敦牂（壬午）《題洪上舍傳奇》詩：『十日黄梅雨未消，破窗殘燭影芭蕉。還君曲譜難終讀，莫付尊前沈阿翹。』認爲是年朱氏在杭州序與此詩當爲後先之作。

# 長生殿序

王廷謨〔一〕

余嘗自負能論文，外而仰觀於天，見天之時時能變也，而善爲文者，亦筆筆能變；內而俯察於心，見心之念念能轉也，而善爲文者，亦筆筆能轉。余是以知文章之妙，固出之於天，發之於心，不必仿步前人，錮其所法，障我性靈。而自爲之，則字字幻化，句句幻化，節節幻化，篇篇幻化，不可拘執，不可捉摸，縱横肆出，衝亙八隅，如驚雷，如掣電，如暴風，如疾雨，如烈日，如寒冰，如秋空之皎月，如幽谷之香蘭，如桃李之鋪於萬頃，如松柏之不彫於歲寒，如天馬之馭空，如仙子之獨步，如處女，如脱兔，如忠臣孝子之愁思，如鰥夫寡婦之嘆息，如幽人之于于，如烈士之矯矯，奇怪百出，難以形狀。略舉數則，不能盡之。

然每際名下士，與之抵掌掀髯，傾翻古今，論列是非，指摘可否，始而瞪目，既而豎眉，則叱我恨我，讓我罵我，掉臂疾去，都欲殺我，何哉？我則終日以思，終夜以泣，某某固名下士也，而何以出此言耶？必吾言之過也。遂反復檢聖人之言，以讀之終日，夜仰觀於天而問之，俯吾之靈明而心繼心以辨之，則翻然益信吾言之無過，而知名下士不識天與心也。嗚呼，哀哉！終日遊於天之下而不識天，終日馳於心之內而不識心，而執筆爲文，號於天下，曰『吾雄也、遷也、韓也、柳也、歐也、蘇也』，能不自反而問諸天，問諸心耶？嗚呼，哀哉！彼名下士，固同受教於冬烘先生者也。同受教於冬烘先生，則同是一冬烘之天、冬烘之心、冬烘之手、冬烘之筆，同爲冬烘之文，因而集天下之冬烘，同發冬烘之論，而共謀以殺夫違冬烘之言者，則安能與之敵也？

或者進余而問曰：『子論文而言天與心，麾斥名下士，殆何所據耶？然今日名下士之文，亦非可輕矣。吾嘗讀其文，有反有正，有呼有應，有迴有互，有承有轉，有收束有開拓，有段絡有辭華，子亦未可輕言也。』嗚呼，哀哉！此余之所以謂此爲冬烘也。舉世以此爲文，所以余謂世無文也。我不識何時何人作此反正等法，流至於今，而羣起而奔趨於內，爲其所縛，忘其所自，死守其法而不出耶？

天下至尊而可師者，莫若聖人。聖人曰：『吾法諸天，吾求之心。』以聖人而猶法天求心，而吾人獨何從乎？文章非細事也，所以明聖人之道也，明吾人之性也，明吾人之情也，而不法於天、求於心，得乎？蓋名下士衹知其爲文之法，而不知其法之所從出，故謂之冬烘也。能知天與心乃法之所從出，則自能生等等至百千萬億不可說、不可說之法，而豈若冬烘，不過一反正呼應數法而即已也哉！余之論文而必歸諸天與心者，蓋謂天與心不知其所從來，不知其所從去，亦不知其爲誰也。而能作斯天斯心，亦不知斯天斯心獨鍾於誰也，而能得其精。天時而動也，不知其動自何因，則時寒時暑，時暖時涼，時風時雨，時晦時明，時發萬物於春夏，時枯萬物於秋冬，若憎若愛，若棄若珍，難量難測，恍惚杳冥，日日能變，日日能新。心因觸而動也，可歌可泣，可悲可欣，可恨可怒，可憎可矜，可笑可哭，可信可憑，可以發千古之祕密，可以抉吾人之性情，能一往而不迴，能百折而不屈。靈忽莫定，出入無窮，視不可見，聽不可聞。杳然而出於天地之先，卽太始亦若出乎其後者也，同夫天亙萬古而不窮者也。蓋以其眞故也。惟世間之最眞者，莫如天與心。惟天與心爲最眞，故其動而觸也，爲人所不能測。惟善能文者，剖天抉心，自行所法，故其說亦爲人所不能測。是故文之眞也，能樸能茂，能肆能收，能微能顯，能精能粗，能雅能俗，能死能生，能奇能平，能直能曲，能衝能突，能紆能迴，能續能斷，能儉能華，能忽能常，能靈能頑，能戲能莊，能散能整，能有情能無情，能有心能無心，能幻化百千萬億形狀聲音。悲喜慨歎，憎愛恨怒，離奇夭矯，光怪堅深，孤潔寒儉，豐腴清勁，吞吐驚駭苦痛，大哭大笑，而莫可端倪，然亦並不知有若是之能，而行乎不得不行，止乎不得不止；亦若夫天與心之不測，而或者乃指其文曰：某處爲反，某處爲正，某處爲呼爲應，爲承爲轉，爲收拾爲開拓等等之法，學文者當以爲宗，不亦癡乎！不悟法之原，而自爲法，而拘於法，而失其原，此冬烘所以見悲於識者也，此余之所以爲據者也。故曰：『余嘗自負能論文。』

壬午夏〔二〕，洪子昉思自杭州來，持所作《長生殿》，擲余前，曰：『聞子能論文，能識我文乎?』余以爲是名下士也,置案頭三日,不翻閱。偶朝起,俟水洗面,呆立案左,隨手掀《定情》篇讀之,不覺神爲所攝。噫嘻,異哉!昉思爲誰也,而能是文耶?是文也,而竟出自昉思耶?急追次篇讀之,不自禁;又追其次之次讀之,至晝午遂盡上卷;又急追下卷讀之,不自知其拍案呼曰:昉思,其耐庵後身耶?實甫、臨川後身耶?殆玉環後身耶,抑明皇後身耶?何其聲音悲笑,畢肖其人耶?抑得乎天、得乎心,而幻化百千萬億不可測之境情,假此游戲人間耶?固超乎冬烘先生之法而自爲法者耶?雖然,何其多情也。多情而出於性,殆將有悟於道耶?然歡娛之詞少,悲哀之詞多,昉思其深情而將至忘情,以悟情之卽性卽道耶?噫嘻,異哉!此所謂心合乎天而發於眞者耶?世有昉思之文,則吾儕之眞能論文者,可無寂寞之憂,然不免冬烘先生之謀之殺也。昔卓吾云:『卽爲世人辱我罵我,打我殺我,終亦不忍吾文藏之深山,投之水火。』蓋其意欲公諸天下,而不忍文之眞種子斷絕於世,使後人無所依歸也。余於昉思之文亦然。

金陵王廷謨議將拜序。

【箋】

〔一〕王廷謨:字議將,金陵(今江蘇南京)人。生平未詳。

〔二〕壬午:康熙四十一年(一七〇二)。

## 長生殿序

胡　榮〔一〕

洪君昉思客長安，衍明皇妃子事，曰《長生殿》，紀實亦原始也。一時紙貴都下，山左趙内翰尤爲賞鑒〔二〕。此自有精神命脈，絶不向詞句間討生活，故心之所發，動人最切。余向作《幻花緣》數齣〔三〕，好事者持付梨園，乃今而知紅氍毹上，不免使巧匠露齒。

夫『絲不如竹，竹不如肉』，固也。然音節不細，頓乏天然之妙，令歌者舌撟不下，則亦安在肉之果勝哉！昉思此劇，不惟爲案頭書，足供文人把玩。近時讌會家糾集伶工，必詢《長生殿》有無，設俳優非此，俱爲下里巴詞，一如開元名人潛聽諸妓歌聲，引手畫壁，競爲角勝者然。是此劇之動人，豈徒優孟衣冠，作傀儡故事已邪！

我輩閒情著述，要當令及身享有榮名，方不負一生心血。昔王摩詰製《鬱輪袍》曲，見知於時，卒致通顯。在昉思，初何有他冀？而風流文采，殆過摩詰。後有識者，幸毋以才人本色，第作周郎顧誤觀，斯爲知我昉思者矣。

容安弟胡榮拜草。

【箋】

〔一〕胡榮：字志仁，號容安，錢塘（今浙江杭州）人。家頗富饒，築容安園，日與名士唱詠其中。生平喜遊，足迹遍及燕趙、閩海。著有《容安詩草》（附《詩餘》，清康熙間三色套印本，中國國家圖書館藏本有洪昇等評），毛奇齡撰序。

〔二〕山左趙翰：即趙執信。

〔三〕《幻花緣》：未見著録，亦未詳係雜劇、傳奇，已佚。

# 長生殿序

蘇　輪〔一〕

唐宗禍患，實始屏藩；李氏顛危，率由宫寢。念牝鷄之司旦，則九廟皆傾；恨封豕之當塗，則三靈皆晦。緬惟上皇穢德，幾於燕啄龍漦；原夫天寶頹綱，類彼易牛雊雉。傷心養子，竟卸黄裙；太息窮途，長埋紫褥。此先朝阿監，難禁永夜悲來；而舊日梨園，時復數行泣下。

粤自神堯應運而後，帶礪無虞；天策建議之初，閨闈整肅。好鷹愛馬，重思太穆遺言；流水游龍，曾覩昭陽快論。蓋襄陽公主之女，合奠坤維；且長孫無忌之門，應嫺内則。迨院入回心，人來感業。武媚娘之宣淫中冓，遠逾鬬腕何妃；韋庶人之瀆亂宸居，更甚貽詩昭珮。災生棄婦之年，釁起裹兒之手。千古慨然，從來舊矣。

既而受制中璫，移權節度。已忘祖父之艱難，頓使鐘簴之寥落。《霓裳》曲裏，骨肉飄零；羯鼓聲中，山河破碎。攬半鉤之錦襪，渾如白玉連環；捧下地之香囊，直似藍絲條脱。招魂滄海，返也無時；沈醉三郎，悔將何及？所以連昌故址，匪但哀感尚書；《長恨》新歌，不獨愁縈司馬也。

老友洪昉思先生，狂若李生，達於賀監。鐵撥銀箏之座，猥憐傾國佳人；柔絲脆竹之場，每説開元遺事。因寄情於樂部，遂傳習於教坊。宮中娘子，綽約如生；塞上吴兒，蹣跚斯在。還看繡褓以牽車，又見黄衫而舞馬。五家巷陌，雲霞之羅綺常新；十宅軒除，姊妹之衣香不散。望仙樓風景依稀，朝元閣恩波彷彿。乃復寫精心於初睡，傳密意於横吹。深摹翦髮之情，曲繪掃眉之態。可謂芙蓉帳底，親試鴛鴦；玳瑁筵前，微聞薌澤者矣。若夫漁陽突騎，潼關稠疊之霜戈；龍武頓軍，蜀道崎嶇之麥飯。竹林大去，奔馬何之？佛室遄歸，含魚不得。莫不停杯慷慨，心摧一騎紅塵；度曲淒涼，淚滴三條樺燭。至於殷勤鈿盒，再到人間；奄冉領巾，仍來天上。展畫圖於別館，想形影於前生。則又鬟眉畢肖，漢武帝之輾轉燈前；顔色宛然，殷淑儀之徘徊幕下也。

嗚呼！笙簫兩部，頓教老興淋漓；風月一簾，不過才人游戲。而俯仰道衣遇主之初，追維長門伏地之始。范陽餘孽，殲滅無存；楊氏諸姨，風流何在？纔終一闋，能消上客之雄心；試閲全編，可作大唐之實録。

僕慣聽引喉，未嫺搞箸；生憎肥婢，誰憑小史？以新翻夢入瑤臺，不解中丞之絶調。何來協律，唱徹曼聲；留得庭蘭，偏增百感。明珠顆顆，須傾七寶頗梨；紅豆纍纍，欲下萬年鸜鵒。坐春風而按拍，快逢君於大令之園；瞻雲漢而相思，恍置我以長生之殿。

同里蘇輪拜題。

【箋】

〔一〕蘇輪：字子傳，號月槎，一作月查，錢塘（今浙江杭州）人。諸生。有《月查詩鈔》。傳見《國朝杭郡詩輯》卷七。

## 長生殿題辭

吴向榮 等

由來尤物易傷人，舊譜《霓裳》一曲新。坐客不須悲落職，當時天子尚蒙塵。趙州吴向榮〔一〕

老按紅牙尚放顛，驚弦已脱罷相憐。開元天子無愁曲，不挂彈文事不傳。

會飲徵歌過亦輕，飛章元借舜欽名。誰知白下司農第，又打《長生》院本成。宛陵梅庚〔二〕

渺渺燕雲入望微，金臺逾此舊時非。君才小露《長生殿》，便爾驚人放逐歸。

風流詞客挂彈章，七字驚魂復斷腸。不道長生私誓後，翻教情薄李三郎。武進陳玉璂〔三〕

開元盛事過雲烟，一部清商見儼然。繡口錦心新譜出，彈詞借手李龜年。

回護當年用意深，風流天子感知音。傳奇大雅存忠厚，觀者須思作者心。淮南杜首言〔四〕

拍手旗亭樂不支，才人慢世許誰知？應將一曲山香舞，堪比洪生絶妙詞。

詞筆婁東迥絶塵，排場我愛《秣陵春》。六朝感慨風流後，跌宕中原有幾人？

搔首天涯喚奈何，紅牙象板手摩娑。多才何處消懷抱？且譜當年《長恨歌》。會稽羅坤〔五〕

錢塘才子譜新腔，紙貴長安遞寫忙。不數沈香亭畔調，何妨名姓入彈章。

漁陽鼙鼓自天來，火照潼關四扇開。舞罷《霓裳》新月冷，何人更爲馬嵬哀？

驚才豔思寫烏絲，畫出開元全盛時。棧閣淋鈴嘆秋雨，此時情事少人知。大梁周在浚〔六〕

風流遺事《長生殿》，名擅詞壇重一時。譜出幾多腸斷處，淋鈴細雨滴梧枝。

吳山頂上逢高士，廣席當頭坐一人。短髮蕭疏公瑾在，看他裙屐鬬妝新。（余於吳山演《長生殿》劇，是日恰遇先生）

萍蹤忽合果稱奇，豔曲明妝賽夜輝。雖是天涯淪落客，江州未許濕羅衣。

至尊偏是占風流，午夜香盟七夕秋。已信曲中訛字少，周郎故故動星眸。

載酒江湖乘白舫，徵歌花鳥拍紅牙。何如一曲《長生殿》，消盡離魂在碧紗。牟山孫鳳儀〔七〕

共歌致曲蹈臨川，功德奚關亦豔傳。幾見彈文加俗骨，譴谿風月即神仙。（結用放翁《自述》）

或用鈔存置案頭，要翻《長恨》作無愁。箇中理法尤兼到，卓是詞家第一流。繡水王槩〔八〕

錦瑟瓊簫玉樹箏，開元舊事譜新聲。傷心宛轉蛾眉死，一代紅顏一擲輕。

《陽阿》、《激楚》調彌高，稗老摛詞興最豪。不道憐才皆欲殺，於時還笑《鬱輪袍》。

《霓裳》曲自禁中傳，轉眼春風事播遷。獨抱琵琶流落去，空教腸斷李龜年。

僕本江郎賦恨人，歌來長恨更酸辛。樓臺海上虛無裏，何處仙山覓太眞？□□□□□〔九〕

拍罷紅牙滿院春，當筵花草一時新。燈前彷彿三郎在，暮雨淋鈴哭太眞。

玉環幽怨寫新詞，想見明皇不自持。夜半星前含淚語，長生殿內有誰知？臨平王紹曾〔一〇〕

徵君才調過伶玄，爲有清愁託《感甄》。外傳書成通德去，可知長恨亦年年。婁江周鼎〔一一〕

西陵才子譜新聲，人在長安舊有名。豔思驚才詩絕代，長生殿裏證深情。江寧黃鶴田〔一二〕

曾是江湖毷氉身，歸來暫喜臥湖濱。狂名厭殺天涯滿，小字呼來北里真。窈窕吳孃歌此曲，風流老輩數斯人。旗亭市上紅樓裏，羣指先生折角巾。

文章豪俠動公卿，《水調》何妨曲轉清。是處青衫增悒悵，可憐紅豆誤功名。話來天寶千年恨，翻出《霓裳》一部聲。我欲燈前親拍按，舞裙歌扇未分明。海寧楊嗣震〔一三〕

花落春城雨似絲，五侯池館笛悲時。青綾枉負平生志，紅豆憑傳到處詞。岸幘獨驚焦遂酒，方袍閒賭謝公棋。於今縱有清平句，不擬濡毫上玉墀。江上王位坤〔一四〕

海內爭傳絕妙辭，紅牙檀板按歌時。當年法曲來天上，此日新腔遍教師。刪卻煩言偷換譜，裝成麗句助彈絲。玲瓏有調吾能唱，誰似風流獨爾司。語水許觀光〔一五〕

漁陽烽火照長安，院宇荒涼不忍看。蜀道離魂悲白練，蓬山密誓托青鸞。《霓裳》小院歌聲歇，石馬昭陵汗血乾。莫向馬嵬尋宿草，香囊鈿盒事漫漫。□□吳來佺〔一六〕

【箋】

〔一〕吳向榮：趙州（今河北趙縣）人。生平未詳。

〔二〕梅庚（一六四〇—約一七二二）：字耦長，號雪坪，宣城（今屬安徽）人。內閣中書梅清（一六二三—一六九七）弟。康熙二十年辛酉（一六八一）舉人，官泰順知縣。工詩畫。著有《漫興集》。傳見《清史稿》卷四八四、《清史列傳》卷七〇、《國朝耆獻類徵初編》卷二二二、《國朝先正事略》卷三七、《國史文苑傳稿》卷一、《國朝詩人徵略初編》卷九、《漁洋山人感舊集》卷一六、《昭代名人尺牘小傳》卷一三、《國朝畫識》卷六、《國朝畫徵錄》卷中、

《國朝書畫家小傳》卷三、《國朝書人輯略》卷二等。章培恆《洪昇年譜》『康熙四十三年甲申（一七〇四）』條，認爲詩中『白下司農』指曹寅（一六五八—一七一二），時迎致洪昇於江寧（今江蘇南京），集南北名流爲勝會，演《長生殿》劇。故此二詩當作於是年。

〔三〕陳玉璂（一六三六—一七〇〇後）：字賡明，號椒峯，武進（今江蘇常州）人。康熙六年丁未（一六六七）進士，授内閣中書舍人。十八年己未（一六七九），薦博學鴻詞，以戊午（一六七八）北闈事黜革。二十一年（一六八二），陞兵科。尋歸家，發憤著述。著有《學文堂集》。傳見《清史列傳》卷七一、《國朝耆獻類徵初編》卷一四一、《鶴徵錄》卷六、《己未詞科錄》卷六、光緒《武進陽湖縣志》卷二三、《清代毗陵名人小傳稿》卷二等。章培恆《洪昇年譜》『康熙三十五年丙子（一六九六）』條，以爲此二絶句作於是年。

〔四〕杜首言：淮南（今屬安徽）人。生平未詳。

〔五〕羅坤（？—一七〇七後）：字宏載，號蘿村，會稽（今浙江紹興）人。清監生。康熙十八年己未（一六七九），應博學鴻詞，罷歸。精小學，能篆刻，肆力詩古文辭。著有《蘿村詩集》、《蘿村詞集》、《半山園集》，今存《蘿村儷言》。傳見道光《會稽縣志稿》卷一九、《鶴徵錄》卷六、《己未詞科錄》卷七等。

〔六〕周在浚（一六四〇—？）：字雪客，號梨莊，一號遺谷，祥符（今屬河南）人。周亮工（一六一二—一六七二）長子。流寓江寧（今江蘇南京）。官太原府經歷。工詩，善隸書篆刻。注《南唐書》十八卷，編《周櫟園先生年譜》。著有《金陵百詠》、《汴梁野乘》、《梨莊集》等。傳見《清史列傳》卷七〇、《中州先哲傳》卷二三、《皇清書史》卷二一、《顔氏家藏尺牘姓氏考》等。

〔七〕孫鳳儀（一六五二—一七〇三後）：字愚亭，號牟山，一作牟申，別署半庵，仁和（今浙江杭州）人。康熙十四年（一六七五），徙居毗陵。著有《牟山詩鈔》、《牟山詩略》。傳見孫念劬《先曾祖半庵公行略》（清嘉慶十年刻本《牟山詩略》卷首)。

〔八〕王槩：　字安節，原籍秀水(今浙江嘉興)，隨其父王之輔遷居上元(今江蘇南京)。篤行嗜古，工詩文，善繪畫篆刻。傳見《金陵通傳》卷二四。章培恆《洪昇年譜》『康熙四十年辛巳(一七〇一)』條，以爲王槩與其弟王曁納交洪昇，當在此年前後。

〔九〕□□□□□：　待考。

〔一〇〕王紹曾：　臨平(今陝西乾縣)人。字號、生平均未詳。

〔一一〕周鼎：　婁江(今江蘇蘇州)人。字號、生平均未詳。

〔一二〕黄鶴田：　江寧(今江蘇南京)人。字號、生平均未詳。

〔一三〕楊嗣震：　海寧(今屬浙江)人。字號、生平均未詳。

〔一四〕王位坤：　江陰(今屬江蘇)人。字號、生平均未詳。

〔一五〕許觀光：　字覲文，石門(今屬湖南)人。康熙三十二年癸酉(一六九三)舉人。著有《迎素樓稿》。傳見光緒《石門縣志》卷八。

〔一六〕吳來佺：　字號、籍里、生平均未詳。

## 附　楊太眞像題識〔一〕

劉世珩

楊太眞像載在李鍾元刻本〔二〕，內子淑仙爲照影，槧列於《太眞傳》後。而李本僅此一像，通本無圖。因屬休寧吳子鼎縣尉(汾)，補畫二十四圖，付黄岡陶子麟刻之，庶可補李本缺限矣。

靈田耕者劉世珩識於上海楚園。

（以上均民國八年貴池劉世珩《暖紅室彙刻傳劇》第二十八種《長生殿》卷首）

【箋】

〔一〕底本無題名，附於『淑仙影樵鮑同野摹本』《太眞遺寫》之後。

〔二〕李鍾元刻本：清光緒元年（一八七五）滬城李鍾元重刻本《長生殿傳奇》，今藏日本東京大學東洋文化研究所等處。

## 長生殿原跋

王晫〔一〕

洪子昉思少工五七言詩，而以餘波綺麗，溢爲塡詞，爲雜劇院本，一時樂人爭唱之。其客長安日，取《長恨歌傳》，編爲《長生殿》傳奇，非但藻思妍辭，遠接實甫，近追義仍，而賓白科目，具入元人閫奧。至其摭采天寶事，總以白、陳《歌》、《傳》爲準，亦未嘗臆爲留棄也。自此劇風行天下，莫不知昉思爲詞客，而若忘其爲詩人也者。嗟乎！洪子遊名場四十餘年，其詩宗法三唐，矯然出流俗之外，而幾爲詞曲所蔽。鄭廣文畫師之感，何以異此？

仁和王晫題。

【箋】

〔一〕王晫（一六三六—一六九九後）：初名棐，字丹麓，號木庵，別署松溪子、松溪主人，室名霞舉堂，錢塘

（今浙江杭州）人。諸生，因病棄舉子業。性好博覽，著述甚富。輯刻《檀几叢書》。著有《遂生集》、《今世説》、《霞舉堂集》、《牆東雜鈔》、《丹麓雜著》、《淡成堂集》等。傳見《清史列傳》卷七〇、《國朝耆獻類徵初編》卷四七五吴一儀《傳》、《歷代兩浙詞人小傳》卷六、《明代千遺民詩詠》卷九、《顔氏家藏尺牘姓氏考》等。

## 長生殿原跋

胡　梁〔一〕

夫以旋娟燕殿，飛燕漢宫。金屋紀其纏綿，璧臺宣其繾綣。雖説鍾情，寧云盡美！今者一曲淋鈴，惜佳人之不再；半庭殘月，思往事之難忘。得方士以傳情，藉才人而寫怨。雙棲忉利，永聯釵盒之盟；並處仙宫，終守死生之約。空憐白傅，歌《長恨》以何爲；足笑青蓮，賦《清平》而無當。

同里末學胡梁拜題。

【箋】

〔一〕胡梁：錢塘（今浙江杭州）人。字號、生平均未詳。

## 長生殿原跋

吴牧之〔一〕

名冠昭陽，爭説趙家飛燕；恩承天寶，豔傳楊氏阿環。事本同符，情終異致。沈香亭畔，供奉之麗製猶新；凝碧池頭，賀老之琵琶未歇。而乃玉碎馬嵬，頓減六宮粉黛；愁牽秦棧，徒悲一曲淋鈴。寶鏡初分，彩虹長斷。欲紅絲之再續，未冷前盟；求仙路以非遥，還聞私語。每維遺事，實愴中懷。賴兹繡口才人，爲塡別怨；代彼白頭宮女，聊訴含冤。鸚鵡何來，探瑤編而領香斯在；馬牀詎舞，聆綺語而羅襪如看。爰紀短篇，附陳高製。

表弟吴牧之跋。

【箋】

〔一〕吴牧之：洪昇表弟。字號、籍里、生平均未詳。

# 長生殿原跋

吴作梅〔一〕

湯臨川遊羅念庵之門〔二〕，好爲詞曲，念庵每以相規。臨川曰：『師言性，弟子言情。』至今藝林傳之。梅從稗畦先生遊，頗悉先生爲人，大抵不合時宜，質直無機械。發而爲文，則又空靈變化，不可端倪。《長生殿》一劇，梅竊附桓譚論《太玄》之例，決其必傳無疑也。

昔陳子昂才名未高，於宣陽里中擊碎胡琴，文章遂達宮禁。先生詩文妙天下，負才不遇，布衣終老。此劇之作，其亦碎琴之微意歟？世之人爭演之，徒以法曲相賞，且將因塡詞而掩其詩文之名。孰知先生有齟齬於時宜者，姑托此以佯狂玩世，而自晦於玉簫檀板之間耶？使遇臨川，定應莫逆而笑，第不知念庵見之以爲何如也？

門人吳作梅拜書後。

【箋】

（一）吳作梅：洪昇弟子。字號、籍里、生平均未詳。

（二）羅念庵：即羅洪先（一五〇四—一五六四），江西人。《牡丹亭》三婦合評本有『或問：若士復羅念庵』云云。吳人與洪昇交好，而吳作梅係洪昇門人，故而沿誤如此。

## 附 重刻長生殿跋

劉世珩

稗畦爲漁洋高弟，以詩名當世，與益都趙秋谷宮贊友善，秋谷卽據其說以作《談龍錄》者。稗畦撰有院本數種，《長生殿》特爲頑豔淒麗。兼有文字之獄牽連名士，稗畦以是除名太學編管，顛頓墮水以死，秋谷又坐此削籍歸里，此傳奇中之一大公案也。阮吾山《茶餘客話》指爲康熙丁卯國喪之時，謹案太皇太后崩於丁卯十二月二十五日，當四海遏密，安有演劇一事？董東亭《東臯雜鈔》謂在戊辰，是也。舉劾者爲黃給事六鴻。黃行取入都，以土物、詩稿遍贈輦下諸公爲羔雁，秋谷有『土物拜登，大稿璧謝』之謔，黃銜之次骨，因摭此入奏。聖祖先飭刑部拏人，後交吏部（戴服塘太常在吏科，親檢此案閱之）。連累者五十餘人，查初白卽在其內，徐勝力以賂聚和班伶，詭言未預，獲免。考是會爲稗畦徇諸伶之請，大會名士於生公園，主之者正定梁棠村相國，秋谷具柬邀客，而偶遺虞山趙徵介。趙館六鴻所，嗾黃按名具奏，謂是日係太皇太后忌辰，爲大不敬。章上，遂奉嚴旨。秋谷詣刑部獨承，餘除名免議。（以上卽據《柳南隨筆》、《東臯雜鈔》、《茶餘客話》、《藤陰雜記》諸書。）秋谷年甫二十有七，至乾隆初尚在，其《飴山堂集》於稗畦諸詩，絕無怨尤之語，可謂長者矣。獨念稗畦爲竹垞老人所賞，其贈稗畦詩云：『海内詩篇洪玉父，禁中樂府柳屯田。梧桐夜雨秋蕭瑟，薏苡明珠謗偶然。』知竹垞亦不直是獄，且見稗畦兼以詩名於耆舊間。秋谷寄竹垞詩云：『各有彈文留日下，他時誰作舊聞傳？』其隱自傷痛如此。

余既重稗畦審音協律遠過臨川，又感黄給事之處秋谷，近於宋蘇子美進奏院一案。夫洪、趙爲風流罪過，絕非尤西堂《萬金記》，以不第孤憤文字之内，先伏殺機，釀成順治丁酉江南科場之獄可比，千載而下，應爲惋惜。余特搜羅佳本，校讎精審，並捃拾本事，羅縷書之，以爲後跋。私謂可附沈景倩《顧曲雜言》之末，不僅稗畦身世可見，遙想承平人物被譴韻事，卽此小節亦無復存，則夫資談助而廣語林，其必有於余言中獨契者，余請爲前馬之導可也。

甲寅九月〔一〕，貴池劉世珩識於楚園夢鳳樓。

（以上均民國八年貴池劉世珩《暖紅室彙刻傳劇》第二十八種《長生殿》卷末）

【箋】

〔一〕甲寅：民國三年（一九一四）。

# 長生殿時劇序〔一〕

四樂齋主人〔二〕

《長生殿》八折，原係游戲之筆，於一切時劇腔調，或多未諧。倘有演唱者，不妨隨意更改，但不可爲俗筆所誤耳。

時在光緒十一年乙酉秋九月，四樂齋主人識。二十三年丁酉四月，亦囂囂齋主人排印並校字。

（清光緒二十三年排印本《長生殿》卷首）

【箋】

〔一〕底本無題名。

〔二〕四樂齋主人：姓名、籍里、生平均未詳。

# 附　長生殿記跋〔一〕

吴　梅

此記始名《沉香亭》，蓋感李白之遇而作，因實以開、天時事。繼以排場近熟，遂去李白，入李泌輔肅宗中興，更名《舞霓裳》。又念情之所鍾，帝王罕有，馬嵬之變，勢非得已，而唐人有玉妃歸蓬萊仙院、明皇遊月宫之説，因合用之，更易名《長生殿》。蓋歷十餘年，經三易稿而始成，宜其獨擅千秋也。曲成，趙秋谷爲之製譜，吴舒鳧爲之論文，徐靈昭爲之訂律，盡善盡美，傳奇家可謂集大成者矣。初登梨園，尚未盛行。後以國忌裝演，得罪多人。於是進入内廷，作法部之雅奏，而一時膾炙四方，無處不演此記焉。葉懷庭云：『此記上本雜采開、天舊事，每多佳構；下本多出稗畦自運，遂難出色。』蓋此就劇中事實言之耳。至其文字之工，可云到底不懈。余最愛北詞諸折，幾合關、馬、鄭、白爲一手，以限於篇幅，不能采録。他作如《鬧高唐》、《孝節坊》、《天涯淚》、《四嬋娟》等，更無從鈔輯矣。

霜崖。

（民國十九年上海商務印書館排印本吴梅《曲選》卷四）

## 織錦記（洪昇）

《織錦記》傳奇，一名《迴文錦》，《今樂考證》著録。《曲海總目提要》卷二三有『迴文錦』，云：『錢塘洪昇撰。』蔣瑞藻《小説考證》卷六引《見山樓叢録》云：『洪昉思傳奇，亦有《迴文錦》一種。』並述其本事。已佚。

# 織錦記自序

洪　昇〔一〕

嘗讀武氏《織錦迴文記》，敍竇滔夫婦事。陽臺之譏，因於若蘭之妒。而連波之相棄，因於譏，亦因於妒。推原其端，豈非蘇氏之首禍與？據《記》謂：蘇性急，求獲陽臺，苦加捶辱。及連波將鎮襄陽，邀其同往，而若蘭忿忿不肯偕行，倡隨之義何居？則連波未嘗不篤結髮，而若蘭可謂大乖婦道矣。黄山谷詩云：『亦有英靈蘇蕙子，只無悔過竇連波。』意若專罪連波者。少覽其作，甚疑之。夫妒而得棄，道之正也。璇璣之作，若蘭可謂怨且悔矣。連波憐其怨而許其悔，因而復合，亦道之宜也，豈有譏乎？

余撰此記，凡蘇之虐焰，趙之簧舌，皆略之不甚寫。戈矛之事，風雅出之，皆爲後來三人復合之地，亦要諸詩人溫厚之旨耳。嗟乎！古今女子有才如若蘭者乎？於其妒也，君子無恕詞。怨不敢怒，悔深次骨，而後曰可原之矣。則或於閫教有小補與？若夫譏妾構嫡，亦豈得云無罪？而予重歸其責於若蘭者，亦《春秋》端本澄源之義也。獨怪山谷文士，亦自同於金輪牝狐之見，當一笑耳。

（清康熙間刻本諸匡鼎《今文短篇》〔二〕）

【箋】

〔一〕章培恒《洪昇年譜》『康熙二十四年乙丑（一六八五）』條云：『案，《今文短篇》卷首有乙丑序，其成書約在同年。昉思此序及記當作於乙丑前。據其中「少覽其作」語，此記當非昉思少作。』

〔二〕底本未見，據章培恒《洪昇年譜》迻録。

# 四嬋娟（洪昇）

《四嬋娟》，雜劇合集，包含《謝道韞詠絮擅詩才》、《衛茂漪簪花傳筆陣》、《李易安鬭茗話幽情》、《管仲姬畫竹留清韻》四種雜劇，《曲海總目提要》、《曲録》著録。現存清鈔本，《清人雜劇二集》據以影印。章培恒《洪昇年譜》『康熙四十二年癸未（一七〇三）』條，引孫鳳儀《牟山詩鈔・和贈洪昉思原韻十首》其九原注：『新譜《四嬋娟》，已授梓矣。』因以此劇撰成於是年。

## 四嬋娟題詞

惠　潤〔一〕

踵元人爲劇則者，推田水月生〔二〕。豪蕩滑稽，能發其胷中突兀奇怪不平之氣，庶幾乎騷人之遺矣。余獨怪其傳花、黃二氏，閨閣女子，擅文武才，卒見庸於世，一若張大巾幗以貶損世之爲丈夫者，似亦過論也。假令閨閣女子果擅文武才如二氏耶，焉知不淪落轗軻，垢面蓬首，負抑鬱困頓之累，以終其身耶？何則？造物所忌者，才耳，遑問其爲男子、爲閨閣乎？此余之所以嘆也。

錢唐洪子昉思，示余以《四嬋娟》劇。余反復其意而悲之。夫於古今千百嬋娟中，獨舉此四人，豈不以四人之所遇勝千百歟？幸而免於淪落轗軻歟？然而天壤之内，復有王郎以及桑榆狙獪之恨，所謂『四嬋娟』者，其二已如此，悲夫！悵兩美之難合，或雖合而不終，昉思用意，較田水月生爲益微而愴矣。天將忌之，則如勿生；既生之，又忌之，奚説耶？余安得呼造物者而問諸？

江上同學弟惠潤序。

（《清人雜劇二集》影印舊鈔本《四嬋娟》卷首）

【箋】

〔一〕惠潤（一六五六—一七二九）：字沛蒼，江陰（今屬江蘇）人。康熙二十四年乙丑（一六八五）進士（一説二十七年戊辰進士，見《明清進士題名錄索引》）。三十三年，任費縣知縣。官至刑部郎中。告歸，家居三十年。傳見光緒《江陰縣志》卷一七。

〔二〕田水月生：即徐渭（一五二一—一五九三）。

## 雙星圖（鄒山）

鄒山（一六四五—一七三八後），字少水，號嶧傭，别署無聲謳者、桃花溪上人，宜黄（今屬江西）人。家徒四壁，漫遊南北，以入幕爲生。工古文辭，著《樂餘園百一偶存集》。傳見《嶧傭自訂年譜》（清乾隆三年樂餘園刻本《偶存集》附）、同治《宜黄縣志》卷三二。撰《雙星圖》傳奇，今存康熙間樂餘園刻本(《古本戲曲叢刊五集》據以影印)、清紫芝堂烏絲欄鈔本(《傅惜華藏古典戲曲珍本叢刊》第二六冊據以影印)。

## 雙星圖小引

鄒山

星辰之繫於天也,相去萬數千里。其果金繩玉繂以繫之乎,抑亦鼓其大氣、續爲鉤絲以舉之也? 間嘗遊明月之下,頌『黄姑織女時相見』之句,漠漠銀漢,安得而時相見乎? 按野史有織女詣牽牛之説。漢史載: 張騫泛槎至北海,遇織女,贈支機石。唐史載: 三郎七月七夕,與玉眞矢於長生殿。此又其彰明較著者也。且天行,每歲冬十一月至日,次於丑垣,正陰去陽生之候。説者以織女爲天孫,牽牛爲三將軍。貴臣内戚,又不知河北之放,曾邀省宥否耶? 此正天上一大歡喜部頭,勝於月中《霓裳羽衣曲》多多矣。何自元以後,曾無有作之者? 或曰: 難也。以三垣也,而九垓則聚其班難; 以經星也,而贅疣則措其詞難; 以非佛非仙,非人非鬼,而欲曲寫其悲歡離合之致,則得其情難。予聞之,俯首而退。試閉戶月餘,聊以告無罪於二星,庶幾乎可無慚於三難之説矣。

宜黄無聲謳者識〔一〕。

(《古本戲曲叢刊五集》影印清康熙間樂餘園刻本《雙星圖》卷首)

**【箋】**

〔一〕題署之後有印章二枚: 陽文方章『桃花溪上人』,陰文方章『嶧傭』。

# 海烈婦（沈受宏）

沈受宏（一六四五—一七二二），字台臣，號白漊，别署餘不鄉後人、三影堂主人，太倉（今屬江蘇）人。少有才名，屢試不第。康熙十八年己未（一六七九），入貲補博士弟子。卒困於省試，以授徒爲生。著有《白漊集》、《白漊先生文集》。撰傳奇《海烈婦》。傳見沈起元《敬亭文稿》卷三《行述》。參見李越、程芸《清初戲曲家沈受宏事蹟編年》（黄仕忠主編《戲曲與俗文學研究》第六輯，社會科學文獻出版社，二〇一八）。

《海烈婦》，《古典戲曲存目彙考》著錄，現存道光二十一年（一八四一）梅花庵刻本。

## 海烈婦傳奇自序

沈受宏

《海烈婦傳奇》之作也，始於康熙六年之五月，成於七年之正月。常欲爲一言序之，未遑也。越三年，發篋得其書，若有不能已於心者，而序之曰：

予觀古之所謂立言者，左丘明、司馬遷、韓愈、蘇軾之徒，至於今，蓋千百年，其所爲文，播傳天下，學士大夫推許尊奉，必以數人爲能。夫古之時，豈惟此數人爲文哉？然而能者，惟此數人，彼固得其道者哉！孟子曰：『梓匠輪輿，能與人規矩，不能使人巧。』文之道，發於天機，原於人情，極於萬事萬物之變，曲直縱横，抑揚高下，輕重疾徐，莫不有道。如造父之御、由基之射，如僚之丸，如秋之弈，如張旭之草書，心能會而手不能强，目能覩而口不能道。嗚呼！此乃所謂巧也。得其道，則足以爲文；不得其道，則不足以爲文也。左丘明之《傳》，司馬之《史記》，韓、蘇之文，當其爲之也，運之以筆墨，馳之以思慮，窮之以晝夜，凡所以求得其道者，亦甚煩且勞矣。既爲之，而不能以其道語人也。其意若曰：吾如是以爲之，此文之道也。天下後世，其有讀之而能知吾意之所至者乎？其有讀之而鹵莽滅裂而未能知吾意之所至者乎？吾亦俟乎知者而已矣。今夫天下之讀其文者衆矣，其不善讀者，拾其詞句，摭其事實，以爲足以盡乎其文。夫惟好學深思之士，爲能反覆尋繹，而得其所以爲文之道，然後古人之能見焉。古人之能，不在其爲之之易，而在其爲之之難。難者，求得其道之故也。工之制器也，其方圓平直之一定而不易者，因其法而用之，此不足爲難也。取材而度之，睨目而視之，毫厘分寸之間，躊躇而不敢決。嗚呼！何其難也！夫爲文者，其中必有所甚難，而人見之乃以爲平且易。

予以之論：凡爲文之屬皆然。予年十五，學爲古文，十六學爲詩，至今數年，雖一無所成就，然嘗觀於古人，而竊知其道之難。是故不敢輕有所爲。康熙六年正月，常州毗陵驛有海烈婦死節一事，予謂此足以風世勵俗。而又思大顯其事，使通達於世俗者，莫善於傳奇，於是有《此丈夫》之作。其始爲之，若以爲塡詞賓白，按譜而作，衝口而出，無難也。及入乎其中，乃知其道之難，無異乎鄉者詩與古文之道。作而止，止而思，思而復作者，日數十次，閱半年而後成。若此者，人以爲是傳奇也，而予以爲是文也。

文則有道，求得其道，則有所甚難。凡爲文之屬皆然也。古者，由《詩三百篇》而降則有樂府，由樂府而降則有詞，由詞而降則有曲。文之有傳奇也，詩道之流，樂府之遺，亦卽古文之一端也。世之傳奇之傳者，亦不少矣。其最著而又最正者，莫如《琵琶記》。在作者固自以爲能矣，亦皆天下之所共以爲能者也。予向者亦以爲能焉而已，顧未嘗爲之，則不知其所以爲之之道，今則有以實見其能矣。彼東嘉者，其能雖不及左丘明、司馬遷、韓愈、蘇軾，然而有其相及者，爲文之道是也。其所爲文，雖不同《左傳》、《史記》、韓、蘇之文，然而有其相同者，爲文之道是也。若予者，豈以爲遂能得其道邪？雖然，激於烈婦之誠，一往而不已，則不覺其道之偶有得焉。自曲折往復、細微纖悉之間，以及事理情勢、生成變化之際，莫不本其自然，組織之，陶鑄之，使歸於至眞至當，而其陽施陰設，前瞻後顧，追摹想像，以極其致。死者之精神，生人之面目，皆若有以刻露於楮墨之外。視夫古之作者，工力才氣，卽不敢匹敵，抑以爲仿佛其一二，則有之矣。此其道，予固不能以語人，而人安必其知吾意之至乎此哉？嗚呼！予因之有所感也。

自念予年十五六知爲文以來，外牽於制舉之業，試有司輒擯之，以爲不能。退而欲自肆力於古文辭，則又束手退避，知其難而不敢從事。乃特以雕蟲篆刻一日之末技，訢訢自爲能，亦可愧矣。然安知不因此而得所爲詩古文之道，能爲左丘、司馬、韓、蘇之文？幸逢際會，趨走廟朝侍御僕隸之列，天下有大忠至孝，鉅功明德，如烈婦之可傳諸世者，予得操筆以從，竭精畢智，播之聲詩，編之書策，垂不朽盛事，則予之文，其或有進矣乎？ 且予今固不得志於時之所爲也。

康熙九年八月二日，餘不鄉後人書於三影堂。

## 此丈夫題辭

盛　敬〔一〕

原夫傳奇之尚，非止以娛性情，亦所以備勸戒也。古本之至今傳者，大約忠孝節義爲多，往往排場搬演，能令人喜樂，能令人哀怒，里巷之夫，志爲美談，則其事與人，遂因之以不朽。然或事憑臆造，人屬子虛，雖復感物動情，不足爲貴。即古來實有是事，實有是人，而作者務求工巧，歡人眺聽，未免補綴秕僻，紛舛是非，君子猶有憾焉。毗陵驛海烈婦一事則不然。烈婦以貧薄羈旅，疊遇無良，雖智足以知人，而所天實闇，墮人術中，致遭排迮，遂乃嘵哴齽齘，矢貞自裁。所幸義俠廉平，一朝輻輳，罪人斯得，枉魄谿伸。爾時烈節動天，不覺義聲震地，建祠營葬，哀輓旌揚，上自崇臺，盡於編戶。生前之苦，烈婦云極； 死後之榮，烈婦亦云極矣。奇事奇人，有裨於綱常風化者不小。傳奇之作，其能已乎？

且爲屈指數之，海氏尚矣，若夫渠兇宿狡之林顯瑞，膏脣輪計之楊二，屣謎風淫之兩稍婆，皆陰賊著於心本者也。至於藍九廷之跳身發姦，繆經歷之卻金執法，朱司理之秉公具讞； 而建祠首義則有醫士朱以端，投章弔唁則有賢紳趙止安先生父子，洎諸生王君麟、徐葉采、王偉仙輩，生成一部梨園，作者正不必假一曲筆，請一無是公矣。是編本其自然，組織完善，此其所以足貴也。餘不鄉後人者，弱冠高才，以食跖餘功，試雕龍之技，據膝持頤，乾思涸慮，刻畫此十數人面目，搜剔此十數人神髓，譬如善寫生者，秋卉春華，並得眞景。以是勸戒，直當使人移易性情，豈止喜樂與怒哀已耶！

憲副李石臺先生〔二〕，西江賢者，其所以旌表烈婦曰：『此謂丈夫』。蓋貧賤不移，威武不屈，烈婦洵女中之大丈夫也。是編以《此丈夫》顔之，卽本石臺先生之意云。

樊圃老人題。

【箋】

〔一〕盛敬（一六一〇—一六八五）：字聖傳，一作宗傳，號寒溪，別署樊圃老人，私謚貞介，太倉（今屬江蘇）人。明諸生，入清不仕，授徒爲業，篤傳理學，與同里陸世儀（一六一一—一六七二）、陳瑚（一六一三—一六七五）、江士韶並稱『四先生』。著有《成仁譜》等。傳見沈受宏《白漊先生文集》卷二《墓志銘》、《清史稿》卷四八〇、《國朝耆獻類徵初編》卷三九八、《清儒學案小識》卷一一、《小腆紀傳·補遺》卷三、《明代千遺民詩詠》卷六等。盛敬亦爲《海烈婦傳奇》作評。

〔二〕憲副李石臺先生：卽李來泰（一六三一—一六八四）。

## 此丈夫題辭

林屋洞山樵〔一〕

婦人而丈夫耶？烈則婦人而丈夫，不烈則丈夫而婦人。海氏之爲丈夫也，烈也； 其烈也，性也。使氏而有勢，則爲朱序母，得以堅壁捍敵；氏其無勢有財，則爲巴寡婦，守先業自衛，人不敢犯，始皇亦以爲貞婦而客之；氏無其財有力，則爲龐娥親，白晝相遇，馬上奪刀，斫讎人而斃之；氏又無其力，所爲氏者極難。秉少君孟光之德，而從牛衣涕泣之夫，亦何事可爲？雖其智預知長途之不可行，識林、楊二賊之惡，料夫去後之必死，乃不肯躊躕審顧，從容定計，如孫翊妻、申屠氏，爲賊所劫，佯許之，徐爲之圖，終必殺之，而獨倉皇急迫，自隕其生者，無他，蓬窗燈火，孤身枕衾，千里一婦人耳。何恃？恃有性耳。冰心玉骨，强暴之來，目不能視，耳不能聽，口亦不能言，鬱勃無訴，憤懣中發，隱忍不得，徘徊思算不得，奮然而起，一死盡之。嗚呼！念決片刻，義立千秋，婦也，丈夫也！一宵不寐之淚，可比嵇侍中之血；高呼詈賊之聲，可擬顔常山之舌。進肉糜而堅拒之心，無異十九年嚙雪、七日不食之心。擲黄金於淫嫗之面，不啻暮夜四知。直唾罵古今來貪禄爵，戀貨寶，積賄自焚，贓汙狼藉之人。且也，吾意此夜，内外衣裳，密縫細緘之針，從悲恨怨怒中來，鋒芒百尺，必將化作徐夫人匕首，令紅線女、隱娘輩掌之，於人叢中，取不忠不孝不弟、無節義寡廉恥之徒之頭而梟之，然後乃大快人心。其《此丈夫傳奇》之謂乎？試問諸三影堂主人，主人曰：『然。吾固愧天下之丈夫而婦人者。』

林屋洞山樵筆。

【箋】

〔一〕此序刻本版心署『董序』，未詳其名。沈受宏所交董姓友人，有武進董以寧（一六二九—一六六九）、董元愷（約一六三〇—一六八七）兄弟。董元愷撰《銅虎媒傳奇》，沈受宏爲之作《銅虎媒傳奇序》，見《白漊先生文集》

卷一（清乾隆三年沈起元學易堂刻本），時在康熙九年（一六七〇），正是沈氏撰《海烈婦傳奇自序》之時。然則林屋洞山樵或即董元愷？待考。董元愷生平詳見本卷《銅虎媒》條解題。

## 海烈婦傳奇小序

王　育〔一〕

予初讀《海烈婦傳奇》，名之曰《三異記》。其後王太常更其名曰《此丈夫》〔二〕，今從之云。曷言乎異？事有出乎常情之外，則異也。曷言乎三異？婦人水性，見金夫，不有躬，人情乎；海氏以營卒之女，微末已甚，而矢志清白，能拒豪淫之挑，甚至捐軀以殉，七十日啓棺，顏色如生，不亦異乎？見利忘義，望勢氣懾，人情乎；藍廷以役夫賤子，衣飯靠人，爲能不愛金錢，啖以厚利不顧，而反能昭雪其事，不亦異乎？秉鉞大臣，輦金賄囑，則人可殺也，法可詘也；繆明以一命之微，能揮暮夜之金，而又能正言讜論，激揚當事，俾淫夫立正厥辜，貞女之幽魂不至夜臺飲泣，不亦異乎？有此三異，是烏可以不傳！

試觀肖像建祠，楚些哀輓，捐金助餉，木石如山，河干之廟，不日告成。苟非精誠之至，有以動天地，泣鬼神，曷克臻此？予嘗流覽江上，曹娥，有碑，露筋有廟。曹娥，一巫者之弱息；露筋，一逆旅之孤雛，節孝驚天，千秋不朽。海烈婦祠，自當與二者並垂天壤，斷不誣者。竊怪世道波靡，人心不古，風雅壇坫，鬼魅陸梁，子虛烏有，肆爲不根，長傲誨淫，莫爲此甚。祖龍一炬，寧可少乎？茲眞情實事，耳目所及，寫景描情，演爲劇本，雖不能絕去科諢，大足廉頑起懦。況本色塡詞，宮商無舛，世不乏顧曲其人，自多玄賞。

莊溪老人題。

【箋】

〔一〕王育（一五九三—一六八〇）：字子春，號石隱，晚自號莊溪老人，太倉（今屬江蘇）人。沈受宏外祖父。入清，隱於醫，明理學，工詩。傳見沈受宏《白漊先生文集》卷二《行狀》（清乾隆三年沈起元學易堂刻本）。

〔二〕王太常：即王時敏（一五九二—一六八〇）。

## 重刻海烈婦傳奇序

戈　載〔一〕

《海烈婦傳奇》，何爲而作也？海氏之烈，坊表則旌於朝，祠墓則著於鄉，存其略則載之於志乘，慕其風則弔之以詩歌，敍述則有傳有記，標題則有額有聯，其散見於雜錄諸書者又詳且悉，則烈婦之烈，凡海内士大夫有不哀憫之、欽敬之、嗟嘆之、讚揚之耶？似傳奇可以不作矣。不知哀憫其志，欽敬其操，嗟嘆其遇，讚揚其名者，止在於士大夫耳，至愚夫愚婦而知之者鮮矣。卽一時有知之者，閱世而知之者鮮矣；卽一郡有知之者，易地而知之者鮮矣。天下之愚夫愚婦，倍多於士大夫，不啻什伯千萬，要其禮義廉恥、孝弟貞節，未始不與士大夫同具此心，不有以感動之則不知勸戒，不有以激發之則不知奮興。而講良知，論名節，原所以激發天良，奮興流俗。然而頑者或甘於自棄，愚者且懵然不覺，仍不能感動之、激發之也。於此而欲通達乎世俗，歷古今，周遠近，無不家喻而戶曉，非傳奇不爲功。

今夫傳奇者，傳其奇也，非徒爲悅耳目，娛性情也。自世之人以悅耳目、娛性情爲尚，而鼓吹風月，藻繢烟花，在觀者非不新奇可喜，無如其人其事皆屬子虛烏有，此傳奇之僞者爾。今《海烈婦》則不然，所敍之人實有其人也，生旦淨丑不必增添也；所敍之事實有其事也，離合悲歡不必裝點也。傳此奇人，傳此奇事，眞情眞景，曲盡描摹，面目如生，肺肝如見，挽回乎世道，維持乎綱常，將頑夫廉，懦夫有立志。於是乎勸戒，於是乎奮興，所謂哀憫之、欽敬之、嗟嘆之、讚揚之者，不僅在於士大夫，而凡愚夫愚婦靡不皆然矣，則傳奇之功，豈淺鮮哉？

雖然，是書作於康熙初年，已歷一百六七十載，何爲至今日而始顯乎？則幸有蔣君胥江〔二〕，發潛德之幽光也。蔣君修習禪那，喜於爲善，善之所在，每樂爲之。又喜選刻善書，凡得佳本名作，往往重登梨棗。今《海烈婦傳奇》之刻，是爲廣戒貪淫，喚醒迷途，其爲功德，實亦不少，豈獨表揚貞烈而已哉！而烈婦之墓與祠，在常州西門外龍嘴上，予往來淮陽間必由之路，向年曾未之覩，今春始見之，則又蔣君爲之修葺也。且志乘、詩歌、傳記、聯額，以及散見於雜錄諸書者，亦皆蔣君所勤搜博采，編之卷首。蔣君誠天下之有心人乎！烈婦可傳，烈婦之傳奇可傳，而重刻是傳奇以傳之者，亦可傳矣。予故樂得而序之。至填譜制詞，情文相生，徵羽悉協，在作者殫精竭慮，有自序詳言之矣，茲不贅云。

時道光二十有一年歲在辛丑孟冬之月，吳縣戈載撰。

（以上均清道光二十一年梅花庵刻本《海烈婦傳奇》卷首）

【箋】

〔一〕戈載（一七八六—一八五六）：字順卿，一作潤卿，一字孟博，號寶士，别署弢甫、弢翁，書齋名校詞讀畫之齋，元和（今屬江蘇崑山）人。戈宙襄（一七六五—一八二七）子。諸生，官國子監典簿。工隸書繪畫，善填詞。編纂《六十家詞選》、《樂府正聲》。著《詞林正韻》、《瀟碧軒詩》、《翠薇花館詞》。傳見《墨林今話》卷一六、民國《吳縣志》卷六六下。

〔二〕蔣君胥江：即蔣文勳（約一八〇四—一八六〇），見下條箋證。

## 海烈婦傳奇跋

蔣文勳〔一〕

《海烈婦傳奇》鈔本二卷，昔先師韓古香先生得之嘉定沈君蔚庵者〔二〕，至上年始請戈順卿先生校勘付梓。楊君師葛又爲余將烈婦祠中碑傳聯額，及志乘所載海烈婦、張烈女傳，彙錄一卷。方欲寄余，而余適從揚州歸里，道過毗陵，訪楊君及吳君伯葵，同謁烈婦祠墓。吳君即新其牆垣，清其墓界，於是往來者始一望而知此地爲海烈婦之祠墓矣。

余思蘇郡烈婦祠墓固亦不少，其未見文獻者，莫得而知之。余知常之有海烈婦祠者，因沈君之傳奇也。先師與吳君皆常州人，亦不知西門外有海烈婦祠，知之而即往展拜者，亦因此傳奇也。烈婦祠前，地鄰驛路，南北往來者靡不由之，往時行人罕知龍嘴上臨河三楹爲海烈婦祠，祠右豐碑之下卽海烈婦墓，今一望而皆知之者，亦因有此傳奇也。文字之存亡有關係者，蓋如此。

不特此也。崑腔優人盡出於吳郡，而演劇酒館，城内外共有十餘處，四時搬演故事，除忌辰外無虛日。又我郡爲衆商雲集之所，各業會館慶節整規演劇者，亦相續不斷。昔時主人尚多命演《琵琶》、《荊釵》諸本，以之教孝教義，何善如之。無如近來主人好淫豔之齣，相習成風，莫可禁止。少年子弟因之敗壞者，不可勝數，而點戲者方欣欣然自鳴得意，此目下之最可痛哭流涕而長嘆息者也。風俗既爲淫戲所壞，當卽以貞烈戲劇救正之。設有同志，以此《烈婦傳奇》，命優人被之管弦，當場演出，吾知必有悄然以悲，肅然以敬者，於感發善心，懲創逸志之道，庶有合焉。此則區區付梓之本願也。

道光二十一年十月四日，胥江蔣文勳謹跋。

（清道光二十一年梅花庵刻本《海烈婦傳奇》卷末）

【箋】

〔一〕蔣文勳（約一八〇四—一八六〇）：號胥江，一號夢庵，別署山傭，齋名梅花庵，吳縣（今屬江蘇）人。少業賈，壯乃發憤讀書。幼好琴，先後從談蔭人、韓古香、戴學香學指法音律，爲一代琴學大師。輯錄《二香琴譜》（附《琴學粹言》，道光十三年梅花庵刻本）。著有《山傭遺詩》。傳見蔡謹《傳》（民國二十五年南林周氏排印周延年輯南林叢刊本《山傭遺詩》卷首）、民國《吳縣志》卷七五。

〔二〕韓古香：卽韓桂（約一七七一—一八三三），字古香，武進（今江蘇常州）人。少攻舉業，不得志，棄去。從錢塘李玉峯學琴，同郡畢焦麓學畫，並得其祕。兼擅書法。傳見《墨林今話》卷一七。沈蔚庵：嘉定（今屬浙江)人。名字、生平均未詳。

## 附　海烈婦祠堂歌跋〔一〕

蔣文勳

余初得《海烈婦傳奇》鈔本，上題：『洄溪先生祕本，無刻，後人珍藏勿失。』按洄溪乃吳江徐靈胎先生之號也〔二〕。而傳奇不著撰述人名氏，序傳亦諱而不著，但云某老人而已。既而見書腦中序傳悉有一姓。今崑山潘飯香先生寄示太倉葉君涵溪手鈔《海烈婦祠堂歌》，及陸桴亭《海烈婦傳》。按《歌》乃太倉沈敬亭先生封翁白漊先生所作〔三〕，《歌》中有『昔我曾有樂府作，摹寫烈婦情依稀。梨園子弟一回奏，滿堂觀者淚交頤』之句，則傳奇亦封翁筆也。敬亭先生名起元，字子大，康熙六十年進士，官至直隸布政內轉光祿寺卿。其政績操行，詳彭尺木先生《二林居集·名賢事狀》〔四〕。封翁名受宏，字台臣，白漊其號也，隱居教授，歿祠鄉賢，有《白漊先生集》行世。陸桴亭先生集中《海烈婦傳》，較之原本陸傳，一字不差。乃補刊《祠堂歌》於卷首，並識其來由云。

道光二十二年七月初二日，蔣文勳記。

（清道光二十一年梅花庵刻本《海烈婦傳奇》卷首）

【箋】

〔一〕底本無題名，因附於沈受宏《海烈婦祠堂歌》之後，故題。

〔二〕吳江徐靈胎：即徐大椿（一六九九—一七七八），自號洄溪老人，參見本書卷十二《樂府傳聲》條解題。

〔三〕太倉沈敬亭先生：　卽沈起元（一六八五—一七六三），字子大，號敬亭，太倉（今屬江蘇）人。沈受宏子。康熙六十年辛丑（一六二一）進士，官至直隸布政内轉光禄寺卿。著有《敬亭詩草》、《敬亭文稿》（均存清乾隆間刻本）。傳見《清史稿》卷三六〇、《清史列傳》卷七五、《碑傳集》卷八四、《國朝耆獻類徵初編》卷七五、《國朝先正事略》卷一五等。

〔四〕彭尺木：　卽彭紹昇（一七四〇—一七九六），字允初，號尺木，長洲（今江蘇蘇州）人。乾隆三十四年己丑（一七六九）進士。著有《測海集》、《觀河集》、《二林居集》。傳見《清史稿》卷四八〇、《清史列傳》卷七二、《國朝耆獻類徵初編》卷四三七、《國朝先正事略》卷三〇、《國朝學案小識》卷末、《國朝詩人徵略初編》卷三七、《昭代名人尺牘小傳》卷二二、《初見樓聞見錄》卷七、《桐城文學淵源考》卷一、《皇清書史》卷一九等。所撰沈起元事狀，見嘉慶四年（一七九九）刻本《二林居集》卷一八。

## 桃花扇（孔尚任）

孔尚任（一六四八—一七一八），字聘之，又字季重，號東塘，别署岸堂、云亭山人，室名介安堂，曲阜（今屬山東）人。孔子第六十四代孫。清康熙八年（一六六九）進學，屢赴鄉試未第。十九年，捐納國子監生。二十三年，康熙帝至曲阜祀孔子，充御前講書官，特擢國子監博士。歷官至戶部主事，陞員外郎。三十九年，以事罷官。四十一年歸鄉，後病卒於家。編纂《平陽府志》、《闕里新志》、《萊州府志》、《節序同風錄》等。著有《石門山集》、《湖海集》、《宮詞百首》、《岸堂稿》、

《長留集》、《岸堂文集》等。撰傳奇《桃花扇》，與顧彩（一六五〇—一七一八）合著《小忽雷》傳奇。傳見《國朝耆獻類徵初編》卷一四二、《國朝詩人徵略初編》卷一三、孔繼汾《闕里文獻考》卷七七、《孔子世家譜》卷四三等。參見袁世碩《孔尚任年譜》（齊魯書社，一九八七）。

《桃花扇》傳奇，《傳奇彙考》、《今樂考證》著錄，現存康熙五十八年前後介安堂家刻本（藏北京大學圖書館），康熙間刻本（《古本戲曲叢刊五集》據以影印），康熙、雍正間西園刻本，乾隆七年壬戌（一七四二）序泰州沈氏刻本，乾隆七年序清芬書屋刻本，乾隆五十一年葉起元序刻本，清許少懷燕山堂鈔本，清聽雨樓刻本，清鈔本，道光十三年（一八三三）據西園刻本重刻本，道光二十四年甲辰單少懷燕山堂鈔本，光緒二十一年合肥李國松蘭雪堂重校刻本（光緒三十三年據以校改重印），光緒間石印本，民國三年貴池劉世珩刻《暖紅室彙刻傳劇》本，民國四年暖紅室重校再訂本（題《增圖校正桃花扇》），民國六年（一九一七）上海掃葉山房石印本，民國二十三年暖紅室重刻本等。

## 《桃花扇》小引〔一〕

孔尚任

傳奇雖小道，凡詩賦、詞曲、四六、小說家，無體不備。至於摹寫鬚眉，點染景物，乃兼畫苑矣。其旨趣實本於《三百篇》，而義則《春秋》，用筆行文，又《左》、《國》、太史公也。於以警世易俗，贊聖道而輔王化，最近且切。『今之樂，猶古之樂。』豈不信哉？

《桃花扇》一劇①，皆南朝②新事，父老猶有存者。場上歌舞，局外指點，知三百年之基業，隳於何人，敗於何事，消於何年，歇於何地，不獨令觀者盛慨涕零，亦可懲創人心，爲末世之一救矣。

蓋③予未仕時，山居多暇，博采遺聞，入之聲律，一句一字抉心嘔成。今攜游長安，借讀者雖多，竟無一句一字，著眼看畢之人。每撫胷浩嘆，幾欲付之一火。轉思天下大矣，後世遠矣，特識焦桐者，豈無中郎乎？予④姑俟之。

康熙己卯三月，云亭山人偶筆⑤。

【校】

①『一劇』二字後，徐旭旦《世經堂初集》卷一七《桃花扇題辭》有『闕里東塘先生作也』一句。

②南朝，徐旭旦《世經堂初集》卷一七《桃花扇題辭》作『前代』。

③蓋，徐旭旦《世經堂初集》卷一七《桃花扇題辭》作『先生曰』。

④『予』字後，徐旭旦《世經堂初集》卷一七《桃花扇題辭》有『請先生下一轉語曰』八字。

⑤徐旭旦《世經堂初集》卷一七《桃花扇題辭》無題署。

【箋】

〔一〕徐旭旦《世經堂初集》卷一七有《桃花扇題辭》（《四庫未收書輯刊》第七輯第二九冊影印清康熙間刻本，頁三八〇），當係改易此文，闌入集中，冒爲己有。參見黃強《徐旭旦〈世經堂初集〉鈔襲之作述考》（《文學遺產》二〇一二年第一期）。

## 《桃花扇》凡例

孔尚任

一、劇名《桃花扇》，則桃花扇譬則珠也，作《桃花扇》之筆譬則龍也。穿雲入霧，或正或側，而龍睛龍爪，總不離乎珠，觀者當用巨眼。

一、朝政得失，文人聚散，皆確考時地，全無假借。至於兒女鍾情，賓客解嘲，雖稍有點染，亦非烏有子虛之比。

一、排場有起伏轉折，俱獨闢境界，突如而來，倏然而去，令觀者不能預擬其局面。凡局面可擬者，即厭套也。

一、每齣脈絡聯貫，不可更移，不可減少。非如舊劇，東拽西牽，便湊一齣。

一、各本填詞，每一長折，例用十曲；短折，例用八曲。優人删繁就減，只歌五六曲，往往去留弗當，辜作者之苦心。今於長折，止填八曲，短折或六或四，不令再删故也。

一、曲名不取新奇，其套數皆時流諳習者，無煩探討，入口成歌。而詞必新警，不襲人牙後一字。

一、詞曲皆非浪填，凡胷中情不可説，眼前景不能見者，則借詞曲以詠之。又一事再述，前已有説白者，此則以詞曲代之。若應作説白者，但入詞曲，聽者不解，而前後間斷矣。其已有説白者，又奚必重入詞曲哉？

一、製曲必有旨趣，一首成一首之文章，一句成一句之文章。列之案頭，歌之場上，可感可興，令人擊節歎賞，所謂歌而善也。若勉强敷衍，全無意味，則唱者聽者，皆苦事矣。

一、詞曲入宫調，叶平仄，全以詞意明亮爲主。每見南曲艱澀扭捓，令人不解，雖强合絲竹，止可作工尺字譜，何以謂之塡詞耶？

一、詞中使用典故，信手拈來，不露餖飣堆砌之痕。化腐爲新，易板爲活。點鬼垛屍，必不取也。

一、說白則抑揚鏗鏘，語句整練，設科打諢，俱有別趣。寧不通俗，不肯傷雅，頗得風人之旨。

一、舊本說白，止作三分，優人登場，自增七分，俗態惡謔，往往點金成鐵，爲文筆之累。今說白詳備，不容再添一字。篇幅稍長者，職是故耳。

一、設科之嬉笑怒罵，如白描人物，鬚眉畢現，引人入勝者，全借乎此。今俱細爲界出，其面目精神，跳躍紙上，勃勃欲生，况加以優孟摹擬乎！

一、腳色所以分別君子小人，亦有時正色不足，借用丑、淨者。潔面、花面，若人之妍媸然，當賞識於牝牡驪黄之外耳。（凡正色借用丑、淨者，如柳、蘇、丁、蔡出場時，暫洗去粉墨。）

一、上下場詩，乃一齣之始終條理，倘用舊句、俗句，草草塞責，全齣削色矣。時本多尚集唐，亦屬濫套。今俱創爲新詩，起則有端，收則有緒，著往飾歸之義，仿佛可追也。

一、全本四十齣，其上本首試一齣，末閏一齣；下本首加一齣，末續一齣，又全本四十齣之始終條理也。有始有卒，氣足神完。且脱去離合悲歡之熟徑，謂之戲文，不亦可乎？

云亭山人偶拈。

## 桃花扇綱領跋〔一〕

孔尚任

色者，離合之象也。男有其儔，女有其伍，以左右別之，而兩部之錙銖不爽。氣者，興亡之數也。君子爲朋，小人爲黨，以奇偶計之，而兩部之毫髮無差。張道士，方外人也，總結興亡之案。老贊禮，無名氏也，細參離合之場。明如鑑，平如衡，名曰傳奇，實一陰一陽之爲道矣。

云亭山人偶定。

（以上均《古本戲曲叢刊五集》影印清康熙間刻本《桃花扇傳奇》卷首）

【箋】

〔一〕底本無題名，因附於《綱領》之後，故題。

## （桃花扇）本末

孔尚任

族兄方訓公〔一〕，崇禎末，爲南部曹。予舅翁秦光儀先生〔二〕，其姻婭也，避亂依之，羈留三載，得弘光遺事甚悉。旋里後，數數爲予言之。證以諸家稗記，無弗同者，蓋實錄也。獨香姬面血濺扇，楊龍友以畫筆點之，此則龍友小史言於方訓公者。雖不見諸別籍，其事則新奇可傳。《桃花扇》一劇，感此而作也。南朝興亡，遂繫之《桃花扇》底。

予未仕時，每擬作此傳奇，恐聞見未廣，有乖信史，寤歌之餘，僅畫其輪廓，實未飾其藻采也。然獨好誇於密友曰：『吾有《桃花扇傳奇》，尚祕之枕中。』及索米長安，與僚輩飲讌，亦往往及之。又十餘年，興已闌矣。少司農田綸霞先生來京〔三〕，每見必握手索覽。予不得已，乃挑燈填詞，以塞其求。凡三易藁而書成，蓋己卯之六月也。

前有《小忽雷》傳奇一種，皆顧子天石代予填詞〔四〕。予雖稍諳宮調，恐不諧於歌者之口。及作《桃花扇》時，天石已出都矣。適吳人王壽熙者〔五〕，丁繼之友也〔六〕，赴紅蘭主人招〔七〕，留滯京邸。朝夕過從，示予以曲本套數，時優熟解者，遂依譜填之。每一曲成，必按節而歌，稍有拗字，即爲改製，故通本無聱牙之病。

《桃花扇》本成，王公薦紳，莫不借鈔，時有紙貴之譽。己卯秋夕，內侍索《桃花扇》本甚急。予之繕本，莫知流傳何所，乃於張平州中丞家〔八〕，覓得一本，午夜進之直邸，遂入內府。

己卯除夜，李木庵總憲遣使送歲金〔九〕，即索《桃花扇》爲圍爐下酒之物。開歲燈節〔一〇〕，已買優扮演矣。其班名『金斗』，出之李相國湘北先生宅〔一一〕，名噪時流。唱《題畫》一折，尤得神解也。

庚辰四月，予已解組，木庵先生招觀《桃花扇》。一時翰部臺垣，羣公咸集。讓予獨居上座，命諸伶更番進觴，邀予品題。座客嘖嘖指顧，頗有淩雲之氣。

長安之演《桃花扇》者，歲無虚日，獨寄園一席，最爲繁盛。名公鉅卿，墨客騷人，駢集者座不容膝。張施則錦天繡地，臚列則珠海珍山。選優兩部，秀者以充正色，蠢者以供雜腳。凡砌抹諸物，莫不應手裕如。優人感其厚賜，亦極力描寫，聲情俱妙。蓋園主人乃高陽相公之文孫〔一二〕，詩酒風流，今時王、謝也。故不吝物力，爲此豪舉。然笙歌靡麗之中，或有掩袂獨坐者，則故臣遺老也。燈灺酒闌，唏嘘而散。

楚地之容美〔一三〕，在萬山中，阻絶人境，即古桃源也。其洞主田舜年〔一四〕，頗嗜詩書。予友顧天石，有劉子驥之願，竟入洞訪之〔一五〕，盤桓數月，甚被崇禮。每宴必命家姬奏《桃花扇》〔一六〕，亦復旖旎可賞。蓋不知何人傳入，或有雞林之賈耶？

歲丙戌〔一七〕，予驅車恒山，遇舊寅長劉雨峯〔一八〕，爲郡太守。時羣僚高讌，留予居賓座，觀演《桃花扇》，凡兩日，纏綿盡致。僚友知出予手也，爭以杯酒爲壽。予意有未愜者，呼其部頭，即席指點焉。

顧子天石讀予《桃花扇》，引而申之，改爲《南桃花扇》〔一九〕，令生、旦當場團圞，以快觀者之目。其詞華精警，追步臨川。雖補予之不逮，未免形予傖父，予敢不避席乎？

讀《桃花扇》者，有題辭，有跋語，今已錄於前後。又有批評，有詩歌，其每折之句批在頂，總批在尾，忖度予心，百不失一。皆借讀者信筆書之，縱橫滿紙，已不記出自誰手。今皆存之，以重知己之愛。至於投詩贈歌，充盈篋笥，美且不勝收矣，俟錄專集。

《桃花扇》鈔本，久而漫滅，幾不可識。津門佟蔗村者〔二〇〕，詩人也。與粵東屈翁山善〔二一〕，翁山之遺孤，育於其家，佟爲謀婚産，無異己子，世多義之。薄遊東魯，過予舍，索鈔本讀之，纔數行，擊節叫絕。傾囊橐五十金，付之梓人。計其竣工也，尚難於百里之半，災梨眞非易事也。

云亭山人漫述。

【箋】

〔一〕族兄方訓公：即孔尚則（約一六〇五—約一六六四），字儀之，又字準之，號方訓，曲阜（今屬山東）人。明天啓七年丁卯（一六二七）舉人，崇禎十三年庚辰（一六四〇）進士，授洛陽知縣。南明時官至刑部江西司郎中。傳見《闕里文獻考》卷九〇、《闕里新志》卷三〇、乾隆《曲阜縣志》卷八六等。

〔二〕予舅翁秦光儀：孔尚任岳父。字號、籍里、生平均未詳。

〔三〕少司農田綸霞：即田雯（一六三五—一七〇四），字綸霞。官至戶部左侍郎，故稱少司農。生平詳見本卷《江花夢詩》條箋證。

〔四〕顧子天石：即顧彩（一六五〇—一七一八），字天石，生平詳見本卷《小忽雷》條解題。

〔五〕王壽熙：疑爲蘇州（今屬江蘇）人。字號、生平均未詳。著名曲師，曾入岳端（一六七〇—一七〇四）幕府。

〔六〕丁繼之：即丁胤（一五八五—一六七五後），字繼之，以字行，金陵（今江蘇南京）人。家住青溪與秦淮交匯處之南岸，人稱『丁字簾』（或稱丁氏河房）。著名崑曲串客，擅長丑、淨，扮《金鎖記》中張驢兒娘、《水滸記》中赤髮鬼劉唐等，妙絕一世。壽九十餘。參見余懷《板橋雜記》、王士禛《池北偶談》等。

〔七〕紅蘭主人：即岳端（一六七〇—一七〇四），别署紅蘭主人，生平詳見本卷《揚州夢》條解題。

〔八〕張平州中丞：名字、生平未詳。平州爲今河北盧龍，中丞即巡撫。

〔九〕李木庵總憲：即李枏（一六四七—一七〇四），原名棻，字倚江，號木庵，又號藥圃，興化（今屬江蘇）人，居崑山（今屬江蘇）。明吏科給事中李清（一六〇二—一六八三）子。清康熙十二年癸丑（一六七三）進士，選庶吉士，授翰林院檢討。累官至左都御史。著有《律令箋注》、《大遠堂奏議文集》、《大遠堂集》、《藥圃詩》（康熙四十九年晴好雨奇之閣刻本）等。傳見焦循《揚州足徵録》卷二、《國朝耆獻類徵初編》卷五八、《漢名臣傳》卷一〇、《詞林輯略》卷二、《從政觀法録》卷一〇等。

〔一〇〕開歲燈節：即清康熙三十九年庚辰（一七〇〇）元宵節。

〔一一〕李相國湘北：即李天馥（一六三七—一六九九），字湘北，號容齋，室名白燕廬，合肥（今屬安徽）籍，永城（今屬河南）人。清順治十四年丁酉（一六五七）舉人，次年戊戌進士，選庶吉士，授翰林院檢討。歷官至吏部尚書、武英殿大學士。卒謚文定。著有《容齋集》、《容齋千首詩》、《容齋詞》等。傳見韓菼《有懷堂文稿》卷一六《墓志銘》（《碑傳集》卷一三）、《清史稿·列傳》卷二六七、《清史列傳》卷九、《漢名臣傳》卷一六、《國朝耆獻類徵初編》卷七、《國朝先正事略》卷六、嘉慶《合肥縣志》卷二四等。其家班名『金斗班』，後散出。

〔一二〕高陽相公：即李霨（一六二五—一六八四），字景霱，一作景喬，又作景靄，一字臺書，號坦園，别署據梧居士，直隸高陽（今屬河北）人。清順治二年乙酉（一六四五）舉人，次年丙戌進士，官至保和殿大學士兼户部尚書，卒謚文勤。著有《閩役紀行略》、《心遠堂詩集》等。傳見王熙《王文靖公集》卷一八《墓志銘》（《碑傳集》卷四)、趙士麟《讀書堂彩衣全集》卷一六《傳》、《清史稿》卷二五七、《清史列傳》卷七、《漢名臣傳》卷二、《大清畿輔先哲傳》卷一、《國朝耆獻類徵初編》卷三等。寄園乃李霨府第，在北京下斜街。高陽相公之文孫：陸蕚庭認爲是李霨的孫子李敏迪、李敏志，見氏著《昆劇演出史稿》（上海教育出版社，二〇〇六）。

〔一三〕容美：亦稱容陽，即今湖北鶴峯，元明二代並於此置容美宣撫司，清改置鶴峯州。

〔一四〕田舜年（一六三九—一七〇六）：字韶初，一字眘生，號九峯，容美（今湖北鶴峯）人。容美宣慰使田甘霖（一六二二—一六七五）長子。清康熙十四年（一六七五），襲容美宣慰使職。編纂《二十一史纂要》、《田氏一家言》。著有《六經撮旨》、《容陽世述録》、《白鹿堂詩文集》、《清江紀行》等。撰傳奇《古城記》、《許田射獵》等。傳見《湖北歷史人物辭典》。參見趙秀麗《容美土司田舜年編輯思想探析》（《三峽大學學報》二〇一一第三期）。

〔一五〕入洞訪之：顧彩入容美事，見其《容美紀游》（吳柏森《容美紀游校注》，湖北人民出版社，一九九九），時在康熙四十三年甲申（一七〇四）二月至七月。

〔一六〕奏桃花扇：顧彩《往深齋詩集》卷八有詩《客容陽席上觀女優演孔東塘戶部桃花扇新劇》，云：『魯有東塘楚九峯，詞壇今代兩人龍。寧知一曲《桃花扇》，正在桃花洞裏逢。』參見吳柏森《容美紀游校注》。

〔一七〕丙戌：清康熙四十五年（一七〇六）。

〔一八〕舊寅長劉雨峯：即劉中柱（一六四一—一七〇三後）：字砥瀾，號雨峯，一作禹峯，别署料錯道人，寶應（今屬江蘇）人。清康熙間廩貢生，授臨淮縣教諭。曾任戶部郎中，官至眞定府知府。著有《史外叢談》、《六館日鈔》、《漁山園詩集》（清康熙間刻本）、《兼隱齋詩鈔》、《又來館詩集》、《并州百篇詩》等，其後人劉寶楠選輯有《眞定集》（稿本《劉氏二家詩録》本）。傳見《清史列傳》卷七一、道光《寶應縣志》卷一七。

〔一九〕《南桃花扇》：顧彩撰，《曲録》據《傳奇彙考》著録。《曲海總目提要》卷二四有此本。已佚。顧彩

《往深齋詩集》卷六有《雲南莊觀女優演余南桃花扇新劇》詩。

〔二〇〕佟蔗村：即佟鋐，字聲遠，號蔗村，别署空谷山人、已而道人，長白人，滿洲鑲黄旗籍。以國子監生授通判，不願謁選，卜居天津。性嗜山水，耽吟詠。其妾趙豔雪，以詩稱。傳見乾隆《天津縣志》卷一八、民國《天津縣新志》卷二一之四。

〔二一〕粤東屈翁山：即屈大均（一六三〇——一六九六），初名紹龍，又作紹隆，字翁山，又字介子，號泠君、騷餘、菜圃等，番禺（今廣東廣州）人。明末諸生。入清曾削髮爲僧，法名今種，字一靈。順治十八年（一六六一），再度蓄髮歸儒。康熙十八年（一六七九）後隱居，潛心著述。編纂《廣東文集》。著有《屈山易外》、《皇明四朝成仁録》、《廣東新語》、《道援堂詩集》、《屈翁山詩集》、《翁山詩外》、《翁山文外》等。傳見《清史稿》卷四八四、《國朝耆獻類徵初編》卷四二九、《國朝先正事略》卷五三、《文獻徵存録》卷一〇、《漁洋山人感舊集》卷一三、《明遺民録》卷一三、《小腆紀傳》卷五五、《勝朝粤東遺民録》卷一、《嶺南畫徵略》卷二、《皇清書史》卷三〇等。參見鄔慶時《屈翁山年譜》（民國二十六年排印本）、汪宗衍《屈翁山先生年譜》（臺灣文海出版社排印明清史料彙編本）。

## 《桃花扇》小識

孔尚任

傳奇者，傳其事之奇焉者也。事不奇則不傳。《桃花扇》何奇乎？妓女之扇也，蕩子之題也，遊客之畫也，皆事之鄙焉者也。爲悦己容，甘劈面以誓志，亦事之細焉者也；宜其相謔，借血點而染花，亦事之輕焉者也；私物表情，密痕寄信，又事之猥褻而不足道者也。桃花扇何奇乎？

其不奇而奇者，扇面之桃花也；桃花者，美人之血痕也；血痕者，守貞待字，碎首淋漓，不肯辱於權奸者也；權奸者，魏閹之餘孽也；餘孽者，進聲色，羅貨利，結黨復仇，隳三百年之帝基者也。帝基不存，權奸安在？惟美人之血痕，扇面之桃花，嘖嘖在口，歷歷在目，此則事之不奇而奇，不必傳而可傳者也。人面耶？桃花耶？雖歷千百春，豔紅相映，問種桃之道士，且不知歸何處矣。

康熙戊子三月，云亭山人漫書。

（以上均《古本戲曲叢刊五集》影印清康熙間刻本《桃花扇傳奇》卷末）

## 桃花扇序

顧　彩

嘗怪百子山樵所作傳奇四種〔一〕，其人率皆更名易姓，不欲以眞面目示人。而《春燈謎》一劇，尤致意於一錯二錯，至十錯而未已。蓋心有所歉，詞輒因之。乃知此公未嘗不知其生平之謬誤，而欲改頭易面以示悔過。然而清流諸君子，持之過急，絕之過嚴，使之流芳路塞，遺臭心甘，城門所殃，洊至荊棘銅駝而不顧。禍雖不始於夷門，夷門亦有不得謝其責者。嗚呼！氣節伸而東漢亡，理學熾而南宋滅。勝國晚年，雖婦人女子，亦知嚮往東林，究於天下事奚補也？當其時，偉人欲扶世祚而權不在己，宵人能覆鼎餗而溺於宴安。搤腕時艱者，徒屬之席帽青鞋之士；時露熱血者，或反在優伶口技之中。斯乾坤何等時耶！既無龍門、昌黎之文以淋漓而發揮之，又無太白、少陵之詩以長歌而痛哭之。何意六十載後，云亭山人以承平聖裔，京國閒曹，忽然興會所至，撰出《桃花扇》一書，上不悖於清議之是非，下可以供兒女之笑噱。吁！異乎哉！當日皖城自命以塡詞擅天下，詎意今人即以其技，還奪其席，而且不能匿其瑕，而且幾欲褫其魄哉！

雖然，作者上下千古，非不鑒於當日之局，而欲鋪東林之餘糟也；亦非有甚慨於青蓋黃旗之事，而爲狡童離黍之悲也。徒以署冷官閒，窗明几淨，胷有勃勃欲發之文章，而偶然借奇立傳云爾。斯時也，適然而有卻奩之義姬，適然而有掉舌之二客，適然而事在興亡之際，皆所謂奇可以傳者也。彼既奔赴於腕下，吾亦發抒其胷中。可以當長歌，可以代痛哭，可以弔零香斷粉，可以悲華屋丘山。雖人其人而事其事，若一無所避忌者，然不必目爲詞史也。

猶記歲在甲戌〔二〕，先生指署齋所懸唐朝樂器小忽雷，令余譜之。一時刻燭分箋，疊鼓競吹，覺浩浩落落，如午夜之聯詩，而性情加鬯。翌日而歌兒持板待韻，又翌日而旗亭已樹赤幟矣。斯劇之作，亦猶是焉。爲有所謂乎？無所謂乎？然讀至卒章，見板橋殘照、楊柳彎腰之語，雖使柳七復生，猶將下拜，而謂千古以上，千古以下，有不拍案叫絶，慷慨起舞者哉？妙矣，至矣，蔑以加矣！若夫夷門復出應試，似未足當高蹈之目，而桃葉卻聘一事，僅見之與中丞一書，事有不必盡實錄者。作者雖有軒輊之文，余則仍視爲太虛浮雲、空中樓閣云爾。

梁溪夢鶴居士撰。

【箋】

〔一〕百子山樵：即阮大鋮（一五八七—一六四六）。下文『皖城』亦指阮大鋮。

〔二〕甲戌：康熙三十三年（一六九四）。

## 《桃花扇》題辭

田　雯　等

一例降旗出石頭，烏啼楓落秣陵秋。南朝賸有傷心淚，更向胭脂井畔流。

白馬青絲動地哀，教坊初賜柳圈迴。《春燈》、《燕子》桃花笑，箋奏新詞狎客來。

江湖無賴弄潺湲，一載春風化杜鵑。卻怪齊梁癡帝子，莫愁湖上住年年。

商丘公子多情甚，《水調》詞頭弔六朝。眼底忽成千載恨，酒鉤歌扇總無聊。

零落桃花咽水流，垂楊顛頷暮蟬愁。香娥不比圓圓妓，門閉秦淮古渡頭。

錦瑟銷沈怨夕陽，低回舊院斷人腸。寇家姊妹知何處？更惜風流鄭妥娘。山薑子田雯題〔一〕

仙郎花下按宮韶，樂府新編慰寂寥。消得東林多少恨，梨園吹斷白牙簫。

《玉樹》歌殘迹已陳，南朝宮殿柳條新。福王少小風流慣，不愛江山愛美人。

江流滾滾抱金陵，雪鷺霜鷗詎可憑。不見滿城飛礮火，深宮猶自賞《春燈》。

青樓俠氣觸公卿，珠翠全拋黨禍成。門外烏啼烏柏樹，桃花扇底送侯生。

鴛愁鳳恨小樓深，懶向寒窗理玉琴。豪貴又將阿母奪，春光牢鎖看花心。

翠館珍樓月正圓，中涓夜半選嬋娟。可憐建業良家子，宿粉殘粧雜管絃。

書生誤國只空談，漢水樓船戰欲酣。兩岸蘆花啼杜宇，千秋遺恨左寧南。

兵散潯陽草不青，血流殷處楚江腥。軍中文武如蜂聚，排難須尋柳敬亭。

公子豪華盡妙才，秦淮燈舫一時開。千金置酒渾閒事，不許奄兒入社來。

曲中哀怨向誰論，別館春風早杜門。聞道蘭臺聲伎好，一回歌罷一消魂。千仞岡樵人陳于王題〔二〕

水天閒話付漁樵，一載南都抵六朝。羌笛檀槽收不盡，濛濛柳色白門橋。

罵坐河房記黨人，陪京防亂落前塵。山殘百子窮奇骨，祗有《春燈》曲調新。（『兩山互青冥，中有窮奇骨』，邢孟貞《山行過懷南墓》詩〔三〕。）

跋扈寧南風雀中，東林曾許出羣雄。那知不是張、韓輩，辜負當時數鉅公。（崇禎己巳，左兵兵譁皖江。時李忠文勤王北上，移檄定之，遺書錢虞山曰：『吾爲兄又得一名將矣。』）

清製排成毷毲餘，《馬伶》小傳石巢書。描摹若輩聲容處，一任文園賦《子虛》。（相傳《壯悔堂集》，朝宗於辛卯下第後〔四〕，數日成之者，故文雖奇古，事多失實。）

青溪野館明春水，北里頹垣出菜花。都入云亭新樂府，勝聽白傅舊《琵琶》。

玉茗、青藤欲比肩，石渠俎豆在臨川。濃香絕豔知多少，不及興亡扇底傳。齊州王苹題〔五〕

長板橋頭惹恨多，黃金難買玉郎歌。無端社散龍舟歇，翻出新聲付綠波。

金粉南朝重有情，人人知愛聽雛鶯。東林未許花枝好，一陣遊蜂葉底爭。

怨人不解《春燈謎》，拚使長江鐵鎖開。供奉正忙烽火報，胭脂零落女牆隈。
漁樵二老説興亡，燕子呢喃趁夕陽。眼見九江沉斷戟，烟籠春樹水茫茫。
棲霞山色白雲空，梅嶺春殘亂落紅。六十年來啼杜宇，桃花血點化春風。
寂寞香燈寫怨詞，秦淮垂柳舊絲絲。春潮夜漲天壇下，漏盡宮門月墜時。岸堂從學人唐肇拜題〔六〕

茸茸芳草一江新，桃李無言照水濱。長板橋頭人悵望，秦淮烟雨舊時春。
青溪楊柳兩行秋，粉冷脂殘簫管收。不是石巢歌舞處，淒淒風雨媚香樓。
羽扇新張天寶登，龍墀扶醉賀中興。薰風殿裏開南部，一歲烟花説秣陵。
元宵燈火夜迷離，《燕子》新教數段詞。羯鼓鼕鼕催《玉樹》，花開花落後庭知。
樓船骹矢射江鳴，朝野誰人不避兵？肝膽惟存蘇、柳輩，烟塵滿地一身行。
鐵鎖長江昨夜開，歌聲咽斷馬嘶來。迷樓辱井無人問，笑指梅花一將臺。
一聲歌罷海天空，剩水殘山夕照中。多少興亡多少淚，樵夫攜酒話漁翁。
曲終江上數峯青，金粉南朝戰血腥。野草閑花愁滿地，一時都付老云亭。琴臺朱永齡題〔七〕

中原公子説侯生，文筆曾高復社名。今日梨園譜遺事，何妨兒女有深情？
南渡真成傀儡場，一時黨禍劇披猖。翩翩高致堪摹寫，僥倖千秋是李香。
氣壓寧南惟倜儻，書投光祿雜詼諧。憑空撰出《桃花扇》，一段風流也自佳。
血作桃花寄怨孤，天涯把扇幾長吁。不知壯悔高堂下，入骨相思悔得無。

陳（定生）吴（次尾）名士鎮周旋，狎客追歡向酒邊（柳敬亭、蘇崑生）。何意塵揚東海日，江南留得李龜年（丁繼之）。

新詞不讓《長生殿》，幽韻全分玉茗堂。泉下故人呼欲出，旗亭樽酒一霑裳。商丘宋犖題〔八〕

往事南朝一夢中，興亡轉瞬鬧秋蟲。多情最是侯公子，消受桃花扇底風。

飄零金粉雨蕭蕭，舊院依稀長板橋。莫怪秦淮水嗚咽，六朝流盡又南朝。

名士傾城氣味投，何來豪貴起戈矛。卻奩更避田家聘，仿佛徐州燕子樓。

代費纏頭用意深，奄兒强欲附東林。絶交書別金陵去，肯負香君一片心！

狎客無端製豔詞，何人妙楷寫烏絲。家家燕子聞長嘆，啣得紅箋寄阿誰？

滿城兵甲少寧居，行樂深宮尚晏如。小技翻能溷遊俠，崑生曲子敬亭書。

寇（白門）、鄭（妥娘）歌喉百囀鶯，禁中傳點早知名。官家安用倡家選，輸與潛身下玉京。

漢中驕帥築高壇，庚、癸頻呼就食難。公子移書疑内應，殘棋一局等閒看。

遙憶吾鄉老畫師（藍瑛），借居香閣墨淋漓。殘山剩水何堪寫，枉寫桃源避世時。

烟花斷送秣陵春，顛倒朝堂盡弄臣。龍友不爲瑶草賣，可知貴竹有奇人。

虞山倡議采宮娥，自是詩人好事多。明月當頭杯在手，孟津聯語更如何？

冰紈濺血不須嗟，染出天台洞口花。人面依稀箋上見，不知眞蹟落誰家？

流分清濁辨來眞，復社文人目黨人。何減蘇、黄元祐籍，雞林中亦有安民。

田妃抔土改思陵，内監孤忠愁不勝。野乘漫勞增樂府，也如漆室照殘燈。（予有《曠園雜志》，載《思陵改葬始末》，先生采入樂府中。）

勝絶河房丁繼之，燈船吹竹又彈絲。誰知老去情根斷，卻與才人作導師。

半壁江山劇可憐，銅駝荊棘故依然。閑情付與漁樵話，不學長生便學禪。

蔓草王風嘆式微，《狡童》荒誕事全非。閣高一枕松風夢，獨羨逍遥舊錦衣。

養士恩深三百年，國殤能得幾人賢？傷心閣部梅花嶺，夜夜冬青哭杜鵑。

侯生仙去宋公（漫堂）存，同是梁園社裏人。使院每聞歌一闋，紅顔白髮暗傷神。（往余客宋中丞幕，每有宴會，輒演此劇。）

闕里文孫正樂年，新聲古調總清妍。譜成抵得南朝史，休與《春燈》一例傳。（《春燈謎》，阮大鋮傳奇也。）錢塘吴陳琰題〔九〕

夜半兵來促管絃，燕巢飛幙各紛然。南朝剩有福王一，縱不風流亦可憐。

板蕩維持見幾人，隻身閣部泣江濱。卻教世俗思忠毅，曾許他年社稷臣。（史公貌寢，應童子試時，左忠毅首識之，曰：『好自愛，他年社稷臣也。』聞者譏誚焉。至後果驗。）

閹門馬口氣如豬，百子山樵作好仇。餘毒東林連復社，十分錯誤一生休。

《玉樹後庭》一曲哀，宮紗歌扇賜新裁。桃花自向東風笑，爭似佳人面上來。

鼉鼓鼕鼕夕照微，耳剽舊事演新機。仲連去後誰排難？長揖軍門柳布衣。

由來賈禍是文章，公子才人總擅場。一片癡情敲兩斷，還從扇底覓餘香。古滕王特選題〔一〇〕

潭水深深柳乍垂，香君樓上好風吹。須知當日張郎筆①，染就桃花才畫眉②。

兩家樂府盛康熙，進御均叨天子知。縱使元人多院本，勾欄爭唱孔、洪詞。（亡友洪君昉思有《長生殿》傳奇，與《桃花扇》先後入內廷，並盛行於時。）會稽鞶門金埴題〔一一〕

**東魯春日展《桃花扇》傳奇悼岸堂先生作**

南朝軼事斷人魂，重展香君便面痕。不見滿天紅雨落，老伶泣過魯西門。（先生歿，雖梨園舊部，亦有泣下者。）

桃花忍見魯門西（太白詩『桃花夾岸魯門西』），正樂人亡咽鳥啼。一代風徽今墜也，云亭山色轉淒迷。金埴小郯氏再題

（以上均《古本戲曲叢刊五集》影印清康熙間刻本《桃花扇傳奇》卷首）

**【校】**

①須知當日張郎筆，金埴《巾箱說》作『不知京兆當年筆』（中華書局，一九八〇，頁一三五）。

②染就桃花才畫眉，金埴《巾箱說》作『曾染桃花向畫眉』。

**【箋】**

〔一〕田雯（一六三五—一七〇四）：　生平詳見本書卷六《江花夢詩》條箋證。此六首詩又見田雯《古歡堂集》卷三，題爲《題桃花扇傳奇絶句》（清康熙、乾隆間刻德州田氏叢書本）。

〔二〕陳于王：　字健夫，別署千仞岡樵人，順天宛平（今北京）人。俠士，以游幕爲生。與孔尚任初識於揚州，見《湖海集》卷五《贈陳健夫》。末首『聞道蘭臺聲伎好』中『蘭臺』，應指李柟（一六四七—一七〇四），生平詳見本

卷《(桃花扇)本末》條箋證。李柟於清康熙三十九年(一七〇〇)六月擢左都御史，此組詩當作於是年之後。

〔三〕邢孟貞：即邢昉(一五九〇—一六五三)，字孟貞，一字石湖，號石臼，高淳(今屬江蘇)人。明諸生，屢試不第。曾入復社。入清不仕，閉門吟詩著書。著有《宛草集》、《石臼集》。傳見《國朝耆獻類徵初編》卷四二〇。

〔四〕辛卯：順治八年(一六五一)。

〔五〕王苹(一六六一—一七二〇)：字秋史，號蓼谷、蓼村，別署蓼谷山人、七十二泉主人，歷城(今屬山東)人。康熙四十五年丙戌(一七〇六)進士，任成山衛教授，年餘告歸。著有《二十四泉草堂集》、《蓼村集》等。傳見《清史稿》卷四八九、《清史列傳》卷七〇、《國朝耆獻類徵初編》卷四三〇、《碑傳集》卷一三九、《國朝先正事略》卷三七、《文獻徵存錄》卷一〇、《國朝詩人徵略初編》卷一九、《皇清書史》卷一六等。

〔六〕唐肇：字號、籍里、生平均未詳。

〔七〕朱永齡(一六七六—一七四五)：字眘子，單縣(今屬山東)人。雍正元年(一七二三)，由新泰教諭援例授元氏知縣，後遷富陽知縣。十三年乙卯，引疾歸。傳見劉藻《富陽縣知縣朱君墓志銘》(民國《單縣志》卷二二《藝文》)、民國《單縣志》卷九。

〔八〕宋犖(一六三四—一七一三)：字牧仲，號漫堂、西陂，商丘(今屬河南)人。清大學士宋權(一五九八—一六五二)子。順治間蔭生，歷官至吏部尚書，加太子少師銜。著有《綿津山人詩集》、《西陂類稿》等。傳見《清史稿》卷二七四、《清史列傳》卷九、《碑傳集》卷六七、《國朝耆獻類徵初編》卷四六、《國朝先正事略》卷九、《漢名臣傳》卷二、《文獻徵存錄》卷一〇、《國朝詩人徵略初編》卷一三、《顏氏家藏尺牘姓氏考》、《昭代名人尺牘小傳》卷一二、《清代七百名人傳》、《國朝畫識》卷五、《國朝書畫家小傳》卷三等。參見宋犖《漫堂年譜》(清康熙間刻《西陂類稿》)。此詩又見《西陂類稿》，題《觀桃花扇傳奇漫題六絕句(侯朝宗、李姬事)》(《清代詩文集彙編》第一三五冊影印本），約作於康熙四十二年十二月（公元已入一七〇四年），時宋犖在江蘇巡撫任上。宮鴻曆（一六五六—一七一八）《恕堂集》卷三有《觀桃花扇傳奇六絕句次商丘公原韻》，今存五首（《清代詩文集彙編》第一九六冊影印清刻本）。顧嗣立（一六六五—一七二四）《秀野草堂詩集》卷一九有《十二月十四日商丘公招同朱竹垞……集小滄浪觀桃花扇傳奇謹次原韻六截句》（《清代詩文集彙編》第二一四冊影印道光二十八年顧元凱潯郡署刻本）。

〔九〕吳陳琰（約一六六一—一七一八後）：或作吳陳炎，字寶崖，一字芋珂，或作芋畦，號海木，錢塘（今浙江杭州）人。清監生。康熙四十二年（一七〇三），召試一等，授南書房纂修。五十二年，任山東茌平縣知縣，在任五年，人稱『吳佛子』。與沈玉亮合編《鳳池集》（康熙四十四年刻本）。著有《五經今文古文考》、《春秋三傳異同考》、《曠園雜志》、《通元觀志》、《江右集》、《江東集》、《北征集》、《聊復集》等。傳見《國朝杭郡詩輯》卷八、宣統《山東通志》卷七六。參見魯竹《浙西詞人吳陳琰考議》（《台州學院學報》二〇〇九年第二期）。

〔一〇〕王特選（一六八〇—一七七八）：字策軒，一字試可，或作仕可，號皃南，滕縣（今山東滕州）人。康熙四十四年乙酉（一七〇五）舉人。次年丙戌，考授內閣中書。四十七年戊子，監濼源書院。雍正八年庚戌（一七三〇），補萊蕪教諭，後陞東昌府教授。撰《闕里志》。著有《竹嘯餘音》（附《詩餘》）、《銜山閣詩集》、《半舫齋古文》等。傳見道光《滕縣志》卷八。

〔一一〕金埴（一六六三—一七四〇）：字苑孫，一字小郯，號淺人、壑門，別署鰥鰥子、聾翁、帶秋老人，山陰（今浙江紹興）人。郯縣知縣金煜（一六三八—一六九四）子。清諸生。屢試不第，以坐館、遊幕爲生。精通文字聲韻之學。參修《兗州府志》。著有《巾箱說》、《不下帶編》、《壑門詩帶》（附《春堂三言詩囈》，現存稿本）等。傳見《兩浙輶軒錄》卷一一。

# 桃花扇總評

闕 名

水外有水，山外有山，《桃花扇》曲完矣，《桃花扇》意不盡也。思其意者，一日以至千萬年，不能彷彿其妙。曲云曲云，笙歌云乎哉？科白云乎哉？

老贊禮乃開場之人，仍用以收場。柳在第一齣登場，蘇在第二齣登場，今皆收於續齣。徐皂隸卽首齣之徐公子也，先著其名，未露其面。一起一結，萬层深心，索解人不易得也。

贊禮漁樵，或巫歌，或彈詞，或弋腔，天空地闊，放意喊唱，以結全本《桃花扇》。《關雎》之亂，洋洋乎盈耳哉！

續四十齣，三唱收煞，卽《中庸》末節三引『詩云』，以咏歎之意也。『興於《詩》，立於禮，成於樂』，豈非近代一大著作？

天空地闊，放意喊唱，偏有紅帽皂隸，嚇之而逃。譜《桃花扇》之筆，卽記桃花源之筆也。可勝慨嘆！

## （桃花扇）跋語

黃元治　等

有明三百年結局，君臣將相，姦佞忠良，其間可褒可誅、可歌可泣者，雖百千萬言，亦不能盡。茲獨借管絃拍板，寫其悲感纏綿之致。又從最不要緊幾輩老名士、老白相、老青樓，飲嘯談諧，禍患離合，終始之迹，而寄國家興亡、君子小人、成敗死生之大。故貫穿往覆，揮灑淋漓。大旨要歸，眼如注矢；悽音楚調，聲似迴瀾。紀事處，忽爾鍾情；情盡處，忽爾見道。戰爭付之流水，兒女歸諸空花。作史傳觀可，作內典觀亦可。寧徒慷慨悲歌，聽者墮淚而已乎？桃源逸史黃元治跋（一）

一部傳奇，描寫五十年前遺事。君臣將相、兒女友朋，無不人人活現，遂成天地間最有關係文章。往昔之湯臨川，近今之李笠翁，皆非敵手。料錯道人劉中柱跋

先生胷中眼中，光明洞達。其是非褒貶，雖自成一家言，實天下後世之公言，所謂『游、夏不能贊一辭』也。列國賢士大夫，誰無意見？若聽其筆削，《春秋》一書，今已粉碎矣。觀《桃花扇》者，如覩祥麟瑞鳳，當平恕其心，歡喜贊歎，即感慨亦多事，況議論乎？淮南李柟跋

紈扇而曰桃花，其名豔；桃花而血色染，其情慘。以桃花扇而寫梨溶杏冶，以桃花扇而發嬉笑怒罵，以桃花扇而誅亂臣賊子，以桃花扇而正世道人心。至於齣下之編年紀月，齣末之搜才繫士，不書隱公卽位之筆，得再見矣。噫！《桃花扇》之義大矣哉！關中陳四如跋（二）

奇而眞，趣而正，諧而雅，麗而清，密而淡，詞家能事畢矣。前後作者，未有盛於此本，可爲名世一寶。潁上劉凡跋〔三〕

慷慨悲歌，淒涼苦語，是何種文章！讀之而不墮淚者，其心必石，其眼必肉。婁東葉藩跋〔四〕

【箋】

〔一〕黄元治：字自選，別署桃源逸史，黟縣（今屬安徽）人。清順治間，由廩生兩中副榜。考選書法，繕寫《實錄》成，議敍以通判用，任貴州平遠府。歷遷刑部山東司郎中，出知雲南澄江府。旋告病歸里。著有《黔中雜記》等。傳見嘉慶《黟縣志》卷六、道光《徽州府志》卷一二之二等。

〔二〕陳四如：關中人，字號、生平均未詳。

〔三〕劉凡（？—一七二六後）：字元歎，號卓崖，潁州（今安徽阜陽）人。清吏部主事劉體仁（一六二四—一六八四）長子。康熙十五年丙辰（一六七六）進士，授孟縣知縣。仕至禮部主客司郎中，督學陝西。歷任未久，遽歸。少受業於計東（一六二五—一六七六），於詩力求不凡。著有《清芳閣詩》。傳見道光《阜陽縣志》卷一一、《清詩紀事初編》卷五等。

〔四〕葉藩：太倉（今屬江蘇）人，字號、生平均未詳。

## 桃花扇後序

吴　穆〔一〕

過客衣冠，依稀優孟；郵亭宮闕，彷彿梨園。覽南渡之興亡，鶯花一歲；笑東遷之聚散，萍水三朝。爲古耽憂，有意撾罵曹之鼓；因人抱忿，無方擊斃賈之錘。往事雖陳，情焉能已？舊人猶在，吾末如何。於是譜敍兒女私恩，表一段溫柔佳話；紀述君臣公案，發千秋成敗奇聞。蓋以馬《史》班《書》，賞雅而弗能賞俗；《搜神》、《博異》，信耳而未必信心。所以許劭之評，託彼吳歈越調；董狐之筆，付諸桓笛嬴簫。此《桃花扇》之傳奇所由作也。

嗟乎！烈皇殉國，曆在中年；闖逆攻都，春當辰月。海飛山走，跳出十八孩兒；軸覆樞翻，逼死九重天子。鼎湖龍去，弓墮烏號；鐵脛鴟張，刀揮素質。鳳闕鸞臺之火，赤焰彤天；螭堦麟閣之屍，紅流赭地。薊門兵燹，絕無原廟殘甎；建業人烟，幸保陪京剩土。噫嘻！漢家之厄十世，唯光武之中興；獻公之子九人，僅重耳之尚在。以故姦頑乘釁，窺神器而包禍心；詭譎同謀，立新君而居奇貨。珪桐剪葉，封神廟之親孫；璚樹生枝，迎福藩之嫡子。千官擁戴，氣象南陽；萬姓歡呼，風流東晉。詎意黃袍加於身上，天子無愁；碧璽列於几前，寡人好色。譬如句踐，未奮志於嘗膽臥薪；荒比東昏，只留意於徵歌選舞。小憐大捨，豔叢白玉牀前；花蕊梅精，嬌簇黃金屋裏。月姊進長生之藥，枕上飛仙；麻姑貢不老之丹，盃中樂聖。以致六千君子，縮項逡巡；八百諸侯，抽身退避。胭脂古井，仍投珠翠之妃；結綺高樓，又上戈矛之士。奇可傳者，斯其一也。

至於帝業維新，沙堤任重；皇圖再造，畫省權尊。雙手擎天，須體認安劉周勃；孤衷捧日，務摹仿復楚包胥。孰不思江左夷吾，經綸嶽嶽？人皆望禁中李牧，功烈錚錚。爾乃元改靖康，政全歸檜；位登靈武，衆未誅楊。玉帛金繒，宰嚭則苞苴弗卻；刖黥湯鑊，廣漢則鉤鉅偏多。指鹿隨心，元老合稱爲長樂；鬬蛩得意，華堂應號以半閒。孫武子之兵書，用在《春燈謎》裏；李藥師之陣法，藏諸袴子襠中。截狗續貂，市井屠酤而濫貴；燔羊爛胃，庖廚奴隸而升郎。天下童謠，王與馬共；人間仙路，阮挈劉行。以致王氣全銷，無煩金厭；國風盡變，但有民訛。野日荒荒，不見旌旗戰鼓；江流泯泯，唯聞蘆荻漁歌。奇可傳者，又其一也。

若夫戡亂勤王，將須一德；奮威揚武，兵始捐忠。晉剪蘇氛，溫嶠連士行並討；唐清史孽，子儀協光弼偕征。賈寇同載而言歡，漢方復盛；廉藺負荊而任咎，趙乃稱强。豈期北鎮跳梁，鮮內靖外寧之志；南藩跋扈，多上脅下令之心。裴中立之久亡，誰平淮蔡？孫安國之不作，孰貶桓溫？座位閒爭，年庚恃長；客兵弗讓，流寇偏容。鈐閣督師，懦似慈悲佛子；轅門魁帥，勸如和事先生。不圖掃穴擣巢，疾趨於子午谷去；祇能縱剽肆掠，轉騷向丁卯橋來。眼看豺虎縱横，中原怕救；坐擁貔貅護衛，雄鎮偷安。以致白露荒洲，魚潛水靜；烏衣舊巷，燕去堂空。江草凄凄，人作揚州之夢；山雲黯黯，天消蔣阜之魂。奇可傳者，又其一也。

惟是君王游豫，親問蛙鳴；宰相閒嬉，官能犬吠。出師上表，內無蜀國之臥龍；拜將登壇，外少隋家之擒虎。乃不圖三公子作東林後勁，五秀才爲復社前驅。學論秉公，竟蹈覆巢之李燮；儒林抗節，敢追奏疏之陳東。楊左幽冤，重興舊案；荊襄積憤，特舉新旗。柳敬亭評話微丁，投清惡除姦之檄；蘇崑生歌謳賤士，葬亂軍死帥之骸。狎客歸山，丁繼之抱雷海青之慟；書商破產，蔡益所擔孔文舉之辜。藍田叔身隱畫師，引領蛾眉而學道；卞玉京名逃樂部，掉轉螓首而脩眞。之數人者，境實卑微，志堅嶽瀆；品雖高邁，位陋泥沙。挹彼豐標，似聽足音於空谷；揭斯氣節，允當砥柱於頹波。奇可傳者，又其一也。

嗚呼！當是時也，臨傾廈宇，一木何支？待斃膏肓，九還莫救。世事如此，對風景以奚堪？天運可知，望川原而欲涕。爰有夷門望族，梁苑畸人。慨琴劍之萍飄，孤蹤白下；感鄉關之梗塞，滿地黃巾。恨晉愁梁，暫拭南冠之泣；嘲風嘯月，聊追北里之歡。恰遇香君，實爲尤物。遂爾握巫峯之暮雨，攜洛浦之晴雲。三四千里之星娥，朱絲繫足；二十八字之月老，素箑盟心。百寶箱中，珍藏攝面；雙鈎簾下，鑒賞聚頭。所謂摺疊雖輕，才子投一時之贈；詠題甚重，麗人定百歲之情焉。其奈文章憎達，旣落第於吳宮；適值兵牒求援，則從戎於洛水。遠入蓮花之幕，郎是參軍；獨登楊柳之樓，妾爲思婦。感時撫景，慘淡吟詩；覩物懷人，淒涼玩扇。籠隨袖口，弗捨撲蝴蝶之風；繫近裙腰，留待殉鴛鴦之冢。紅粉於房中計日，正自含愁；青衣於樓下催粧，忽令改志。緣以中堂薦美，驅象而送向蛇吞；亦因開府覓姬，釣鯉而毆由獺祭。香君則冰凝作骨，日出當心。不樂求凰，寧甘打鴨。擲去香囊之聘，弗愛彼瑟瑟珠衫；罵回油壁之迎，徒駕到轔轔繡轂。而且粧崩墮馬，金投約指於樓窗；髻壞盤龍，玉觸搔頭於柱礎。舞非如意，孫夫人血滴眉尖；傷豈飛刀，韋娘子紅淋額角。遂致扇似團圓明月，灑來幾點流星；詩如李、杜文章，迸起一層光焰矣。

時則豪權難忤，猿亡而必致魚殃；　委曲求全，桃僵而何妨李代。　麗娘惜女，竟以身充；　香女離娘，唯餘影對。　梨花雲裏，倦魂只夢以懷人；　燕子樓中，啼眼更誰愁似我。　乃有石城舊令，粉署閒曹。　竊將點口之脂，分來染扇；　借用畫眉之筆，暫以描花。　趙合德裾上津華，變作玄都嫩蕊；　薛靈芸壺中唾色，化成度索蟠根。　扇喚桃花，歌場曾有；　紅叨人面，畫苑所稀矣。

詎知節屆靈辰，貴介賞鍾山雪景；　渡名桃葉，羣姬奏《玉樹》新聲。　錦席既張，香君與侍。　命如斯薄，誰不畏丞相天威？　情有所鍾，儂已作使君新婦。　不覺頰潮紅暈，忿忿而言；　眉蹙青顰，申申以詈。　熱雖炙手，危如燕雀之堂；　焰縱熏天，醜是麒麟之楦。　雌正平脣槍大動，滿座俱驚；　活林甫腹劍陰藏，當場反怨。　休休相度，不居殺歌妓之名；　隱隱姦謀，但唆入樂伶之選。　嗣後虬壺聽漏，寂寂長門；　蟬鬢驚秋，淒淒永巷。　昭陽日影，樹頭空盼盡寒鴉；　御苑溝流，葉上又難通錦字。　懸憶天涯夫壻，雨櫛風餐；　自憐殿角嬋娟，花癯月損。

無何洪河失險，記室從間道潛歸；　文社重聯，鈎黨陷圜扉禁錮。　罰以驢之拔橛，光祿則快意私讐；　嘆其麟也傷鉏，廷尉則酸心清議。　乃若張金吾者，受詔捕囚，下吳導伏牀之淚；　棄官避罪，識通明解組之機。　遁迹棲霞，學仙辟穀。　置是非於弗問，付榮辱於罔聞矣。　哀哉！　廟堂錯亂，擾擾如棋；　將相顛狂，紛紛似瘧。　幽拘太子，誰爲世上江充？　轥轢元妃，忍作朝中孟德？　獨有一藩恚恨，欲來內靖於苗、劉；　其如三鎮糊塗，轉去外防於韓、岳。　壁壘之長槍大劍，未分誰弱誰强；　坂磯之快馬輕刀，總屬自屠自戮。　江南撤守，人嘆城空；　淮北乘虛，兵從天降。　灰釘乞命，公輔則犬急亡家；輿櫬蒙塵，帝主則魚忙漏網。青衣變服，不用降書；白馬隨營，何須啣璧？以致猛將自裁於虎帳，轍亂旗靡；大星先落於樓船，戈拋甲棄。圍城掘鼠，廣陵莫比睢陽；投水葬魚，汨羅卽同胥浦。景華螢人，絕不見腐草之光；芳樂香塵，那復有金蓮之步？三百年豐功盛德，蟻夢槐柯；十五陵剩水殘山，蜃消海市。乾坤板蕩，無一個社稷之臣；風雨漂搖，餘幾許林泉之客。如此而已，豈不哀哉！

更賴有白髮禮生，失其姓氏；黃冠道士，曾現宰官。見陌上之銅駝，鼻酸舊國；聞山中之謝豹，腸斷先王。於以村戶醵錢，追薦中元之節；仙壇酹酒，仰招上界之靈。麥飯一盂，權抵作常年鼎鼐；菜羹半鉢，聊充爲今夕犧牲。迨及殉難忠魂，死綏厲鬼。光昭四表，趨蹌黼座於青冥；籙陟三清，扈從鑾輿於碧落。是日也，雲迷谷暗，鐘鼓伐而聲淒；沙走江喧，鐃磬敲而音慘。神威赫奕，顯劍佩於雲衢；姦魄駭奔，碎頭顱於瘴嶺。觀者如堵，伊誰無警戒之心？拜者若癡，彼皆有皈依之志。豈料羣雞立鶴，來逃獄之青衿；飛鳥依人，識出宮之紅袖。士曰『獄槐抱痛，命在如絲』；女曰『宮柳牽心，骨幾化石』。喁喁私語，訴別後之參、商；刺刺長言，遇當前之牛、女。張道士則厲聲叱咤，正色申明：『國破家亡，試問君親安在？才貪色戀，仍諧夫婦何爲？』苦海茫茫，放下屠刀而證佛；愛河滾滾，抛開蟬殼以登仙。香君乃毀短命之花，碎宮紈於落地；侯生則登回頭之岸，悟世網於俄時。從茲石榻翻經，花香繞磬；筠籠采藥，嵐氣侵衣。洵足奇焉，故可傳也。

悲夫！卦爻當《剝》，萬物乖張；劫火成灰，羣倫緯繣。綱常正氣，泯滅於臺閣簪纓；俠義高風，培養於漁樵脂粉。不分褒貶，誰復知筆墨森嚴？略別旌懲，世還有心肝戒慎。亂曰：君原聖裔，借此寓德言文政之科；僕本侯家，能不動隆替升沈之感！

《桃花扇》者，孔稼部東塘先生所編之傳奇也，乃故明弘光朝君臣將相之實事。其中以東京才子侯朝宗、南京名妓李香君，作一部針線；他如畫師、書賈、狎客、娼家，諸卑賤人，翻有義俠貞固，正爲顯達之馬、阮，下對症鍼砭耳。

北平吳穆鏡庵氏識。

（以上均《古本戲曲叢刊五集》影印清康熙間刻本《桃花扇傳奇》卷末）

【箋】

（一）吳穆：號鏡庵，別署鏡庵居士、靜庵居士，北平（今北京）人。孔尚任《燕臺雜興三十首》其十一自注云：『吳鏡庵名穆，前恭順侯之子。能詩，尤工四六。予爲游揚，文聲始噪。寄家淮南，潦倒燕市。』按恭順侯即吳惟華（？—一六六八），順天府（今北京）人。明諸生，清順治元年（一六四四）降多爾袞，任山西太原總兵。次年，封恭順侯，尋加太子太保。歷官至都察院右都御史，以營私革職下獄，免死，削爵褫職。康熙七年（一六六八），因故戴罪入旗，尋卒。傳見《清史列傳》卷七九。

## 附（桃花扇傳奇後序詳注）弁言

花庭閒客（一）

予年十六，始學駢體，讀吳鏡庵《桃花扇傳奇後序》，悅之。思援筆爲注，而家無藏書，弗能從事者。經三十四年，乙亥春仲〔二〕，閒庭無事，簾静花酣，友人忽談及之。因思邇來蓄書頗多，易酬宿願，爰爲釋之。均按原書，詳細采錄，不敢杜撰一字。且於序中之立言失體，援引不切，措詞無據者，皆更易焉。注成，付諸剞劂，以公同好云。

嘉慶丙子夏至前三日，花庭閒客自識於浣蘭軒〔三〕。

（清嘉慶二十一年刻本《吳鏡庵桃花扇傳奇後序詳注》卷首）

【箋】

〔一〕花庭閒客：姓名、籍里、生平均未詳。

〔二〕乙亥：嘉慶二十年（一八一五）。

〔三〕題署之後有印章二枚：陰文方章「養技適味」，陽文方章「炊經酌史」。

## 附　桃花扇傳奇後序詳注〔一〕

花庭閒客

過客衣冠，依稀優孟；郵亭宫闕，髣髴梨園。嘆輪局之稽延，鶯花一歲；笑偏方之寄息，萍水三朝。（原作上二句「覽南渡之興亡」、「笑東遷之聚散」。夫明福王之竊據暫時，豈宋高宗、周平王比哉？擬人不倫，語且失體，故易之。）爲古擔憂，有意撾罵曹之鼓；因人抱忿，無方擊斃賈之椎。往事雖陳，情焉能已？舊人猶在，吾末如何。於是譜敍兒女私恩，表一段溫柔佳話，紀述君臣公案，發千秋成敗奇聞。蓋以馬《史》班《書》，賞雅而弗能賞俗；《搜神》、《博異》，信耳而未必信心。所以許劭之評，託彼吳歈越調；董狐之筆，付諸桓笛嬴簫。此《桃花扇》傳奇所由作也。

嗟夫！烈皇殉國，曆在中年，闖逆攻都，春當辰月。欃森彗指，（原作『海飛山走』。按：揚雄《劇秦美新》『海水羣飛，二世而亡，何其劇也。』《昭明文選》六臣注：『海水，喻萬民；羣飛，言亂也。』又按：《述異記》：桀時泰山，山走石泣。先儒說桀之將亡，泰山三日泣，今泰山石，遠望若人泣，蓋是也。周武王謂周公曰：桀爲不道，山走石泣。明莊烈帝時逢陽九，宵旰憂勤，勵精求治，奈所用皆亡國之臣，無可如何，身殉社稷，豈夏桀、秦二世無道亡國比耶？措詞不當，故改之。）跳出十八孩兒；軸覆樞翻，逼死九重天子。鼎湖龍去，弓墜烏號；灞岸輿來，篚徵象齒。（原作『鐵脛鴟張，刀揮素質。』按『鐵脛』，見《後漢書·光武帝紀》，與銅馬、大彤、高湖、重連、大槍、尤來、上江、青犢、五校、檀鄉、五幡、五樓、富平、獲索等，皆一時羣賊別號，單舉『鐵脛』，未免挂漏，且與『鼎湖』不對。『鴟張』，見《三國志·孫堅列傳》，語張溫曰：『董卓不怖罪，而鴟張大語，請以召不時至，陳軍法斬之。』王幼學《資治通鑒綱目集覽》：『鴟張，如鴟梟惡鳥之張大。』與『鐵脛』二字，生捏不貫。『刀揮素質』，見魏文帝建安《自序》。丕造百辟寶刀，其一文似靈龜，名曰靈寶；其二彩似丹霞，名曰含章；其三鋒似崩霜，刀身劍鋏，名曰素質。與上『鐵脛鴟張』，又甚貫，文雜而句拙。因闖賊責賕，與黃巢淘物相類，引而改之。）鳳闕鸞臺之火，赤焰彤天；螭階麟閣之屍，紅流赭地。薊門兵燹，絕無原廟殘甎；建業人烟，幸保陪京剩土。噫嘻！漢家之厄十世，唯光武之中興；獻公之子九人，僅重耳之尚在。以致姦頑乘釁，窺神器而包禍心；詭譎同謀，立新君而居奇貨。珪桐翦葉，封神廟之親孫；璚樹生枝，迎福藩之嫡子。千官擁戴，氣象南陽，萬姓歡呼，風流東晉。詎意黃袍加於身上，天子無愁？碧璽列於几前，寡人好色！譬如句踐，未密志於嘗膽臥薪；荒比東昏，只留意於徵歌選舞。小憐大捨，豔叢白玉牀前；花蕊梅精，嬌簇黃金屋裏。月姊進長生之藥，枕上飛仙；麻姑貢不老之丹，盃中樂聖。以致六千君子，縮頸逡巡；

八百諸侯，抽身退避。胭脂古井，仍投珠翠之妃；結綺高樓，又上戈矛之士。奇可傳者，斯其一也。

至於隕業維新，（原作『帝業維新』，今改。）沙堤望重；棄基待振，（原作『皇圖再造』，今改。）晝省權尊。雙手擎天，須體認安劉周勃；孤衷捧日，務摹仿復楚包胥。孰不思江左夷吾，經綸嶽嶽？人皆望禁中李牧，功烈錚錚。爾乃獻值衰微，政全由卓；（原作『元改靖康，政全歸檜』，按靖康，乃宋欽宗年號，高宗之用秦檜，自紹興元年始，比擬不倫，引典又錯，故改之。）僖耽嬉戲，權盡歸田。（原作『位登靈武，衆未誅楊』。明福王豈唐肅宗比耶？故改之。）玉帛金繒，宰嚭則苞苴弗卻；刖黥湯鑊，廣漢則鉤距偏多。指鹿隨心，元老合稱爲長樂；鬬蛩得意，華堂應號以半閒。孫武子之兵書，用在《春燈謎》裏；李藥師之陣法，藏諸袴子襠中。截狗續貂，市井屠酤而濫貴；燔羊爛胃，庖廚奴隸而升郎。天下童謠，王與馬共；人間仙路，阮掔劉行。以致王氣全銷，無煩金壓；國風盡變，但有民訛。野日荒荒，不見旌旗戰鼓；江流泯泯，惟聞蘆荻漁歌。奇可傳者，又其一也。

若夫仰治求安，（原作『戡亂勤王』，立言失體。）將須一德；奮威揚武，兵始輸忠。魏挫吳鋒，李典與張遼並力；（原作『晉剪蘇氛，溫嶠連士行並討』，今改移下句。）晉清蘇孽，太眞協陶侃偕征。（原作『唐清史孽，子儀協光弼偕征』。按：郭子儀與李光弼，分兵各討，適會而合耳，非若李典、張遼之同心拒敵，溫嶠、陶侃之合議連兵也。故改之。）賈、寇同載而言歡，漢方復盛；廉、藺負荊而任咎，趙乃稱强。豈期北鎮跳梁，鮮內靖外寧之志；南藩跋扈，多氣陵威脅之心。（原作『上脅下令』之語，無典據，且欠穩，改之。）裴中立之久亡，誰平淮蔡？孫安國之不作，孰貶桓溫？坐位閒爭，年庚恃長；客兵弗讓，流寇偏容。鈴閣督師，懦似慈悲佛子；轅門魁帥，勸如和解調人。（原作『和事先生』，未見典據，且裁對不工整，改之。）不圖批亢擣虛，（原作『掃穴擣巢』，未見典據，改之。）疾趨於子午谷去；祇能縱剽肆掠，轉騷向丁卯橋來。眼看豺虎縱横，重關怕敂；（敂，叩同，原作『中原怕救』，是時李自成遁入西安，非中原也，引用不切，改之。）坐擁貔貅護衛，雄鎮偷安。以致白鷺荒洲，魚潛水靜；烏衣舊巷，燕去堂空。江草淒淒，人作揚州之夢；山雲黯黯，天消蔣阜之魂。奇可傳者，又其一也。

惟是君王游豫，親問蛙鳴；宰相遨嬉，（原作『閒嬉』，裁對不整，改之。）官能犬吠。出師上表，內無蜀國之臥龍；拜將登壇，外少隋家之擒虎。乃不圖三公子作東林後勁，五秀才爲復社前驅。嚴論秉公，竟蹈覆巢之李燮；儒林抗節，敢追奏疏之陳東。悲楊左之銜冤，全翻逆案；（原作『楊左幽冤，重興舊案』。今改。）等周雷之觸禍，幾罹淫刑。（原作『荊襄積憤，特舉新旗』。彼時左良玉鎮守荊襄，舉新旗者，言其稱兵東下也。按：左良玉，前已見於論將段，南藩跋扈二句，其稱兵東下也，後又見於廟堂錯亂段，一藩恚恨二句，此段係彙敍諸微人之志節，不應夾入此句，横亙於中，因取殺周鑣、雷縯祚事，改之。）柳敬亭評話游民，（原作微丁，未見典據，改之。）投誅惡鋤姦之檄；（原作清惡，未見典據，改之。）蘇崑生歌謳賤士，葬亂軍死帥之骸。狎客歸山，丁繼之效徐伯珍之操；（原作『抱雷海青之慟』，比擬不倫，立言失體，改之。）書商破產，蔡益所擔孔文舉之辜。藍田叔身隱畫師，引領蛾眉而入道；卞玉京名逃樂部，掉轉螓首而修眞。之數人者，境實卑微，志堅嶽瀆；品雖高邁，位陋泥沙。挹彼風標，似聽足音於空谷；揭斯氣節，允當底柱於頹波。奇可傳者，又其一也。

嗚呼！當是時也，臨傾廣廈，一木何支？待斃膏肓，九還莫救。世事如此，對風景以奚堪？天運可知，望川原而欲涕。爰有夷門望族，粱苑畸人。慨琴劍之飄零，孤蹤白下；憫陝川之蹂躪，（原作感鄉關之梗塞，是時李自成在陝，張獻忠入蜀，河南安靜無事，立言不切，改之。）滿地黃巾。懷晉悼齊，（原作『恨晉愁梁』，未見典據，改之。）暫拭南冠之泣；嘲風咏月，（原作嘯月，未見典據，改之。）聊追北里之歡。恰遇香君，實爲尤物。遂爾握巫峯之暮雨，攜洛浦之晴雲。三四千里之星娥，朱絲繫足；二十八字之月老，素箋盟心。百寶箱中，珍藏便面；（原作攝面，非，攝面者，面鑷也，與扇何涉？）雙鈎簾下，鑒賞聚頭。所謂摺疊雖輕，才子投一時之贈；咏題甚重，麗人定百歲之情焉。其奈文章憎達，既落第於吳宮；適值兵牒求援，則從戎於洛水。遠入蓮花之幕，郎是參軍；獨登楊柳之樓，妾爲思婦。感時撫景，慘淡吟詩；覩物懷人，淒涼玩扇。籠藏袖裹，（原作『籠隨袖口』，未見典據，改之。）弗捨撲蝴蝶之風；繫近裙腰，留待殉鴛鴦之冢。紅粉於房中計日，正自含愁；青衣於樓下催粧，忽令改志。緣以中堂薦美，驅象而送向蛇呑；亦因開府覓姬，釣鯉而毆由獺祭。香君則冰凝作骨，日出當心。不樂求凰，寧甘打鴨。擲去香囊之聘，弗愛彼瑟瑟珠衫；罵回油壁之車，徒駕到轔轔繡轂。而且妝崩墜馬，金投約指於樓窗；髻壞盤龍，玉觸搔頭於柱礎。舞非如意，鄧夫人（原作孫夫人，非。）血滴腮尖；傷豈飛刀，韋娘子紅淋額角。遂致扇似團圓明月，灑來幾點流星；詩如李杜文章，迸起一層光焰矣。

時則豪權難忤，猿亡而必致魚殃；委曲求全，桃僵而何妨李代？麗娘惜女，竟以身充；香女離娘，惟餘影對。梨花雲裏，傷魂只有夢懷人；（原作『只夢以懷人』，以字與下愁字不對，故改之。）燕子樓中，啼眼更無愁似我。乃有石城舊令，粉署閒曹，竊將點口之脂，分來染扇；借用畫眉之筆，暫以描花。趙合德裾上津華，變作玄都嫩蕊；薛靈芸壺中唾色，化成度索蟠根。扇喚桃花，歌臺（原作歌場，未見典據，改之。）曾有；紅叨人面，畫苑所稀矣。

詎知節屆靈辰，貴介賞鍾山雪景；渡名桃葉，名姬（原作羣姬，未見典據，且與貴介不對，改之。）奏《玉樹》歌聲，（原作新聲，與下新婦字複，改之。）錦席既張，香君與侍。命如斯薄，誰不畏丞相天威？情有所鍾，儂已作使君新婦。不覺頰潮紅暈，忿忿而言；眉蹙青顰，申申以詈。熱雖炙手，危如燕雀之堂；焰縱熏天，魄是麒麟之楦。女灌夫詞鋒怒挺，（原作『雌正平脣槍大動』，語粗，無典據，且與罵曹句複。因援馮贄《南部烟花記》，隋煬帝稱吳絳仙爲女相如例，改之。）滿座俱驚；活林甫腹劍陰藏，當場反怨。休休相度，不居殺歌妓之名；隱隱姦謀，但唆入樂伶之選。嗣後蚪壺聽漏，寂寂長門；蟬鬢驚秋，淒淒永巷。昭陽日影，樹頭空盼盡寒鴉；御苑溝流，葉上又難通錦字。懸憶天涯夫壻，雨櫛風餐；自憐殿角嬋娟，花臞月冷。（原作月損，未見典據，改之。）

無何洪河失守，記室從間道逃歸；文社重聯，鉤黨陷圜扉禁錮。罰以驢之拔橛，光祿則快意私讐；欺其麟也傷鉏，廷尉則酸心清議。乃若張金吾者，受詔捕囚，下吳導伏牀之淚；棄官避罪，識通明解組之機。遁迹棲霞，學仙辟穀。置是非於弗問，付榮辱於罔聞矣。哀哉！廟堂錯亂，擾擾如棋；將相顛狂，紛紛似瘧。幽拘太子，誰爲世上江充？轥轢元妃，忍作朝中孟德。獨有一藩恚恨，欲來內靖於苗、劉；其如三鎮糊塗，反去外防於韓、馬。（原作韓岳，夫左良玉之藉口清君側，誅馬阮，倘不死於九江，定有桓溫、朱全忠舉動，豈可比諸岳飛、韓世忠耶？ 方之韓遂馬騰，討李傕、郭汜，庶幾似之。）壁壘之長槍大劍，未分誰弱誰强；坂磯之快馬輕刀，總屬自屠自戮。江南撤守，人嘆城空；淮北乘虛，兵從天降。灰釘乞命，公輔則烏已焚巢；（原作『犬急亡家』，雖係謔語，乃誚孔子之言，馬士英、阮大鋮，豈可比耶？）組馬隨營，國主則魚難脫網。（原作『輿櫬蒙塵，帝主則魚難漏網。 青衣變服，不用降書； 白馬隨營，何須啣璧』等句，按： 輿櫬蒙塵四字，夾雜不貫，且與啣璧句複，青衣句引用不切，立言皆失體，故刪改之。）以致猛將自裁於虎帳，轍亂旗靡；大星忽落於凫舟，冰消瓦解。（原作『大星先落於樓船，戈拋甲棄』，語混入左良玉死於九江，甚見夾雜，按《明史》，黃得功佩刀坐小舟，督八總兵出迎敵，劉良佐已先歸命，沿岸招降，得功怒斥之。 忽飛矢中其喉左，得功知事不可爲，乃棄佩刀，拔矢刺吭，死於小舟中，非樓船也，改之。）拋戈拖馬，秣陵差比車師；（原作『圍城掘鼠，廣陵莫比睢陽』，按《明史》乙酉正月，史可法軍缺餉，四月二十日，大清兵至揚州，明日，總兵李棲鳳等，拔營出降，越二日，城破，史可法死之。 我大清應天順人，兵之所至，迎刃而解，人南京日，馬步兵降者二十三萬，何嘗有圍城掘鼠之事？ 引典不切，立言失體，改之。）投水葬魚，汨羅即同胥浦。景華螢火，絕不見腐草之光；芳樂香塵，那復有金蓮之步？三百年豐功盛德，蟻夢槐柯；十五陵剩水殘山，蜃消海市。乾坤板蕩，無一個社稷之臣；風雨漂搖，餘幾許林泉之客。如斯而已，豈不哀哉！

更賴有白髮禮生，失其姓字；黃冠道士，曾現宰官。見陌上之銅駝，鼻酸舊國；聞山中之謝豹，腸斷先王。於以村戶醵錢，追薦中元之節；仙壇酹酒，仰招上界之魂。麥飯一盂，權抵作常年鼎鼐；菜羹半缽，聊充爲今夕犧牲。追及殉難忠臣，死綏厲鬼。光昭四表，趨蹌黼座於青冥；籙陟三清，扈從鑾輿於碧落。是日也，雲迷谷暗，鐘鼓伐而聲淒；沙走江喧，鐃磬敲而音慘。神威赫奕，顯劍佩於雲衢；姦魄駭奔，碎頭顱於瘴嶺。觀者如堵，伊誰無警戒之心？拜者若癡，彼皆有皈依之志。豈料羣雞立鶴，來逃獄之青衿；飛鳥依人，識出宮之紅袖。士曰『獄槐抱痛，命在如絲』；女曰『宮柳牽心，骨幾化石』。喁喁私語，訴別後之參、商；刺刺長言，遇當前之牛、女。張道士則厲聲叱咤，正色申明：『國破家亡，試問君親安在？才貪色戀，仍諧夫婦何爲？』苦海茫茫，放下屠刀而證佛；愛河滾滾，抛開蟬殼而登仙。香君則毀短命之花，碎宮紈於落地；侯生則登回頭之岸，悟世網於俄時。從茲石柵翻經，花香繞磬；篘籠采藥，嵐氣侵衣。洵足奇焉，故可傳也。

悲夫！卦爻當《剝》，萬物乖張；劫火成灰，羣倫緯繣。綱常正氣，泯滅於臺閣簪纓；俠義高風，培養於漁樵脂粉。不分褒貶，誰復知筆墨森嚴？略別旌懲，世還有心肝戒慎。亂曰：君原聖裔，藉此寓德言文政之科；僕本侯家，能不動隆替升沈之感！

《桃花扇》者，孔稼部東塘先生所編之傳奇也。乃故明弘光朝君臣將相之實事，以東京才子侯朝宗，南京名妓李香君，作一部針線；他如畫師、書賈、狎客、娼家，諸卑賤人，翻有義俠貞固，正爲顯達之馬、阮，下對症鍼砭耳。

北平吳穆鏡庵識。

（北京師範大學圖書館藏清嘉慶二十一年（一八一六）刻本《桃花扇傳奇後序詳注》本）

【箋】

〔一〕本文所謂『原作』，指本卷前錄吳穆《桃花扇後序》。除小字所道及改動，其他文字齊偶有不同，無關大局，不出校。

## 附　桃花扇跋〔一〕

吴　梅

余所藏《桃花扇》，計有四本：一爲西園本，一爲姚序本，一爲李健父刻本，一卽此本，爲云亭原刻，卷首有壯悔《李香傳》，各本皆無之。四種中以此爲最佳。余遊京師日，先得西園本。後見此書在寶華堂，遂以洋蚨拾枚攜歸，與西園合璧。以校姚序本，直是天淵之别；健父新刻，竟如土苴矣。近貴池劉氏刊本，彙各本之長，亦有可取處。惜未見此本也。戊午五月廿四日，雷雨交作，小窗無事，記之如此。長洲吳梅。

（中國國家圖書館藏清康熙間刻本《桃花扇》卷首墨筆題）

【箋】

〔一〕底本無題名。

# 重刊桃花扇小引

沈成垣〔一〕

《桃花扇》自進内廷以後，流傳宇内益廣，雖愚夫愚婦，無不知此書之感慨深微，寄情遠大。所憾者，刻板爲云亭主人珍藏，東魯印本留南人案頭者，有時而盡，後學求觀不得，每借鈔於友朋，甚勞筆墨。

先大人遯叟公〔二〕，慨然念此書不可匣於後人之日，久欲重刊，以代鈔寫之苦，而同志絶少，遂不能計日成功。庚申春〔三〕，大人游淮上，與水南道人程子風衣言及此舉〔四〕，程子欣然共勷之。歸卽刻期示匠人，謂可遂此志。不意是年冬，大人忽棄人世，不能目見此刻之竣。嗚呼！天不訒美，好事難成，概如是耶？予小子墨絰，囑工畢事，將一印萬本，流於天地，求觀者無俟過費筆墨矣。

時乾隆七年壬戌仲秋上浣，愚亭居士沈成垣識於清芬〔五〕。

（北京師範大學圖書館藏清乾隆七年序泰州沈氏刻本《桃花扇》卷一）

【箋】

〔一〕沈成垣：別署愚亭居士，泰州（今屬江蘇）人。沈默子。州庠生。刻《發幽錄》。

〔二〕先大人遯叟公：卽沈默（一六六一—一七四〇），一名龍翔，字輿之，號讓齋，別署遯叟老人，室名清芬堂，泰州（今屬江蘇）人。早入州庠，康熙五十二年癸巳（一七一三）順天中式。後七上公車，春官不第。歸而著書清芬堂中，寒暑不輟。撰國史若干，編輯《發幽錄》（《海陵叢書》）。著有《庚辛試草》。傳見唐建中《傳》（《發幽錄》卷首）、《清代樸學大師列傳》、道光《泰州志》卷二四等。

〔三〕庚申：乾隆五年（一七四〇）。

〔四〕程子風衣：即程嗣立（一六八八——一七四四），原名城，更名嗣立，字風衣，號篁村、水南，別署水南道人，安東（今屬江蘇淮安）人。清貢生，困鄉試者二十年。乾隆元年丙辰（一七三六），舉博學鴻詞科，有薦之者，辭弗就。工詩文，善書畫。著有《水南詩文遺稿》。傳見程晉芳《勉行堂文集》卷六《墓志銘》、《國朝耆獻類徵初編》卷四三四。

〔五〕另有一種沈氏刻本之翻刻本，將『清芬』改爲『清芬書屋』。說見宋平生《〈桃花扇傳奇〉版刻源流考》（《中國人民大學學報》一九九二年第六期）。戚培根以爲暨南大學圖書館藏本署『清芬書屋』，爲原刻本；中國人民大學圖書館藏本署『清芬堂』，爲覆刻本，見其《〈桃花扇〉傳奇版本源流考》（《圖書館論壇》一九九二年第二期）。

# 桃花扇傳奇跋語

沈　默

《桃花扇》一書，全由國家興亡大處，感慨結想而成，非止爲兒女細事作也。大凡傳奇，皆主意於風月，而起波於軍兵離亂，唯《桃花扇》乃先痛恨於山河遷變，而借波折於侯、李。讀者不可錯會，以致目迷於賓中之賓、主中之主。山人腦中，有一段極大感慨，適然而遇侯、李之事，又適然而逢蘇、柳之輩，是以奇奇幻幻，撰出全冊，當在野史之列，不應作戲曲觀。

海陵沈默跋。

## 桃花扇傳奇跋語

沈成垣

予竊怪顧天石爲云亭知己，而不解《桃花扇》之用意組織大有苦心，漫改爲《南桃花扇》，令生旦當場團圞，則猶整看桃花，而未能破耳。云亭作《桃花扇》，是讀破萬卷之時，其胷中浩浩落落，絕無全牛矣。太祖三百年天下，可謂整齊，而其終也若此，是天下不能常整也。天下不能常整，兒女閨房之事，固能常整乎？讀入道一曲，云亭何難說幾句團圞話頭，而顧作如是筆墨？噫！山人胷中眼中，不啻薺粉於花團錦簇，而所謂團圞者，難以言盡耳。

海陵沈成垣跋。

（以上均北京師範大學圖書館藏清乾隆七年序泰州沈氏刻本《桃花扇傳奇》卷三卷首）

## 桃花扇序

王縈緒（一）

古樂有音有詩，翕純皦繹，正樂音也；雅頌得所，正樂詩也。古樂失傳，律呂分寸，諸儒聚訟，而黄鐘之管，終未克合。元音姑無論已，考《詩三百篇》，有美有刺，正變貞淫，並垂爲教，俾學者咏歌往復，而感發懲創、好善惡惡之心，有油然動於不自知者，故曰『興於詩』也。後世變爲詞曲，以合九宫之譜，誠祖《詩》之義而爲，即之不能如古樂之感人深而入人切，亦差足有補①於世教爾。

且夫夫婦者，人倫之始也。《易》曰：『有夫婦，然後有父子；有父子，然後有君臣；有君臣，然後上下禮義有所錯。』《詩》首『二南』，『二南』首②《關雎》、《鵲巢》，此物此志也。故後世傳奇之例，皆以生旦腳色爲主，老末淨丑，閒雜成章。計數百年來，傳世者不下數百種，而膾炙人口，莫如元人王實甫之《西廂記》。夫公子狂蕩，仕女淫奔，且始亂終棄，是『父母國人皆賤之』者。《會眞記》已爲淫辭，實甫乃以雕龍繡虎之筆，播之聲歌，後學愛其文詞，家傳戶誦，幾同聖經賢傳之不朽，至衍於場上。正人君子，去之惟恐不速，而庸耳俗目，樂而忘倦，嘖嘖羨美，口雖不言，心皆有欲效其事而不能、而不得者，傷風敗化之害，伊於胡底。嗚呼！古樂納人於正，而此反引人於邪，則實甫固塡詞之文宗，實甫實名教之罪人哉！然則將删生旦男女於不用，而別譜實善實惡之迹，以爲法戒乎？既與傳奇之體不合，且恐人不樂聞，曲未終而昏然欲臥者多矣，尚何教化之有？

竊嘗遍覽傳奇，擇其宜古宜今，而差有補於世教者，惟《桃花扇》一書。《桃花扇》者，云亭山人孔氏東塘撰也。東塘曲阜聖裔，學博才高，偶有感於前明南渡後一歲之興亡，乃以商丘名士侯朝宗、金陵名妓李香君爲線，而一歲中君臣政事，始終存亡，皆自此一線串成。開場所謂『借離合之情，寫興亡之感，實事實人，有憑有據』者也。

今試與《西廂記》比而論之，其鍼線之密，聯絡之巧，離合擒縱之飄忽，曲折變换之奇橫，固已駕乎其上，即四十齣詞曲之妙，直與爲異曲同工，是皆文人詞客目所共覩者。而侯朝宗、李香君之貞篤，史閣部、黄靖南之忠烈，陳定生、吴次尾之持正不阿，張瑤星以及藍田叔、蔡益所、蘇崑生、柳敬亭、丁繼之、卞玉京輩之高蹈遠引，皆足以感發而爲法者也；弘光帝之昏淫無道，馬士英、阮大鋮之姦邪誤國，高傑之恃勇喪身，左良玉之要君犯闕，二劉、田雄之賣主求榮，皆足以懲創而爲戒者也。讀者反復玩味，好善惡惡之心，當亦油然動於不自知，矧被之管絃，加以優孟之摹擬乎？較彼以狂蕩淫奔，引人於邪者，不且有薰蕕之殊哉？孟子曰：『今之樂，猶古之樂也。』惟此庶足以當之。則謂先聖正古樂於前，而東塘正今樂於後也，無不可。

乾隆丁酉歲除，東武五蓮山人王繤緒序於二所亭。

（清道光二十四年甲辰單少懷燕山堂鈔本《桃花扇傳奇》卷首〔一〕）

【校】

①有補，底本作『補有』，據文義改。

②二南首，底本作『二首南』，據文義改。

【箋】

〔一〕王繤緒（一七一三—一七八四）：字希仁，號成祉，又號天馥，別署蓮峯、五蓮山人，諸城（今屬山東）人。

乾隆元年丙辰（一七三六）恩科舉人，二十二年丁丑（一七五七）進士。官四川忠州酆都知縣、石砫直隸廳同知。著有《周易傳義合參》、《書經講義》、《詩經遵序》、《春秋集説辟謬》、《禮記集注》、《四書遵注》、《朱子昏禮參議》、《徵實錄》、《未信編》、《石砫廳志》、《滋德堂文集》、《炬餘詩集》等，輯《漢隋唐四賢集》、《宋五子文》，增訂《朱子近思錄》、《二程語錄摘讀》。現存《滋德堂古文續集》、《王氏遺書》、《石砫廳志》等。其子王鳳文等人編刻王縈緒《成祉府君自著年譜》（附章學誠《誥授奉政大夫四川石砫直隸廳同知王府君墓志銘》，清刻本），收入《北京圖書館藏珍本年譜叢刊》第九八册。

〔二〕道光二十四年甲辰（一八四四）單少懷燕山堂鈔本《桃花扇傳奇》，係王縈緒改本，今藏山東省圖書館。參見鄭志良《王縈緒與〈桃花扇〉改本》（《明清戲曲文學與文獻探考》）。

## 《桃花扇》題辭

王縈緒

江山半壁待誰裁？閫外輕抛社稷才。可惜煤山聞變後，陪京瑣鑰任人開。（崇禎甲申，史公現任南樞，馬、阮迎立福藩，公不預禁。）

逆藩（左良玉）姦党（馬士英、阮大鋮）亂如麻，廿四橋頭纛影斜。擒虎馬嘶江岸近，薰風還唱《後庭花》。

秣陵春色促干戈，騷客傳奇事不訛。扇底桃花揉已碎，江山依舊夕陽多。

南渡興亡纔一年，貞淫忠佞兩紛然。詞人彙入宫商譜，宛是家傳雅頌篇。東武王縈緒題。

（清道光二十四年甲辰畢少懷燕山堂鈔本《桃花扇傳奇》卷首）

# （桃花扇）删改緣由

王縈緒

一、左良玉不學無術，養賊遺患，且養兵害民，法所當誅，即侯朝宗《壯悔堂集》內《左寧南侯傳》，亦瑕瑜雙寫，不爲之諱。云亭稱美良玉，與史閣部、黄靖南並論，未免過譽失實，有乖千秋公論。至移兵就糧一案，下文《修札》、《投轅》，原爲阮鬍嫁①禍，侯生辭院張本，又加《撫兵》於前，止爲良玉掩飾，而去題太遠，非云亭《凡例》『龍不離珠』之法也，故删《撫兵》。

一、考福藩『三大罪、五不可立』之議，出自周、雷二公，故後遭極禍。若史公亦同此見，公現任本兵，豈肯隨人迎立？且書札入馬、阮之手，設朝之後，豈不肯與周、雷二公同論，而猶令其以閣部督師乎？故删《阻姦》。

一、《爭位》、《和戰》，皆南渡實事，卻與侯生不相干涉。即强扯侯生於其中，亦與《桃花扇》不相干涉，且損閣部之威，減靖南之色，浪費筆墨，何爲？故删《爭位》、《和戰》。

一、《鬧榭》删中副曲白一段；《投轅》改一曲，删二曲，改前半說白；《哭主》易左爲史，改白，並添一曲，改一曲；《拒媒》删後副曲白一段；《移防》删三曲，改二曲，並改說白；《媚座》、《守樓》改入上本；《草檄》改名《犯闕》，《截磯》改名《調鎮》，二折說白，亦有删改；《餘韻》删『問蒼天』一段。皆詳注緣由本齣下。

一、原文四十齣，上、下本首尾各加一齣，計四十四齣。今删四齣，上、下本各十八齣，共三十六齣，準一歲周天之數也。加首尾四齣，仍爲四十齣。

五蓮山人參議。

（以上均清道光二十四年甲辰單少懷燕山堂鈔本《桃花扇傳奇》卷首）

【校】

①嫁，底本作『架』，據文義改。

## 桃花扇跋

王縈緒

國朝詩詞，以康熙爲盛；康熙間詩詞，以吾鄉爲盛。漁洋、云亭，兩家著作也，《精華録》已家傳戶誦，冠冕南北；《桃花扇》雖亦流傳於世，究不及李笠翁輩巴人下里之曲到處扮演。豈文字之顯晦，亦有數耶？抑乏後學之表章耶？所待於知音者。

琅琊王縈緒跋。

（同上《桃花扇傳奇》卷末）

# 桃花扇傳奇書後

王縈緒

按《壯悔堂集·李姬傳》，未詳所終。據商丘孝廉某云，香君終歸朝宗，無男有女，女適某氏。其桃花扇，女家藏之，孝廉求觀，詩畫宛在，但桃花血點，色變黑耳。余子鳳文〔一〕，乾隆丙戌，應禮部試，與孝廉同號舍，得聞其說。王覺斯泥金楷書阮大鋮《燕子箋》進覽，今亦存浙東某氏家。先從兄凝箕官浙時見之。與《桃花扇》皆百餘年筆墨也，而人心薰蕕之辨，大不同矣。又同年瀘州刺史楊君笠湖〔二〕，乾隆壬申科，官豫同考。中秋夜，將曉，夢一麗人，吳下妝，年四十許，拜請曰：『對策有「桂花香」者，幸公留意。』次日，閱策文，老字五號，果有『桂花香』三字，其題適乏進呈卷，薦之即獲雋。撤闈接見，則朝宗曾孫元標也。竊疑麗人或即香君。香君吳人，已雖無子，而貞慧之靈，死而不亡，故入試官之夢，以報朝宗，顯其後裔與？是未可知也。

（山東省圖書館藏清鈔本《滋德堂古文續集》）

【箋】

〔一〕余子鳳文：即王鳳文（一七二八—一七九七），字竹軒，諸城（今屬山東）人。王縈緒長子。乾隆五十二年丁未（一七八七）舉人，知饒陽縣，擢雲龍州知州。年七十，卒於官。傳見道光《諸城縣續志》卷一四。

〔二〕瀘州刺史楊君笠湖：即楊潮觀（一七一二—一七九一），號笠湖，生平詳見本書卷七《吟風閣雜劇》條解題。王縈緒《成祉府君自著年譜》乾隆三十八年五月載：『交瀘州知州楊公笠湖。公名潮觀，長洲人，學問深邃，尤工填詞，其最著者曰《吟風閣》。嘗贈府君一聯云：「主敬存誠，學問遠宗濂洛；如潮似海，文章直接蘇韓。」

《北京圖書館藏珍本年譜叢刊》第九八册影印本。

## （桃花扇傳奇）識語

李國松〔一〕

《桃花扇》傳奇四卷，前人推許至矣。顧坊間遞相翻印，譌謬幾不堪寓目。今年夏，有以是書求沽者，雖散佚過半，實爲云亭自刻原槧。友人見而悦之，慫恿重刊，以公諸世。爰搜集市肆諸足本，參考互訂，追涼之暇，日校數頁。其序目、題辭，諸篇之編次未當者，又復謬加釐正，别爲一卷，冠於首。凡三月而竟事，又閲月而梓成。烏虖！視博弈以猶賢，聽新樂則不倦。知我笑我，亦任諸世之君子焉爾。

光緒乙未重陽日，蘭雪堂主人漫識〔二〕。

（清光緒二十一年乙未蘭雪堂主人重校刻本《桃花扇傳奇》卷首總目後）

【箋】

〔一〕李國松（一八七八—一九四九）：字健父，號木公，一號槃齋，别署蘭雪齋主人，合肥（今屬安徽）人。家藏圖書數萬卷，後歸於復旦大學圖書館。

〔二〕題署之後有印章三枚：陰文方章「青蓮後人」，陽文方章「蒼龍舊友」、「清風灑蘭雪」。

## 桃花扇題辭〔一〕

侯　銓〔二〕

青蓋黃旗事可哀，鍾山王氣水東流。碧桑眼底傷心淚，付與詞場菊部頭。

胭脂井畔事如何，扇底桃花濺血多。長板橋頭尋舊迹，零香斷雨滿青莎。

嘉定侯銓。

（中國國家圖書館藏清光緒二十一年乙未蘭雪堂主人刻本《桃花扇傳奇》卷首）

**【箋】**

〔一〕底本無題名。

〔二〕侯銓：字秉衡，號梅圃，嘉定（今屬上海）人。監貢生侯開國（約一六四一—約一七一〇）長子。廩生。與弟永（字聲虞），并以詩文書法稱於時。寓居虞山，與陳祖範、汪沈琇、王應奎等結海虞吟社。傳見《練音初集》、《國朝詩別裁集》卷二七、《海虞詩苑》卷一六、《皇清書史》卷二一等。

## 書桃花扇傳奇後〔一〕

包世臣〔二〕

傳奇體雖晚出，然其流出於樂。樂之爲教也，廣博易良，廣博則取類也遠，易良則起興也切。故傳奇之至者，必深有得於古文隱顯、回互、激射之法，以屬思鑄局。若徒於聲容求工，離合見巧，則俳優之技而已。

近世傳奇以《桃花扇》爲最，淺者謂爲佳人才子之章句，而賞其文辭清麗，結構奇縱；深者則謂其指在明季興亡，侯、李乃是點染。顛倒主賓，以眩耳目，用力如一髮引千鈞，累九丸而不墜者，近之矣。然其意旨存於隱顯，義例見於回互，斷制寓於激射，實非苟然而作，或未之深知也。道鄰身任督師，令不行於四鎮，故於虎山自剄時，著『三百年天下亡於我手』之語，以明責其罪。虎山罪明，則道鄰可見。不責高、劉者，以其不足責也。然福王之立也，道鄰中夜結士英以定議。（事見朝宗《四憶堂詩》。梅村《九江哀》亦云：『大學士史可法、馬士英定策，奉福藩世子。』）福王立，則與崑山齟齬，無以得上游屏翰之力。而爲之曲諱者，蓋不欲專府獄道鄰，使馬、阮反得從從罪也。既書道鄰之死不明，而又書祭者責其並不能求死於戰也。龍友死戰而不書者，以黨惡咎重，不許其以死自贖也。崑山之死也，特書『後世將以我爲亂臣』之語者，明其心之非叛，而罪則當死。蓋崑山不稱兵離楚，則馬、阮不奪虎山，許定國雖北渡河，尚可截淮爲守也。至北都自死諸臣，上不能致身以恤國難，下不能引退而遠利祿，是直計無復之，欲買價泉裏耳。故借書賈射利之語，以深致其誚。其士人負重名、持横議者，無如三公子、五秀才，而迂腐蒙昧，乃與尸居者不殊。然而世固非無才也，敬亭、崑生、香君，皆抱忠義智勇，辱在塗泥。故備書香君之不肯徒死，而必達其誠，所以愧自經溝瀆之流；書敬亭、崑生艱難委曲，以必濟所事，而庸懦誤國者，無地可立於人世矣。賢人在野，立巖廊、主封域者，非姦則庸，欲求國步之不日蹙，其可得乎？然而爲師爲長，端本爲士。士人倚恃門地，自詡虛車，務聲華，援黨與，以犄摭長短，其禍之發也，常至結連家國而不可救。此作者所爲洞微察遠，而不得不藉朝宗以三致其意者也。

（《續修四庫全書》第一〇八二册影印清道光二十六年白門倦游閣木活字印《安吳四種》所收《藝舟雙楫》卷二，頁六二六—六二七）

【箋】

〔一〕據《藝舟雙楫》目錄，此序作於道光七年丁亥（一八二七）。

〔二〕包世臣（一七七五—一八五五）：字慎伯，號倦翁、慎齋，别署白門倦遊閣外史，世稱包安吳，涇縣（今屬安徽）人。六赴秋闈，嘉慶十三年戊辰（一八〇八）舉人。後屢上春官，不第，以遊幕、著述爲事。道光十五年乙未（一八三五）大挑，攝新喻縣。年餘，被劾罷官，寓居江寧。留心經世之學，工詞章，擅書法。著有《小倦遊閣集》、《安吳四種》等。一九九五年黄山書社排印《包世臣全集》。傳見《清史稿》卷四九一、《清史列傳》卷七三、《續碑傳集》卷七九、《清代七百名人傳》、《清儒學案小傳》卷一四、《清代樸學大師列傳》卷二一、《皖志列傳稿》卷六、《昭代名人尺牘續集小傳》卷七、《國朝書畫家筆録》卷三、《皇清書史》卷一二、《國朝書人輯略》卷八、《書林藻鑑》、民國《安徽通志稿》等。參見胡韞玉《包慎伯先生年譜》（民國十二年安吳胡氏排印樸學齋叢刊本）。

## 附　桃花扇跋〔一〕

吴　梅

東塘此作，閲十餘年之久，凡三易稿而成，自是精心結撰，其中雖科諢亦有所本。觀其自述

《本末》，及歷記《考據》各條，語語可作信史。自有傳奇以來，能細按年月，確考時地者，實自東塘爲始。傳奇之尊，遂得與詩詞同其聲價矣。

通部布局，無懈可擊。至《修眞》、《入道》諸折，又破除生、旦團圓之成例，而以中元建醮收科，排場亦不冷落。此等設想，更爲周匝。故論《桃花扇》之品格，直是前無古人。

所惜者，通本無耐唱之曲，除此選諸套外，恐亦寥寥，不足動聽矣。馬、阮諸曲，固不必細膩風華，而生、旦則不能草草也。《眠香》、《卻奩》諸齣，世皆目爲妙詞，而細唱曲不過一二支，亦太簡矣。東塘《凡例》中，自言曲取簡單，多不過七八曲，而不知其非也。（此病《長生殿》所無。）

云亭尚有《小忽雷》一種，譜唐人梁生本事，皆顧天石爲之塡詞，文字平庸，可讀者止一二套耳；而自負不淺，又爲云亭作《南桃花扇》，使生、旦團圓，以饜觀場者之目，更無謂矣。

霜崖。

（民國十九年上海商務印書館排印本吳梅《曲選》卷四）

【箋】

〔一〕底本無題名。

## 醉高歌（張雍敬）

張雍敬（一六五〇前——一七一九前），初名珩，字珩佩，一字簡庵，別署風雅主人、簡閣道人，室名靈雀軒，秀水（今浙江嘉興）人。精數學、曆學，著《定律玉衡》等。工詩文，善畫。著有《宣城遊學記》、《西術推步法例》、《環愁草》、《閒留集》等。撰戲曲十一種，僅存《醉高歌》傳奇。傳見《國朝畫識》卷五、《疇人傳》卷四〇、《清朝書畫家筆錄》卷二、鄭鳳鏘《新塍瑣志》等。參見徐明翔《清初曲家張雍敬生平經歷及交游考述》（《浙江藝術職業學院學報》二〇一八年第四期）。

《醉高歌》傳奇，《古典戲曲存目彙考》著錄，現存乾隆三年戊午（一七三八）靈雀軒刻本、舊鈔本。

## 《醉高歌》序

張雍敬〔一〕

甚矣，文章知己之難也。夫《莊子》，文之至奇者也，今古有不知之者乎？則欲遇知其解者，當亦甚無難矣，顧必俟諸百世之遠。且以百世之遠，而等諸旦暮，則何其望之甚深，而又若幾幾乎不敢望也。夫旦暮不可必，故俟諸百世，乃遇之百世之遠，而幸之有若旦暮，則非以百世爲可必也。政以百世猶不可必耳，則甚矣文章知己之難也。

惟其難也，故不得不望之百世而下；亦惟其難也，故愈不敢輕望乎百世而下。蓋能知莊子者，必其能作《南華》。心即莊子之心，才即莊子之才，而後先兩人，眞如一人者也。迄今百世之遠矣，未聞有能再作《南華》者。人乃爭爲之評，爭爲之注，自附於知者甚夥，而卒未有定論，則以人非莊子之人也。然則凡所謂知莊子者，不特今百世之遠之未有，且將令繼此千萬世並莫有知其解者矣。然則知己之難，詎不信夫？

而遇之無難者，則唯王實甫之《西廂》。《西廂》，詞之至奇者也。其在當日，亦已膾炙人口，流譽騷壇，有關漢卿爲之續，有丹丘子爲之評，有董解元爲之脫化，而明之李卓吾、湯若士、徐文長輩，又皆爲之評點，則世之知之者，類不乏人。然猶是評莊子、注莊子者耳，欲求能再作《南華》者，則尚未易得也。近乃得一金聖歎。聖歎之爲評點也，句梳而字櫛焉，微者顯之，淺者深之。作者有其意，而讀者或未之能解，聖歎獨能解之；即作者未必有其意，而聖歎別以己意解之，能使讀者皆信爲實有其意。蓋不唯使作者之精神盡出，而並使讀者之精神與之俱出，斯豈非心即實甫之心，才即實甫之才，而兩人如一人者與！夫以莊子之文，歷百世而未遇知其解者；實甫之詞，僅三百餘年而蚤已遇之，則其足幸也，又奚啻旦暮矣！實甫有知，亦可快然無憾矣乎！

雖然，猶有憾。鄉使當元之世，天既生一實甫，又即生一聖歎，則彼兩人者，心相同也，才相若也，把臂入林，倡予和女，其愉快又當何如乎？乃顧使此兩人，一生於三百年之前，既不能逮見聖歎，而心感其爲知己；一生於三百年之後，又不得親炙實甫，而自表其爲知己。夫既前不見古人，後不見來者，則三百年之與百世，總一不相遇爾，又安見百世爲相遇之遠，而三百年爲相遇之近，而足幸也哉？

是固所貴乎知己者，貴於生同時，而無取乎曠世而相感也；貴於面相識，而無取乎聞聲而相思也。然而難矣，蓋天之生才有限，日月之精英，山川之靈淑，恒必越數百年而後生一人焉。則此一人者，固間氣所鍾，不可無一，而亦不能有二，此其所以爲奇也。若一時而頓有兩人，則其爲才也必非奇才，而造物之生才，亦不甚奇矣。

然則文章知己，必無遇之旦暮者乎？曰：是則有一說焉。天雖不能既生一人，又生一人焉以爲之知己，而不能不間生一人，則亦不能使此一人者不自爲知己。夫『文章千古事，得失寸心知』。人以爲他人知我，勝我自知；我則以爲我之自知，更勝於人之知我。我自知我，又何待於百世，並何論旦暮哉！

此其說，余得以身證之。余弱冠時，雅好樂府，嘗作傳奇雜劇十餘種。既而學道，綺語是戒，鄉所成稿，多爲好事者取去。迄今三十餘年，其詞之工拙，亦多不復記憶。庚辰歲〔二〕，章子禹陶從予問制藝法。予謂：『作文之法，其妙悉寓於傳奇。生、旦，其題旨也；外、末、丑、淨，其陪襯也。劈空結撰，文心巧也；點綴附會，援引博也。關目佈置，鍊局勢也；折數斷續，明層次也。而且埋伏有根，照應有法，線索必貫，收拾必完。既曲盡行文之妙，而其音律宮調之嚴，則又如傳注之不可或背，先民之不可不程。至其情文相生，能使古人重開生面，神情口角，無不曲肖，令觀者聽者，俳則頤解，怒則髮指，樂焉而歌，感焉而泣，皆有不期然而然者。夫文章至於肖其神情，肖其口角，而可喜可怒、可歌可哭，則至矣盡矣，蔑以加矣。制藝之法，亦若是焉已矣。』

語次，因憶鄉之所作，當猶有存者。隨檢諸簏中，得《醉高歌》傳奇，《再生緣》、《千秋恨》、《仙筵投李》雜劇四種。驟讀之而驚，以爲此非詞家所能有也；再讀之而疑，以爲此非我才所能辨也。吾不知作此詞時，若何構思，若何運筆。其矢口而成耶？其苦吟而得耶？其亦擊節歎賞而自鳴得意否耶？遙憶當時，杳如隔世，恍若三十年前作者一人，三十年後讀者又一人也。第覺當日所命之意，皆今日我意之所欲吐；當日所造之語，皆今日我口之所欲宣。欣賞之至，爰爲評之點之。是天生我於三十年之前，使我卽爲實甫；留我於三十年之後，使我卽爲聖歎，則亦造物之奇也。

夫實甫、聖歎，猶曰兩人如一人耳，而我則一人而如兩人。兩而一之，猶有間也；一而兩之，又寧有間與？我爲我知，我與我遇，得諸己而有餘矣，而又何所俟而何所憾也耶？雖然，終不能無所俟，無所憾也。世之人，稍能握筆，撰爲詩文，輒自作評點，託爲名流之所鑒賞，以欺世之聾瞽，往往爲識者所嗤鄙。今乃尤而效之，得毋與之連類共笑而並棄之乎？意非更得一人焉，能契我三十年前之心之才，又卽契我三十年後之心之才，而爲之取證，終無以見我評點之至當，一如聖歎之於實甫，而夐絕於世俗之所爲也。然而此一人者，其旦暮遇之乎，未可知也；其俟諸百世乎，亦未可知也。苟其未可知也，則文章知己之難，詎不信夫？詎不信夫？

莊子所謂知其解者，非指文章。金聖歎亦豈便是實甫知己？篇中請此二客，祇圖作一篇好文字，如古人賦詩，斷章取義，《莊子》之寓言十九云爾。

**【箋】**

〔一〕底本未題作者名，版心題『自序』，則此文當爲張雍敬撰。

〔二〕庚辰歲：清康熙三十九年（一七〇〇）。張雍敬自云三十餘年前弱冠時，撰傳奇雜劇十餘種，若其時二十歲，則當生於清順治七年（一六五〇）前。

## （醉高歌）序

潘　耒[一]

文詞詩賦，其體各異，古今才子，往往不能兼善者，以爲其法不同，未可以合一也。況塡詞之與制藝，尤爲迥異者哉！我友張子簡庵，天資穎悟，文心巧妙，謂可以一之。其論作文之法，謂莫備於傳奇。有聞而疑之者，張子曰：『天下之理，一而已矣。苟得其一，則凡事可通。況制藝之與塡詞，均文類乎！』

予閒居林下，時相往還，因得讀其塡詞四種，才情直踞元人之上，斯已奇矣。復自評之點之，以暢通之，其章法變化，宛然與八股吻合。其論奇而正，新而確。問舉業者，讀其書而究其法，其於制藝也何有？果能神而明之，則凡文、詞、詩、賦，皆可通而爲一，又何患乎才之不能兼善哉？謂予不信，試取其書而讀之。

松陵潘耒拜題[二]。

**【箋】**

[一]潘耒（一六四六—一七〇八）：原名棟吳，字次耕，號稼堂、南村，晚號止止居士，藏書室名遂初堂、大雅堂，吴江（今屬江蘇）人。康熙十八年己未（一六七九），舉博學鴻詞，授翰林院檢討，參與纂修《明史》，主纂《食貨志》。終以浮躁降職。著有《類音》、《遂初堂集》、《遂初堂集外詩文稿》等。傳見沈彤《果堂集》卷一〇《傳》及卷

一一《行狀》、《清史稿》卷四八九、《清史列傳》卷七一、《碑傳集》卷四五及卷一三二、《國朝耆獻類徵初編》卷一一八、《國朝先正事略》卷一二、《文獻徵存錄》卷九《清朝七百名人傳》、《清儒學案小傳》卷八、《清代樸學大師列傳》卷一、《國史文苑傳稿》卷一、《己未詞科錄》卷三、《國朝詩人徵略初編》卷一一、《漁洋山人感舊集》卷一五、《顔氏家藏尺牘姓氏考》、《昭代名人尺牘小傳》卷九等。

〔二〕題署之後有印章二枚：陽文方章『潘耒之印』，陰文方章『太史氏』。

## （醉高歌）敍

張翊清〔一〕

塡詞必推夫元人，與唐之詩、宋之詞、明之制藝一也。後之作者，當無復有勝之者矣。不惟不能勝之，亦豈復有與之並駕者乎？設於此而謂猶有以勝之，不將舉天下而羣駴其妄也哉？而證之先兄，則亦竟有不妄者。

先兄穎悟絕世，時藝而外，詩、文、詞、賦，以及律呂、篆畫、圖章，靡不可以名世。然易成而易棄，不自珍惜。所相爲終身者，曆學、塡詞而已。夫塡詞，小數也，視曆道之精微淵奥，大不相侔，夫亦何爲而同其耆好哉？蓋先兄立志甚高，必欲居世之第一而後快。以爲吾詩詞雖佳，恐未之勝李、杜、秦、周；文雖佳，恐未之勝韓、柳、王、唐。卽伯仲古人，而吾已居其次矣。思夫曆學自漢以來，聖道猶未盡明，此誠古今之絕學，而可以收其功。故畢生之力，從事於此，明聖道，斥異說，闡蓋天九重，著天地七政，恒星之里寔盈縮、翕闢視差諸數，以窮渾天之原，爲綱絃諸立成，以立句股測算之本。書凡十餘種，蓋皆存曆理於一線，仔肩天地，權衡造化，料量法象，而振起千秋者也。

暇則寄情於填詞，謂其體兼詩、文、詞、賦，而其法合乎八股，可爲制藝之津梁。其才情，則元人猶未之能盡者也。因復取《醉高歌》、《千秋恨》、《再生緣》、《仙筵投李》四種，自爲評點，以示志焉。然斯道也，文人置之久矣，夫孰能知之？其能無知己之嘆歟？惟翊清從事於此，故於評點之當，雖不能贊一詞，而寔有以深契之矣。且文章各有定體，詩文已不相通，而況以諧聲按律之文，悉備乎八股變化之法哉？奇矣，至矣！誠哉古今之第一也已！而其自敍與所題詞，及所評者，有文焉；而白之中有詩焉，有詞焉，有賦焉。故雖一填詞，能令讀者知其可以王，可以唐，可以李、杜，可以韓、柳，而無不可以秦、周者，又具於是，寧僅爭勝於王、關、白、馬而已哉！苟能知其可以王，可以唐，可以李、杜、韓、柳、秦、周，而寔可以勝元人，以獨立乎四百年之內，則其超守敬，軼洛下，而爲二千餘年之一人者，殆亦可因此而信之矣。夫文章知己，得諸於己；而評點知己，復得之於手足，並無俟旦暮，又何論百世之遠哉？夫亦可以快然而無恨矣乎！

唯是曆學、填詞，相去甚遠，其所重在彼不在此。翊清不患讀填詞而不心折乎先兄之才，誠爲四百餘年之一人，以信予言之不妄。第恐人讐其才，謂填詞已足以盡其奇，外此不復有所求，而不知又爲二千餘年之一人，則夫經天緯地之文，不反因此而隱乎？知己之難，不在文章矣。

康熙己亥歲仲冬朔〔二〕，同懷弟翊清拜撰。

【箋】

〔一〕張翊清：張雍敬弟，字號、生平均未詳。

〔二〕己亥歲：康熙五十八年（一七一九）。是年仲冬朔日，公元已入一七二〇年。張翊清《敘》稱雍敬爲『先兄』，則張雍敬當卒於康熙五十八年之前。

# 文體一致題辭

闕名〔一〕

讀文作文，初無二致。故善讀文者，必善於作文；其不善作文者，必其不善於讀者也。所謂善讀者，無他，眼到、口到、心到而已矣。夫『三到』之説，世莫不聞，而何善作文者之尠耶？則於所謂『三到』者，猶未之甚解也。

蓋眼到，非徒讀一字看一字，讀一句看一句已也。讀起處，便須注射到結處；讀結處，便須迴顧到起處。至其間呼應處、關鍵處、提掇照映處，必須眼光四射，照顧靡遺。務使一篇之文字與一篇之精神，全體畢現於目前，只當作一句讀，一句看，夫而後謂之眼到也。

口到，非徒高聲朗誦，字句清楚已也。須知每句中，有應一字一讀，二字一讀，或三字四字一讀者；每段中，有應兩句一連，三句一連，或四五句、六七句，以至一二十句一連者。其間接奏斷續，務要分明。其勢緊注處，不可緩讀；其氣和平處，不可急讀。至於神情口氣，指點者，須像指點；咏歎者，還其咏歎。或抒情寫志，或感慨悲涼，文情既別，讀法亦殊。抑揚頓挫，輕重疾徐，莫不有自然之音節存焉，夫而後謂之口到也。

若所謂心到者，看一題，非徒解一題，讀一句，非徒會意一句也。凡看一題，即有題前題後、題内題外、反面側面、實處虚處。以至全部經書，有語同而意别，有意合而語殊，或各分頭項，或互相發明，須一一融洽於胷中。看題既明，然後文之佳否，乃得而見。每讀一句，即當想其用意之所在，爲寫實義，爲寫虚神；爲是伏案，爲是承明；爲是挽抱上文，爲是偷吸下意；爲開爲合，爲賓爲主；爲反正，爲串側。雖股法段落，界限分明，而其氣脈流通，任舉一言片語，無有不與全神相貫穿者。譬如蛛網，有蟲觸之，其觸處甚微，而全網莫不俱動。斯其爲心到已。

此非讀時文當然也，凡讀一切古文、詩賦、詞曲，皆當以此法讀之。而未善讀文者，唯當先讀塡詞，則眼到、心到，猶與文同，而口到一事，則神情音節，自能如法，故入手最易。口到既得，則眼到、心到，亦與之俱得，蓋三者原屬一事也。故必先讀塡詞，而後移此法以讀他書，則莫不善讀矣。即以讀法爲作法，則無不善作矣。

雖然，此言也出，世必將聞而疑之，謂夫塡詞之與舉業，不相通也。不知詩賦文詞，有異體而無異理，作者亦只有一法而更無二法。主人生平，於學問一途，更無甚得力異人處，唯是看得天下祇有一理，不論作詩文詞賦，亦祇是用一法耳。吾願學者以『三到』法，先熟讀此四種塡詞，則於讀文作文，自必皆有得力處也。

**【箋】**

〔一〕此文當爲張雍敬撰。

# 〈醉高歌〉總論

闕　名〔一〕

《金鶯兒》原傳止有百五十餘字，而《醉高歌》填詞，乃有萬二千餘言。此非於本題之外，别有生發也，不過就題前題後，反面側面，段落處，鏄縫處，一一勘得分明，則唯恐描寫不盡，無待乎别有生發也。

全傳十二折，唯《寄詞》一折是其正面。其前《定情》，則『樂心肯意獨自來時』之句也；《紀夢》，則『來時節兩三句話，去時節一篇詩』之句也；《泣别》，則『畫船開拋、閃得人獨自』之句也；《情幻》，則『不流心事，不隔相思，記在人心窩直到死』之句也。此皆所謂段落處也。《護花》，伏被劾之根；《露情》，證被劾之實——此則題之鏄縫處也。是皆爲題中之所固有。

若夫登筵識面，過訪訂盟，及臨江舟次，邂逅重逢，似非題中之所有。而遇合之初，必卽漸相親；挂冠之後，必續尋舊好。始終情事，想有當然，則所謂題前題後者也。至於聞歌看舞，鏡裏窺粧，風雨秋宵，夢魂顛倒，則又其故作波瀾，而生情於反面側面者也。

故曰：好著只在局中，巧樣盡在機上。絕妙文章都在題内，衹要勘題，極其分明耳。故作文之法，先貴審題，必也一路不饒，一絲不走，行行顧母，滴滴歸源，然後能變化縱横，生新出色。若曰『題外生情』，甚則認影迷頭，不甚亦畫蛇添足矣。

或曰：『此傳首以識畫，終以證畫，非題外者乎？而反若以此爲全部之張本，始終之關鍵者，則何也？』道人曰：『古人凡作詩文，皆必有一主意寓於其中，無徒作者，特藏而不露，世或未易察耳。此傳之始終於畫者，則主人寓意之所在也。若曰我此一本《醉高歌》，全是畫一金鶯兒也云爾。』

（以上均清乾隆三年靈雀軒刻本《醉高歌傳奇》卷首）

【箋】

〔一〕此文當爲張雍敬撰。

## 醉高歌目錄識語〔一〕

闕　名〔二〕

元人雜劇止有四折，其題目正名，止各一句。至《西廂記》乃用四劇十六折，而題目正名，於篇首既總立四句，每劇又各立四句，且叶之以韻。蓋既變雜劇而爲傳奇，則其體製自不得不與之俱變。然細按之，實有未妥。如以『張君瑞巧作東牀壻』爲題目，是矣，而開口先說法本，是豈可以爲題目耶？以『崔鶯鶯待月西廂記』爲正名，是矣，而老夫人一句，豈可以爲正名耶？其未妥者一。且篇首既有題目正名，則一部傳奇，大義已該括於此，無容又分出四箇題目、四箇正名也，其未妥者二。若謂劇中每折各有其意，則一劇四折之中，折折皆可爲題目，亦皆可爲正名，乃以兩折派作題目，兩折派作正名，其未妥者三。題目正名，既有一十六句，以應一十六折，則必挨其次第，使名目一一皆與篇合方可。今按第一劇中，《鬧齋》爲第二折，而『小紅娘傳好事』乃作第三句；《聯吟》爲第三折，而『崔鶯鶯燒夜香』又作第二句，其未妥者四。此等處，人以其無關於傳奇之工拙，往往忽略，殊不知此政體裁所在，不可不辨也。今此傳題目正名，止用二句，以復元人之舊；分爲三劇，以仿實甫之體；每折則各以二字名之，如近代南曲傳奇之例。會古今南北而酌定之，庶得其當已。

（清乾隆三年靈雀軒刻本《醉高歌傳奇》卷首目録後）

【箋】

〔一〕底本無題名。

〔二〕此文當爲張雍敬撰。

## （醉高歌）總評

闕　名〔一〕

或問：『文章如何得佳？』曰：『只要熟，多讀多做，自然得佳。』『或資鈍不能多讀，事擾不能多做，奈何？』曰：『有反約法，有偷閒法。於平日所讀若干文字中，遴取其最有法則者一二十篇，時時溫習，資即少鈍，何患不熟？平旦醒來，隨口拈取一題，打一腹稿，不過片刻可就，又何患他事之相擾耶？』

『嘗見有記誦多至千百篇，而猶苦難於措筆者，一二十篇，不綦少乎？』曰：『學者但宜多讀古書，至於時文，不過觀其體裁風氣而已，何取於多耶？ 彼務多者，蓋欲供其剿竊套換耳。豈知凡有一題，卽有是題之眞精神、眞面目，亦卽有是題之眞法脈、眞辭氣，無可用其套竊。且所遇題目，不可勝計，又安能一一得成文而套竊之？ 若行文之法，則固千篇一理者也。如起承轉合，起轉承合，賓主反正，提掇關鎖，埋伏照應，挑逗映帶之類，不過四五十法，苟得其意，自能用之不窮。舉一隅尚可以三隅反，況一二十篇哉？ 吾猶以爲多矣。』

『文須論工拙，腹稿恐未及詳審也。』曰：『工拙且不必論，此法祇求其熟耳。行文要訣，在乎快捷，快則輕，捷則靈。若能一揮而就，卽無甚奇思異想，而字裏行間，自有一種機神流奕，氣勢蒼莽，足以動人處。蓋不求工而自工矣。快捷非熟不得，是故貴乎腹稿也。』

『又嘗見有作文極快捷者，而都不得佳，何也？』曰：『此又於提筆前，少了一個「遲」字也。提筆前須有三層工夫在： 凡題目到手，先要看書，將白文涵泳數過，以求聖賢旨趣之所歸； 復將傳注，細細體認貼切，以求其理脈的確，務使心與理融，而聖賢之語，一如我口之所出。然後審題，其虛神何在，其實義何在，何處當輕，何處當重，爲是儌足上文，爲是帶起下意，又一一得其竅窾。然後立局，或宜順講，或宜逆入； 或宜渾做，或宜分疏； 或貴虛描，或貴實發，使胷中先有成竹。三者工夫既畢，然後研①墨提筆，一直掃去，斷不可略有停滯。卽使下文未能遽接，而手中筆須作振振欲下之勢。設有字句未安處，對偶未工處，姑且置之，俟完後再加點竄，斷不可爲一字一句，勞其思索，以滯其筆機。余故嘗謂：「認題不妨移時，遲之謂也；成文不可逾刻，快捷之謂也。」』

『又嘗見作文有快且佳者，當亦從熟中來。而一或荒疎，便苦生澀，將熟亦不足恃乎？』曰：『此正坐不曾眞熟耳。主人少年時，凡一切詩文技藝，不學則已，學則不爐不扇，不寢不食，發憤以求之，不過拚數月工夫，無有不得力者。中年多病，既而學道，遂一概屏棄。然未免見獵心喜，或數年而偶作一文，或數月而偶吟一詩，但提起筆，總覺與少年用功時無二，初未嘗有荒疎生澀之苦，蓋得力於「熟」字者深耳。一勞永逸，極是大便宜事。視彼專事記誦者，窮年累月，孳孳矻矻，老死不得休，其勞逸相去爲何如也？此係主人一一親歷實境，更不打一誑語，深願與學文者共證之。故常書之以教煇祖。一部《醉高歌》，其文章所以佳處，正得力在一「熟」字，故於末詳論之。』

（清乾隆三年靈雀軒刻本《醉高歌傳奇》卷末）

【校】

①研，底本作『斫』，據文義改。

【箋】

〔一〕此文當爲張雍敬撰。

# 小忽雷（顧彩）

顧彩（一六五〇——一七一八），字天石，一字湘槎，號補齋，别署夢鶴居士，無錫（今屬江蘇）人。清康熙十七年（一六七八）前後拔貢入監，官至内閣中書。著有《辟疆園文稿》、《往深齋詩集》、《容美紀遊》、《鶴邊詞鈔》等。傳見《國朝名家詩小傳》、嘉慶《無錫金匱縣志》卷二二、民國《續修曲阜縣志》卷五等。撰傳奇、雜劇數十種，今僅知《楚辭譜》、《南桃花扇》、《後琵琶記》數種，皆佚；《如意冊》、《大忽雷》二種，今存。與孔尚任（一六四八——一七一八）合著《小忽雷》傳奇，亦存。

《小忽雷》傳奇，《今樂考證》著録，《曲録》據《傳奇彙考》亦著録。《曲海總目提要》卷二九有此本，謂：『不知何人所作。』現存康熙間鈔本、乾隆間馮氏訂義竹齋鈔本、清鈔本、嘉慶間劉喜海（燕庭）味經書齋鈔本、宣統二年（一九一〇）劉世珩暖紅室校刻本。

## 小忽雷序〔一〕

吴穆

杜子美抱有用之文，姓字未題於雁塔；劉去華對不平之策，顙額竟點於龍門。至若賓王之貌聳鳶肩，郎將能高其聲價；犬子之褌裁犢鼻，狗監肯薦其詞章。可知路得青雲，洵在遭逢之幸與不幸；世當白眼，何關品望之才與不才也。夫豈惟文藻爲然，雖是物華亦爾。獄底之劍，非雷煥而鐵合泥休；爨下之琴，無伯喈而桐應燼息。即如唐製胡琴名小忽雷者，埋燕市不知幾代，纔拂拭而貴等璠璵；登岸堂未及三年，一品題而聲流雅頌。物之遇也，天實爲之。

考其材產蜀山，伐從樵斧；音含越調，製出神工。韓節度得而賞心，奉作錦江之貢；唐官家見而動色，留爲樂府之陳。曉奏《雲門》，每隨匏革；夕歌《玉樹》，亦伴箏琶。既而世變雲烟，劫經兵燹。倏焉落販夫之手，賤價求沽；倏焉愜貧士之心，傾囊莫顧。倏焉長門訴怨，酸楚若蔡氏之笳；倏焉永巷防身，激烈抵隱娘之劍。倏焉敲金戛玉，邀傾耳於龍樓；倏焉換羽移宫，聯同心於鳳侶。嘆一物之升沈顯晦，已覺銷魂；附數人之聚散窮通，尤堪墮淚。

嗟乎！風塵淪落，才子虚名；烟月淒涼，佳人薄命。半生不偶，空存書劍之身；偕老多艱，更阻星河之路。宫娥粉黛，長沾濕於啼痕；羈客鬚眉，全消磨於浪迹。雖晚年奇婚巧宦，佳話曾豔唐人；而今日舊器遺文，深情又鍾我輩。不爲表著，太忍心於翠袖青衫；重與摩挲，難釋手於檀槽牙柱。

於是孔門星座，立傳周詳；顧氏仙才，填詞雅秀。敍廿七年之治亂，貫作連珠；歷三四帝之興衰，編成合譜。調高流水，聲聲類芝草之謠；響遏行雲，拍拍壓《柘枝》之曲。金鈴軟舞，漫奏前溪；紅豆清謳，堪傳《子夜》。聽瑣瑣之笑啼嬉罵，皆拂瓶說法之文章；看匆匆之離合悲歡，盡筆硯傷心之事業。一唱三嘆，百鍊千敲。誰遣此哉？我知之矣。冰絃未絕，無復得鍾子之聽；桃扇頻遮，不屑博周郎之顧。

時康熙丙子長至，鏡庵居士書。

【箋】

〔一〕山東省博物館藏清康熙間鈔本《小忽雷》卷首有此文，題《小忽雷傳奇序》。

# 小忽雷題辭

孔尚任 等

**小忽雷二絶句**

古塞春風遠，空營夜月高。將軍多少恨，須是問檀槽。

中丞唐女部，手底舊雙絃。內府歌筵罷，淒涼九百年。曲阜孔尚任

**孔東塘座上聽關東客彈小忽雷**

鄭中丞已水雲徂，南趙沙邏贖得無？零落段師諸弟子，管兒雙淚落東都。

何用旋宮轉轉生，黄鐘變調亦淒清。人間萬老焚書罷，始信琵琶有應聲。

右手曹剛左手裴，抄攞撚撥拍頻催。冷光十二門前月，直照烏絲馬上回。

《涼州》、《濩索》響偏驕，忽墜遊絲轉綠腰。破柱驚雷呼客醒，滿堂風雨正蕭蕭。海寧查嗣瑮〔一〕

**和漁洋先生贈樊袯詩**

冰車鐵馬綺筵開，聲繞文梁小忽雷。不是青衫舊司馬，潯陽江上莫深哀。 張篤慶〔二〕

**小忽雷歌**

馬上之樂琵琶耳，忽雷大小何以名？ 大者潛避蛟龍窟，小者飛作霹靂聲。 曲項錦纏二尺短，上絃下絃雌雄鳴。《南部新書》載此語，羌笛箜篌不足數。 云是韓滉入蜀時，匠斤巧斲蜀川樹。 韓滉箋進德皇朝，內庫中丞翻《六幺》。 訓注之亂如敗葉，落日沒鶻風蕭蕭。 臨潁弟子好顔色，法曲妙舞世莫識。 玉貌繡衣今白頭，教坊供奉淚沾臆。 況此零散八百年，鳳毛檀槽眞可惜。 當日女官盡能彈，花下二絃誰第一？ 孔生東塘邀我歌，青衫司馬奈爾何！ 玄都道士倘相訪，鄆州還憶樊花坡。（余於丁丑四月〔三〕，同天壇高鍊師，聽樊花坡彈小忽雷入調。） 德州田雯

**小忽雷歌和田山疆韻**

胡琴此其小者耳，龍頭垂項忽雷名。 柄長漢尺中二尺，木如紫石叩有聲。 上鐫『臣滉製恭獻』，建中辛酉雙絃鳴。 內人訴出兒女語，鄭氏中丞第一數。 盡說傳頭始教坊，月下含情認紅樹。甘露變起文宗朝，血污蛾眉罷《六幺》。 散失人間何足嘆，有唐宮殿草蕭蕭。 市坊插標損顔色，天家舊物誰能識？ 孔侯好古典衣買，說起當時淚沾臆。 九百年來事已非，重理絃軸眞可惜。 大絃溫溫小絃廉，雌和雄鳴聲如一。 不辭再彈爲君歌，鳳德之衰復如何？ 嘆息宮娥手中物，如觀錦襪馬嵬坡。 曲阜顔懋僑〔四〕

## 小忽雷歌

蜀中嘉樹高崔嵬，肌理堅緻如瓊瑰。誰人伐樹競鏤刻，斲作大小雙忽雷。檀槽谺呀鳳凰齶，曲項冰環挂雙索。勞嘈咽切響寥廓，馬上持提手親作。子絃嘹喨角聲停，鼓此權當伐蜀樂。五絲彩線覆龍首，忽入昭陽伴紅袖。風生鳳撥花催柳，鄭娘曲曲春風手。傳頭轉換聽未終，白日青天雷電走。含光殿前夜月寒，小吏池頭把釣竿。裹來半段蒲萄錦，舊事淒涼說女官。露盤淚瀉如鉛水，碧漢茫茫非一軌。中原澒洞久風塵，此物人間誰料理？小忽雷存大者散，汾水年年叫秋雁。半彎沙邏一堆塵，博古何從辨眞贗？金絲軫斷《濩索》偏，可憐零落將千年。有客相訪來幽燕，買得不惜青銅錢。摩挲一似琴無絃，一彈再鼓何人焉？唐家祕器已莫彈，吁嗟雅樂誰人傳？繆沅〔五〕

**【箋】**

〔一〕查嗣瑮（一六五三—一七三四）：字德尹，一字郎山，號查浦，別署清軒主人，海寧（今屬浙江）人。康熙三十九年庚辰（一七〇〇）進士，授翰林院編修，官至侍講。坐其弟內閣學士兼禮部侍郎查嗣庭（一六六四—一七二七）『科場試題案』，流陝右，卒於戍所。著有《查浦詩鈔》、《音類通考》等。傳見《清史稿》卷四八四、《清史列傳》卷七一、《碑傳集補》卷八、《國朝耆獻類徵初編》卷一二二、《國朝先正事略》卷四〇等。

〔二〕張篤慶（一六四二—一七二〇）：字歷友，號厚齋，別署崑崙外史，淄川（今屬山東）人。康熙二十五年丙寅（一六八六）拔貢，以明經薦京兆試，不遇。歸隱崑崙山，杜門著書。著有《崑崙山房詩稿》（一題《明季詠史百一詩》）、《崑崙山房集》等。傳見《清史稿》卷四八四、《清史列傳》卷七〇、《文獻徵存錄》卷一〇、《國朝耆獻類徵初編》卷四二七、《國朝先正事略》卷三七、《淄川縣志》卷五、道光《濟南府志》卷五四等。參見自編《厚齋年譜》（一題《張歷友年譜稿》，鈔本《崑崙山房集》附）。

〔三〕丁丑：　康熙三十六年（一六九七）。

〔四〕顔懋僑（一七〇一—一七五二）：　字幼客，一字癡仲，曲阜（今屬山東）人。行人司行人顔肇維子。恩貢生，官觀城教諭。著有《摭史》、《西華行卷》、《天文管窺》、《霞城筆記》、《秋莊小識》、《江干集》、《幼客集》、《石鏡齋集》、《蕉園集》等。傳見牛運震《空山堂文集》卷七《墓志銘》、《顔氏家藏尺牘姓氏考》、《山東通志》卷一七二等。

〔五〕繆沅（一六七二—一七三〇）：　初名湘，改名沅，字湘芷，一作湘沚，一字澧南，號餘園，泰州（今屬江蘇）人。康熙四十八年己丑（一七〇九）進士，選庶吉士，散館授編修。官至內閣學士兼禮部、工部、刑部左侍郎。著有《餘園詩鈔》、《稜米集》等。傳見《碑傳集補》卷三胡宗緒《墓志銘》、嘉慶《揚州府志》卷四八、《漢名臣傳》卷一二、《國朝耆獻類徵初編》卷六九等。

## 小忽雷題識

孔尚任　等

小忽雷長尺許，龍頭匏體，製如胡琴，其木色紫黝，堅如金石，乃外域紫娑羅檀也。脈紋盤繞，簇成鳳眼，摩弄日久，光瑩可鑒。頭上刻縷，絲髮纖細，傳爲鬼工。項下刻『小忽雷』三篆字，兩絃穿其下腹。蒙蟒皮彈之，聲忽忽若雷，故以名。考《南部新書》載：『唐韓滉入蜀，伐①奇木如紫石。匠云：「爲胡琴槽，他木不能並。」遂爲二胡琴，大曰大忽雷，小曰小忽雷。後獻德皇。』《樂府雜錄》云：『文宗朝，兩忽雷猶在內庫，宫人鄭中丞特善之。訓注之亂，始落民間。』兹蓋其小者，項後刻：『臣滉手製恭獻，建中辛酉春。』乃韓滉自製。滉，畫龍名手也。余得之長安一舉子，因作《小忽雷傳奇》。

岸堂孔尚任。

右從《享金簿》錄出。余得《小忽雷傳奇》兩本，皆無此文。一本第一册、第二册首行下，有『雪谷』白文方印；下卷首行下，有『通州馮益昌重訂』；下卷終行下，有『一山主人鈔閲』，下鈐『桂』字白文、『一山』朱文聯珠小方印。尾葉有『乾隆四十五年歲次庚子新正人日重訂於義竹齋』，旁注記八十四頁。卽藝風丈見寄之本。又一本，得於寓京師之華陽卓氏，板口下刻『東武劉燕庭氏味經書屋校鈔』。馮本有桂馥《記》一篇。劉本前有《博古閒情》、《傳奇大意》、《開場》曲三套，爲馮本所無。馮本有『胡琴本北方馬上樂』一篇。其『家藏小忽雷』一篇，與夫《編紀》、《色目》兩篇，則爲李木齋提學錄寄。互校補入，可成完書矣。

夢鳳識〔一〕。

【校】

①伐，底本作『代』，據文義改。

【箋】

〔一〕夢鳳：卽劉世珩（一八七五—一九二六）。

## 小忽雷題識

孔尚任

家藏小忽雷，爲唐樂府舊器。偶檢唐人小説，得《鄭中丞遺事》，參之别傳，班班可考。且唐朝憲、敬、穆、文四宗二十七年，文章事功，莫不與此相屬。歲丙子，九月退食之暇，貫聯雜史，作爲小傳。顧子天石補以詞曲。雖傳奇小道，而貶刺姦邪，褒揚節義，兼《春秋》、《雅》、《頌》之微旨。登之優場，當與瞽史座銘並觀，不但粉飾太平而已。

岸堂偶書。

## 題小忽雷

孔尚任

胡琴本北方馬上樂，亦謂之『二絃琵琶』，蓋琵琶所託始也。《南部新書》載：『唐韓晉公滉入蜀，伐奇樹，堅緻如紫石。匠曰：「爲胡琴槽，他木不能並。」遂爲二胡琴，大曰大忽雷，小曰小忽雷，後獻德皇。』《樂府雜録》云：『文宗朝，兩忽雷猶在内庫，内侍鄭中丞特善之。訓注之亂，始落民間。』康熙辛未，余得自燕市，乃其小者。質理之精，可方良玉；雕鏤之巧，疑出鬼工。今八百餘年矣，頻經喪亂，此器徒存，而竟無習之之人。俗藝且然，傷哉後之欲聞韶樂者！

岸堂又書，時戊寅夏日也〔一〕。

【箋】

〔一〕戊寅：康熙三十七年（一六九八）。

## 小忽雷編記跋〔一〕

孔尚任

此傳歷憲、敬、穆、文四宗二十七年，表裏正史，貫穿雜説，實人實事，井然有緒。至於點綴襯接，亦毫無支離幻妄之言。而波瀾起伏，妙合自然，覺盛唐以後文人聚散，朝廷治亂，皆以小忽雷作關鈕，良足奇耳。天石云：『千巖萬壑，仙徑不迷；千絲萬縷，天衣無縫。』可謂善評。然非得秦、柳新詞，爲之鼓吹，亦安能被管絃而揚《白雪》之聲耶？

岸堂偶摭。

【箋】

〔一〕底本無題名，因附於孔尚任撰《〈小忽雷〉編記》之後，故題。

## 小忽雷色目跋〔一〕

孔尚任

生旦正色，例不雜用。餘色皆許假借，有一色而十數用者，美惡共面，賢佞同身，實屬未安。

然優孟衣冠，亦聽其顛倒可耳。

岸堂偶定。

【箋】

〔一〕底本無題名，因附於孔尚任撰《〈小忽雷〉色目》之後，故題。

## 附　博古閒情

孔尚任

【商調·集賢賓】脫下那破烟蓑搭在漁磯，好趁著一片片岫雲飛。路迢迢千株驛柳，花暗暗十度晨雞。纔望見翠芙蓉，龍塞峯高，早拜了金華表，鳳闕天齊。猛回頭、舊山秋萬里，紅塵中漸老鬚眉。常則是鵷班及早坐，晝省最遲歸。

【逍遙樂】僑寓在海波巷裏。掃淨了小小茅堂，藤牀木椅。窗外兒竹影蘿陰，濃翠如滴。偏映著瀟灑葛裙白貯衣。雨歇後，湘簾捲起，受用些清風列枕、涼月當階，花氣噴鼻。

【金菊香】偏有那文章湖海舊相知，剝啄敲門來問你。帶幾篇新詩出袖底，硬教評批。君莫逼，這千秋讓人矣。

【梧葉兒】喜的是殘書卷，愛的是古鼎彝。月俸錢支來不勾一朝揮。大海潮，南宋器。甘黃玉，漢羌笛，唐羯鼓，斷漆奇。又收得小忽雷焦桐舊尾。

【挂金素】他本是蜀產文檀精美同和璧，撞著箇節度韓公馬上親雕製。一尺寶，萬手流傳，光彩琉璃膩。你看這蛇腹龍頭含著春雷勢。

【上馬嬌】人道是鬱輪袍，知者稀。那有箇妙手賽王維，樊花坡竟把雙絃理。奇，這法曲傳自舊宮妃。

【勝葫蘆】每日價梧桐夜雨響空墀。砧杵晚風催，卻是那懷裏胡琴聲聲脆。似這般淒情慘意，燈窗雨砌，不濕透了舞裙衣！

【柳葉兒】問起他宮中來歷，倒惹出萬恨千悲。中丞原是女傾國，爲甚的烏夜啼，雉朝飛？直待那鳳去臺空也，纔得于歸。

【醋葫蘆】想當初秋宮絃索鳴，到如今故府笙歌廢。這九百年幽怨少人知。偏則寫閒情，唐人留小記，點綴了殘山剩水。借重的舊文人，都立著雁塔碑。

【二】合該那傷心遺事傳，偏買著劫火唐朝器。又搭上多才一箇虎頭癡，做出本《小忽雷》。風雅戲，好新詞，芙蓉難比。他筆尖兒，學會曉鶯啼。

【三】倩一班佳子弟，選一座好臺池。新樂府穿著舊宮衣，把那薄命人兒扮的美，淪落客重來作對。還借你香脣齒，吟出他苦心機。

【浪裏來】試看這易酒濃，還帶些英雄淚。賞新聲，且和你珍重飲三杯。說什麼胷頭有塊壘，那古人都受風流罪。虧他耐性兒熬得甜味苦中回。

【雙調・清江引】看忽雷無端悲又喜，遊戲浮生世。都愁白髮生，誰把烏紗棄？聽那景陽鐘兒還要早些起。

此齣敍作傳塡詞之由，雖冠冕全本，而不必登優孟之場。倘能譜入笙歌，以易『加官』惡套，亦覺大雅不羣矣。

郢城樊花坡，彈琵琶得神解。偶示以小忽雷，入手撫弄，如逢故物。自製商調【梧桐雨】、【霜砧】二曲，碎撥零挑，觸人秋思。惜場上盈盈，未能領會耳。

顧子天石傳奇五種，皆未登場。惟《離騷譜》一劇，授之南雅小部，曲終人散，已復經年矣。今《小忽雷》清詞麗句，大似粲花〔一〕；而《秋宮》一折，直奪關、馬之席。此道茫茫，斯爲絶唱。燕市諸伶，惟聚和、一也、可娱三家老手，鼎足時名，景雲不與也。然風流跌宕，實未多讓。今授以新聲，演未三句，已咄咄逼人。請嘗試之，或有移情之歎。岸堂主人

【箋】

〔一〕粲花：即吳炳（一五九五—一六四八）。

## 附　小忽雷開場〔一〕

孔尚任

開場一

【鷓鴣天】樂府彫零九百春，曲江遺事問何人。亭邊拾得江郎筆，閨裏生成碧玉身。延勝友，結佳姻，檀槽撥動市朝塵。朱門翠館繁華處，日落咸陽見草新。

開場二

【前調①】大抵人生聚散中，灞橋官道柳濛濛。香消紅袖登樓妓，淚濕青衫對酒翁。秋帳月，曉程風，紛紛淮蔡事兵戎。一番霸業歸流水，雪壓南山無數峯。

開場三

【前調】紅豆教成《白紵辭》，琵琶又是古哀絲。宜春院裏尋桃扇，蘇小湖邊唱《竹枝》。傷老大，怨分離，深宮含淚女官知。不堪蕊榜仍淪落，長慶文人說舊詩。

開場四

【前調】人阻珠簾萬里深，無窮幽恨碎胡琴。紛紜甘露關何事，宛轉香魂亂我心。紅葉水，翠鴛衾，梧桐終是鳳凰林。唐家多少風流案，天寶、開元接到今。

傳奇大意二曲，一敘命筆之由，一述家門始末，乃上下兩本之發端。演者疲於供應，又分爲四本。因各製小調，撮其要領，每本亦皆有開場矣。一分爲二，二分爲四，『雖小道，必有可觀者焉』。

岸堂主人

（以上均民國八年劉世珩暖紅室《彙刻傳劇》第二十九種《小忽雷》卷首）

【校】

①調，底本作『腔』，據下文改。

【箋】

〔一〕底本無題名。

## 小忽雷記

桂　馥〔一〕等

韓晉公入蜀，伐樹堅如石。匠製胡琴二，名大、小忽雷，進入内府。文宗朝，内人鄭中丞善小者，偶以匙頭脱，送崇仁坊南趙家修理。值甘露之變，不復問。中丞以忤旨縊，投御河。權相舊吏梁厚本，在昭應别墅垂釣，援而妻焉。因言忽雷在南趙家，使厚本賂以歸。花下酒酣，彈數曲。有黄門放鷂子，牆外竊聽，曰：『此鄭中丞琵琶聲也。』達上聽。上宣召，赦厚本罪。太弟即位，仇士良追怨文宗，凡樂工及内侍得幸者，誅貶相繼，樂府一空，小忽雷亦不知所在矣。康熙辛未，孔岸堂民部見之燕市，曰：『是小忽雷也。』購歸賦詩。民部既歿，其子攜以入都，遺於道左。王觀察斗南得之，贈孔太守泗源。太守酒間示余，龍首鳳臆，蒙腹以皮，柱上雙紘，呑入①龍口，一珠中分。頷下有『小忽雷』篆書，嵌銀字。項有『臣滉手製恭獻建中辛酉春』正書十一字。以漢尺度之，柄長二尺。木似于闐紫玉。開元宦者白秀正使蜀，回獻雙鳳琵琶，以沙邏檀爲槽，潤若圭璧。此亦沙邏檀也。忽雷，即鱷魚。其齒骨作樂器，有異響。經曰：『河有怪魚，厥名曰鱷。其身已朽，其齒三。』作忽雷之名，實本諸此。民部座客樊袯，善音，言忽雷本馬上樂，又名二紘琵琶，調多不傳，今但知黄鐘變調耳。噫！唐樂且亡，古音何由得聞耶？

曲阜桂馥。

洹陽尚書藏葉東卿手拓小忽雷墨本〔二〕，石門方廷瑚錄桂未谷記文於拓本下端〔三〕，與此同。按先生《晚學集》所載云：『唐文宗朝，韓滉伐蜀，得奇木，製爲胡琴二，名曰大、小忽雷。女官鄭中丞善其小者，以匙頭脱，送崇仁坊南趙家修理。甘露之變，不復問。中丞以忤旨縊，投於河。權德輿舊吏梁厚本，在昭應別墅，援而妻之。因言小忽雷在南趙家，使厚本賂以歸。花下酒酣，彈數曲。有黄門放鷂子，牆外竊聽，曰：「此鄭中丞琵琶聲也。」達上聽，宣召，赦其罪。康熙辛未，孔農部東塘於燕市得之。歿後，歸王觀察斗南，以贈孔太守泗源。龍首鳳臆，蒙腹以皮，柱上雙絃，吞入龍口，一珠中分。頷下有「小忽雷」篆書，嵌銀字。項有「臣滉手製恭獻建中辛酉春」正書十一字。度以今工部營造尺，一尺四寸八分。東塘有客樊袯，能彈之，言忽雷本馬上樂，又名二絃琵琶，調多不傳，今但知黄鐘變調耳。』微有增損，今並錄之。

時宣統庚戌長至日，夢鳳樓主人並識〔四〕。

（民國八年劉世珩暖紅室刊《彙刻傳劇》第二十九種《小忽雷》卷末）

**【校】**

①入，底本作『人』，據文義改。

**【箋】**

〔一〕桂馥（一七三六—一八〇五）：生平詳見本書卷七《後四聲猿》條解題。

〔二〕洹陽：今河北豐潤。尚書：即端方（一八六一—一九一一），托忒克氏，字午橋，號陶齋，別署樂道主人，滿洲正白旗人。光緒八年壬午（一八八二）舉人，捐員外郎，遷候補郎中。先後任湖廣、兩江、直隸總督。宣統三年（一九一一），任川漢、粤漢鐵路督辦大臣，卒於任上，謚忠敏。篤嗜金石書畫。著有《陶齋藏器目》、《陶齋吉金錄》、《陶齋藏石記》、《端忠敏公奏稿》等。傳見《清史稿》卷四六九。

〔三〕方廷瑚：字鐵珊，一字幼樗，號陶齋，石門（今屬浙江桐鄉）人。畫家方薰（一七三六—一七九九）長子。嘉慶十三年戊辰（一八〇八）舉人，官平谷知縣。工詩古文辭。著有《幼樗吟稿偶存》。傳見《墨林今話》卷五、《皇清書史》卷一四等。所撰《葉東卿小忽雷墨本題詞》，見暖紅室刻《小忽雷傳奇》附錄。葉東卿：字號、籍里、生平均未詳。

〔四〕夢鳳樓主人：即劉世珩（一八七五—一九二六）。

## 小忽雷跋〔一〕

劉世珩

年來搜集元以來傳奇三十種，彙刻行世。去年，繆藝風丈自江寧寄孔東塘、顧天石合譜《小忽雷》傳奇鈔本〔二〕，閱卷首桂未谷著《小忽雷記》，乃知東塘得原器而作。

今年春，晤太倉陸應庵燕談〔三〕，云華陽卓氏寓京師者，藏有小忽雷，並有譜兩本。亟屬其蹤迹，得見之。龍首鳳臆，中含一珠，木理堅緻，雕刻精絕。項間鐫「小忽雷」三篆書，下刻「臣滉手製恭獻建中辛酉春」眞書二行十一字，與桂氏所記悉合。所謂譜者，乃劉燕庭「味經書屋」校鈔《小忽雷》傳奇也〔四〕。後有《大忽雷》傳奇二折，以後殘缺不完。繆寄本缺字，得以互校，不禁狂喜。卷尾附國朝嘉慶時名人爲燕亭①題《小忽雷》諸詩詞，知此器曾爲東武嘉蔭簃藏弆，即購獲之。涇陽匋齋尚書〔五〕，有葉東卿手拓小忽雷墨本，知器已歸余，遂以持贈。古物精靈，翕然會合，洵非偶然。

此器所以歸華陽卓氏，蓋燕庭嫁女卓氏，取此媵奩，乃爲卓氏所有。海帆相國曾以『小忽雷』名其齋〔六〕。其未入劉氏以前，據朱椒堂詩注〔七〕，舊藏伊小尹處，繼蓮龕由粵西寄贈燕亭〔八〕，然亦未詳言也。吳仲懌年丈云：濰縣陳簠齋太史藏山谷《伏波神祠②詩》墨蹟，卷後劉文清跋云：『成邸以此卷並小忽雷易其一銅琴。』則此器又曾藏成邸。黄卷今在陳黄樓吏部處。吳丈爲介紹，歸余齋中。成珠聯璧合之盛，竟不能獲，亦一憾事。椒堂詩注、燕庭自記，皆未道及，殊不可解。抑燕庭别有所記耶？顧余以忽雷迭經劫火，並未遺失，則大忽雷或尚在人間世，不能恝然忘也。

冬十一月，訪大興張瑞山琴師，與之縱談古樂。曾言三十年前於京師市上，得一古樂器，爲大忽雷。似琵琶而止二絃，鑿龍其首，螳螂其腹，制極古雅，與小忽雷同。牙柱齮齕，左右相向。背施朱漆，上加采繪，有金縷紅紋蹙成雙鳳。瑞山能彈之，其聲清越而哀，與小忽雷亦類。大忽雷元時猶存，見《鐵崖逸編·謝呂敬夫紅樂管歌序》〔九〕。歌中又有『大雷怒裂龍門石，雙絲同心結龍首』等句，形製更可想見。二器並陳，望而能識。且斷紋隱與余藏唐雷威、雷霄斲琴髹漆絕似，其爲唐物益信。瑞山以小忽雷在余所，樂爲歸之。因倩畏廬老人爲作《枕雷圖》〔一〇〕，名余閣曰『雙忽雷』。

小忽雷以東塘傳奇始著於時。東塘得器製傳奇，余刻傳奇而得其器，且復於無意中更得大忽雷，亦云奇矣。東塘得一，已足自喜；今余竟雙得之，所遇不尤奇耶？嗚呼！兩忽雷製自晉公，藏之内府，時閲四代，屢更盛衰興廢之故，其間隱晦不顯者，又不知幾何年。乃聚而散，散而復聚，先後卒爲延津之合。嚮者考古家求一見而不可得者，玆並得摩挲嘆賞，考其源流，亦自幸古緣之不淺耳。特影二器全形，並錄題記、詩詞，輯爲本事，並記緣起。

宣統二年庚戌嘉平〔一二〕，貴池劉世珩葱石父書於京師西堂子胡同宜春堂。

（民國間劉世珩暖紅室刊《彙刻傳奇》第二十四種《小忽雷》卷末）

【校】

①亭，據下文，當作『庭』。

②祠，底本作『詞』，據文義改。

【箋】

〔一〕底本無題名。

〔二〕繆藝風丈：即繆荃孫（一八四四—一九一九）。

〔三〕陸應庵：太倉（今屬江蘇蘇州）人，名字、生平均未詳。

〔四〕劉燕庭：即劉喜海（一七九三—一八六二），字吉甫，號燕庭，室名味經書屋、嘉蔭簃，諸城（今屬山東）人。大學士劉墉（一七二〇—一八〇五）孫。嘉慶二十一年丙子（一八一六）舉人，官至浙江布政使。邃於金石，收藏最富。著有《海東金石苑》、《古泉苑》、《長安獲古編》、《嘉蔭簃集》、《燕庭文鈔》等。傳見《清代樸學大師列傳》卷一八、《皇清書史》卷二〇、宣統《山東通志》卷一七五等。其得《小忽雷》傳奇鈔本事，見劉世珩編刻《雙忽雷本事》所收《劉燕庭農部自記》。原文見劉氏《嘉蔭簃集》，題《小忽雷記》，撰於嘉慶庚辰（二十五年，一八二〇）。

〔五〕浭陽匋齋尚書：　即端方（一八六一—一九一一）。

〔六〕海帆相國：　即卓秉恬（一七八二—一八五五），字靜遠，一字靜波，或作晴波，號海帆，又號海騆，室名枕善書屋，華陽（今屬四川）人。嘉慶七年壬戌（一八〇二）進士，選庶吉士，授檢討。官至武英殿大學士，卒謚文端。傳見《清史稿》卷三六五、《清史列傳》卷四〇、馮桂芬《顯志堂稿》卷七《神道碑銘》（《續碑傳集》卷四）等。著有《快霽堂集古帖》。

〔七〕朱椒堂：　即朱爲弼（一七七一—一八四〇），字右甫，號茮堂，一作椒堂，又號蕉堂，別署頤齋，平湖（今屬浙江）人。嘉慶五年庚申（一八〇〇）舉人，十年乙丑（一八〇五）進士，授兵部主事。官至漕運總督。著有《蕉聲館詩文集》（咸豐間刻本）、《積古圖釋》等。傳見《清史稿》卷三七六、《國朝耆獻類徵初編》卷二〇二、楊峴《遲鴻軒文棄》卷二《墓表》（《續碑傳集》卷二二）等。其《題小忽雷爲燕庭農部作因擬古樂府四解》第四解注：『此器舊在伊小尹處，蓮龕方伯自粵西寄贈。』

〔八〕按《劉燕庭農部自記》云：『（小忽雷）後歸長白繼蓮龕方伯，攜至秣陵，余訪之，未獲覩也。時方伯輒許相贈，旋又移節桂林，蓋三年於茲矣。今夏函致贈余，媵以岸堂傳奇一冊。』

〔九〕鐵崖：　即楊維禎（一二九六—一三七〇），字廉夫，號鐵崖，別署梅花道人、鐵史、鐵笛道人、鐵心道人、鐵龍道人、鐵冠道人、抱遺道人、東維子等，諸暨（今屬浙江）人。元泰定四年丁卯（一三二七）進士，授天台縣尹。官至江西儒學提舉。明洪武三年（一三七〇）正月，應詔至京師修禮樂書，病歸，旋謝世。著有《鐵崖先生古樂府》、《鐵崖先生復古詩集》、《鐵崖古樂府補》、《楊鐵崖詠史古樂府》、《鐵崖先生詩集》、《楊鐵崖先生文集》、《麗則遺音》、《鐵崖賦稿》、《東維子文集》、《鐵崖漫稿》、《史義拾遺》等。傳見《明史》卷二八五、《新元史》卷二三八等。

參見孫小力《楊維禎年譜》(復旦大學出版社,一九九七)。

〔一〇〕畏廬老人: 即林紓(一八五二—一九二四),幼名秉輝,原名羣玉,字琴南,號畏廬,别署冷紅生等,閩縣(今福建福州)人。光緒八年壬午(一八八二)舉人,大挑教職。辛亥(一九一一)後,曾任北京大學教授。著有《畏廬詩存》、《畏廬文集》、《畏廬論文》等。參見胡爾瑛《畏廬先生年譜》(民國十五年刊行國學專刊一卷三期)、朱羲胄《貞文先生年譜》(民國三十八年世界書局排印本)。傳見《清史稿》卷四八六、《碑傳集三編》卷四一等。林紓宣統二年(一九一〇)撰《枕雷圖記》,見暖紅室刻本《小忽雷傳奇》附錄。

〔一一〕嘉平: 陰曆十二月。宣統二年庚戌十二月,公元已入一九一一年。

# 陰陽判(查慎行)

查慎行(一六五〇—一七二七),初名嗣璉,字夏重,號查田,後更名慎行,字悔餘,别署初白老人、他山老人、烟波釣徒等,海寧(今屬浙江)人。康熙二十八年(一六八九),因京師內聚班演洪昇《長生殿》一案,革去國學生籍。三十二年癸酉,舉順天鄉試。四十一年,因薦入直內廷南書房。次年癸未,特賜進士出身,授翰林院編修。康熙帝曾賜其堂額曰『敬業』。五十二年告歸,杜門著書。築初白庵以居,學者稱初白先生。雍正五年(一七二七),坐弟查嗣庭(一六六四—一七二七)獲罪,帝識其端謹,特赦放歸,歸未兩月而卒。著有《周易玩辭集解》、《蘇詩補注》、《敬業堂詩集》、《敬業堂文集》等。傳見《清史稿》卷四八四、《清史列傳》卷七一、《國朝耆獻類徵初編》卷一

二二、《碑傳集》卷四七等。參見陳敬璋《查他山先生年譜》（嘉業堂叢書本）。

撰傳奇《陰陽判》，《曲海目》著錄，現存清初刻本（《古本戲曲叢刊五集》據以影印）、康熙刻本、民國間古吳蓮勺廬鈔本（《鄭振鐸藏古吳蓮勺廬鈔本戲曲百種》第一六冊據以影印）。

# 陰陽判傳奇序

張錫懌〔一〕

千鍾綠蟻，難澆抑塞之腸；一曲紅牙，漫寫英雄之恨。江上之悲風夜起，怨入宮商；匣中之秋水時鳴，怒衝冠髮。君前淚落，怕聞《河滿》之詞；燭下眉低，愁唱《鷓鴣》之什。況乎義關毛裏，一腔之熱血橫流；事極冤誣，五夜之文犀莫照。苟不乞靈於優孟，肖彼衣冠；誰爲借筆於史狐，傳之簡冊？嗚呼！此傳奇之所由作也。

夫乾坤浩浩，鴟鴞偕鸞鳳齊生；今古悠悠，孝子與忠臣並錄。夢東門之草，兒女子亦解除兇；懸枯冢之頭，大丈夫眞能報父。然而世無秦鏡，妖魅宵行；吏有羅鉗，陽烏晝晦。銅山金穴，總爲鬻獄之資；封豕長蛇，不改齧人之智。縱使洞胷碎首，尚有餘辜；堪嗟嘗膽臥薪，終難共戴。不嫌饒舌，爲語知音。

朱公以磊落之才，半生任俠；厖獪以豺狼之性，一市稱雄。苗莠分畦，薰蕕異氣。顧以設糜待餓，名歸長者之門；因而折簡邀賓，釁啓酒人之坐。雖閨中强諫，婦並王章；而醉後疎狂，途窮阮籍。羣兇蝟聚，爭揮都尉之拳；醜類蜂屯，竟摺應侯之脅。斯時也，奄奄命盡，陳元龍之豪氣未除；渺渺魂歸，蔣子文之英靈不泯。

於是孝子拊膺，慈孫動魄。呼天有血，哀號長吏之庭；搶地如崩，隱破讎人之膽。郤千金於宅相，西州賴有羊曇；堅一諾於宗盟，南國重逢季布。詎料陶朱之子，已囑莊生；還將狐白之裘，私投鄭袖。面塗粉墨，靡師楊震之清；座繞雷霆，不顧阿香之怒。遂使沉冤盆覆，難將成案山移。

時則痛絕子心，哭殘親骨。銜哀涉險，僵仆黃河；遮道陳詞，飽經白挺。淒風苦雨，行人憐范叔之寒；九食三旬，曠野乏王孫之飯。縱喜騶留桓典，其如幕有郄生？叩鑾輿而咫尺難通，情同萬里；磨霜刃而十年未試，憾切終天。冀一當而不能，將萬死其奚贖？

然而人間碧血，到底消沉；天上青蓮，終成幻化。談空揮麈，袈裟清百劫之塵；負土成墳，毛髮殉九原之魄。矢精誠乎白日，瀚海生塵；格幽意於蒼旻，炎天飛雪。冥漠之報施不爽，如來之證果非虛。當年獄底殘魂，既淪胥於苦海；今日市中虓虎，都滅迹於閻浮。薛家之三鳳方新，鄧氏之一簪何在？禪心徹處，打開人鬼關頭；慧眼看時，照破陰陽境界。試向笙歌隊裏，坐山僧一箇蒲團；好從游戲場中，聽子弟數聲檀板。

海上弘軒主人題〔一〕。

【箋】

〔一〕張錫懌（一六二二—一六九一）：字越九，號弘軒，別署弘軒主人，上海人。順治八年辛卯（一六五一）舉人，十二年乙未（一六五五）進士，授泰安州守。因『丁酉科場案』，被黜歸鄉。傳見《國朝耆獻類徵初編》卷二一七。

〔二〕題署之後有陽文印章『張錫懌印』。

# 陰陽判傳奇序

長松下散人〔一〕

天地間多缺陷事，天地不能自補，而俟人補之。人何以補之？補之以事，補之以心。事則華衮斧鉞，其權伸，其事快；心則呼天搶地，其勢屈，其心痛。夫至天下後世痛其心而事已無補，天地亦何貴？是人之補之，然使伈伈晛晛，路人君父，則不獨缺陷在事，且缺陷在心。天地但能以人心補事，又將用何物補心？是故天地之寶，心爲貴；心貴，故心不易泯。卽當局者自甘泯泯，而公道在人，必從而長言之，嗟嘆之，流連而歌詠之。甚之感時憤世者，摭其事蹟，譜以宮商，直欲以野董狐代鬼咎繇，王章陰律，手爲平反。由是枉者伸，覆者發，潛德闡，姦諛誅。向之大痛於心者，究竟大快於事，而天地一缺陷，於是乎坦坦平平。此《陰陽判》傳奇所以不得不作也。

余諦觀朱孝子矢志報讎，既不能駢戮讎黨，復不能剚刃讎腹，則是父讎終未報也。獨其枕戈待旦，須臾不忘，雖海有時枯，石有時泐，而此志耿耿不磨。歷二十五年，讎黨盡伏冥誅，卒以戴天爲恨，一慟而絕。他山老人豈誠快其事乎？夫亦痛其心焉耳。痛其心，而按紅豆，付梨園。吾知觀劇者，見其讎之狠毒也，將羣然而怒，是卽孝子之拊膺飲血而怒之者也；見其讎之狡脫也，將羣然而罵，是卽孝子之決眥衝髮而罵之者也；見其讎之殭於冥誅、入於異類也，終且羣然而樂，是卽孝子之食肉寢皮、破涕爲笑而樂之者也。是編一日不磨，則是事一日不朽。合天下後世百千萬人之公怒、公罵、公樂，以報孝子欲報之冤，而孝子之心畢矣，而孝子之事畢矣。《陰陽判》如之何可以不作？

且夫天下顛撲不破者，理焉已耳。陽判不公，而至決之以陰判，孰不以爲誕妄無憑？然而苞苴難用於夜臺，請託不行於雷部，積惡餘殃，到頭結案，斷斷如此。奈何不認作照膽鏡，而以爲莫須有、想當然乎？竊願爲人子者，閱是而知親之不可忘；爲人臣者，閱是而知法之不可枉。貪暴邪淫者，鑒此而迴頭苦海；好剛任氣者，感此而釜底抽薪。則是編之作，不但爲孝子補缺陷之事，併能爲天下後世補缺陷之心，女媧氏五色石，直可以生花之管代之，其有裨於世道人心，豈尟也哉！

或曰：『是非孝子所願，則奈何？』余應之曰：『惟其不願有是，所以爲孝子。然橋廁之不中，不得謂豫讓之不報智伯；博浪沙之不中，不得謂張良之不報韓。古今大帳簿，大率論其心而已矣。閱《陰陽判》者，當作如是觀。』

長松下散人著〔二〕。

（以上均《古本戲曲叢刊五集》影印清初刻本《陰陽判》卷首）

**【箋】**

〔一〕長松下散人：姓名、籍里、生平均未詳。

〔二〕題署之後有陽文印章『長松下散人』。

## 題嘐城朱孝子名翊陰陽判

王　檭〔一〕

千秋朱孝子，仗義情殊岌。英氣肘腋生，孤憤風雷泣。父仇伏冥誅，子道眞補葺。我披《陰陽判》，細將遺事拾。本屬嘐人事，巧奇毗陵邑。此中有難言，承審多偏執。天道難罔欺，王法無出入。老夫若當時，豈受千金揖！長兒枕中戈，蘊生餘血汁。渺茲一海邦，忠孝不相襲。傳奇醉竹翁，作記悔庵什。抒寫畫圖間，陰風長習習。慷慨復悲鳴，頑廉與懦立。千秋朱孝子，遐哉不可及。康熙甲申七夕後五日，嘉定令黄平震來王檭藁

【箋】

〔一〕王檭：字震來，一字文重，黄平（今屬貴州）人。康熙三十六年丁丑（一六九七）進士，授嘉定知縣，後補上高知縣。傳見光緒《嘉定縣志》卷一三。

## 陰陽判題詞

鄒元斗　等

言忠與言孝，事到一時休。孰肯捐微命，偏能復大仇。禍深天亦怒，冤極鬼應愁。堪嘆衣冠子，忘親直忍羞。里言奉贈栩士朱孝子，虞山鄒元斗少微〔一〕

物換時移只愴神，大雠還仗筆鋒伸。生前俠節酬知己，死後奇蹤足快人。直道詎能容末世，

沉冤誰肯達楓宸？昭然果報陰陽判，試向高僧叩往因。同里楊鳳來子儀〔二〕

誰憐不共戴天仇，隱忍偷生四十秋。白骨成灰魂未化，黄金鬻獄恨難酬。聖朝誅殛從寬宥，草土呼號敢怨尤！萬死莫償恩萬一，祇憑血淚灑松楸。蘇州報本庵釋明戒泣血具〔三〕

浩氣淩空大復仇，誓將生斷佞人頭。天條有律冤堪雪，暮夜多金志莫酬。深感彼蒼誅萬惡，故拈劇戲播千秋。自慚巾幗無才思，承命塗鴉實可羞。

從來報復最難能，況遇薰天勢焰腥。嘗膽臥薪拋產業，捐軀碎首哭公庭。天憐大孝施誅殛，官懼王章正典刑。今日後人咸服禮，吾宗則傚有先型。姪婦彩霞具草〔四〕

（以上均《古本戲曲叢刊五集》影印清初刊本《陰陽判》卷首，據國家圖書館藏清康熙間刻本補配）

【箋】

〔一〕鄒元斗（？—一七二七後）：字少微，號春谷，別署林屋山人，虞山（今江蘇常熟）人。工寫生。康熙四十四年（一七〇五）南巡，召試，授中書，供奉內廷。雍正五年（一七二七）告歸。卒年七十二。傳見乾隆《婁縣志》卷二七、光緒《常昭志合稿》卷一二等。

〔二〕楊鳳來：字子儀，海寧（今屬浙江）人。生平未詳。

〔三〕釋明戒：蘇州報本庵僧人。

〔四〕彩霞：查慎行姪婦。生平未詳。

## 陰陽判跋〔一〕

長松下散人

此傳奇之作，三吳諸君子讀《聲冤》、《憫冤》二錄，悲練川廷奇朱公之慘死，孝子羽吉之百控不得伸而作也。陽判不公，自有陰判，理所固然。至姓氏里居，稍加改易，亦爲梨園子弟之登場者地耳。後之覽者，庶幾知所尚論云。

長松下散人跋。

（《古本戲曲叢刊五集》影印清初刻本《陰陽判》卷末）

【箋】

〔一〕底本無題名。

## 附　陰陽判傳奇跋〔一〕

許之衡

《陰陽判傳奇》，清初查慎行撰。慎行字夏重，號初白，又號悔餘，又號他山老人，海寧人。官翰林院編修，著有《敬業堂集》，詩名與施愚山、趙秋谷相埒。又與朱竹垞爲表昆仲，集中與竹垞唱酬極多。此傳奇譜毗陵朱氏冤案，疑即竹垞之族人，初白與有戚誼，故爲作此以鳴冤也。通部律頗諧協，排場賓白，亦甚當行。初白以詩詞名，不意又兼長於曲也。舊見傳奇後附原案事蹟甚多，今此本則無之，殆另印單行本耶？是本爲友人張玉森君所贈，並附識之。

丁卯五月〔二〕，許飲流記。

（《綏中吴氏藏鈔本稿本戲曲叢刊》第一三冊影印飲流齋鈔本《陰陽判傳奇》卷首）

【箋】

〔一〕底本無題名。

〔二〕丁卯：民國十六年（一九二七）。

## 附　陰陽判跋〔一〕

張玉森

朱孝子鴻漸，字羽吉，以父廷奇爲龐揚慘斃，求伸不得，髡首披緇，擬出不意求一當。及康熙南巡，伏道呈憲，由蘇至浙，由浙還，卒不得達。卒時年六十有三。竹垞朱公彝尊爲著《陰陽判傳奇》示世，婁江黄與堅忍庵序其事，題詞者，有史官沈世奕青城，龍山查大呂公全，婁江吴宗球仲徽，婁東周砅山濤，武水計法希深，毗陵胡軾景瞻、張世楷正夫，胡荊溪孔致、沈廷鏞武臣、陸遇霖商岩、張秉鼒元調、蔣兆鼐聲中、姚起期雲圖、胡衮漢旒、胡衮龍章，暨陽陳鼎定九，江上徐景溶、趙鏕、曹鱗化，暨陽劉匪居，蓉城陳調陽沈文，古吴周茂蘭子佩，易亭楊無咎震百，潛夫楊照明遠、范必英秋濤，葑溪陸秉樞電郊，書牧顧名予賓、徐鳳鳴，吴中戆客，東山□美非彦具區、施高羽伯，洞庭許章光紫明、許明，具區施珵佩宜，震澤姜晉，烏程嚴振，莫鼇、許濬，虞山趙誠意閑存，茂苑朱之煌天襄、顧禧天吉、謝仕賢勖庵、侯存仁始旦，雪汀沈法律心、楊夷武南、胡宏海昌、周允達等，情詞悱惻，海內傳誦。孝子軼事，練川故里至今人猶能道之者，特不特①。時值康熙，世稱極盛，白晝鬼魅公然現形，舉朝瞢焉罔覺，殆覆盆之下，赤日不照，所謂『君聖臣良』，特史官諛美之詞乎？煌煌鉅著，轉不若私家著述較有可信者矣。

民國十二年季夏，古吳白雪山人張玉森志於宣南旅次。

（《鄭振鐸藏古吳蓮勺廬鈔本戲曲百種》第一六冊影印民國間古吳蓮勺廬鈔本《陰陽判》卷首）

【校】

①『特不特』三字，底本如此，疑有誤。

【箋】

〔一〕底本無題名。

## 洛神廟（呂履恆）

呂履恆（一六五〇—一七一九），字元素，號坦庵、月巖，別署青要山樵，新安（今屬河南）人。清康熙十七年戊午（一六七八）舉人，三十三年甲戌（一六九四）進士，授山西寧鄉縣知縣。歷官至戶部右侍郎。五十七年，因故罷官歸鄉，次年卒。著有《夢月巖詩集》、《夢月巖詩餘》、《冶古堂文集》。傳見《中州先哲傳》卷二六、《國朝耆獻類徵初編》卷六五、乾隆《汾州府志》卷一一等。撰傳奇四種，僅存《洛神廟》。《洛神廟》，一名《返魂香》，現存康熙間刻本，《古本戲曲叢刊五集》據以影印。

## 《洛神廟》自序

呂履恆

有感則有言，言則有聲。聲有高下、疾徐、短長之節，於是乎有歌詩，《三百篇》皆可被之管絃者是也。漢人樂府始有曲，曲也者，委曲以達其所感之情。情莫切於五倫，夫婦其一也。樂府之傳失矣，宋詞元曲，或庶幾焉。孰謂貞臣孝子之情，有異於思婦勞人者乎？昔人云：『使人聞之，增伉儷之重。』知此者可與讀吾曲，亦不必讀吾曲矣。

時康熙己卯七月既望，青要山樵自述〔一〕。

【箋】

〔一〕題署後有方章二：陰文『司農之章』，陽文『青要山人』。

## 《洛神廟》序

笠澤漁長〔一〕

予嘗論：作南北曲，較作詩餘更難。其故何也？音調法律之間，愈難則愈苦耳。北如馬、白、關、鄭，南如《荊》、《劉》、《拜》、《殺》，皆所謂曲之祖也。有明之填辭者夥矣，然其才情大則愆謬亦多，湯若士、徐文長兩君子其不免矣。他若張伯起、梁伯龍、梅雨金輩，不可謂不善，然減一分愆謬，又未免減一分才情。必具十分才情，無一分愆謬，可與馬、白、關、鄭、《荊》、《劉》、《拜》、《殺》相頡頏，而後可以言曲，此其所以難也。求之近日，如袁令昭、吳可先之南曲，沈君庸、孟子塞之北曲，吳梅村、尤悔庵輩之南北曲，皆可謂極才情之所之，而無甚愆謬者矣。

夫才生於情，而凡天下之言才者，莫不曰發露之不若含蘊，絢爛之不若平淡矣。然而喔咿囁嚅，遂以爲含蘊乎？姝姝媛媛，遂以爲平淡乎？懸象著明，莫大乎日月，古今才人之文，誠如日月之麗乎？天也當春，而草木蕃衍，燦然豔陽，古今才人之文，誠如草木之麗乎？地也安有含而不吐，淡而不濃，而能炳炳烺烺於天壤間，使愚夫愚婦皆樂得而道之者乎？是故古來所傳諸文士、諸英雄、諸美人，亦未嘗不蹤迹坦然，去來明白，俱極其情之至正，與天下人共見之者也。

余讀青要山樵所譜之《洛神廟》，如巫娘、綠華之情，宛轉而化，而皆歸於正。卽何生之才，際遇之俠，皆鍾於情而歸於正，何其蹤迹坦然，去來明白乎！至其選辭運意，要未有含而不吐，淡而不濃者；音調法律之間，或依乎元體而爲北，或依乎明體而爲南，要未有不足於才而深於情者，眞可謂一無愆謬矣。安在不可與馬、白、關、鄭、《荊》、《劉》、《拜》、《殺》頡頏上下乎哉？

笠澤漁長題〔二〕。

【箋】

〔一〕笠澤漁長：姓名、籍里、生平均未詳。

〔二〕題署後有方章二枚：陰文『笠澤漁長』，陽文『周郎弌顧』。

# （洛神廟）序

毛奇齡

予少年時，不飲酒，或痛飲酒。石道翁先生曰〔一〕：『季子飲情？飲興？鬱於中，栩栩然者謂之情；感於外，勃勃然者謂之興。』而塡詞之道，思過半矣。湯臨川『四夢』，《牡丹亭》情也，《紫釵》俠也，《黄粱》仙也，《南柯》佛也。不必問其所鬱所感者安在，第覺情與興何其栩栩勃勃也。青要山樵《返魂香》，賈綠華，情也；李際遇，俠也；李虛眞、阿甄，仙也、佛也。亦不必問其所感所鬱者安在，第覺情與興抑何栩栩勃勃也。

塡辭之道之善，物也。蓋嘗論之：近世關目佳，曲白不佳，宜於搬演，不宜於諷誦，穿插杜撰以見奇，琱鏤湊泊以衒巧，往往不哀而哭，不樂而笑；元人曲白佳，關目不佳，宜於諷誦，而不宜於搬演，其無事於杜撰湊泊，往往不哭而黯然魂銷，不笑而悠然神適。並皆佳妙者，《牡丹亭》而外，物莫能兩大，然而君子必有所取爾矣。

原夫風雅一變而《離騷》，再變而賦，三變而樂府、古詩，四變而近體，五變而詩餘，六變而傳奇，忠孝節義，亂賊讒諂，擬諸其形容。孟子曰：『今之樂猶古之樂也。』《三百篇》之中，不無變風變雅，天不滿西北，地不滿東南，君子必有所取爾矣。乃若《洛神廟》，情也不蕩而亂倫，俠也不勇而犯義，仙佛也不怪誕謬妄，以爲杜撰湊泊地步。情也興也，鬱也感也，余姑與之飲酒。

西河易道人題〔二〕。

（《古本戲曲叢刊五集》影印清康熙間刻本《洛神廟傳奇》卷首）

【箋】

〔一〕石道翁先生：或爲傅山（一六〇六—一六八五），别署石道人，生平詳見本書卷五《紅羅鏡》條解題。

〔二〕題署後有方章二枚：陰文『西河季子』，陽文『與古爲徒』。

# 筆歌（張潮）

張潮（一六五〇—一七〇七後），字山來，號心齋，别署心齋居士、三在道人，歙縣（今屬安徽）人，僑居揚州（今屬江蘇）。清按察使司僉事充任山東提學張習孔（一六〇六—？）子。弱冠補諸生，以文名大江南北。累試不第，康熙間以貲入貢，爲翰林郎。三十八年，被誣入獄，尋獲釋。遂淡泊仕進，潛心著述。編輯《檀几叢書》、《昭代叢書》、《虞初新志》、《尺牘友聲》、《尺牘偶存》、《奚囊寸錦》等。著有《心齋詩集》、《心齋聊復集》、《詩幻》、《心齋雜俎》、《花影詞》、《幽夢影》等。傳見陳鼎《留溪外傳》卷六《心齋居士傳》、乾隆《歙縣志》卷一二等。參見鄧長風《〈虞初新志〉的版刻與張潮的生平》（《明清戲曲家考略續編》）。

撰雜劇《穆天子絕域快遨遊》、《阮嗣宗窮途傷痛哭》、《柳子厚乞巧換冠裳》、《米元章拜石具袍笏》四種，並所撰散曲，合輯爲《筆歌》，現存康熙間刻本，浙江圖書館藏。

## 筆歌序

吴綺

聞之詩惟言志，而能詩莫尚於青蓮；曲以宣情，而顧曲獨稱於紅豆。然情之所發，樂之數不及於哀；若情之既深，眞之極究歸於誕。故古之達士，莊言而或雜以諧；昔有文人，靜觀而即有所動。經留於子，首稱漆園之書；咸本於《騷》，獨妙江潭之作也。

吾友山來張子，少承家學，早負時名。書既讀於等身，賦復工乎叉手。乃於授簡之暇，爰多協律之篇。酒邊時復高吟，花下頻爲朗詠。裒其所製，題曰《筆歌》，以一帙而示予，命數言爲弁首。

夫子文無口，何意能聲？元鋭諸毛，寧能奏雅？子爲是也，誰其聽之？既而展卷以觀，乃復掩書而嘆。仰懷穆滿，開天路之難登；遠溯嗣宗，悵世途之多阻。巧難勝拙，徒貽誚於陳梭；眾欲呼顛，且放狂而具笏。武侯灑淚，千古霑襟；令伯含毫，百年隕涕。他若興悲於弱子，甚乃憑弔於戰場。此之爲歌，痛於泣矣！其豈爲筆，不能言耶？

蓋情之感於歡樂者輕，而感於悲思者重；情之託於言語者淺，而託於翰墨者深。所以拔劍高鳴，匪云『樂只』；扣壺長嘯，惟喚『奈何』而已。但韓娥抗聲，而四座之悲歡不一；葉者合奏，而一人之臥起再三。彼雖歌者之精，要亦作者之妙也。嗟乎！人生快心之處，寧有幾端；世間失意之□，當非一事。吾安能借『三影』之麗句，盡以寫千古之閒愁也哉！

年家眷弟吳綺拜撰。

（清康熙間刻本《筆歌》卷首）

# 元正嘉慶（陳夢雷）

陳夢雷（一六五〇—一七四一），字則震，號省齋，别署松鶴老人、得一道人，侯官（今福建閩侯）人。清康熙九年庚戌（一六七〇）進士，選庶吉士，授編修。十三年，耿精忠反，脅受官。以附逆之罪，遣奉天爲奴。三十七年召還，纂輯《古今圖書集成》。雍正即位後，以結誠親王胤祉（一六七七—一七三二），再遣黑龍江，卒於戍所。著有《閒在上書堂集鈔》、《松鶴山房集》。傳見《碑傳集》卷四四、《國朝耆獻類徵初編》卷一一六等。參見謝國楨《陳則震事輯》（《明清筆記談叢》，上海書店，二〇〇四，頁一九七—二一四）。

康熙三十八年（一六九九）至五十二年（一七一三）間，撰雜劇《元正嘉慶》、《八仙慶壽》二種，未見著録，始見於汪超宏《陳夢雷雜劇二種》（《明清曲家考》）。《元正嘉慶》雜劇，現存康熙五十二年（一七一三）銅活字擺印本《松鶴山房集·詩集》卷九《雜曲》所收本。

## 元正嘉慶總評〔一〕

陳夢雷

得一道人曰：摹寫元正景物，作一幅極妙畫圖，入俗處更饒情趣，而太平氣象如見。至於頌禱中無非納牖，眞是撒米成珠手段也。

【箋】

〔一〕底本無題名。

# 八仙慶壽（陳夢雷）

《八仙慶壽》，現存康熙五十二年（一七一三）銅活字擺印本《松鶴山房集·詩集》卷九《雜曲》所收本。

## 八仙慶壽總評〔一〕

陳夢雷

得一道人曰：『寬厚載福』一語，一篇扼要在此。雲錦陸離，敲金戛玉，無非爲此句作襯語耳。乃知公劉好貨，太王好色，當道志仁者，正不在迂闊也。

（以上均《續修四庫全書》第一四一五冊影印清康熙五十二年銅活字擺印本《松鶴山房集·詩集》卷九《雜曲》卷末）

【箋】

〔一〕底本無題名。

## 鞭督郵（邊汝元）

邊汝元（一六五三—一七一五），字善長，號漁山，别署桂巖嘯客，任丘（今屬河北）人。邊連寶（一七〇〇—一七七三）父。諸生，數奇不售，屢躓場屋。曾官順天府儒學訓導。與邑中人結還眞社，日飲酒賦詩爲樂。著有《漁山詩草》、《桂巖草堂詩集》、《桂巖草堂文集》等。撰雜劇《羊裘釣》、《鞭督郵》、《傲妻兒》三種，今存後二種。傳見同治《畿輔通志》、《大清畿輔先哲傳》卷一九、《清人詩集敍錄》引錢陳羣《墓志銘》等。

《鞭督郵》雜劇，《清代雜劇全目》著録，現存清鈔本、舊鈔本（《綏中吴氏藏鈔本稿本戲曲叢刊》第一冊據以影印）。

### 雜劇敍〔一〕

龐塏〔二〕

桂巖嘯客戊午歲曾製《羊裘釣》雜劇〔三〕，久已刊行。辛卯歲〔四〕，復製《鞭督郵》、《傲妻兒》二種，關目詞白，較前尤勝，可傳也。嘯客語余曰：『鄙人拙於帖括，詩詞一道，稍有一得，詩藁浩繁，無力災梨。茲《鞭督郵》、《傲妻兒》二劇，演之臺上，可以娛目，卽置之案頭，亦不至噴飯。意欲以之問世，雖爲費不多，顧安所得數金乎？』因謄寫式樣藁本，納弊簏中，以俟之他日。噫！嘯客老矣，一生攻苦，皓首無成，不得已以詞曲小技自鳴，而囊橐蕭然，不能自辦，不大可嘆耶？余綜其生平，悲其志，讀其詞，不覺唾壺盡碎矣。

鏡河釣叟撰。

【箋】

〔一〕清鈔本封面標《雜劇二種》，則此《敘》當爲二種總序。

〔二〕龐塏（一六五七—一七二五）：字霽公，號雪崖，別署牧翁、鏡河釣叟，任丘（今屬河北）人。康熙十四年乙卯（一六七五）舉人。十八年己未（一六七九），召試博學鴻詞，授翰林院檢討。官至福建建寧知府。著有《叢碧山房詩集》、《叢碧山房文集》等。傳見《清史稿》卷四八九、《清史列傳》卷七〇、《國朝文苑傳稿》卷二、《國朝耆獻類徵初編》卷二二二、《國朝先正事略》卷三九、《大清畿輔先哲傳》卷一九、乾隆《任丘縣志》卷九等。

〔三〕戊午：康熙十七年（一六七八）。

〔四〕辛卯：康熙五十年（一七一一）。

## （鞭督郵）敘

邊汝元

辛卯八月鄉試，余以耄而且貧，塊處牖下。噫！諸公方角勝一戰，而余顧作壁上觀乎？高誦魏武『老驥伏櫪』之歌，悒悒者久之。偶取義德『鞭督郵』事，演成雜劇二折。劇成，鼓掌稱快，頗屬狂妄。然『此夜一輪滿，清光何處無』句，有何奇而如滿？不覺夜半，撞鐘以自鳴，其得意耶，亦猶是矣。

辛卯中秋夜，桂巖嘯客題。

（以上均《綏中吴氏藏鈔本稿本戲曲叢刊》第一册影印舊鈔本《鞭督郵》卷首）

## 鞭督郵自記〔一〕

邊汝元

按【混江龍】一曲，無板句之多少，各劇亦無定數，惟起結有法，中間對將去耳。故亦敢拘拘於譜內，名揚天下一則也。

自記。

【箋】

〔一〕底本無題名。

## 鞭督郵評〔一〕

龐　塏

文長《狂鼓史》一劇，千古絶調，此其嗣音。

鏡河釣叟評。

（以上均《綏中吴氏藏鈔本稿本戲曲叢刊》第一册影印舊鈔本《鞭督郵》卷末）

【箋】

〔一〕底本無題名。

# 傲妻兒（邊汝元）

《傲妻兒》，《清代雜劇全目》著録，現存康熙間稿本（《傅惜華藏古典戲曲珍本叢刊》第二六册據以影印）、清鈔本、舊鈔本。

## （傲妻兒）敍〔一〕

邊汝元

北門交謫，學士不免河東獅子，其吼可畏也，孰敢傲之？峙節眞鬚眉丈夫哉！然峙節之傲，傲之以財，寔傲之以所得於西門之財，則其傲之也固宜。或曰：『允若是，素封之家，其財不可勝計也，將炫所有以傲之乎？』余曰：『某貧士，未嘗身處其境，傲與否，所不知也。』寒冬無事，偶取《金瓶梅》一則，譜成雜劇四折。觀者其以余爲揣摩世情也可，其以余爲現身説法也可，其以余爲茶前酒後藉以消遣睡魔，姑妄言之而妄聽之也亦可。

辛卯臘八日〔二〕，桂巖嘯客題。

（《傅惜華藏古典戲曲珍本叢刊》第二六册影印清康熙間稿本《傲妻兒雜劇》卷首）

【箋】

〔一〕題名下有陽文印章上下二枚：『任丘邊氏』、『任丘龐氏藏書』。

〔二〕辛卯：康熙五十年（一七一一）。

## 傲妻兒自記〔一〕

邊汝元

冬夜冷甚，劇成，命老妻煖酒張燈以侍，效白香山故事，爲之高聲朗誦一遍，因詰之曰：『何如？』婦曰：『好！但不知卿當何時驕我耶？』余不覺鼓掌大笑，滿飲一大白。

自記〔二〕。

【箋】

〔一〕底本無題名。

〔二〕文後有印章二枚：陰文方章『汝元私印』，陽文方章『善長』。

## 傲妻兒評〔一〕

龐　塏

摹寫盡情，其秀在骨。粲花而後，應不多覯。

鏡河釣叟評〔二〕。

【箋】

〔一〕底本無題名。

〔二〕文後有陽文印章二枚：『龐塏』、『雪厓』。

## 傲妻兒評〔一〕

懶　雲〔二〕

余觀『齊人乞墦』一事，其婦眞巾幗而鬚眉者乎！子輿氏寫之者，重之也。至若常峙節夫婦，有何可取，而漁山寫之？夫老常以得鈔而始傲，二嫂因見鈔而乃柔，余不知過此一往，又作如何面目。況今日不少峙節，家家皆有二嫂，總有西門之賞封，不能遍給，卽給，亦不能常繼。而此日之爲西門者，已非昔之西門比。思及此，眞所謂『欲哭渾無淚，欲笑不成聲』也。寫之何爲？而漁山必欲寫之者，表峙節乎？鄙二嫂乎？多西門乎？非也，今讀其結句曰：『落落窮儒靠甚麼作主張。』其下場詩曰：『我也不學常峙節，你也不是西門慶。』卽此一參，漁山之意思過半矣。觀場者愼勿自等矬人。

懶雲評。

（以上均《傅惜華藏古典戲曲珍本叢刊》第二六冊影印清康熙間稿本《傲妻兒雜劇》卷末）

【箋】

〔一〕底本無題名。

〔二〕懶雲：姓名、籍里、生平均未詳。

## 四友堂里言（黄鉽）

黄鉽（一六五三—一七三二？），字招悟，初號東里，改號雁翁，晚號庸叔，山陰（今浙江紹興）人。屢試不第，遂絶意於科考。以游幕爲生，足迹遍南北。修訂《痛思堂城西黄氏族譜》，撰《痛思堂南行日記略》、《痛思堂城西黄氏家言》，現存中國國家圖書館。撰《痛思堂日記》，現存日本靜嘉堂文庫。此外尚有《壬申選制藝》、《雁村集》等。

撰傳奇《四友堂里言》，《古典戲曲存目彙考》著錄，現存康熙間傳鈔本（《古本戲曲叢刊五集》據以影印）、雍正三年（一七二五）清稿本（日本靜嘉堂文庫藏，係《痛思堂日記》第七、八册，《日本所藏稀見中國戲曲文獻叢刊》第二輯據以影印）。後者時有改易。參見張詩洋《日本靜嘉堂文庫藏〈四友堂里言〉考》（《戲曲藝術》二〇一七年第四期）。

## （四友堂里言）自記

黄鉽

此余十九歲之春，所壞筆壞墨，廢日廢事，不畏嗤，不畏罵，不畏糊壁，不畏覆瓿，而妄意爲之也。嗚呼！胷無數字，目無半珠，而欲搜索枯腸，以极庸極惡之里譚，侈然思附於『曲子相公』之林也，不亦悲乎！然則，近之童蒙有與①余同病者，其卽可以返已。存是稿者，所以志悔也。

康熙乙酉夏五月，山陰黄鉽漫書於上谷旅次，距構時三十二年。

（《古本戲曲叢刊五集》據影印傳鈔本《四友堂里言》卷首）

**【校】**

①與，底本作『于』，據文義改。

## （四友堂里言）自題

黃釴

此余十九歲之春，所壞筆壞墨，誤日誤功，不畏嗤，不畏罵，不畏糊壁，不畏覆瓿，而妄意爲之也。嗚呼！目無半珠，胷無一線，而欲以极庸極惡之里譚，侈然思附於『曲子相公』之林也，不亦悲乎！然則余之今日，亦惟撏之扯之，不則呂火而殷水之。而顧復存是稿者，何也？存是稿，以志余過也。

康熙乙酉夏五月，山陰黃釴漫書於上谷旅次，距作時三十五年。雍正三年乙巳秋七月，雁翁又錄於故園橋西思痛堂，距構時五十五年〔一〕。

（《日本所藏稀見中國戲曲文獻叢刊》第二輯影印日本靜嘉文庫藏雍正三年清稿本《四友堂里言》卷首）

【箋】

〔一〕文後有印章二枚：陰文方章『黃釴之印』，陽文方章『雁翁』。

## （四友堂里言）敘

陳燦〔一〕

今稔①，余就館於鏡湖之雄飛堂，卽黃子之王叔父諱元顔（？）、字長公家也〔二〕。春仲②，偶遊戲於詞曲間，而輒拘於律，限於聲，意所欲言，格格未達，心寔苦之。又急不獲一知音者，以爲之導，閣筆且屢矣。

一日，長公之小阮鼎士至〔三〕，視余作，因語之故。鼎士曰：『吾家姪某頗③優，之《四友堂稿》現在可④觀也。』余喜甚，卽以鼎士爲介，肅衣冠進謁。至則黄子使見，問其年，曰：『二十一⑤。』問所作時，曰：『十九⑥歲。』噫！黄子乎，其年去蘭成之射策無幾也，視仲華則猶未逮也，而餘技乃有是乎？堅請再四，乃獲見畀。余卽就黄子座，略一披誦，不自知氣之何以卑而心之何以輸也。噫！吾黄子乎，而餘技竟至是乎！

亟攜至齋，寢食於中，幾及半月。惟見筆之輕也，墨之香也，才之雄而思之曲也，且律之工也，氣之茂也。噫，黄子乎，果⑦至斯哉！以眎余之既髦，而猶憒憒焉者，相去何如也？遂不揣鄙陋，句解而字繹之。

嗚乎！今天下之搦管者有矣，搦管而自命淹雅者又多矣。制藝之中，猶若晨星⑧，況如當日之玉茗與青藤者哉！黄子異日，未可量也。昔禰正平羈貫時，才高天下，孔北海見而奇之，始則呼爲小友，繼則引爲忘年。然則余與黄子，亦若是焉而已矣。黄子其棄予否耶？

同學陳燦拜書，時康熙丙辰之春三月也⑨。

【校】

①稔，靜嘉堂文庫本作『春』。

②春仲，靜嘉堂文庫本作『越月』。

③家侹某頗：　靜嘉堂文庫本作『侹招愔殊』。
④稿現在可，靜嘉堂文庫本作『集可就』。
⑤一字，靜嘉堂文庫本無。
⑥十九，靜嘉堂文庫本作『昨』。
⑦果，靜嘉堂文庫本作『胡』。
⑧『今天下』四句，靜嘉堂文庫本作『今天下之自命才士者衆矣，皓首而握管焉，制藝猶晨星也』。
⑨『書時康熙丙辰之春三月也』十一字，靜嘉堂文庫本作『題時今上玄黓困敦之蘭秋七日也』。按『玄黓困敦』即壬子，康熙十一年（一六七二）。

【箋】

〔一〕陳燦：　字止耀，山陰（今浙江紹興）人。生平未詳。
〔二〕黄子之王叔父：　生平未詳。
〔三〕黄鼎士：　字號、籍里、生平均未詳。

## （四友堂里言）序

汪上薇〔一〕

自嶰谷截伶倫之管，而世知有音學；自元代開取士之科，而世知重曲學。然而聲音①之道，自古爲難。其生剋變化，原本大《易》；其始終條理，悉準《洪範》。其清濁高下、輕重疾徐之節，通乎天地陰陽。其間忠佞好醜之殊途，善惡報應之不爽，合乎天理人情之極，蓋寔有至義存焉。無如習俗②支離，人心不古。侈新聲於優倡，逞麗句於游般，而聲音之道遂衰。以故大儒目爲小乘，寘而不議；道學眎爲輕佻，諱而不言。輓近士規進取，習舉子業，六經四子③中尚多昧之，甚有窮經皓首，竟不知平上反切爲何物，遂至不能爲已。間有一二優游林下者，恰④情於此，率多⑤矢口迅筆以寄其嘯傲之志⑥，則不工；走聲氣者，又皆⑦淺言膚湊以應坊賈之求，則不雅⑧。

吾友黄子招愔⑨，恬澹而静，博洽而文。性理程、朱，經濟陸、賈。年未二十，而騷雅之稔，溢吾里黨。即其傳王貞之樂而不淫也，素蟾之哀而不傷也，劉協五之俠而不流於誕，錢陞之狂之肆而亦無叛於正也⑩。擬諸形容，象其物宜⑪，發揮盡致，旁通盡情。朱子所謂『平古心而大復古』，眞盛世之音也。閲是曲者，以樂府讀也可，以序傳讀也可，即以制藝讀也亦無不可，似不必專付之優孟也。

余初怪其演不成秩，殊爲闕然。最後乃知其寓意於此，而不留意於此，直文家之游戲三昧耳。黄子著述固⑫不盡是，而黄子並⑬不以是擅長也。不然，文人之筆，傳奇譜異，索隱鉤深，何所不事，而姑快心於錢、王之遇合乎哉！余故不敍其情，而敍其文。

時康熙十五年丙辰夏四月望後一日⑭，世通家弟汪上薇頓首題。

【校】

①聲音，静嘉堂文庫本作『音曲』。

②習俗，静嘉堂文庫本作『俗學』。

③六經四子，靜嘉堂文庫本作『四子六經』。
④怡，靜嘉堂文庫本作『寄』。
⑤多，靜嘉堂文庫本作『皆』。
⑥寄其嘯傲之志，靜嘉堂文庫本無。
⑦皆，靜嘉堂文庫本作『多』。
⑧以應坊賈之求則不雅，靜嘉堂文庫本作『則不雅音曲烏由正哉』。
⑨黄子招愔，靜嘉堂文庫本作『黄生』。
⑩『卽其傳王貞之樂而不淫也』四句，靜嘉堂文庫本作『卽其四友堂集所傳王生與錢素蟾事』。哀，底本作『衰』，據文義改。
⑪宜，靜嘉堂文庫本作『理』。
⑫著述固，靜嘉堂文庫本作『近作既』。
⑬並，靜嘉堂文庫本作『亦』。
⑭時康熙十五年丙辰夏四月望後一日靜嘉堂文庫本作『康熙丙辰歲四月望日，同里』。

**【箋】**

〔一〕汪上薇：字治子，山陰（今浙江紹興）人。生平未詳。

## （四友堂里言）序

呂璟烈〔一〕

宇宙，一積情之區也；古今，一致①情之時也。君臣、父子、夫婦、兄②弟、朋友，皆負③情之人；悲歡離合，淑慝貞邪，皆寄情之地，發情之端也。顧宇宙大矣，古今遙矣。其間忠臣孝子、思婦勞人，與雁行僚友，人不一，則情亦不一，求其善可法而惡可戒、樂不淫而哀不傷者，惟《三百篇④》之用情爲最正⑤，他不具論。迹其鍾情於夫婦之際，或託物以興懷，或因時以寄意，思深而曲，詞婉而微，長言之不足，又從而詠歌嗟嘆之。後之人誦其文，玩⑥其旨，不自知吾情之感動，何以不容已也。噫，至矣，言情者洵蔑以加矣！自是而降，一變而爲騷賦，再變而爲詞曲，代有傳人，人甿⑦一轍。然騷賦如屈、宋、長卿輩，往往悵望美人，睠懷蘭佩⑧，以寫我情，所繫屬山隰榛苓之遺意，猶髣髴過之。至若寔甫之譜《會眞》，若士之記《還魂》，皆託幽情於邂逅，其詞秀而清，其韻幽而曲。未得也，不啻寤寐仰止以求之；既得也，輒假琴瑟旨酒以樂之，何其出風入雅也。乃伯子云亡，風徽莫繼；鍾期未遇，《流水》何傳？

吾友黄子雁翁，稽古奇士也，亦博物古君子也。雅人深致，繡口錦心，每寄遙情於綺詞麗句之中。今讀其四友堂塡詞一集，當五郎初遇淑人時，卽能致江皋之贈，情何如其浹。繼而未遂于飛，鸞慘鳳泣，情何如其深。迨夫並坐吹簫，好逑已賦，而飲食庶幾，式歌且舞，情又何如其摯。雁翁誠善於言情者哉！況又幽思曲筆以傳之，清音妙響以發之，遠追《三百》，近規屈、宋⑨，步若士之芳⑩蹤，繼實甫之絕調⑪，技神矣，觀止矣⑫！余烏能贅一詞耶？

竊又思之，以雁翁之學之才，其難奏雅樂於大庭，抒康阜於民物，而顧沾沾兒女閨房云爾者，知其心不獲際明良佳會，而姑託於昏媾私情，以發其纏綿委曲⑬之意，亦猶碩人之興思彼美西方焉耳。抑雁翁素篤伉儷，中年喪耦，黄鵠分飛，痛破鏡之難圓，悼玉樓之人杳，聊寄其情於好合永諧，或未可知也。還以質之雁翁。

康熙癸未三月姑洗之次，同學弟呂璟烈拜手題⑪。

【校】

①致，靜嘉堂文庫本作『具』。
②兄，靜嘉堂文庫本作『昆』。
③負，靜嘉堂文庫本作『致』。
④篇，靜嘉堂文庫本無。
⑤正，靜嘉堂文庫本作『善』。
⑥玩，靜嘉堂文庫本作『味』。
⑦匭，靜嘉堂文庫本作『不』。
⑧佩，靜嘉堂文庫本作『若』。
⑨三百近規屈宋，靜嘉堂文庫本作『屈宋前規三百』。
⑩芳，靜嘉堂文庫本無。
⑪絕調，靜嘉堂文庫本作『倡』。
⑫觀止矣，靜嘉堂文庫本無。
⑬委曲，靜嘉堂文庫本作『鬱結』。
⑭『康熙癸未』二句，靜嘉堂文庫本作『同學弟呂璟烈頓首書於保陽旅次』。

【箋】

［一］呂璟烈：字友伯，山陰（今浙江紹興）人。生平未詳。

# （四友堂里言）敍

丁有庚［一］

嗚乎，風會之變遷甚矣哉！漢官威儀，盡變而爲優孟衣冠，覩紫塞琵琶之曲而愴然矣。夫倡優帝飾，流俗所輕。假令革詞曲，廢①梨園，亦不過九牛亡一毛耳。然辟雝鐘鼓與正笏垂紳之意，猶有存者，則是俳優之與有力焉。而況乎忠孝節烈，傳於不朽；淫汙囂戾，賴②以共懲。考古者尚欲知人而論世，豈其嬉笑場中，確有所見，反謂其不足信耶③？至若農夫野老之流，怨女思婦之屬，往往藉空中之報應以爲勸懲，是又當世得失之林也。無如近之作者，形其所樂，則甚於采蘭贈勺，伊其相謔；擬其所哀，則又涕泗滂沱，自傷遲暮。離合悲歡之際，大都淫與傷耳。又其甚者，附會穿鑿，杳無可稽④，可勝道哉！

山陰黃子招愔，余戚而友者。文章詞⑤賦，早擅騷⑥壇，余矜式深矣。一日過四友堂，偶閱填詞一集，見措詞之富，命意之深，集句之工，有言必爽，無意不曲。雖爲章可闡幽，寔爲本身寫照。素持歸細讀，寢食俱忘。嗟乎！章可之用情也，固可致生死；而黃子之言情也，更⑦可矢日星。素蟾之鍾情也，固可貞金石⑧；而黃子之傳情也，更能泣鬼神⑨。風會雖變，其能變斯曲之情乎？故不揣狂瞽⑩，投筆而爲之序。

時今上十六年三月三日，古虞同學弟丁有庚拜書⑪。

（以上均《古本戲曲叢刊五集》據影印傳鈔本《四友堂里言》卷首）

【校】

①廢，靜嘉堂文庫本作「斥」。

②賴，靜嘉堂文庫本作「藉」。

③耶，靜嘉堂文庫本作「哉」。

④杳無可稽，靜嘉堂文庫本作「駭世惑人」。

⑤詞，靜嘉堂文庫本作「詩」。

⑥騷，靜嘉堂文庫本作「詞」。

⑦更，靜嘉堂文庫本作「尤」。

⑧可貞金石，靜嘉堂文庫本作「可擬白茅」。

⑨更能泣鬼神，靜嘉堂文庫本作「尤可類摽梅」。

⑩狂瞽，靜嘉堂文庫本作「蕪陋」。

⑪「時今上」二句，靜嘉堂文庫本作「同學弟丁有庚識」。

【箋】

〔一〕丁有庚：字遠辰，山陰（今浙江紹興）人。生平未詳。

## 珊瑚玦（周稚廉）

周稚廉（一六五七—一六九二），字冰持，號可笑人，室名容居堂，華亭（今屬上海）人。康熙十二年癸丑（一六七三）諸生，屢試不第。與吴綺（一六一九—一六九四）、林雲銘（一六二八—一六九七）、孔尚任（一六四八—一七一八）、呂履恒（一六五〇—一七一九）等交往。著有《容居堂詩鈔》、《容居堂詞鈔》、《容居堂集》。撰傳奇數十種，大多並曲目亦不存。現僅存《珊瑚玦》、《元寶媒》、《雙忠廟》三種，合刻爲《容居堂三種曲》。傳見《漁洋山人感舊集》卷一四、乾隆《江南通志》卷一六六、光緒《松江府志》卷五八、光緒《重修華亭縣志》卷一六、光緒《重修奉賢縣志》卷一一等。參見鄧長風《周稚廉的生平及其家世鈎沉》（《明清戲曲家考略》）、周鞏平《清初戲曲家周稚廉生平補正》（《文學遺産》二〇〇五年第六期）。

《珊瑚玦》傳奇，《傳奇彙考標目》著録，現存康熙間書帶草堂刻《容居堂三種曲》第一種本（《古本戲曲叢刊五集》據以影印）、嘉慶十二年（一八〇七）書帶草堂重刻《容居堂三種曲》第一種本。

### 珊瑚玦傳奇序

張而是〔一〕

湯若士先生作《四夢》，最後作《牡丹亭》，稱今古絶唱。然於字句間，其增減處，多未諧於譜，時伶難之。遂有起而删改之者，臨川乃興『不是王維舊雪圖』之嘆。因思天下才子，能有幾人？雲間自大樽而後〔二〕，亦不數見。當我世而有周子，眞奇才也。

周子年弱冠耳，才雄天賦，加之讀書嗜古，靡不宏覽，制藝以逮雜著，沈博絶麗，迥非儕輩所及，予每見輒心折之。間出爲詞餘，異采紛披，機穎觸發，匪可思議。且人情物態，纖微淩雜之事，咸能曲折縷析，無所不能。予見周子於廣坐中，衆或喧呶，一人獨靜默如面壁者，知其生前於蒲團趺坐之力深也。其得之家學淵源者，竿頭更進矣。

至論其詞餘，向以臨川之《牡丹亭》比之少陵之詩，近梅邨先生之《秣陵春》則若古樂府，周子兼而有之，且所作已有數十種。卽如《珊瑚玦》之卜生，其遇合有時，人能覷破，身無悲憤，世無誚讓，一信之於天，我知周子胷中浩浩落落，無一染也。雖然，才不易得，亦不虚生，周子勉乎哉！

愚谷老人拜手漫題〔三〕。

（《古本戲曲叢刊五集》影印清康熙間書帶草堂刻《容居堂三種曲》第一種《珊瑚玦傳奇》卷首）

【箋】

〔一〕張而是：別署愚谷老人，籍里、生平均未詳。

〔二〕大樽：卽陳子龍（一六〇八—一六四七），字人中，一字卧子，號軼符、大樽，華亭（今屬上海）人。明崇禎十年丁丑（一六三七）進士，選紹興推官。福王時，陞兵部給事中，辭職歸鄉。清兵破南京後，在松江起兵，事敗，終被清兵所執，乘間投水死。著有《陳忠裕公全集》。傳見《明史》卷二七七。

〔三〕題署之後有陽文方章「張而是印」。

## 元寶媒（周稚廉）

《元寶媒》傳奇，《傳奇彙考標目》著録，現存康熙間書帶草堂刻《容居堂三種曲》第二種本，《古本戲曲叢刊五集》據以影印。

### （元寶媒）序

張憲漢〔一〕

張司空於陸士衡，歎其才多，余於冰持周子亦然。天授既已卓絕，復窮魏寢禹穴之藏，發爲雄藻，直可使秦無文、楚無騷。且所撰著，懸之國門，小儒咋舌不能讀。間爲《金荃》綺語，則又穠纖合度，香豔絕倫。至帖括一道，每爲才人所鄙彛，復研細心，克臻上乘，諸名流奉爲矜式，傳寫紙貴。昔人謂婁筆谷口，樂旨潘辭，事有難兼。抑何周子之左宜右有，既流綜乎百支，更峯登於千仞乎？

大抵負才之士，氣常動而不能靜，心常縱而不能斂。故未覯周子副宇，必謂其豪情一往，叫笑跳躍，豈意沖懷邃養，澹然欿然，一似諸子之所爲木雞者。而且爛熳天眞，纏綿至性，纔一把臂，便已傾心。人獲挹其蘭芬，探其武庫，未有能舍之而即去者。蓋述祖德，讀父書，其所由來尚矣。醴源芝本，豈不信然！然天之所以賦之者，有獨厚也。

近醉其齋，得觀伶人所演新譜諸劇，文心幻出俗情，豔詞巧填俚語，眞是當行老手。至析律陽呂陰、南柔北勁處，足奪關、馬、貫、高之席。即如《元寶媒》一種，似乎憤世，實切救世。一貧乞兒，決英雄膽，建聖賢業。即貞姬俠妓，矢志靡他，已勝似齊人妻妾。請先以《東郭記》覆瓿，然後熟讀斯集可也。

康熙辛酉七夕前二日，細林張憲漢[下闕]。

【箋】

〔一〕張憲漢：字號、籍里、生平均未詳。

## （元寶媒）序

范纘〔一〕

周郎與余同硯席者，幾二十年。余差長於周，今年已三十，拓落不偶，時以詩歌相唱和。間有非常可喜之論，或譜之脆板么絃，非有所指而作也。周郎所著傳奇數十種，如《元寶媒》，尤膾炙人口。

考之『元寶』之稱，昔高祖詔鑄錢，以『天福元寶』爲文；宋太宗又御書『淳化元寶』，作眞、行、草三體行世。此錢之以元寶名也。至元世祖時，從楊湜言，乃以庫銀爲元寶，每銀五十兩，易絲鈔千兩，則銀之以元寶名，元時始也。

余嘗笑謂周郎：『吾輩讀書取友，卽不能廣交豪傑，博覽古今，而所見所聞，亦未爲淺隘，於天下文人墨士，往往有合。獨厭惡棄絕者，惟元寶一物耳。窮士持三寸弱管，當析薪瓊粒時，求免首陽餓殍，且不可得；總有博施利物心，猶足不能行而賣躄藥，誰能信之？今傳中所載乞兒，其至窮無告，更甚窮士，乃能哀多益寡，援人於草莽之中，濟人於顛危之際；還金而受誣，賑金而受辱；盜其名而不怒，處舛途而無怨尤，雖古俠烈大夫不過如是。彼挂金鑰、持牙籌、錙銖自守者，又何能與之頡頏哉？卒因此獲高爵，匹佳偶，貲盈巨萬，其一生富貴，賴元寶爲之斡旋。命名曰《元寶媒》，知元寶仍非薄倖物。吾輩老女不嫁，將來自有蹇脩，正不必對此青蚨朱提，興「摽梅其七」之嘆也。』

雖然，乞兒豪俠事，皆未獲窖金時所爲，獨不傳旣富後舉動如何。得無不事生產，原屬貧人常態，一擁高貲，便不能復歌渭城耶？請以質之周郎。

同學弟范纘武功氏題於南邨之下厂〔二〕。

（以上均同上《容居堂三種曲》第二種《新編元寶媒傳奇》卷首）

【箋】

〔一〕范纘（一六五一——一七一〇）：字武功，號笏溪，別署雞窠老人，婁縣（今屬上海）人。太學生。曾入陳元龍（一六五二——一七三六）府爲塾師。工詩詞，善書畫。著有《四香樓詩鈔》、《四香樓集》。傳見《國朝畫識》卷八、《清代畫史增編》卷三〇、光緒《婁縣續志》卷一六等。

〔二〕題署之後有陽文葫蘆形章『武功』、陰文方章『范纘之印』。

# 雙忠廟（周稚廉）

《雙忠廟》傳奇，《傳奇彙考標目》著錄，現存康熙間書帶草堂刻《容居堂三種曲》第三種本，《古本戲曲叢刊五集》據以影印。

## （雙忠廟）序

瞿天潢〔一〕

人無賢愚，聞忠義之名，莫不感慕思奮。然而爲之者甚少，何也？慮事不成，而惧禍畏死之心勝也。夫君子之爲忠義也，如魚之赴淵，如鳥之入林，如饑者之遇芻豢，寒者之得狐貉，悦而就焉，其心安焉，雖由是而蹈禍觸死，不避也。然使爲其事者必有禍而無福，之死不得生，則天之報施善人，果不可信。而庸夫愚婦，將有頸縮股慄而不敢復言忠義者矣。此《雙忠廟》所爲作也。

夫忠義之至，可以貫金石，可以格異類，而不能以□①鬼神之靈，天下無此理也。鬼神之用，變化不□②，人特無以感之。能感之矣，則何求不得，何欲不遂？雖事至窮奇極怪，亦若固然，況區區面目形骸之變乎？然則男子之乳，寺人之須，其不足異也審矣。忠義所感，而神力格之，必於時勢萬難、人力不至之處而爲之，委曲以成就焉，考於書傳，不可勝載。然庸夫愚婦，鮮所覩紀，概不能知；間有知者，又以爲此士大夫之行，而非吾之所宜勉也。今此書所傳忠義之事，乃出於奴僕婦寺之流，其容貌言語，宛轉生動，恍乎可接。至於鬼神之情狀，報應之往復，燎若日星，捷若桴鼓，事雖疑於誕，理實道其常。觀此而無所動於中者，則非人類也。

古者列國有《風》，多出於幽閨婦女、草野小人之作，而聖人垂之爲經，與《典》、《謨》、《雅》、《頌》相表裏，蓋取其言足以勸戒，雖至俚淺，亦不棄也。況文人學士之寓言也乎！周子冰持是書之作，所以激人忠義之氣，而去其懼禍畏死之心，其憂深思遠，蓋有出於不得以焉爾。觀者識其意，庶弗沒其詞也。

千山樵者瞿天潢題〔二〕。

（同上《容居堂三種曲》第三種《雙忠廟傳奇》卷首）

【校】

①此字底本殘，據文義，似當作『感』。

②此字底本殘，據文義，似當作『測』。

【箋】

〔一〕瞿天潢：字爰楫，别署千山樵者，婁縣（今屬上海）人。工書。傳見《皇清書史》卷六、《清儒學案小傳》卷一〇。

〔二〕題署之後有方章二枚：陽文『瞿天潢印』，陰文『千山樵』。

# 玉山記（謝一鶚、劉坤）

謝一鶚、劉坤，或爲宜黄（今屬江西）人，生平未詳。《玉山記》傳奇，道光《宜黄縣志》卷二二著録，敘寫宜黄諸生歐陽芬（一六〇二—一六八六）事迹，當撰成於康熙二十三年（一六八四）前。參見李在超《明清罕見曲家曲目考》（《中華戲曲》第五三輯，文化藝術出版社，二〇一六）。

## 玉山記題辭

李來泰

唐人多述劍客，若鹿盧蹻、蘭陵老人之屬，電逝星奔，波駭烏沒。余讀其言，未嘗不心開膽張，舌撟不得下。已悟，曰：『天下豈有神仙？諒爲英雄當如是耳。』青蓮稱錢少陽投竿而起，可爲帝王之師。宋辛棄疾揭河北以還中原，晚棲芝山，諷其樂府，猶有生氣。二子用世幾何，偶見其奇，龍伸蠖屈。惟所置之子房赤松、長源仙骨，與李夫人掩被匿面，同一關捩，向後一著，不使人看破耳。

憶少年毾㲪場屋，友人傅平叔輒舉歐陽子芳語以自廣〔一〕。時子芳已建大將旗鼓，肘金印如斗大。及滄桑遞改，黄冠無恙，偶一出山，鄉里倚以重活，卽脱屣去之。昔人云神仙者，英雄退步，詎不然與？

有客持示《玉山傳奇》，敍次子芳本末甚悉，余不覺掩卷三嘆也。勝國之季，胡粉飾面、搔頭弄姿者，大不乏人，霜降水落，不堪黃膽綽輩一番指點耳。子芳經奇男子，振臂一呼，瘡痍盡起，大淮南北，戰壘猶存。摩挲斯編，亦青海白翎之往因，西京夢華之遺錄也，豈僅向三尺氍毹現身說法而已。

余寄子芳：『月光禪師入定時，定水湛然滿室。童子投以瓦礫，輒患心痛，除去之而始復。公今已坐證此道。是記無乃水觀中之瓦礫乎？』子芳曰：『往劫經心，前程如夢，耳後生風，鼻端出火，自是道人本色。顧閲此者，無以腐鼠相嚇而可矣。』

（《清代詩文集彙編》第一二二册影印清雍正十三年刻李來泰《蓮龕集》卷一四）

【箋】

〔一〕歐陽子芳：即歐陽芬（一六〇二—一六八六），字子芳，號玉臺，宜黃（今屬江西）人。明邑增生。嘗游居崇仁，時流寇方熾，詣闕上書，陳弊中策，奉命隨隆平侯張拱微參贊軍務。因功陞游擊將軍，歷官至總兵，晉柱國一品榮禄大夫。入清，創玉山寺於仙桂鄉，與高僧參正本末。傳見道光《宜黃縣志》卷二二。

## 太平樂事（曹寅）

曹寅（一六五八—一七一二），字子清，又字幼清，號楝亭、荔軒、柳山，别署雪樵、柳山聱叟、柳山居士、棉花道人、西堂掃花行者、嬉翁、盹翁等，祖籍豐潤（今屬河北），遷居遼陽（今遼寧沈陽），後入漢軍正白旗籍。官通政使、江寧織造，兼巡視兩淮鹽政。性嗜學，校刊古籍甚精，刻《楝亭十二種》。奉旨主編《全唐詩》、《佩文韻府》等。工詩詞戲曲，著有《楝亭詩鈔》。撰傳奇《表忠記》、《後琵琶》、《虎口餘生》，雜劇《太平樂事》、《北紅拂》，以及《七子緣》、《醉鄉記》、《睡鄉記》、《銷魂記》等。傳見《清史稿》卷四八五、《清史列傳》卷七一等。參見周汝昌《曹寅年表》、方曉偉《曹寅評傳·曹寅年譜》（江蘇廣陵書社，二〇一〇）。

《太平樂事》，含九種一折雜劇，以紀京華上元，《今樂考證》、《清代雜劇全目》著錄，均題柳山居士撰，現存康熙四十八年（一七〇九）刻本（南京圖書館、復旦大學圖書館藏，署柳山居士撰）、《今樂府選》第二冊所收本。參見顧平旦《曹寅〈太平樂事〉雜劇初探》（《紅樓夢學刊》一九八六年第四輯）。

## 太平樂事序〔一〕

曹寅

舊有金陵陳大聲《太平樂事》一闋〔二〕，相傳其初授百戶時，魏國公所命作。其『雞鵝擔人』結句云：『剛賣了第一日。』蓋文人無賴之語也。

余表兄東皋〔三〕，酷愛其詞，以子鵝相餉，勒家僮令演之。然曲多談段小令，秖堪彈唱。因補塡大套七齣，以《太和正音》、《燈詞》繫其尾，大聲《開場》、《燈賦》弁其首。適有莊貞生妙製米燈〔四〕，諸巧輻輳，其戲遂成。鬢眉弄影，不獨稚子矣。

武林稗畦生擊賞此詞〔五〕，以爲勁氣可敵秋碧。曾爲稗畦說宮調，令其注《彈詞・九轉貨郎兒》下。未幾，有捉月之游。又一年，東皋亦下世。此詞已入山陽之笛，急切付梓，蓋存故人之餘意焉爾。

己丑九月十五日〔六〕，柳山居士書。

【箋】

〔一〕底本無題名。

〔二〕陳大聲：即陳鐸（約一四五四—一五〇七），字大聲，號秋碧，詳見本書卷十四《陳大聲樂府全集》條解題。撰《太平樂事》雜劇，收入明汪廷訥輯、萬曆三十九年（一六一一）環翠堂刻《坐隱先生精訂陳大聲樂府全集》。

〔三〕東皋：康熙四十年（一七〇一），曹寅爲東皋草堂主人撰《東皋草堂記》（《楝亭集》），或即此人。東皋草堂主人，一說即甘國基（？—一七〇五），字靖之，號鴻舒，遼陽（今遼寧沈陽）人，屬漢軍正藍旗。雲南總督甘文焜（一六三三—一六七四）三子。歷任甘肅鞏昌府、廣西南寧府同知，累官至河南按察使、布政使、護理巡撫。著有《勁草堂詩稿》、《勁草堂詩餘》（清方氏碧琳瑯館鈔本）。傳見《沈陽甘氏家譜》等。見敏成《曹寅家的幾位親屬問題》（載《紅樓夢研究輯刊》第五輯，上海古籍出版社，一九八〇）。一說即曹殷六（約一六五四—？），正黄旗或鑲白旗人。曾征戰南北，博取功名，卒不遇。三十歲後，卸甲歸田，奉孝養母。參見顧斌《『東皋草堂主人』新考》（《曹雪芹研究》二〇一二年第二輯）。

〔四〕莊貞生：字號、籍里、生平均未詳。

〔五〕武林稗畦生：即洪昇（一六四五—一七〇四），字昉思，號稗畦，錢塘（今浙江杭州）人。
〔六〕己丑：康熙四十八年（一七〇九）。

## 太平樂事題詞

洪　昇

昔漢唐始立樂府，有《景星》、《齋房》、《天馬》、《赤雁》等曲，承《豳風》之緒餘，歌詠太平。遠被重譯，貢琛獻贄，無不聞風嚮化，則樂之感人深且遠矣。後世衍爲歌行，截爲斷句，再變而填詞，遞降而散曲，加以賓白，演以排場，成雜劇傳奇。雖與古樂分途，然其紀風俗，頌熙皞，同一意也。

金、元以來，院本特盛。明代所纂《雍熙樂府》，多取御筵歌唱，不無猥雜。金陵陳大聲點綴昇平，旁摭逸事，亦瑣褻不雅觀。柳山先生出使江左，鈴閣多暇，含風咀雅，酌古凖今，撰《太平樂事》雜劇，以紀京華上元。凡漁樵耕牧，嬉遊士女，貨郎村伎，花擔秧歌，皆摩肩接踵。外及遠方部落，雕題黑齒，卉服長鼓，僸佅兜離，罔不羅列院本。其傳神寫景，文思煥然，詼諧笑語，奕奕生動。比之吳昌齡『村姑演說』，尤錯落有古致。而序次風華，即《紫釵》元夕數折，無以過之。至於《日本燈詞》，譜入蠻語，怪怪奇奇，古所未有。卽以之紹樂府餘音，良不虛矣。吾知此劇之傳，百世以下，猶可想見其盛，而況身際昌期者乎！

癸未臘月〔一〕，錢唐後學洪昇拜記。

【箋】

〔一〕癸未：康熙四十二年（一七〇三）。是年臘月，公元已入一七〇四年。

## 太平樂事題詞

朱彝尊

楊朝英論定元曲，目曰《太平樂府》。其後陳大聲、劉仲修遇歲華，均有飲段。然未若柳山先生，意匠經營，窮工极致。聚沙爲塔，鞭石成橋，未足喻其變幻。觀止矣！《鼓鐘》之詩云：『以雅以南，以籥不僭。』非有淩雲之才，安能媲羣雅若此！

小長蘆朱十僭評。

（以上均復旦大學圖書館藏清康熙四十八年刻本《太平樂事》卷首）

## 《太平樂事》跋

曹寅

前明分雅俗定樂，俗樂多入僧道，教坊元旦喜慶多用黄鐘。此燈詞，《太和正音》、《雍熙樂府》皆載之，想出勛戚及東園鐘鼓司所作也。鄭世子《樂書》有『天下太平字舞』，當時尚見唐宋遺派。然以八音揉合入【青天歌】、【金字經】，以節其舞，未免雅俗不倫矣。此齣舞人如其數，燈分二色，頗具新意。今之樂猶古之樂。其餘皆襲東園過務之法，調以子母寄清鍾。禮失求野，知音者哂之耳。

柳山記。

（復旦大學圖書館藏清康熙四十八年刻本《太平樂事》卷末）

## 太平樂事第九齣題記〔一〕

立　亭〔二〕

結句用諢語，爲秋碧解嘲，不失本色。賓白半出曲師王景文。景文侍柳山先生十年後，搦筆能詩古文辭。年未五十以病殞，傳宮調者遂無人矣。

立亭。

（清康熙四十八年刻本《太平樂事》第九齣《賣癡獃》齣末）

【箋】

〔一〕底本無題名。

〔二〕立亭：當即陶鼎，字立亭，揚州（今屬江蘇）人。傳見馮金伯《墨香居畫識》卷七。參見胡文彬《感悟紅樓》卷三《夢邊考信》（頁一八二—一八三）。

# 北紅拂記（曹寅）

《北紅拂記》，《古典戲曲存目彙考》著錄，現存康熙間刻本（上海圖書館藏）、邵鋭鈔本（原藏文化部藝術局，今歸中國藝術研究院圖書館）。二本均署『鵲玉亭填詞』。『鵲玉亭』乃曹寅家亭名，故此劇當爲曹寅撰。參見胡文彬《曹寅撰〈北紅拂記〉鈔本中的幾個問題》（《紅樓夢學刊》二〇〇五年第二輯）、周興陸《試論曹寅的〈北紅拂記〉》（《紅樓夢學刊》二〇〇七年第一輯）。

## 北紅拂記自識〔一〕

曹寅

李藥師非常人，雖小說家，亦喜以事摭實之，每恨其筆無颯爽之氣。及見張靈虛填詞〔二〕，竟以私奔爲奇事，與破鏡樂昌合傳；馮猶龍以陳眘公言〔三〕，雖單作一記，而以衛公參柴紹，紅拂參娘子軍，猶爲穿鑿。且二本皆以虯髯翁降唐爲圓場，齷齪瑣屑，畫虎不成幾類狗矣。

壬申九月入越〔四〕，偶得淩初成填詞三本〔五〕，三人各爲一齣，文義雖屬重複，而所論甚快，筆仿元人，但不可演戲耳。舟中無事，公之梅谷同好〔六〕，因爲之添減，得十齣。命王景文雜以蘇白〔七〕，故非此無調侃也。庶幾一洗積垢，爲小說家生色，亦卒成初成苦心也。敍事淩本甚當，但填詞少不稱敍，已隨筆改補。梅谷云：『優於王實甫，故不然；然過於關漢卿遠矣。』

柳山自識。

【箋】

〔一〕底本無題名。

〔二〕張靈虚：卽張鳳翼（一五二〇—一六一三），號靈虚。傳奇《紅拂記》，呂天成《曲品》著録，現存明萬曆間刻本。

〔三〕馮猶龍：卽馮夢龍（一五七四—一六四六），字猶龍。傳奇《女丈夫》，《今樂考證》著録，現存明末刻清初印《墨憨齋定本十種傳奇》所收本等。

〔四〕壬申：康熙三十一年（一六九二）。康熙二十九年（一六九〇）四月，曹寅由廣儲司郎中出任蘇州織造。兩年後，卽三十一年十一月，赴江寧織造任。此前之九月，嘗遊越五日。參見周汝昌《紅樓夢新證》。

〔五〕淩初成：卽淩濛初（一五八〇—一六四四），號初成。《北紅拂》雜劇，全名《識英雄紅拂莽擇配》，《遠山堂劇品》著録，現存明末精刻本等。

〔六〕梅谷：姓梅，號梅谷，名字、籍里、生平均未詳。曹寅《楝亭詩鈔》卷二有《十四夜東署看月，與葉桐初、梅梅谷同用才字》詩，尤侗《艮齋倦稿詩集》卷五有《二月二十八日揖青亭看菜花作，同荔軒、彭訪廉、余廣霞、梅梅谷、葉南屏、朱赤霞、郭鑒倫》詩。

〔七〕王景文：籍里、生平未詳。曹寅家曲師，見康熙四十八年（一七〇九）刻本曹寅《太平樂事》第九齣《賣癡獃》齣末立亭題記。

# 題北紅拂記〔一〕

尤侗

案頭之書，場上之曲，二者各有所長，而南北因之異調。元人北曲固自擅場，但可被之絃索，若上場頭一人單唱，氣力易衰，且賓白寥寥，未免冷淡生活。變而南音，徘徊宛轉，觀者耳目皆靡，其移人至矣。然王實甫《西廂》一經李日華改竄，幾於點金成鐵。北之日趨而南也，雖風氣使然，寧無古調不彈之嘆乎？愚謂元人北曲，若以南詞關目參之亦可：兩人接唱，合場和歌，中間間以蘇白，插科打諢，無施不可，又爲梨園弟子另闢蠶叢。此意無人解者，今於柳山①先生遇之。

唐人小說傳衛公、紅拂、虯髯客故事，英雄兒女，各具本色。吾吳張伯起新婚伴房，一月而成《紅拂記》，風流自許。乃其命意遣辭，委蘼殊甚。卽如《私奔》一齣，『夜深誰個叩柴扉』，『齊微』韻也；『顛倒衣裳試覷渠』，『魚虞』韻也；『紫衣年少俊龐兒』，『支思』韻也。以一曲而韻雜如此，他可知矣。

浙中淩初成更爲北劇，筆墨排奡，頗欲睥睨前人。但一事分爲三記，有疊牀架屋之病。體格口吻，尚②仿元人，未便闌入紅牙翠管間也。柳山復取而合之，大約撮其所長，汰其所短，介白全出自運，南北鬭筍，巧若天成。又添徐洪客《采藥》一折，得史家附傳之法。正如虎頭寫照，更加頰上三毫，神采倍發，豈惟青出於藍、冰寒於水③乎？

柳山遊越五日，倚舟脱藁。歸授家伶演之，予從曲宴得寓目焉。既復示予此本，則案頭之書，場上之曲，兩臻其妙。雖周郎復起，安能爲之一顧乎？於是擊節欣賞而題其後。

西堂老人尤侗。

（上海圖書館藏清康熙間刻本《北紅拂記》卷首）

【校】

①柳山，《艮齋倦稿文集》卷九《題北紅拂記》作『荔軒』。下同。

②尚，《艮齋倦稿文集》卷九《題北紅拂記》作『猶』。

③冰寒於水，《艮齋倦稿文集》卷九《題北紅拂記》無。

【箋】

〔一〕底本無題名。此文又見尤侗《艮齋倦稿文集》卷九『壬申雜文』，題《題北紅拂記》。按『壬申』爲康熙三十一年（一六九二），此文應作於是年。

## 題北紅拂記〔一〕

毛際可

張伯起《紅拂記》，牽合樂昌公主事。如傳紅綃妓者，附入紅線，以爲掩映生姿，何若直書本事之爲當家乎？至若淩初成易南曲爲北曲，三人各分一齣，可以置几案而不可以登氍毹，謂其義意重疊故耳。

柳山先生出遊越中，於兩日内删改爲十齣，詞曲賓白，無不窮工盡致。且同一俠也，李靖俠而爽，紅拂俠而慧，虬髯俠而憤，洪客俠而高。卽越公下追尋之令，亦具咄咄英雄本色。譬若張樂洞庭，不可雜以凡響；寫千尋絕壁，不可綴以細蕊柔條，尤非伯起所能夢見也。

遂安毛際可。

【箋】

〔一〕底本無題名。

## 北紅拂記跋〔一〕

胡其毅〔二〕

嚮聞青藤老人爲梅禹金點訂《崑崙奴》一劇，海内推服。然其中曲太文，白太板，猶欠本色。若淩初成於《紅拂傳奇》，改南作北，可稱快事，第不免有重複之病。今得柳山先生爲之删潤串合，無毫髮遺憾，此徐天池所不及者。宫調旣諧，神情愈出，當場無不叫絕。使張、徐、衛、拂諸人有知，亦當下拜矣。

昔公家子建，才無所用。一日招賓客，酒酣縱談，上下千古，以及俳優雜技，起舞蔗竿，淳于生發天人之歎。未若先生浙游舟中，焚香獨坐，把盞揮毫，三日成此，更屬奇特。淳于生見之，又當何如也？愚不曉音律，見聞謭陋，妄附數語末簡，徒貽佛腳之誚。

北山胡其毅拜識。

【箋】

〔一〕底本無題名。

〔二〕胡其毅：字致果，號静夫，江寧（今江蘇南京）人。明諸生，入清未仕。平生謙謹自持，至老不變，爲詩亦尚沖淡。著有《静拙齋稿》、《微吟集》。傳見道光《上元縣志》卷一六、同治《上江兩縣志》卷二四等。曹寅《楝亭詩鈔》卷二有《和静夫謝送惠山酒》，卷三有《聞静夫傷臂口占二詩慰之》，卷四有《題胡静夫藏僧浙江畫》等。卓爾堪《明遺民詩》選胡其毅詩《宿曹公西軒送秋作》。錢謙益《有學集》卷一八有《胡致果詩序》。

## 北紅拂記跋〔一〕

杜　琰〔二〕

此劇過古人者三：撮淩氏之長，函三爲一，而直者如生，繼者如附，無觚圜齟齬迹也；其賓白科介，眢目天成，有千金難易一字者；至若宫調辭彩，掀雲氣，泣幽靈，乃復皦繹純淨，凡作家湊語敗筆，兩俱無之，其鼓鞴吹、噫渾茫矣。

而愚於是又得三快焉。始也，謁先生於署，出是編，快讀痛飲，密霰忽作，踏畠碻、哦餘韻而歸，一快也。獻歲數日，招集水亭，命侍史奏之，是日也，春陽弄姿，主賓恬穆，二快也。既而攜全帙抵舍，適有餉陽羡數葉者，函沸，蠏眼自沃，且咢且嚌，載乙載繙，至漏下十三箭始罷，三快也。

夫以最勝之書，而得快如是，尚何云哉？謹署尾曰：此柳山先生自吳屆越，舟中二晨夕之餘瀋也。觀者但從旣甂上稱快，其猶知二五而不知十矣。

癸酉首春〔三〕，後學杜琰拜識。

【箋】

〔一〕底本無題名。

〔二〕杜琰：字亮生，號漁村，黄岡（今屬湖北）人。明遺民杜岕（字蒼略，號些山，一六一七—一六九三）子，杜濬（一六一一—一六八七）姪。曹寅《楝亭詩鈔》卷一有《送亮生南還即和留别詩兼寄些山先生》、《些山有詩謝夢奉和二首，時亮生已南旋》，二詩約撰於康熙二十五年（一六八六）。杜岕《些山集輯》卷二有《琰兒書來，述荔軒屢夢予，感賦奉懷，即以代柬》（《黄岡二處士集》，湖北黄岡利華印刷，一九三五）。《楝亭詩鈔》卷三有《送亮生遊閩》七絶四首，應作於康熙三十五至三十六年間（一六九六—一六九七）。

〔三〕癸酉：康熙三十二年（一六九三）。

## 北紅拂記跋〔一〕

王　裕〔二〕

天下事，可以取，可以無取。英雄豪傑，貴自知耳，世豈有真知英傑者哉？彼唐舉姑、布子卿之屬，大率皆臆測不足道。即如司馬徽、裴行儉，號爲有知人之鑒，亦復時有得失。

吾於古今來心悦數公：事可以終濟，而人不可以終偕，則去之，范少伯是也；心可以大遂，而勢不可以復留，則去之，張子房是也；時事不可爲，而心必欲爲之，則不去而繼之以死，諸葛武侯是也；既委曲以集事，復委曲以全身，李鄴侯是也。此四君者，皆千古第一流人，不可位置。

詎意時際中晚，乃有徐洪客其人者，立身局外，現影人間，翛然而來，翛然而去，如神龍之出沒，直欲玩弄造化，揶揄四君矣。

然天下大器也，苟非其人，不可力取。若項羽之喑嗚叱咤，氣蓋一世，力可以取天下而不能取，由於德量不大。司馬懿、劉裕，竭智積慮，必欲取天下於故主之手，而不能永，由於心術不仁。何物張仲堅，乃能審己知人，棄大取小，奄有海外，而不知其所終窮，豈不唾笑項籍，彘視晉宋哉？

至若李藥師，則一代將相之材，自當安分就功，不容別置一喙。惟是紅拂之物色英雄，風流倜儻，張、徐之屈伸去取，慷慨欷歔，正當以北調傳神寫照。而況綺思泉涌，俊語瀾翻，抉隱窮源，標新領異，足以前掩古人，後空作者，則謂宇宙間之紅拂傳奇自今日始有也可。

癸酉仲春，大江王裕拜識。

**【箋】**

〔一〕底本無題名。

〔二〕王裕：字號、籍里、生平均未詳。

## 北紅拂記跋〔一〕

程麟德〔二〕

塵埃中不能識天子宰相，是伯樂不常有也。予最愛讀《虯髯客傳》，極擊節虯髯，而最奇紅拂姬。虯髯一見太原公子裼裘而來，不覺意氣消盡，卽將大隋天下，委而去之，此英雄不欺人處。然此時太原公子居養原自不同。李衛公謁司空日，猶夫措大，而紅拂一見，便識其爲異日公侯，立舍管紱錦綺，甘從四海無家一漢，奔走荒荒欲墮之乾坤中，卒獲終身榮適。此識力爲何等乎？天地間奇人，自不易生。紅拂姬有色有藝，有識有膽且有福，世不能再見者，固當於氍毹中見之。柳山先生材大如天，使紅拂姬復生矣。且使復生於管絃錦綺中，亦奇矣。

此惟以北曲十齣，掃南曲全本之龐雜；惟以二張識二李，掃樂昌破鏡之牽合。曲律逼眞元人，介白簡雅生動，使觀聽者如食哀家梨，蕭爽鬆快。予又於此折中拈一句以概之：『玩取當場俊眼。』吁！當場俊眼，自不易生。漂母飯王孫，云：『哀之者，庸衆之也。』湯臨川寫柳秀才『鳳尖頭叩首三千下』，毋迺太過。何日出先生家伶，演先生此折，紅拂、虯髯登場時，予當對之三揖，釃酒三杯。

癸酉菊月，練江程麟德拜識於懸香閣之右偏。

【箋】

〔一〕底本無題名。

〔二〕程麟德：字令彰，號霱堂，歙縣（今屬安徽）人。著有《霱堂詞》。曹寅《楝亭詩別集》卷二有《自潤州之吳門，行將北歸，杜些山、程令彰作詩見寄，奉和二首》，約作於康熙十七年（一六七八）。曹寅《楝亭詩鈔》卷一有《程霱堂至，詩以慰之》二首及《和程令彰十八夜飲南樓》，應作於康熙二十五年（一六八六）。同年，曹寅《楝亭詞鈔別集》有《浣溪紗》五首，題《丙寅重五戲作和令彰》；又有《高山流水》一首，題《和令彰韻》。

# 北紅拂記跋〔一〕

朱彝尊

吳人好塡詞，然如張伯起之《紅拂》，陸天池之《西廂》，一俗不可醫，一膩不可近。茲得柳山主人改作《北紅拂記》，鑄詞則濃淡皆工，襯字則銖兩悉稱，甜齋、酸齋不得擅美於前矣。

朱彝尊。

（以上均上海圖書館藏清康熙間刻本《北紅拂記》卷首）

【箋】

〔一〕底本無題名。

# 北紅拂記跋〔一〕

闕名

傳奇以奇傳也。紅拂、藥師、虬髯，人多支離其說。柳山先生獨取淩初成三本，刪改合一，始以紅拂，次第出奇。至洪客采藥，所稱王公將相，前後等浮雲矣。詞簡而該，白樸而文，且往往於曲終見自然有餘地，使夫蛾眉吐氣，豪俠生風，千百世而下，如見其人。固將爭雄騷雅，詞人豈能望其萬一哉！

丁丑①〔三〕。

（上海圖書館藏清康熙間刻本《北紅拂記》卷末）

【校】

①底本後有闕文。

【箋】

〔一〕底本無題名。

〔二〕丁丑：康熙三十六年（一六九七）。

## 廣陵仙（胡介祉）

胡介祉（一六五九—一七二二後）：字智脩，一字存仁，號循齋，又號茨村，别署隨園、種花翁、自娱主人等，原籍山陰（今浙江紹興），遷居直隸順天府（今屬北京）。吏部左侍郎胡兆龍（一六二七—一六六三）子。以父蔭，歷仕員外郎、禮部郎中。康熙二十一年（一六八二），外任湖廣按察司僉事，陞山東布政司參議，督漕運。二十九年（一六九〇），分守山西河東道，次年擢河南提刑按察使。三十四年，因故罷官。此後賦閒家居，傾心著述，勤於藏書、校書、刻書。刊刻《鈕少雅格正牡丹亭》、《詞衡》等曲籍。著有《谷園詩集》（含《前集》、《續集》）、《隨園詩集》、《谷園文鈔》、《茨村咏史新樂府》、《隨園曲譜》、《谷園印譜》、《隨園聞見録》等。增補沈自晉《南詞新譜》，編纂《南九宫譜大全》，現存殘稿本。撰傳奇《廣陵仙》、《鴛鴦札》。傳見《兩浙輶軒録》卷一二、

《國朝畿輔詩傳》卷一七、《晚晴簃詩匯》卷二三等。參見鄧長風《十四位清代浙江戲曲家考略·胡介祉》（《明清戲曲家考略》）、周洪才《胡介祉〈隨園文獻録〉的文獻價值》（《文獻》二〇〇五年第四期）、魏洪洲《胡介祉〈南九宫譜大全〉三考》（《古籍整理研究學刊》二〇一四年第六期）、王小岩《胡介祉〈谷園文鈔〉稿本中所見戲曲文獻及其價值》（《戲曲研究》第一〇八輯，文化藝術出版社，二〇一九）。

《廣陵仙》，《曲海總目提要》卷二三著録，僅存佚曲。

## 廣陵仙傳奇序

胡介祉

自娱主人生三十年，未嘗至故鄉。歲庚午〔一〕，由武林渡錢塘，抵會稽，展拜先壠。既畢，過大父舊居百草園，臺榭荒圮。蒼頭白主人：『非復曩昔狀，止牆角老梅數十本，花開仍爛熳耳。』主人感愴者久之。

郡有息柯亭，明陳海樵先生别墅也〔二〕。踞怪山巔，有危樓高百尺，登之則山川歷歷可數，稱勝地，堪游適，主人館焉。然主人意中，時如有所失。梅莊客子偕行〔三〕，詢厥故，主人不應。會春雨經旬，空齋兀坐，殊鬱鬱，假友人野史一二種以破岑寂。披閲之次，見載有杜子春三入長安事，事甚奇，思有以傳之。檢奚囊，適攜有宫譜韻書，遂少加點竄，成傳奇一部，題其名曰《廣陵仙》。

夫大塊一情場，人生一情景。情之所寄，何必其有？何必其無？有者視之有，無者視之無耳。梅莊顧主人曰：『鋪敍描寫，固曲畫工巧，第恐世不之諒，奈何？』主人應之曰：『空中樓閣，幻想構成，世果有其人否？主人且不自知也。而或責我、哂我，彼之自處，尚可言哉？亦聽之而已。』梅莊無以難，主人遂漫識斯語，並紀歲月。

（中國國家圖書館藏稿本胡介祉《谷園文鈔》卷二）

【箋】

〔一〕庚午：康熙二十九年（一六九〇）。《廣陵仙》傳奇撰於是年春，胡介祉在會稽。

〔二〕陳海樵：即陳鶴（一五一六—一五六〇），字九皋，一字鳴野，又作鳴軒，號海樵，別署海山人、水樵生，山陰（今浙江紹興）人。明嘉靖間舉人。以蔭襲南海衛百戶，非其素志，因棄官，隱於飛來山之息柯亭。擅長書畫。著有《海樵集》、《越海亭詩集》、《息柯餘韻》等。撰傳奇《孝泉記》，已佚。傳見徐渭《陳山人墓表》（《國朝獻徵錄》卷一一五）、康熙《山陰縣志》卷三三、康熙《廣東通志》卷一八、乾隆《山陰縣志》卷一四、光緒《廣州府志》卷一一七等。

〔三〕梅莊：或爲陳學泗（一六四〇—一七一七），字右原，一字右之，號梅莊，長洲（今江蘇蘇州）人。陳學洙（一六四〇—一七二二）孿生弟。諸生。工詩，著有《梅莊詩集》。撰戲曲《女當壚》，見沈祖禹《梅莊詩集跋》，已佚。

## 鴛鴦札（胡介祉）

《鴛鴦札》傳奇，胡介祉撰，未見著錄，已佚。

# 鴛鴦札傳奇序

胡介祉

人生百年，一轉瞬耳。昨日之我，今日不得而有之；今日之我，明日又不得而有之。人壽幾何，堪此迅速？如之何而可使我之爲我，不同烟雲之變滅，歷永久而不磨？必也有所述作，而我之爲我乃傳。述作云何？著書立論，賦詩填詞，皆是也。

夫著書立論，所以昭信，苟非其人，安敢操史筆而定是非？雖司馬氏，尚不免後世之譏彈，矧其下者乎？至於詩，邇來作者林立，角勝衒奇，爭先樹幟，言人人殊，各有所宗法。更可異者，假此通聲氣，謁權貴，以爲趨附之捷徑。吁！是豈古人咏歌言志之意哉？

若夫填詞一道，愈不可問。名流才子，偶抒逸興，發爲新聲，其辭麗而工，典而雅，未嘗不可傳世。第按譜而求，多平仄失宜，及字句不協，何以別宮商而調節奏？或且自飾其短，則曰：『我自成文，何以譜爲？臨川《四夢》，亦應繩之以律耶？』不知臨川之爲臨川，止可自成一家，後人未可取法。使人盡臨川，將宮譜可廢也，烏乎可再？則無知伶工，不通學究，自信能歌，妄爲好事，改舊作新，不顧文辭之謬，以豕訛亥，遑察字義之乖。初則誇張，動俗子之求；繼則揄揚，爲射利之計。及披其文，不知是何囈語，甚至牛鬼蛇神，共稱奇幻。究其寓言用意之所在，則茫然無以應也。豈不可憤而可悼耶？嗟乎！填詞至今日，衰敗雜亂已極，求其依聲合度，近於古而宜於今者，蓋亦鮮矣。

余生平於歌曲，等嗜痂之癖。每欲效前賢意，作一二傳奇，令童子輩習而登場，以供一噱，乃疏懶性成，舉筆輒罷。今年春〔一〕，自山陰還京師，舟車之次，頗有餘暇，乘興譜成《鴛鴦札》一記。創始於三月朔，脱稿在四月杪。蓬窗風靜，旅舍燈青，皆有所得。除友朋晤對之外，蓋閲二十四日而成。詞固粗率無文，事亦泛常不怪，未審可披之管絃否？若以之問世，豈余之意哉？又安所用其沾戀爲也。

（中國國家圖書館藏稿本胡介祉《谷園文鈔》卷二）

【箋】

〔一〕今年：即康熙二十九年（一六九〇）。是年三月初一，胡介祉離開會稽返回京師。《鴛鴦札》傳奇撰於三月初至四月底。

## 翻西廂（秦之鑒）

秦之鑒，字冰森，號研雪子，書齋署「識閒堂」，丹徒（今屬江蘇鎮江）人。生平未詳。撰《翻西廂》、《賣相思》傳奇二種，嘉慶《丹徒縣志》卷三二《書目·國朝》著録。明清之際另有武進（今江蘇常州）人秦之鑒（一六二二—一六七六），字尚明，明崇禎十五年壬午（一六四二）舉人，十六年癸未（一六四三）進士，授仁和（今浙江杭州）知縣，入清不仕，傳見康熙《常州府志》卷二四。當非一人。參見鄭志良《〈翻西厢〉的版本、作者及時代歸屬考》(《中華戲曲》二〇一一年第一期,又氏著《明清戲曲文學與文獻探考》)。

《翻西厢》,全名《識閒堂第一種翻西厢》,《笠閣批評舊戲目》著録,《曲海目》著録,入『國朝傳奇』。現存康熙四十二年(一七〇三)序刻本,《古本戲曲叢刊三集》據以影印。

## 翻西厢本意

秦之鑒

按元稹作《會眞記》,王實甫遂演爲《西厢》傳奇,至今傳□□謂其事果眞。予嘗考稹爲姨母作墓志,其母固爲鄭夫人,而所適永寧尉鵬又崔姓,則姓氏皆與《會眞記》合。記□崔張中表,蓋稹之托名也。厥後,鵬卒於官,稹睨其遺孤女,美而能文,乞姻於姨母。母嫡鄭太常,莫之許。稹啣之,□作此《記》,以抒其恚憤,且冀崔、鄭敗盟。復爲後□□□□□中淇水横溢,土崩石出,則鄭太常□□□□□□□□□□□□□所撰志銘,盛稱夫人□□□□□□□□□□之書,亦甚明矣。

或者猶曰□□□□□傳奇故套,稹作記,未嘗言之,秦給事所撰□□□之太過。何以知稹之書爲乞姻不遂,而故爲此誣謗之説也?余謂天下事有因理而求其迹者,亦可因迹而求其理。稹與崔,兄弟也;與鄭,亦兄弟也。藉令崔非令女,禮爲親者諱,稹固不得□言也。張亦何與於稹,豈有無故爲人作記,而反污兩中表之名節家風者乎?閨房鄙事,又曖昧難知,稹當日鑿鑿條晰,果得之所見乎?抑得之所聞乎?若以爲己實爲之,張固托名也。稹嘗附宦,宦後猶悔之。稹非不自愛者，乘至親喪亂而誘於弱女弟，此禽獸之行，稹愈不欲自白其汙矣。況常人之情，私己者則悅。若崔果私稹，稹後卽欲補過絶之，則亦已矣，極力毁之，豈人情也哉？藉曰毁之非仇於乞姻，亦必有他故，予誠不得其解也。

予考其迹如此，推其理又如此，故歷序當年誣謗始末，作爲《翻西廂》，爲崔、鄭洗垢，爲世道持風化焉。至□□所作，謂稹構兵爲寇，雖未免形之太過，蓋□□□□□□□□□□架式耳。觀本劇者，亦□□□□□□□□若□□□□。是後人之讀《翻西廂》，又□今人之讀原本，同一轍①矣。

癸未花朝〔一〕，研雪子識〔二〕。

【校】

①轍，底本作『輒』，據文義改。

【箋】

〔一〕癸未：清康熙四十二年（一七〇三）。

〔二〕題署之後有陽文方章二枚：『研雪子』、『冰森』。

## （翻西廂）題辭〔一〕

何　絜〔二〕

人情之邪，世道之污也。故欲救世道者，不得不先正人情。昔①姬公之繫《屯》②二曰：『女子貞不字，十年乃字。』公蓋憂乾坤之屯，莫大於女子之不貞，欲以二之不字爲濟屯之助乎？夫二爲五之正應，不字三四而字五，此固萬古人情之正也③。

乃④微之構婚未遂，作《會眞記》以污崔氏，實甫、漢卿從而演爲《西廂傳奇》，俾磊落之鄭太常、貞白之崔夫人，一污於微之之記，再污於實甫、漢卿之傳奇，三污於優人之點飾。耳而目之者，徒悦其音調之靡麗，關節之流豔，獨不思以三女子而寄居五百之僧寺，其有是理乎？ 率天下後世之人情，紛紛日即於邪，則三人者，豈惟姬公之罪人，其亦天下後世之罪人哉⑤！

研雪子爲世道憂，而思所以救之⑥，因讀秦給事⑦撰《鄭崔合葬志銘》，作《翻西廂傳奇》。不獨爲太常夫人洗千載之冤⑧，且令天下後世知崔夫人⑨不字張而字鄭，亦猶夫《屯》二之不字三四而字五也，相與各守其正應⑩以閑其邪。是《翻西廂》一書，實所以翻天下後世不正之人情而歸於正者也，可不謂之救世道之書哉？ 余誠樂爲之題⑪。

壬午夏四月〔三〕，佩韋子題於草香亭⑫〔四〕。

（以上均中國國家圖書館藏清康熙四十二年序刻本《識賢堂第一種翻西廂》卷首）

【校】

①昔，《晴江閣集》卷二九《翻西廂傳奇題詞》無。

②屯，《翻西廂傳奇題詞》作「易屯」。

③此句後，《翻西廂傳奇題詞》有：「悖乎正，即昵乎邪，悖正昵邪，聖人所重戒。鄭游皈奪人婚，爲所攻殺；子展廢其子，求殺皈者，使復所，戒游氏毋怨，以昭惡。而左氏錄之，以著奪人婚之可殺，兼彰子展之能治其邪也。」

④乃，《翻西廂傳奇題詞》作「元」。

⑤『獨不思』七句,《翻西廂傳奇題詞》作『遞相詩誕是導天下後世人情可不以正應而紛紛日昵於邪』。
⑥『研雪子』二句,《翻西廂傳奇題詞》作『秦生深有惡焉思以救之』。
⑦秦給事,《翻西廂傳奇題詞》作『徐貫所』。
⑧千載之冤,《翻西廂傳奇題詞》作『千古之污』。
⑨夫人,《翻西廂傳奇題詞》無。
⑩相與各守其正應,《翻西廂傳奇題詞》作『各相守正應』。
⑪『是翻西廂』四句,《翻西廂傳奇題詞》作『則此書反不正之人情歸於正其有裨世道也非小余故樂爲之題』。
⑫《翻西廂傳奇題詞》文末無題署。

【箋】

〔一〕《四庫未收書輯刊》七輯第三〇冊影印清康熙間刻增修本《晴江閣集》卷二九有此文(頁二四六—二四七),題《翻西廂傳奇題詞》。據柯愈春《清人詩文集總目提要》云:《晴江閣集》『約爲康熙三十年自刻』(北京古籍出版社,二〇〇一)。則《翻西廂》當作於康熙三十年(一六九一)以前。故此文應爲《晴江閣集》卷二九原文之改寫稿,當卽定稿。

〔二〕何洯(一六二〇—一六九六):字雍南,丹徒(今江蘇鎮江)人。家有晴江閣,人稱晴江先生。諸生,一生未應科舉。曾應聘兩修府志,兩修縣志。康熙二十二年(一六八三),受兩江總督于成龍(一六一七—一六八四)之聘,任《江南通志》總纂。著有《孝友錄》、《交游錄》、《文章聲價錄》、《殉國傳信錄》、《晴江閣集》等。傳見《明代千遺民詩詠二編》卷九、光緒《丹徒縣志》卷三三、民國《續丹徒縣志》卷一三、《江蘇藝文志·鎮江卷》等。

〔三〕壬午:康熙四十一年(一七〇二)。

〔四〕題署之後有印章二枚：陰文方印『佩韋子』，陽文方印『草香亭』。按，佩韋子當非何絜別署，應另有其人。

## 附　翻西廂跋〔一〕

朱希祖〔二〕

此《翻西廂》，題『古吳研雪子』撰，不知其姓氏，謂爲崔、鄭洗垢，爲世道持風化。余讀清初沈謙《東江別集》南北曲二卷中〔三〕，有《集伯揆、商霖，是日演余新劇〈翻西廂〉》北曲套數一篇，其【要孩兒】云：『俺將這《西廂》業案平反盡，費幾許移花鬬筍。止不過痛惜那雙文，根究出微之漏網元因。』似此本《翻西廂》即爲謙所撰。惟謙爲仁和臨平人，祖籍湖州武康，不可謂『古吳』，豈別有一《翻西廂》耶？謙與洪昉思、毛稚黃、彭羨門、沈豐垣等相唱和，才調稱於時。觀其所作南北曲，亦曲中名手。毛稚黃爲作墓志銘，謂所著有傳奇若干卷，意其不僅《翻西廂》一種，未知尚傳於世否？書此，以俟訪求。

十六年三月，朱希祖跋。

（《古本戲曲叢刊三集》影印中國國家圖書館藏清康熙四十二年序刻本《識閒堂第一種翻西廂》卷末）

【箋】

〔一〕底本無題名。

〔二〕朱希祖（一八七九—一九四四）：字逷先，一作逖先，又作迪先，海鹽（今屬浙江）人。清諸生。光緒三十一年（一九〇五），官費留學日本早稻田大學，攻史學專業。民國年間，歷任北京大學、北京師範大學、清華大學、輔仁大學、中山大學、中央大學等校教授。善藏書。著有《中國史學通論》、《汲冢書考》、《戰國史年表》等。傳見《民國人物碑傳集》。

〔三〕沈謙（一六二〇—一六七〇）：生平詳見本書卷五《美唐風》條解題。沈謙【粉蝶兒】套《集伯揆、商霖，是日演余新劇〈翻西廂〉》，見《四庫全書存目叢書》集部第一九五册影印康熙十五年（一六七六）沈聖昭、沈聖暉刻本《東江別集》卷四。

## 四名家傳奇摘齣（車江英）

車江英，江西人，生平事迹未詳。清康熙、雍正間人。撰雜劇四種，總題《四名家傳奇摘齣》，一名《四名家填詞摘齣》，包含《藍關雪》、《柳州烟》、《醉翁亭》、《遊赤壁》四種，《清代雜劇全目》著錄，現存雍正間原刻本，《清人雜劇二集》據以影印。

# 四名家傳奇摘齣序〔一〕

浚儀散人〔二〕

傳奇一道，世人每以香豔爲佳，而清新流麗，究不過閨中怨婦，佻達子矜，綺語柔腸而已。求其借管風絃月之詞，發胷中之磊落，如徐文長《四聲猿》、尤展成《西堂樂府》之作，殊不可多得。乙卯初夏，讀江右車子江英填詞，取韓、柳、歐、蘇之事，譜作新聲，於是知車子人品之高邁，襟期之曠達，有不可一世之概矣。

夫文章之道，援經據史，無非①借古人之行事，以抒一己之性情。況繪形設象，搜腔檢拍，而僅以束喉細語，打諢花脣，博紈袴當場之一笑，不亦陋哉！車子負儁俊之才，寢食於韓、柳、歐、蘇之文者數十年於兹，其文②章經濟，久已登其堂奥，仿佛其爲人。是以搦管舒嘯之下，得以言夫子、君子之所欲言，而遂其四君子未逮之志焉耳。

嗟乎！韓、柳、歐、蘇，膾炙人間，讀其文，靡不樂聞其遺事，乃前此曾無有取其梗概，被之管絃者。車子獨以慧心繡口，措意敷詞，使其形聲口吻，儼若再生，而一發其胷中磊落之氣。其人品襟懷，固與四君子並驅千古矣，夫豈歌傷心紅雨、腸斷綠綺者，所可同日而語哉？至若引商刻羽，不蔓不支，奪元人之席，又其末焉者也。

雍正乙卯清和上浣，浚儀散人書於情話軒。

（《清人雜劇二集》影印清雍正間原刻本《四名家傳奇摘齣》卷首）

【校】

①非，底本無，據文義補。

②文，底本無，據文義補。

【箋】

〔一〕底本無題名。

〔二〕浚儀散人：姓名、籍里、生平均未詳。

## 續四聲猿（張韜）

張韜（？—約一七一〇），字球仲，一字權六，一説號權六，別署紫微山人，海寧（今屬浙江）人。康熙十五年丙辰（一六七六）貢生，二十二年任烏程縣訓導，改官天全六番州招討使司經歷，四十七年（一七〇八）任休寧知縣。著有《四書偶參》、《天全六番稿》、《大雲樓集》、《苕溪唱和詩》、《響臻堂偶參》等。傳見《紫峽文獻錄》卷二、道光《海昌備志》卷三二等。參見鄧長風《十四位清代浙江戲曲家生平考略·張韜》（《明清戲曲家考略》）。

撰雜劇《杜秀才痛哭霸亭廟》、《戴院長神行薊州道》、《王節使重續木蘭詩》、《李翰林醉草清平調》四種，總名《續四聲猿》，現存康熙間刻《大雲樓集》附刻本，《清人雜劇初集》據以影印，民國三年甲寅吳梅據以鈔録。

## 續四聲猿題辭

張韜

猿啼三聲，腸已寸斷，豈更有第四聲，況續以四聲哉！但物不得其平則鳴，胷中無限牢騷，恐巴江巫峽間，應有『兩岸猿聲啼不住』耳。徐生莫道我饒舌也。

紫微山人志感。

## 續四聲猿跋〔一〕

黄丕烈

海寧張權六名韜，司訓烏程，著《大雲樓詩文集》，附《茗溪唱和詩》、《響臻堂偶參》、《續四聲猿》傳奇，有徐倬〔二〕、韓純玉〔三〕、洪圖光〔四〕、毛際可序。

復翁記。

【箋】

〔一〕底本無題名。

〔二〕徐倬（一六二三—一七一二）：字方虎，號蘋村，一作薲村，德清（今屬浙江）人。康熙十二年癸丑（一六七三）進士，官翰林院侍讀，特授禮部侍郎。著有《蘋村類稿》、《修吉堂全集》（康熙四十七年刻本）等。傳見《清史列傳》卷七〇、《國朝耆獻類徵初編》卷五八、嘉慶《德清縣志》卷八等。

〔三〕韓純玉（一六二四—一七〇二）：字子蘧，號蘧廬，烏程（今屬浙江）人。入清不仕，避迹棲賢山。著有《蘧廬詩集》。傳見黄容《明遺民錄》卷九、《國朝耆獻類徵初編》卷四七六等。

〔四〕洪圖光（一六三二—？）：字暉吉，號梅槎，鄞縣（今屬浙江）人。清順治十五年戊戌（一六五八）進士。康熙二年（一六六三），授程鄉知縣。四年（一六六五），革職歸。晚年困甚。著有《師儉堂集》。傳見《清順治十五年戊戌會試進士履歷便覽》、乾隆《鄞縣志》、《續耆舊傳》、徐兆昺《四明談助》卷下等。參見《四明書畫家傳》。

# 附　續四聲猿跋

鄭振鐸

右《續四聲猿》雜劇四種，海寧張韜著。韜字權六，自號紫微山人。生平事蹟不甚可考，僅知其嘗司訓烏程，且曾與毛際可、徐倬、韓純玉諸人交往而已。是韜之生年，當在順治、康熙之際。所著有《大雲樓詩文集》諸作，毛、徐諸人皆爲之序，《續四聲猿》即附集後。

韜著此劇，自謂續明青藤山人《四聲猿》，其自序曰：『猿啼三聲腸已斷，豈更有第四聲，況續以四聲哉！但物不得其平則鳴，胷中無限牢騷，恐巴江巫峽間，應有「兩岸猿聲啼不住」耳。』是韜之續青藤，蓋有無限牢騷在。青藤四作，各不相涉，韜之續作亦然。

一爲《杜秀才痛哭霸亭廟》，寫杜默下第東歸，過項王廟，有感而痛哭事。默事見《山堂肆考》，明沈自徵君庸已寫爲《霸亭秋》一劇；韜同時人嵇永仁留山，亦嘗寫入其所作《續離騷》中；並韜此作，蓋有三劇。以情景言，韜作似較君庸、留山皆勝。夫以瘦馬羸童，度此青山暮靄，風雨疎林，衣單蹝滑，此情此景，失意人能不勾起牢愁萬斛耶？

一爲《戴院長神行薊州道》，寫戴宗、李逵同往薊州訪公孫勝，宗在中途作法弄逵事。此事全本《水滸》，即曲白亦多襲《水滸》本文。《水滸》故事，爲元劇喜用之題材，李逵尤爲高文秀、康進之諸家所喜寫之人物。至明而作者寥寥，於李開先、許自昌、沈璟、沈自晉之《寶劍》、《水滸》、《義俠》、《翠屏山》諸記，與淩濛初之《宋公明鬧元宵》外，嗣音蓋鮮。韜此作，可謂空谷足音。

一爲《王節使重續木蘭詩》，寫王播貴後，至木蘭院，重續其曩所留題『慙愧闍黎飯後鐘』句事。播事見《唐摭言》，《破窯記》傳奇曾借作呂蒙正微時事，來集之亦嘗寫爲《碧紗》一劇。來氏之劇，寫播事之始末；韜作則僅述其重續《木蘭詩》，故較爲簡短。然藉以泄其不平之氣，則一也。世俗炎涼之態，惟寒士感受最深，故言之亦最痛且切。

一爲《李翰林醉草清平調》，寫李白扶醉，爲唐皇草《清平調》三章事。天子調羹，寵璫脱鞾，蓋亦失意文人極寫得意之事，以自寬慰者。同時尤侗西堂，亦嘗寫此事，爲《清平調》一劇，其意亦同。

綜觀韜之四作，除《戴院長神行薊州道》爲純粹之故事劇外，他皆鳴其不平之作，如韜所自敍者。韜詩文皆佳，填詞亦足名家，雜劇尤爲當行。續青藤之《四聲》，雋艷奔放，無讓徐、沈，而意境之高妙，似尤出其上。青藤、君庸諸作，間有廛下之音，雜以嘲戲。韜作則精潔嚴謹，無愧爲純正之文人劇。清劇作家，似當以韜與吳偉業爲之先河。然三百年來，韜名獨晦，生既坎坷，没亦無聞。論敍清劇者，宜有以章之矣。

中華民國十九年十二月十九日，鄭振鐸。

（《清人雜劇初集》影印清康熙間刻《續四聲猿》卷首）

## 附　續四聲猿題識〔一〕

吳　梅

此四折，較桂未谷作，實高萬倍。尤以《清平調》爲首，余一讀一擊節，不愧才人吐屬也。紫微，爲張廣文權六韜，官烏程訓導，著有《大雲樓詩文集》。一時文人，如徐倬、韓純玉、洪圖光、毛際可輩，皆縞紵贈答，以淵雅著稱。卽此四劇，亦深得元賢三昧，識者不以余言爲阿好也。

丁丑六月〔二〕，吳梅書於百嘉室。

（中國國家圖書館藏清康熙間刻《大雲樓集》附刻本《續四聲猿》卷末）

**【箋】**

〔一〕底本無題名。

〔二〕丁丑：民國二十六年（一九三七）。

# 四才子（黄之雋）

黄之雋（一六六八—一七四八），初名兆森，字若木，一字石牧，號㹢堂，原籍休寧（今屬安徽），華亭（今屬上海）人。屢試不第，館海寧陳元龍（一六五二—一七三六）家。康熙末，元龍爲捐監生。康熙六十年辛丑（一七二一）進士，改翰林院庶吉士。雍正元年（一七二三），特授翰林院編修，奉命提督福建學政。二年，遷右春坊右中允，轉左巡撫。五年，坐事革職。乾隆元年丙辰（一七三六），薦試博學鴻詞，罷歸。居家十餘年，卒。纂修《江南通志》。著有《㹢堂集》，集句爲《香屑集》，另有《㹢堂制藝》。撰雜劇《鬱輪袍》、《夢揚州》、《飲中仙》、《藍橋驛》，合刻爲《四才子奇書》，並傳奇《忠孝福》，統稱《㹢堂樂府》，現存清康熙五十五年（一七一六）刻本。傳見《清史列傳》卷七一、《國朝耆獻類徵初編》卷一二五、《鶴徵後錄》卷五、《國朝先正事略》卷四〇等。參見黄之雋《冬錄》（乾隆六年黄法今《㹢堂序刻本《㹢堂集》附）、張斌《黄之雋詩詞研究》（黑龍江大學碩士學位論文，二〇一一）、邢華《黄之雋戲曲研究》（中國人民大學碩士學位論文，二〇一三）、王靜雅《黄之雋戲曲研究》（南京師範大學碩士學位論文，二〇一五）。

《四才子》，一名《四才子奇書》，《重訂曲海目》著錄，現存康熙間博古堂刻《四才子奇書》本、康熙間刻《㹢堂樂府》本、清姚燮編《今樂府選》稿本選錄本。

## 四才子序〔一〕

陳元龍〔二〕

數聲羯鼓，花萼皆舒；一曲《烏棲》，鬼神欲泣。苟極聲音之妙，可通造化之靈。江南梅子，獨擅歌詞；西苑桃花，爭傳樂府。才子之心似錦，金碧宛然；文人之吻如珠，宮商自合。緣情摛藻，既有色而有聲；望古興懷，皆可歌而可舞。嬌鶯百囀，並入毫端；妙伎千妍，悉陳紙上。雖曰文章餘事，實由慧業前因。若夫事韻遇奇，香流青簡；情深思邈，名在丹臺。或混迹以炫才，或任狂而得麗，或縱酒而成趣，或慕色而登仙。在昔相傳，無須影射；於今若覯，悦接風流。此《四才子傳奇》所由作也。

夫猱雜何人？狹斜何地？糟丘豈終老可嘗？玉洞豈塵容可即？然而偶逢翦拂，何惜長鳴？倘遇溫柔，寧辭同夢？莫笑衆人皆醉，醉以全天；誰言太上忘情，情能契道。借梨園之生面，標藝圃之美談。故實可稽，風姿如繪，豈與妄想成緣、子虚託興者比哉？加以引商刻羽，如夜光之瀉盤；含英咀華，若流雲之暈月。宜乎濡毫按節，已落梁塵；展卷聞歌，旋飄庭葉。不待車子當筵，順郎啓口也。

嗟乎！孟初中千秋詩話，忽聽《白紵》新翻；周景元數幅畫圖，總入紅牙舊譜。奇才絕豔，天假之緣；書淫酒狂，吾從所好。雖復名餘一障，道隔兩塵，而蓬萊仙吏，尚記前生；碧落侍郎，現生凡境。遊戲圖書之府，流連金粉之場。君患才多，吾嗟觀止矣。

康熙丙申長夏，南陔居士陳元龍題。

（清康熙間刻本《唐堂樂府》所收《四才子》卷首）

【箋】

〔一〕底本無題名，版心題『陳序』。

〔二〕陳元龍（一六五二—一七三六）：原名港生，字廣陵，號乾齋，一號高齋，別署南陔居士、廣野居士，室名愛日堂、賜硯齋、綠雲書屋、春暉堂，海寧（今屬浙江）人。康熙二十四年乙丑（一六八五）進士，授翰林院編修。官至文淵閣大學士兼禮部尚書。雍正十一年（一七三三），以老乞歸，加太子太傅銜。謚『文簡』。世稱『廣陵相國』、『海寧相國』。著有《愛日堂文集》、《愛日堂詩》等，編有《歷代賦彙》、《格致鏡原》（又名《格物致知》）等，撰《昇平樂府》。傳見《清史稿》卷二八九、《清史列傳》卷一四、《國朝耆獻類徵初編》卷一二、《國朝先正事略》卷一〇、《漢名臣傳》卷一六等。

## 四才子序〔一〕

叢　澍〔二〕

粵自吹嶰聽鴻以後，肇始宮商；和聲依永以還，權輿詞賦。《寶鼎》、《赤雁》之歌作，開樂府於齊梁；《紅鹽》、《白苧》之調興，極倚聲於唐宋。蓋詞變爲曲，體兼乎小令長歌；而曲別有音，務叶乎鵝笙象板。穠情豔質，須周、柳之香柔；鐵撥鵾絃，尚蘇、辛之感激。苟非慧業，鮮辨舌脣齒齶之微；自是才人，能通清濁高下之妙。然而情難蹠實，事比鏤塵。暮雨朝雲，要亦虛無之說；鳩媒魚媵，詎常眞有其人？達者喻之空花，愚者求之楮葉已。

今讀《四才子傳奇》一編，事以奇而足采，言復信而有徵。名士之溷迹多微，文人之鍾情倍篤。侈狂飲則濡首潑墨，醉草龍蛇；誇姻眷則月姊雲君，諧成琴瑟。藉彼幽事，抒君微言。間亦寓其不平之感，慷慨悲歌；要自發其難已之情，淋漓痛快。夫俳優爲致身之始，功名漫羡輞川；雲雨鮮作合之緣，紅紫安歸小杜？獨醒何益，算來不若糟丘；是色俱空，何處能尋玉杵？言中指點，宛爾拈花；象外形容，居然印月。至其敲金戛玉，刻羽引商，窮節拍之精，極排場之雅。上如抗，下如墜，爲樂至斯；倨中矩，句中鉤，移情不淺。此璧月瓊樹，難誇江令才華；而風片雨絲，不數臨川麗製也。

然而不逢賞識，那得長嘶？幸遇知音，寧辭酬唱。大中丞公建牙西粵，製《昇平樂府》，以時事而播管絃；石牧黃君載書東閣，以才子傳奇，借古事而揮豔藻。一則《生民》、《清廟》，雅頌宏音；一則沅芷、湘蘭，屈宋逸響。惟聯吟刻燭，以相得而益彰；故《白雪》、《陽春》，自有美之必達。他日薦以《上林》、《長楊》之手，晉於金馬石渠之間，行將鼓吹休明，賡颺景運。豈其紅牙拍按，但付船娘；黄督調工，聊塡瑟部已乎？傳之四國，人間織元稹之詞；詔下三台，天上寫韓翃之句。

鍾山弟叢澍頓首拜題。

【箋】

〔一〕底本無題名，版心題『叢序』。

〔二〕叢澍：字汝雲，江寧（今江蘇南京）人。康熙三十三年甲戌（一六九四）進士，選庶吉士，散館授編修。五十七年（一七一八），任學政，因不職而褫職。傳見《詞林輯略》卷五。

## 四才子序〔一〕

沈樹本〔二〕

製曲之難，有甚於詩文者。文可任意卷舒，詩限聲韻，其律猶寬。曲則調有宮，句有板，字有音節，稍未協合，雖文詞雅麗，而一入歌喉，直如棘刺，適爲伶工笑耳。故知詩文之得失者甚多，而知曲之工拙者絕少。世人競稱臨川湯義仍之塡詞，然其《四夢》傳奇，不知仙呂、商調爲何體，不知脣舌齒齶爲何聲，偭規越矩，顛倒踳駁，曾不能窺此道之藩籬。迺以其時露俊語，遂一唱百和，以爲詞家能品，豈不傎乎？

丙申夏〔三〕，余遊桂林，晉謁大中丞陳公〔四〕，以余通家子，時留座隅。復招遊疊綵巖，置酒風洞，得遇雲間黄子石牧，推襟送抱，恨相見晚。酒半，公出近刻《昇平樂府》示余，余受而讀之，琅琅乎擲金考石，聲徹九霄，不勝觀止之歎。公曰：『黄子雅善塡詞，所著尤夥，洵藝林之奇寶也。』翌日，黄子過余寓齋，出示雜劇數種，標新領異，動魄驚魂，幾欲與公爭勝。蓋公之作，皆雅頌之音，宜奏諸明堂清廟，而黄子之作，則體會人情，牢籠物態，備極風人之致，此實其地不同。而調無累句，句無誤字，則皆合於尺度，歌之無有不諧，非若玉茗堂中强作解事，徒博耳食者之傳誦已也。

嗟乎！黄子以抑塞磊落之才，半生失志，而乃借古人之佳話，寫自己之愁腸，其亦有不得已焉者矣。世第見其所言，皆神仙兒女之事，以爲文人樂境，而不知其皆不平之鳴也。雖然，士附青雲，則名施後世。陳公愛賢若渴，行且以《上林》、《長楊》，薦諸黼座。他日公賡歌於前，黄子從而和之於後，必有和其聲以鳴國家之盛者。區區文章小技，惡足以窮其所造也哉？

吴興同學弟沈樹本頓首拜纂。

【箋】

〔一〕底本無題名，版心題『沈序』。

〔二〕沈樹本（一六七一—約一七四三）：字厚餘，一字曼真，號樹堂，晚號觾翁，又號竹溪，歸安（今浙江湖州）人。清康熙五十一年壬辰（一七一二）進士，選庶吉士，散館授編修。編纂《唐宋六大家詩》、《湖北詩摭》等。著有《觾翁文略》、《曼真詩略》、《竹溪詩略》等。傳見《國朝耆獻類徵初編》卷一二四、《國朝詩人徵略》卷二一等。

〔三〕丙申：康熙五十五年（一七一六）。

〔四〕大中丞陳公：即陳元龍（一六五二—一七三六）。

## 四才子序〔一〕

王吉武〔二〕

古者，詩以言志，而咏歌之卽爲樂，所以鳴悦豫、宣湮鬱也。顧詩之爲義，貴於涵畜不盡。迨詩變爲詞，詞變爲曲，於是作者之心思，乃發洩而無餘留矣。何者？通雅俗之閒情，極悲歡之殊致。嬉笑怒罵，盡屬波瀾；劇語方言，咸資點染。以至絲簧按拍，爨弄登場，歌哭如生，須眉欲活。摹忠孝則頑懦聳心，斥姦諛則婦孺戟手，故才士往往樂爲之。然即事寫懷，無非寄託，大抵出於坎壈失職、牢騷激發者爲多。前代名家，如對山、渼陂、義仍、文長諸公，或盛年放廢，或高才轗軻，並藉引商刻羽之詞，以自抒其抑鬱，雖感興不同，而其有所寄托則一也。

是說也，予素嘗及之，乃今讀石牧黄子所著四種樂府而益信。石牧文采清門，異姿天挺，含華摛藻，學無所不窺，生機、雲之鄉，正所謂君患才多者。乃屢踏名場，年年毷氉，毫錐代耨，羈迹天涯，其中殆有不舍然者。於是援據舊事，攄發新詞，笑坦率之誤身，悵無媒之失路。而覺文章之動人，不如琵琶之悅耳也。至若寫樊川之跌蕩，憑詩句而見風流；狀長史之顛狂，借酒杯而澆塊壘。即神仙伉儷，契合三生，亦是宋玉之微詞，景純之感遇。

蓋文至傳奇，都無定準。共寫一人，而儘可移步換形；並拈一事，不妨同牀各夢。即以《鬱輪袍》言之，家緱山先生所作〔三〕，祇自明其萋菲之無端，而黄子所製，則深示以吹噓之有力，亦各吐其胷中所欲言耳。或者猶執一說，而拘文牽義以求之，不亦固乎？若夫才力之雄奇，詞華之芳贍，陶鎔珠玉，翦刻風雲，以及審音按律之嚴，科段排場之細，海內詞家，應共識之，予不復道也。

丙申且月，婁東弟王吉武拜題。

【箋】

〔一〕底本無題名，版心題『王序』。

〔二〕王吉武（一六四五—一七二五）：字憲尹，號冰庵，太倉（今屬江蘇）人。康熙十一年壬子（一六七二）舉人，十五年丙辰（一六七六）進士，授中書舍人。官至紹興太守。年五十，罷歸，居鄉近三十餘年，讀書著述。著有《冰庵詩鈔》。傳見顧陳垿《洗桐軒文集》卷七、《國朝耆獻類徵初編》卷二二一、《國朝詩人徵略》卷九、《清朝名家詩鈔小傳》卷二等。

〔三〕緱山先生：即王衡（一五六一—一六〇九），字辰玉，號緱山，別署蘅蕪室主人，太倉（今屬江蘇）人。王錫爵（一五三四—一六一四）子。明萬曆十六年戊子（一五八八）舉人，二十九年辛丑（一六〇一）進士，授翰林院編修，尋辭官歸。著有《春秋纂注》、《緱山先生集》、《紀游稿》、《歸田詞》等。傳見《明史》卷二一八。撰雜劇《鬱輪袍》、《真傀儡》、《沒奈何哭倒長安街》（一名《葫蘆先生》）、《再生緣》、《裴湛和合》。參見曹瑜《王衡及其雜劇研究》（安徽大學碩士學位論文，二〇〇七）。

## 四才子題詞〔一〕

王鳳詔〔二〕

利市題箋翰墨香，衣冠優孟亦荒唐。詩懷沖澹維摩詰，庶笑功名太熱腸。（題《鬱輪袍》）

烟景揚州三月時，當年專閫擁旌麾。愛才惜少牛丞相，風調堪憐杜牧之。（題《夢揚州》）

飲中草聖記張顛，不學劉伶荷鍤眠。我是前身狂李白，拚教百榼醉花前。（題《飲中仙》）

瑶島瓊樓别有春，藍橋小住結朱陳。神仙不少風流福，擣盡玄霜話夙因。（題《藍桥驛》）□華居士漫題〔三〕。

（以上均清康熙間刻本《唐堂樂府》所收《四才子》卷首）

【箋】

〔一〕底本無題名，爲墨筆手寫。

〔二〕王鳳詔：號曲江，廣豐（今屬江西上饒）人。咸豐間例貢生。爲人風雅藴藉，常招諸文士酬唱於别業中。傳見同治《廣豐縣志》卷八。

〔三〕題署之後有陽文印章「王鳳詔印」。

## 忠孝福（黄之雋）

《忠孝福》傳奇，《曲海目》著録，現存康熙五十七年戊戌（一七一八）序刻本、康熙間刻本《唐堂樂府》本。

### 忠孝福序〔一〕

陳元龍

《史記》敍《世家》，連絡代系，詳簡各肖。敍人物激壯、憂患、愉樂之事，心形俱活，讀者不自知其欲歌而欲泣也，故曰『文章如面』。黄子石牧，以子長遺法，降格爲樂府，抑何淋漓刻酷，窮極子墨之能事，至於斯也？

余時署督兩廣，内兄宋觀察澄溪適至〔二〕，愛其所傳王維、杜牧事，誦先芬以求新樂，意甚勤。蓋祖孫三世，前後八十年，人積緒紛，頗難串括。黄子一日而構局，一月而脱稿，題曰《忠孝福》，以該其世。付梨園演唱，一登場，則欲歌欲泣，傾座客。澄溪攜①歸吴閶，大合樂於虎丘，觀者如堵牆，至壓橋斷墮水。或繡板爲畫幅，飾丹青以鬻諸市，其傾動一時如此。唯其排場花簇，關目緊湊，音調諧暢，爲雅俗頑豔所共賞。

而識者尤服其文心之酣嬉排奡，情辭之動人，如讀《史記》，非與文長、義仍同日而語矣。所填《四才子》詞，憤激牢騷，寓言於聲音、酒色、神仙之域。太倉相國每讌會，必奏之，浹辰不厭。而此本描摹忠孝，勸善錫福，人倫天道之攸繫，其流傳不更宜哉？夫其才學識咸備，使操史管，無愧稱良，而淪落未遇，徒游戲於文章，爲可惜也。

康熙戊戌冬月，陳元龍題於京邸之宜休堂。

（清康熙間刻本《唐堂樂府》所收《忠孝福》卷首）

【校】

①『攜』字，底本闕，據文義補。

【箋】

〔一〕底本無題名。

〔二〕宋觀察澄溪：　即宋廣業，字性存，號澄溪，又號蘭皋，長洲（今江蘇蘇州）人。康熙間拔貢，二十一年（一六八二），任臨城知縣。官至山東濟東道。著有《羅浮山志會編》、《蘭皋詩鈔》等。傳見康熙《臨城縣志》卷四、同治《畿輔通志》卷、民國《吳縣志》卷六八等。

## 附　唐堂樂府題識

吳　梅

此書求諸二十年不可得。戊辰六月〔一〕，百雙樓有此冊，遂以重金易之。快讀數過，襟抱適然。《四才子》杜牧一種，《納書楹》有全譜，按歌點拍，更覺蕭爽。此吾今歲中得意事也。

戊辰六月，吳梅記。

（《鄭振鐸藏珍本戲曲文獻叢刊》第七冊影印清康熙間刻本《唐堂樂府》外封墨筆題）

【箋】

〔一〕戊辰：　民國十七年（一九二八）。

## 情中俠（倪蛻）

倪蛻（一六六八—一七四一後），原名鵬，一名羽，字振九，晚年慕劉蛻之爲人，更名蛻，號蛻翁，别署契皋老人，室名蜕翁草堂。祖籍新安（今屬安徽），生於松江（今屬上海）。清監生，世居薛山，遊幕四方，達三十年。乾隆間，從巡撫甘國璧（？—一七四七）入雲南，得議敍知縣。後隱居昆明，足迹不入城市，人以高士稱之。著有《滇小紀》、《滇雲歷年傳》、《鳴劍閣集》、《著雍六編》（存下卷）、《蜕翁草堂全集》等。撰傳奇《情中俠》、《秦樓夢》。傳見《清代畫史增編》卷七、《滇南書畫録》、光緒《青浦縣志》卷一九、光緒《續雲南通志稿》卷一六八等。參見鄧長風《倪蜕生平及其學術貢獻述略》（《明清戲曲家考略》）。

《情中俠》傳奇，葉德均《戲曲小説叢考》卷上《曲目鈎沉録》著録，已佚。

## 情中俠題詞

倪　蜕

宇宙蒙昧，情根磨滅，嗟彼蚩氓，靡蠢磨動，烏所覩情種而傾倒之？矧夫青樓嗜穢逐臭，猱乎鴇乎，愛之者斃其軀，接之者汙其醜，是固殘準踏繩者之所不屑道也。雖然，人非木石，且有藏府，又安見此中之必無一人乎？

余閒中鮮營，偶拈斯劇，聊寄閒情。嗟乎！茫茫四顧，知我其誰？舒藻思於章華，託癡心於金粉，伊可悼矣。淮北早寒，衰籜辭樹。河縈城限，淙淙有聲。偶影寂坐，抗音高吟，紙畔燈前，呼之欲出。聆形視響，是耶？非耶？觀者不察，驗有辨無，茲蓋不於眞中求戲，而於戲中求眞者也。悲夫！

（上海書店編《叢書集成續編》第一二七冊影印《雲南叢書》本倪蛻《蛻翁文集》卷二，第五二八頁）

# 乾坤圈（張令儀）

張令儀（一六六八—一七四六），字柔嘉，别署蠹窗主人，桐城（今屬安徽）人。大學士張英（一六三八—一七〇八）三女，大學士張廷玉（一六七二—一七五五）姊，同里姚士封（一六七〇—一七二〇，字玉笥，號湘門）室。著有《蠹窗詩文集》、《蠹窗二集》、《錦囊冰鑒》等。撰戲曲《乾坤圈》、《覺夢關》。傳見《清代閨閣詩人徵略》卷三。參見鄧長風《桐城戲曲家張曾虔（蠡秋）家世生平考略·關於張令儀》（《明清戲曲家考略三編》）、譚尋《新發現的三位清代戲曲女作家·張令儀》（《戲曲研究》第六五輯，文化藝術出版社，二〇〇四）、吕菲《清代桐城女作家張令儀的生平與思想》（《安徽廣播電視大學學報》二〇一一年第三期）。《乾坤圈》，胡文楷《歷代婦女著作考》著錄，已佚。

## 乾坤圈題辭

張令儀

造物忌才，由來久矣。自古才人淪落不偶者，可勝言哉！至若閨閣塗鴉，雕蟲小伎，又何足道？必致窮困以老，甚而轗軻失意，顛沛流離，豈非造物不仁之甚與？故東坡詩云：『但願我兒愚且魯，無災無難到公卿。』蓋深於閱世者之言也。

蠹窗主人偶於長夏，翻閱唐詩，因感黄崇嘏之事。崇嘏以一弱女子，以詩謁蜀相周庠。庠甚稱美，薦攝府掾，政事明敏，吏胥畏服。庠愛其才，欲妻以女，乃獻詩云云。庠得詩大驚，始知爲黄使君之女，原未從人，與老嫗同居。因嘆崇嘏具如此聰明才智，終未竟其業，卒返初服，寧復調朱弄粉，重執巾櫛，向人乞憐乎？故托以神仙，作閒雲高鳥，不受乾坤之拘縛，乃演成一劇，名曰《乾坤圈》，使雅俗共賞，亦足爲蛾眉生色，豈不快哉？

時丁酉仲秋〔一〕，蠹窗主人書於嚴陵官署。

**【箋】**

〔一〕丁酉：乾隆四十二年（一七七七）。

## 覺夢關（張令儀）

《覺夢關》，胡文楷《歷代婦女著作考》著錄，已佚。

## 夢覺關題辭

張令儀

乾坤，一大夢場也。自混沌初分，至於今日，篡殺爭奪，恩仇不爽，無往而非夢。試問漢寢誰存，秦灰安在？豈必鹿藏蕉葉，飯熟黄粱，而始謂之夢哉？蓋夢生於情，人孰無情，豈能無夢？惟老萊子、嚴子陵輩，如醒客之對醉人，如醫家之處病者。雖不能拯其沉溺，猶能脱略自如；雖在夢中，不爲夢所苦耳。其間顛顛倒倒，困殺多少英雄，空陷百世之迷途，誰識三生之覺路？良可悲夫！

予偶閲稗官家所謂《歸蓮夢》者，見其癡情幻境，宛轉纏綿，幾欲隨紫玉成烟，白花飛蝶。忽而明鏡塵空，澄潭心徹，借老僧之棒喝，挽倩女之離魂，得證無上菩提，登彼覺岸。於是芟其蕪穢，編爲劇本，名之曰《夢覺關》。吾願世之讀者，要當知夢幻泡影，水月空花，本來無著。佛經有云："無我相，無衆生相，無受者相。"四大本空，情生何處？編是劇者，亦本我佛慈悲之意云爾。

（以上均清雍正乾隆間刻《蠹窗文集》卷一四）

## 因緣夢（石龐）

石龐（一六七〇——一七〇三），譜名兆龐，字晦村，號天外，别署天外人、天外生，太湖（今屬安徽）人。學通儒、佛，懷才不遇，工詩賦詞曲。著有《天外談初集》、《續集》、《晦村初集》等。撰傳奇六種，《因緣夢》、《壺中天》、《無因種》、《詩囊恨》、《薄命緣》、《後西廂》，均佚。《全清散曲》增出《梅花夢》、《南樓夢》、《鴛鴦冢》、《蝴蝶夢》四種，亦佚。傳見乾隆《太湖縣志》卷一〇、民國《太湖縣志・文苑》、鄧之誠《清詩紀事初編》卷三。參見石德潤《石龐傳》（《長江文藝》二〇〇六年第三期）。

《因緣夢》傳奇，一作《姻緣夢》，《傳奇彙考》著錄，《曲海總目提要》卷二二有此本，云『蕪湖人石龐撰』。

## 因緣夢填詞自序〔一〕

石　龐

明成化中，有木生者，字元經，才貌迥異。年及三五，未獲佳緣。偶夢至一處，覩一美人，贈生以詩，生時記憶。後行道中，有遺扇，生拾得，彷佛久之，乃憶與前夢中人贈之詩無異也。年復以扇遇一女郎，姓田名娟娟者，綽約若仙。自驚奇緣，乃憶與前夢中人風姿如一也。奈何相逢一笑，竟成孟浪。娟娟忽死，空於夢中想見雲雨，竟不能作人間一夜歡娛。

嗚乎，是因耶？緣耶？抑非因而非緣耶？以爲非也，則娟娟遺扇，胡爲得遇於生，且扇頭之詩與夢中之詩有合耶，遺扇之人與夢中之人又有合耶？以爲因也、緣也，則藍橋盧有好會，何終隔斷九原，徒存雲雨空山也，其眞夢耶，其非夢也耶？甚矣，其卽因也、緣也，人以爲夢也，我則以爲夢也卽因也，而卽緣也。以夢之中而有因也，而又有緣也，則知世間之因緣亦卽世間之大夢也乎。而夢者之不覺也，卽覺者亦不自知其大夢也。是未得半夜鐘聲，撞醒於邯鄲道畔，夫是以大夢也奈何；乃卽得半夜鐘聲，撞醒於邯鄲道畔，而依然大夢也奈何？嗚乎！

木生始焉而夢，夢也；既而得遺扇，其非夢也；既又與娟娟遇，又非夢也；卒之娟死，復見娟來，是又一夢也。夢而□前得扇之皆夢也，相遇之皆夢也。夫一扇耳，扇猶在而人已死，則扇亦度數夢矣。何也？人已爲夢中之人，則扇亦卽夢中之扇耳。古詩云：『新製齊紈素，皎潔如霜雪。裁爲合歡扇，團圓似明月。棄捐篋笥中，恩情中道絕。』吁嗟是詩，早爲娟娟作讖語矣。或者以古來才慧女郎，永歸天上。古詩云：『紈扇如圓月，出自機中素。化爲秦玉女，乘鸞向烟霧。』則扇之與娟同出沒於晴天月底，輕雲薄霧之中，或亦大夢之大覺也。但恐娟娟於此時，忽憶前日之木生，竟天人之兩隔。何木與娟之緣薄如是也？

嗟嗟！自昔才子佳人，每顛倒於三生石畔，在凡塵骨肉，必無鳳鸞之侶，秦晉之偕。今木生不復見娟娟，而猶見娟娟於夢中，則猶木生之幸也，猶幸而有此夢中之因緣也。佛言：『親者爲因，疎者爲緣。』此以爲親乎？疎乎？夫親亦親，夫夢焉耳；疎亦疎，夫夢焉耳。而何親也，而何疎也？然親又親，夫因矣；疎又疎，夫緣矣。因緣也，而何夢也，何因之爲夢也，何緣之爲夢也？如以夢卽爲夢，則人間之因緣，何往而非夢也？

不見莊周之化蝶乎①？莊周之化爲②蝴蝶，栩栩然蝴蝶也；蘧③然而覺，則蝶之化周也。前之蝶者，周化之也；今之周者，又蝶化之也。是一夢中，已入一因一緣矣。向使至於無數因，無數緣，則蝴蝶胥也化而爲鴝掇，鴝掇化而爲乾餘骨，乾餘骨之沫爲斯彌，斯彌又爲食醯。是時食醯且不覺爲斯彌所化，斯彌又必不覺爲乾餘骨所化，乾餘骨又必不覺爲鴝掇所化，又安知有身前數世世之因，爲蝴蝶所化耶？更安知有身前身前數世數世之因，爲莊周所化耶？則一夢中之錯亂因緣，遂至化爲無數因緣，而必不可復覺，可不謂大夢乎？夫身在之大夢尚然，況身後之大夢乎？

又不見羅浮之梅花化爲美人乎？向使美人不覺，則夢中又必入雲雨之夢，且久而夢中又必入熊羆之夢，如是幾不知身前之玉骨冰魂也，可不誤乎？猶幸美人覺而又化爲梅花也。夫梅花誤而化爲美人，則梅花夢矣；美人誤而忘其爲梅花，則美人又夢矣。今美人覺而爲梅花，則梅花亦覺矣；梅花覺而知其非美人，則美人又覺矣。夢者覺而知其爲梅花，則夢者亦覺矣。其覺耶，抑夢耶？夢則隨梅花而俱化，覺又失美人之因緣矣。問覺者之爲誰乎？

淳于棼之入槐也，誠明覺以槐者，大國也；國之中有王，有宫室，有樓閣，有臣民，則明有一槐國也；且國之中，明有一公主也。及覺而後知其爲蚍蜉也，則夢覺之難以自主也。昔者黄帝之入華胥也，彼黄帝者又安知此華胥，非卽一蚍蜉之槐安乎？非特槐安之復有華胥也，卽呂嵓之七寸枕中，各有天地，亦猶帝之於華胥、棼之於槐安也，而覺則爲華胥，不覺又爲槐安矣，且華胥而復化爲槐安矣。然覺也，不覺也，而皆夢也。夢，夢也，不夢無非夢也，以爲夢而又爲覺也，以爲覺而又爲夢也。夢之中而有覺也，覺之中而又有夢也；夢之中而又有大夢也，覺之中而又有大覺也；大夢之中而又爲大夢也，大覺之中而又爲大覺也。今木生之夢，吾知之；木生之覺，吾又知之；木生之覺而夢，夢而又覺，吾又知之。知木生之夢覺，則吾覺也；乃於覺之中，爲木生言夢，則吾又夢也。吾將以覺覺木生之覺，以夢夢木生之夢也耶？天外人於夢中，作木生之傳奇，曰《因緣夢記》。

丙寅春〔二〕，予年十七，四月既望日序。

（《四庫全書存目叢書・集部》第二三九冊影印清康熙間刻本石龐《天外談初集》卷二）

【校】

①蝶乎，底本漫漶，據《晦村初集》卷二補。

②之化爲，底本漫漶，據《晦村初集》卷二補。

③蘧，底本作『據』，據《莊子・齊物論》改。

【箋】

〔一〕此文又見《晦村初集》卷二，《四庫禁燬書叢刊・集部》第一三二冊影印清康熙三十五年刻本。

〔二〕丙寅：康熙二十五年（一六八六）。

## 壺中天（石龐）

《壺中天》傳奇，《傳奇彙考標目》別本著録，已佚。

### 壺中天塡詞自序

石　龐

獨坐南園，形影幻化，追天地之始，究天地之終。自笑予生末劫，氣息茫茫，思至傷心，惟大慟哭，嘆天地以成住壞空爲劫。彼堯舜中天，時屬正午矣。而今何時，尚孟浪居此耶？蓋人稟天地一氣而生，止此一氣，輪迴於天地中，生生化化，終歸無有。縱有聰明神智，得留一靈於天地間，至有時而天地之氣盡，而人仍以一氣還之天地矣，而竟何有焉？今我於萬物悉視之如夢，乃覺天於壺中，則又夢之又夢者也。閒時弄筆墨，寫空詞，引商刻羽，坐談虛無，總不過與天地大家作消遣事。因著第二種塡詞，曰《壺中天》。書成，往往擲筆長嘆，慟哉慟哉！

時年丁卯〔一〕，予年十八，作①是記。

（同上《天外談初集》卷二）

【校】

①作，底本漫漶，據文義補。

【箋】

〔一〕丁卯：康熙二十六年（一六八七）。

## 無因種（石龐）

《無因種》傳奇，《傳奇彙考標目》别本著録，已佚。

### 無因種填詞自序

石龐

太虚無因而生天地，天地無因而生萬物。萬物無因而各蠢動，人我無因而各知識。人能知其無因，則一切幻相悉是虚空，何有於豔語綺思？然語有之矣，曰：『若知前世因，今生受者是。若知後世因，今生作者是。』不知前世之因，究竟誰知？後世之因，究竟誰知？如果知之，則盡不明言之，而故以今生之作受告耶？則不知明矣，不知則竟無因明矣。於是而知前世之因，是爲前世；後世之因，是爲後世。彼前世，其或爲將相、爲牛馬，是往者已如夢，如夢則無因矣；彼後世，其或爲牛馬、爲將相，是來者尚烏有，烏有則亦無因矣。由是而知天地之所以終始，亦歸於無因明矣。經言：『身從無相中受生。』其是之謂與！

時年戊辰〔一〕，予年十九，作是種。

（同上《天外談初集》卷二）

【箋】

〔一〕戊辰：康熙二十七年（一六八八）。

## 詩囊恨（石龐）

《詩囊恨》傳奇，《傳奇彙考標目》别本著録，注云：『見《天外談》。』已佚。

### 詩囊恨塡詞自序

石　龐

南園冷落，夢覺愁窮，藥不可醫，病成清瘦。每自攜破囊遠步，得詩一韻，喜當一暢，乃羨詩囊竟爲消恨之具。因思古來韻友，每是傲骨，多遭嫌忌。如李長吉先生，爲唐才子，無論其時人莫得知，抱溷中之恨，至今數百年來，名尚寂寂。有奇士稱之，人竊罵以鬼才。不知鬼才云者，非魑魅之爲言也，蓋言先生之才幽幻離奇，通微贊化，影響俱無，人莫能知，卽令天仙遇之，亦莫測其奇妙，故無以名先生，而以鬼才名先生也。奈何世之人，身如螻蟻，而欲向迦葉呵呵大笑，則我之不解甚矣。因製爲樂府，代先生鳴不平之鳴，亦卽先生之自鳴不平矣。

時年己巳〔一〕，予年二十，作是記。

【箋】

〔一〕己巳：康熙二十八年（一六八九）。

# 薄命緣（石龐）

（同上《天外談初集》卷二）

《薄命緣》傳奇，《傳奇彙考標目》别本著録，注云：『見《天外談》。』已佚。

## 薄命緣塡詞自序

石龐

古今之節女，古今之情種也；古今之私奔人，古今之烈女也。吾何以言之耶？蓋女子生而鍾情不深，或深而不堅，則志有可易，久則必如柔絲柳絮，處處牽惹，安所言貞節哉？惟是女子而鍾情太癡，癡則志有專屬，其心固結不可解，必有鏡破不再圓，絃斷不再纏之至意。故青樓年少多是薄倖，以其非情種也，此『其雨淫淫』之詩所以作也。吾是以知古今之節女，爲古今之情種也。

至於私奔者流，古今人所共棄，吾何以與烈女並稱耶？蓋世間女郎，若生無烈性，則必無俠氣。如彼紅拂，古俠女也，倘使其一味溫柔嬌羞，則必作盡窺窗醜態，又安能具一雙知人俊眼，而直奔李靖耶？可知紅拂之奔，紅拂之烈性使然也。而紅拂卒不得以烈傳者，則以靖之長保無恙故也。設靖不幸一疾早死，則紅必效剔目之故事矣。此文君《白頭吟》之所以作也。吾是以知古今之私奔人，爲古今之烈女也。

然節女也，情種也；烈女也，私奔人也，而總之皆薄命人也。吾又何以言之耶？蓋節烈者，薄命之言也。使女郎而不薄命，則當於洞房□帳中，夫唱婦隨，作如鼓瑟琴之樂，又何樂以節烈名耶？蓋節烈者，薄命之爲言也。

吾坐南園，臥觀《情史》，偶得《王嬌娘小傳》，有感於心，作第五種詞，曰《薄命緣》。嗚呼嬌娘，始於申生，私於情也。終於申生，死於情也，夫烈女不事二夫，嬌娘之私，因舅氏之許也；嬌娘之死，因舅氏之悔也，則嬌娘實古之節烈矣。吾誠恐後之人以我爲淫詞，故爲是節烈之言也。而總之以嬌娘之節烈，而終至於死，死而人猶以淫奔目之，則嬌娘眞薄命人也。甚矣，事貴慎於其始也。設使舅氏向不許於申生，則嬌娘必無有於私，又何有於死也？大都吾之命意，始終惟責舅氏之不良，而嘆嬌娘之薄命而已。古曰『佳人薄命』，而才子亦薄命。然不薄命，則何以爲佳人？不薄命，則何以爲才子？以嬌娘之節烈，使不至於薄命，而焉得以節烈名哉？甚矣，嬌娘之節烈，嬌娘之薄命，緣也。

時年庚午〔一〕，予廿有一歲，新正序。

（同上《天外談初集》卷二）

**【箋】**

〔一〕庚午：康熙二十九年（一六九〇）。

# 後西廂（石龐）

《後西廂》傳奇，《傳奇彙考標目》別本補錄，注云：『見《天外談》。』《今樂考證》著録，作『石天外』撰。

## 後西廂塡詞自序〔一〕

石　龐

予第六種塡詞，曰《後西廂》。何爲而作也？慨夫紅顔不再，白髮無情。傷哉！薤上之露易晞；異矣，局内之棋焉定？鶯鶯老去，傍公子以無依；燕燕空忙，嘆佳人之如夢。惟見烟深南浦，月冷西廂。人去牆東，誰惜惺惺之侶；花殘月下，空題寂寂之春。芳心此日之悲，薄命當年之恨。苔深翠徑，難封一瓣之蓮；絮撲朱窗，斷捲雙眉之月。珮環聲杳，蘭麝香寒。隔樹琴音，絕唱相如之曲；拂牆花影，難招宋玉之魂。誰看院落淒其，仍是蘭閨寂寞。情深矣，可奈何？

去日殷勤，鍾捧鴛文之袖；而今棄擲，血灰石化之心。可憐敗絮柔絲，早付落花流水。迎風戶外，寒啼帝子之魂；待月廊前，閒長虞兮之草。況復張郎老矣，往事悠哉。雪鬢皤然，雄心冰解。新吾安在，空贏薄倖之虚名；舊夢何如，猶剩風流之逸興。冷黄金之淚，間餘兩袖前程；

參白骨之禪，浪證三生公案。草橋芳色，時寒夢裏青烟；蒲寺清鐘，已盡星前密約。盻荼蘼之架，人面無情；開豆蔻之書，郎心非舊。何處溫香軟玉，空歸殢雨尤雲。杏子牆頭，花開歲歲；綠楊池外，鴉語聲聲。黯淡魂銷，繁華夢斷。

豈信歡郎早死，難提續命之絲；阿紅已衰，誰寄傳心之字。滿地閒花野草，不聞白馬嘶秋；一窗剩月零燈，時聽紅娘念佛。處處盡經行之地，看樹老無花；星星記少壯之年，見春濃如霧。鴛鴦荇帶，不逢出浴之神；雞犬桃花，空問避秦之姓。數聲之南雁，啼殘風雨涼晨；一曲之《西廂》，間入漁樵佳話。烟鎖欄杆，竹影立月無聲；鵲棲院寺，槐魂倚風誰泣。晚粧樓在，菱花難認去日之顏；香精廚寒，鐺影空煎殘燈之腳。誰能堪此，豈易忘情？嘆想殊深，悲歌有自。

乃至劉郎老矣，阮肇重歸。總是花開花謝，有時桃葉吹殘，桃根新種；無非燕去燕來，任爾白髮佳人，丰姿猶在。比之紅顏少婦，嫣媚誰同？看此日之衰翁，仍當年之才子。人言一貴一賤，乃見交情；我謂一童一翁，難堪對鏡。胡麻有路，不逢延壽之桃；上杵雖堅，難擣長生之藥。舊時之京兆，空描雨後眉山；今日之建封，别起花間燕閣。載相思而入夢，時太息以何言？至於鶯老爲尼，張顛受戒。夜香亭冷，烟生繡佛之爐；水月院深，絮結觀音之柳。不謂愛河波爛，一時欲海浪平。情種歸根，同種菩提之樹；豔思斷纖，大消煩惱之魔。

昔也如斯，今何若此？自是天荒地老，此恨殊深；直至劫盡灰飛，舊情猶續。因引商刻羽，修冷落之詞；使住拍停鸞，醒癡迷之夢。息佛前之懺悔，休花下之因緣。又何辭頑龍現尾之譏，醜女捧心之誚乎？

時年辛未〔二〕，予年二十有二，四月初記。

（同上《天外談初集》卷二）

【箋】

〔一〕此文又見《晦村初集》卷三，《四庫禁燬書叢刊·集部》第一三二冊影印清康熙三十五年刻本，頁六四二。

〔二〕辛未： 清康熙三十年（一六九一）。

## 揚州夢（岳端）

岳端（一六七一——一七〇四），一作蘊端，又作袁端，字兼山，一字正子，號玉池生，別署紅蘭主人、長白十八郎、東風居士。清宗室，多羅安郡王岳樂第三子。康熙二十三年（一六八四）封勤郡王，二十九年降爲固山貝子，三十七年四月緣事革爵。工詩善畫。著有《玉池生稿》、《玉池生詩餘》，編輯《寒瘦集》等。好度曲，嘗集吳中曲家，編撰《南詞定律》，世稱善本。撰傳奇《揚州夢》。傳見《清史稿》卷四八四、《清畫家詩史》乙下、《八旗文經作者考》卷五七等。參見楊曉涵《愛新覺羅·岳端及其詩歌研究》（山東師範大學碩士學位論文，二〇一二）、朱維娣《清初宗室詩人岳端研究》（浙江師範大學碩士學位論文，二〇一三）。

《揚州夢》，《曲錄》著錄，《曲海總目提要》卷四〇有此本，謂：『近時人所撰。』現存康熙四十年（一七〇一）刻本（《古本戲曲叢刊五集》據以影印，另有影鈔本）、民國間飲流齋鈔本（《綏中吳氏藏鈔本稿本戲曲叢刊》第一三冊據以影印）。

## （揚州夢傳奇）序

尤侗

天地一梨園，半是勾欄子弟；古今幾院本，誰爲曲子相公？狐狙參軍，逢場作戲；商山仙侶，出口成章。爰自金元以來，類分南北之劇。然而行家生活，不乏奇才；樂府原題，間多雜體。考中原之音韻，莫識務頭；進四方之老人，罕陳致語。

忽遇紅蘭之主，爭傳《白雪》之詞。銅雀臺邊，演陳思之妙舞；金梁橋畔，唱周憲之新歌。秦箏趙瑟，如吹出塞之聲；楚些吳歈，即和渡江之調。關漢卿『瓊筵醉客』，箇是劉伶；王實甫『花間美人』，此爲鄭旦。且也移腔換拍，分刌皆工；打諢插科，波瀾獨老。可謂善哉復善，眞乃聞所未聞。若將函谷之遊，幻作揚州之夢，事雖恍惚，意實深長。蓋聚人世酒色財氣之業，造成生死輪迴；亦舉吾身喜怒哀樂之緣，變出悲歡離合。笑炎涼之醜態，險同牛鬼蛇神；指利欲之迷途，酷似刀山劍樹。田園妻子，總落虛空；口舌形骸，終歸魔障。惟能知白守黑，方可抱素還丹。一杯收袖裏之乾坤，半局了壺中之日月。此固神仙文字，豈止優孟衣冠。

嗟乎！滄海揚塵，三遷頃刻；邯鄲伏枕，一覺何時？作者其有憂乎？讀之可以悟矣。譜自宫中，不數《春江花月》；傳來天上，無異《霓裳羽衣》。聆斯法曲，堪續湘水之《九歌》；跋以蕪詞，聊助漁陽之三弄。

康熙己卯冬十月，長洲鶴栖老人尤侗謹序。

## （揚州夢傳奇）序

洪　昇

昔涵虚子論元人曲有十二科，一曰『神仙道化』。故臧晉叔《元曲選》，此科居十之三，馬東籬《黄粱》、《岳陽》諸劇尤佳。而臨川《邯鄲》，亦臻其妙。豈非命意高，用筆神，爲詞家逸品與？

前歲，門人沈用濟自都下歸〔一〕，盛稱玉池生所撰《揚州夢》院本，詞工律細，擅長旗亭。今年庚辰夏五月〔二〕，吴中顧卓來〔三〕，持此本見示。昇披繙窮日夕，其寫杜子春豪蕩窮愁，各極佳致，至老耼兩番贈金，與三藏以酒色化三車事相類。蓋人生快意一過，卽興味索然，惟未得者想慕之焉耳。老耼煆煉子春，備極幻境，末云：『六情已忘，愛根難割。』嗟乎！浮生天地間，微杪牽纏，爲入道之障礙，愛河流浪，難陟仙都，職此故也。撰此者，殆卽子晉後身，吹笙跨鶴，游戲人間，現神仙身，以塡詞爲說法。昇安得旦暮過之？

錢唐稗畦洪昇拜題。

（以上均《古本戲曲叢刊五集》影印清康熙四十年刻本《揚州夢傳奇》卷首）

【箋】

〔一〕沈用濟（？—一七二四後）：一名宏濟，原名漢，字方舟，一作芳洲，錢塘（今浙江杭州）人。康熙間國子監生。寓京師，依漢軍旗人張廷校參議。以遊破家，遂遷嘉興，再遷江寧，復遷長洲，居十五年，與吴中人士結詩社。年七十餘卒。著有《芳洲詩鈔》、《湖海集》等。母柴靜嫺，妻朱柔則，皆以詩名。傳見《清史列傳》卷七〇、《文獻徵存録》卷一〇、《國朝耆獻類徵初編》卷四二九、《國朝先正事略》卷四〇、《國朝杭郡詩輯》卷一〇、乾隆《長洲縣志》卷二七等。

〔二〕庚辰：康熙三十九年（一七〇〇）。

〔三〕顧卓：字爾立，號峴山，吴江（今屬江蘇）人。岳端門客，能詩善畫。年七十一卒。著有《雲笥詩稿》（附刻於岳端《玉池生稿》後）。傳見乾隆《震澤縣志》卷二〇、《國朝畫識》卷六、《江蘇詩徵》卷一三二等。

## 揚州夢跋〔一〕

朱襄

《揚州夢》者，紅蘭主人談道之作也。『夫道之出口，淡乎其無味，視之不足見，聽之不足聞，用之不可既』，此老聃之言也。主人有見乎此，故假《太平廣記》杜子春三上長安故事，以爲所遇老人即老聃，乃作爲樂府，名曰《揚州夢》。命諸伶播以管弦，一時名士之在京師者，咸相與咏歌其盛。後三年，吾友顧硯山〔二〕，攜其稿歸吴門，將鏤板行世。而新安俞君瑤章〔三〕，欣然爲董其役。自此而後，人之見之聞之者，宜莫不有味乎其言，謂之樂府可也，謂之喻老亦可也。何也？道故在於有名無名之際者也。

康熙辛巳春三月既望，無錫朱襄拜跋。

（同上《揚州夢傳奇》卷末）

【箋】

〔一〕底本無題名。

〔二〕顧硯山：即顧卓，參見上條箋證。

〔三〕俞君瑤章：即俞灡，字瑤章，新安（今安徽黄山）人。生平未詳。

## 附　揚州夢跋〔一〕

吴梅

譜《揚州夢》劇者，有嵇留山、黄石牧兩家，皆取小杜『十年一覺』詩敷衍之。留山作，世不經見；石牧作，今見《納書楹曲譜》，顧非全本，莫知結撰何若。外如陳浦雲《北涇草堂集》，亦有《維揚夢》一種，務頭陰陽，備極工巧。此外無有矣。

此劇爲國朝慎郡王撰。王諱岳端，字兼山，號紅蘭主人，安和親王第三子。尤西堂《序》中所謂『銅雀臺邊，金粱橋畔』者，蓋以陳思、周憲比擬之也。王撰述甚富，又嘗選孟郊、賈島詩，名《寒瘦集》，印槧絶佳，家有藏本，今不可多得矣。

劇中情節，悉本子春本傳。惟《昇仙》折，則玉池自運，便於收煞，固不妨稍事點綴也。卷首圖畫，爲旌邑鮑承勳子摹刊。余舊藏朱素臣《秦樓月》劇，亦承勳手摹，精巧相埒，知鮑氏父子固以摹圖世其業者矣。孝慈先生得此，屬爲加墨，因略疏如右。

己未季冬之望〔二〕，長洲霜崖弟吳梅書於東斜街寓齋。

（同上《揚州夢傳奇》卷末墨筆題跋）

【箋】

〔一〕底本無題名。

〔二〕己未：民國八年（一九一九）。

## 附　揚州夢跋〔一〕

許之衡

《揚州夢傳奇》，清初紅蘭主人撰。主人名岳瑞，字兼山，爲清宗室，封慎郡王，安和親王之第三子也。長於音律，曾聚音律家纂修曲譜。今曲籍中《南詞定律》一書，號稱精本，卽主人所刊也。此劇按唐人小説《杜子春傳》排演，與胡介祉之《廣陵仙》情節相同，惟此以子春爲尹喜化身，則稍異耳。通本隨筆揮灑，如不經意，而語語本色，妙合曲律。其描寫世態炎涼之狀，可歌可泣，信當行作手也。卷首有洪稗畦序，以宗室貴人，而請一布衣作序，其雅致亦可想見矣。至其命名，與牧之故事相同，或未知嵇留山有《揚州夢》之作耶？嵇留山之本較易得，而此本則不易輕見。今由原刻殿本轉鈔，一無删節，洵足珍也。

乙丑正月〔二〕，許飲流記。

【箋】

〔一〕底本無題名。

〔二〕乙丑：民國十四年（一九二五）。

## 附　揚州夢題識〔一〕

吳曉鈴

張雲驤《南湖詩集》卷一〔二〕，有《論國朝詩人七絕》廿三首，其三爲《慎郡王》，云：『紫瓊風匹邈無雙，吟到《花間》興未降。淡絕秋烟孤影句，風懷不減賈長江。』

吳曉鈴記，癸卯夏日〔三〕。

（以上均《綏中吳氏藏鈔本稿本戲曲叢刊》第一三冊影印民國間飲流齋鈔本《揚州夢傳奇》卷首）

【箋】

〔一〕底本無題名。

〔二〕張雲驤（一八四八—？）：又名毓楨，號南湖，直隸文安人（今屬河北）。光緒元年拔貢，官内閣中書。自編《南湖詩集》十一卷，王樹枏光緒十四年序，附傳奇《芙蓉碣》二卷（光緒九年刻本，樊增祥序）。

〔三〕癸卯：公元一九六三年。

## 盟鷗傳奇(林長嵩)

林長嵩(約一六七二—約一七二六),字中一,號盟鷗,漢川(今屬湖北)人。康熙四十一至四十三年(一七〇二—一七〇四)貢生。官郴州訓導,緣事歸。卒年五十四。撰《續潁羹詩集》。傳見同治《漢川縣志》卷一七。該《志》卷一九又云:『《林氏譜載》曰:長嵩少時夢至一室,門榜曰「盟鷗」,遂取以爲名。越二十年,筮仕郴州,檢地志,宋有雷萬春,官御史,築亭曰盟鷗。蓋前定也。一時文人詠歌甚多。』因撰《盟鷗傳奇》,未見著錄,已佚。參見鄧長風《四位湖北、四川清代戲曲家的生平材料》(《明清戲曲家考略》)。

### 盟鷗傳奇序〔一〕

魏運昌〔二〕

《盟鷗傳奇》,張子砥臣得其意,汪子旭林詳其解矣。盟鷗不遠數百里,越衡、長,郵寄平江,與余共奇之。事奇矣,昌何人,斯而不奇之,誠爲矯情;事亦非奇,奇以盟鷗浩蕩之襟懷,不奇而奇,昌何人,斯而益奇之,不免附會。然則如之何?

聞諸長者之言曰:『偶然耳。』或曰:『不然。使盟鷗不官郴而官他郡邑,或易其號,安知其鄉先達,號不亦有與同者?乃其官必郴,郴必有同號,且同好讀書、好詩酒,而符九九之數也。兆萌於數百年之前，叶應於數百年之後，人生行止，有定於此，夫豈偶然之謂耶？』

余曰：『不偶則奇，即謂之偶然而奇，可也；第執此名號之一奇，以同其人之生平，則不可。』何以言之？茫茫堪輿，往古來今，見於載籍者，其間氏名，詎無一偶同者乎？蔡、顧讓名於江東，北海媿才於曠代。君復、德充，賢並儒林；忠肅、鶴山，忠侔朝右，同而無不同也。謝太傅以器量安邦，王荊公以執拗誤國，同乎否也。文中子一代大儒，范文正公德器勳名更過之，不止於同，兼有其不同。故曰：偶也。

在君子有主持教化之責，又不得悉聽其偶然。考《一統志》，郴地蜿蜒磅礴，其民魁奇而忠信。雷公官御史，彈劾不避權貴，後知臨江軍，安靜不擾。等而上之，濂溪夫子任郴日，郡太守李公初平聞其賢，不以名位自矜，聽其講論二年，果有得。盟鷗近取雷公乎，則必學其勁聽而安靜；遠師周子乎，則自沉酣於伊洛遺書，而一以德教化人爲本。同其同，復同其不同。同者偶然，不同而同者必然。偶然者天，必然者人。天不可知，而人則可爲。以今日而傳盟鷗，亦傳其必然與可爲者而已矣。

盟鷗爲川邑望族，先世簪纓蟬聯。林爲余之所自出，與盟鷗有中表之雅焉。或以御史爲盟鷗，期師道立則薦舉公，明以是繩祖武，亦足稱奇，而必徵奇於雷公乎？第與之言奇可也。

（《中國地方志集成·湖北府縣志輯》第九冊影印清同治十二年《漢川縣志》卷一九）

【箋】

〔一〕底本無題名。

〔二〕魏運昌：世稱賡伯先生，天門（今屬湖北）人。生平未詳。

# 仙遊閣（陸弘祚）

陸弘祚（一六七五—一七四一後），一名繼放，字錫先，别署林土山人、居易堂主人，會稽（今浙江紹興）人。幼工舉業，屢困場屋。青年時曾入兩湖總督李如龍幕。壯游公卿間，足迹幾遍天下。五旬後歸里。撰傳奇《西湖快曲》、《仙遊閣》。

《仙遊閣》，《明清傳奇綜録》著録，現存乾隆間稿本，《傅惜華藏古典戲曲珍本叢刊》第五二册據以影印。

## 仙遊閣傳奇序

李世倬〔一〕

昔先君自肅寧量移保陽，職司刑獄，政務殷繁，聘繼放陸先生入幕佐理。惟時先生與余，俱方青年，晨夕笑談，詩酒酬唱，歡如也。旋因筮仕婁東，不克聚首爲悵。迨後天各一方，不相會晤者幾三十年。

戊午冬〔二〕，先生入都見訪，歡然道故，快何如之！次日，出《仙遊閣傳奇》見示。緣職掌銀臺，日無寧晷，然久不見先生椽筆，每於更深，秉燭細讀。方知將宋名臣乖崖實蹟，編緝成篇，共計五十二折，描寫張公一生豪俠智謀，靈敏忠孝，鬚眉畢見。至於前後之照應聯絡，渾如無縫天衣，眞絶妙好辭也。亟宜俾之管絃，如覩名賢列傳，且可令人感發忠孝，其有益於世道人心不淺。視夫世之淫詞豔曲，敗壞風俗者，其功罪爲何如哉！祇緣清風兩袖，不克代付棗梨。倘邀外轉，必爲先生梓而行之，以公同好。

通政司左通政年家眷世弟李世倬漢章氏拜手〔三〕。

【箋】

〔一〕李世倬（一六八七—一七七〇）：字漢章，一字天章，號榖齋、菉園、天濤，別署伊祁山人、太平拙史、清在居士等，奉天（今遼寧沈陽）人。兩湖總督李如龍子。清監生，康熙末授太倉知州。官至大理寺卿、都察院左副都御史。善繪事。傳見《清史稿》卷五〇四、《奉天通志》卷二一四、《遼東文獻徵略》卷八、《國朝畫識》卷一一、《昭代名人尺牘小傳》卷一九等。

〔二〕戊午：清乾隆三年（一七三八）。時李世倬由通政使司右通政擢左通政。

〔三〕題署之後有閒章二枚：陰文方章『以筆度年』，陽文方章『知音者芳心自同』。

## 仙遊閣傳奇敘　□　論〔一〕

繼放陸先生，幼工舉業，博通書史，敬奉《感應》一編，立身行己，確守禮法。因屢困場屋，壯遊公卿間，世之賢士大夫，莫不仰先生才德，延請恐後。以故足迹幾遍天下，凡遇名山勝境，題咏著作甚富。迨年將半百，雁行中斷，歸家舞綵色養，孝友矜恤，鄉里稱焉。

論與同里王子繼香、謝子星源、蓼斯先生之仲子周木，共習舉業，間作詩詞，時向先生就正。常與論等論及移風易俗莫切於傳奇。每見愚夫愚婦，觀所演劇，視爲古人實事，爲之不平，爲之快意，較士君子讀聖賢書，其感發興起爲猶速。蓋感於正則正，感於邪則邪，自然之理也。無如世之編傳奇者，恆以桑濮醜態，假托姓名，動稱佳人才子，使梨園習而演之，致令無知子女，視爲風流韻事，古人亦有行之者，因而不顧名節，鑽穴踰牆，壞人心而敗風俗，其害可勝言哉！論佩服先生高論，非一日矣。

甲寅之秋〔一〕，先生六旬華誕，親友擬欲稱觴。先期避迹西湖，遨遊旬餘，題咏五十餘首。歸著《西湖快曲》八齣，已經膾炙人口。丙辰冬〔二〕，先生讀《禮》已終，明春復有遨遊之興，因勸先生擇古人忠孝兩全者，據事實書，編成傳奇，使觀者知所效法，其於世道人心，豈曰小補之哉？先生欣然允諾，於是擇宋名臣張復之先生傳而編之，不百日而告成，上下兩卷，共計五十二齣。其少年遇仙神和子，代斬逆僕，除歇店盜；　春闈①不第，訪陳希夷，勸歸聯捷；　宰崇陽，拔茶種桑，講學重農；　內陞之後，兩平西蜀，不受子女玉帛，以鹽易米，兵變嵩呼，誅吏安民，建閣留畫；　賑浙饑，辨張老遺囑，守昇薦賢，一一皆傳記所載實蹟。先生據事直書，描寫其豪俠靈敏，機謀權變，全忠全孝，勳名功業，其生也有自來，其死也有所歸，歷歷如繪，並無雕飾穿鑿之工，而字挾珠璣璸碧之貴，信是大家手筆。此曲一出，能使觀者感發興起，眞足正人心而厚風俗。豈若世之編傳奇，假托附會，將兒女私情、桑間濮上傷風敗俗者，所可同日語哉？

先生一生好學，至老不倦，焚香獨坐，常至丙夜。其爲文質厚高古，不事修飾，信筆直書，而字洽宮商，句合律吕。皆由先生數年究心道書，靜坐默悟，深得玄修之祕，故能純任②自然，充口而出，養之有素也。叨在知愛，知之甚悉，因略述大概，並先生與論論移風易俗莫切於傳奇者，爰書而爲之敍。

時〔後闕〕

【校】

①闈，底本作『圍』，據文義改。

②任，底本作『恁』，據文義改。

【箋】

〔一〕□論：會稽（今浙江紹興）人，姓字、生平均未詳。

〔二〕甲寅：雍正十二年（一七三四）。是年陸弘祚六旬，則其生年爲清康熙十四年（一六七五）。

〔三〕丙辰：乾隆元年（一七三六）。是年冬始撰《仙遊閣傳奇》，『不百日而告成』，則傳奇脫稿於乾隆二年（一七三七）春。

# （仙遊閣傳奇）序

紀邁宜〔一〕

儒者守正而寡通，俠士任奇而畔道，三代以下，所以無完人也。間嘗讀《宋史》，至張乖崖先生傳，不禁喟然曰：『奇情正氣，不可思議，謂之儒而俠者，非歟？』迹其誅逆僕，戮黠吏，辨張老遺言，卻蜀帥侍女，何莫非聖賢學問、豪傑心腸，所交併而出之者耶？明人謝樹滋〔二〕，假乖崖事爲《雙龍劍傳奇》，而更易其姓名，增損其事迹，以愚世人耳目，遂令觀劇者，幾不知有乖崖矣。

陸子繼放，天下士也。生平遊屐遍宇内，其學廣大而精微，其才宏通而肆應，其品磊落而英毅。嘗有志於乖崖之事業，而卒不遇也。因就乖崖列傳，著爲《仙遊閣傳奇》一書，殆自志乎？劇成五十二齣，靈心妙舌，神氣宛然，渾融天成，不露斧鑿。苟非胷符曩哲，何能描寫曲肖若是？即起乖崖而自爲傳奇，亦無以易也。然則讀《仙遊閣》者，謂陸子傳乖崖也可，卽謂陸子自爲傳也亦可。

戊午陽月朔後三日〔三〕，燕廣陵同學弟紀邁宜書於保陽旅館〔四〕。

【箋】

〔一〕紀邁宜（一六七八—？）：字偲亭，別署蓬山老人，文安（今屬河北）人。康熙五十三年甲午（一七一四）舉人，授山東平陰知縣。乾隆五年（一七四〇），授内邱縣知縣。後薦爲泰安守，命未下，爲忌者所誣，去官。著有《儉重堂集》。傳見《大清畿輔先哲傳》卷三一。

〔二〕謝樹滋：未詳。撰《雙龍劍傳奇》，中國藝術研究院藏鈔本《雙龍劍》前部，一名《雙鶴記》，未詳是否此劇。

〔三〕戊午：乾隆三年（一七三八）。

〔四〕題署之後有閒章二枚：陰文方章『集芙蓉以爲裳』，陽文方章『梅影樹圍瘦』。

## 仙遊閣敍

胡南豹〔一〕

傳奇者，傳其人之奇，非奇不傳也；亦傳其傳之者之奇，非奇卒不傳也。於是以其人之奇而傳之，而又恐其不足以傳也，而益以傳之者之奇而傳之。且其人之本無是奇也，而傳之者自以其奇爲奇而傳之，而世之見之者，遂以爲其人之眞奇也，而爭傳之；即知其人之本無是奇也，而愛傳之者之奇而爭傳之。傳奇者愈僞，而傳之者愈多，何也？以其奇之足以快人耳目而移人心志也。彼《拜月》、《西廂》，無中生有，非奇之奇者乎？而世之愛之而惑之者，遂不可問矣。夫傳以忠，傳以義俠，見之而莫不喜之，喜之而至於哭，至於泣，且至於手舞足蹈而不自知，情非不至也，或遇而忘之，而未必效之。至傳以桑間濮上，若《拜月》、《西廂》，則見之而尤喜之，喜之而竟忘其醜，以爲此良緣之天作也，此風流之韻事也，而爭效之而不忘。噫！傳奇之係於人心風俗也如是夫！

歲甲寅，余館偁陽陸氏。一日與繼放先生論《西廂》，謂不止落驢胎馬腹，世之傳奇家，率犯是獄。『先生《西湖快曲》，爲人心風俗計至矣，盍傳古來忠良義俠之奇者以勸？』先生曰：『唯唯。』

余與先生別，八年於兹矣。辛酉夏〔二〕，先生持《仙遊閣傳奇》，訪余於桑盆館中，並屬之敘。余讀數過，不能釋手，喟然曰：『夫是之爲傳奇也夫！夫是之爲傳奇也，夫是眞足以極傳奇者之獄矣。』余觀張公之忠良義俠奇矣，其才智勳名，抑又奇矣。先生因其奇而傳之，靈心妙手，曲盡形容，乖崖生平，宛然在目，不必益以傳奇者之奇而無不奇。世之見之者，其孰不感發而興起也？則不奇之奇，以視夫奇之奇者，孰得而孰失耶？至篇法之渾成，針線之精密，音律之協合，固知音所共賞，余不具論，論其奇之得失，以告夫世之傳奇者。

隱山胡南豹廉甫氏著〔三〕。

（以上均《傳惜華藏古典戲曲珍本叢刊》第五二冊影印清乾隆間稿本《仙遊閣傳奇》卷首）

【箋】

〔一〕胡南豹：字藏岩，一字廉甫，或爲縉雲（今屬浙江）人。生平未詳。

〔二〕辛酉：乾隆六年（一七四一）。

〔三〕題署之後有印章三枚：陰文方章『南豹』，陽文方章『臧嵒』，陰文方章『日利』。

# 五鹿塊（許廷錄）

許廷錄（一六七八——一七四二或一七四四），一名逸，字升聞，號適齋，別署東野、更生道人，常熟（今屬江蘇）人。清監生。抱幽憂疾，絶意仕進。工詩詞，嫻度曲，善書畫。著有《東野軒暇集》、《東野軒詩》、《東野軒文集》。撰雜劇《蓬壺院》及傳奇《五鹿塊》、《兩錘情》，今存；傳奇《五虎山》、《碧玉釧》，已佚。傳見孫淇《東野許君傳》（南京圖書館藏清刻本《東野軒詩》卷首）。參見王銀潔《許廷錄生平、家世及〈五鹿塊〉傳奇創作考》（《戲曲藝術》二〇一五年第一期）。

《五鹿塊》，一名《前八義》，《古典戲曲存目彙考》著録，現存傳鈔本（《古本戲曲叢刊五集》據以影印，乃許登壽補編本，當即同治八年所鈔）、清鈔本（《鄭振鐸藏珍本戲曲文獻叢刊》第二九册據以影印）。

## 五鹿塊傳奇自敘〔一〕

許廷錄

晉公子出亡事，載之《史記》，筆之《國語》，傳之《左氏》，知書君子無不得而知之。《大學》『舅犯』一章，童蒙初入學，亦且爲之講解①。余何爲演而編之哉？夏四月，觀劇於琅玡氏。客謂予曰：『晉公子重耳事，可傳也，惜無其傳。子能曲，盍廣其傳乎？』予應之曰：『唯。』

歸家，蒐所謂《史》、《左》、《國》而稽之，茫乎若臨深山，林木蒼莽，荊棘盤鬱，雖有奇峯峻嶺，卻不得上。因惘然憂之，轉悔向之何以輕諸也。繼復思，天下豈有不可闢之徑邪？因芟草萊，剪蓊翳，懸崖而上，援索而升，登巔陟嶺，得踐予言，而予憂始釋。

因②思是編爲衆所共知，而其事實③可以風世④。驪姬之釀禍，獻公之信譖⑤，申生之純孝，杜原款之忠愬⑥，子犯之智，趙衰、臼季之贊畫，魏犨、顛頡之勇敢⑦，秦、楚兩君之好賢，至若季隗之能守，齊姜之能斷，負羈妻之明⑧慧，終之以重耳之能捍國患，皆可以爲世之鑒而立之則，是曷不可以⑨傳哉？於是始之五月，越三月而告成。予因而喟然曰：『嘻！今而後，余不敢復輕諸矣。』

壬戌秋八月⑪〔二〕。

【校】

①『童蒙』兩句，清鈔本《東野軒文集》卷二《前八義序》作『讀書童蒙無不得而知也』。

②『因』字前，清鈔本《東野軒文集》卷二《前八義序》有『予』字。

③實，清鈔本《東野軒文集》卷二《前八義序》作『亦』。

④世，清鈔本《東野軒文集》卷二《前八義序》作『也』。

⑤譖，清鈔本《東野軒文集》卷二《前八義序》作『讒』。

⑥愬，清鈔本《東野軒文集》卷二《前八義序》無。

⑦敢，清鈔本《東野軒文集》卷二《前八義序》作『猛』。

⑧明，清鈔本《東野軒文集》卷二《前八義序》作『巧』。

⑨不可以，清鈔本《東野軒文集》卷二《前八義序》作『可以不』。
⑩『壬戌秋八月』後，清鈔本《東野軒文集》卷二《前八義序》有『適齋自述』四字，稿本《東野軒暇集》之《五鹿塊序》末亦同。

【箋】

〔一〕《南開大學圖書館藏稀見清人別集叢刊》影印清鈔本《東野軒文集》卷二有此文，題爲《前八義序》（頁四〇二）。南京圖書館藏稿本《東野軒暇集》有此文，題《五鹿塊序》。

〔二〕壬戌：乾隆七年（一七四二）。按，『壬戌』當爲『壬午』之訛。壬午，康熙四十一年（一七〇二）。

## 五鹿塊序〔一〕

許士良〔二〕

詩以言情，《三百篇》後，有《古詩十九首》、《六朝百三名家》。自唐有樂府，四十八調爲二十四調，而後詩餘奏曲大盛。金元則變爲九宮十三調，亦雅頌之流亞，詩詞之遺音也。今之爲傳奇者，徒尚新聲矣。求乎不離古文而其言雅馴者，什不獲一。固世俗之通弊，非予先祖所敢出也。

予生也晚，不及聆先祖之徽音。先父嘗云：『爾祖平生好學，手不釋卷。所著詩集，昔已付梓。餘有《五鹿塊》暨《兩鍾情》、《蓬壺院》傳奇，嗣付剞劂。』時予年未及冠，入耳不經，何知斯之可歌可誦也？今於甲辰冬〔三〕，謹排纂爲二十八齣，分爲上下二卷。

嗚呼！是豈以淫詞豔曲爲工，而不本諸古文者乎？夫傳奇說劇，行世者甚多，無非懲惡勸善。善惡之迹，往往見於史書。而是編也，尤取人人所讀之《春秋》，復爲之追魂繪影，誠能發前人之所未發。俾讀《春秋》者閱之，恍然知善者益善，惡者益惡；即未讀《春秋》者見之，亦憬然知善者如此，不善者如彼。此吾先祖演《五鹿塊》之志，卽作《春秋》之志也夫！

時在乾隆歲次乙巳孟秋，孫許士良琴南謹識。

【箋】

〔一〕底本無題名，版心題『序』。

〔二〕許士良：字琴南，常熟（今屬江蘇）人。許廷錄孫。生平未詳。

〔三〕甲辰：乾隆四十九年（一七八四）。

## 五鹿塊序〔一〕

許登壽〔二〕

曲始於金而盛於元。金人之曲，惟董解元《西廂》獨傳。元人則有《百種曲》行世。當時以曲取士，於四聲中但取平上去三聲，而以入聲隸之，謂之北曲。至於南曲，亦始於元之晚季。今優人搬演者，惟高則誠《琵琶》、施君美《幽閨》，乃元人所遺，餘皆明人與今人所爲也。吾高祖適齋公所塡南北九宫，實足爲曲家金科玉律，吾祖琴南公藏之已久。今翻閱《五鹿塊》、《蓬壺院》、《兩鍾情》三部，類多殘缺失次，登壽勉編而續成之。

同治八年，玄孫許登壽春臺謹識。

（以上均《古本戲曲叢刊五集》影印清同治八年鈔本《五鹿塊傳奇》卷首）

【箋】

〔一〕底本無題名，版心題『序』。

〔二〕許登壽：字春臺，常熟（今屬江蘇）人。許廷錄玄孫。

# 兩鍾情（許廷錄）

《兩鍾情》傳奇，一名《分煤恨》，《古典戲曲存目彙考》著錄，現存傳鈔本（《古本戲曲叢刊五集》據以影印），殘鈔本（《綏中吳氏藏鈔稿本戲曲叢刊》第一四冊據以影印）。

## 兩鍾情序〔一〕

許廷錄

古今來采蘭贈芍者多矣，然所云淫也，而非情也。豈今昔宇宙鮮至情耶？欲立其極，是非申生、嬌娘不可。夫申與王，中表也。當其猝然相見，一似無情，不知惟其無情，斯其鍾情。迨至絮語燈前，分煤蘭室，巫山暗約，洛浦潛通，忽而離，忽而合，歡娛無間，情深彼此①，甚至殞命而不辭，捐軀而不顧，玉茗先生所謂之生而之死者也。情至此，而其情爲何如哉？彼夫采蘭贈芍者流，朝海誓而暮山盟，究之改嫁他婚，風馬不相關也。求其若瑩、厚兩卿者，安可得哉！且彼非僅立夫情之極也，推此而事君也，吾知其必忠；推此而事親也，吾知其必孝；推此而交友也，吾知其必信。能忠與孝與信，皆可以立②極也，尚得謂之淫乎？世之采蘭贈芍者，其亦可以誡矣。

丙戌春仲〔二〕，適齋自序。

【校】

①情深彼此，清鈔本《東野軒文集》卷二《兩鍾情序》無。

②『立』字後，清鈔本《東野軒文集》卷二《兩鍾情序》有『世之』二字。

【箋】

〔一〕底本無題名，據版心所題補。《南開大學圖書館藏稀見清人別集叢刊》影印清鈔本《東野軒文集》卷二有此文，題爲《兩鍾情序》。

〔二〕丙戌：康熙四十五年（一七〇六）。

## 兩鍾情跋〔一〕

許　昭〔二〕

右《兩鍾情》填詞一種，原分卅二齣，嗣改卅齣，篇目亦經變更。自十九齣以下，改本並付缺如，姑以原本之未經删節者寔之，當時刊本何若，今不得見。按集中《遺將》、《攻城》等齣，似與本事無甚關係，或爲後來《擒嬌》（改本有此篇名）等篇張本，亦未可知。

昭於詞曲，素匙研究，且申生事更未詳悉（疑出《情史》），詎敢妄談？今初我先生囑鈔此冊，因綴數言，以俟周郎之顧云。

辛酉冬月〔三〕，昆孫昭敬識於靈蘭館中。

（《古本戲曲叢刊五集》影印傳鈔本《兩鍾情傳奇》卷首）

【箋】

〔一〕底本無題名。

〔二〕許昭：常熟（今屬江蘇）人。許廷錄弟許詢之孫。生平未詳。

〔三〕辛酉：清康熙丙戌以後的辛酉，是乾隆六年（一七四一）、嘉慶六年（一八〇一）、咸豐十一年（一八六一），許昭與許士良爲昆仲，或跋於嘉慶六年，待考。

## 蓬壺院（許廷錄）

《蓬壺院》雜劇，《古典戲曲存目彙考》著錄，現存鈔本，上海圖書館藏。

### 傳奇蓬壺院後跋〔一〕

許廷錄

填詞一道，不獨曲分南北，即平、上、去、入之四聲，亦有南北之辨。曲之爲南北者何？南則統於九宮，北則統於六宮十一調。北曲之腔，異於南曲；南調之板，殊於北調。南無唱，有一定之歌；北無歌，有一定之唱，不相淆也。其中曲名雖有或同，而字句迥乎各別，腔之緩急不一，板之多寡亦殊。北曲之中，分拍之慢促；南曲之中，分調之磨快①。是拍之促與慢者，成其爲北；調之磨與快②者，成其爲南。曲之分南北，逕庭也。

至於四聲之韻，則有宜於南而不宜於北，通於北而不通於南者。若《洪武正韻》，南韻也，四聲並列。在入聲者，不能强之使平、使上、使去；而爲平、爲上、爲去，亦甚戒入聲之混入也。按譜填詞，即可按聲押韻，無俟旁搜别究，始可聲韻無乖。北曲則不然。四聲之韻，至北曲而僅有其三。三者，平、上、去是也。是在入聲者，又必强之使平、使上、使去；而爲平、爲上、爲去，雖甚戒入聲之毋入而不能也。蓋以《中州音韻》全無入聲字面，大江以北之語句，悉本《中州》。曲而北，江以北之曲也。北人舉口，純乎嗽嚺，入聲字面最爲滯濁，安能亦嗽亦嚺，以諧北人之聲乎？今試③舉入聲之滯濁，北音之嗽嚺者一二字言之。《中原韻》之『喫』，叶『恥』也，不叶『補』也。北人之曰恥、曰補，嗽且嚺矣；南人之曰喫、曰不，滯且濁矣。且北曲之工，唯其豪邁磊落，慷慨激烈也。若句讀入聲，何能發其豪邁磊落之才，慷慨激烈之氣？北腔南字，南不成南，北不成北矣。矧南北之曲，因板起腔，因腔定字，陰陽平仄，不能易也。若填北調而概用四聲，則入聲之祟，必將平者仄而陽者陰，付之歌者，誰不結舌哉？是曲之分南北，而平、上、去、入之四聲，亦有不得不分南北者在也。

余才鮮錙銖，何能論曲？以快讀《元人百種》後，遂粗述其所由分者若此，以俟世之知音者。

癸未〔二〕三月，適齋識④。

己丑之春〔三〕，書賈以錢塘洪昉思先生所撰《長生殿》劇本來售。余閱其總目，與鄙意相同，因歎人心之同若此⑤。二月朔日，病⑥中又識。

（《南開大學圖書館藏稀見清人別集叢刊》影印清鈔本《東野軒文集》卷二）

【校】

①磨快，《東野軒文集》本作『徐疾』。

②磨與快，《東野軒文集》本作『徐與疾』。

③試，《東野軒文集》本作『便』。

④《東野軒文集》本無題署。

⑤『此』字後，《東野軒文集》本有『其曲白余亦未暇觀』八字。

⑥『病』字前，《東野軒文集》本有『許逸』二字。

【箋】

〔一〕底本無題名。《南開大學圖書館藏稀見清人別集叢刊》影印清鈔本《東野軒文集》卷二有此文（頁四〇八），題《傳奇蓬壺院後跋》，據以補題。

〔二〕癸未：康熙四十二年（一七〇三）。

〔三〕己丑：康熙四十八年（一七〇九）。

# 蓬壺院序[一]

馮　武[二]

歌者，占人之所不廢也，非有所溺於是而不廢也，其道不可廢也。蓋天地之氣，人之性情，天人之際，其致一也，不有以宣之則不暢，不有以節之則不和。是故學樂誦詩，童而習之，凡貞人雅彥，耕桑蠶漁，樵夫牧豎，里巷歌謡，皆得與知與能也。蓋長言之不足，故嗟嘆之；嗟嘆之不足，故咏歌之。宣於口而發於聲，出之自然，而其人之天始見。

《書》有之曰：『詩言志，歌永言，聲依永，律和聲。』夫詩者，由心生者也，故曰『詩言志』；有詩而長言之則爲歌，故曰『歌永言』；長言則有聲，故曰『聲依永』；有聲則清濁高下或不倫，故制十二律以一之，則合於樂舞而不相戾，故曰『律和聲』。是則詩者，歌之詞也。古詩三百以迄乎有唐二百八十年，樂府、歌行，今體七言、五言，皆可歌，而文人自爲之辭，或有不協律者，十居其二三耳。

昔人自離襁褓卽頌詩，能誦則能歌，能歌則合樂。故歌於郊廟，則肅焉以敬；歌於朝廷宴①饗，則正且和；歌於家庭鄉黨，則親而無間。歌於交遊往返，則賦詩贈答，情深氣雅；歌於勞臣思婦，則綢繆嗟怨，固結而不可解。歌之爲道，有如是之切近而不可離、廣大而不可量者，夫豈僅象管鸞簫，取悦樽前云爾哉？故曰：『聲音之道，與政通也。』

故聲與音雖一義，而微有異。故曰：『音者，生人心者也。情動於中，故形於聲。聲成文，謂之音。』不知聲者，不可與言音。聖賢用以垂訓立教，亦曰『善歌者發於聲，善聽者審於音』，二者不可偏廢也。顧有善歌而不善審音者，若韓娥、秦青、李龜年之徒是也；亦有善審音而不善歌者，若陳思王、陸士衡之流。事謝絲管，無詔伶人是也。千古惟我夫子，與人歌而善，必使反之而後和之，爲能善歌而又善審音，則又出乎師乙、季子之上也已。

無如歌詩之法廢，變而歌詞，至趙宋而大盛，去古雖遠，然猶不失文人之致。至金元，又變而爲雜劇曲調，則詞並不可歌，去古愈遠而愈俗，先王雅歌之道息滅，而不復可聞矣。然猶相仍至今而不輟者，則以人生而心有所動，氣有所舒，情有所觸，不能不發於聲，要皆所謂溺音而已，非德音也。

而許子適齋猶諄諄辨之，謂曲至今日而又分南北，北猶有剛方勁俠之氣，南音則靡靡極矣。於是喜塡北曲，一遵周德清韻，研心細測，先陰後陽，先陽後陰，撮口合口，不差毫黍，殆將辨淄澠於橫流之日而不倦者乎？當今字學絕矣，侏𠌯期艾，莫所抵止。而猶幸有歌之一途，有能從音辨聲，由聲正音，存什一於千百，如適齋者，以爲他日正樂、正詩、正字之基，其立志豈淺鮮哉！

適齋青年學古，風流儒雅。今所著《蓬壺院》雜劇，綽有梁伯龍、湯臨川遺意，豈復逐魏良輔後塵，紅牙檀板，傅粉登場，動遭公瑾之顧也邪？余非知音者，梓以問世，山崩鐘應，竊有望焉。

康熙歲次癸未，七十八老人簡緣馮武序。

【校】

①宴，底本作『冥』，據文義改。

【箋】

〔一〕底本無題名。

〔二〕馮武（一六二六—一七〇八）：字竇伯，一字竇山，號簡緣，別署簡緣子，室名世豸堂，常熟（今屬江蘇）人。馮班（一六〇二—一六七一）姪。隱居不仕。家多書籍，喜校繕，毛晉刻書，多經校定。工詩善書。刻《二馮評點才調集》、錢謙益《有學集》等。著有《書法正傳》、《海虞科第世家考》、《問天集》、《向隅集》、《遙擲稿》等。傳見王應奎《海虞詩苑》卷七、雍正《昭文縣志》卷七、光緒《常昭合志》卷三一、民國《重修常昭合志》卷二〇、《皇清書史》卷一等。

〔三〕陽初先生：即徐復祚（一五六〇—約一六三〇），字陽初。撰雜劇《梧桐雨》，已佚。

## 蓬壺院序〔一〕

徐　淑〔二〕

元人白純甫作《唐三郎梧桐雨》一劇，蓋本香山《長恨歌》辭而敷衍出之。至明萬曆間，余族祖陽初先生又復更爲南調二種〔三〕，流傳至今，賞音家並置篋衍，用供吟諷。此作規撫元人，詞意特異，才情橫肆，音調激昂，正不須銅琵琶、鐵綽板唱『大江東去』，然後爲粗豪也。近世塡詞名手絕少，卽有，亦不過傭賃塗抹，爲伶倫輩紅氍毹上作生活，若與尋行數墨、審宮按徵，恐未易言。夫豈知元時樂府爲鄉、會兩科制舉義，百餘年間，學士大夫學識心血，流注筆墨，期以取功名而傳後世者乎？子乃儼然欲決漢卿之樊，闖東籬之室，我賞其才，更畏其志矣。

康熙丙戌仲夏，七十五種菜叟水南徐淑題。

（以上均上海圖書館藏鈔本《蓬壺院》卷首）

**【箋】**

〔一〕底本無題名。

〔二〕徐淑（一六三二—一七〇六後）：字天英，號水南，別署種菜叟，常熟（今屬江蘇）人。歲貢生，選授贛榆訓導，帶攝縣篆。著有《易經參解》、《天官書》、《焚餘草》等。傳見雍正《昭文縣志》卷七、光緒《常昭合志稿》卷三〇、民國《重修常昭合志》卷二〇。

〔三〕陽初先生：即徐復祚（一五六〇—約一六三〇），字陽初。撰雜劇《梧桐雨》，已佚。

## 蓬壺院跋〔一〕

許昭

六世祖適齋公製曲三種，曰《五鹿塊》，曰《兩鍾情》，曰《蓬壺院》，曩刊《東野集》後，今板燬而不復流行矣。茲作與洪昉思《長生》並出，第彼書行而此書廢，知物之遇合，亦各有數也。

辛酉九秋，罤孫昭謹識。

（上海圖書館藏鈔本《蓬壺院》卷末）

【箋】

〔一〕底本無題名。

## 軟羊脂（孔傳鋕）

孔傳鋕（一六七八—一七三一），字振文，號西銘，别署蝶庵、繼庵、補閒齋、也足園叟，曲阜（今屬山東）人。孔子嫡系六十八代孫。清康熙四十五年丙戌（一七〇六），襲翰林院五經博士，授通議大夫。康熙帝臨雍，入京陪祀，召見内殿，欲用之，辭以『職在奉祀』，得賜『六藝世家』匾額，還闕里。能詩畫。著有《補閒集》、《清濤詞》、《蝶庵詞》。撰傳奇《軟羊脂》、《軟錕鋙》、《軟郵筒》，皆存。傳見孔憲彝《闕里孔氏詩鈔》小傳、孔繼汾《闕里文獻考》卷七三、《清畫家詩史》乙上、民國《續曲阜縣志》卷五等。

《軟羊脂》傳奇，《古典戲曲存目彙考》著錄，現存稿本（《古本戲曲叢刊五集》據以影印）、傳鈔本。

### 軟羊脂題詞〔一〕

西峯樵人〔二〕

軟玉何曾奉紫貂，木香亭畔更魂消。蕊娘無限相思曲，腸斷歌兒白管簫。

俠士由來能幾多，才人方可作荊軻。誰傳至正年間事，玉笛新聲永不磨。辛卯初夏〔三〕，西峯樵人題於半野亭〔四〕

（《古本戲曲叢刊五集》影印稿本《軟羊脂傳奇》卷首）

【箋】

〔一〕底本無題名。

〔二〕西峯樵人：姓陳，名字、籍里、生平均未詳。

〔三〕辛卯：康熙五十年（一七一一）。

〔四〕題署之後有印章二枚：陰文方章『西山草堂』，陽文方章『陳山人』。

## 附　軟羊脂傳奇跋

闕名

《軟羊脂傳奇》，舊題『闕里補閒齋蝶庵填詞』。案《闕里孔氏詩鈔》，孔傳鋕字振文，號西銘，別號蝶庵，襲五經博士，著有《補閒集》二卷、《清濤詞》二卷。孔憲彝云：『高叔祖博士公，學贍才敏，工書畫，精篆刻。康熙、雍正間，屢膺大典，罔愆儀度。世宗臨雍，入京陪祀，召見內殿，上注目良久曰：「孔博士風神酷類其父。」欲用之，辭以職在奉祀，未果。』據此，則傳奇爲孔傳鋕所撰也。

（中國國家圖書館藏鈔本《軟羊脂傳奇》卷末墨筆題跋）

# 軟錕鋙（孔傳鋕）

《軟錕鋙》傳奇，《古典戲曲存目彙考》著録，現存民國傳鈔本，《古本戲曲叢刊五集》據以影印。

## 軟錕鋙題詞

西峯樵人　等

誰使雙成降玉宸，除姦斬佞動如神。寰中不少錕鋙劍，俠氣偏歸一婦人。
桃花洞主識英雄，一劍能成海上功。驚得溪蠻齊下拜，甄生豪氣有誰同？
黄茅店裏鷓鴣飛，秀女終朝涙滿衣。不是韋姬爲伴侶，蠻烟瘴雨欲何歸？
豔詞麗句盡堪傳，譜合宫商字字圓。若使梨園知此曲，牙籤唱殺李龜年。西峯樵人題
調絲擫竹譜宫商，佳處應排玉茗堂。分刌莫教差半黍，筵前顧曲有周郎。
廣場明月照氍毹，親付柔奴與態奴。但羡盤中千尺錦，不知破卻幾工夫。
白日西流水向東，恩讐至竟總成空。獅衫龍劍猶糟粕，游戲人間作五通。
密箐深溪鐵馬馳，奇功俠節屬蛾麋。怪來事業崢嶸甚，家近高涼錦繖祠。（已上二首詠本事。）

紅旗殺賊弓刀壯，彩筆題名氣象尊。那識兩般都錯料，空贏七尺未酬恩。

《陽阿》、《白雪》不爭多，《金縷》歌殘一剎那。淺酌細吟兼默數（上），飄蕭素領奈愁何？

青棠居士題〔一〕

（《古本戲曲叢刊五集》影印傳鈔本《軟鋸語》卷首）

**【箋】**

〔一〕青棠居士：姓名、籍里、生平均未詳。

## 蟾宮操（程鑣）

程鑣（？—一七一五後），字介遠，一字介鳴，號瀛鶴，一號芥溟，別署西湖瀛鶴，仁和（今屬浙江杭州）籍，徽州府休寧縣（今屬安徽）人。康熙二十三年甲子（一六八四）舉人，授內閣中書。四十六年丁亥（一七〇七），任白州知縣。蒞任八年，擢主政。康熙間曾纂輯《博白縣志》。撰傳奇《蟾宮操》。傳見道光《博白縣志》卷八。參見鄧長風《程鑣生平小考》（《明清戲曲家考略續編》）、劉漢忠《清代戲曲作家程鑣事迹考訂》（《文獻》一九九五年第一期）。

《蟾宮操》，《古典戲曲存目彙考》著錄，現存康熙四十九年刻本，《古本戲曲叢刊五集》據以影印。

## 蟾宫操傳奇填詞畢復題二律

程　鑣

流水桃花夢久尋，更無消息到而今。愁魂好訴中秋月，恨譜空彈午夜琴。海外奇緣青鳥去，天邊佳會白雲深。當筵簫管多惆悵，難覓知音一片心。

種就情根不記年，三生石上話因緣。美人緑鬢燈前影，才子紅牙醉後禪。琴韻可消淒楚夜，月光難補別離天。嫦娥解惜人間恨，唱徹《蟾宫》倍黯然。西湖瀛鶴〔一〕

（同上《蟾宫操傳奇》卷末）

【箋】

〔一〕題署之後有印章四枚：陰文方章『程』，陽文方章『鑣』，陽文長章『花茵聽曲人』，陰文方章『瀛鶴』。

## 蟾宫操紀夢〔一〕

程　鑣

余庚辰春病臥京邸〔二〕，客館孤燈，意少歡也。偶借宫商，用寫塊磊，呼不律，舒側理，演荀鶴、宓瑤華事，旋閣筆。秋八月，病痊可。十一日夜，輕雲在天，涼颸入戶，月早挂於孤桐修竹間。漏二下，倚藤牀睡。夢步入小園，塒花疊石。依朱欄行，不數武，一牖規形如月，有美人艶粧坐牖内，容甚麗。旁有小婢，眘目姣好。退從樹影中望之，美人弄琴，顧婢曰：『此子《蟾宫操傳奇》完未？』婢下堦，步至樹下，問余。余答：『將完矣。』因指美人問婢：『天仙耶？抑誰宅眷也？』婢不答。以指書掌上，作『兑』字。欲再問，聞鶴嘯而醒，異之。而《蟾宮操傳奇》閲月而成，又繪所夢月牖中美人像，紀以詩。朋輩遊京師者，和之至數百首。乙酉秋〔三〕，寓津門，復夢前美人，語：『子將遠行，當攜以往，自有知音者。』丙戌遊粤西〔四〕，遂梓於白州官署〔五〕，令十二紅演扮云。

瀛鶴偶識〔六〕。

（同上《蟾宮操傳奇》卷末）

【箋】

〔一〕底本無題名，據版心題。

〔二〕庚辰：康熙三十九年（一七〇〇）。

〔三〕乙酉：康熙四十四年（一七〇五）。

〔四〕丙戌：康熙四十五年（一七〇六）。

〔五〕白州：即博白縣（今屬廣西）。

〔六〕題署之後有方章二枚：陰文『程鑣印』，陽文『瀛鶴』。

## 題蟾宮操傳奇

沈顥〔一〕

月以太陰之精，凝皓彩，濯冰魄，安有形質根柢於清虛縹緲之境，構瓊樓蕤貝闕也乎？余聞之，上古羿妻嫦娥，竊藥入廣寒，主持桂宮仙籍，纖阿、望舒侍左右，金蜍、玉兔趯趯月中，踆踆桂下，孕精六合，舒光八極。是以步蟾折桂之夫，每出其緒餘，發爲依永，情之所鍾，於微吟高唱中多託興焉。齊章致美乎姝子，陳篇結想乎佼人，良有以也。

同里程瀛鶴先生，才名卓絶宇內。凡耳目所遭，胷襟所結，慷慨不平之事，悲愉適拂之情，選聲而出之腕下，命彼箏人，付之筳板，爲千古有情人别開生面，名曰《蟾宮操傳奇》，傳荀鶴、瑤華、劍靈、桂輪事。荀鶴才華典麗，洵足淩轢齊梁，馳軀晉魏矣，其秋水爲神玉爲骨，又神仙中人乎！瑤華以一孱弱女子，韜形斂迹，卒以自全，及文柄既付蛾眉，而楚弓復得，何其巧也！若劍靈之締交，成於傾蓋，白首不渝，玉友金昆，自足千古，而又內除梟獍，外靖鯨鯢，豈非磊落英多之士耶！而桂輪，一歌僮也，非有分鏡之愁，賜環之望，乃始則慷慨代粧，倉皇斷袖；繼則風濤遠泛，萬里蓬瀛，又何詫也？朝陽重遇，功成大還，桂輪可以歸矣而不歸。長安日近，不若滄海月明，貫月乘槎仙乎去。故鶴車鵬扇，求之十洲三島間，當復有聞其嘯歌，任其飄飖者矣。

嗟夫！先生以天上之朔望盈虚，譜人間之悲歡離合，輕雲初日，易以消沉，夫豈不欲櫻桃常綻，芙蓉不衰？然而補天易，補人間之離别難。使桂輪當日隨荀生而歸國，美則美矣，其如天上瞻光，有望盈而無晦朔何？此荀生終不忍爲攬袪之留，而爲有情人留不盡之餘思也。至於結構之縝密，修辭之工麗，光華映發，糾縵連蜷，卽使雙禮珠扣璬吟太無之詩，北辰君揮袂讚三元之舞，未足方斯語妙。

壬午秋〔二〕，先生親以授余。余手鈔者凡三過，每一吟諷，不覺神思怡然。反覆觀之，炙膏出味。如玉溪生讀韓碑，『願書萬本誦萬遍，口角流沫右手胝』，余於是編，亦當復爾。

所可疑者，月以虛無自然之體，運乎天載，與人事遼絕，何苟生之功名婚媾，乃有嫦娥默而相之，無乃子虛已甚。而不知文不奇不傳。余嘗聞，嵩山塢縞衣襆被，裹玉屑飯，運斤琢月之戶，二萬四千，有踏天敲日之奇，奇而傳。又聞天寶道士，擲杖化橋，攜明皇入月府，聽《霓裳羽衣》仙樂，有迴風輕雪之奇，奇而傳。夫月以太陰之精，無有形質根柢，而凹可躋，斤可琢，橋可度，仙樂可聞，已奇矣，已傳矣。況先生於蚤歲，常過貝闕，涉瓊樓，親見金蜍、玉兔之委蛇，纖阿望舒之窈窕，所謂蟾宮一枝，曾於廣寒折得。而太陰之凝彩濯魄，其形質根柢之有無，先生既熟見之，當必有以告我矣，又何疑於《蟾宮操》之奇，將毋有勿傳者耶？

錢塘沈顥拜題〔三〕。

【箋】

〔一〕沈顥：字超遠，號西川，錢塘（今浙江杭州）人。讀《方程論》，作《九問難鼎》。傳見《國朝耆獻類徵初編》卷四一七。

〔二〕壬午：康熙四十一年（一七〇二）。

〔三〕題署後有方章三枚：陰文『沈顥之印』，陽文『超遠』、『西川』。

## 程瀛鶴蟾宫操傳奇序

吴　燿〔一〕

烘霞浥露，宋風謝月之腴；錯采縷金，何粉荀香之麗。《後庭花》按聲綺閣，《玉樹》豔羨總持；《水調歌》高唱瓊樓，金蓮寵傳待制。名花傾國，擅逸韻於三唐；紅藥翻階，播清芬於兩晉。自昔鸞坡才子，得時則歌吹雲中；若夫牛巷羈人，感遇亦行吟澤畔。王孫芳草，大率無聊；楚女巫雲，要皆有托。借他人之顰笑，寫在己之悲愉；奪席上之罇罍，澆懷間之塊壘。欲使勾欄小院，登狐艷以氍毹；先教側理長箋，譜宫商於品令。聞諸名士，大抵如斯；緊我良朋，特毋類是。

家近雲林鷲嶺，恆纈桂子於花宫；班聯薇省螭坳，曾占天香於月殿。蒐祕辛於式酉，詎誇學士詞宗？探遁甲之六丁，匪直將軍武庫。風雲月露，腕底盤拏；繡組珠璣，胷中緯繣。柳耆卿《摸魚》、《戀蝶》，名豔於蜂黃螺黛之場；鍾子期《流水》、《高山》，聲振夫鳳足龍脣之上。旁通六藝，雅擅諸長，加以文采風流，豪情雲上。春江花月，洩融而洗盞聽歌；秋雨關河，寂歷而篝燈説劍。然而性惟孤介，質本清剛。頭觸屏緣，傭聞教諂；身離絛鏇，便欲驅邪。桐直上以無枝，鶴衝霄而更潔。遂致撫形吊影，半壁青熒；去國懷鄉，廿年紅淚。匣裏之神龍欲吼，硯邊之顧兔空鋤。易水虹飛，誰擊酒人之筑？金臺駿去，疇招賢士之弓。思公子而未敢言，望美人兮不得見。

吁其悴矣，悲也如何？

爰是酒闌燈灺之餘，每多悒鬱牢愁之況。仿溫家紅蠟，翻出新聲；倩崔氏銀箏，製成雅曲。七絃綠綺，喁喁兒女之情；三尺青萍，烈烈丈夫之氣。人間摩勒，具俠骨於柔姿；天上嫦娥，匹星妃於月老。顛倒衣冠巾幗，非關曼倩詼諧；刻摹豺虎狐狸，直等坡髯怒罵。稜稜柱史，殿上神羊；嶽嶽元臣，朝中鷙鷟。石開八陣，雷轟瘴雨蠻烟；爨舞百花，雲繞驚濤駭浪。凡此可忻可愕之事，臚演於移宮變徵之間；無非如泣如訴之衷，悉寓諸減字偷聲之下。蓋自道其心之所欲出，庸詎計夫世之必我知？

僕本工癡，未諳樂句；君眞善狡，故掉宜丸。當此撒鹽飛絮之辰，俄來鏤玉雕冰之技。才逾三景，綴采三臺；聲媲《九歌》，宣幽九折。春燈繡帕，薄子夜之微吟；金縷提鞵，陋南唐之小令。聽雙鬟於舞衫歌扇，旗亭驚畫壁之人；囀一聲於腰鼓銅琶，雍門增繞梁之韻。何憂歲晚，案頭自有《陽春》；縱令冬烘，耳畔應知《白雪》。顧曲奚煩公瑾？當歌竟付何戡。勉矣故人，猗與我友！此日青袍憐帶草，蟾宮推瀛鶴之詞壇；他年紅綬吐桃花，鼇禁奏龍池之樂府。謹序。

康熙癸未季冬，西湖鶆瀆居士題於燕山旅次〔二〕。

【箋】

〔一〕吳燿：字皋亭，號鶆瀆，別署西湖鶆瀆居士，仁和（今屬浙江杭州）人。康熙二十三年甲子（一六八四）亞魁。初寓安吉（今屬江西），遂家焉。始授滎河知縣，丁母憂，補商水知縣，調儀封。以病告歸，尋卒。傳見同治《安吉縣志》卷一二。

〔二〕康熙癸未：康熙四十二年（一七〇三）。題署之後有印章二枚：陽文方章『鵜濱居士』，陰文方章『吳燿之印』。

# 蟾宮操傳奇序

徐　發〔一〕

佛以一切有爲法，作夢幻、泡影、露電觀。蓋人自無始以來，八識田中，喜怒哀樂，慮嘆變慹①姚佚啓態，因塵成體，因想成緣，情死情生，千變萬奇。風起浪涌，不知大光明藏，無礙無著，亙古常存。譬之皓月當空，妙明清淨，體用雙全，執影非月，離影無月，在有相無相之外。故入世間之事，必有出世間之學，又有非出非入不可一世之才，而後可以語道，而後可以著書。茲於《蟾宮操》，恍乎遇之矣。

吾友程子瀛鶴，學道者也。其詩文膾炙人口，而眈思於冥，御氣於漠，恬焉淡焉，外物不攖於心，其中豈無所得者耶？出其餘技，閒譜宮商，振藻揚葩，可以奪關、王之席，登周、柳之壇。讀之者見其纏綿悱惻，惝怳迷離，驚爲可喜可愕之事。然此可以論程子之文章，而不知其獨抒性靈在行墨之表也。

李贄評雜劇院本，貶《琵琶》而推《西廂》，有『畫工』、『化工』之別。夫春生夏長，秋殺冬藏，陽開陰闔，覓天之工巧，了不可得。而文之至者，亦如化工之於物，其巧不可思議似也。是編中，若美人之改粧，狡童之入宮，陰陽易位，怪奇偉麗矣。桂輪之假婚海外，乘槎仙去，恍然見一彈再鼓，山崩水立，鳥獸鳴嗥，風雨杳冥之狀，所謂『連成先生移我情』也。至其《認箋》、《窺宴》、《憤刺》、《伏闕》、《喬激》、《射屏》諸闋，時作變徵之聲，時奏太和之響，奇思濬發，異想天開，何莫非巧奪天工者耶？然執此以窺奧旨，已落第二義。東坡云：『讀詩必此詩，定非知詩人。』吾知作者目之所營，心之所運，筆之所注，其在妙明清淨，有相無相，大圓鏡智之中乎！篇中月華者三見，例天下之勞人思婦，忠臣俠士，諂夫媚子，而歸於尺幅，即掃天下之生滅塵緣，幻因妄想，而歸於淨琉璃界。昔如來胷涌寶光，光千百色，遍照十方，六種震動。作者以寸管代之，何獨不然！吾讀其書，想見其爲人。出世幽懷，都成入世妙用，寓於移宮換徵間矣。程子聞之而輾然，曰：『前塵後影，強爲分別，豐干饒舌，又多乎哉！』是爲序。

長洲同學弟徐發雪蕉氏頓首拜題於容江官舍〔二〕。

【校】

①變慹：底本無，據《莊子·齊物論》補。

【箋】

〔一〕徐發：號雪蕉，別署二十洞天外史，長洲（今江蘇蘇州）人。康熙三十六年丁丑（一六九七）進士。著有《古文晨書》、《靈壁軒雜書》、《庚寅吟稿》、《雪蕉文稿》等（見同治《蘇州府志》卷一三七）。

〔二〕題署之後有方章三枚：陰文『徐發雪蕉』，陽文『貳十洞天外史』、『子丑聯捷』。

# 蟾宫操傳奇序

劉肇鋏〔一〕

原夫兔輪岬軋，光搖碧漢之秋；鳳軫參差，香動梅花之影。以明月之陰晴圓缺，比瑶琴之適怨清和。瓊樓玉宇，高不勝寒；刻羽引商，知希難和。如芥溟程年兄《蟾宫操》院本，金石賦摩空殿上，鵬水三千；曉寒歌漏洩人間，堯闢十二。緬懷荀鶴，雲間日下，清澂秋水之神；遐想令狐，八石三圖，光怪白虹之氣。求彼美於書中，瑶華女雲霄有托；想伊人於天際，桂輪兒風月無邊。慨自雲浮西北，遮斷重輪；日出東南，驚開雙翼。夫何爲兮蓬島，有人和青峯錦瑟而來；我所思兮滄湄，此子步天海風濤而去。吾第玩其辭，思其義，按其節，賞其音。眞能通妙意於琴心，淥水絃中仙凰語；探奇觀於月脇，天香雲外彩鸞飛。

康熙丁亥仲春，邗江弟劉肇鋏萱圃拜題〔二〕。

【箋】

〔一〕劉肇鋏：號萱圃，邗江（今江蘇揚州）人。生平未詳。

〔二〕康熙丁亥：康熙四十六年（一七〇七）。題署之後有印章三枚：陽文圓章『護圃』，陽文方章『振涉』，陰文方章『劉肇鋏印』。

# 蟾宮操傳奇序〔一〕

徐　喆〔二〕

冷署驚秋，涼飔沁骨。盆纔罷鼓，續殘《長恨》之歌；雁已離羣，擬度銷魂之曲。而時白州仙吏，聖水名流，忽霏玉以貺心，妙引商而刻羽。鼠鬚描就，行行紅豆新聲；魚腹藏來，幅幅《金荃》豔體。

若乃佳人才子，援琴賦月，可知兒女情長；俠客孤臣，伏劍屠鯨，不令英雄氣短。夫且玉蟾絢彩，頻散天花；金殿掄元，快揮鳳軫。美既合而仍離，境以眞而彌幻。別有司花下走，拂硯奚奴。俏膽靈心，計賺鴛鴦之牒；乘潮破浪，巧牽鸞鳳之絲。雄伏宮中，宛然巾幗；雌飛海外，倏整鬚眉。此雖亡是子虛，謾說『干卿甚事』；然而浮槎入月，還悲舉世無人。

覩茲集翠鏤金，悉是詛神罵鬼。賞心未已，觸緒紛投。若余也，才非荀鶴，婦遜瑤華。一自鳳去臺空，灰拈兔管；況復翅垂天末，淚掩蟬鈿。若使宛在桂輪，應令乞靈月窟。無如返魂香杳，生憎曼倩之狂；縱令幽夢情多，竊恨安仁之短。矧我友既寓物以寫懷，叟小子且長歌以當哭。於是一簾樺燭，滿院銅琶。寄嘯天魔之舞，遊心踘蹴之場。未須優孟衣冠，絕勝霓裳宮羽。當斯時也，杯中有月，絃外有琴。縱教月落酒闌，猶繞琴餘曲韻。如斯雅製，允冠梨園；卽曰塡詞，應弁樂府。

時庚寅桂秋月夜〔三〕，皜亭徐喆拜題於東粤之高涼官舍〔三〕。

【箋】

〔一〕底本無題名。

〔二〕徐喆：號皜亭，籍里、生平均未詳。

〔三〕庚寅：康熙四十九年（一七一〇）。題署之後有方章二枚：陰文『徐喆之印』，陽文『皜亭』。

# （蟾宫操傳奇）評林

趙執信　等

久客津門，武林程年兄以新製傳奇見示，婉麗綿眇，怡人性情。余平生惟醉心西湖之勝，今秋客况殊悶悶，故僭題小令，調寄【人月圓】，以博一粲：『秦淮往迹荒涼盡，何處問桃根。惟應西子湖山，一抹千古消魂。湖頭才子，閑將妙曲，佐我清尊。他鄉明月，中秋過也，幾度黄昏？』

益都趙執信秋谷題〔一〕。

余見瀛鶴年兄北平新作三百首，私謂其詩足躉踏唐宋。繼而以是本三十二齣見示，更私謂其詞圓美流轉，似彈丸脱手，不待播諸伶人，被以管絃，已比仙樂之迭奏，其音早異凡響矣。

漢陽許之豫謙次題〔二〕。

萬象皆空，惟情不斷。輪飛五色，情境也；冰裂七絃，情種也。秃衿鸚鵡，斷袖芙蓉，又情之大關鍵也。此《蟾宫操》爲情而作也。夫天地一情區也。情多情少，情淺情深，一鼓琴玩月，無不備具。最希有者，解意之司花小史耳。琴月常有，司花小史不常有。惟不常有，一篇之中，徘徊宛轉，不啻三致意焉。而蟾宮兩操，自足千古矣。

錢塘馮景山公氏拜題〔三〕。

塡詞自《玉茗四種》出，而詞壇無繼響者矣。尚有未諧格律處，皆由臨川才溢於法故耳。《蟾宮操》追蹤玉茗，得其神髓，才大而心小，又無落調出韻之病。如《乘槎》齣用先天韻，至一百十有九字，無一複出，尤見才思精密，所以爲佳。

潞河范登陛玉墀氏識〔四〕。

《傳》曰：『言之不文，行而不遠。』詞曲爲古歌風體，尤貴雅馴。今登場演劇，非不燦然可觀，及索其墨本，則捐之反走。蓋照譜塡寫，與歌工之上尺乙四何異，徒費筆墨耳。是譜千鎚百鍊，出之自然，人皆欽其淹該，余尤服其靈秀。

海陽吳應蓮香遠氏題〔五〕。

《蟾宮》一譜，修辭者尚其博，涉世者尚其變，閒情者尚其專，禪悅者尚其解。

西泠沈中震雷臣氏識〔六〕。

元明以來，傳奇佳者，無慮數十家，往往穿插處有斧鑿痕，皆因將『悲歡離合』四字執著耳。一經執著，頭緒便多，雖竭力雕鏤渲染，類同印板。豈如此譜，雲行水流，不粘不脫，有欲窮千里、更上一層之勝！

西溪孫岱曾青徐氏拜題〔七〕。

虚處摹神，閒處著筆，反起側落，采色不定，此是文家三昧。故知精研處可及也，融洽處不可及也。

絳陽閻瑞昌季亨氏識〔八〕。

桂光皎皦，千里同看；桐響幽清，雙聲並奏。如《蟾宫操》者，以香草美人之韻事，譜色絲少女之新詞。繡錯行間，珠隨字裏。當歌筵上，香風逐彩。燕雙飛試奏花間，春雪雜流；鶯一串莫珍白紵，應付紅兒。

愚兄世經苓塞氏題〔九〕。

掃地焚香畢，展玩新製，諷詠良久，神思怡然。琴耶月邪？司花小史耶？讀一再過，有天際眞人想。

滹河李懷椿楚大氏識〔一〇〕。

元以後院本，不下數百種，首推《琵琶》、《西廂》，有『化工』、『畫工』之目者。協律比吕，不事雕繪，《幽閨》、《荊釵》其最也。他如《白兔》、《殺狗》，雜以委巷叢談，稍乖大雅。一變而藻繪求工，竟掩本色，《曇花》、《玉合》有譏焉。故場上案頭，互相詆誹。玉茗出，而歌壇且俎豆矣，君子猶惜其格律多逾，宫調未確。後此，惟《粲花四種》，彩繢中頗饒秀逸。近代則洪稗畦《長生殿》，質有其文，不失風人之旨。今閲瀛鶴《蟾宫操》，可以繼響東籬，接踵臨川者耶！其情文結構，知音者自解，余特書其大概云。

金閶俞同潢漢津氏題〔一一〕。

作文須要有經濟才，方不是詞章之學。譜中論政談兵，有本有原，使塡詞家不敢道隻字，所以爲難。

愚叔世華默翁氏題〔一二〕。

或問：『五龍之敗，兵殲海上，三軍衿甲就降。參戎幕者，不敢望玉門生入，失律殊甚。』余曰：『兵無常勝。荀鶴談言微中，厭彼老謀令狐，歷指防海情形，折衝樽俎，較之王朴平邊之策，不足多讓。』或曰：『此瀛鶴之微詞，且爲聞邊者炯戒耳！』

檇李戴琛西獻氏題〔一三〕。

雋永處，如讀《秋水篇》；纏綿處，如玩《閒情賦》。間有慷慨激越處，則又如慶卿《易水歌》，高漸離擊筑聲也。

金陵劉彝古尊氏題〔一四〕。

《蟾宮操》三十二齣，是爲世界有情人說法耳，可以祖禰《牡丹亭》，而與《西樓》伯仲。其穿插起伏，極離奇變化，而針線不差毫忽，又不數《燕子箋》、《春燈謎》矣。

毗陵鍾英琬環川氏題〔一五〕。

男扮女、女扮男，乃院本中數見者。此獨耐人咀嚼，能從尋常蹊徑中，別具天然機杼耳。又如不忽朮奏牘，頓挫開合，直是古文家數，以『天』字作起作收，絶妙章法。《憤刺》一齣，與徐文長演禰正平撾鼓，同一暢快，閲者足消濁酒數斗。令狐韜曲白，處處將劍馬映帶，又何其細密也！

雲間徐樾蔭餘拜題〔一六〕。

古來傳奇，言情者十之九，終不免落才子佳人窠臼。似此將歌童作關鍵，説得奇絶韻絶，令閲者歎爲希有。余戲拈二絶句，爲桂輪兒解嘲：『朝陽臺畔月如霜，風遞琴音好斷腸。剪袖自來君擅寵，何勞喬扮賺荀郎？』『前身曾按《羽霓》聲，一曲能銷萬種情。此際乘槎歸月去，不須竊藥始長生。』

古閩鄭薇貫月氏識〔一七〕。

黄魯直謂韓文、杜詩無一字無來處，余於《蟾宫操》傳奇亦云。臨川用番語入白，多不眞。似此引蒙古語、日本語、苗蠻語，絶非杜撰。演奇門，議禦倭，不作影響話。又如第二十二齣，喬材白有『魚無負釣心，獸無害獵意』數語，則出《東萊博議》。其他點綴科諢處不計矣，能無服膺？

昭潭蔣允旦芝庭拜識〔一八〕。

【箋】

〔一〕趙執信（一六六二—一七四四）：字仲符，號秋谷，别署飴山老人，益都（今山東青州）人。康熙十八年己未（一六七九）進士，選庶吉士，散館授編修，官至右春坊右贊善。著有《飴山堂詩文集》、《因園集》、《談龍録》、《聲調譜》等。傳見《清史稿》卷四八四、《清史列傳》卷七一、《國史文苑傳稿》卷二、《碑傳集》卷四五汪由敦《墓志銘》、《文獻徵存録》卷一〇、《國朝耆獻類徵初編》卷一一七等。參見李森文《趙執信年譜》（齊魯書社，一九八八）。

〔二〕許之豫：　字謙次，漢陽（今湖北武漢）人。生平未詳。

〔三〕馮景（一六五二—一七一五）：　字山公，號少渠，錢塘（今浙江杭州）人。國子監生。康熙十八年己未（一六七九），薦博學鴻詞，固辭不就。後以遊幕爲生。著有《右道集》、《解春集》（康熙間刻本）、《解春集文鈔》等。傳見楊賓《墓表》（乾隆五十七年抱經堂刻本馮景《解春集文鈔》附）、杭世駿《道古堂文集》卷三三《傳》、汪惟憲《積山先生遺集》卷七《記》、《清史稿》卷四八四、《清史列傳》卷六八、《國史文苑傳稿》卷二、《碑傳集》卷一三一、《國朝耆獻類徵初編》卷四一六、《文獻徵存錄》卷一等。

〔四〕范登陛：　字玉墀，潞河（今北京通州）人。生平未詳。

〔五〕吳應蓮：　字香遠，海陽（今屬山東）人。生平未詳。

〔六〕沈中震：　字雷臣，西泠（今浙江杭州）人。生平未詳。

〔七〕孫岱曾：　字青徐，西溪（今浙江杭州或陝西華縣）人。生平未詳。

〔八〕閻瑞昌：　字季亨，絳陽（或爲絳州，今山西新絳）人。生平未詳。

〔九〕程世經：　字苓塞，休寧（今屬安徽黃山）人。生平未詳。

〔一〇〕李懷椿：　字楚大，漷河（今山東平邑）人。生平未詳。

〔一一〕俞同潢：　字漢津，金閶（今江蘇蘇州）人。生平未詳。

〔一二〕程世華：　號默翁，休寧（今屬安徽黃山）人。生平未詳。

〔一三〕戴琛：　字西獻，檇李（今浙江嘉興）人。生平未詳。

〔一四〕劉彝：　字古尊，金陵（今江蘇南京）人。生平未詳。

〔一五〕鍾英琬：字環川，毗陵（今江蘇常州）人。生平未詳。

〔一六〕徐樾：字蔭餘，雲間（今屬上海）人。生平未詳。

〔一七〕鄭薇：字貫月，古閩人。生平未詳。

〔一八〕蔣允旦：字芝庭，昭潭（今屬安徽東至）人。生平未詳。

## 題十二紅演蟾宮操古體一首

古旗亭客〔一〕

碧城縹緲闌干曲，花貌香喉戛珠玉。紅紅十二選娃童，綰住春情看不足。管絃徐引澹霏微，無數雛鶯乳燕飛。《白紵》未終歌《淥水》，殢人酒色上羅衣。欄幕風微簾月淨，絳雲瓊樹相遮映。芳名占斷百花鮮，芙蓉周史櫻桃鄭。清歌無價買紅蕤（紅蕤，正生），更有紅衫拂舞遲（紅衫，小丑）。紅豆當筵催度曲（紅豆，貼旦），紅箋隔座索題詩（紅箋，小旦）。鴛、衾不識春如夢（紅鴛，老旦；紅衾，花旦），冰、雪聰明打仙鳳（紅雪，小生；紅冰，外）。溝信全憑紅葉媒（紅葉，副淨），流霞只許紅螺送（紅螺，末）。紅牙住拍摘紅絲（紅牙，大淨；紅絲，正旦），流水輕風不自持。鴻解窺人九霄落，何當半醉認春姿。《蟾宮》雅操垂千古，擕出絲桐妙歌舞。玉漏遲遲花影深，天風吹下姮娥語。古旗亭客醉筆〔二〕。

【箋】

〔一〕古旗亭客：姓名、生平、籍里均未詳。

〔二〕題署之後有印章二枚：陰文長章「春歸紅□招」，陽文方章「只寄得相思一點」。

# 題蟾宮操十二紅〔一〕

陶　璋〔二〕

《蟾宮》一譜，機杼出自天然，意旨超乎物表，層層巧構，節節奇生。此我夫子前十年之作也。庚寅秋〔三〕，璋詣白州謁見。八月之望，夫子命十二紅演以娛客。徘徊出幕，流豔飛香。及腰鼓欲闌，銅琶方歇，燈前起舞，座上輝光。千里賓朋，共對一輪明月；滿堂絲竹，平分八尺清琴。璋幸附龍門，親承馬帳。式聽鳳吹，方知樂句之調；敢效鷇音，敬賦巵言以獻。

才子步蟾宮，仙人下彩虹。歌聲繚月夜，舞影亂花叢。欄幕朱霞外，樓臺秋水中。稍遲傳漏箭，暫許倚窗弓。匝地芙蓉褥，移春芍藥籠。畫屏棲粉蝶，絳蠟綴金蟲。羯鼓催瓊蕊，霓旌挂綠蒙。一行歌扇冷，小隊舞羅空。翹袖初回雪，纓裙乍御風。自憐香骨瘦，誰覺素肌豐？曼態無雙豔，芳名十二紅。箋堪霏碎錦，絲可韻孤桐。衾薄翻霞亂，冰圓鏤月工。蕤光靈髓潤，螺甲鈿紋融。約臂衫裁杏，酡顏葉染楓。記歌珠串合，按拍珮聲同。雪自嵰山至，鴛疑錦水通。腰肢何綽約，心性最玲瓏。顧曲應憐汝，裁詩欲惱公。清音矜窱窈，檀暈鎮惺忪。麝月低紈扇，繩河拂綺櫳。殘星編歷歷，零露濕濛濛。緱嶺笙纔歇，青峯瑟未終。絳雲飛不定，猶在畫欄東。龍城門人陶璋百拜題於白州官署中〔四〕。

**【箋】**

〔一〕底本無題名，據版心題。

〔二〕陶璋：字右弼，龍城（今山西太原）人。生平未詳。

〔三〕庚寅：康熙四十九年（一七一〇）。

〔四〕題署後有印章二枚：陰文方章『陶璋』，陽文方章『右弼』。

## 題瀛鶴蟾宮操傳奇

劉珠嚴〔一〕

情多情少問嫦娥，圓缺年年奈若何？人向情中覓生死，清光千古不消磨。將情訴月月無色，桂花零落銀蜍匿。譜入《蟾宮操》一聲，情絲幻向空中織。絲絲織就在瑤琴，夜夜青天碧海心。閱盡滄桑情不改，蓬山咫尺可追尋。離離合合隨風雨，琴音不絕還如縷。參透三生一笑緣，天愁地恨毫端補。含情翻閱小窗中，夜漏沉沉燈影紅。今夕中秋有明月，試將琴操譜蟾宮。《蟾宮操》裏情多少，嫦娥至今還未老。中秋夕，北平珠嚴題於月窗〔二〕

（以上均《古本戲曲叢刊五集》影印清康熙四十九年刻本《蟾宮操傳奇》卷末）

**【箋】**

〔一〕劉珠嚴：字鬘雲，北平（今北京）人。生平未詳。

〔二〕題署後有方章二枚：陰文『劉珠嚴印』，陽文『鬘雲』。

# 鴛鴦冢（沈玉亮）

沈玉亮（？—一七〇五後），字瑶岑，一字瑶琴，號亦村，又作一村，武康（今屬浙江）人。清諸生。於詩古文外，兼長譜曲，與錢塘洪昇（一六四五—一七〇四）齊名。因屢困場屋，作《鍾馗嚇鬼》套曲。曾與吴陳琰（約一六六一—一七一八後）合編《鳳池集》（今存康熙四十四年刻本），俱載應試詩賦，末附張潮《凱旋曲》雜劇一折。撰傳奇《鴛鴦冢》、《春富貴》，均存。《鴛鴦冢》傳奇，現存康熙間刻沈氏《課蒙餘錄》附刻本。

## 鴛鴦冢序

德　滋〔一〕

傳奇，傳奇也。文奇，不傳事；事奇，不傳文。相得而彰，亦村《鴛鴦冢》是也。按《烈婦傳》，戴氏歸吴六載，侍湯藥居其半。吴死，婦志已決自盡，不獲，先後凡七死而後畢志焉。嗚呼，烈矣！是編不獨傳烈婦已傳之節，更能表烈婦不傳之心，故當不以詞曲觀也。亦村告余：吴生，其同研友。冬盡，薄遊湖上，憩祠下，車過腹痛。歸譜是種，七日告竣，可云速矣。而結構精嚴，步武周密，渺情致語，觸緒紛來，疑若有神助者。奇事奇文，若相待然，故兩垂不朽。蓋亦村於音律之學，獨得妙解，傳奇五種，膾炙在人。亦有以不治舉子家言，爲亦村規者，故詞場馮婦，曲終及之。深嘆知音之難其人，而聊以謝不知者之詬病也。

康熙己巳除夕〔二〕，薇巖德滋頓首題〔三〕。

【箋】

〔一〕德滋：字薇巖，籍里、生平未詳。

〔二〕康熙己巳：清康熙二十八年，是年除夕，公元已入一六九〇年。

〔三〕題署之後有印章二枚：陽文方章「薇巖」，陰文方章「德滋」。

## 《鴛鴦冢》彙評

式如等〔一〕

適庵式如曰：天與年最少，吾黨視爲畏友，玉樓召賦，同學傷之。有婦以烈傳，天與不死矣；有亦村之《鴛鴦冢》傳奇，烈婦不死矣。「奇事奇文，若相待然」，善夫，德滋之言也！

月坡子傳曰：爲烈婦易，爲節婦難，蓋烈在一時，節且一世也。若天與之婦，七死而不易此志，則又以烈而兼節者矣。亦村妙筆，宛轉寫照，至今讀之，紙上拂拂猶有生氣。

亦齋治人曰：去冬，余同亦村謁天與烈婦墓，相顧淒然。亦村俯首若有所思，不數日，《鴛鴦冢》出矣。亦村諸傳奇，俱極要渺，而此種尤爲得意之筆，故謀梓獨先。但亦村苦貧，是刻亦二三知己醵金爲之。其他傳奇，正需將伯之助。世有知音，宜亟賞焦桐，毋使久沉爨下也。

清峙民則曰：小阮天與，夙抱英才，玉樓早赴，深堪痛悼。德配戴，矢志相從，之死靡二，良足傳者。亦村懷友情深，擒藻摛詞，疊成八闋，表烈節於閨房，假衣冠於優孟。酒酣燭跋，如聆三峽啼猿，莫不淚下。天與神在碧落，疑當爲之鼓掌矣。

蓮峯尹達曰：此劇若首折《降凡》，終篇《證仙》，雖極鬧場，究爾矢槪。亦村曲筆，淩空步虛，務傳其眞而止。然闗目都雅，機趣横生，讀之眉皺，演之解頤。

毅齋貢五曰：亦村於曲，無有師傳，都由心悟。靈機觸處，與天籟齊鳴，故宜奪粲花之席，而笑玉茗爲傖父矣。

勉齋去非曰：天與有此奇偶，自應藉婦以傳，然非亦村奇情寫照，安能曲曲傳之如生，使天下後世知巾幗中有不愧鬚眉若此者哉？昔盱女賴子禮而名存，饒娥得柳州以不朽，有是傳奇，而天與、烈婦眞傳矣。至於和宫按徵，已近自然；典語方言，俱歸恰好，則又亦村之奇窮而益工也。雪窗無寐，披閲是編，不覺有人琴之痛。

醉石元滄曰：《琵琶》、《西廂》，分路揚鑣，曲家奉爲不祧之俎豆。然《西廂》文義雖妙，不過言情之書耳；《琵琶》傳趙氏，幾陷中郎以不孝，其間紕謬正多。若亦村傳烈婦，併天與亦與之俱傳，無論曲白足掩前人，卽此命意，已大得風人之旨矣。

楓山安策曰：古樂府自《咏廬江》一篇而後，千古無兩。卽情事可傳，終不若此情、此事、此詩之纏綿，反覆讀之，使人心結血迸者也。天與佳配戴烈婦，殉夫七死，眞情奇節，聞之斷腸。方爲之嘆悼，無奇文以相與不朽。茲讀亦村《鴛鴦冢》八折，足與《廬江》一篇頡頏分席矣。

韞石廷玉曰：曲文之妙，如【小梁州】、【步步嬌】等，詞義兼到也；曲律之妙，如【祝英台】、【園林好】等，音義兼到也。吾尤服其衆僧之【孝南枝】，道士之【朝元令】，聲情畢肖，雅俗賞識，雖傍枝插節，亦不草草，豈非異才？

拙存子錫曰：余訪亦村，見其譜第六折，時未落墨，向余述意義如此，余甚難之。亦村面余，草【駐馬聽】數調，文不加點，而周密精確，且於音律不差半黍。向非深信亦村之敏妙，幾疑其夙構矣。

樸堂趾仁曰：負奇才者，必有不可一世之概。亦村曲學，既已登峯造極；其他詩詞，矢口便工，然未嘗以己之長，形人之短。羣居共處，温如訥如，其度量故自不可測也。

筘墩厚餘曰：《鴛鴦冢》，傳烈婦也。金石交，自寓也。傳夫婦而朋友之道亦傳，推之君臣、父子、昆弟，莫不皆然。卽小觀大，舉一例百，足知亦村之自命矣。

楚烟甸玖曰：是編，亦村取韓憑『冢上有鴛鴦』之義，故爾正名，蓋取古人況今人也。前此有其事，或無其文以傳之，湮沒不彰，何可勝道！今世宗工匠伯，既薄聲律爲雕蟲之技，而騷壇風雅，能詞者或棘手於排場，故關目之難，視填詞加倍。亦村落筆，雖敏妙絕倫，而結構鋪張，余見其經營，正復慘淡也。

（以上均清康熙間刻沈氏《課蒙餘錄》附刻本《鴛鴦冢》卷首）

【箋】

〔一〕彙評諸人，僅列號字，姓氏、籍里、生平均未詳。

# 巧十三傳奇（張瀾）

張瀾，字觀生，號張猷，别署耶溪散人，室名凝馥齋，或爲山陰（今浙江紹興）人。康熙五十年（一七一一），任曲陽知縣。撰傳奇十三種，總稱《巧十三傳奇》，僅存《千里駒》、《萬花臺》二種。

## 巧十三傳奇筆意

張　瀾

《一笑緣》偶筆，《二篴媒》腐筆，《三世因》鐵筆，《四才子》俗筆，《五色旗》夢筆（以上一套），《六國終》憤筆，《七寶釵》宦筆，《八洞天》幻筆，《九華山》悟筆，《十錠金》拙筆（以上二套），《百歲坊》寓筆，《千里駒》旅筆，《萬花臺》秃筆（以上三套）。

張猷自記〔一〕。

【箋】

〔一〕題署之後有陽文方章『觀生氏』。

## 張猷巧十三傳奇識後

張　瀾

竊見世人忘飢渴，涸寒暑，役役於名利兩途，且欲厚積以爲子孫計。即倖得之矣，猶以爲事未畢而願未酬。若此輩者，則誠入世甚深而巧以自處矣。吾亦非不羨之，第以人各有志，不能强爲一轍。

余也天賦猷質，由性而猷，因猷成僻。自童時失業制義，愛博不專，長遊輦轂下，名利之心澹如也。迨年屆服政，甫任曲陽，梗僻之性，不諧於俗。爲官所累，屢請乞休歸里，克遂素志，以泉石爲娱，與雲山作伴，披襟林下，將自督其猷，長爲猷人，沒世而已。反欲藉戲臺爲棒喝，唤醒世人之夢，不亦猷已以猷人乎？且更以數立名，依次而編。所有《一笑緣》、《二箎媒》、《三世因》、《四才子》、《五色旗》、《六國終》、《七寶釵》、《八洞天》、《九華山》、《十錠金》、《百歲坊》、《千里駒》、《萬花臺》等劇，似此適興之具，纍至一十三種。試爲記數，則可寓之以巧，又必欲以一至十，十而佰，佰而千，千而萬，毋乃弄巧成拙，誰復諒余一片醒世之苦衷耶？

嗟嗟！百年强半，空白頭顱，終不克爭名逐利，遺金遑慾，難免人指爲猷，余亦無辭以答。若夫構詞之際，脱或筆機稍滯，燕坐寂照，瞑目數息，甚至費寢忘餐，雖摹擬旬日之下，撚須嘔血，未得隻字之艱，又何異忘飢渴、涸寒暑與？世之巧於取名利者相埒，究自成其猷而已矣。故曰由性而猷，因猷成僻，莫謂因僻而猷，由猷成性也。自稱『張猷』，實曰幸。時在康熙辛卯仲夏中浣，張猷書於凝馥齋〔二〕。

【箋】

〔一〕康熙辛丑：康熙五十年（一七一一）。題署之後有方章三枚：陰文『張灁之印』，陽文『觀生氏』、『別號張猷』。

# 萬花臺（張灁）

《萬花臺》傳奇，現存康熙間凝馥齋刻本，《古本戲曲叢刊五集》據以影印。

## 萬花臺自識〔一〕

張灁

屈平湘潭，絕唱《離騷》一經，求宓妃，見逸女，雖別有所托，大抵皆言男女之際也。予塡《花臺》一詞，或謂好色而淫，有乖《國風》大義，不知以才遇才，未有不愛且篤者。『情之所鍾，正在吾輩』，登徒子非好色者耶？且聞張旭善草書，觀公孫大娘舞劍器而益進。予之所作，何必不然？故非情之不可，情而無才之不可也。彼浪逐東風、尋花問柳者，竊謂才子佳人，風流韻事，不幾等東施之捧腹乎？然亦夢裏邯鄲，枕邊蝴蝶，金石雖堅，何有於我？

康熙歲在辛卯，耶溪散人張猷自識〔二〕。

【箋】

〔一〕底本無題名，據版心補題。

〔二〕題署之後有陽文方章『觀生氏』。

## 萬花臺敍

昝霨林〔一〕

夫作文而不關世道人心，不作可也。故傳奇小道，勸懲寓焉。雖然，竟有導淫誨盜，污筆累墨，以取悅乎時者，吾正不知其何心也。雖然，此其人原無世道人心之慮，更何有於勸懲，而又儼然授剞劂，災梨棗，此其人恨不以呂政之大坑坑之，此其書恨不以烈火之拉雜燒之也。故始皇①帝衛翼經書，廓清宇宙，其息邪說□□□□□，不在禹下，而三十六年之德政，亦僅此一舉耳。後世著述林起，子史百家，以及山農藝政之書，里巷謳吟、稗官小說之類，汗牛充棟，不可枚舉。而要之有關世道人心，得勸懲之遺意者，卽爲不朽之書。外此，其人可坑，其書可燒也。

予承乏劇邑，簿書鞅掌，著述未遑。自愧德薄才疏，不克起衰救弊，揚扢風雅，每欲與邑中之賢士大夫講明而興起之。而觀翁張父母，適以《萬花臺》院本相授，命余敍之。余讀竟，不覺喟然而歎，曰：『有是哉！張父母之爲是書也，其通於政矣。』

夫古之爲政者，民之疾痛，如己之疾痛焉；民之陷溺，如己之陷溺焉。疾痛之方，當思何以藥之；陷溺之方，當思何以拯之。而藥之、拯之之道，竟有不必布之文告，施之政刑，而家喻焉而戶曉焉，是遵何德歟！昔者，一伶人演秦檜陷武穆事，忽見皮匠握手中刀，從人隙中跳躍登場，怒目裂眥，截取伶頭以去。嗟乎！彼豈不知扮秦檜者之非秦檜耶？而一激於義憤，又止知扮秦檜者之卽秦檜耶，而何暇爲伶人計乎？由此觀之，其感人之深，入人②之切，未有過於傳奇者也。如是本之立志如秦氏也，從一如尹兒也，報德如聞人也，立功如于楚也，以至李之俠也，武之姦也，昌宗之淫也，徵以古迹，參以新文，錯綜而變化之，寓風流於貞淑之中，矜香豔於淫褻之外。殛姦邪，拯善類，演之當場，共爲觀聽，使賢者益知務其向上之心，愚不肖者亦可懲其匪僻之念，豈非助爲政者之不及歟？《詩》曰：『民之秉彝，好是懿德。』子輿氏曰：『是非之心，人皆有之。』故聞秦氏之風者可以起懦也，聞尹兒之風者可以立廉也，聞聞人之風者可以敦本也，聞于楚之風者可以晚蓋也。以至鄙吝見消於多祚，而姦淫懲創於武張，則是本之有關於世道人心，堪與子史等書並垂不朽，傳奇云乎哉？由一邑而播之鄉國，由鄉國而播之天下，民將不賞而勸，不怒而懲，風俗其庶幾矣乎！是本也，亦可知父母昔日之爲政矣。

時康熙五十年歲次辛卯桂月上浣，鄰治年家弟砦霨林頓首拜題於會稽官舍〔二〕。

（以上均《古本戲曲叢刊五集》影印清康熙間凝馥齋刻本《萬花臺》卷首）

【校】

①始皇，底本殘闕，據文義補。

②人，底本作『之』，據文義改。

【箋】

〔一〕昝霨林：字元彦，籍里未詳。康熙五十年（一七一一）前後，曾任會稽知縣。

〔二〕題署之後有印章二枚：陰文方章「昝霨林印」，陽文方章「元彦」。

## 封禪書（張偉烈）

張偉烈，字效騫，號柳村，別署全庭杏花使者，巢縣（今屬安徽）人。雍正十年（一七三二）貢生。十三年（一七三五），詔舉博學鴻詞，應詔不果，年滿授安慶府學訓導。著有《祕奇樓集》、《紅杏軒詩稿》。撰傳奇四種：《封禪書》，今存；《秋蘭佩》、《純孝鞭》、《千金錐》，已佚。傳見道光《巢縣志》卷一一、卷一三，陳詩《廬州詩苑》卷八等。參見朱正航、朱剛《清傳奇〈封禪書〉作者新考》（《戲劇之家》二〇一九年第十期）。

《封禪書》傳奇，一名《琴臺》、《人生樂》、《富貴神仙》，《古典戲曲存目彙考》著錄，現存康熙間祕奇樓刻本，《古本戲曲叢刊五集》據以影印。

### （封禪書）序

朱瑞圖〔一〕

人當萬不獲已無如何之處，識者當有以諒其心而悲其遇。鳥之於林，不厭其深也；魚之於水，不厭其大也。草木之於人，尚且有垂向依倚之意，而況於含情秉識、聰明絕世之人。

文君生長富室，目不窺簾，何知人世之有妍媸靈蠢也？即知之，又誰爲之同心而共白也？使必又誰爲之垂簾而聽取也？一旦瓜期既及，桃李花穠，文君又焉知其壻之不爲聰明才子也？再不然，而先存一張致之心曰：『我非聰明才子不嫁。』如後世傳情寄詩之輩，則文君之心穢矣。再不然，而合卺定情之夕，或窺其相貌之粗蠢，漸求其心地之明暗，或以覿面而生嫌，或以催粧而致悔，則文君之心更穢矣。更不然，而既婚之後，夫婦俱存，或而失節於匪人，或而含愁於隱念，如非烟、易安輩，則文君之心更穢矣。是數者，文君皆未之有。吾故曰：『文君者，天下之極貞極順女子也。』父而婚某，則婚某焉耳，初不計其人之才貌何如也；父曰配某，則配某焉耳，初不計其人之才貌何如也。既婚既配矣，又不嫌其人之才貌不己若也，而少有怨咨焉。以文君之才、之貌，而一聽乃父之指使焉，可不謂三從者乎？無奈伊人鮮福，未久卽亡，則文君一生之事休矣，一生之事畢矣，又何嘗倚門長盻，流露春心哉？

不幸而大庭之中，廣開瑤席，賓客濟濟，百有餘人，又經令往，且又傳聞令之貴客踵門，則文君之同侍妾潛窺一二，亦人家之常，非有大不嫺之失也。無奈幼學琴書，長卿既有王吉之譎計，忽而譜出《求凰》一操，入於文君玉耳，攢於文君花心。又見長卿如此年華，如此才技，如此相貌，如此官職，如此交遊，自料全蜀之中，有此幾人耶？天地之間，有此幾人耶？古今之內，有此幾人耶？固不數向之伊人也，欲不傾心歸往，得耶？亦何異久籠之鳥，放入深林；久困之魚，流入大海，而必且使鳥棲其故籠，魚伏其尺澤，不入深林與大海也，豈情也哉？若其徒守一株，不知變計，失美人於覿面，致百世之虛生，是文君不但魚鳥之不若，且與向人之花，依人之草，毫不若矣。如是而曰文君眞貞婦、眞順女，孰從而知之哉？孰從而稱之哉？故不惜破格翻藩，自出隻眼，自用大才，而以旅從一著，自定百年，流香千載也。豈匹夫匹婦之諒所得而齊之也哉？故曰：『若文君者，天下之極貞而極順者也，何謂無賴哉？』若其依依長卿，不辭貧窮窶，雖當壚賣酒亦不之顧，則其貞順更爲何如？假令其前之人百年不死，文君又孰從而起其邪心哉？亦猶今之於長卿而已矣，此固不待智者而後知也。雖然，不無賴則文君不大奇，不大奇則文君不大顯，天固巧於成文君哉！

時康熙五十七年戊戌陽月下浣之吉，古虞朱瑞圖書於廬陽公署〔二〕。

【箋】

〔一〕朱瑞圖（一六七〇—？），字積之，號厚庵，別署杏花使者，上虞（今屬浙江）人。清監生。康熙四十三年（一七〇四），任福建德化知縣。四十四年，任廬州府通判。四十九年，任福建寧化知縣。五十六年，再任廬州府通判。輯《女史全編》（現存康熙三十六年萬卷堂刻本）。傳見《松夏志》卷三、卷五，《上虞桂林朱氏族譜》卷二。參見鄧長風《二十九位清代戲曲家的生平材料·朱瑞圖》（《清代戲曲家考略三編》），何光濤《元明清屈原戲考論》（四川師範大學博士學位論文，二〇一二），朱正航、朱剛《清傳奇〈封禪書〉作者新考》（《戲劇之家》二〇一九年第十期）。

〔二〕題署之後有印章二枚：陽文方章『瑞圖』，陰文方章『積之氏』。

# (封禪書)序

朱　勳〔一〕

山不高則爲丘陵岡阜，水不大則爲潢汙行潦，樹不臃腫支離則爲①蒲柳弱質，鳥獸不五采鱗甲則爲燕雀犬羊。顧此數者，皆以累而成其奇者。何以言之？山至於嶽，高矣，而其横亙磊落之象，令人覩之而生愕，然遠而望之，而吐秀出雲，意態百變，不高何由而奇也。水至於海，大矣，而其灝瀚洶涌之勢，令人臨之而生懼，然細而玩之，而蜃樓海市，疊出多姿，不大何由而奇也。樹至臃腫支離，盤根錯節，令人撫之而生厭，然其屈鬱輪囷，干霄拂日，吼風帶雨，如虯如龍，何其奇也！鳳也，而赤啄朱足，高背修尾，何其異也，然而五彩備焉；麟也，而一角麕身，牛尾馬蹄，何其異也，然而仁性全焉，非皆以累而成其奇者乎？何獨於人而無之？

人生而履順境，歷亨途，少壯登朝，功名茂顯，建奇勳，豎偉蹟，生有大榮，沒有餘焰，孰不欲之？然而千百中無什一矣。其次而父子順，君臣正，夫婦和，兄弟和，朋友信，又孰不慕之？然而千百中無一二矣。試觀之古人，堯則子不類也，舜則父子不類也，禹則父不類也；伊文、孔子則君不類也；周公則兄弟不類也；《綠衣》之詩，《終風》之咏，則夫婦不類也；伯寮之愬，景丑之譏，則朋友不類也。天地間，何者是全滿之境哉？必若所云萬全而後爲人，則是山無嶽而水無海矣，樹無古拙而鳥獸無麟鳳矣。一概相量，並無高下，人生又何必有操心慮患之事，德慧智術之稱哉？

世皆言長卿無賴，不知長卿又何嘗無賴也。夫長卿一人耳，何於東鄰上宮之女子，屢見皆迂；而於卓氏文君，一見無賴？且人亦思長卿、文君之時，舍此一人，更有何配偶哉？不此之思，而令長卿配一無鹽女子，文君配一登徒男兒，忽忽沒沒，混過百年，並無文采可觀，風流堪挹，然後快於心焉，豈非殺風景、磨好事之第一大病痛哉？且世之淫奔私從者，不知其幾千萬萬矣，而獨於絕世風流之兩人，不禁其破口而唐突之焉，抑何不憐才之甚也！故曰：長卿之與文君，其琴挑旅從之事，不能無累，然皆以累而成其奇者，是猶如山不辭其高而後有以成其大，水不辭其深而後有以成其險，樹林不辭其盤屈而後有以成其古，鳥獸不辭其怪異而後有以成其麟鳳也。故余與祕奇兄，推倒一世之譏評，大放千古之隻眼，不惜纍筆繁詞，爲長卿、文君洗此一大冤血，寧與彼輩有阿好哉？亦深見其才其貌之非常有，而不得與一世之鄉原雷同之流，同口而其非之也。於是乎序。

世弟東山下人朱勳題〔二〕。

（以上均《古本戲曲叢刊五集》影印康熙間祕奇樓刻本《祕奇樓封禪書樂府新編》卷首）

【校】

①『爲』字，底本無，據文義補。

【箋】

〔一〕朱勳（一六八七—？），字書垂，别署東山下人，上虞（今屬浙江）人。朱瑞圖長子。傳見《上虞桂林朱氏族譜》卷二。批點此劇。

〔二〕題署之後有印章二枚：陽文方章「臣勛」，陰文方章「書垂氏」。

# 錄今之二

張偉烈

## 一　論文

古今文章，變换不一。大約三代一體，漢魏六朝一體，唐宋一體，元一體，明一體，皆依類變聲，大致相同者也。而其間變换之大者，則莫如漢、唐、元、明四朝焉。漢變三代六藝之文，而有奏議、詞賦兩種，然皆不干仕進。唐變六朝之文，而以五七言之詩取士，若似乎《風》詩，而體裁不同。元人變宋之論帖，而以詞曲，蓋古今一大怪異矣。有明之初定制也，盡棄前代之所有者，而獨用王荊公之制義取士，浸淫數十年，一變而爲今之八股，殆循循乎邁歷代而獨居於正矣。然細而思之，何一非本於漢儒者哉？天下自秦火以後，劉、項不讀書，其爭天下，其時故典之所遺者，獨一陸賈《新語》耳，他書皆未之出也。漢興六七十年，始知搜求遺書，而十三經並行於世，然後人文蔚起，大道興隆，一時鉅儒並出，星日爭明，不啻玉山珠海矣。而其補三代之缺遺，振萬世之絕業者，約有四大家：一曰經術，二曰理致，三曰史學，四曰詞賦。

賈長沙本六藝之根基，資《左》、《國》之謀略，欣欣然有欲反秦漢而回三代之意，至今《新書》尚可考也。而其最著者，莫如《治安》一策，真乃絶世經濟才，直與伊、旦、管、僑爲一體，而非蕭、曹俗吏之爲。長沙没後，概不多見。季漢諸葛武侯之治蜀，其遺法也。學者遵之，則三代可反掌至矣。

所謂理學者何？董江都本沈潛之資，深下幃之學，窺究天人，治皆王道，學本彊勉，聖門升堂入學之功，昭然可尋。而『正誼』、『明道』二句，遂開千古理學之宗，而演孔、孟、曾、思之傳於不替。唐之昌黎，中而續之。至於宋朝，周、程、張、朱、邵、李諸先生，相繼並出，五星聚奎，一代文明之盛，爲貞元之一大會焉。然無非本董子之意而擴充之，此千古理學之源流也。

其次則爲龍門太史公，收上下數千百①年之遺文缺典，合成《史記》一書，言言金石，字字《春秋》。傳一人，敍一事，褒貶善惡，雖去數十百年之遠，而森然如日，覩而心識之焉。嗚呼！此《春秋》之再見，而後世史學之濫觴乎！借非龍門公體《書》與《春秋》之隱，錯綜『三傳』二國之事實，自成一家，以遺後世而開來者，廿史其何從而發端乎？故千古史學之著明，龍門太史公之力也。

其次則爲詞賦。夫詞賦一道，發源於風騷，而流極於詞曲，終始高下，固不侔矣。然世人只知漢魏六朝之詩歌自古，而不知詞賦一道之開基於長卿矣。長卿以天授豔才，奇思焱發，斟酌於風騷六藝之間，用聲韻以成文，因以諫天子而抒衷曲。一篇之中，包羅天地，涵咏古今，英華錯落，珠玉陸離，翩翩乎百代未有之新構也。以後子雲、孟堅、張衡、左思輩，羣起而則效之，遞相師祖，風教大開，暢茂於東季，香豔於六朝，敷陳於唐宋。唐之詩篇，漢之賦餘也；元之詞曲，賦之流極也。至今而古今並濟，雖制義風行，而詩詞騷賦並列不廢者，則皆長卿開導之力也。假屈、宋既湮之後，揚、班未興以前，不有長卿爲之承先而起後焉，風雅一道，不鞠爲茂草乎？太史采而列之，非無見也。

世之學者，拘拘於八股之中，其於古人巨作，概焉弗覩，一旦見瑰麗之詞，雄灝之篇，則以爲無用。嗚呼！誠若是其無用也，古人爲何而作之？作之矣，何爲閱數千百年後，又爲傳之、流之，及今而不朽也哉？況乎珥筆西清，操觚翰苑，金鑾殿上，不乏濃豔之章；五鳳樓前，常飛夜珠之句。豈可恃冬烘腐語，塵土荒言，遂足以塞玉堂之責，而立金馬之門哉？此又不可不預深其功，以作臨時之運用也。因譜《封禪》新詞，內載長卿之事，始爲論次云爾。

**一　明旨**

是集傳奇，原有四種之刻。而先授此編者，以是編之局面稍大也。惟其局面稍大，故其中包涵，無所不有，而後三種，皆從此中而出，是以先出此編也。而後三種，又各各有義，不與此同。蓋《秋蘭佩》，則純乎屈子之忠也；《純孝鞭》，則哀哉伍君之孝也；《千金錐》，則又極忠孝之大全，而不爲忠孝所縛焉者也。故各足以登場演活，喚醒英雄云。

一　是集塡詞科白，從不參入俗語俗諢者，以所傳之人，特文特美，至富極貴者也。正如李青蓮文字，如富貴人夢中不作乞兒語，西施女抱病尚作捧心顰也。然則乞兒輩夢中欲作富貴語，亦了不可得；而東施至效顰，可厭更無賴矣。故此曲務期在雋雅也。

或曰：『封禪之名，不可復舉，恐以開世主好大喜功之心。』予應之曰：特患人主不欲封禪耳，果行封禪，則昌黎且勸之矣，蓋必有可以封禪者也。何爲可以封禪？蓋必其歲歷久遠，四海一家，天下太平，無刀兵水火、饑饉貪污之事，雖未及三代醇厚，然亦必爲漢唐之三代，而後能行此事。故若如前明之權姦竊柄，流寇騷然，天下無一寸安寧地，車馬出都門，且悵悵無所適者，安望其備法駕，合車書，迂迂緩緩，登泰山，禪梁父，作千古稀奇故事哉？

或又曰：『立言所以明教也。古今之貞烈多矣，何取乎文君之從相如而傳之也？』曰：是正所以爲教焉耳。孔子刪《詩》，不廢《鄭》、《衛》；修《春秋》，不隱夫人會齊侯之文，卽此意也。使天下後世之觀場者，知大禮之不可越，雖若文君之才貌見解，一失乎禮，千古且不能爲之諱也，況其下焉者哉？

或又曰：『文君旣越禮矣，傳之者所以立教，其如作傳之身分何？』是又不然。是蓋大有權焉。何也？舜固不告而娶者。曰：『舜之不告而娶，堯②以君制之也。』曰：文君之不告而從，王吉亦以令制之，曰『將毋同』。

或又曰：『文君固越禮矣，長卿何爲而納之也？長卿不已過乎？』曰：是固不得已焉耳。方其與令謬爲恭敬之時，早已心傾卓女矣。及其琴心之挑，侍者之誘，皆發於情之所不自禁也。而王吉者，漢一代廉吏，不惜辱身傾心，爲長卿、文君玉成此事，則兩人之才貌相當，千秋佳耦，王心已知之穩矣。故持其令權而圖之也。及至兩情既通，王心亦快。是則相如、文君之不得已而成，又因王君之委曲周旋，爲佳人才子成此嘉對，王君豈不審而爲之哉？

因以見天地間，生人各有定耦，如君臣之遇一般。如長卿固屬英年，然已爲郎，又從梁孝王遊數年矣。豈其奔走道路，並未見一女子，及至臨邛，始見一卓氏哉？蓋其中負大才，視天下抹脂弄粉輩，名雖爲女，實則如豬，故鰥其身而不配也。而文君壓於所尊，故不免有先期之累。及一聞文君才貌，長卿之心，先已大肯，而又有王君爲之撮合，是以一挑而即納也。不然者，長卿挾貲爲郎，豈不能自娶一婦者乎？則信乎天之生人，各有耦矣。

張京兆吏治最嚴，而畫眉之事，傳於殿陛；司馬卿才華甚贍，而竊女之行，播於閭里。朝廷不但不訾之，而俱爲寬解之，且重任之。固知西漢天子，愛惜人才，猶爲近古也。

或曰：『武帝求仙未仙，千古遺笑。長卿病故，文君亦然。何以皆晉之以神仙？』曰：是亦有見焉耳，非漫然也。武帝茂陵幽幸，依次以遍宮人，而魏時折金莖，銅人尚淚。豈其既見西王母，日侍東方朔，又有張博望、嚴君平、費長房、東國巨靈氏、上元夫人以及郭密香諸仙女，而無一點仙意者乎？及觀曹瞞銅雀臺遺令，照茂陵故事，妓人夜伺，俱遭鬼抶，並不見所謂曹瞞者，可以見武帝之有仙靈矣。若長卿於垂絕之時，先八年而豫知武帝之必封禪，且作文以貽之，非仙而何？文君知人識士，有大丈夫風，得仙家解脱法，苟其學之篤焉，安在其不仙也？故皆許之以仙也。

或又曰：『仙以飛昇爲據，既死矣，焉得爲仙也？』曰：是又不然之論也。仙家亦有昇舉者矣，然未曾實見。如淮南之八人，同日飛仙，而不能免厲王之難。韓昌黎、李青蓮、蘇長公，皆未飛昇，世人盡稱之以爲仙。仙亦何必拘拘於飛舉哉？但視其有仙韻與否耳。『然王、卓二君之亦許以仙，何居？』曰：王君水操筠節，固有仙風；而卓氏萬萬富，取精多而用物宏，苟其信心，亦安在其不仙也？是正以教天下人以學仙之道，見男女老少、富貴文章之皆可以仙耳。彼邯鄲、南柯，一夢而尚歸仙釋，豈有立意修行而不可入道者哉？是又在其人之誠與否。

## 一 演法

大凡傳奇者，固要音律叶和，科白雅秀，辭藻斐亹，意見深厚。而往往以極妙之曲，最雅之科，絕工之辭，至深之意，不能令人快心怡目於管絃音節間者，非演者之不盡善，良由作者之自護其私，不肯傾心吐膽，爲演者明白而指示之也。誠能將作曲之意，並戲中所及之人，一一照實檢點指示出來，某宜某樣心思，某宜某樣體態，某宜某樣顏色，某宜某樣神情，細細注明，曲曲傳授，則作者之眞神與演者之眞神，相喻已久，一旦登場而演出之，自無不傳神盡態，深入骨髓，意與辭合，科隨調諧，觀者無不快心而怡目矣。此著色指示之不可不先明也。

一、司馬長卿，文章接屈宋之宗，爲楊、班之始，是三漢第一風流人物，固不待言。然其眞做的文字，與後人代揣的文字，都要一般，如做八股者，不得以兩《論》文，概同於兩《孟》文也。長卿雖曰風流，而實則豪而且俠，儒而兼仙者也。扮長卿者，先宜體貼一曠世逸才，不能得志，而徒徒流露於文章琴酒之間，縱有小小富貴，終非本心。幸而文君一配，差足自娛，又有失節之嫌，此則長卿滿心不快之意也。勢必歸到天仙一流，然後胷中積憤，消釋得了。

一、文君隻眼高才，又工音律，知音善解，雖屬妙年，卻有老致。扮者先宜體貼一絕代佳人，遭逢不淑，改節隨人，雖夫婦之間有以自樂，而父母國人羞而賤之者，固已多矣。然文君雖迹類桑中，而實醇醇焉有摽梅、夭桃之想。故必須裝出內嚴外肆，欲吐又吐不得、欲按又按不住的光景，方得文君本色。若太嚴重，則失之板；太輕佻，又失之蕩矣。

扮文君者，扮似鶯鶯不得，扮似紅拂又不得。不得似鶯鶯者，以鶯鶯是情致所生，不能自禁；文君是義氣所感，欲了終身大事者也。似紅拂不得者，以紅拂越公侍妾，久歷風塵；文君是深閨幼女，從未放縱者也。斟酌於二者之間，而文君之眞神出矣。

一、漢武乃千古一大英主，雖曰窮兵黷武，疲內貪外，然實是亙古無二功業，只是立法不善耳。然其才氣，乃湯、武一流。其好仙者，乃識不足以窮理，志不足以帥氣，故爲長生所累。其實長生何嘗不好？如孔子『鄉黨』一章，衣服飲食，言動坐臥，件件要宜者，無非隨時自養也。不以滋生爲貴，反以戕生爲美乎？此長生之未可盡非也。扮者先宜體貼一極大英雄、太平天子氣象，然後發而爲征伐，斂而爲神仙，始於武帝身分，一絲不走。

一、萼綠華乃上界仙姬，何敢誣妄？然而蘭香而不能無張碩之嫁，雲英而不能無裴③航之緣，是仙姬固未嘗不字也。且萼綠華亦嘗於晉穆帝時，夜降羊權家，一日之內，凡數過焉，則下降相如，未爲褻也。況在夢中，並無實事，更未慢也。扮者宜想一吸甘露、飲瓊漿者，自不羨人世之麴糵，然其氣馨香，過之者亦有垂涎之意，必以爲醉，則非也。

一、王吉乃絶大豪傑，成就人間好事者。傳稱其廉，而此許以仙者，乃朋友之一止至善模樣。扮者不必傳其廉，而止宜寫其俠。

一、西王母乃亙古神仙，而常迫於救世。故於舜則獻環，於羿則發藥，於滿則留宴，於徹則屢降焉。如佛教中觀世音，道教中吕純陽一流。

一、東國倭人指以爲南極星，其行詭變無常，故言言與王母作對，宜有俯視一切之概。

一、張騫乃封侯大度，曾入斗牛，宜有世外之思，延攬之意。

一、楊得意乃俠④中之無賴者耳，不得與王吉並。

一、東方生素性滑稽，不必道。而費長房、嚴君平，須各還□仙意便了。

一、鄒陽等三人，乃文詞之士，要有翩翩濁世之風。

一、流霞乃絶世聰明女子而俠者也，較紅拂爲過之，而一生未字，正可嘉。

一、白馬王子，要寫出富貴神仙大意在他一人身上。

一、衛青乃武帝第一功臣，□□善戰。服上刑之罪，扮者處處要見尊嚴，而□□斷直，是刻刻要殺人。

一、卓公不過一市井小人，多有錢耳，眼界隨時移變。因文君情面，予以學仙，□□□□字者，莫癡認作做仙人看也。

一、陳皇后時時要學□□□□人，念念只思固寵。

一、唐蒙，漢代老將，大節照然，故受降不屈。扮唐蒙者，只扮一忠直樣子便得。

一、欒大乃大言異端，貪財好色之流，驟而富貴。可以聽人描寫，雖醜態百出，亦不惜矣。

一、是卷四十二齣，編帙甚長，梨園□□□□而唱。今各爲上下二本，自開場至《佳期》，十八齣爲⑤上本；自《求仙⑥》至《合仙》，二十四齣，爲下本。可以從容□□□□□□□，以刪改添設，失廬山眞面目也。

全庭杏花使者手編。

（同上《祕奇樓封禪書樂府新編》卷首《祕奇樓外書前卷》二之二）

【校】

①百，底本作『石』，據文義改。

②堯，底本作『蕘』，據人名改。

③裴，底本作『斐』，據人名改。

④俠，底本作『挾』，據文義改。

⑤齣爲，底本殘，據文義補。

⑥仙，底本殘，據目錄和正文補。

# （封禪書）題名

闕　名〔一〕

《封禪書》（一名《琴臺》、《人生樂》、《富貴神仙》）

富貴神仙事，琴臺封禪書。《子虚》千載賦，園令片時除。賣酒文君醉，求丹武帝疎。人生宜自樂，何必說相如〔二〕。

或曰：『《封禪》一記耳，何以四其名？』曰：『是各有義焉，而總歸之一意焉。』『曷言乎其各有義焉？』曰：『是亦就其中而細剖之焉耳。曰《琴臺》者，記此人此事之所由始也。惟人與事之由此而始，故書亦遂從此而生，而因以琴臺始之焉耳。曰《封禪書》者，明此人此事之所由終也。惟人與事之由此而終，亦遂以《封禪》終之焉耳。曰《富貴神仙》者，從乎其中所言之人與事而指之也。故因而富貴之，且進富貴而神仙之。曰《人生樂》者，卽人之所欲而言之也。人之所樂，莫過於富貴神仙，亦故因以名。』『若是，其不相異乎？』曰：『異甚。是四名者，極天下之人而包之也。人生富貴，至天子足矣，難乎其神仙焉。而封禪者，合仙之名也，故其事天子得以樂之，而正不獨天子也。相如一介士耳，以文字起家，進而封侯、封王，得蜀氏萬萬富，上交蕚綠華，富貴神仙，可兼而有之。下至登徒男子、東施女兒，亦得目見耳聞此富貴神仙之事，欣喜而樂道之，以爲天地間尚有此種快事，而不僅如我輩云云也。是則此書上自天子，下及庶人，靈而豪傑，蠢而蚩氓，無不包舉，而隨人分地，各自有得，統同之中，而有大異者。存此四名，所以闕一不可也。』『然則，總歸一意者何？』『總以見富貴神仙之各有命存，而至樂不可强求云爾。是則總歸一意者，而《封禪》之名遂成。』

（同上《祕奇樓封禪書樂府新編》卷三首）

【箋】

〔一〕此文當爲朱勳撰。

〔二〕此處東山下人（朱勳）眉批云：『約略題名，亦有深意。字字痛棒，乃詩史矣。』

## 封禪書卷三跋〔一〕

朱瑞圖

是卷自《議宦》而起，《賦歸》而止，總以見出處之道。原貴以正，不以正者，雖外有富貴之形，而中無富貴之樂。是以長卿一諫而去也，後面征西封拜，不日即事神仙，可知長卿於富貴一途，極是冷淡，是富貴偪他，非他求富貴也。雖然，不賦歸，卻不能遇豔，此又造化之巧於弄人者也。長卿抑何幸哉！

杏花使者跋。

（同上《祕奇樓封禪書樂府新編》卷三末）

【箋】

〔一〕底本無題名。

## （封禪書）跋尾

闕　名〔一〕

半世悠悠空世情，凡情歷盡覓仙情。仙情也似凡情苦，始信天公老爲情。人生漫自説多情，桑海何曾變盡情。不爲世人情不得，我還更有許多情。江山花柳自怡情，任是炎涼不遣情。無奈情當難遣處，可堪風月笑無情。一曲東風寫盡情，都亭酒肆特牽情。茂陵有女生情事，今古何人是有情？

是卷十三齣，共一冊①，乃一部書之大結局也。雄麗幽豔，調笑悲歡，無所不有，而總歸於神仙一路。妙在各人有各人根行，各人有各人功夫，各人有各人分量，仙則一，而所以爲仙者不同，此其規模也。若其各齣之中，各有妙理，雖曰憑生②撰出，其寔奇巧天成。文章之妙，直可與日月爭光矣。此傳奇之絕技也。更有《秋蘭佩》、《純孝鞭》、《千金椎》三書，嗣評呈教。

（同上《祕奇樓封禪書樂府新編》卷六末）

【校】

①『十三齣共一冊』六字，異刻重頁作『起訖』。

②生，異刻重頁作『空』。

【箋】

〔一〕此文當爲朱勳撰。

## 赤壁記（姜鴻儒）

姜鴻儒，字錫璜，雲間（今屬上海）人。生平未詳。撰傳奇《赤壁記》，《古典戲曲存目彙考》著録，現存康熙間九經堂刻本，《古本戲曲叢刊五集》據以影印。

### （赤壁記）序

吴士玉〔一〕

賡歌喜起，必需才子珠囊； 繪畫昌明，端賴文人繡口。空花水月，無非自寫其才華； 國色天香，祇以獨抒其情性。惟舞《霓裳》於綺席，斯成雅奏於鈞天。

爰有姜君錫璜者，吴下華宗，妙齡巨子。祥麟威鳳，爭看吐秀清時； 斑管銀箏，無不揚休盛世。借蘇公之遭際，表邊腹之琳琅。眉山父子，須臾環繞毫端； 赤壁烟雲，無不盤旋筆底。氍毹舞蹈，盈堂傅粉佳人； 錦繡輝煌，滿座薰香貴客。遇太平之日月，歌復旦之星雲。

學海文江，君擅淩風嘉句； 詞壇藝苑，我爲清眼持衡。陸平原作賦之年，芳蘭竟體； 王仲寶掄才之歲，逸藻羅胷。固已梁園應薦，羣推司馬之才； 還看中祕揮毫，選入黄金之屋。

矐庵吳士玉。

【箋】

〔一〕吳士玉（一六六五—一七三三）：字荊山，號矐庵，室名蘭藻堂，吳縣（今屬江蘇蘇州）人。康熙四十五年丙戌（一七〇六）進士，選庶吉士，散館授編修。累官至禮部尚書。謚文恪。著有《蘭藻堂集》、《吷劍集》。傳見《漢名臣傳》卷一六、《國朝耆獻類徵初編》卷六八、《國朝先正事略》卷六、民國《吳縣志》卷六六等。

## （赤壁記）序

黃之雋〔一〕

從來才子，遑餘技於塡詞；自昔騷人，寄閒情於雜劇。新聲運以古意，本是虛無；往迹緯以今情，無非寓託。要必事求風雅，更宜人择清眞。倘淺狹胷襟，才雄而不能容物；或淒涼意緒，學富而未善處窮。都非尚友之懷，豈遂因端而發？此錫璜姜子，獨有取於蘇公赤壁之遊也。

彼其宅心忠愛，秉性寬宏。任運遨遊，遇困窮而莫忤；放懷瀟灑，處顛躓而無愁。才較盲、腐之間，更多仙骨；學擬《莊》、《騷》之列，別具幽情。天家之寵錫常膺，撤金蓮於禁苑；禪室之機鋒偶讓，解玉帶於名山。鐵板銅琶，一曲『大江東去』；清風明月，兩番赤壁遊來。

衹今約略其生平，便足描摹其梗概。演成廿齣清音，乍抑而乍揚；合就一編逸韻，流宮而流徵。授梨園而試唱，按板輕敲；起學士而聽歌，掀髯大噱。

𢈪堂黃之雋。

【箋】

〔一〕黄之雋（一六六八—一七四八）：生平詳見本卷《四才子》條解題。

## （赤壁記）序

方楘如〔一〕

昔臨川湯玉茗作《牡丹亭》傳奇，五十五折，臧晉叔訂正删之，至三十五折，謂其頭緒太繁，演者難竟。元曲之工者，莫如《琵琶》，止四十四折，令善謳者一一而奏之，必兩晝夜乃徹。《牡丹亭》改本，已幾《琵琶》十之八矣。至嘲臨川未適吳中觀劇，雖似輕薄，實則固然。

雲間姜君錫璜作《赤壁記》傳奇，除《傳概》外，止二十折。其間寫蘇長公遭際明良，歷官中外，神仙富貴，萃於一人；妙麗之觀，於斯爲至，正不必過爲搬演，使習者增倦也。以此傳之詞苑，直可追躡《琵琶》，肩隨玉茗。起晉叔於今日而見之，亦必拊掌稱快云。

樸山方楘如。

（以上均《古本戲曲叢刊五集》影印清康熙間九經堂刻本《赤壁記傳奇》卷首）

【箋】

〔一〕方楘如（一六七二—一七五七後）：字若文，一字文輈，號樸山，淳安（今屬浙江）人。康熙四十四年乙酉（一七〇五）舉人，四十五年丙戌（一七〇六）進士，選授順天豐潤知縣，因『燒鍋失察』去官。家居力學，主講敷文、蕺山、紫陽各書院。乾隆二年（一七三七），以經學推舉，欽召纂修三《禮》，固辭不就。著有《周易通義》、《尚書通義》、《毛詩通義》、《集虛齋學古文》、《離騷經解》、《樸山存稿》等。傳見《清史列傳》卷七一、《文獻徵存錄》卷五、《國朝耆獻類徵初編》卷二二五、《國朝先正事略》卷四〇、光緒《淳安縣志》卷一等。

## 風前月下（曹巖）

曹巖，別署江左詞憨，字號、籍里、生平未詳。撰傳奇《風前月下》，《曲海目》著錄，現存清初品香閣刻本，《古本戲曲叢刊五集》據以影印。

### （風前月下填詞）瑣言

闕　名[1]

聲音之道甚微，填詞者頗不易。近因詞家浪擲才華，致歌者悉趨時調，音律之本來面目，幾無存矣。茲拾前人唾餘，略述數則於左。

一、何爲填詞？前人製一詞，其每字之陰陽平仄不可移易，後人奉以爲法，而構詞填入，是爲填詞。

一、詞貴協律。種種牌名，有一詞則已定一詞之聲調，是爲律。填詞者以詞合調，音字悉稱，是爲協律。

一、詞家要識譜。不識譜，不能明腔；不明腔，無從下筆。今之填詞者，奉譜爲則，揣摩字面，已爲佳作矣。不知同一字也，音有清濁，聲有高低，情有厚薄，韻有長短。其音濁者，雖去聲而其聲低；其情薄者，雖調繁而其韻短。勉强扭捏，以湊拍板，不成字矣。時腔之尚，蓋爲塡詞者不能識譜，以致歌詞者不能按腔，其咎安歸？

一、命字須要自然。上去去上，出於恰當；宜平宜上，一似生成，此爲作手。其或短於才而窘於譜，吾未如之何也已矣。

一、詞人多不能歌，歌者必不能詞。故案頭佳製，不供場上之觀；院本登臺，僅悦里人之耳。詞成而可以悦目，更叶歌喉，未易多得也。

一、近來名作如林，自恨目不及見。余所見者，湯臨川、范香令、袁籜庵諸作耳。

一、龍子猶曰：『人言香令詞佳，我不耐看，塡詞須當行本色，何必雕鏤如是。』

一、張新建相國嘗語湯臨川曰：『以君之辨才，而逗漏於碧簫紅牙隊間，將無爲青青子衿所笑。』臨川曰：『某與吾師終日共講學，而人不解也。師講性，某講情。』則臨川所講情而已，不在音律也。

一、沈伯明曰：『以臨川之才而時越於幅，且勿論。乃以范如王，以巧筆出新裁，縱横百變，無踰先詞隱三尺，固當多取芳模，爲詞壇鼓吹。染諸斯道者，其舍諸。』

一、曹文子曰：『塡詞固貴本色當行，而袁籜庵未免有太率直處。此所謂良工苦心，有限也。』

【箋】

〔一〕此文當爲曹巖撰。

## (風前月下填詞)指疵

闕　名〔一〕

此作因友人見囑，勉强從事，腸枯才拙，墨鈍筆窮。有必欲付梓者，猝以原稿殺青，並未改易一字。其間律呂聲容，姑且勿論，而事迹之疵頗多。姑即余所自知者，拈摘於後。或曰：『改之。』余曰：『戲耳。』

一、嚴生，貴公子也，其訪姨往返，以及場後私至會稽，豈有獨行之理？

一、王小鸞，閨中人也，其遊湖之事，兼且題詩風月舟中，太覺放誕。

一、秦公想亦古板人也，其途遇嚴生，且不知其爲年姪，必無竟自留宿之事。

一、原稿有誅滅徐彪三四齣，因其俗套，故棄之。

一、秦公以女許配嚴生，而嚴生已婚鳳氏。後小鸞歸生，或謂此間宜增一番斡旋手筆。

一、送還王小鸞詩箋一事，後來竟未有著落。

一、原本有《綵樓》一齣，頗覺熱鬧，故去之。

一、鳳夫人止有一女，女歸生後，何得竟不提起？

一、各詞俱遵舊譜，惟《醋姤》一套，偶用新譜。

一、製詞拗嗓、賓白粗疎處，指不勝屈，惟知音者恕之。

【箋】

〔一〕此文當爲曹巖撰。

## 風前月下填詞題辭〔一〕

闕　名〔二〕

空中樓閣聽絲簧。風流別有鄉。筆端胷次兩難降。都緣意渺茫。　好夢斷，夜蟾荒。花深玉漏長。莫將陳事費思量。追尋舊和章。

右調【醉桃源】。

（以上均《古本戲曲叢刊五集》影印清初品香閣刻本《風前月下填詞》卷首）

【箋】

〔一〕底本無題名。

〔二〕此文當爲曹巖撰。

## 後一捧雪（胡雲壑）

胡雲壑，字士瞻，號蘅洲，杭州（今屬浙江）人。生平未詳。撰傳奇《後一捧雪》，《笠翁批評舊戲目》著録，作胡士瞻撰；《曲海目》著録，誤入清無名氏傳奇目内。現存康熙間寫刻本、乾隆間天樞閣刻本。

## 後一捧雪序

任弘業〔一〕

傳奇，古樂府之遺也。託物諷諭，寓言什九，諧音叶律，婉而入情。其上則賢士大夫之所陶詠①，下之而委巷編氓，婦人孺子，皆能聞風興起，祛慝遷善，其效可以輔象魏、爰書之所不及。而或者沿流失原，雜以輕豔，導淫增欲，靡靡而不可止，是又傳奇中之《鄭》、《衛》矣。

西泠胡友蘅洲，讀書嗜古，敦尚氣節，不屑以雕蟲見長，而天分過人，觸筆成采。大中丞峨村李公〔二〕羅而致之幕下，以國士目之。蘅洲亦激昂自負，遇酒酣耳熱，論古人軼事，有背恩負德者，輒拊膺切齒，作不平鳴。

一日西園宴集，伶人演《一捧雪》。席既闌，中丞公曰：『莫懷古以玩好賈禍，事雖影附，取足警世。顧貞姬義僕，捐軀救主，南塘爲金石交，權門炎炎，脱之萬死之地，幾蹈不測，而曲舞三終，不知所報，是亦作者之疏也。』時蘅洲已醉矣，躍然起曰：『微公言，吾固爲之氣咽。不敏，請作後記，一補其闕，可乎？』據座伸紙，搖筆數十言，撮舉大綱，以次定目，空中結撰，匪夷所思。中丞公擊節歎賞，以爲非吾蘅洲不能譜此也。命中廚日給良醖三升，飲而趣之，乘興疾書，文不加點。每草一闋，中丞公選梨園之雋者，按拍奏之。引商刻羽，則有吳趨金子子復、周子楠發、奚子玉衡〔三〕，共相考訂。

未浹旬而告成，乃大會賓客，演於珠泉之鏡心堂。列坐注觀，攬新領異，每至撫今追昔，入地登天，贈良友以藥石之言，報明主以腹心之誼，莫不痛極欲泣，快極欲歌，眉宇之間，軒軒自動。中丞公素剛制酒，是夕引巨觥，與蘅洲對酌，雖倒接䍦不惜也。以視夫蕭寺會眞，南安入夢，呢呢作兒女態者，相去何如哉？傳奇卽小技，亦足以見蘅洲之磊落不羣，無忝國士之目。而中丞公誘之使言，一吐胷中之所蘊，賓主投契之情，卓卓高千古矣。余乃不辭弇鄙而爲之序。

古越州任弘業拜題〔四〕。

（清乾隆間天樞閣刻本《後一捧雪》卷首）

【校】

①詠，底本作『泳』，據文義改。

【箋】

〔一〕任弘業（一六八三—？）：字開宗，山陰（今浙江紹興）人。雍正八年庚戌（一七三〇）進士。乾隆元年（一七三六），任鹽山知縣，調任丘縣知縣。傳見同治《鹽山縣志》卷七。

〔二〕大中丞峨村李公：漢稱御史大夫爲中丞，明清時各省巡撫例兼右都御史銜，故以中丞稱巡撫。此『峨村李公』或卽李樹德（一六七〇—？），字沛元，號峨村，漢軍正黃旗人。三省總督李蔭祖孫，巡撫李鈵長子。以世職授佐領。康熙五十三年（一七一四），任山東登州鎮總兵。五十五年，遷山東巡撫。六十一年，官鑲白旗漢軍都統。著有《巡河雜吟》、《巡河續吟》。編纂《李氏譜系》。傳見宣統《山東通志》卷七四、民國《鐵嶺縣志》卷一〇、民國《奉天通志》卷一八九等。

〔三〕金子子復：即金元祖，字子復，平江（今屬湖南）人。爲該劇點譜。周子楠發：即周樹楙，字楠發，吳門（今江蘇蘇州）人。奚子玉衡：即奚雋標，字玉衡，茂苑（即長洲，今江蘇蘇州）人。周、奚二人爲該劇校字。

〔四〕題署之後有印章二枚：陰文方章「任弘業」，陽文方章「開宗」。

# 西廂印（程端）

程端，字豈一，常熟（今屬江蘇）人。清諸生。撰傳奇《西廂印》、雜劇《虞山碑》。《西廂印》傳奇，《曲海總目提要》卷二五著錄，云「近時人程端作也」。已佚。

## 西廂印自敍

程　端

《西廂》，有生來第一神物也。嗣有演本，便失本來面目。嘗縱覽排場、關節、科諢，種種陋惡。一日讀《會眞記》，至「終夕無一語」，忽抛書狂叫曰：「是矣，是矣！」錄成，題曰《西廂印》。

（一九五九年人民文學出版社影印本《曲海總目提要》卷二五）

# 西廂印雜記

程　端

又云：西廂者，鶯鶯所居也，別院之西偏屋也。別院在普救寺東，不隸普救而附於普救。自李公垂《歌》有『門掩重關蕭寺中』，遂謂雙文寄居蕭寺，則惑甚矣。《西廂・解圍》齣，夫人云：『自今先生休在寺裏下，便移來家下書院裏安歇。』又《考紅》篇云：『卻不合留請張生於書院。』則是普救之外別有書院明矣。其詞曰：『待月西廂下，迎風戶半開。拂牆花影動，疑是玉人來。』張喻其旨，因梯樹踰垣而達於西廂。又夫人云：『因此俺就這西廂一座宅子安下。』則是西廂爲鶯所居別院之西偏屋明矣。偏屋傍牆之外卽寺，《假館》篇所云『離著東牆，只近西廂』是也。鶯處別院，而停喪則於普救。間有角門鎖斷，以備祭祀。《傳情》篇所云『相國行祠，寄居蕭寺』是也。《鬧簡》篇謂張生『曉夜將佳期盼，望東牆淹淚眼』；又『西廂待月等更闌，著你跳過東牆，女字邊干』。則是別院在普救寺東，不隸於普救而附於普救亦明矣。角門爲張生逗緣，鎖斷爲崔氏遠嫌，乃《西廂》全部關鍵所在也。

又云：《賴婚》後，崔、張名爲兄妹，實則路人，夫人宜倍加防範，顧得以淫詞，招其夤夜深入？度雙文必無是事。奈『待月西廂』二十字，香沁普天下才人口頰矣。余再四沈吟，神遊曩昔。見其於鬧齋之日，感其貌矣；聯吟之夕，感其才矣；解圍感其恩，聽琴感其怨矣。容此多感，其必神情恍惚，形之夢寐，不覺忽然溢而至於閑之外焉。

又云：有以臨期反約，皆雙文薄情者。雙文本未嘗有約，張與紅直以想像得之。若不正言斥責一番，此際便不可解。

又云：雙文不潛出角門，其赴張書館，老母偕之去也。去而目擊生之病，病且死，至此而不惻然動念，是與豺狼無異也。念之則思救之，救之非以身不可，不得已而使侍兒解之。則疇昔之夜，所云『半推半就，又驚又愛』者，紅也，非鶯也。

又云：生、女以奸敗見訐，人情大不堪之事，顧聽妮子數言，草草完配，此必不然之説也。既以女字張矣，他日惑於鄭恆一偏之詞，便欲改適，何不此時先作一活局耶？爲老夫人計，急宜砌斷角門，令法本促張生赴試，得第歸來，從容議姻，未爲晚也。斯時生欲一見紅娘而不可得，而又何送別之有？

又云：奪其妻而復殞其命，鄭恆之死，張無乃太毒耶？看其聞信逞兇，鄭不失爲有血性男子。陰魂索命，果報昭然，鄭之死也瞑目。而後崔、張兩人，可以高枕白頭。

（同上《曲海總目提要》卷二五，頁一二〇四——一二〇六）

## 雙龍墜（新都筆花齋）

新都筆花齋，姓名、籍里、生平均未詳。撰傳奇《雙龍墜》、雜劇《想世情》。《雙龍墜》傳奇，

《曲海總目提要》卷三二著録，云：『未知何人所作。』中國國家圖書館藏清初筆花齋刻本，二卷，僅存上卷。

## 雙龍墜序

雪山野樵〔一〕

牢牲視人，古不再見。變至金、王，而牢牲貴人矣。捧鴈天孫，埋玉健兒之腹；乘鸞仙女，委泥屠狗之門。甚至爭妻飯午，易子湌朝，人傑地靈，盡作鐘鳴鼎食。所以然者，伊誰之過歟？

德仁，一草莽猰貐，叫嘷山林，嘯呼原野，性素然也。使居檻阱之中，搖尾而求食，何況扼其吭而攫其食乎？至於今，草露春滋，猶漬未乾之戰血；松風暮泣，還悲無侶之歸魂。掄其罪魁，還其禍首，寧獨爲德仁過耶？姚令言急公赴義，不旋踵而九廟灰飛；李懷光撥亂勤王，甫轉瞬而萬家烟滅。由此推之，益不得爲德仁過矣。升糠隻鼠，尚聞野老遺言；褒是貶非，僅乏文人膽筆。偶得是傳而觀之，庶見其一班矣。

客有笑而問之曰：『義如吳郎，貞如武女，信有之乎？』予亦笑而應之曰：『公如豫國，侯如建武，亦信有之乎？』夫一夫作難，千里流紅，此亦曠世之雄也，而今安在哉？異日者，試看傀儡場中，惟有這般幻相。

甲午仲夏〔二〕，雪山野樵書〔三〕。

（清初筆花齋刻本《雙龍墜》卷首）

【箋】

〔一〕雪山野樵：字瀛仙。清初有李發甲（一六五二—一七一七），字瀛仙，鄉薦時榜姓施，河陽（今屬雲南）人。康熙二十三年甲子（一六八四）舉人，授大理府教授。官至湖南巡撫。著有《居易草堂文集》、《詩集》、《李中丞遺集》。傳見《國朝耆獻類徵初編》卷一六二、梁章鉅《國朝臣工言行記》、《雲南碑傳集》等。未詳是否其人。

〔二〕甲午：順治十一年（一六五四），或康熙五十三年（一七一四）。

〔三〕題署之後有陽文方章二枚：『瀛仙』，『雪山野樵』。

## 虎口餘生（遺民外史）

遺民外史，姓名、籍里、生平均未詳。撰傳奇《虎口餘生》，一名《鐵冠圖》，《今樂考證》著録；《曲錄》據《九宫大成譜》著録，列入無名氏。現存乾隆間鈔本（《古本戲曲叢刊五集》據以影印）、舊鈔殘本（《綏中吴氏藏鈔本稿本戲曲叢刊》第一四册據以影印）、清同德堂刻巾箱本。

### 虎口餘生敍

遺民外史

『君子知幾，達人安命。』斯二語者，行於居上位固易，行於居下位已難；行於處安地猶易，行於處危地實難。有明一代，不乏傳人。甲申、乙酉之變，李自成以一介流民，虎踞草莽，秦晉之間，慘遭蹂躪。而又復肆爪牙，布羽翼，談之色變，當之命隕。是固乾坤戾氣之所鍾也。當時名將，如孫總制、蔡總兵輩，置以網羅，設以陷阱，而終不可得。

米脂令邊君，心傷國政，念切民艱。恨無由身到行間，直入虎穴，不得已作探本窮源之想，使遺孽跳梁，禍延祖父，朽骨難安，王氣盡洩。迨後，闖賊遂不得正位，未始非邊君有以致之。邊君亦竟攖其盛怒，縲絏羈身，流離困苦，將瀕於危，而卒脫離饞吻。噫！狼子野心若闖賊，究無如之何。君子、達人，俱兩不愧，此其耿耿丹忱，可歌可泣，被之一丈氍毹，兩牀絲竹，關乎名教風化，知匪淺鮮已。

國朝定鼎以來，海宇奠安，迄有百歲。間嘗過河洛，走幽燕，見夫荊棘荒榛，久無虎迹。暇日，就旅邸中取逸史所載邊君事，證以父老傳聞，填詞四十四折。竣後，剪燈披讀，落葉打窗，弁其名曰《虎口餘生》。亦以歎天下事之死而之生，皆餘也，豈獨一邊君然哉！如邊君者，直可繼美於孫、蔡諸公之後，論者勿以餘生而忽之也，幸夫！

遺民外史自題。

（同上《虎口餘生傳奇》卷首）

## 附　虎口餘生題跋〔一〕

直　翁〔二〕

《虎口餘生傳奇》四卷四册，癸酉冬月立春後一日〔三〕，購自上海蟫隱廬，計銀元十四枚。直翁識〔四〕。

（同上《虎口餘生傳奇》卷末）

【箋】

〔一〕底本無題名。

〔二〕直翁：名昭聲，姓氏、籍里、生平均未詳。

〔三〕癸酉：民國二十二年（一九三三）。是年冬月立春後一日，公元已入一九三四年。

〔四〕題署之後有陽文方章『昭聲』。

## 附　虎口餘生傳奇跋〔一〕

直　翁

此殘本《虎口餘生》一册，總二十四折，余從上海受古書店以四銀圓購得。雖缺其半，尚是舊鈔，可證假本標爲《鐵冠圖》之誤，亦浮生一快事。惟鈔手不精。聞蟫隱廬有傳鈔本完書〔二〕，當並得之，則校勘更易矣。

癸酉冬十二月立春日，直翁〔三〕。

蟫隱廬傳鈔本，亦歸插架，暇當細校之。是歲除夕又識〔四〕。

（《綏中吳氏藏鈔本稿本戲曲叢刊》第一四冊舊鈔本《虎口餘生》卷首）

【箋】

〔一〕底本無題名。

〔二〕蟫隱廬：羅振常（一八七五—一九四二）藏書齋。振常，字子經，又字子敬，號心井、邈園，上虞（今屬浙江）人，僑居淮安（今屬江蘇），羅振玉（一八六六—一九四〇）季弟。工詩古文辭。編家藏善本書目爲《蟫隱廬善本書所見錄》，著有《南唐二主詞彙校》、《洹洛訪古記》、《徵聲詞》、《暹羅載記》、《養莠篇》、《古凋堂詩文集》、《新唐詩演義》等，刻有《邈園叢刻》。

〔三〕題署之後有陽文方章「昭聲」。

〔四〕題署之後有陰文方章「直翁」。

## 氾黃濤（思齊主人）

思齊主人，姓名、籍里、生平均未詳。撰《氾黃濤》傳奇，現存清鈔本。

# 《汜黄濤》小引

思齊主人

夫劇者，始於漢而盛於唐。始於漢白登之傀儡，盛於唐天寶之梨園。相延奕葉，以迄於今，靡不四海同風，千秋共俗。或酬神貺以將誠，或燕賓朋而伸敬，期劇之盛行於世也。曰崑、曰衛、曰梆、曰紘、曰囉，雖名目有不同，要皆各盡其所長而已。雖然，引商刻羽，下里巴人，大有《三百篇》之意趣存焉。迹其衣冠人物，聚散合離，庸夫愚婦，寓目警心，某某忠孝節義，某某姦盜邪淫，某某祥，某某殃，黑白分明，從中向化，以發其固有之天良，亦或有補於世俗人心之一道哉！

《汜黄濤》一劇，乃中州實事，皆博采於朱青巖先生《明紀輯略》、李民《守汴志》、《崇祀錄》。其間鬚眉巾幗，人情事勢，鑿鑿可據。至於黄濤滂汴後，預伏南朝新政，稍加點染，以爲過脈，而別開夢境，又不得不假夢眞描，爲童、李抒其憤懣。此亦人各有以，勿盡謂空中樓閣也。斯劇既成，或付優伶，奏場面之笙簧；或共知己，充盤中之梨棗，不亦可乎？

思齊主人編於澮泊居。

（清鈔本《汜黄濤》卷首）

# 廣寒香（蒼山子）

蒼山子，姓名、籍里、生平均不詳。一說即清初戲曲家汪光被之別署，待考。撰傳奇《廣寒香》、《豐樂樓》二種。《廣寒香》，《曲海目》著錄；《曲考》題雋山作，似誤；《今樂考證》、《曲錄》著錄，又重出雋山一本。《曲海總目提要》卷二六有此本，謂：『近時人作，其自號曰蒼山子，不知的姓名。』現存康熙間文治堂刻本（《古本戲曲叢刊五集》據以影印）。另有康熙間書帶草堂刻本，吳梅舊藏，今不知歸何處。

## （廣寒香傳奇）弁言

寒水生〔一〕

虛無飄忽之境，至廣寒而極矣。自虹橋之說興，守陳之家遂謂圓蒼眞可梯也，不知廣寒可自無而之有，亦可自有而之無。自無而之有者，玄霜、玉杵、姮娥，尚欲嫁人；自有而之無者，叢桂、精藍、芬芳，僅參無隱。此其故可悟之於未有聲色之先，而不可執之於既有聲色之後者也。

初，余閱《廣寒香》，意其必爲羿妻解嘲。及觀米生梯榮於至尊，好逑於兩美，皆未嘗藉手霓裳羽衣，而君臣夫婦一段奇緣，俱從詩心幻出，雖清輝異馥與詩篇相終始，而廣寒之境，向必摭實而徵者，今不過蹈虛而遇之，然後歎蒼山子之意至深遠也。夫『人有悲歡離合，月有陰晴圓缺』，借月證人，昉自坡老。蒼山子以《廣寒香》顔其劇，殆亦師是意而寓言乎！獨是密證有無，而廣寒且爲幻影，又何有於廣寒之香？抑知蒼山子得香於廣寒，猶之米生現廣寒於詩心，而非向明鑒中著此一點塵也。第廣寒未始有香之先，香從何生？廣寒既已有香之後，香從何寂？有耶無耶？請蒼山子下一語。

寒水生漫題。

（《古本戲曲叢刊五集》影印清康熙間文治堂刻本《廣寒香傳奇》卷首）

【箋】

〔一〕寒水生：姓名、籍里、生平均未詳。

## 名花譜（種花儂）

種花儂，姓名、字號、籍里、生平均未詳。僑寓杭州西湖。撰傳奇《名花譜》，《今樂考證》著録。《曲海總目提要》卷二六有此本，云刊本，今未見。

### 名花譜序

白恭己〔一〕

作者嘗爲錢塘縣令，其後僑居西湖云。所演陸龍、黄素娥，以花譜爲關目標名，以此事本小説

《日宜園九日牡丹開》一段，而變易姓氏，情蹟增飾大半，要之，均屬子虛也。

（一九五九年人民文學出版社影印本《曲海總目提要》卷二六）

【箋】

〔一〕白恭己：杭州（今屬浙江）人。名字、生平均未詳。

## 康熙萬壽雜劇（闕名）

《康熙萬壽雜劇》，未詳撰者，蓋康熙五十二年（一七一三）爲康熙六旬壽誕而作。現存鈔本，中國國家圖書館藏，凡十八齣，前五齣及十一齣前半闕；復鈔本，中國藝術研究院圖書館藏。參見戴雲《〈康熙萬壽雜劇〉散論》（黄仕忠編《戲曲與俗文學研究》第二輯，社會科學文獻出版社，二〇一六）。

### （玉燭均調）序

闕　名

史稱：黄帝之世，民不習僞，官不懷私，市不預價，城郭不閉，見利不爭，風雨時若。方今聖世，仁風普被，玉燭均調。生長此世者，皆如行地神仙。此齣擬呂、何二仙，遊覽山川，觀風問俗，歌詠太平。

（鈔本《康熙萬壽雜劇》第六齣《玉燭均調》卷首）

## （羆虎韜威）序

闕名

自軒轅氏修德振兵，教熊羆貔貅貙虎，以平榆罔，擒蚩尤。至於堯、舜，垂衣裳而天下治。當今聖主，南靖海氛，北平沙漠，武功丕振，文德覃敷，爲軒轅、堯、舜以來所未有。此齣擬巨靈神驅逐熊羆虎豹，遠伏深山，以廢億萬年永享昇平之樂也。

（鈔本《康熙萬壽雜劇》第七齣《羆虎韜威》卷首）

## （文明應候）序

闕名

《瑞應圖》曰：『王者清明好賢，則玉馬至。』恭逢皇上神明天縱，稽古右文，萬壽開科，詔求實學，朝多英俊，野無遺賢。此齣擬儒生講學應試，玉馬呈符，以表文明至治。

（鈔本《康熙萬壽雜劇》第八齣《文明應候》卷首）

## （律呂正度）序

闕名

《傳》曰：『聖人既竭耳力焉，繼之以六律正五音，而不可勝用。』欽惟皇上天縱多能，當治定功成之日，審音正樂，通律呂之本原，爲中和之制作。八方之風氣正，萬古之雅樂調，盡善盡美，超軼《咸》、《英》。此齣擬瑤池仙子，演律上壽，頌揚萬一。

（鈔本《康熙萬壽雜劇》第九齣《律呂正度》卷首）

## （璿璣授時）序

闕名

史稱：自黄帝建曆，至堯而立羲和之官。明時正度，而陰陽調，風雨節，茂氣至，民無夭疫。當今敬授人時，雨暘時若，四氣均調，八風從律，百姓安樂壽考，萬物向榮。此齣擬羲和叔仲，受命四方，贊助歲功，以慶堯年之盛，以頌軒曆之長。

（鈔本《康熙萬壽雜劇》第十齣《璿璣授時》卷首）

## （金母獻環）序

闕名

《文選·景福殿賦》：『受王母之玉環。』注曰：『舜時，西王母獻白環及佩。』恭逢萬壽聖節，珙球畢集，景福大來。此齣謹擬瑤池金母，同上元紫雲諸仙，演《霓裳》之舞，采度索之桃，獻環玉闕，共祝無疆。

（鈔本《康熙萬壽雜劇》第十二齣《金母獻環》卷首）

闕名

## （雲師衍數）序

《黄帝外紀》曰：『帝命隸首定數，以率其羡，要其會。』而律度量衡，由是而成。我皇上聰明睿智，天縱多能，通河洛之淵源，立古今之極則，數學之精，至本朝而大備。此擬隸首及陳摶、邵雍等，稱述《九章》之始，頌揚萬世之謨。

（鈔本《康熙萬壽雜劇》第十三齣《雲師衍數》卷首）

闕名

## （蒼史研書）序

自授圖呈象，瑞肇軒皇；玩迹觀文，功由蒼史。我皇上宸章巍煥，日照月臨，睿流嶽峙，誠

［後闕］

（鈔本《康熙萬壽雜劇》第十四齣《蒼史研書》卷首）

## （百穀滋生）序

闕名

竊聞化洽乾樞，風雨昭其靈貺；澤周坤絡，卉木耀其禎祥。我皇上至德好生，如天育物。蠲租免賦，數踰於億千萬計；敦本重農，化被於億千萬方。是以雨暘時若，物阜民安，從古太平，於茲爲盛。此齣謹擬聖德格天，百神獻瑞，嘉禾旅畝，朱草滋生，歌頌昇平，拜揚至治。

（鈔本《康熙萬壽雜劇》第十五齣《百穀滋生》卷首）

## （萬方仁壽）序

闕名

《經》曰：『一人有慶，兆民賴之。』我皇上深仁厚澤，淪浹九垓；尚齒尊年，風行億兆。躋羣生於壽域，登四海於春臺。是以年過百歲、五代相見者，所在皆有。恭逢萬壽，萬方耆老，扶杖來朝，獻芹呈曝者，溢於輦轂。此齣以羣仙作引，爰及耆英，效嵩祝之丹誠，紀聖朝之實事。

（鈔本《康熙萬壽雜劇》第十六齣《萬方仁壽》卷首）

## （鳳麟翔舞）序

闕　名

按漢公孫弘策曰：『王者德配天地，明並日月，則麟鳳至，此和之極也。』洪惟聖天子撫平成之景運，建位育之神功，至道格於蒼穹，仁心光於紫極，固宜五蹄瑞獸，樂君圃而來遊；六象威禽，覽帝梧而萃止。此齣述麟鳳之瑞，表太平之符。

（鈔本《康熙萬壽雜劇》第十七齣《鳳麟翔舞》卷首）

## （長幼歌風）序

闕　名

竊考史書所載，兒童《康衢》之頌，老人《擊壤》之歌，皆堯時事。玆者恭逢聖世，俗恬民泰，處處謳吟，家家熙皞。此齣擬長幼歌風，以見白叟黃童，均安至治，共祝堯年。

（鈔本《康熙萬壽雜劇》第十八齣《長幼歌風》卷首）

## 附　康熙萬壽雜劇題記〔一〕

鄭　騫〔二〕

《康熙萬壽雜劇》存十三齣，鄭伯書室藏。

（鈔本《康熙萬壽雜劇》函套簽題）

此本『弘』、『曆』等字均不避，確是康熙時鈔本。首尾不全，殊可惜耳。丙子冬日，海市界邢某持來求售，以廉直得之，命文奎堂重裝。次年小陽之月，英百題記。

（鈔本《康熙萬壽雜劇》函套內題記）

【箋】

〔一〕底本無題名。

〔二〕鄭騫（一九〇六—一九九一）：字因百（一作英百），鐵嶺（今屬遼寧）人。畢業於燕京大學，先後執教於北京匯文中學、燕京大學、臺灣大學等。編纂《北曲新譜》、《北曲套式彙錄詳解》等。著有《景午叢編》。

## 碧玉串（闕名）

《碧玉串》，又名《碧玉釧》、《雙玉串》，撰者未詳，《曲考》、《曲海目》等著錄。現存清咸豐五年（一八五五）載福堂鈔本，題《碧玉串》，存十二齣；清鈔本，存下卷第十七齣至第三十齣，題《碧玉釧》。二本均藏中國藝術研究院圖書館。

## 碧玉串傳奇引

胡介祉

間嘗閒居，論七夕牛女事，心竊疑焉。夫男女怨慕之情，原在人間，其可喜可愕，事固不乏。而茫茫天上，彼雙星者，在紫虚碧落中，乃無風之波，如鵲橋駐輦，鳳杼停梭，往往羈人思婦、翠箋斑管，托其離合之懷，卽村姑俗子，亦莫不以此爲年年佳話。溯其由，不過武丁之言，遂相傳爲織女嫁牽牛爾。

及考之列書，如百子池邊連綬，長生殿中私語，張九華之燈，飲明星之酒，流傳非止一端。至穿針樓起於齊時，厥後唐之九孔，梁之七孔，其他慶庭金盒，設瓜果，祀牛女，在當日意專乞巧，其與銀河佳會，月殿牽絲，不惟漫無可稽，且事同風馬。乃上下千古後，亦並無有出而點正之者。

今披閲是編，天巧人工，無不畢具。試一登場，天上豈有私期，人間自多巧拙。當與柳州文並傳，莫竟作戲劇觀也。

（中國國家圖書館藏稿本胡介祉《谷園文鈔》卷八）